D1100708

Philip Roth

Le complot contre l'Amérique

Traduit de l'américain
par Josée Kamoun

Gallimard

Titre original :

THE PLOT AGAINST AMERICA

Philip Roth est né à Newark, aux États-Unis, en 1933. Il vit dans le Connecticut.

Son premier roman, *Goodbye, Colombus* (Folio n° 1185), lui vaut le National Book Award en 1960. Depuis, il a reçu de nombreux prix aux États-Unis : en 1987 pour *La contrevie* (Folio n° 4382), en 1992 pour *Patrimoine* (Folio n° 2653) et en 1995 pour *Le Théâtre de Sabbath* (Folio n° 3072). *Pastorale américaine* (Folio n° 3533) a reçu le prix du Meilleur Livre étranger en 2000 et *La tache* le prix Médicis étranger en 2002.

À S.F.R.

1

Juin - octobre 1940

Lindbergh ou la guerre

C'est la peur qui préside à ces Mémoires, une peur perpétuelle. Certes, il n'y a pas d'enfance sans terreurs, mais tout de même : aurais-je été aussi craintif si nous n'avions pas eu Lindbergh pour président, ou si je n'étais pas né dans une famille juive ?

Lorsqu'en juin 1940 survint le premier choc avec la convention républicaine de Philadelphie, qui se choisit pour candidat à la présidence le héros américain et aviateur mondialement connu Charles A. Lindbergh, mon père avait trente-neuf ans. Agent d'assurances, il avait quitté l'école à la fin de la quatrième, et gagnait un peu moins de cinquante dollars par semaine, de quoi assurer le quotidien sans trop de superflu. Ma mère, n'ayant pu s'inscrire faute de moyens à l'école d'institutrices au sortir du lycée, avait fait du secrétariat quand elle vivait encore chez ses parents ; au plus noir de la Crise, elle nous avait épargné le sentiment de la pauvreté, gérant la paie que mon père lui rapportait le vendredi soir avec la même efficacité qu'elle mettait dans la tenue du ménage ; elle avait trente-six ans. Mon frère Sandy, jeune prodige du dessin, avait douze ans et il était en cinquième ; quant à moi, au cours élémentaire deuxième année avec un trimestre d'avance, j'étais philatéliste en herbe, inspiré comme des millions de gosses de mon âge par le plus éminent d'entre eux, le président Roosevelt. J'avais sept ans.

Nous occupions le premier étage d'un pavillon à trois appartements, dont une mansarde, dans une rue bordée d'arbres, où chaque maison de bois avait son perron de brique rouge surmonté d'un toit terminé en auvent, et son jardin grand comme un mouchoir de poche, délimité par des haies basses. Le quartier de Weequahic s'était construit sur des fermes, à la frange sud-ouest encore embryonnaire de Newark, juste après la Première Guerre mondiale. Il se réduisait à une demi-douzaine de rues auxquelles une humeur conquérante avait donné le nom d'amiraux victorieux de la guerre hispano-américaine ; le cinéma du coin s'appelait, lui, le Roosevelt, en hommage au vingt-sixième président des États-Unis, lointain cousin de notre FDR. Summit Avenue, notre rue, se trouvait (comme son nom l'indiquait) au sommet de la colline du quartier, un des points culminants de cette ville por-tuaire qui dépasse rarement trente mètres d'altitude au-dessus des marais salants du nord et de l'est et de la baie profonde, complètement à l'est de l'aéroport, cette baie qui longe les réservoirs de pétrole de la péninsule de Bayonne et rejoint la baie de New York pour baigner la statue de la Liberté et se fondre dans l'Atlantique. Depuis notre chambre, par la fenêtre de derrière, on voyait parfois jusqu'à la ligne d'arbres sombre des Watchung, molles collines au pied desquelles s'étendaient de vastes propriétés, des banlieues riches et aérées, aux marches du monde connu, à quelque douze kilomètres de chez nous. Au carrefour suivant, côté sud, on trouvait la banlieue ouvrière de Hillside, dont la population était surtout constituée de non-Juifs. Cette frontière marquait le début du comté d'Union, un tout autre New Jersey.

Nous étions une famille heureuse, en 1940. Mes parents étaient des gens sociables, hospitaliers, qui trouvaient leurs amis parmi les collègues de mon père et les femmes qui avaient, comme ma mère, aidé à monter l'association de parents d'élèves de la toute jeune école de Chancellor Avenue, que nous fréquentions mon frère et moi. Tous étaient juifs. Les hommes du quartier travaillaient à leur compte, marchands de bonbons, épiciers, bijoutiers; ils vendaient des robes, des meubles, tenaient la station-service, la charcuterie casher; ils étaient propriétaires de petits ateliers de fabrique sur la ligne de partage entre Newark et Irvington; ils étaient plombiers, électriciens, peintres ou chauffagistes. D'autres, comme mon père, étaient des pousse-cailloux de la vente qui arpentaient les rues pour démarcher les gens et toucher leur commission. Les médecins juifs, les avocats, les commerçants prospères qui avaient de grands magasins en ville habitaient des pavillons individuels dans les rues à l'est de Chancellor Avenue, plus près de Weequahic Park, ses cent vingt hectares paysagers, ses pelouses, ses bois, son lac où l'on canotait, son parcours de golf, sa piste de courses d'attelage, séparaient cette partie de Weequahic des usines et des zones de fret aux bords de la Route 27 et du viaduc des chemins de fer de Pennsylvanie, puis, plus à l'est, de l'aé-

roport à peine ébauché, et, plus à l'est encore, au bord
de l'Amérique, des hangars et des docks de la baie de
Newark, où l'on déchargeait des denrées venues du
monde entier. Côté ouest, ce côté ouest sans parc qui
était le nôtre, on trouvait bien un instituteur ou un pharmacien par-ci par-là, mais il n'y avait guère de profes-
sions libérales chez nos proches voisins, et sûrement
aucune famille d'industriels ou de financiers opulents.
Les hommes travaillaient cinquante, soixante, voire
soixante-dix heures et plus par semaine. Les femmes
travaillaient tout le temps, sans grand équipement
ménager pour les décharger des corvées; elles faisaient
la lessive, repassaient les chemises, reprisaient les
chaussettes, retournaient les cols, recousaient les boutons, glissaient de la naphtaline dans les lainages,
ciraient les meubles, balayaient, passaient la serpillière,
faisaient les vitres, récuraient les lavabos, les bai-
gnoires, les toilettes, les cuisinières, passaient l'aspira-
teur sur les tapis, soignaient les malades, faisaient les
commissions et la cuisine, nourrissaient la parentèle,
mettaient de l'ordre dans les placards, les tiroirs, avec
un œil sur les travaux de peinture, l'entretien de la maison; elles marquaient les fêtes religieuses, payaient les
factures, tenaient les comptes du ménage sans perdre de
vue les enfants : santé, habillement, scolarité, alimenta-
tion, conduite, anniversaires, sans oublier la discipline
et la bonne humeur. Quelques-unes trimaient avec leur
mari à la boutique familiale, dans les rues commer-
çantes; le soir après l'école, ainsi que le samedi, leurs
aînés venaient les aider, livrer la marchandise, tenir le
stock et faire le ménage de la boutique.

    C'était par leur travail que j'identifiais et que je distinguais nos voisins, bien plus que par leur religion. Dans notre quartier, aucun homme ne portait la barbe ou le costume désuet du Vieux Monde ; on ne portait pas davantage la kippa, ni à l'extérieur ni dans les maisons où j'avais mes entrées chez mes petits camarades. Les adultes ne pratiquaient plus la religion par des signes extérieurs reconnaissables, si tant est qu'ils aient continué de la pratiquer de façon sérieuse, et autour de nous, mis à part des commerçants d'âge mûr comme le tailleur ou le boucher casher, ou encore quelques vieillards malades ou décrépits contraints d'habiter chez leurs enfants adultes, presque personne n'avait d'accent. En 1940, dans les familles juives du sud-ouest de la plus grande ville du New Jersey, on parlait un anglais américain bien plus proche de celui d'Altoona ou Binghamton que des célèbres dialectes de nos homologues juifs des cinq districts, sur l'autre rive de l'Hudson. Des caractères hébraïques avaient été imprimés au pochoir sur la vitrine du boucher casher, et gravés au fronton des petites synagogues, mais c'était bien, avec le cimetière, les seuls endroits où l'on avait l'occasion de rencontrer l'alphabet du livre de prière plutôt que les lettres familières de la langue maternelle en usage à longueur de temps chez presque tout le monde, pour tout propos imaginable, humble ou noble. Au kiosque à journaux, devant la boutique de bonbons du coin, il y avait dix fois plus de lecteurs du *Racing Form* et de ses conseils pour les turfistes que du *Forvetz*, quotidien en yiddish.

Israël n'existait pas encore ; en Europe, six millions de Juifs n'avaient pas encore cessé d'exister ; quant à la lointaine Palestine, sous mandat britannique depuis la dissolution par les Alliés des provinces reculées du défunt Empire ottoman, en 1918, son importance locale était pour moi un mystère. Lorsque, une ou deux fois par an, un étranger, portant la barbe celui-là, et toujours coiffé de son chapeau, passait le soir pour quêter, dans son anglais approximatif, des fonds destinés à y établir une nation qui soit la patrie des Juifs, je voyais mal, sans être un enfant ignare, ce qu'il faisait sur notre palier. Nos parents nous donnaient, à Sandy ou à moi, quelques pièces à glisser dans sa sébile, largesse surtout inspirée, me disais-je, par la gentillesse et le désir de ne pas blesser ce pauvre vieux qui, les années passant, n'arrivait toujours pas à se mettre dans la tête que nous avions déjà une patrie depuis trois générations. Tous les matins, à l'école, c'était au drapeau de cette patrie-là que je prêtais allégeance. Je chantais ses merveilles avec mes camarades de classe lors du rassemblement matinal. Je suivais avec zèle les fêtes nationales, sans jamais me demander ce que représentaient pour moi les feux d'artifice du 4 Juillet, la dinde de Thanksgiving ou les doubles matches de Declaration Day. Notre patrie, c'était l'Amérique.

Et puis les républicains investirent Lindbergh, et tout changea.

Pendant près d'une décennie, Lindbergh fut un héros dans notre quartier comme partout ailleurs. Sa traversée de l'Atlantique en solitaire — trente-trois heures et demie sans escale pour rallier Long Island à Paris — aux commandes de son minuscule monoplace, le *Spirit of Saint Louis*, coïncidait même avec le jour du printemps 1927 où ma mère s'était découverte enceinte de mon frère aîné. Le jeune aviateur dont l'audace avait fait palpiter l'Amérique, et le monde entier avec elle, dont l'exploit annonçait des progrès aéronautiques inimaginables, en arriva donc à occuper une niche toute particulière dans la galerie des anecdotes familiales dont l'enfant tisse l'étoffe de sa mythologie personnelle. Le mystère de la grossesse, joint à la prouesse aéronautique, dota ma propre mère d'une aura quasi divine : l'incarnation de son premier enfant s'accompagnait d'une annonciation planétaire. À l'âge de neuf ans, Sandy allait immortaliser la conjonction de ces deux événements grandioses par un dessin, clin d'œil involontaire à l'art de l'affiche soviétique. Il représentait notre mère à des kilomètres de chez nous, parmi une foule joyeuse, au croisement de Broad Street et de Market Street. C'est une frêle jeune femme de vingt-trois ans à la chevelure sombre, rayonnant de robuste allégresse ; détail curieux, elle est toute seule et porte son tablier de cuisine à fleurs, au carrefour le plus animé de la ville ; l'une de ses mains repose, doigts écartés, sur le devant du tablier, qui souligne des hanches qu'on croirait adolescentes, tandis que, de l'autre, elle est la seule personne de la foule à montrer le *Spirit of Saint Louis* bien visible au-dessus du centre-ville ; à cet instant précis, elle comprend que, exploit tout aussi triomphal pour une mortelle que celui de Lindbergh, elle a conçu Sanford Roth.

Sandy avait quatre ans, et moi, Philip, je n'étais pas né, lorsqu'en mars 1932, le premier enfant de Charles et Anne Morrow Lindbergh, un garçon dont la naissance, vingt mois plus tôt, avait plongé le pays dans la liesse, fut enlevé de la nouvelle maison familiale du bourg rural de Hopewell, au fin fond du New Jersey. Dix semaines plus tard environ, meurtre ou accident, le corps en décomposition était retrouvé par hasard dans les bois, à quelques kilomètres de là. À la faveur de l'obscurité, le bébé encore en pyjama avait été arraché de son berceau et transporté par une fenêtre du deuxième étage au moyen d'une échelle de fortune, tandis que sa mère et sa nourrice vaquaient à leurs occupations du soir dans une autre partie de la maison. En février 1935, à Flemington dans le New Jersey, Bruno Hauptmann, un Allemand de trente-cinq ans, ancien détenu qui habitait le Bronx avec sa femme, comme lui allemande, fut reconnu coupable de rapt et de meurtre d'enfant. Alors, l'audace du premier pilote à avoir traversé l'Atlantique en solitaire s'auréola d'une douleur qui fit de lui un titan martyr, un peu comme Lincoln.

À la suite du procès, les Lindbergh quittèrent temporairement l'Amérique dans l'espoir de protéger leur deuxième enfant du malheur et de retrouver un peu de l'intimité qui leur était si chère. Ils s'installèrent donc dans un petit village anglais, et de là Lindbergh entreprit ses visites privées en Allemagne nazie, ce qui lui vaudrait une image de traître aux yeux de la plupart des Juifs américains. Au cours des cinq voyages qui lui permirent de constater de visu l'ampleur de la machine de guerre allemande, il fut reçu fastueusement par le maréchal Goering, ministre de l'Air, et décoré en grande pompe au nom du Führer ; il ne cacha pas la haute estime en laquelle il tenait Hitler, et déclara que l'Allemagne était le pays le plus intéressant au monde, et son leader un « grand homme » — admiration et intérêt qui venaient après l'adoption de lois raciales déniant leurs droits civiques et sociaux, ainsi que leurs titres de propriété, aux Juifs allemands, annulant leur citoyenneté et leur interdisant le mariage avec les Aryens.

Lorsque j'entrai à l'école, en 1938, le nom de Lindbergh soulevait chez nous la même indignation que l'émission de radio dominicale du père Coughlin, prêtre de Detroit rédacteur en chef d'un hebdomadaire d'extrême droite, *Social Justice*, dont l'antisémitisme virulent enflammait un lectorat non négligeable en ces temps de crise économique. En novembre 1938 — l'année la plus noire, la plus funeste pour les Juifs d'Europe depuis dix-huit siècles — le plus terrible pogrom de l'histoire moderne, la *Kristallnacht*, fut déchaîné par les nazis dans toute l'Allemagne : des synagogues furent réduites en cendres, les domiciles et les commerces des Juifs démolis, et, en cette nuit qui enfantait les monstres de l'avenir, des Juifs furent arrachés à leur maison et déportés dans des camps de concentration. On représenta à Lindbergh qu'après cette barbarie sans précédent perpétrée par un État contre les enfants de son propre sol, il pourrait peut-être rendre la croix d'or aux quatre svastikas que le maréchal Goering lui avait remise au nom de Hitler, mais il refusa, arguant que restituer publiquement la croix de l'Ordre de l'Aigle allemand ne serait qu'un camouflet gratuit au régime nazi.

Lindbergh fut le premier Américain vivant célèbre que j'appris à détester, tout comme le président Roose-

velt était le premier Américain vivant célèbre qu'on
m'apprit à aimer. Voilà pourquoi, lorsque, en 1940, les
républicains l'investirent comme adversaire de Roosevelt, ce fut le premier coup de boutoir contre l'immense
capital de sécurité personnelle que j'avais tenu pour
acquis, moi, l'enfant américain de parents américains,
qui fréquentais l'école américaine d'une ville américaine, dans une Amérique en paix avec le monde.

La seule menace comparable était survenue treize
mois auparavant. Mon père, qui travaillait pour la
Metropolitan Life à son agence de Newark, parvenait
régulièrement à faire du chiffre même au plus noir de la
Crise, et il se vit offrir une promotion : directeur adjoint
du personnel de l'agence d'Union, à une dizaine de
kilomètres de chez nous, dans une ville dont je savais
seulement qu'elle possédait un drive-in où l'on pouvait
voir des films y compris les jours de pluie. La compagnie d'assurances souhaitait l'y installer avec sa famille
s'il prenait le poste ; directeur adjoint du personnel, il
pourrait rapidement prétendre à un salaire de soixante-
quinze dollars par semaine, puis cent dans les années
qui suivraient — une fortune pour des gens ayant nos
perspectives d'avenir, en 1939. Par ailleurs, puisque en
ces années de crise on pouvait avoir sur place un
pavillon individuel pour quelques milliers de dollars
seulement, mon père serait en mesure de réaliser une
ambition qu'il avait nourrie pour avoir grandi sans le
sou dans des immeubles de rapport de Newark : devenir propriétaire en Amérique. La « fierté du propriétaire » était une de ses formules favorites ; elle recou-

vrait une idée aussi réelle que le pain pour un homme ayant de telles origines, une idée qui n'avait rien à voir avec la compétition sociale ou les signes extérieurs de richesse, mais qui était liée à son statut d'homme, soutien de famille.

Seule ombre au tableau, Union comme Hillside étant des banlieues ouvrières non juives, mon père serait sans doute le seul Juif d'une agence de trente-cinq personnes, ma mère la seule Juive de la rue, mon frère Sandy et moi les seuls petits Juifs de l'école.

Le samedi qui suivit cette offre de promotion — promotion qui se traduirait surtout par une petite marge de sécurité financière bienvenue pour la famille en cette période de crise — nous partîmes tous quatre faire un tour à Union après le déjeuner. Une fois sur place, nous longeâmes les rues résidentielles avec un œil sur les maisons à étage, pas toutes semblables, certes, mais chacune avec son perron de brique, sa porte moustiquaire, sa pelouse tondue avec soin et ses arbustes, son allée de graviers menant au garage prévu pour une seule voiture, des maisons bien modestes mais tout de même plus spacieuses que notre quatre-pièces, et qui ressemblaient beaucoup aux maisonnettes blanches vues dans les films sur l'Amérique profonde, l'Amérique originelle. Mais une fois sur place, notre allégresse naïve à l'idée d'accéder au statut de propriétaires céda bientôt, comme il était assez prévisible, à des spéculations sur la profondeur de la charité chrétienne. Ma mère, si énergique d'ordinaire, répondit au « Qu'est-ce que tu en penses, Bess ? » de mon père avec un enthousiasme que même un enfant devinait feint. Et

malgré mon jeune âge, je compris pourquoi. Elle pensait : « Les gens diront "C'est la maison des Juifs."
J'aurai l'impression d'être revenue à Elizabeth. »

Elizabeth, où ma mère avait grandi dans l'appartement au-dessus de l'épicerie paternelle, était un port
industriel du New Jersey grand comme le quart de
Newark, fief d'une classe ouvrière irlandaise, avec ses
politiciens et le réseau serré de sa vie paroissiale gravi-
tant autour de ses nombreuses églises. Je n'avais jamais
entendu ma mère se plaindre d'avoir subi des brimades
caractérisées dans son jeune temps, mais il lui avait tout
de même fallu attendre de s'installer au moment de son
mariage dans le nouveau quartier juif de Newark pour
prendre de l'assurance ; là, elle était d'abord devenue
membre « actif » de l'association de parents d'élèves,
puis vice-présidente chargée de monter le club des
parents d'élèves en maternelle, et enfin présidente de
l'association. À ce titre, après avoir assisté à une conférence sur la paralysie infantile, à Trenton, elle avait
lancé l'idée d'un bal annuel au profit des petits polios
le 30 janvier, anniversaire du président Roosevelt, idée
qui fut reprise par la plupart des écoles de la ville. Au
printemps 1939, avec ses idées progressistes, elle en
était déjà à sa deuxième année de gestion réussie et soutenait un jeune professeur de sociologie qui préconisait
l'introduction de méthodes audiovisuelles à l'école
de Chancellor Avenue. Comment ne pas se sentir
dépouillée de tout ce qu'elle avait conquis en tant
qu'épouse et mère de Summit Avenue ? Si nous avions
la chance d'emménager dans une maison à nous dans
n'importe laquelle de ces rues d'Union que nous

découvrions au printemps sous leur meilleur jour, non
seulement elle perdrait son statut, pour retomber à celui
de fille d'épicier juif émigré dans une ville irlandaise
catholique, mais, pis encore, Sandy et moi serions obligés de subir les handicaps qui avaient été ceux de sa
jeunesse de marginale dans son quartier.

Malgré la contrariété de ma mère, mon père déploya
tous ses efforts pour maintenir notre moral : il fit observer à quel point tout paraissait propre et bien tenu ; il
nous rappela, à Sandy et à moi, que si nous habitions
l'une de ces maisons, nous n'aurions plus à partager la
même petite chambre et la même penderie ; il nous
expliqua qu'il valait beaucoup mieux rembourser un
prêt que payer un loyer, mais ces rudiments d'économie domestique furent interrompus assez brusquement
car il dut s'arrêter à un feu rouge, devant un débit de
boissons aux allures de jardin qui dominait le carrefour.
On y avait installé des tables de pique-nique vertes à
l'ombre des frondaisons et, en ce samedi après-midi
ensoleillé, des serveurs en veste blanche à galons dorés
passaient prestement, tenant en équilibre des plateaux
chargés de bouteilles, pichets et assiettes tandis qu'à
chaque table, des hommes de tous âges fumaient la
cigarette, la pipe, le cigare en buvant dans de grands
verres et des chopes de grès. Il y avait de la musique,
aussi, de l'accordéon, joué par un petit bonhomme corpulent en short, chaussettes hautes et chapeau tyrolien
orné d'une longue plume.

« Ah, les fils de putes, dit mon père, les salauds de
fascistes. » Là-dessus, le feu passa au vert et nous roulâmes en silence pour aller voir l'immeuble de l'agence

où on allait lui donner une chance de gagner plus de cinquante dollars par semaine.

Ce fut mon frère qui, une fois au lit ce soir-là, m'expliqua pourquoi mon père était sorti de ses gonds au point de dire des gros mots devant ses enfants. Cette joyeuse terrasse à l'ambiance familiale, en plein centre-ville, était une guinguette bavaroise, établissement qui n'était pas sans lien avec le Bund germano-américain, lequel n'était pas sans lien avec Hitler, Hitler qui, inutile de me le dire, avait tous les liens possibles avec les persécutions contre les Juifs.

Cette ivresse de l'antisémitisme... voilà donc, me dis-je, ce qu'ils buvaient de si bon cœur sur leur terrasse, ce jour-là, comme les nazis sous toutes les latitudes, des litres et des litres d'antisémitisme, remède à tous les maux.

Mon père dut prendre une matinée de congé pour se rendre à l'agence mère de New York, gratte-ciel coiffé d'un phare que sa compagnie d'assurances appelait fièrement « La Lumière qui jamais ne faiblit », et annoncer au chef de toutes les agences qu'il ne pouvait pas accepter cette promotion tant désirée.

« C'est ma faute, déclara ma mère lorsque le soir même au dîner il se mit à raconter ce qui ressortait de son entretien au dix-huitième étage du 1 Madison Avenue.

— C'est la faute de personne, dit mon père, je t'avais expliqué avant de partir ce que je comptais lui dire. J'y suis allé, je le lui ai dit, et voilà. On n'ira pas à Union, les garçons, on va rester ici.

— Qu'est-ce qu'il a fait ? demanda ma mère.

— Il m'a écouté jusqu'au bout.

— Et puis après ?

— Il s'est levé et il m'a serré la main.

— Il n'a rien dit ?

— Il a dit : "Bonne chance, Roth."

— Il était fâché.

— Hatcher est un monsieur de la vieille école. Un grand gaillard de goy, un mètre quatre-vingts, un physique d'acteur, soixante ans et frais comme un gardon. C'est des décideurs, ces types-là, Bess, ils ne vont pas perdre leur temps à en vouloir à quelqu'un comme moi.

— Et maintenant, alors ? » demanda-t-elle comme si les conséquences de cet entretien avec Hatcher, ne pouvant être favorables, risquaient d'être funestes. Je croyais comprendre pourquoi. Rien n'est impossible à qui s'applique, tel était l'axiome que nos parents, l'un comme l'autre, nous avaient inculqué. Le soir, à table, mon père se plaisait à le rappeler à ses petits garçons : « Si on te demande : "Ce travail, tu saurais le faire ? tu crois que tu vas y arriver ?" réponds : "Mais bien sûr." Le temps qu'on découvre que tu ne sais pas, tu auras déjà appris, et la place, tu l'auras. Qui sait, ce sera peut-être la chance de ta vie. » Pourtant, à New York, il s'était bien gardé d'appliquer ce principe.

« Qu'est-ce qu'il a dit, le Patron ? » demanda ma mère. Celui que nous nommions le Patron était Sam Peterfreund, le directeur de mon père à l'agence de Newark. À cette époque où l'on imposait sans le dire des quotas pour limiter de façon draconienne l'accès des Juifs à l'université et aux grandes écoles, où une

discrimination incontestée leur interdisait toute promotion significative dans les grandes firmes, et où
ils étaient exclus de milliers de cercles et d'institutions,
Peterfreund faisait partie des rares pionniers juifs
à occuper un poste de directeur chez Metropolitan
Life. « C'est lui qui a proposé ton nom, dit ma mère.
Comment il réagit ?

— Tu sais ce qu'il m'a dit quand je suis rentré ? Tu
sais ce qu'il m'a raconté sur l'agence d'Union ? C'est
une bande de poivrots. Ils sont connus pour ça. Avant,
il avait pas voulu m'influencer. Il aurait pas voulu s'interposer si j'en avais eu envie, de ce poste. Il est bien
connu que les agents bossent deux heures le matin, et
qu'ils passent le reste du temps à la taverne, quand c'est
pas pire. Alors, j'étais censé débarquer, moi le nouveau
Juif, le grand patron tout neuf tout pimpant pour qui ces
goyim mouraient d'envie de bosser, et j'étais censé
aller les récupérer quand ils auraient roulé sous la table
au bistrot. J'étais censé aller les chercher pour les rappeler à leurs devoirs envers leur femme et leurs enfants.
Tu parles d'un service que je leur aurais rendu, ils
m'auraient adoré ! Tu imagines les noms d'oiseaux
qu'ils m'auraient donnés derrière mon dos. Non, je suis
mieux où je suis. Ça vaut mieux pour nous tous.

— Mais est-ce que la compagnie peut te mettre à la
porte, pour avoir refusé cette promotion ?

— Chérie, j'ai fait ce que j'ai fait, point final. »

Mais elle ne crut pas que le Patron ait prononcé les
paroles qu'il rapportait ; elle se dit qu'il inventait tout
ça pour ne pas qu'elle s'accuse de lui avoir fait rater la
chance de sa vie en refusant d'installer ses enfants dans

une banlieue non juive, un repaire de bundistes germano-américains.

En avril 1939, les Lindbergh rentrèrent en Amérique
pour y reprendre leur vie de famille. Quelques mois
plus tard seulement, en septembre, après avoir annexé
l'Autriche et soumis la Tchécoslovaquie, Hitler enva-
hissait et conquérait la Pologne. Alors la France et
l'Angleterre réagirent en déclarant la guerre à l'Allemagne. Entre-temps, Lindbergh avait reçu un poste de
colonel dans l'armée de l'air, et il s'était mis à sillonner
le pays au nom du gouvernement. Il faisait du lobbying
pour le développement de l'aviation américaine, l'expansion et la modernisation de l'armée de l'air.
Lorsque, sur sa lancée, Hitler occupa le Danemark, la
Norvège, la Hollande et la Belgique et faillit bien
anéantir la France, la deuxième grande guerre européenne du siècle était en route et le colonel de l'armée
de l'air devint l'idole des isolationnistes — et l'ennemi
de Franklin Roosevelt — en se donnant pour nouvelle
mission d'empêcher l'Amérique de se laisser entraîner
dans le conflit ou de proposer d'aider en quelque façon
les Anglais ou les Français. Il régnait déjà une forte
animosité entre lui et Roosevelt, mais comme il déclarait désormais ouvertement devant de vastes assemblées, à la radio, et dans des magazines populaires que,
sous couvert de promesses de paix, le président leurrait
le pays tout en ourdissant secrètement des plans pour le
faire entrer dans le conflit armé, on commença à dire
haut et fort chez les républicains qu'il avait assez de

charisme pour interdire un troisième mandat au « va-
t-en-guerre » de la Maison-Blanche.

Plus Roosevelt, soucieux d'empêcher une défaite
britannique, faisait pression sur le Congrès pour lever
l'embargo sur les armes et assouplir la contrainte de
neutralité, plus Lindbergh devenait explicite. Il finit par
prononcer devant une salle pleine de partisans enthou-
siastes, à Des Moines, le fameux discours radiodiffusé
où il désigna parmi les « principaux groupes qui poussent le pays à la guerre » un groupe qui ne constituait
même pas trois pour cent de la population et qu'il nommait tantôt « le peuple juif », tantôt « la race juive ».

« Mais aucun homme doté d'honnêteté et de clairvoyance, disait-il, ne peut considérer leur politique
belliciste ici et maintenant sans en voir les dangers,
pour eux comme pour nous. » À quoi il ajoutait, avec
une franchise remarquable :

> Quelques Juifs clairvoyants le comprennent
> et sont opposés à une intervention. Mais ce n'est
> toujours pas le cas de la majorité d'entre eux... On
> ne saurait leur reprocher de veiller sur ce qu'ils
> considèrent comme leurs intérêts, mais nous
> devons aussi veiller sur les nôtres. Nous ne pou-
> vons laisser les passions naturelles et les préjugés
> d'autres peuples mener notre pays à la ruine.

Le lendemain, ces accusations, qui lui avaient valu
une ovation dans l'Iowa, lui attirèrent les foudres de la
presse libérale, de l'attaché de presse de Roosevelt, des
agences et organismes juifs, et même, au sein du Parti
républicain, celles du gouverneur Dewey et de l'avocat

général pour les services près Wall Street, Wendell
Willkie, tous deux présidentiables. Certains membres
de l'équipe démocrate, tel le ministre de l'Intérieur
Harold Ickes, le critiquèrent si sévèrement que Lindbergh préféra démissionner de son poste de colonel de
réserve plutôt que de servir sous les ordres de FDR,
chef des armées. Mais l'organisation America First,
l'« Amérique d'abord », qui de tous les organismes
militant contre l'intervention avait la base la plus vaste,
continua de le soutenir, et il demeura le prosélyte le
plus populaire de ses arguments en faveur de la neutralité. Beaucoup de membres de cette association
croyaient dur comme fer, et au mépris des faits, que,
comme le soutenait Lindbergh, les Juifs constituaient
un danger majeur « en raison de leurs capitaux et de
leur influence dans l'industrie du cinéma, la presse, la
radio et au gouvernement ». Lorsque, dans ses écrits,
Lindbergh faisait fièrement état « du sang européen qui
est notre héritage », lorsqu'il mettait ses concitoyens en
garde contre sa « dilution par des races étrangères », et
son « infiltration par un sang inférieur » (autant de
formules qu'on retrouve dans les entrées de ses journaux intimes de l'époque), il consignait là des convic-
tions personnelles partagées par une proportion considérable de membres lambda de l'organisation America
First, ainsi que par un électorat virulent dont l'ampleur
dépassait largement les inquiétudes d'un Juif comme
mon père avec toute sa haine de l'antisémitisme, ou
d'une Juive comme ma mère avec sa méfiance invété-
rée vis-à-vis des chrétiens.

La convention républicaine de 1940. En ce soir du jeudi 27 juin, quand mon frère et moi nous endormons, la radio est encore allumée dans le séjour car notre père, notre mère et notre cousin Alvin, qui est plus âgé que nous, suivent tous trois les tours de scrutin en direct de Philadelphie. Au sixième tour, les républicains n'ont toujours pas investi leur candidat. Aucun délégué n'a prononcé le nom de Lindbergh, et celui-ci, retenu par un congrès d'ingénieurs dans une usine du Midwest où il est consultant pour les plans d'un nouvel avion de guerre, n'est ni présent ni attendu. Lorsque Sandy et moi sommes allés nous coucher, la convention demeurait divisée entre Dewey, Willkie et deux puissants sénateurs, Vandenberg, du Michigan, et Taft, de l'Ohio ; il ne semblait pas qu'une négociation en sous-main soit conclue entre les gros bonnets du parti, comme l'ancien président Hoover, délogé de ses fonctions en 1932 par la victoire écrasante de FDR, ou le gouverneur Alf Landon, à qui FDR avait infligé une défaite plus cuisante encore quatre ans plus tard, lors du plus fort raz de marée électoral de l'histoire.

C'est le premier soir moite de l'été, et on a laissé les fenêtres ouvertes dans toutes les pièces ; Sandy et moi ne pouvons nous empêcher de continuer à écouter, depuis notre lit, la suite des événements que diffusent, outre la radio du séjour, celle des voisins du dessous et même — car l'allée qui sépare les maisons est tout juste assez large pour laisser passer une voiture — celles des voisins de gauche, de droite, et d'en face. Comme cela se passe longtemps avant que les climatiseurs installés sous les fenêtres ne couvrent les bruits du quartier par les soirs tropicaux, l'émission plane sur tout le pâté de maisons délimité par Keer Street et Chancellor Avenue, un pâté de maisons où l'on ne trouverait pas un seul républicain, ni dans les quelque trente pavillons à trois logements ni dans le petit immeuble neuf au coin de l'avenue. Dans des rues comme la nôtre, les Juifs ont voté démocrate sans hésiter tant que FDR est resté tête de liste.

Mais nous ne sommes que des gosses, et le sommeil nous gagne. Nous ne nous serions sans doute pas réveillés avant le matin sans l'entrée impromptue de Lindbergh sur les planches de la convention, à trois heures dix-huit, alors que les républicains étaient dans l'impasse au vingtième tour. Le beau héros — grand, mince, agile, athlétique, même pas quadragénaire — a gardé sa combinaison d'aviateur, car il vient de poser son appareil à l'aéroport de Philadelphie quelques minutes plus tôt. À sa vue, une vague d'enthousiasme rédempteur ragaillardit les républicains ; ils se lèvent d'un bond pour crier « Lindy, Lindy, Lindy ! » pendant trente minutes de triomphe, le tout sans être interrompus par le président de séance. Ce drame pseudo-religieux n'offre que les dehors de la spontanéité ; son exécution a été ourdie en coulisses par le sénateur Gerald P. Nye, du Dakota du Nord, isolationniste d'extrême droite qui propose illico l'investiture de Charles Lindbergh, de Little Falls, Minnesota, proposition aussitôt soutenue par les deux membres du Congrès les plus réactionnaires, le député Thorkelson du Montana, et le député Mundt, du Dakota du Sud. C'est ainsi qu'à quatre heures du matin, le vendredi 28 juin, le Parti

républicain investit par acclamation le candidat natio-
naliste qui a préféré dénoncer les Juifs aux auditeurs de
toute la nation comme « d'autres peuples usant de leur
influence énorme pour mener le pays à la destruction »
au lieu de reconnaître en eux une toute petite minorité
de citoyens écrasés en nombre par leurs compatriotes
chrétiens, des Juifs que, sauf exception, le préjugé religieux exclut de la sphère publique, et qui ne sont certes
pas moins loyaux envers la démocratie américaine
qu'un admirateur d'Adolf Hitler.

« Non ! », voilà le mot qui nous tire du sommeil. Un
« Non ! » crié par une voix mâle, dans toutes les maisons du coin. Impossible. Pas comme candidat à la
présidence des États-Unis.

En quelques secondes, mon frère et moi nous retrou-
vons devant la radio avec le reste de la famille, qui
oublie de nous dire de nous recoucher. Malgré la chaleur, ma pudique mère a passé un peignoir sur sa chemise de nuit transparente — elle a été tirée de son sommeil par le bruit, elle aussi — et elle est assise sur le
canapé à côté de mon père, une main sur les lèvres
comme pour réprimer une nausée. Pendant ce temps,
mon cousin Alvin, incapable de tenir en place, arpente
cette pièce de six mètres sur quatre avec une énergie de
héros vengeur en train de fouiller la ville pour trouver
où précipiter ses foudres.

La colère de cette nuit-là est une vraie forge rugis-
sante, un haut-fourneau qui vous happe et vous tord
comme de l'acier. Et elle ne va pas retomber, tant s'en
faut, lorsque Lindbergh, monté en silence à la tribune

de Philadelphie, s'entend à nouveau ovationner en sauveur de la nation, ni lorsqu'il fait son discours d'investiture, acceptant du même coup la mission de maintenir l'Amérique hors du conflit européen. Nous attendions tous avec terreur qu'il répète à la convention ses calomnies perfides sur les Juifs, mais s'il n'en fait rien, cela ne remonte pas pour autant le moral des familles du voisinage, qui sortent toutes sans exception dans la rue à cinq heures du matin. Des familles entières, que je n'ai jusque-là connues que de jour, tout habillées, et que je vois subitement en pyjama et chemise de nuit sous leurs peignoirs de bain, en train de se répandre dans la rue en pantoufles, comme chassées de chez elles, dirait-on, par un tremblement de terre. Mais le choc le plus grand pour l'enfant que je suis, c'est la colère, la colère de ces hommes que je connais comme de joyeux *kibbitzers*, ou des hommes de devoir taciturnes, qui font bouillir la marmite, qui passent leurs journées à déboucher des tuyauteries, réparer des chaudières ou vendre des pommes au kilo pour rentrer le soir lire le journal et s'endormir dans le fauteuil du salon, des gens bien ordinaires, juifs par hasard, en train de vitupérer dans la rue et de dire des gros mots au mépris des convenances, brutalement renvoyés qu'ils sont au misérable combat dont ils croyaient leur famille libérée par l'émigration providentielle de la génération précédente.

Le fait que Lindbergh n'ait pas parlé des Juifs dans son discours d'investiture pouvait être de bon augure, me disais-je, signe qu'il avait été rappelé à l'ordre par le tollé qui l'avait contraint à abandonner son poste

dans l'armée, ou bien qu'il avait changé d'avis depuis
le discours de Des Moines, voire qu'il nous avait déjà
oubliés, ou enfin que, en son for intérieur, il savait notre
sort indissociable de celui de l'Amérique — car si les
Irlandais demeuraient attachés à l'Irlande, les Polonais
à la Pologne et les Italiens à l'Italie, nous n'avions
conservé aucun lien, sentimental ou autre, avec les
pays du Vieux Monde où nous n'avions jamais été bien
accueillis, et n'avions nulle intention de retourner
jamais. Si j'avais pu formuler explicitement ce que ce
moment signifiait, voilà sans doute ce que j'aurais dit.
Mais les hommes descendus dans la rue tenaient un
autre raisonnement. Pour eux, le fait que Lindbergh
n'ait pas parlé des Juifs s'inscrivait dans une campagne
de perfidie destinée à nous faire taire pour mieux nous
prendre par surprise. « Hitler en Amérique ! » criaient
nos voisins. « Le fascisme en Amérique ! Des SS en
Amérique ! » Après cette nuit blanche, nos aînés en
plein désarroi imaginaient tout et le reste, et ne se pri-
vèrent pas de le dire à haute et intelligible voix, au
risque d'être entendus de nous, avant de rentrer chez
eux en ordre dispersé, tandis que les radios continuaient
à brailler, les hommes pour se raser, s'habiller et avaler
une tasse de café avant de partir au travail, les femmes
pour habiller leurs enfants, leur faire le petit déjeuner
et les préparer.

Lorsque Roosevelt apprit qu'il aurait pour adversaire Lindbergh et non un sénateur de la stature de Taft,
un ancien procureur aussi agressif que Dewey ou un
avocat de haut vol à la beauté lisse comme Willkie, il

réagit avec une vigueur qui remonta le moral de tous.
Tiré de son lit à la Maison-Blanche, sur les quatre
heures du matin, il aurait prédit : « Quand tout ça sera
fini, ce jeune homme va regretter non seulement d'être
entré en politique, mais même d'avoir appris à piloter. »
Sur quoi il se serait rendormi profondément — telle fut
du moins l'histoire qui nous réconforta si bien le lendemain. Mais dans la rue, où il n'était question que de
cet affront d'une injustice flagrante qui représentait une
telle menace contre notre sécurité, les gens avaient
curieusement oublié FDR, notre rempart contre l'oppression. À elle seule, l'investiture surprise de Lindbergh avait suffi à réveiller la hantise atavique de
n'avoir aucun défenseur, hantise bien davantage inspirée par l'attitude de Kishinev pendant les pogroms de
1903 que par la situation dans le New Jersey, trente-sept
ans plus tard. Du coup, on avait oublié que Roosevelt
avait nommé Felix Frankfurter à la Cour suprême,
Henry Morgenthau aux Finances, en choisissant pour
proche conseiller le financier Bernard Baruch ; on avait
oublié Mrs Roosevelt, Ickes, et le vice-président Wallace, qui, comme le président lui-même, étaient connus
pour être les amis des Juifs. Il y avait Roosevelt, il y
avait la Constitution des États-Unis, il y avait les droits
civiques, il y avait les journaux, la presse américaine
libre. Le *Newark Evening News* lui-même, pourtant
républicain, publia un éditorial où il rappelait à ses
lecteurs le discours de Des Moines pour contester
publiquement la sagesse de cette investiture. Quant à
PM, nouveau tabloïd new-yorkais gauchiste à vingt-
cinq cents qui avait pour slogan « *PM* est contre tous

ceux qui malmènent les autres » et que mon père rapportait désormais du travail avec le *Newark News*, il
s'en prenait aux républicains dans toutes ses colonnes :
long éditorial, faits divers, articles variés au fil de ses
trente-deux pages ; il y avait même un papier hostile à
Lindbergh en page des sports, dirigée par Tom Meany
et Joe Cummiskey. Une photo de la médaille nazie
décernée à l'aviateur s'étalait en première page, et dans
les pages Images du jour, où le journal se vantait de
publier des photos provocatrices censurées ailleurs
— foules en plein lynchage, taulards boulet aux pieds,
briseurs de grève armés de matraques, conditions de
détention inhumaines dans les pénitenciers américains —, on voyait le candidat des républicains en
tournée dans l'Allemagne nazie en 1938, le clou de ce
spectacle étant une photo pleine page de lui avec l'infâme médaille autour du cou, en train de serrer la main
de Hermann Goering, le chef nazi, le second de Hitler.

Le dimanche soir, il nous fallut attendre la fin des
comédies radiophoniques, à neuf heures, pour entendre
Walter Winchell. Lorsqu'il arriva sur les ondes et se
mit en devoir de dire ce que nous espérions, avec tout
le dédain que nous souhaitions, une ovation s'éleva de
l'appartement d'en face ; on aurait dit que le chroniqueur enfermé dans un studio sur l'autre rive du gouffre
de l'Hudson se battait à nos côtés comme un beau
diable, cravate défaite, col ouvert, son grand feutre en
arrière, et qu'il vilipendait Lindbergh depuis un micro
posé sur la toile cirée de la table de cuisine, chez nos
voisins.

C'était le dernier soir de juin 1940. Après une
chaude journée, la température s'était rafraîchie, de
sorte qu'on était bien chez soi, sans transpirer. Mais
lorsque Winchell eut fini son speech, à neuf heures et
quart, nos parents eurent envie d'aller faire un tour pour
profiter en famille de cette belle soirée. Nous nous pro-
posions seulement d'aller jusqu'au coin de la rue, après
quoi mon frère et moi nous nous mettrions au lit, mais
il était près de minuit quand nous nous couchâmes, et
il n'était plus question de dormir, tant nous étions
gagnés par l'effervescence des adultes. C'est que la
combativité intrépide de Winchell avait fait sortir tous
nos voisins comme nous, et que ce qui avait commencé
comme une joyeuse petite promenade vespérale s'était
terminé en fête de quartier improvisée. Les hommes
étaient allés chercher des transats dans leur garage et
les avaient dépliés devant chez eux ; les femmes faisaient circuler des pichets de citronnade ; les petits
enfants couraient comme des fous d'un perron à l'autre,
tandis que les plus grands restaient entre eux à rire et
bavarder — tout ça parce que venait de déclarer la
guerre à Lindbergh le Juif américain le plus connu
après Albert Einstein.

Winchell, l'inventeur des points de suspension qui
ponctuaient, voire validaient magiquement dans son
éditorial toutes les infos croustillantes, jusqu'aux plus
hasardeuses, Winchell qui avait eu l'idée de cribler de
potins tendancieux les masses crédules. Il ruinait les
réputations, il compromettait les célébrités ; trompette
de la renommée, il faisait et défaisait les carrières du
showbiz. On retrouvait sa rubrique dans les journaux de

tout le pays, et son quart d'heure du dimanche soir
constituait la page d'actualités la plus suivie. Winchell,
avec son débit de mitrailleuse et son cynisme pugnace,
conférait à tous les scoops l'impact sensationnel d'une
dénonciation. Nous admirions en lui le marginal intré-
pide, au cœur de toutes les intrigues, le pote d'Edgar
J. Hoover, directeur du FBI, et le voisin du mafieux
Frank Costello, le confident des proches de Roosevelt,
qu'on ne dédaignait pas d'inviter par-ci par-là à la
Maison-Blanche pour distraire le président devant un
verre, le bagarreur de quartier dans le secret des dieux,
le dur redouté de ses ennemis, mais qui était de notre
côté. Walter Winchell, Weinschel de son vrai nom, né
à Manhattan, s'était métamorphosé : hier danseur de
comédies musicales à New York, il était devenu le
chroniqueur canaille de Broadway et il avait gagné la
grosse galette en cristallisant les passions de la presse
la plus ringarde pour illettrés. Et pourtant, depuis l'ascension de Hitler, et bien avant que quiconque dans la
presse n'ait la clairvoyance et la rage de s'en prendre à
eux, les fascistes et les antisémites étaient devenus ses
bêtes noires. Il avait déjà baptisé « rat-zis » les bundistes germano-américains, et il harcelait leur leader,
Fritz Kuhn, sur les ondes et dans la presse écrite, le
dénonçant comme un espion à la solde de l'étranger.
Aujourd'hui, après la boutade de FDR, l'éditorial du
Newark News, la dénonciation en règle du journal *PM,*
Walter Winchell avait révélé la « philosophie pronazie » de Lindbergh à ses trente millions d'auditeurs
du dimanche soir, il avait stigmatisé son investiture
comme la plus grande menace contre la démocratie

américaine, et il n'en avait pas fallu davantage pour que
les familles juives de la toute petite Summit Avenue
ressemblent de nouveau à des Américains jouissant
de la vitalité et de la bonne humeur que procure une
citoyenneté sûre, libre et protégée, au lieu d'errer en
tenue de nuit comme des fous échappés d'un asile.

Mon frère était connu dans tout le quartier pour
savoir dessiner « tout ce qu'on voulait » — une bicyclette, un arbre, un chien, une chaise, un personnage de
bandes dessinées comme Li'l Abner, mais, ces derniers
temps, il s'était mis au portrait. Il y avait toujours des
gosses autour de lui pour le regarder quand il s'installait après l'école avec son grand cahier à spirale et son
crayon à mine rétractable pour croquer son entourage.
Les curieux lui criaient immanquablement : « Dessine-
le, dessine-la, dessine-moi », et Sandy s'exécutait, ne
serait-ce que pour qu'ils arrêtent de lui brailler dans les
oreilles. Pendant que sa main s'activait, ses yeux
allaient et venaient du modèle au papier, et — ô merveille — tel ou tel pris sur le vif s'inscrivait sur la
page. C'est quoi ton truc ? lui demandait-on toujours.
Comment tu fais ? comme si cet exploit s'apparentait
au calque, voire à la magie pure. Pour toute réponse
à ces importuns, Sandy haussait les épaules, ou bien
il souriait : son truc, c'était d'être un garçon calme,
sérieux et discret. Ce talent de saisir les ressemblances,
qui le singularisait partout où il passait, ne semblait
en rien entamer l'élément impersonnel qui faisait le
noyau de sa force, la modestie innée qui le blindait, et
qu'il renia plus tard à ses risques et périls.

À la maison, il ne copiait plus les illustrations de *Collier* ou les photos de *Look*, mais il étudiait un manuel de dessin anatomique. Il avait gagné ce manuel dans un concours d'affiches pour la fête d'Arbor Day, un concours d'écoliers qui coïncidait avec un programme de plantation d'arbres en ville sous l'égide du Bureau des Parcs et du Domaine. Au cours de la cérémonie donnée à cette occasion, il avait serré la main d'un certain Mr Bannwart, directeur en chef du Bureau des arbres d'ombrage. L'affiche qui lui avait valu le prix lui avait été inspirée par un timbre-poste rouge à deux cents tiré de ma collection et commémorant le soixantième anniversaire de la fête d'Arbor Day, la fête des Charmilles. Je l'avais trouvé particulièrement beau, parce que entre ses deux étroites bordures blanches verticales, s'élançait un arbre gracile dont les branches se rejoignaient au sommet pour former un arceau ; il m'avait fallu en posséder un exemplaire et en examiner à la loupe les traits distinctifs pour comprendre le sens du mot « charmille » passé inaperçu dans le nom familier de la fête. (Cette petite loupe, l'album pour deux mille cinq cents timbres, la pince, l'emporte-pièce, les coins gommés pour les timbres ainsi qu'un plat en caoutchouc noir appelé détecteur de taches d'eau m'avaient été offerts par mes parents pour mon septième anniversaire ; et pour dix cents de plus, ils m'avaient aussi acheté un petit livre de quelque quatre-vingt-dix pages intitulé *Manuel du philatéliste*. Sous le titre « Comment commencer une collection de timbres », j'y avais lu, fasciné, la phrase suivante : « Les vieux dossiers administratifs ou la correspondance privée contiennent souvent des timbres de séries abandonnées qui ont une grande valeur. Alors si vous avez des amis qui habitent de vieilles maisons et qui ont accumulé ce genre de choses au grenier, tâchez de "récupérer" leurs vieilles enveloppes timbrées et leurs vieilles bandes. » Nous n'avions pas de grenier, aucun de nos amis vivant en appartement n'en avait ; en revanche, on en trouvait sous les toits de ces pavillons individuels à Union ; depuis mon siège, à l'arrière de la voiture, j'en avais vu les lucarnes de chaque côté des maisons le terrible samedi où nous avions parcouru la ville, l'année précédente, de sorte que quand nous étions rentrés cet après-midi-là, je ne pensais plus qu'aux vieilles enveloppes timbrées et aux timbres fixés sur les bandes prépayées des journaux thésaurisés dans ces greniers, en me disant qu'à présent, je n'aurais aucune chance d'en « récupérer », puisque j'étais juif.)

Le timbre commémoratif de la fête des Charmilles avait d'autant plus d'attrait à mes yeux qu'il représentait une activité humaine plutôt qu'un personnage célèbre ou un lieu important ; qui plus est, il s'agissait d'une activité à laquelle se livraient des enfants : au centre du timbre, un garçon et une fille de dix-onze ans sont en train de planter un jeune arbre ; le garçon creuse avec une pelle tandis que la fille, soutenant le tronc d'une main, le maintient en équilibre au-dessus du trou. Sur l'affiche de Sandy, le garçon et la fille ont permuté ; le garçon est ici droitier et non plus gaucher, il porte un pantalon au lieu de knicker, et il a posé un pied sur la lame de la pelle pour l'enfoncer dans le sol. Et puis, il y a un troisième enfant, un garçon à peu près de mon

âge, en culottes courtes, celui-là. Il se tient derrière
l'arbre, un peu sur le côté, avec son arrosoir prêt,
comme j'avais tenu le mien en posant pour Sandy,
dans mon plus beau knicker d'uniforme et mes chaussettes hautes. L'idée d'ajouter cet enfant venait de
ma mère, pour distinguer l'œuvre de Sandy du timbre
commémoratif — on ne pourrait pas l'accuser d'avoir
« copié » — mais aussi pour enrichir l'affiche d'un
contenu social fort, avec un thème nullement rebattu en
1940, sur les affiches ou ailleurs, qui, pour des raisons
de « bon goût », aurait même pu être récusé par le jury.

Le troisième enfant de la scène était noir, et ce qui
avait encouragé ma mère à suggérer sa présence,
c'était, outre le désir d'inculquer à ses enfants la vertu
civique de la tolérance, un autre timbre de ma collection, un tout nouveau timbre qui faisait partie des cinq
« éducateurs » que j'avais achetés à la poste pour la
somme totale de vingt et un cents, payée au cours du
mois de mars sur mon argent de poche, qui s'élevait à
vingt-cinq cents par semaine. Au-dessus du portrait
central, chaque timbre comportait une lampe que la
poste américaine nommait Lampe de la Connaissance
mais qui me faisait penser à celle d'Aladin dans les
Mille et Une Nuits, sa lampe magique, avec l'anneau, et
les deux génies qui réalisent tous ses vœux. Mon vœu
à moi aurait été de recevoir les plus convoités de tous
les timbres américains : tout d'abord celui de la poste
aérienne de 1918, un timbre à vingt-quatre cents qu'on
disait valoir trois mille quatre cents dollars, où l'avion
représenté au centre, l'avion de guerre Jenny, figurait
à l'envers ; ensuite, les trois célèbres timbres de l'expo-

sition de 1901, au centre desquels il y avait aussi eu des erreurs d'impression, et qui valaient plus de mille dollars chacun.

Sur le timbre vert à un cent du groupe des éducateurs, juste au-dessus de la Lampe de la Connaissance, on voyait Horace Mann ; sur le rouge à deux cents, c'était Mark Hopkins ; sur le violet à trois cents Charles W. Eliot ; sur le bleu à quatre cents Frances E. Willard, et sur le marron à dix cents Booker T. Washington, le premier Noir immortalisé sur un timbre américain. Je me souviens qu'après l'avoir placé dans mon album, et avoir montré à ma mère comment il complétait cette série de cinq, je lui avais demandé : « Tu crois qu'il y aura un Juif sur un timbre, un jour ? » À quoi elle avait répondu : « Un jour, oui, sans doute. Je l'espère, en tout cas. » Il fallut tout de même attendre vingt-six ans, et Albert Einstein.

Sandy économisa ses vingt-cinq cents d'argent de poche par semaine, ainsi que les quelques pièces qu'il gagnait à déblayer la neige, ratisser les feuilles ou laver la voiture familiale, et quand il eut réuni la somme suffisante, il se rendit en vélo à la papeterie de Clinton Avenue qui vendait des articles de dessin. En quelques mois il acheta un fusain, puis le papier de verre pour l'affûter, puis du papier à fusain, puis le petit tube de métal avec lequel il vaporisait le fixateur qui empêchait le fusain de baver. Il avait de grosses pinces à dessin, une planche de masonite, des crayons Ticonderoga à gaine jaune, des gommes, des carnets de croquis, du papier à dessin, et il rangeait ce matériel dans un carton d'épicerie au fond de notre penderie commune, avec défense faite à ma mère d'y toucher quand elle faisait le ménage. Sa méticulosité et son énergie, qu'il tenait de notre mère, sa persévérance phénoménale, qu'il tenait de notre père, ne faisaient qu'amplifier mon respect admiratif pour ce grand frère promis, de l'avis général, à un brillant avenir, quand la plupart des gamins de son âge ne donnaient aucun signe de pouvoir être admis à partager la table d'un autre être humain. À cette époque, moi, j'étais le bon petit, l'enfant obéissant à la maison et à l'école — ma force d'opposition encore latente attendait son détonateur, j'étais encore bien trop jeune pour connaître mon propre potentiel de rage. Et Sandy était bien la dernière personne avec laquelle je me serais montré intransigeant.

Pour ses douze ans, il avait reçu un grand carton à dessin noir rigide, qui se pliait le long de sa couture et se fermait en haut à l'aide de rubans pour assujettir les feuilles. Il mesurait environ quarante-cinq centimètres sur soixante et ne rentrait donc pas dans les tiroirs de la commode, ni même debout au fond de la penderie, déjà pleine à craquer, que nous partagions. On lui permit par conséquent de le glisser à plat sous son lit, avec ses carnets à spirale, et il y rangea ses œuvres qu'il jugeait les meilleures, à commencer par sa composition magistrale de 1936, ce dessin ambitieux de notre mère montrant du doigt le *Spirit of Saint Louis* en route vers Paris. Sandy avait fait plusieurs portraits au crayon et au fusain du héros des airs, qu'il rangeait dans son carton. Ils faisaient partie d'une série qu'il avait entreprise sur les grands Américains, essentiellement des contemporains remarquables que nos parents révéraient le plus, le président Roosevelt et son épouse, le maire de New York Fiorello La Guardia, le secrétaire général du Syndicat de mineurs John L. Lewis et la romancière Pearl Buck, qui avait reçu le prix Nobel en 1938 et dont il avait copié la photo sur la jaquette d'un de ses best-sellers. Le carton contenait également bon nombre de portraits des membres de la famille, dont la moitié au moins du seul grand-parent qui nous restât, notre grand-mère paternelle. Quand mon oncle Monty l'amenait chez nous le dimanche, elle servait de modèle à Sandy. Dans son fervent désir d'illustrer le mot « vénérable », il dessinait les rides de son visage et les nodosités de ses doigts arthritiques jusqu'à la dernière et, de son côté, aussi scrupuleusement qu'elle avait toute sa vie briqué les sols à quatre pattes et nourri des tablées de neuf personnes sur une cuisinière à charbon, notre minuscule mais robuste grand-mère s'installait à la cuisine et « posait » pour lui.

Quelques jours seulement après l'émission de Winchell, alors que nous nous trouvions tout seuls à la maison, il tira le carton à dessin de sous son lit et l'emporta à la salle à manger. Il l'ouvrit sur la table, réservée aux grandes occasions : visites du Patron, fêtes de famille, et retira avec soin les portraits de Lindbergh du calque qui les protégeait pour les aligner dessus. Sur le premier, Lindbergh était coiffé de son casque d'aviateur en cuir, attaches défaites sur les oreilles ; sur le deuxième, le casque était en partie caché par les grosses lunettes remontées sur son front ; Lindbergh était nu-tête sur le troisième, et rien n'y indiquait l'aviateur, sinon le regard indomptable fixé sur l'horizon lointain. Le dessin de Sandy permettait de jauger la valeur de cet homme au premier coup d'œil. C'était un héros viril, un courageux aventurier. Un être naturel, d'une force et d'une rectitude colossales, alliées à une bienveillance puissante : tout sauf un traître de mélodrame ou un danger pour l'humanité.

« Il va être président, m'annonça mon frère. Alvin dit qu'il va gagner. »

L'idée me jeta dans une telle confusion, une telle inquiétude, que je choisis d'en rire comme d'une blague.

« Alvin part au Canada s'engager dans l'armée canadienne. Il va se battre pour les Anglais contre Hitler.

— Mais personne peut battre Roosevelt, dis-je.

— Lindbergh va le battre. L'Amérique sera fasciste. »

Là-dessus nous demeurâmes muets, devant le pouvoir d'intimidation des trois portraits. C'était la première fois qu'avoir sept ans me semblait un tel handicap.

« Ne dis à personne que j'ai ces dessins, m'enjoignit mon frère.

— Mais papa et maman les ont déjà vus. Ils les ont tous vus. Tout le monde les a vus.

— Je leur ai dit que je les avais déchirés. »

On n'aurait pas pu trouver garçon plus honnête que mon frère. S'il parlait peu, ce n'était pas parce qu'il était cachottier ou sournois, mais parce qu'il ne faisait jamais rien de mal et n'avait donc rien à cacher. Mais à présent, des événements extérieurs avaient transformé ces dessins, ils avaient pris un sens qui n'était pas le leur à l'origine ; voilà pourquoi il avait dit à nos parents

les avoir détruits, adoptant ainsi un rôle qui n'était pas
le sien.

« Et s'ils les trouvent, alors ?

— Comment veux-tu ?

— Je sais pas.

— Exactement, tu sais pas. Ferme ton petit clapet,
et personne ne trouvera rien. »

Je fis ce qu'il me disait, pour bien des raisons. La
première, c'est que le troisième timbre le plus ancien de
la poste américaine en ma possession — et je ne pouvais guère le déchirer et le jeter — se trouvait être un
timbre « par avion » à dix cents imprimé en 1927 pour
commémorer la traversée de l'Atlantique par Lindbergh. C'était un timbre bleu, presque deux fois plus
large que haut, dont le dessin central, le *Spirit of Saint
Louis* survolant l'océan vers l'est, avait fourni à Sandy
le modèle de l'avion dans le dessin de sa conception.
Contre la bordure blanche, dans le coin gauche, on voit
la côte américaine, les mots New York se déployant
vers l'Atlantique ; contre la bordure droite, les littoraux
irlandais, anglais, français, avec le mot Paris au bout
d'une ligne en pointillés qui marque l'itinéraire du vol
entre les deux cités. Tout en haut du timbre, sous les
lettres blanches qui annoncent bravement Poste Américaine, on découvre Lindbergh, par avion, en caractères
un peu plus petits mais parfaitement lisibles pour les
yeux tout neufs d'un enfant de sept ans. Le timbre était
déjà coté vingt cents dans le *Standard Postage Stamps
Catalogue*, l'Argus des timbres, et je compris immédiatement qu'il ne cesserait de prendre de la valeur, et

serait bientôt la chose la plus précieuse en ma possession, si Alvin avait raison et que le pire arrivait.

Sur le trottoir, au cours des longs mois de vacances,
nous jouions à un nouveau jeu qui s'appelait : « Je
déclare la guerre », avec une balle de caoutchouc à bon
marché et de la craie. On traçait un cercle d'un mètre
cinquante ou deux de diamètre, divisé en autant de
tranches qu'il y avait de joueurs, et on inscrivait à l'intérieur de chaque tranche le nom d'un des divers pays
étrangers dont la presse avait parlé au cours de l'année.
Ensuite, les joueurs choisissaient « leur » pays et se
postaient sur le bord du cercle, un pied dedans un pied
dehors, pour pouvoir, le moment venu, s'échapper à
toute vitesse. Pendant ce temps, un joueur désigné à
l'avance, et qui tenait la balle très haut dans sa main,
annonçait lentement, en détachant ces mots menaçants :
« Je déclare... la guerre... à... » Il y avait un silence lourd
de suspense et puis celui qui déclarait la guerre projetait
la balle par terre en criant : « L'Allemagne », « Le
Japon », « L'Italie », « La Hollande », « La Belgique »
ou bien : « L'Angleterre », « La Chine » ou parfois
même « L'Amérique ». Alors tout le monde détalait,
sauf celui contre qui l'attaque surprise était dirigée, car
celui-là était censé rattraper la balle au bond aussi vite
qu'il pouvait et crier « Stop ! ». Tous ceux qui s'étaient
alliés contre lui devaient s'immobiliser sur place et le
pays victime contre-attaquait, tentant d'éliminer ses
agresseurs un par un en les dégommant de toute sa force
avec la balle, les plus proches d'abord, puis les autres, à
la faveur de coups meurtriers.

Nous y jouions à longueur de journée. Jusqu'à ce qu'il pleuve, et que l'eau efface temporairement le nom des pays, les passants étaient obligés de marcher dessus ou de les enjamber. Dans notre quartier, il n'y avait pas de vrais graffiti à cette époque, sinon ceux-là, vestiges des hiéroglyphes de nos jeux de rue élémentaires. On ne faisait pas grand mal, et pourtant certaines mères devenaient folles à nous entendre toutes fenêtres ouvertes jouer ainsi pendant des heures. « C'est tout ce que vous trouvez à faire, les gosses ? », « Vous pourriez pas jouer à autre chose ? » Non, nous ne pouvions pas ; nous ne pensions qu'à déclarer la guerre, nous aussi.

Le 18 juillet 1940, à une majorité écrasante dès le premier tour, la convention démocrate réunie à Chicago investit FDR pour un troisième mandat. Nous écoutâmes à la radio son discours d'investiture. Depuis près de huit ans, ce timbre de voix, plein de l'assurance propre à la grande bourgeoisie, permettait à des millions de familles ordinaires, comme la nôtre, de garder espoir au milieu des épreuves. Ce phrasé si profondément comme il faut avait quelque chose qui non seulement calmait notre anxiété mais nous situait dans l'Histoire. Lorsqu'il s'adressait à nous, dans notre séjour, en nous nommant ses « concitoyens », FDR manifestait une autorité qui fondait nos vies avec la sienne. Que les Américains puissent préférer Lindbergh, ou d'ailleurs n'importe qui d'autre, à ce président élu et réélu, alors que sa voix disait à elle toute seule sa maîtrise sur le tumulte des affaires humaines... non, c'était impensable, en tout cas pour un petit Américain comme moi qui n'avais jamais connu d'autre voix présidentielle.

Quelque six semaines plus tard à la fin de l'été, le samedi qui précédait Labor Day, la fête du Travail, Lindbergh créa la surprise : au lieu de paraître à Detroit, où on avait programmé le début de sa campagne par un défilé en voiture dans le cœur ouvrier de l'Amérique isolationniste — fief antisémite du père Coughlin et de Henry Ford —, il atterrit à l'improviste sur le champ d'aviation de Long Island, d'où son spectaculaire vol transatlantique était parti treize ans plus tôt. On avait en effet acheminé le *Spirit of Saint Louis* en camion bâché, dans le plus grand secret, et l'avion avait passé la nuit dans un hangar éloigné. Mais lorsque Lindbergh le conduisit jusqu'au champ d'aviation, le lendemain matin, tous les télex d'Amérique, toutes les stations de radio, ainsi que tous les journaux avaient dépêché leur envoyé spécial pour couvrir le décollage, vers l'ouest et la Californie, cette fois, et non plus vers l'Europe. Bien entendu, en 1940, les lignes commerciales transportaient déjà du fret, des passagers et du courrier depuis plus d'une décennie, et ce en grande partie grâce au dopant fourni par l'exploit solitaire de Lindbergh et à son zèle de consultant des nouvelles compagnies, payé un million de dollars par an. Mais ce jour-là, le Lindbergh qui donnait le coup d'envoi de sa campagne n'était pas le richissime défenseur de l'aviation commerciale, et ce n'était pas non plus l'homme qui s'était fait décorer par les nazis à Berlin, ni celui qui, au cours d'une émission de radio diffusée dans tout le pays, avait incriminé l'influence excessive des Juifs fauteurs de guerre ; ce n'était pas même le père stoïque du bébé kidnappé et assassiné par Bruno Hauptmann en 1932. C'était plutôt le pilote inconnu de l'avion postal, qui avait osé faire ce qu'aucun aviateur n'avait osé avant lui, l'Aigle Solitaire bien-aimé, au charme adolescent intact malgré les années de célébrité phénoménale. En ce week-end férié qui terminait l'été 1940, Lindbergh fut loin de battre le record établi par lui-même dix ans plus tôt pour un vol transcontinental avec un appareil plus perfectionné que le *Spirit of Saint Louis*. Pourtant, lorsqu'il atterrit à l'aéroport de L.A., la foule, essentiellement composée d'ouvriers de l'aéronautique — les grandes usines qui se développaient dans L.A. et à la périphérie en employaient dix mille — , la foule fut soulevée par l'enthousiasme des grands jours.

Les démocrates traitèrent ce vol d'amusette publicitaire orchestrée par le staff de Lindbergh ; pourtant la décision de se rendre en Californie par avion, c'était lui qui l'avait prise quelques heures plus tôt en solo, et non pas les conseillers professionnels dépêchés par les républicains pour cornaquer ce novice pendant sa première campagne, et qui, comme tout le monde, l'attendaient à Detroit.

Il fit un discours sans fioritures, pertinent, d'une voix haut perchée, monocorde, avec son accent du Midwest, une voix résolument américaine, très loin de celle de Roosevelt. Sa tenue de vol, bottes cavalières, jodhpurs, blouson poids plume porté sur une chemise et une cravate, était la réplique de celle avec laquelle il avait traversé l'Atlantique, et il parla sans retirer son casque de cuir ni ses lunettes de pilote, qu'il avait remontées sur le front, exactement comme sur le dessin au fusain de Sandy, à présent caché sous son lit.

« Si je me présente à l'élection présidentielle, dit-il à la foule bruyante lorsqu'elle eut fini de scander son nom, c'est que je cherche à préserver la démocratie américaine, en empêchant l'Amérique de s'engager dans une nouvelle guerre mondiale. C'est simple, vous avez le choix, non pas entre Charles A. Lindbergh et Franklin Delano Roosevelt, mais entre Lindbergh et la guerre. »

Et voilà, cinquante-trois mots en comptant le A, initiale d'Auguste.

Après une douche, une collation et une sieste d'une heure sur place, le candidat remonta dans le *Spirit of Saint Louis* et s'envola pour San Francisco. À la tombée de la nuit, il était à Sacramento. Et à chacun de ses atterrissages en Californie, ce jour-là, on aurait cru que le pays n'avait jamais connu le krach boursier et les misères de la Crise économique — ou d'ailleurs les triomphes de Roosevelt —, on aurait dit que cette guerre, qu'il voulait nous éviter, personne n'y avait même songé. Lindy descendait du ciel dans son célèbre avion, et on était de nouveau en 1927. C'était Lindy comme hier, Lindy au parler vrai, qui n'avait pas besoin de prendre de grands airs ni d'employer de grands mots, mais qui était un grand homme, Lindy l'intré-pide, juvénile et pourtant grave dans sa maturité, l'in-dividualiste à la beauté virile, le type même de l'Amé-ricain légendaire qui accomplit des prouesses en ne comptant que sur lui-même.

Au cours du mois et demi suivant, il entreprit de passer une journée complète dans chacun des quarante-huit États, et fin octobre, il rentrait à Long Island par la piste sur laquelle il avait décollé le week-end de la fête du Travail. Pendant la journée il faisait des sauts de cité en cité, de ville en ville, de village en village, se posant sur les routes quand il n'y avait pas d'aérodrome, décollant et atterrissant dans les pâturages pour aller causer avec les fermiers et leurs familles au fin fond des comtés perdus. La radio locale, la radio régionale diffusaient ses remarques du moment et, plusieurs fois par semaine, depuis la capitale de l'État où il passait la nuit, il s'adressait à toute la nation sur les ondes. Tel était son message, toujours succinct : il est à présent trop tard pour empêcher la guerre en Europe, mais il n'est pas trop tard pour empêcher l'Amérique de s'y engager. FDR leurre la nation. L'Amérique sera conduite à la guerre par les fausses promesses de paix de son président. C'est simple, vous avez le choix entre voter Lindbergh ou voter pour la guerre.

Du temps qu'il était jeune pilote, aux débuts héroïques de l'aviation, il avait amusé les foules avec la complicité d'un acolyte plus chevronné, en faisant de la chute libre en parachute, ou en escaladant l'aile de son propre avion, sans parachute cette fois. Pour ridiculiser sa « tournée des granges », les démocrates eurent tôt fait de l'assimiler à ces cascades. Lors des conférences de presse, Roosevelt ne se donnait même plus la peine de lancer une petite phrase ironique quand les journalistes lui demandaient ce qu'il pensait de la campagne peu orthodoxe de son adversaire ; il embrayait directement sur Churchill et ses craintes de voir l'Allemagne envahir l'Angleterre, ou bien il expliquait qu'il allait demander au Congrès de débloquer les fonds nécessaires pour lever la première conscription américaine en temps de paix, ou encore il rappelait que Hitler n'avait pas voix au chapitre si les États-Unis voulaient aider l'Angleterre en lui fournissant des vaisseaux marchands. Il était clair que, depuis le début, la campagne du président sortant consisterait à rester à la Maison-Blanche pour se démarquer de ce que son ministre Hicks appelait le « cirque de Lindbergh ». Il se proposait de faire face aux aléas de la situation internationale avec toute l'autorité qui était la sienne, en travaillant vingt-quatre heures sur vingt-quatre s'il le fallait.

Au cours de cette tournée des États, Lindbergh fut par deux fois pris dans la tempête, et dans les deux cas il lui fallut plusieurs heures pour rétablir le contact radio et annoncer au pays qu'il était indemne. Et puis en octobre, le jour même où l'Amérique apprenait avec stupeur que les Allemands venaient de bombarder la cathédrale Saint-Paul lors de leur dernier raid nocturne sur Londres, un flash d'actualités tomba vers l'heure du dîner : on aurait vu le *Spirit of Saint Louis* exploser en plein vol et s'écraser en flammes dans les Alleghenies. Cette fois, il fallut attendre six longues heures qu'une nouvelle dépêche infirme la première : l'appareil de Lindbergh n'avait pas explosé, mais des ennuis mécaniques l'avaient contraint de se poser en catastrophe dans les montagnes de l'ouest de la Pennsylvanie. Avant l'arrivée de ce rectificatif, cependant, le téléphone ne cessa de sonner chez nous : la famille et les amis appelaient nos parents pour se livrer avec eux à toutes les hypothèses sur le premier compte rendu de l'incendie de l'appareil, sans doute fatal à son pilote. Devant Sandy et moi, nos parents s'abstinrent de manifester le moindre soulagement à la nouvelle de la mort de Lindbergh; ils ne prétendirent pas espérer qu'il ait survécu, mais ne pavoisèrent pas comme certains lorsque, vers onze heures ce soir-là, on apprit que, loin de s'être écrasé en flammes, l'Aigle Solitaire était sorti sain et sauf de son avion intact et n'attendait plus qu'une pièce de rechange pour décoller et reprendre sa campagne.

Le matin d'octobre où Lindbergh atterrit à Newark, parmi ceux venus lui souhaiter la bienvenue dans le New Jersey se trouvait le rabbin Lionel Bengelsdorf de B'nai Moshe, la première synagogue conservatrice de la ville, fondée par des Juifs polonais. Ce temple n'était qu'à quelques rues du vieux ghetto avec ses charrettes à bras, qui était resté le quartier le plus miséreux de la ville même s'il était désormais habité par une communauté de Noirs indigents, récemment arrivés du Sud. Depuis des années, B'nai Moshe perdait la faveur des croyants prospères. En 1940, ces familles-là avaient parfois abandonné la mouvance conservatrice pour s'affilier à des synagogues libérales, comme B'nai Jeshurun et Oheb Shalom qui se dressaient toutes deux, imposantes, parmi les vieilles demeures de la Grand-Rue; il arrivait aussi qu'elles adoptent l'autre synagogue conservatrice de vieille date, B'nai Abraham, qui se trouvait à quelques kilomètres de son premier siège, dans une église baptiste, et jouxtait désormais les

demeures des médecins et des avocats juifs de Clinton
Hill. Cette nouvelle B'nai Abraham était la synagogue
la plus splendide de la ville, édifice circulaire d'une
sobriété dite « à la grecque », assez vaste pour accueillir
un millier de fidèles lors des grandes fêtes religieuses.
C'était Joachim Prinz, émigré chassé de Berlin par la
Gestapo, qui y avait remplacé Julius Silberfeld l'année
précédente ; il apparaissait déjà comme un homme
énergique, doté d'une vision sociale, et qui sensibilisait
ses ouailles prospères à une histoire juive fortement
marquée par son expérience récente sur le théâtre sanglant des crimes nazis.

Les sermons du rabbin Bengelsdorf étaient diffusés
une fois par semaine aux *hoi polloi*, la plèbe, qu'il
appelait ses fidèles des ondes, sur la station WNJR ; il
avait écrit plusieurs livres de poésie religieuse qu'on
offrait rituellement aux garçons pour leur bar-mitsva
ainsi qu'aux jeunes mariés. Il était né en Caroline du
Sud en 1879, fils d'un bonnetier émigré, et lorsqu'il
s'adressait à son public, en chaire ou sur les ondes, son
accent du Sud, aristocratique, les cadences de son verbe
sonore et celles de son patronyme à trois syllabes laissaient une impression de profondeur et de dignité.
Ainsi, à propos de son amitié avec le rabbin Silberfeld,
de B'nai Abraham, et le rabbin Foster, de B'nai Jeshurun, il avait un jour déclaré à la radio : « C'était écrit ;
tout comme Socrate, Platon et Aristote étaient du même
monde, dans l'Antiquité, nous, nous sommes du même
monde religieux. » Quant à l'homélie sur l'abnégation,
où il expliqua à ses auditeurs pourquoi un rabbin de sa
stature se contentait de rester à la tête d'une commu-

nauté dépeuplée, il la commença en ces termes : « Peut-être serez-vous curieux d'entendre ma réponse à une question mille fois posée : Pourquoi renoncer aux avantages financiers d'un ministère itinérant ? Pourquoi rester à Newark, avec le temple B'nai Moshe pour seule chaire, alors qu'on vous propose six fois par jour de le quitter pour d'autres communautés ? » Il avait étudié dans les grands temples du savoir en Europe, ainsi que dans des universités américaines ; on disait qu'il parlait dix langues, qu'il était versé dans la philosophie classique, la théologie, l'histoire de l'art, l'histoire ancienne et moderne ; qu'il était inflexible dans ses principes ; qu'il ne lisait jamais de notes en chaire ni lors de ses conférences ; qu'il ne se séparait jamais d'un lot de fiches sur ses intérêts du moment, et qu'il y ajoutait réflexions et impressions au jour le jour. C'était en outre un excellent cavalier, qui n'hésitait pas à arrêter sa monture, disait-on, pour coucher une idée sur le papier en s'appuyant sur sa selle comme écritoire de fortune. Tous les matins de bonne heure, il montait dans les allées cavalières du parc de Weequahic, accompagné, jusqu'à ce qu'elle meure d'un cancer en 1936, par sa femme, héritière de la plus riche orfèvrerie de Newark. La demeure familiale de celle-ci, que le couple habitait depuis son mariage en 1907, se dressait sur Elizabeth Avenue, juste en face du parc ; elle abritait des trésors d'art juif, une des collections les plus précieuses du monde, disait-on.

En 1940, Lionel Bengelsdorf détenait le record américain de longévité dans le même temple. Les journaux le désignaient comme le chef spirituel de la commu-

nauté juive du New Jersey et, lors de ses nombreuses
apparitions publiques, ne manquaient jamais d'évoquer
ses « talents d'orateur » et les fameuses dix langues
qu'il maîtrisait. En 1915, au cours du deux cent cin-
quantième anniversaire de la fondation de Newark,
il s'était trouvé aux côtés du maire Raymond pour
prononcer l'invocation qu'il prononçait tous les ans
aux défilés du 11 Novembre et du 4 Juillet. Le *Star
Ledger* sortait d'ailleurs tous les cinq juillet la man-
chette : LE RABBIN EXALTE LA DÉCLARATION
D'INDÉPENDANCE. Dans les sermons et les discours où il faisait du « développement des idéaux
américains » la priorité des Juifs et de « l'américanisation des Américains » le meilleur rempart de la démocratie contre « le bolchevisme, le radicalisme et l'anar-
chisme », il citait souvent Theodore Roosevelt et son
dernier message à la nation : « Il n'y a pas de double
allégeance ici. Tout homme qui se dit américain, mais
aussi autre chose, n'a rien d'américain. Nous n'avons
place que pour un seul drapeau, le drapeau américain. »
Le rabbin Bengelsdorf avait parlé de l'américanisation
des Américains dans toutes les églises, toutes les écoles
publiques, devant toutes les associations culturelles,
historiques, civiques et fraternelles de l'État ; lorsque
les journaux locaux rapportaient ses discours, ils portaient la mention de dizaines de villes du pays où on
lui avait demandé de parler dans des congrès, des col-
loques sur ce thème, ainsi que sur des questions comme
la délinquance et le mouvement pour la réinsertion des
détenus — « Ce mouvement est pétri des principes
éthiques et des idéaux religieux les plus nobles » —, les

causes de la guerre mondiale — « La guerre est la conséquence des ambitions mondiales des peuples d'Europe, et de leur effort pour parvenir à la grandeur militaire, au pouvoir, à la richesse » —, l'importance des crèches — « Les crèches sont des jardins qui ont des enfants pour fleurs, et l'on y aide chacune à grandir dans la joie et le contentement » —, les maux de l'ère industrielle — « Nous pensons que la valeur d'un travailleur ne se mesure pas à sa productivité » —, le mouvement des suffragettes, auquel il était résolument hostile — « Si les hommes ne sont pas capables de prendre en main les affaires de l'État, pourquoi ne pas les aider à y parvenir? Ce n'est pas en redoublant les maux qu'on les guérit. » Mon oncle Monty, qui détestait les rabbins en général mais vouait une haine particulièrement féroce à Bengelsdorf depuis son enfance, où il avait été scolarisé dans l'école de charité de B'nai Moshe, disait volontiers de lui : « Il sait tout, cet enfoiré phraseur. Dommage qu'il sache rien d'autre. »

Bien des Juifs de la ville, dont mes parents, avaient découvert avec consternation la présence du rabbin Bengelsdorf à l'aéroport — il avait été le premier à serrer la main de Lindbergh à sa descente du cockpit, si l'on en croyait la légende de la photo à la une du *Newark News* — ainsi que les propos qu'il aurait tenus au journal lors de cette visite éclair : « Je suis venu lever tout doute sur la loyauté absolue des Juifs américains envers les États-Unis d'Amérique. J'apporte mon soutien à la candidature du colonel Lindbergh parce que les objectifs politiques de mon peuple sont les

mêmes que les siens. L'Amérique est notre patrie bien-
aimée. L'Amérique est notre seule patrie. Notre religion n'a pas besoin d'un territoire autre que ce grand
pays, auquel, aujourd'hui comme hier, nous assurons
notre dévotion sans faille et notre allégeance sans partage, nous qui en sommes les plus fiers citoyens. Je
veux que Charles Lindbergh soit mon président, et
cela non pas *bien que* je sois juif mais *parce que* je suis
juif — juif américain. »

Trois jours plus tard, Bengelsdorf participait à
l'immense meeting donné à Madison Square Garden
pour clore la tournée aérienne de Lindbergh. On n'était
plus qu'à deux semaines des élections, et s'il apparaissait que Lindbergh gagnait du terrain dans les États tra-
ditionnellement démocrates du Sud, si l'on prédisait
des duels serrés dans les États les plus conservateurs
du Midwest, les sondages donnaient tout de même une
avance confortable au président sortant dans l'électorat
populaire, et il était largement en tête chez les grands
électeurs. On racontait que les leaders du Parti républicain s'arrachaient les cheveux devant l'entêtement de
leur candidat à élaborer seul, à l'exclusion de tout
conseiller, sa stratégie de campagne; c'est pourquoi,
pensant le soustraire à la routine austère de son inter-
minable « tournée des granges », et l'entourer d'une
atmosphère plus trépidante, comme celle de la convention de Philadelphie, on avait eu l'idée d'organiser le
meeting de Madison Square Garden, qui serait retrans-
mis sur les ondes, le soir du deuxième lundi d'octobre.

Les quinze orateurs qui présentèrent Lindbergh ce
soir-là furent décrits comme des « personnalités améri-

caines issues de toutes les couches sociales ». Il y eut
ainsi un dirigeant de fédération agricole, venu dire tout
le mal qu'une guerre ferait à l'agriculture américaine,
qui ne s'était pas encore relevée de la Première Guerre
mondiale et de la Crise économique ; un leader syn-
dical vint parler des torts que ferait une guerre aux
ouvriers américains, qui verraient leur vie empoisonnée
par les services de renseignements ; un patron évoqua
les conséquences désastreuses à long terme sur l'industrie américaine : expansion excessive et taxation trop
lourde ; un pasteur protestant déplora l'avilissement
des jeunes combattants dans une guerre moderne ; un
prêtre catholique, l'inévitable dégradation de la spiri-
tualité dans une nation pacifique comme la nôtre, qui
verrait sa vertu et sa bonté anéanties par la haine qu'en-
gendrerait la guerre. Et enfin, il y eut un rabbin, Lionel
Bengelsdorf, du New Jersey, et la salle pleine de partisans de Lindbergh lui fit un accueil chaleureux lorsque
son tour vint de monter à la tribune pour expliquer que
les rapports de Lindbergh avec les nazis n'étaient pas
des rapports de complicité.

« Ouais, dit Alvin. Ils l'ont acheté. Il est piégé. Ils lui
ont passé un anneau dans son gros nez juif et maintenant ils le mènent où ils veulent.

— Ça, tu n'en sais rien », dit mon père, même si
l'attitude de Bengelsdorf le faisait bouillir, lui aussi.
« Écoute-le, cet homme, laisse-le s'expliquer, ça n'est
que justice » — propos surtout destinés à Sandy et à
moi, pour que la déconcertante tournure des événements ne nous paraisse pas aussi terrible qu'aux
adultes. La veille, j'étais tombé de mon lit en dormant.

C'était bien la première fois depuis que j'étais passé du stade du berceau à celui du lit et que, pour m'empêcher de glisser, mes parents avaient mis deux chaises de cuisine le long du matelas. Cette chute subite, au bout de tant d'années, devait être liée à l'apparition de Lindbergh à l'aéroport de Newark, pensa-t-on. Je ne me rappelais pas avoir fait un cauchemar lié à l'aviateur, affirmai-je, je m'étais seulement réveillé par terre entre le lit de mon frère et le mien. À la vérité, je savais fort bien que je ne m'endormais plus guère sans voir dans ma tête les dessins du carton de mon frère; j'avais tout le temps envie de lui demander de les cacher dans notre box à la cave plutôt que sous ce lit proche du mien, mais comme j'avais juré de n'en souffler mot à personne, et que, de mon côté, je ne pouvais me résoudre à me séparer de mon timbre à l'effigie de Lindbergh, je n'osais pas aborder le sujet qui me hantait pourtant et me rendait inaccessible ce frère dont j'avais plus que jamais besoin qu'il me rassure.

Il faisait froid ce soir-là. Le chauffage fonctionnait, les fenêtres étaient fermées, mais même sans les entendre on savait bien que les radios étaient allumées d'un bout à l'autre du quartier, et que les familles qui d'ordinaire n'auraient jamais pensé à suivre un meeting de Lindbergh tendaient l'oreille parce que le rabbin Bengelsdorf y était attendu. Chez ses propres ouailles, quelques ténors commençaient déjà à réclamer sa démission, sinon son exclusion immédiate par le conseil d'administration de la synagogue. La majorité de sa communauté continuait cependant à le soutenir, en s'efforçant de croire qu'il ne faisait qu'exercer sa liberté d'expression et que, tout en le voyant avec horreur prendre publiquement parti pour Lindbergh, il ne leur appartenait pas de censurer une conscience aussi renommée que la sienne.

Ce soir-là, le rabbin Bengelsdorf révéla à l'Amérique ce qu'il prétendait être les véritables mobiles de Lindbergh quand il effectuait ses vols privés en Allemagne dans les années trente. « Contrairement à la propagande répandue par ses détracteurs, il ne s'est jamais rendu en Allemagne comme sympathisant ou comme partisan de Hitler ; bien au contraire, il voyageait comme conseiller secret du gouvernement. Loin de trahir l'Amérique, comme certains, erreur ou malveillance, continuent de l'en accuser, le colonel a, presque à lui tout seul, œuvré à renforcer notre préparation militaire ; il a transmis ses observations à notre armée et fait tout ce qui était en son pouvoir pour avancer la cause de l'aviation américaine et pour développer les défenses aériennes de notre pays. »

« Seigneur ! s'exclama mon père, tout le monde sait bien que...

— Chut ! chuchota Alvin, chut ! laisse parler le grand orateur. »

« En 1936, longtemps avant le début des hostilités en Europe, les nazis ont décerné une médaille au colonel Lindbergh, c'est vrai, et il est vrai aussi que le colonel a accepté cette médaille. Mais pendant ce temps-là, mes amis, pendant ce temps-là, il exploitait secrètement leur admiration pour protéger et préserver notre démocratie, et préserver notre neutralité en nous rendant plus forts. »

« J'arrive pas à croire... commença mon père.

— Fais un effort », marmonna Alvin, d'un air mauvais.

« Cette guerre n'est pas la guerre de l'Amérique », annonça Bengelsdorf, et la foule de Madison Square Garden lui fit une ovation d'une bonne minute. « Cette guerre est la guerre de l'Europe. » Nouvelle ovation prolongée. « Elle est la conséquence de mille ans de conflits qui remontent à Charlemagne. C'est la seconde guerre dévastatrice pour l'Europe en moins d'un demi-siècle. Et qui peut oublier le coût tragique de sa dernière guerre pour les États-Unis ? Quarante mille soldats américains tués au combat. Cent quatre-vingt-douze mille blessés. Soixante-seize mille Américains morts de maladie. Trois cent cinquante mille invalides de guerre. Quel prix astronomique faudra-t-il payer cette fois ? Le nombre de nos morts, monsieur le Président Roosevelt, faudra-t-il le doubler, le tripler, le quadrupler peut-être ? Dites-moi, monsieur le Président, quelle Amérique le massacre de jeunes Américains innocents laissera-t-il derrière lui ? Bien sûr, ces nazis qui tourmentent et persécutent les Juifs allemands me procurent une angoisse terrible, comme à tous les Juifs. J'ai étudié la théologie dans les grandes universités de Heidelberg et de Bonn pendant de longues années, et je m'y suis fait beaucoup d'amis éminents, de grands savants. Aujourd'hui, simplement parce qu'ils sont d'origine juive, ils ont été démis de postes universitaires qu'ils occupaient depuis longtemps et ils sont impitoyablement persécutés par les voyous nazis au pouvoir dans leur patrie. Je suis opposé à ces pratiques de toute ma force, et le colonel Lindbergh y est opposé lui aussi. Mais si notre grand pays entre en guerre contre leurs bourreaux, le sort cruel de tous les Juifs allemands en sera-t-il meilleur ? Au contraire, il ne fera qu'empirer de façon considérable, que dis-je ? tragique. Oui, je suis juif, et en tant que tel je ressens leur souffrance comme un membre de leur famille. Mais je suis citoyen américain, mes amis (nouveaux applaudissements). Je suis né en Amérique, j'ai grandi en Amérique, et c'est pourquoi, je vous le demande, quel réconfort devrais-je trouver à ce que l'Amérique entre dans la guerre et que, outre les fils de nos familles protestantes et ceux de nos familles catholiques, les fils de nos familles juives doivent partir se battre en Europe et mourir par dizaines de milliers sur un champ de bataille gorgé de sang ? Quel réconfort trouverais-je à devoir consoler mes propres fidèles ? »

Ce fut ma mère, d'ordinaire la moins virulente de la famille, encline à nous calmer quand nous nous échauffions, qui tout à coup, exaspérée par l'accent sudiste de Bengelsdorf, quitta la pièce. Mais jusqu'à ce que le rabbin eût fini son discours, chaleureusement acclamé par le public de Madison Square Garden, tout le monde se tint parfaitement coi. Moi, je n'aurais pas osé ouvrir la bouche, quant à mon frère, comme souvent en pareille circonstance, il était fort occupé à nous dessiner assemblés devant la radio. Alvin gardait le silence d'une haine mortelle ; pour la première fois de sa vie peut-être, mon père avait perdu la passion avec laquelle il luttait d'ordinaire contre la déception et les déconvenues ; il était trop remué pour parler.

Et puis ce fut le charivari, la joie indicible. Lindbergh venait enfin de monter à la tribune. Mon père se leva d'un bond, comme un demi-fou, et éteignit la radio à l'instant même où ma mère revenait dans le séjour pour demander, les larmes aux yeux : « Quelqu'un veut quelque chose ? Alvin, une tasse de thé ? »

Sa tâche était de maintenir notre monde en place avec tout le calme et le bon sens dont elle était capable ; c'est ce qui donnait de la plénitude à sa vie, et c'est le rôle qu'elle tentait de jouer en ce moment ; pourtant, jamais cette banale ambition maternelle ne l'avait rendue aussi dérisoire à nos yeux.

« Mais enfin, bon Dieu, qu'est-ce qui se passe ? se mit à crier mon père. Pourquoi il a fait ça, bon Dieu ? Quel discours imbécile ! Il se figure vraiment qu'après ce discours idiot, et ces mensonges, un seul Juif va voter pour cet antisémite ? Il a complètement perdu la boule ? Où il veut en venir ?

— Il cashérise Lindbergh, dit Alvin. Il cashérise Lindbergh à l'usage des goyim.

— Il cashérise quoi ? dit mon père, excédé par les sarcasmes apparemment absurdes d'Alvin dans une circonstance aussi troublée. Il fait quoi ?

— On l'a pas fait monter à la tribune pour qu'il parle aux Juifs. C'est pas pour ça qu'on l'a acheté. Tu comprends pas ? demanda Alvin, s'enflammant à l'idée d'avoir percé la vérité. Il est venu parler aux goyim, leur accorder sa bénédiction de rabbin s'ils veulent voter Lindbergh aux élections. Tu vois pas, oncle Herman, ce qu'on vient de lui faire faire, au

grand Bengelsdorf? Il vient d'assurer la défaite de
Roosevelt. »

   Cette nuit-là, à deux heures du matin, dans un profond sommeil, je tombai de nouveau de mon lit; mais,
cette fois, je me souvins de quoi j'avais rêvé avant ma
chute. C'était bien un cauchemar, et il tournait autour de
ma collection de timbres. Il lui était arrivé malheur. Le
dessin de deux séries s'était métamorphosé de façon
effroyable sans que je sache quand ni comment. Dans
mon rêve, j'avais sorti l'album du tiroir de la commode
pour l'emporter chez mon ami Earl, comme je l'avais
fait des dizaines de fois. Earl Axman avait dix ans, et il
était au cours moyen deuxième année. Il habitait avec
sa mère l'immeuble de brique jaune à trois étages
construit trois ans plus tôt sur le vaste terrain vague à
l'angle de Chancellor Avenue et Summit Road, presque
en face de l'école primaire. Auparavant, il avait vécu à
New York. Son père, Sy Axman, était musicien dans
l'orchestre Casa Loma, dirigé par Glen Gray, il y jouait
du saxophone ténor aux côtés de Glen Gray, lui-même
saxo alto. Mr Axman avait divorcé de la mère d'Earl,
une belle blonde au physique d'actrice qui avait brièvement chanté dans l'orchestre avant la naissance de mon
camarade; mes parents disaient qu'elle était de Newark,
que c'était une brunette, une petite Juive nommée
Louise Swig qui s'était installée à South Side et s'était
fait un nom dans les revues musicales au YMHA
(Young Men's Hebrew Association). De tous les garçons que je connaissais, Earl était le seul à avoir des
parents divorcés; il était aussi le seul à avoir une mère

très maquillée, avec des corsages échancrés, des jupes amples à volants, avec un grand jupon gonflant dessous. Du temps qu'elle était avec Glen Gray, elle avait enregistré la chanson « Gotta Be This or That », et Earl me passait souvent le disque. Je n'avais jamais rencontré de mère qui lui ressemble. Earl ne l'appelait pas m'man ou maman, il l'appelait — ô scandale — Louise. Dans sa chambre, elle avait une penderie pleine de jupons, et lorsque Earl et moi étions tout seuls, il me les montrait. Il m'en laissa même toucher un, une fois, en me chuchotant, devant mon indécision : « Tu peux toucher partout. » Puis il ouvrit un tiroir et me montra ses soutiens-gorge, me proposant de nouveau de m'en laisser toucher un. Cette faveur-là, je la déclinai pourtant : à l'âge que j'avais, je pouvais encore me permettre d'admirer un soutien-gorge de loin. Ses parents lui donnaient chacun pas moins d'un dollar par semaine à dépenser en timbres et, lorsque l'orchestre Casa Loma partait en tournée, Mr Axman lui envoyait des lettres par avion, oblitérées dans des villes de tout le pays. Il y en avait même une d'Oahu, à Honolulu. Earl, qui ne dédaignait pas de parer ce père absent de plumes magnifiques, comme si, pour le fils d'un agent d'assurances, avoir un père qui jouait dans un orchestre de swing et une mère blond platine n'était pas assez bluffant, me révéla que Mr Axman avait été invité chez des « particuliers » pour voir le timbre « Missionnaire » de 1851, annulé, sorti quarante-sept ans avant l'annexion d'Hawaï au territoire américain, dont le dessin principal n'était qu'un 2 — fabuleux trésor estimé à cent mille dollars.

Earl possédait la plus belle collection de timbres du

quartier. Tout ce que j'avais appris sur les timbres, de leur manipulation pratique à leurs arcanes, c'était de lui que je le tenais : leur histoire, le débat entre ceux qui les collectionnaient vierges et oblitérés, des détails techniques comme le papier, l'impression, la couleur, la colle, les surimpressions, les grilles et les éditions spéciales, les faux célèbres, les erreurs de dessin ; en grand pédant qu'il était, il commença mon éducation en me parlant de *monsieur* Herpin, ce collectionneur français qui avait inventé le mot « philatélie » issu de deux mots grecs dont le second, *ateleia,* qui signifiait « affranchi de toute taxe », me demeura passablement opaque. Quand nous avions fini de nous occuper de nos timbres à la cuisine, il abdiquait temporairement sa position dominante et me disait en gloussant : « Allez, viens, on va faire des grosses bêtises », ce qui me valut de découvrir les sous-vêtements de sa mère.

Dans mon rêve, j'allais chez Earl avec ma collection de timbres serrée sur la poitrine quand soudain quel-qu'un se mettait à me poursuivre en criant mon nom. Je me faufilais dans une allée et remontais me cacher vers les garages pour vérifier qu'aucun timbre n'avait glissé quand j'avais trébuché dans ma fuite et fait tomber l'album sur le trottoir où nous jouions à « Je déclare la guerre ». En prenant la page où j'avais fixé la série du Bicentenaire de Washington, émise en 1932, avec des timbres allant du marron à un demi-cent au jaune à dix cents, j'eus un choc. Ce n'était plus Washington qu'on voyait sur les timbres. Identique en haut de cha-cun, écrite en caractères que je savais être romains et blancs, à simple ou double interligne, on lisait toujours

la légende « Poste Américaine ». La couleur des timbres
était inchangée, elle aussi. Celui à deux cents était
rouge, celui à cinq cents bleu, celui à huit cents vert
olive, et ainsi de suite ; tous les timbres avaient leur
taille réglementaire, le cadre des portraits conservait
son dessin original, sauf qu'à la place d'un portrait de
Washington différent sur chacun des douze, c'était
toujours le même qui revenait : celui de Hitler. Le ban-
deau inférieur n'indiquait plus Washington. Qu'il soit
recourbé vers le bas comme sur le timbre à un demi-cent
et celui à six cents, ou vers le haut, sur ceux à quatre,
cinq, sept et dix cents, ou encore retroussé de chaque
côté comme sur ceux à un, un et demi, deux, trois, huit
et neuf cents, le phylactère indiquait « Hitler ».

Au moment où je regardais la page d'en face, pour
voir s'il était arrivé quelque chose, et quoi, à ma série
des parcs nationaux, dix timbres émis en 1934, je tombai
du lit et me réveillai par terre, en hurlant cette fois.
Sur Yosemite en Californie, sur le Grand Canyon dans
l'Arizona, sur Mesa Verde dans le Colorado, Crater Lake
dans l'Oregon, Acadia dans le Maine, Mount Rainier
dans le Washington, Yellowstone dans le Wyoming, Zion
dans l'Utah, Glacier dans le Montana, les Great Smoky
Mountains dans le Tennessee, sur tous, sur les falaises,
les bois, les rivières, les pics, les geysers, les gorges,
la côte granitique, l'eau d'un bleu profond et les hautes
cascades, sur tout ce que l'Amérique avait de plus bleu,
de plus vert, de plus blanc, et qui devait être préservé à
jamais dans ces réserves des origines, était imprimée une
croix gammée noire.

2

Novembre 1940 - juin 1941

Une grande gueule de Juif

En juin 1941, six mois tout juste après la prise de fonctions de Lindbergh, nous fîmes en famille les cinq cents kilomètres qui nous séparaient de Washington, où nous voulions visiter les sites historiques et les célèbres sièges des institutions. Depuis près de deux ans, ma mère économisait un dollar par semaine sur le budget du ménage, et elle les déposait sur un compte-loisirs à la Howards Savings Bank en prévision de cette randonnée. Le projet datait du temps où FDR exerçait son second mandat et où les démocrates contrôlaient les deux Chambres. Les républicains ayant pris le pouvoir avec ce nouvel hôte de la Maison-Blanche en qui l'on voyait un perfide ennemi, il avait été question pendant un temps de changer de destination : nous pourrions nous rendre aux chutes du Niagara, et revêtir le ciré de rigueur pour faire la croisière sous les chutes qui nous mènerait aux Mille-Îles du Saint-Laurent, après quoi nous passerions la frontière canadienne pour visiter Ottawa. Parmi nos amis et nos voisins, certains parlaient déjà d'émigrer au Canada si le gouvernement Lindbergh s'attaquait ouvertement aux Juifs ; à ce titre, un voyage là-bas nous familiariserait avec le pays qui pourrait nous donner asile en cas de persécutions. Déjà, en février, mon cousin Alvin, fidèle à sa parole, était parti au Canada s'engager dans les forces armées pour se battre aux côtés des Anglais contre Hitler.

Jusque-là, Alvin avait eu mes parents pour tuteurs pendant presque sept ans. Son père était le frère aîné du mien ; Alvin avait six ans à sa mort, et treize à celle de sa mère, petite cousine de la mienne, qui avait présenté mes parents l'un à l'autre. Il était donc venu vivre avec nous pendant ses quatre ans de lycée, à Weequahic ; c'était un gamin à l'esprit vif, volontiers joueur et chapardeur, que mon père s'était juré de remettre dans le droit chemin. En 1940, à l'âge de vingt et un ans, il louait une chambre meublée au-dessus d'une échoppe de cireur, dans Wright Street, au coin du marché aux fruits et légumes. Il travaillait depuis près de deux ans pour Steinheim et fils, l'une des deux plus grandes entreprises juives du bâtiment, l'autre étant tenue par les frères Rachlin. Il y avait été engagé par l'aîné des Steinheim, fondateur de l'affaire, qui s'assurait chez mon père.

Steinheim père, qui parlait avec un fort accent, ne savait pas lire l'anglais, mais qui était, selon mon père, un « homme de fer », fréquentait la synagogue de notre quartier pour les grandes fêtes. Un jour de Yom Kippour, quelques années plus tôt, il avait vu mon père devant le temple avec Alvin ; le prenant pour mon frère, il avait demandé : « Qu'est-ce qu'il fait, ce gamin ? Y a qu'à me l'envoyer, il travaillera avec nous. » Et voilà

comment cet Abe Steinheim, fils de petit maçon immigrant qui n'avait pas hésité à jeter ses deux frères sur le
pavé dans une guerre fratricide pour transformer l'affaire paternelle en entreprise de milliardaire, s'enticha
d'Alvin, avec sa silhouette trapue et son assurance de
petit coq; si bien qu'au lieu de le laisser croupir au
courrier où comme garçon de bureau, il le prit comme
chauffeur; Alvin faisait le coursier, le facteur, il déposait Abe et le récupérait tambour battant sur les chantiers où il allait surveiller les sous-traitants, qu'il appelait ses arnaqueurs, mais qu'il arnaquait fort bien
lui-même, selon Alvin, étant toujours plus retors que
tout le monde. Les samedis d'été, Alvin conduisait Abe
à Freehold, où il possédait une demi-douzaine de trot-
teurs qu'il faisait courir sur le vieil hippodrome et qu'il
se plaisait à appeler ses « hamburgers ». « On a un ham-
burger qui court, aujourd'hui, à Freehold », et ils fon-
çaient en Cadillac pour voir son cheval perdre à tous les
coups. Il n'en tira jamais un sou, mais tel n'était pas le
but du jeu. Le samedi, pour le compte de la Road Horse
Association, il faisait courir ses chevaux sur le joli
champ de courses de Weequahic Park, et il parlait aux
journaux de restaurer la piste de plat de Mount Holly
qui avait jadis eu son heure de gloire; et c'est ainsi qu'il
obtint sa charge de commissaire aux courses pour le
New Jersey, avec un macaron sur sa voiture lui permettant de stationner où il voulait, de rouler sur les trottoirs
et d'actionner une sirène. C'est ainsi, toujours, qu'il
s'était lié d'amitié avec les officiels du comté de Mon-
mouth et qu'il s'était insinué dans les milieux du cheval sur la côte, des goyim de Wall Township et de

Spring Lake qui l'invitaient à déjeuner dans leurs clubs chic, où, il l'avait raconté à Alvin, les gens se mettaient à chuchoter dès qu'ils le voyaient. « Ils peuvent toujours chuchoter "tiens, vous avez vu ce qui arrive", dès qu'ils me voient, ils sont pas fâchés de boire quand c'est moi qui régale ou de se faire inviter à des soupers fins; si bien qu'en fin de compte c'est rentable. » Il avait amarré son bateau de pêche au gros à l'embouchure du Shark; il les emmenait en mer, il les imbibait copieusement en payant des gars pour prendre les poissons à leur place; comme ça, chaque fois qu'un hôtel sortait de terre entre Long Branch et Point Pleasant, les Steinheim décrochaient le chantier pour une bouchée de pain : à l'instar de son père, Abe le sagace n'achetait qu'au rabais.

Tous les trois jours, Alvin le conduisait au 744 Broad Street, à quatre rues de son bureau, pour se faire tailler la barbe chez le coiffeur du hall, derrière le kiosque où il achetait ses cigares à un dollar et demi et ses capotes. Or le 744 était l'un des plus hauts immeubles de bureaux de l'État. La National Newark and Essex Bank en occupait les vingt étages supérieurs, les avocats et les financiers les plus cotés de la ville se partageant le reste. Ce coiffeur avait pour habitués les hommes d'affaires les plus prospères de la ville; la tâche d'Alvin consistait à appeler juste avant de partir pour annoncer au coiffeur qu'Abe arrivait : qu'il se prépare et vire toute personne occupant son fauteuil. Le jour où Alvin décrocha cet emploi, mon père nous expliqua au dîner qu'Abe Steinheim était le constructeur le plus haut en couleur, le plus amusant, et le meilleur que Newark ait connu. « Et c'est un génie, conclut-il. Sinon il ne serait jamais arrivé où il est. Il est brillant. Bel homme, avec ça. Blond, costaud sans être gros. Toujours bien mis, manteau en poil de chameau, chaussures noir et blanc, chemises superbes, impeccable, quoi. Il a une femme magnifique, raffinée, de la classe, c'est une Freilich, une Freilich de New York, elle a une jolie fortune personnelle. Il n'y a pas plus malin qu'Abe. Il a du cran, en plus. Tout le monde vous le dira en ville : les coups les plus risqués, c'est lui qui les tente. Il construit des immeubles là où personne d'autre n'oserait. Alvin a beaucoup à apprendre auprès de lui. En l'observant il verra ce que c'est que de travailler jour et nuit pour une affaire qui vous appartient. Ça pourra être un modèle important dans sa vie. »

Alvin venait chez nous une ou deux fois par semaine faire un bon repas, ce qui permettait surtout à mon père de garder un œil sur lui, et à ma mère d'être sûre qu'il ne se nourrissait pas exclusivement de hot-dogs. Et là, miracle : au lieu de se faire chapitrer à longueur de dîner sur l'honnêteté, les responsabilités, et les vertus du travail, comme au temps où, travaillant à la station-service après l'école, il s'était fait prendre la main dans la caisse (sans mon père, qui avait convaincu Simkowitz, le propriétaire, de retirer sa plainte en s'engageant à rembourser l'argent lui-même, on aurait bien cru qu'il allait finir à la maison de redressement de Rahway), Alvin avait avec mon père des discussions animées sur la politique, et le capitalisme en particulier. Depuis que mon père l'avait engagé à lire les journaux et commenter l'actualité, il réprouvait le système, et mon père le défendait, en discutant patiemment avec ce neveu repenti, non pas comme un membre des syndicats patronaux, mais plutôt en tant que farouche partisan du New Deal de Roosevelt. Il avait mis Alvin en garde : « Ne va pas parler de Karl Marx à Mr Steinheim, surtout. Il n'hésiterait pas, tu te retrouverais sur le cul. Apprends à son contact. Tu es là-bas pour ça. Apprends, sois respectueux, et ce sera peut-être la chance de ta vie. »

Seulement voilà, Alvin détestait Steinheim et le dénigrait sans relâche — il est bidon, c'est une brute, il est radin, c'est une grande gueule, il arrête pas de brailler, c'est un escroc, il a pas un seul ami ce type-là, personne peut le supporter, et moi, il faut que je le conduise partout. Il est méchant avec ses fils, ses petits-enfants il les regarde même pas, et sa greluche de femme qui ose pas piper, il l'humilie chaque fois que ça le prend. Il oblige toute sa famille à vivre dans les appartements d'un immeuble de luxe qu'il a construit près de la fac d'Upsala, à East Orange, sur une avenue avec des grands chênes et des érables. Ses fils triment pour lui du matin au soir à Newark, il passe la journée à les engueuler, et puis le soir, il leur téléphone chez eux pour les engueuler encore. Il y a que l'argent qui compte, et encore, c'est même pas pour en profiter, c'est pour être paré en cas de coup dur ; pour protéger sa situation, pour s'assurer ses holdings, et s'acheter tout ce qu'il veut au rabais dans l'immobilier — c'est d'ailleurs comme ça qu'il a fait un malheur après le krach. L'argent, l'argent, toujours l'argent ; se retrouver en pleine panique, au cœur des affaires, et gagner tout le blé du monde.

« Un type se retire des affaires à quarante-cinq ans, avec cinq millions de dollars. Cinq millions en banque, ça vaut des milliards, ça, et vous savez ce qu'il en dit, Abe ? » Cette question s'adresse à mon frère de douze ans et à moi. Le dîner est fini, nous sommes dans notre chambre avec lui, tous trois pieds nus sur les couvertures, Sandy sur son lit, Alvin sur le mien, et moi calé entre son bras et son torse puissants. C'est le bonheur : voici des histoires sur la cupidité de Steinheim, son ardeur, sa vitalité effrénée, son arrogance ahurissante, et pour les raconter, ces histoires, un cousin lui-même effréné, malgré tout le travail de mon père, un cousin passionnant, encore mal dégrossi dans ses émotions, qui à vingt et un ans est déjà obligé de raser son poil noir deux fois par jour s'il ne veut pas avoir une tête de repris de justice. Des histoires sur les descendants des singes géants qui habitaient jadis les forêts antiques et qui, devenus carnivores, ont abandonné l'arbre dont ils grignotaient les feuilles à longueur de journée pour s'établir à Newark, et travailler en ville.

« Qu'est-ce qu'il en dit, Mr Steinheim ? demande Sandy.

— Il dit comme ça : "Le gars a cinq millions de dollars et c'est tout. Il est encore jeune, il est dans la force de l'âge, il a une chance de peser un jour cinquante, soixante, peut-être même cent millions, et le voilà qui m'annonce, je reprends mes billes, je suis pas comme toi, Abe, je vais pas rester là à attendre la crise cardiaque. J'en ai assez ramassé pour raccrocher les gants et passer le restant de mes jours à jouer au golf." Qu'est-ce qu'il en dit, Abe ? "Ça c'est un parfait *schmuck.*" Chaque fois qu'un sous-traitant vient le voir dans son bureau, le vendredi après-midi pour lui demander l'argent du bois, du verre, de la brique, Abe lui dit : "Écoutez, on est à court, je peux pas mieux faire." Et il lui donne la moitié, le tiers — le quart, s'il peut. Les gars en ont besoin, de cet argent, pour survivre, mais c'est une méthode qu'Abe tient de son père. Il a tellement de chantiers qu'il s'en sort tout de même, personne n'essaie de le tuer.

— Il y en aurait qui voudraient? demande Sandy.

— Ouais, répond Alvin, moi.

— Raconte l'anniversaire de mariage, je demande.

— L'anniversaire de mariage, répète Alvin, ouais. Il a chanté cinquante chansons. Il avait engagé un pianiste. » Alvin nous raconte, mot pour mot, l'histoire d'Abe au piano chaque fois que j'ai envie de l'entendre. « Personne n'a le droit de l'ouvrir, personne comprend le topo, tous les invités passent la soirée à manger ce qu'il leur offre, et lui, il est devant le piano dans son smok, et il enchaîne les chansons. Quand les gens partent, il est toujours au piano, il chante toujours, toutes les rengaines imaginables, et il les écoute même pas dire au revoir.

— Et toi, il t'engueule aussi? je demande.

— Moi? Mais il engueule tout le monde. Partout où il passe, faut qu'il braille. Les dimanches matin, je le conduis chez Tabatchnik. Les gens font la queue pour acheter leurs *bagels* et leur saumon. On est à peine entrés qu'il gueule déjà. Il y a une queue de six cents personnes, mais faut qu'il gueule. "Voilà Abe." Et on le laisse passer devant tout le monde. Tabatchnik accourt de l'arrière-boutique, on pousse les gens et il achète cinq mille dollars de marchandise. On rentre à la maison, où on retrouve Mrs Steinheim qui pèse bien ses quarante-deux kilos, et qui sait s'éclipser en cas d'avis de tempête. Il téléphone à leurs trois fils, ils rappliquent en cinq secondes chrono, et à eux quatre, ils bouffent comme quatre cents. La bouffe, c'est le seul truc où il regarde pas à la dépense. La bouffe et les cigares. Chez Tabatchnik ou chez Kartzman, il se fout pas mal de savoir si y a le pape ou des tas de gens dans la queue, il débarque et il achète le magasin. Esturgeon, hareng, morue, *bagels,* cornichons, ils te bouffent tout jusqu'à la dernière tranche, le dimanche matin, et après ça je le conduis au bureau de location pour voir combien il y a d'appartements vacants, combien il y en a de loués, combien en réfection. Sept jours sur sept. Il s'arrête jamais. Jamais de vacances. *Mañana*, ça veut rien dire, la voilà sa devise. Ça le rend dingue qu'un gars rate une minute de boulot. Il peut pas s'endormir s'il sait pas que le lendemain il y aura encore plus de transactions, qui rapporteront encore plus de fric. Et moi, tout ça, ça me donne envie de gerber. Ce type-là, pour moi, c'est une réclame ambulante pour le renversement du capitalisme, voilà tout. »

Mon père traitait d'enfantillages les doléances d'Alvin, et il lui conseillait de les garder pour lui au travail, surtout depuis qu'Abe avait décidé de l'envoyer à l'université Rutgers. T'es trop malin pour être aussi crétin, lui avait-il dit. Et il s'était produit quelque chose que mes parents n'auraient jamais pu raisonnablement espérer. Abe avait décroché son téléphone pour parler au président de l'université, et il s'était mis à l'engueuler, lui aussi. « Vous allez m'inscrire ce gosse, en quelle classe il s'est arrêté, on s'en fout ; il est orphelin, c'est un génie en puissance, vous allez lui donner une bourse intégrale, et moi je vais vous bâtir les plus beaux locaux du monde, mais si ce gosse n'intègre pas Rutgers tous frais payés, je vous construis même pas les chiottes ! » Il expliqua à Alvin : « Moi, ça m'a jamais plu d'avoir un idiot pour chauffeur officiel. J'aime bien les mômes comme toi qui ont quelque chose dans le ventre. Tu vas aller à Rutgers, et tu pourras me balader quand tu reviendras pour les grandes vacances ; et puis quand tu auras tes diplômes avec mention, alors là, on pourra causer tous les deux. »

Abe aurait voulu qu'Alvin parte dans le New Brunswick pour entrer à la fac en septembre 1941 ; comme ça, quand il reviendrait dans les affaires, au bout de quatre ans d'études, il serait quelqu'un. Mais en février, Alvin partit au Canada. Mon père était furieux. Ils en discutaient depuis des semaines, et finalement, sans rien nous dire, Alvin était allé à la Penn Station de Newark, où il avait pris un express pour Montréal. « Elle m'échappe, ta morale, oncle Herman. Tu veux pas que je devienne un voleur, mais ça te gêne pas que je travaille pour un voleur. — Steinheim n'est pas un voleur, c'est un entrepreneur. Ce qu'il fait, ils le font tous, dit mon père. Ils n'ont pas le choix, le bâtiment, c'est un coupe-gorge. Mais ses immeubles ne s'écroulent pas, que je sache. Il ne fait rien d'illégal, Alvin, si ? — Non, il baise ses ouvriers jusqu'à l'os, c'est tout. Je savais pas que ta morale était pour. — Ma morale, c'est de la merde, dit mon père, toute la ville le sait. Mais là n'est pas la question. La question c'est ton avenir. C'est que tu ailles à l'université, que tu fasses quatre ans d'études gratuites. — Gratuites parce qu'il terrorise le président de Rutgers comme il terrorise le reste du monde, nom de Dieu. — Ça, c'est le problème du président. Qu'est-ce qui te prend, à la fin ? Tu vas quand même pas me dire que la pire créature que la terre ait portée soit justement l'homme qui veut te donner de l'instruction et te trouver une place dans son entreprise. — Non, non. La pire créature que la terre ait portée, c'est Hitler, et franchement, je préférerais être en train de me battre contre lui plutôt que de perdre mon temps avec un Juif comme Steinheim qui ne sait que faire honte à la communauté avec ses nom de Dieu de... — Arrête de me parler comme à un gamin, et puis épargne-moi tes nom de Dieu, veux-tu. Cet homme ne fait honte à personne. Tu te figures que si tu travaillais pour un entrepreneur irlandais ça irait mieux ? Essaie, tiens, va travailler chez Shanley, tu vas voir comme il est formidable. Et les Italiens, tu crois que c'est mieux ? Steinheim crache son venin, eux ils crachent leurs bastos. — Et Longy Zwillman, il décharge pas de flingues, peut-être ? — Je t'en prie, c'est pas toi qui vas m'apprendre qui est Longy, j'ai grandi dans la même rue que lui. Et puis qu'est-ce que ça a à voir avec la fac, tout ça ? — Ça a à voir avec *moi*, oncle Herman, j'ai pas envie de me sentir une dette envers Steinheim toute ma vie. Il a trois fils qu'il est en train de démolir, ça te suffit pas ? Ça te suffit pas qu'ils soient obligés de passer toutes les grandes fêtes juives avec lui, et Thanksgiving, et la

Saint-Sylvestre en plus ? Il faut que je sois là pour me
faire engueuler, moi aussi ? Ils bossent tous dans le
même bureau, ils habitent tous le même immeuble, et
ils attendent qu'une chose, le jour de sa mort pour se
partager le gâteau. Je t'assure, oncle Herman, ils vont
pas le pleurer longtemps. — Tu as tort, tu te trompes du
tout au tout. Ces gens ne pensent pas qu'à l'argent. —
Mais c'est toi qui te trompes : ils viennent lui manger
dans la main, à cause de l'argent ! C'est un furieux, ce
type, eux ils le supportent par peur de perdre l'argent.
— Ils restent parce que c'est une famille. Il y a des problèmes dans toutes les familles. C'est guerre et paix,
une famille. Nous, en ce moment, on vit une petite
guerre. Je le comprends, je l'accepte. Mais c'est pas
une raison pour renoncer à ces études que tu as man-
quées et que tu peux reprendre aujourd'hui, pour t'en
aller te battre sans préparation contre Hitler. — Alors
comme ça, déclara Alvin, comme s'il détenait enfin une
preuve accablante non seulement contre son employeur
mais aussi contre son tuteur, tu es isolationniste. Toi et
Bengelsdorf, Bengelsdorf, Steinheim, les deux font la
paire. — Paire de quoi ? dit mon père aigrement, car il
perdait patience. — Paire de Juifs bidon. — Ah bon, tu
t'en prends aux Juifs, à présent ? — À ces Juifs-là. Aux
Juifs qui font honte aux autres Juifs, oui, absolument ! »
    Cette discussion se poursuivit quatre soirs d'affilée,
et puis le cinquième, qui était un vendredi, Alvin man-
qua à l'appel du dîner. On avait pensé qu'à la longue,
au fil de ces repas, mon père l'aurait à l'usure, et que le
jeune homme reviendrait à la raison, ce petit bon à rien,

ce blanc-bec, que mon père avait changé en conscience familiale.

Le samedi matin Billy Steinheim, qui, des trois fils, était le plus proche de mon cousin, nous téléphonait aux aurores, miné par l'inquiétude : la veille, après avoir touché sa paie, Alvin avait jeté les clefs de la Cadillac à la figure de son père, et l'avait planté là. Lorsque mon père fonça en voiture à Wright Street pour parler à Alvin, avoir le fin mot de l'histoire, et évaluer s'il avait gâché toutes ses chances, le propriétaire de l'échoppe qui lui louait la chambre lui dit qu'il avait payé son loyer, fait sa valise et qu'il était parti se battre contre la pire créature que la terre ait jamais portée. Vu l'intensité de son courroux, un ennemi moins funeste n'eût pas suffi.

Le scrutin de novembre n'avait même pas été serré. Lindbergh avait remporté cinquante-sept pour cent des suffrages populaires, et, grâce à un effet boule de neige, conquis quarante-six États. Il n'avait perdu que celui de New York, où FDR était chez lui, et celui du Maryland, par deux mille voix seulement, car la population de fonctionnaires fédéraux avait massivement voté pour Roosevelt qui y avait conservé en outre, comme nulle part ailleurs au sud de la *Mason-Dixon-Line*, la fidélité de près de la moitié des démocrates de cette vieille circonscription sudiste. Le lendemain de l'élection, c'était l'incrédulité qui dominait, surtout chez les sondeurs, mais le surlendemain, toutes les paupières s'étaient dessillées : à la radio comme dans les journaux, pour les commentateurs, la défaite de Roosevelt semblait écrite.

Les Américains n'avaient pas voulu rompre avec la tradition des « deux mandats au plus » instituée par George Washington, et qu'aucun président n'avait osé remettre en question jusque-là. En outre, sur les décombres de la Crise, l'assurance renaissante des jeunes comme des vieux s'était vue dopée par la jeunesse relative de Lindbergh, et par ses allures de sportif délié si diamétralement opposées aux handicaps physiques de FDR, séquelles de la polio. Et puis il y avait le miracle de l'aviation et du nouveau mode de vie qu'elle promettait : Lindbergh, qui détenait déjà le record du vol long-courrier, serait bien placé pour guider ses compatriotes sur la voie inconnue d'un avenir aéronautique, tout en leur assurant par ses manières vieux jeu, et même collet monté, qu'il n'y avait aucun risque de voir les succès de la technologie moderne éroder les valeurs de la tradition. Il apparaissait donc, concluaient les experts, que les Américains du vingtième siècle, las de faire face à une nouvelle crise tous les dix ans, avaient soif de normalité. Or Lindbergh représentait justement cette normalité élevée à des proportions héroïques : un type bien, visage honnête, voix sans affectation, dont les échos avaient démontré à toute la planète qu'il avait le courage de faire face aux situations, et celui de façonner l'histoire, ainsi, bien sûr, que la force de transcender la tragédie personnelle. Si Lindbergh promettait qu'il n'y aurait pas de guerre, alors, il n'y en aurait pas. La grande majorité n'allait pas chercher plus loin.

Pires encore que les élections elles-mêmes furent pour nous les semaines qui suivirent la prise de fonc-

tions, car le nouveau président des États-Unis partit
rencontrer Adolf Hitler en Islande où, à l'issue de deux
jours d'entretiens « cordiaux », il signa un « accord »
garantissant des relations pacifiques entre l'Allemagne
et les États-Unis. Il y eut des manifestations contre les
accords d'Islande dans une douzaine de villes américaines. À la Chambre et au Sénat, on entendit des diatribes enflammées : des démocrates qui avaient survécu
au raz de marée républicain condamnèrent Lindbergh
pour avoir traité avec un fasciste sur un pied d'égalité
et accepté comme lieu des négociations un royaume
insulaire ayant fait allégeance historique au Danemark,
monarchie démocratique que les nazis venaient tout
juste d'annexer — ce qui était une tragédie nationale,
une calamité pour le peuple et le roi, mais que la
visite de Lindbergh à Reykjavík semblait tacitement
approuver.

Lorsque le président rentra à Washington aux commandes de son bimoteur Lockheed Interceptor, escorté
par dix gros appareils de patrouille, il s'adressa à la
nation en un discours de cinq phrases : « Il est à présent
garanti que notre grand pays n'entrera pas dans le
conflit d'Europe. » Ainsi commençait ce message historique, qui s'achevait en ces termes : « Nous ne rallie-
rons aucun parti en guerre dans le monde. Mais nous
continuerons d'armer l'Amérique et d'entraîner nos
jeunes sous les drapeaux pour qu'ils maîtrisent la technologie militaire de pointe. La clef de notre invulnéra-
bilité, c'est le développement de l'aviation américaine,
dont la technologie des rockets. Ainsi nous serons à

l'abri des attaques tout en conservant notre stricte neutralité. »

Dix jours plus tard, le président signait à Honolulu
les accords d'Hawaï avec le Premier ministre japonais
Fumimaro Konoye et son ministre des Affaires étrangères Matsuoka. Émissaires de l'empereur Hirohito,
tous deux avaient déjà signé une triple alliance avec les
Allemands et les Italiens à Berlin, en septembre 1940,
les Japonais reconnaissant le « Nouvel Ordre européen » sous hégémonie allemande et italienne, en
retour de quoi les deux puissances reconnaissaient le
« Nouvel Ordre asiatique », instauré par le Japon. Les
trois signataires s'engageaient également à se soutenir
militairement, si l'un d'entre eux venait à être attaqué
par une nation extérieure au conflit européen ou sino-
japonais. Après l'accord d'Islande, celui d'Hawaï faisait des États-Unis un membre officieux de l'Axe de la
Triple Alliance en étendant la reconnaissance américaine à la souveraineté japonaise en Extrême-Orient et
en garantissant que les États-Unis ne s'opposeraient
pas à l'expansion japonaise sur le continent asiatique,
même si elle impliquait l'annexion de l'Indonésie hol-
landaise et de l'Indochine française. Le Japon s'enga-
geait pour sa part à reconnaître la souveraineté des
États-Unis sur leur propre continent, à respecter l'indépendance politique du « protectorat » américain des
Philippines, programmé pour 1946, et à accepter que
les territoires américains d'Hawaï, de Guam et Midway
demeurent des possessions américaines permanentes
dans le Pacifique.

Dans le sillage de ces accords, les Américains allaient

partout répétant : Pas de guerre, plus aucun jeune ne par-
tira mourir au combat ! Lindbergh est de taille à négocier avec Hitler. Hitler le respecte parce que c'est Lindbergh. Mussolini et Hirohito le respectent parce que
c'est Lindbergh. Les seuls qui soient contre lui, ce sont
les Juifs. Et en Amérique, c'était certainement vrai. Les
Juifs s'inquiétaient à longueur de temps. Dans la rue,
nos aînés se demandaient en permanence ce qui nous
attendait, sur qui compter pour nous protéger, ou
encore comment nous protéger nous-mêmes. Les plus
jeunes, comme moi, rentraient de l'école apeurés,
désemparés, voire en larmes pour avoir entendu les
grands évoquer ce que Lindbergh avait dit de nous à
Hitler, et ce que Hitler avait dit de nous à Lindbergh
autour de la table, en Islande. Si mes parents décidèrent
de réaliser leur vieux projet de visiter Washington, ce
fut entre autres raisons pour nous convaincre, Sandy et
moi, quoi qu'ils en aient pensé eux-mêmes, que seul le
président avait changé. L'Amérique n'était pas un pays
fasciste et ne le serait jamais, malgré les prédictions
d'Alvin. Il y avait un nouveau président, une nouvelle
assemblée, mais l'un comme l'autre étaient tenus de
respecter la loi exprimée par la Constitution. Ils étaient
républicains, isolationnistes, et il y avait bien parmi eux
des antisémites, comme il y en avait d'ailleurs chez les
sudistes du parti de FDR, mais ça ne voulait nullement
dire qu'ils étaient nazis. En outre, il suffisait d'écouter
le dimanche soir Winchell se déchaîner contre le nouveau président et « son ami Joe Goebbels » ou de l'entendre faire la liste des sites envisagés par le ministère
de l'Intérieur pour établir des camps de concentration

— des sites essentiellement regroupés dans le Montana, patrie du démocrate isolationniste Burton K.
Wheeler, vice-président de Lindbergh au nom de
l'unité nationale — pour être sûr que la nouvelle administration était dans le collimateur des reporters préfé-
rés de mon père, comme Winchell et Dorothy Thompson, Quentin Reynolds et William L. Shirer, ainsi, bien
sûr, que de toute l'équipe de *PM*. Quand mon père rapportait *PM,* le soir, je prenais mon tour pour le lire ; je
ne me contentais pas de la bande dessinée *Barnaby* ou
des photos, je le lisais pour avoir la preuve que, malgré
la vitesse incroyable à laquelle notre statut d'Américains se dégradait, nous étions encore en démocratie.

Une fois que Lindbergh eut prêté serment, le 20 janvier 1941, FDR regagna avec les siens la demeure
familiale de Hyde Park dans l'État de New York et ne
se fit plus voir ni entendre. Du fait que cette passion des
timbres lui était venue là-bas dès son enfance — sa
mère lui aurait légué ses propres albums de petite
fille — je l'imaginais passer son temps à classer les
centaines de spécimens accumulés au cours de ses huit
ans à la Maison-Blanche. Car, tous les collectionneurs
le savaient, on n'avait jamais vu un président comman-
der autant de nouveaux timbres à son directeur des
postes, ni entretenir des relations aussi étroites avec la
Poste elle-même. Mon premier objectif ou presque,
lorsque je reçus mon album, fut de thésauriser tous les
timbres au dessin desquels je savais qu'il avait contri-
bué ou qu'il avait personnellement inspirés. D'abord,
celui à trois cents de Susan B. Anthony, commémorant
en 1936 le seizième anniversaire de l'amendement qui

accordait le droit de vote aux femmes, et le Virginia Dare de 1937 à cinq cents qui célébrait la naissance du premier bébé anglais en Amérique, trois cent cinquante ans plus tôt à Roanoke. Quant au timbre à trois cents de la fête des Mères, sorti en 1934 et dessiné par FDR lui-même avec dans le coin gauche la légende « À la mémoire et en l'honneur de toutes les mères d'Amérique », et à droite le célèbre portrait par Whistler de la mère de l'artiste, il m'avait été donné en quatre exemplaires par la mienne pour étoffer ma collection. Elle m'avait aussi aidé à acheter les sept timbres commémoratifs approuvés par Roosevelt au cours de la première année de son premier mandat ; j'y tenais parce que cinq d'entre eux portaient inscrite et bien visible la date 1933, année de ma naissance.

Avant le départ pour Washington, je demandai la permission d'emporter mon album. Craignant le crève-cœur que ce serait pour moi si je venais à le perdre, ma mère commença par refuser, mais je la gagnai à ma cause en insistant pour prendre au moins mes timbres des présidents, car j'en possédais seize sur la série de 1938 qui suivait l'ordre chronologique depuis George Washington jusqu'à Calvin Coolidge. Le timbre du cimetière d'Arlington, imprimé en 1922, et celui du monument à Lincoln, imprimé en 1923, ainsi que ceux du Capitole, étaient bien trop chers pour ma bourse, mais je fis pourtant valoir que les trois sites célèbres étaient en noir sur blanc sur la page de mon album destinée à les recevoir. À dire le vrai, depuis mon cauchemar, j'avais peur de laisser l'album dans notre appartement désert : soit parce que je m'étais abstenu de retirer de la collection mon timbre de Lindbergh à dix cents, soit parce que Sandy avait menti à nos parents en rangeant ses dessins de Lindbergh intacts sous son lit, soit que ces deux trahisons filiales s'aggravent l'une l'autre, je redoutais qu'une métamorphose funeste ne s'opère en mon absence, et que, livrés à eux-mêmes, mes Washington ne se transforment en Hitler, tandis que des croix grammées viendraient barrer mes parcs nationaux.

Sitôt entrés dans Washington où la circulation était dense, nous tournâmes dans la mauvaise direction et, tandis que ma mère essayait de déchiffrer le plan pour indiquer à mon père le chemin de l'hôtel, arriva dans notre champ visuel le plus énorme objet blanc que j'aie jamais vu. En contre-haut, au bout de la rue, se dressait le Capitole, ses vastes degrés s'élançant vers la colonnade, couronnée par le dôme très orné à trois étages. Sans l'avoir cherché, nous venions de plonger au cœur de l'histoire de notre pays ; et sans nous l'être formulé clairement, nous comptions bien sur cette histoire de l'Amérique, ici représentée sous sa forme la plus exaltante, pour nous protéger de Lindbergh.

« Regardez, s'écria ma mère en se tournant vers Sandy et moi, sur le siège arrière, ça fait battre le cœur, non ? »

La réponse était oui, bien sûr, mais Sandy semblait plongé dans une stupeur patriotique, et, prenant exemple sur lui, je choisis d'exprimer ma terreur sacrée par le silence.

C'est alors qu'un motard de la police s'arrêta à notre

hauteur : « Qu'est-ce qui vous arrive, les New Jersey ? cria-t-il par la vitre ouverte.

— On cherche notre hôtel, répondit mon père, comment il s'appelle, Bess ? »

Ma mère, envoûtée un instant plus tôt par la majesté écrasante du Capitole, blêmit derechef ; lorsqu'elle ouvrit la bouche, sa voix était si faible qu'elle se perdit dans le bruit de la circulation.

« Il faut que je vous dégage d'ici, cria le flic, parlez plus fort, ma petite dame.

— C'est l'hôtel Douglas, sur K Street, monsieur l'agent, s'écria mon frère avec empressement, tout en tentant de mieux voir la moto.

— Brave petit gars », répondit le policier. Il leva le bras pour arrêter les voitures derrière nous et nous permettre de faire demi-tour à sa suite sur Pennsylvania Avenue.

« C'est royal, dit mon père en riant.

— Mais est-ce qu'on sait où il nous emmène ? demanda ma mère. Qu'est-ce qui se passe, Herman ? »

Dans le sillage du policier, nous voyions défiler tous les grands édifices fédéraux. Sandy montra du doigt une vaste pelouse à notre gauche et s'écria, tout excité : « Regardez, c'est la Maison-Blanche ! », sur quoi ma mère se mit à pleurer.

« On croirait... », tenta-t-elle d'expliquer juste avant que nous n'arrivions à l'hôtel et que le policier ne nous fasse au revoir de la main dans un rugissement de machine, « on croirait qu'on ne vit plus dans un pays normal. Je suis vraiment désolée, les enfants, pardonnez-moi, s'il vous plaît », mais elle se remit à pleurer.

Dans une petite chambre sur cour, au Douglas, on trouva un grand lit pour mes parents, et deux lits de camp pour mon frère et moi. Dès que mon père eut laissé un pourboire au garçon d'étage qui nous avait ouvert la porte et déposé nos bagages, ma mère retrouva ses esprits, ou du moins fit semblant de les avoir retrouvés en rangeant le contenu des valises dans la commode dont les tiroirs, elle l'observa avec approbation, étaient tendus d'un papier tout neuf.

Nous étions sur les routes depuis quatre heures du matin, et il était plus d'une heure de l'après-midi lorsque nous descendîmes dans la rue trouver un endroit où déjeuner. Notre voiture était garée en face de l'hôtel, et devant elle, il y avait un petit homme aux traits aigus, avec un costume croisé gris, qui dit en retirant son chapeau : « Messieurs, madame, je m'appelle Taylor et je suis guide professionnel dans la capitale des États-Unis. Si vous ne voulez pas perdre de temps, vous aurez peut-être envie de louer les services de quelqu'un comme moi. Je prendrai le volant pour que vous ne vous perdiez pas, je vous conduirai sur les sites, et je vous dirai tout ce qu'il faut savoir. Je viendrai vous chercher chaque fois, je vous emmènerai manger dans des endroits où je sais que les prix sont convenables et que la cuisine est bonne. Et si on prend votre voiture, ça vous coûtera seulement neuf dollars par jour. Tenez, voilà mon accréditation », dit-il en dépliant un document de plusieurs pages pour le faire voir à mon père. « Délivré par la Chambre de commerce, expliqua-t-il. Verlin Mr Taylor, guide officiel de Washington D.C. depuis 1937, le 5 janvier 1937 pour être exact, le jour de la Soixante-quinzième session parlementaire de l'histoire des États-Unis. »

Les deux hommes échangèrent une poignée de main, et, déployant tout son professionnalisme d'agent d'assurances, mon père parcourut les papiers du guide avant de les lui rendre. « Ça me paraît très bien, dit-il, mais un budget de neuf dollars par jour, monsieur Taylor, c'est plus que prévu, pour une famille comme nous, en tout cas.

— Je le comprends très bien, monsieur, mais dites-vous que tout seul, sans connaître votre chemin, quand vous allez tourner pour vous garer, eh bien, vous et votre famille ne verrez pas la moitié de ce que vous verriez avec moi, et vous serez loin d'en profiter autant. Tandis que moi, je pourrai vous conduire dans un endroit agréable pour déjeuner, venir vous reprendre avec la voiture, et vous emmener directement au monument de Washington. Ensuite, on verrait le Mall, le monument à Lincoln. Washington et Lincoln, nos deux plus grands présidents, c'est par là que j'aime commencer. Vous savez que Washington n'a jamais vécu à Washington. Le président Washington a choisi le site, il a signé le projet de loi pour en faire le siège du gouvernement, mais c'est John Adams, son successeur, qui a été le premier hôte de la Maison-Blanche, en 1800, le 1er novembre, pour être exact. Sa femme Abigail l'a rejoint deux semaines plus tard. Parmi les nombreuses curiosités intéressantes de la Maison-Blanche, il y a encore un verre à céleri qui leur appartenait.

— Eh bien là, vous m'apprenez quelque chose, dit mon père. Attendez, je vais en discuter avec ma femme. » Il lui demanda à voix basse : « Tu crois qu'on peut se le permettre ? Il est clair qu'il connaît son affaire. — Mais qui l'envoie ? chuchota ma mère. Comment est-ce qu'il a repéré notre voiture ? — Ça, Bess, c'est son boulot, de voir tout de suite le touriste. C'est son gagne-pain. »

Mon frère et moi étions blottis contre eux, dans l'espoir que notre mère ne dirait rien et que le guide à la langue déliée, avec son visage pointu et ses jambes courtes, serait engagé pour la durée du séjour.

« Vous voulez ? dit mon père en se tournant vers nous.

— Ben, si ça coûte trop cher..., répondit Sandy.

— Pense pas à ça. Il vous plaît, ce type, ou pas ?

— C'est un sacré personnage, papa, dit Sandy tout bas. On dirait une marionnette, et puis j'aime bien quand il dit "pour être exact".

— Bess, dit mon père, ce type est un guide authentique de Washington D.C. Il sourit chaque fois qu'il se brûle, mais c'est un petit gars dégourdi et d'une politesse irréprochable. Je vais voir s'il accepterait sept dollars. »

Ce disant, il s'écarta de quelques pas, s'approcha du guide, et, après quelques minutes de conversation, l'affaire fut conclue et ils se serrèrent de nouveau la main. Mon père s'écria : « O.K., on va manger », débordant de son énergie coutumière, même quand il n'y avait rien de spécial à faire.

Je n'aurais pas su dire ce qui était le plus incroyable : avoir quitté le New Jersey pour la première fois de ma vie, et me trouver à cinq cents kilomètres de chez moi dans la capitale, ou nous trouver dans notre propre voiture pilotée par un inconnu portant le nom du douzième président des États-Unis dont le profil ornait le timbre violet à douze cents, entre celui de Polk, bleu, à onze cents, et celui de Fillmore, vert, à treize cents, dans l'album posé sur mes genoux.

« Washington est divisé en quatre secteurs, nous expliquait Mr Taylor, nord-est, nord-ouest, sud-est, sud-ouest ; sauf exceptions, les rues nord-sud portent des numéros et les rues est-ouest des lettres. De toutes les capitales du monde occidental, elle est la seule qui se soit développée à seule fin de recevoir le siège du gouvernement. C'est ce qui la différencie de Paris ou de Londres, mais aussi de New York et de Chicago chez nous.

— Vous entendez, dit mon père en regardant par-dessus son épaule dans notre direction. Tu entends ça, Bess, les raisons qui font que Washington est si unique ?

— Oui », répondit ma mère, qui prit ma main dans la sienne pour me rassurer en se rassurant elle-même, signifier que tout irait bien. Mais moi, depuis la minute où nous étions entrés dans Washington jusqu'à celle où nous quittâmes la ville, je n'eus qu'un souci, protéger ma collection de timbres.

La cafétéria où Mr Taylor nous avait déposés était propre et pas chère, et on y mangeait aussi bien qu'il l'avait promis. Lorsque, le déjeuner fini, nous sortîmes dans la rue, notre voiture nous y attendait, garée en double file. « Vous arrivez pile, s'écria mon père.

— Avec les années, dit Mr Taylor, on apprend à évaluer le temps qu'il faut à une famille pour déjeuner. Ça a été, madame Roth, demanda-t-il à notre mère, tout vous a plu ?

— C'était très bien, merci.

— Alors tout le monde est prêt pour la visite du monument à Washington ? » Nous étions partis. « Vous savez, bien sûr, à qui est dédié ce monument, à notre premier et notre meilleur président avec Lincoln, selon l'opinion de la plupart des gens.

— Moi, j'ajouterais FDR à cette liste, vous savez. Un grand homme, dire que les gens l'ont renvoyé chez lui, et pour mettre qui à la place ? »

Mr Taylor écouta poliment mais ne répondit pas. « Or, reprit-il, vous avez tous vu des photos de ce monument, mais elles ne rendent pas toujours justice à sa majesté. Avec ses cent soixante-neuf mètres et quatre-vingts centimètres de hauteur, c'est le plus haut bâtiment maçonné du monde. Le nouvel ascenseur électrique vous emmènera au sommet en une minute quinze. Sinon, vous pouvez prendre l'escalier en coli-maçon et ses huit cent quatre-vingt-treize marches. De là-haut, on voit sur un rayon de vingt à trente kilo-mètres. Ça vaut le coup d'œil. Tenez, regardez, droit devant vous. »

Quelques minutes plus tard, Mr Taylor trouva une place pour se garer au pied du monument, et, tandis que nous sortions de voiture, nous accompagna en trottant sur ses petites jambes arquées pour nous expliquer : « Il y a quelques années, le monument a été nettoyé pour la première fois. Vous imaginez le ménage, madame Roth. On a utilisé un mélange d'eau et de sable, avec des brosses d'acier. Il a fallu cinq mois et cent mille dollars pour en voir le bout.

— C'était sous Roosevelt? demanda mon père.

— Je crois bien, oui.

— Et les gens, est-ce qu'ils le savent, ça? Est-ce que ça compte, pour eux? Non. Ils ont mis un pilote d'avion à la tête du pays. Et le pire reste à venir. »

Mr Taylor resta dehors, et nous entrâmes dans le monument. Devant l'ascenseur, ma mère, qui avait repris ma main, s'approcha de mon père et lui chuchota : « Il ne faut pas parler comme ça.

— Comme quoi?

— De Lindbergh.

— Ah ça? Mais je ne fais qu'exprimer mon opinion.

— Tu ne sais pas qui est ce type.

— Bien sûr que si, je le sais. C'est un guide accrédité, avec les papiers qui le prouvent. On est au monument de Washington, Bess, et tu me dis de me taire comme s'il était à Berlin. »

Ce franc-parler n'était pas pour rassurer ma mère, d'autant que les gens qui attendaient l'ascenseur avec nous pouvaient nous entendre. Se tournant vers un autre homme, venu avec sa femme et ses deux enfants, mon père lui demanda : « Vous êtes d'où, vous? Nous on est du New Jersey. — Du Maine, répondit l'homme. — Vous entendez ça, les enfants? » nous demanda mon père. Il y eut en tout vingt personnes, tant adultes qu'enfants, pour monter dans l'ascenseur, qu'elles ne remplirent qu'à moitié; et tandis que la cabine s'élevait dans sa cage de fer, mon père mit cette minute quinze à

profit pour demander à toutes les autres familles d'où
elles venaient.

La visite finie, Mr Taylor nous attendait dehors. Il
nous demanda, à Sandy et à moi, de décrire ce que nous
avions vu là-haut, à cent cinquante mètres, puis il nous
fit faire un tour rapide du monument pour nous narrer
les aléas de sa construction. Il prit quelques photos de
la famille avec notre Brownie, puis ce fut mon père qui,
malgré ses protestations, insista pour le photographier
avec nous devant le monument ; enfin, nous remontâmes en voiture, Mr Taylor au volant, et nous enga-
geâmes sur le Mall en direction du Lincoln Memorial.

Cette fois, tout en se garant, Mr Taylor nous prévint
que ce mémorial ne ressemblait à aucun autre édifice au
monde, et qu'il fallait nous attendre à être abasourdis
par sa grandeur. Puis il nous accompagna jusqu'au
grandiose édifice à piliers, avec ses escaliers de marbre
qui nous conduisirent, une fois franchie la colonnade, à
l'intérieur du vestibule, devant la statue de Lincoln en
gloire, sur son vaste trône. Le visage sculpté du président me parut réunir, essence même de la sainteté, la
face de Dieu et les traits de l'Amérique.

« Dire qu'ils l'ont abattu, les sales chiens », s'exclama mon père.

Nous étions tous quatre au pied de la statue, éclairée
de façon que tout paraisse colossal dans la physionomie d'Abraham Lincoln. Tout ce qu'on tenait pour
grand d'ordinaire faisait pâle figure à côté, et, adulte ou
enfant, on demeurait sans défense contre la solennité de
cette hyperbole.

« Quand on pense à ce que ce pays fait à ses plus grands présidents...

— Herman, supplia ma mère, ne commence pas.

— Je ne commence rien du tout. C'est une grande tragédie, non, les garçons? L'assassinat de Lincoln? »

Mr Taylor vint nous dire discrètement : « Demain nous irons au théâtre Ford, où il a reçu le coup de revolver, et puis nous traverserons la rue pour visiter la maison Petersen, où il est mort.

— J'étais en train de leur dire, monsieur Taylor, quel malheur, ce que ce pays fait à ses grands hommes.

— Dieu merci, nous avons le président Lindbergh », dit une voix de femme, à quelques pas de là.

Cette dame âgée se tenait toute seule à l'écart ; elle lisait son guide, et cette remarque à la cantonade semblait lui avoir été inspirée par les propos de mon père.

« Comparer Lindbergh à Lincoln, ben dis donc », grommela mon père.

En fait la dame âgée n'était pas toute seule, elle faisait partie d'un groupe de touristes parmi lesquels il y avait un homme à peu près de l'âge de mon père, qui était peut-être son fils.

« Il y a quelque chose qui vous gêne? demanda ce dernier à mon père, en s'approchant de nous avec aplomb.

— Non, non, répondit mon père.

— Ça vous gêne, ce que la dame vient de dire?

— Non, monsieur, on est en démocratie. »

L'inconnu jeta un long regard appuyé à mon père, puis à ma mère, à Sandy et à moi. Or que vit-il? Il vit un homme d'un mètre soixante-douze, mince, aux muscles déliés, carré d'épaules, bel homme sans être spectaculaire, avec des yeux gris-vert pleins de douceur, des cheveux bruns légèrement clairsemés, ras sur les tempes et dégageant ses oreilles de façon un peu comique. La femme était menue mais vigoureuse, et mise avec soin ; elle avait une boucle brune qui lui cachait le sourcil, des joues rondes, avec un brin de rose, un nez proéminent, des bras charnus, des jambes galbées et des hanches minces, et les yeux vifs d'une fille deux fois plus jeune. Chez ces deux adultes un excès de prudence et un excès d'énergie, et à leurs côtés deux gamins, aux traits encore lisses de l'enfance, jeunes enfants de parents juvéniles, attentifs, en bonne santé, incorrigibles dans leur seul optimisme.

Et la conclusion que cet inconnu tira de son observation s'exprima dans une mimique de dérision. Puis, avec un sifflement qui ne laissait rien ignorer de sa réprobation, il revint à la dame âgée et au groupe de visiteurs dont ils étaient, montrant en s'éloignant de son pas chaloupé un large dos qui ressemblait à un avertissement. C'est là que nous l'entendîmes traiter notre père de « grande gueule de Juif », à quoi la dame âgée répondit un instant plus tard : « Je me ferais un plaisir de lui donner une claque. »

Mr Taylor nous entraîna promptement vers une pièce plus petite, à côté de la salle principale, où se trouvait une tablette avec le discours de Gettysburg, ainsi qu'un panneau mural sur l'émancipation.

« Entendre ça dans un endroit pareil ! dit mon père, d'une voix étranglée par l'indignation. Dans le sanctuaire d'un homme comme celui-ci. »

Pendant ce temps, Mr Taylor, désignant le tableau, lui disait : « Vous voyez, l'ange de la vérité délivre un esclave. »

Mais mon père ne voyait rien du tout. « Vous croyez qu'on entendrait des trucs pareils si Roosevelt était encore président ? Les gens n'oseraient pas, ça ne leur serait même pas venu à l'idée... du temps de Roosevelt... mais maintenant que notre grand allié, c'est Adolf Hitler, que le meilleur ami du président des États-Unis c'est Adolf Hitler, ben voyons, ils pensent qu'ils peuvent tout se permettre. C'est honteux. Ça commence à la Maison-Blanche... »

À qui s'adressait-il, sinon à moi ? Mon frère collait aux basques de Mr Taylor, pour lui poser des questions sur la fresque, et ma mère réprimait de son mieux toute manifestation ; elle luttait contre l'affolement qui l'avait saisie dans la voiture à l'arrivée, pour moins que ça.

« Lisez ça, dit mon père en désignant la tablette qui reproduisait le discours de Gettysburg. Allez, lisez-le : "Tous les hommes naissent égaux."

— Herman, souffla ma mère d'une voix étranglée, je n'en peux plus. »

Nous ressortîmes dans la lumière du jour et nous retrouvâmes en haut des marches. L'aiguille immense du monument à Washington se dressait en face, à moins d'un kilomètre, de l'autre côté du bassin-miroir qui reliait son esplanade au mémorial de Lincoln. Tout autour, il y avait des ormes. C'était le plus beau panorama qu'il m'ait été donné de voir, un Éden patriotique, un paradis terrestre américain qui s'étendait à nos pieds, et dont, blottis les uns contre les autres, nous venions d'être chassés en famille.

« Écoutez, dit mon père, en nous attirant vers lui, mon frère et moi. Il me semble qu'il est temps d'aller faire une sieste. La journée a été longue pour tout le monde. Je propose qu'on rentre à l'hôtel et qu'on se repose une heure ou deux. Qu'est-ce que vous en dites, monsieur Taylor ?

— C'est vous qui décidez, monsieur Roth. Après dîner j'avais pensé que la famille aimerait peut-être faire une promenade en voiture dans Washington, la nuit, quand tous les monument célèbres sont éclairés.

— Voilà qui est parler, dit mon père. Ça te va, Bess ? » Mais il n'était pas aussi facile de remonter le moral de ma mère que celui de Sandy ou le mien. « Chérie, lui dit mon père, on est tombés sur un cinglé, sur deux cinglés. On aurait très bien pu aller au Canada et rencontrer un pareil énergumène. Il ne faut pas que ça nous gâche le voyage. On va faire un gentil petit somme, tous les quatre, Mr Taylor nous attendra, et puis ce sera reparti. Regarde, conclut-il avec un grand geste de son bras tendu, voilà quelque chose que tous les Américains devraient voir. Retournez-vous, les enfants. »

Nous fîmes ce qu'on nous disait, mais il ne m'était plus possible de ressentir cette extase patriotique qui m'avait transporté. Comme nous entamions la longue descente des marches de marbre, j'entendis des gosses demander à leurs parents, derrière nous : « C'est vraiment lui ? Il est enterré là sous tous ces trucs ? » Ma mère, toute proche de moi sur les marches, tentait de dissimuler la panique qui la secouait; brusquement j'eus le sentiment qu'il me revenait de la soutenir, d'endosser sur-le-champ une bravoure toute neuve, taillée dans l'étoffe même de Lincoln. Mais lorsqu'elle me tendit la main, je ne pus que m'y accrocher, être immature que j'étais, gamin dont la collection de timbres représentait les neuf dixièmes de ce qu'il connaissait du monde.

Dans la voiture, Mr Taylor mit au point l'emploi du temps du reste de la journée. Nous allions rentrer à l'hôtel, faire un somme, et à six heures moins le quart, il reviendrait nous prendre pour dîner. Il pouvait nous ramener à la cafétéria de Union Station où nous avions déjeuné, ou bien nous recommander un ou deux autres établissements abordables dont il garantissait la qualité. Et après dîner, il nous emmènerait faire la promenade de nuit en voiture dans Washington.

« Vous n'avez peur de rien, hein, monsieur Taylor ? » demanda mon père. L'intéressé répondit d'un signe de tête peu compromettant.

« D'où vous êtes ?

— De l'Indiana, monsieur Roth.

— De l'Indiana ! Vous vous rendez compte, les enfants ? Et dans quelle ville vous avez grandi ?

— Dans aucune en particulier. Mon père était mécanicien. Il réparait les machines agricoles. On bougeait tout le temps.

— Alors là », dit mon père, pour des raisons qui échappèrent sans doute à Mr Taylor, « alors là, chapeau. Vous devriez être fier de vous. »

De nouveau, Mr Taylor fit un petit signe de tête :

c'était un homme pragmatique, sanglé dans son costume cintré, avec quelque chose de résolument militaire
dans son efficacité et son maintien — comme un
homme qui se cacherait, sauf qu'il n'avait rien à cacher,
tout ce qui était impersonnel chez lui apparaissant au
premier coup d'œil. Volubile quand il s'agissait de
Washington D.C., bouche cousue sur tout le reste.

De retour à l'hôtel, Mr Taylor gara la voiture et nous
accompagna à l'intérieur comme s'il était, plus que
notre guide, notre chaperon, ce qui tombait plutôt bien,
car dans le hall de ce petit hôtel, nous découvrîmes nos
quatre valises à la réception.

L'inconnu au bureau se présenta comme le directeur.

Lorsque mon père lui demanda ce que nos bagages
faisaient là, il expliqua : « Je vous dois des excuses,
messieurs-dame, il a bien fallu que je vous refasse les
valises. Notre employé de l'après-midi s'est trompé, la
chambre qu'il vous a donnée était déjà retenue par une
autre famille. Tenez, voilà vos arrhes, conclut-il en tendant à mon père une enveloppe qui contenait un billet
de dix dollars.

— Mais enfin, monsieur, ma femme vous a écrit,
vous nous avez répondu, il y a des mois qu'on l'a faite,
cette réservation. C'est bien pourquoi on a envoyé des
arrhes, d'ailleurs. Bess, où sont les copies des lettres ? »

Elle désigna les valises pour toute réponse.

« Monsieur, reprit le directeur, la chambre est
occupée, et l'hôtel est complet. Nous ne vous compte-
rons rien pour l'usage que vous avez déjà pu faire de
la chambre, et pour la savonnette qui manque.

— Qui manque ? » Ce mot seul semblait faire

bondir mon père. « Vous voulez dire que nous l'aurions volée ?

— Non, monsieur, je ne dis rien de tel. Peut-être qu'un des enfants l'a emportée en souvenir. Il n'y a pas de mal, nous n'allons pas pinailler sur un détail pareil ni leur faire les poches pour retrouver ce savon.

— Vous pouvez m'expliquer ce que ça veut dire ? exigea mon père en tapant du poing sur le bureau au nez du directeur.

— Monsieur Roth, si vous avez l'intention de faire du scandale...

— Absolument, dit mon père, j'ai l'intention de faire du scandale jusqu'à ce que je comprenne à quoi rime cette histoire de chambre.

— Dans ces conditions, dit le directeur, je n'ai plus le choix, j'appelle la police. »

À ce moment-là, ma mère, qui nous entourait les épaules de ses bras et nous avait entraînés à distance respectueuse de la réception, appela mon père par son prénom dans l'idée de l'empêcher d'aller plus loin. Mais c'était déjà trop tard, les jeux étaient faits. Il n'était pas homme à occuper bien gentiment la place que ce directeur souhaitait lui assigner.

« C'est cette saloperie de Lindbergh, s'écria mon père, il vous a mis le pied à l'étrier, bande de nazillons.

— Monsieur, prenez votre femme, vos enfants et vos valises et partez immédiatement, sinon j'appelle le commissariat du quartier.

— Mais appelez donc la police, ne vous gênez pas. »

Il y avait cinq ou six clients en plus de nous dans le

hall de l'hôtel ; ils étaient arrivés pendant l'altercation et s'attardaient pour voir le tour que prenaient les événements.

Ce fut alors que Mr Taylor s'approcha de mon père : « Vous êtes parfaitement dans votre droit, monsieur Roth, mais appeler la police n'est pas la bonne solution.

— Si, c'est la bonne solution. Appelez la police, répéta mon père au directeur. Dans notre pays, il y a des lois contre les gens comme vous. »

Le directeur tendit la main vers l'appareil, et tandis qu'il composait le numéro, Mr Taylor s'approcha de nos valises, en souleva deux dans chaque main et les sortit de l'hôtel.

« C'est fini, Herman, dit ma mère. Mr Taylor a pris les bagages.

— Non, Bess, répondit mon père avec amertume. J'en ai assez de leurs âneries, il faut que je parle à la police. »

Mr Taylor revint en courant dans le hall et, sans s'arrêter, se pencha vers le bureau où le manager finissait sa communication. À voix basse, il annonça à mon père : « Il y a un hôtel très bien pas loin d'ici. Je viens de les appeler d'une cabine, ils auront une chambre pour vous. L'hôtel est bien, et la rue aussi. Allons-y, et prenez la chambre.

— Merci, monsieur Taylor, mais pour l'instant, on attend la police. Je veux qu'elle rappelle à cet homme les mots du discours de Gettysburg que j'ai vus gravés là-bas aujourd'hui même. »

Ceux qui nous observaient s'entre-regardèrent en souriant à la mention de ce discours.

« Qu'est-ce qui s'est passé ? demandai-je tout bas à mon frère.

— C'est de l'antisémitisme », répondit-il de même.

D'où nous étions, nous vîmes les deux policiers arriver sur leurs motos. Nous les regardâmes couper les gaz et entrer dans le hall. Le premier se posta dans l'embrasure de la porte, pour pouvoir garder un œil sur tout le monde, le second gagna la réception, et fit signe au directeur de le rejoindre dans un coin tranquille pour parler.

« Monsieur l'agent... », commença mon père.

Le policier se retourna vivement et déclara : « Je ne peux écouter qu'un plaignant à la fois, monsieur », sur quoi il reprit sa conversation avec le directeur, en se tenant le menton d'une main, l'air pensif.

Se tournant vers nous, mon père expliqua : « Il fallait le faire, les garçons. » Puis, à l'intention de ma mère : « Il n'y a aucune raison de s'inquiéter. »

Au terme de son entretien avec le directeur, le policier vint parler avec mon père. Il ne souriait plus comme il l'avait fait parfois en écoutant le directeur, mais enfin, il parlait sans colère apparente et sur un ton qui parut d'abord aimable. « Qu'est-ce qui vous tracasse, Roth ?

— Nous avions envoyé des arrhes pour réserver une chambre dans cet hôtel pendant trois nuits, nous avions reçu une lettre de confirmation, ma femme a gardé cette correspondance dans sa valise. Et voilà qu'aujourd'hui nous arrivons, nous prenons la chambre, nous ouvrons nos valises, nous partons voir les monuments, et quand nous rentrons, on nous expulse parce que la chambre aurait déjà été réservée par quelqu'un d'autre.

— Et alors ?

— Nous sommes quatre, monsieur l'agent. Nous sommes venus en voiture depuis le New Jersey. On ne peut pas nous jeter à la rue comme ça.

— Mais si quelqu'un d'autre a réservé la chambre ?

— Personne d'autre n'a réservé la chambre, mais quand bien même, pourquoi est-ce que nous devrions passer après eux ?

— Mais le directeur vous a rendu vos arrhes, il est allé jusqu'à refaire vos valises.

— On ne se comprend pas, monsieur l'agent. Pourquoi est-ce que leur réservation devrait primer sur la nôtre ? Je suis allé visiter le mémorial de Lincoln avec ma femme et mes enfants, et le discours de Gettysburg y est inscrit sur les murs. Vous savez ce qu'il dit : "Tous les hommes naissent égaux."

— Eh bien, ça ne veut pas dire que toutes les réservations d'hôtel naissent égales, elles aussi. »

La voix du policier porta jusqu'aux témoins du bout du hall ; incapables de se contenir plus longtemps, certains éclatèrent de rire.

Nous abandonnant un instant mon frère et moi, ma mère s'avança, le souffle court, mais croyant venue l'heure d'intervenir sans envenimer les choses. « Chéri, allons-y. Mr Taylor nous a trouvé une chambre à côté.

— Non, cria mon père en envoyant promener la main avec laquelle elle lui agrippait le bras. Ce policier sait très bien pourquoi on nous chasse, le directeur le sait, tout le monde dans ce hall le sait.

— Vous feriez mieux d'écouter votre femme, dit le flic. Vous devriez faire ce qu'elle vous dit. Videz les lieux. » Et avec un mouvement de la tête en direction de la porte, il ajouta : « Et avant que je sois à bout de patience. »

Mon père n'était pas vaincu, mais il avait gardé quelque bon sens, et il comprit que cette discussion n'avait plus d'intérêt que pour lui. Nous quittâmes donc l'hôtel sous les regards. Le seul à dire quelque chose fut l'autre flic. Sans quitter son poste à côté de la potiche de l'entrée, il nous fit un aimable signe de tête, et à notre passage, il m'ébouriffa la tête : « Ça va, p'tit ? — Très bien. — Qu'est-ce qu'il y a, là dedans ? — Mes timbres », répondis-je sans m'arrêter pour autant, de peur qu'il ne demande à voir ma collection, et d'être obligé de la lui montrer si je ne voulais pas me retrouver au poste.

Mr Taylor nous attendait sur le trottoir. Mon père lui confia : « C'est la première fois de ma vie que ça m'arrive. Je croise des gens à longueur de journée, des gens de toutes les origines, de tous les milieux, et jamais...

— Le Douglas vient de changer de direction, expliqua Mr Taylor. Il y a un nouveau propriétaire.

— Nous avions des amis qui y étaient descendus et qui en disaient le plus grand bien, expliqua ma mère.

— Oui, seulement voilà, madame Roth, ça a changé de mains. Mais je vous ai trouvé une chambre à l'Evergreen, et tout va très bien se passer. »

À ce moment-là, on entendit rugir les moteurs d'un appareil qui passait sur Washington en rase-mottes. Un peu plus loin dans la rue, des promeneurs s'arrêtèrent, et l'un des hommes leva le bras vers le ciel comme s'il s'était mis à neiger en juin.

Sandy, le docte Sandy qui savait reconnaître n'importe quel objet volant à sa découpe, le montra du doigt en criant : « C'est le Lockheed Interceptor.

— C'est le président Lindbergh, expliqua Mr Taylor. Tous les après-midi, vers cette heure-ci, il fait une petite virée sur le Potomac, il va jusqu'aux Alleghenies, puis longe les Blue Ridge Mountains et débouche sur la baie de Chesapeake. Les gens le guettent.

— C'est l'avion le plus rapide du monde, dit mon frère. Le Messerschmitt 110 des Allemands fait même pas du six cents kilomètres à l'heure, l'Interceptor fait du huit cents. Il peut prendre n'importe quel avion de vitesse à la manœuvre. »

Nous regardâmes tous, comme Sandy, incapable de cacher son ravissement devant l'appareil même que le président avait piloté pour retrouver Hitler en Islande. L'avion s'éleva à la verticale, pour disparaître dans le ciel. Les passants applaudirent, quelqu'un cria : « Hourra pour Lindy ! », et ils continuèrent leur route.

À l'Evergreen, mon père et ma mère partagèrent un lit à une place, et mon frère et moi l'autre. Dans l'urgence, Mr Taylor n'avait pu trouver que ces lits jumeaux mais, après ce qui s'était passé au Douglas, personne ne se plaignit, ni de l'inconfort des lits, ni de l'exiguïté de la chambre, plus petite encore que la première, ni même de la salle de bains, grande comme un mouchoir de poche et qui pourtant arrosée de désinfectant continuait de « sentir drôle ». Nous nous plai-

gnîmes d'autant moins que nous fûmes aimablement
reçus à notre arrivée par une réceptionniste enjouée
tandis que nos valises étaient empilées sur un chariot
par un vieux Noir dégingandé en uniforme de chasseur
que la femme appelait Edward B. et qui, en déver-
rouillant la chambre du rez-de-chaussée au bout d'une
conduite d'aération, nous dit plaisamment : « L'hôtel
Evergreen souhaite la bienvenue à la famille Roth dans
la capitale de la nation », sur quoi il nous fit entrer
comme si cette crypte mal éclairée était un boudoir du
Ritz. Depuis l'instant où il avait chargé nos bagages,
mon frère n'avait cessé de dévisager Edward B., et le
lendemain matin, réveillé avant tout le monde, il s'ha-
billa furtivement, prit son carnet de croquis et fonça
dans le hall pour faire son portrait. Or il se trouva que
le chasseur de service était un autre Noir, dont le visage
n'avait pas les rides et les crevasses pittoresques de
celui d'Edward B., quoiqu'il ne fût pas moins une
aubaine pour un artiste : très noir, avec des traits très
africains, type que Sandy n'avait jamais pu dessiner
jusque-là sinon d'après les photos d'un vieux numéro
du *National Geographic*.

Nous passâmes le plus clair de la matinée à nous
laisser guider par Mr Taylor à travers le Capitole, l'Assemblée, puis, plus tard, la Cour suprême et la Bibliothèque du Congrès. Notre guide était incollable sur la
hauteur des dômes, la longueur des couloirs, l'origine
des marbres, le nom des sujets et les événements
commémorés par les tableaux et les fresques dans tous
les bâtiments officiels où nous entrions. « Quel phénomène, lui dit mon père, pour un petit provincial de

l'Indiana, vous devriez vous présenter à *Quitte ou double.* »

Après déjeuner, nous roulâmes vers le sud, le long du Potomac, pour entrer en Virginie visiter Mount Vernon. « On sait que Richmond, en Virginie, expliqua Mr Taylor, fut la capitale des onze États du Sud sécessionniste. La plupart des grandes batailles de la guerre de Sécession se sont déroulées en Virginie : ainsi, à l'ouest, on trouve le champ de bataille de Manassas. Le parc contient en fait les deux sites où les sécessionnistes mirent les nordistes en déroute près de la petite rivière de Bull Run, sous le général P.G.T. Beauregard et le général J.E. Johnston d'abord, en juillet 1861, et ensuite sous le général Robert Lee et le général Stonewall Jackson, en août 1862. Le général Lee était à la tête de l'armée de Virginie, et le président des sécessionnistes, qui gouvernait depuis Richmond, était Jefferson Davis, si vous n'avez pas oublié votre histoire. À quelque deux cents kilomètres au sud-ouest d'ici se trouve Appomattox, en Virginie. Vous savez ce qui s'y est passé au palais de justice, en avril 1865, le 9 avril, pour être exact. Le général Lee s'est rendu au général U.S. Grant, et ce fut la fin de la guerre civile. Et vous savez tous ce qui est arrivé à Lincoln six jours plus tard : il a été abattu.

— Les sales chiens ! répéta mon père.

— Nous y voilà, dit Mr Taylor comme la maison de Washington apparaissait.

— Oh, que c'est joli ! dit ma mère. Regardez le perron, les hautes fenêtres ! Et ça n'est pas une copie, les enfants, c'est la vraie maison qu'a habitée George Washington.

— Avec sa femme Martha, lui rappela Mr Taylor, et les deux enfants qu'elle avait d'un premier mariage, et dont le général était fou.

— Ah bon, s'étonna ma mère. Je ne savais pas. Mon fils cadet a un timbre qui représente Martha Washington. Montre ton timbre à Mr Taylor. »

Je le trouvai aussitôt, ce timbre brun de 1938 à un cent et demi, qui représentait la femme du premier président des États-Unis, de profil, cheveux pris dans ce que ma mère m'avait dit, lorsque j'avais fait l'acquisition du timbre, tenir à la fois du bonnet et de la résille.

« Eh oui, c'est bien elle, dit Mr Taylor. On la voit aussi, vous le savez sûrement, sur un timbre de 1923 à quatre cents, et sur un de 1902 à huit cents. Et ce timbre de 1902, madame Roth, c'est le premier sur lequel figure une femme.

— Tu le savais ? me demanda ma mère.

— Oui », dis-je, et alors, pour moi, tous les aléas liés au fait d'être une famille juive en voyage à Washington sous Lindbergh s'évanouirent, et je ressentis ce que je ressentais à l'école lorsque, au début d'une journée de classe, on se levait pour chanter l'hymne national avec toute sa ferveur.

« Elle a été une excellente compagne pour le général Washington, nous dit Mr Taylor. Elle était née Martha Dandridge et elle était la veuve du colonel Daniel Parke Custis, dont elle avait deux fils, Patsy et John. Dans sa corbeille de mariage, elle a apporté à Washington une des plus grandes fortunes de Virginie.

— C'est ce que je dis toujours à mes fils, s'exclama mon père en riant comme nous ne l'avions pas encore entendu rire de la journée : mariez-vous comme le général Washington, c'est pas plus dur d'en aimer une riche qu'une pauvre. »

Cette visite à Mount Vernon fut le moment le plus heureux du voyage, peut-être à cause de la beauté des lieux, des jardins, des arbres, de la maison, située sur un promontoire avec vue panoramique sur le Potomac ; peut-être aussi parce que nous surprenaient ces meubles, cette décoration, ces papiers peints — papiers peints sur lesquels Mr Taylor savait des millions de choses ; peut-être parce qu'il nous fut permis de voir de près le lit à baldaquin où dormait le général, le bureau où il écrivait, ses épées, ses livres ; ou peut-être, tout simplement, parce que nous étions à vingt kilomètres de Washington D.C., que Lindbergh prenait si bien sous son aile.

La propriété de Mount Vernon restait ouverte jusqu'à quatre heures et demie ; nous eûmes donc tout le temps de voir la maison et ses dépendances, de nous promener sur le domaine pour terminer la visite par la boutique de souvenirs, où je succombai à la tentation d'acheter un coupe-papier d'une dizaine de centimètres, modèle réduit en étain d'un mousquet de la guerre d'Indépendance avec sa baïonnette. Il me coûta douze des quinze cents que j'avais économisés pour le lendemain, où nous devions visiter le Bureau des gravures et imprimés, section des timbres ; pendant ce temps, avec ses propres économies, Sandy achetait en garçon avisé une histoire illustrée de la vie de Washington, dont il pensait tirer de nouveaux portraits à ajouter à sa série patriotique, dans le carton à dessin rangé sous son lit.

La nuit tombait ; nous étions partis prendre un verre à la cafétéria lorsqu'un avion volant en rase-mottes surgit du fond de l'horizon. Comme le grondement de ses moteurs augmentait de volume, les gens s'écrièrent : « C'est le président ! C'est Lindy ! » Hommes, femmes et enfants, tout le monde se mit à courir vers la grande pelouse pour faire des signes à l'avion qui approchait, et qui inclina son aile en atteignant le Potomac. « Hourra, hourra pour Lindy ! » criaient les gens. C'était un avion de chasse, le même Lockheed que, la veille, nous avions vu survoler la ville. Nous n'avions pas le choix : il nous fallut rester plantés là comme des patriotes à le regarder virer sur l'aile et repasser au-dessus de la demeure de George Washington, avant de tourner pour suivre le Potomac vers le nord.

« C'était pas lui, c'était elle ! » Quelqu'un prétendait avoir aperçu le cockpit et faisait courir le bruit que c'était la femme du président qui se trouvait aux commandes de l'Interceptor. C'était possible : Lindbergh lui avait appris à piloter du temps qu'ils étaient jeunes mariés, et elle l'avait souvent accompagné dans ses randonnées aériennes ; les gens expliquaient donc à leurs enfants que c'était Anne Morrow Lindbergh qu'ils venaient de voir survoler Mount Vernon, événement historique qu'ils n'oublieraient jamais. À cette époque-là, avec son audace à piloter l'appareil le plus perfectionné du pays, sa réserve de jeune fille de bonne famille, ses talents littéraires, puisqu'elle avait publié deux recueils de poésie lyrique, Anne Lindbergh était selon tous les sondages la femme la plus admirée d'Amérique.

Ainsi fut gâchée notre visite si parfaite — pas tant parce que le hasard avait voulu qu'un Lindbergh ou deux nous passent au-dessus de la tête deux jours de suite dans leurs vols d'agrément, mais à cause de la ferveur que ces « acrobaties », pour employer la formule de mon père, suscitaient chez tout le monde sauf chez nous. « On savait que ça allait mal, résuma mon père aux amis qu'il appela dès notre retour, mais pas à ce point. Il faut être sur place pour se rendre compte. Ces gens vivent un beau rêve, nous on vit un cauchemar. »

Ce fut la phrase la plus éloquente que je l'aie entendu prononcer ; elle avait du moins le mérite d'être plus précise que tous les vers de Mrs Lindbergh.

Mr Taylor nous raccompagna à l'Evergreen, pour que nous puissions nous rafraîchir et nous reposer ; il viendrait nous reprendre à six heures moins le quart pour nous emmener à la cafétéria bon marché près de la gare de chemin de fer, annonça-t-il ; après dîner, nous nous retrouverions pour faire la promenade nocturne en voiture, différée la veille.

« Et si vous vous joigniez à nous, ce soir ? dit mon père. Ce doit être mélancolique de toujours manger tout seul.

— Je ne voudrais pas m'immiscer dans votre intimité, monsieur Roth.

— Écoutez, vous êtes un guide formidable, ça nous ferait plaisir. C'est nous qui vous invitons. »

La cafétéria était encore plus fréquentée le soir que

dans la journée ; il n'y avait plus un siège de libre, et les clients faisaient la queue devant trois employés en tabliers et toques blanches, qui les servaient à la louche, sans même avoir le temps d'essuyer leurs visages en sueur. À notre table, ma mère se consola en reprenant son rôle maternel de circonstance : « Ne baisse pas le menton vers ton assiette quand tu prends une cuillerée, mon chéri, s'il te plaît. » Dîner avec Mr Taylor, comme avec un ami ou un parent, même si c'était une aventure moins insolite que de se faire expulser du Douglas, nous permettait de voir manger un indigène de l'Indiana. Mon père était le seul à observer les autres dîneurs, qui tous riaient, fumaient et dévoraient de bon cœur les plats du jour mis à la sauce française : rosbif *au jus* et tarte aux noix de pécan *à la mode* ; il tripotait son verre d'eau, essayant apparemment de comprendre comment leurs problèmes pouvaient être si différents des siens.

Lorsqu'il se résolut à exprimer sa pensée, qui continuait de le distraire de son assiette, ce ne fut pas à nous qu'il s'adressa mais à Mr Taylor ; ce dernier en était au dessert, une part de tarte couverte de fromage américain. « Nous sommes une famille juive, monsieur Taylor. Vous le savez à présent, si vous ne l'aviez pas compris au départ, puisque c'est la raison pour laquelle on nous a chassés hier. Ça nous a fait un choc. On ne s'en remet pas si facilement. C'est un choc parce que, même si ça aurait pu arriver sous un autre président, le fait est que celui-ci n'est pas l'ami des Juifs. Il est l'ami d'Adolf Hitler.

— Herman, chuchota ma mère, tu vas faire peur au petit.

— Le petit, il sait déjà tout, répondit mon père, qui reprit, à l'intention de Mr Taylor : Ça vous arrive d'écouter Winchell ? Je vais vous le citer : "Y aurait-il eu un supplément à leur accord diplomatique ? Auraient-ils parlé d'autre chose ? Se seraient-ils entendus sur d'autres sujets ? Sur les Juifs américains, par exemple, et de quelle manière ?" C'est qu'il est gonflé, Winchell, il a le cran de le dire à tout le pays, ça. »

Or voilà que tout à coup, quelqu'un s'était approché si près de notre table qu'il était à moitié penché dessus. Il s'agissait d'un vieillard corpulent et moustachu, avec une serviette en papier blanc glissée dans sa ceinture ; il semblait brûler de dire ce qu'il avait à dire, ayant dîné à une table toute proche, d'où ses compagnons, penchés vers nous, attendaient la suite des événements avec curiosité.

« Dites voir, vous, qu'est-ce que vous fabriquez ? demanda mon père, reculez un peu, je vous prie.

— Winchell est un Juif, annonça l'homme, à la solde du gouvernement britannique. »

La suite des événements, ce fut que mon père leva la main violemment, comme pour planter son couteau et sa fourchette dans le ventre de chapon de l'inconnu. Il n'eut pas besoin de réfléchir davantage pour exprimer son dégoût ; pourtant, l'homme à la moustache ne bougea pas. Cette moustache n'était pas un petit carré noir bien taillé comme celle de Hitler ; elle dénotait moins de solennité, plus d'excentricité ; c'était une grosse moustache blanche de morse, extravagante, comme on en voyait au président Taft sur le timbre rouge à cinquante cents, imprimé en 1938.

« S'il y a une grande gueule de Juif avec trop de pouvoir..., dit l'inconnu.

— Ça suffit ! » s'écria Mr Taylor. Il sauta sur ses pieds, et sa petite taille ne l'empêcha pas de s'interposer entre la vaste silhouette qui nous dominait et celle de mon père outragé, coincé au-dessous par cette masse grotesque.

Grande gueule de Juif ; et pour la deuxième fois en moins de quarante-huit heures.

Deux des hommes en tabliers et toques blanches avaient quitté le comptoir et s'étaient précipités dans la salle pour saisir notre agresseur de chaque côté. « Vous n'êtes pas au bistrot du coin, ici, lui dit l'un d'entre eux, tâchez de pas l'oublier. » Ils le traînèrent jusqu'à sa table, l'assirent rudement et celui qui l'avait rappelé à l'ordre vint nous dire : « Je veux que vous remplissiez vos tasses de café à volonté. Je vais rapporter de la glace aux petits. Restez, messieurs dame, finissez votre dîner. Je suis le propriétaire, je m'appelle Wilbur, et c'est la maison qui vous offre le dessert. On va vous rapporter de l'eau glacée, pendant qu'on y est.

— Merci, dit mon père, d'une voix bizarrement désincarnée d'automate. Merci, répéta-t-il, merci.

— Herman, s'il te plaît, dit tout bas ma mère, allons-nous-en.

— Pas question. Non, on va finir nos assiettes. » Il s'éclaircit la voix pour poursuivre : « On va faire le tour de Washington de nuit. On ne rentrera pas tant qu'on n'aura pas visité la ville de nuit. »

En d'autres termes, la soirée devait suivre son cours sans que la peur nous fasse déguerpir. Pour Sandy et moi, cela se traduirait par de nouvelles coupes de glaces débordantes, servies à table par l'un des gars du comptoir.

Au bout de quelques minutes, la cafétéria reprit vie et retentit des grincements de chaises, du fracas des couverts et du tintement de la vaisselle, sans tout à fait revenir au vacarme précédent.

« Tu veux un autre café ? demanda mon père à ma mère. Tu as entendu le patron, café à volonté.

— Non, murmura-t-elle, je n'en veux plus.

— Et vous, monsieur Taylor, café ?

— Non, non, pour moi ça va.

— Au fait, lui dit mon père, qui malgré sa raideur et sa maladresse commençait à reprendre le dessus face aux noires menaces amoncelées, vous faisiez quoi avant d'être guide ? À moins que vous ayez toujours été guide à Washington ? »

C'est alors que nous entendîmes de nouveau la voix de l'homme qui s'était approché de nous pour nous dire que, comme Benedict Arnold avant lui, Winchell s'était vendu aux Anglais. « Vous en faites pas, ces Juifs le découvriront bien assez tôt. »

Dans le silence, on ne pouvait pas se méprendre sur ce qu'il venait de dire, d'autant qu'il n'avait pas pris la peine de nuancer cette provocation. La moitié des dîneurs ne levèrent même pas la tête et firent comme si de rien n'était ; il y en eut cependant plus d'un qui se tortilla pour apercevoir l'objet de sa vindicte.

Je n'avais vu enduire les gens de goudron et de

plumes qu'une fois, dans un western, mais je pensai : « On va nous enduire de goudron et de plumes », et je me figurai notre humiliation nous coller à la peau comme une couche de crasse épaisse qui refuse de partir.

Mon père se tut, interloqué, le temps de décider une fois de plus s'il voulait reprendre la situation en main ou laisser courir. « J'étais en train de demander à Mr Taylor, dit-il à ma mère tout en prenant ses deux mains dans les siennes, ce qu'il faisait avant d'être guide. » Et il la regarda comme un homme qui essaie d'envoûter son semblable, de le priver par des voies magiques de son libre arbitre, de l'empêcher d'agir par lui-même.

« Oui, dit-elle, j'ai bien entendu. » Et puis, malgré l'angoisse qui lui mettait de nouveau les larmes aux yeux, elle se ressaisit et dit à Mr Taylor : « Racontez-nous, je vous en prie.

— Continuez à manger vos glaces, les enfants », dit mon père. Il nous tapota les avant-bras jusqu'à ce que nous le regardions dans les yeux, puis il demanda : « C'est bon ?

— Oui.

— Eh bien alors, mangez, et prenez votre temps. » Il sourit pour nous faire sourire, puis il dit à Mr Taylor : « Qu'est-ce que vous faisiez, avant ? Votre ancien métier, je veux dire ?

— J'étais professeur d'université, monsieur Roth.

— Vraiment ? Vous entendez, les garçons ? Vous êtes en train de dîner avec un professeur d'université.

— Un professeur d'histoire, dit Mr Taylor, pour être exact.

— J'aurais dû m'en douter, reconnut mon père.

— C'était une petite université, dans le nord-ouest de l'Indiana, et quand on a supprimé la moitié des cours, en 1932, ça a été fini pour moi, nous expliqua Mr Taylor.

— Et qu'est-ce que vous avez fait, à ce moment-là ? demanda mon père.

— Je vous le laisse à penser : entre le chômage et les grèves, j'ai fait un peu tous les métiers. J'ai récolté la menthe dans les bourbiers de l'Indiana, j'ai emballé la viande aux abattoirs à Hammond, j'ai conditionné du savon pour Cudahy, dans l'est de Chicago. J'ai travaillé un an dans les fabriques de bas de soie Real Silk, dans l'Indianapolis. J'ai même été employé pendant un temps à l'hôpital psychiatrique de Logansport, je travaillais comme aide-soignant pour les malades mentaux. La dureté des temps m'a amené jusqu'ici.

— Et comment s'appelle l'université où vous étiez professeur ? demanda mon père.

— Wabash.

— Wabash ? Ah bon ? dit mon père, apaisé par les seules consonances du mot, tout le monde connaît l'endroit.

— Avec quatre cent vingt-six étudiants ? Ça m'étonnerait... Ce que tout le monde connaît, c'est la phrase d'un de nos distingués élèves, bien qu'on ne sache pas forcément qu'il venait de chez nous. On le connaît comme vice-président des États-Unis de 1912 à 1930.

C'est Thomas Riley Marshall, qui a été vice-président pendant deux mandats.

— Mais bien sûr. Le vice-président Marshall, gouverneur démocrate de l'Indiana, et vice-président d'un autre grand démocrate, Woodrow Wilson. Un homme digne, le président Wilson. C'est bien lui qui a eu le courage de nommer Louis D. Brandeis à la Cour suprême, ajouta mon père, rivalisant de précision avec Mr Taylor. Il fut le premier Juif à y entrer. Vous le saviez, les enfants ? »

Nous le savions, ce n'était pas, et de loin, la première fois qu'il nous le disait. C'était tout de même la première fois que nous l'entendions le dire d'une voix de stentor dans une cafétéria comme celle-ci, à Washington D.C.

Sur sa lancée, Mr Taylor poursuivit : « Et ce que le vice-président a dit est resté dans toutes les mémoires. Un jour qu'il présidait les débats, au Sénat, il a lancé aux sénateurs : "Ce qu'il faut au pays, c'est un très bon cigare à cinq cents." »

Mon père éclata de rire ; c'était une remarque pleine de bon sens populaire et, comme telle, elle avait conquis le cœur de toute sa génération, de sorte que même Sandy et moi la connaissions pour la lui avoir entendu répéter. Il rit donc de bon cœur ; et, pour mettre un comble à l'étonnement de sa famille et de toute la cafétéria, à qui il avait déjà vanté les mérites de Wilson pour avoir nommé un Juif à la Cour suprême, il proclama : « Ce qu'il faut au pays, à présent, c'est un autre président. »

La déclaration ne provoqua pas d'émeute ; il ne se

passa rien. Même, en n'abandonnant pas la partie, on put croire qu'il était en passe de la gagner.

« Est-ce qu'il n'existe pas une rivière qui s'appelle la Wabash ? demanda-t-il ensuite.

— C'est l'affluent le plus long de l'Ohio. Elle traverse l'État d'est en ouest, sur sept cent trente kilomètres.

— Est-ce qu'il n'y a pas une chanson, aussi ? se rappela mon père, comme dans un rêve.

— Vous avez tout à fait raison, repartit Mr Taylor. Une chanson très connue, peut-être aussi connue que "Yankee Doodle". Elle a été écrite par Paul Dresser, en 1897 : "On the Banks of the Wabash River, Far Away".

— Mais oui, c'est ça !

— Le chant de nos soldats dans la guerre hispano-américaine, en 1898, et qui a été adopté comme hymne de l'État de l'Indiana en 1913, le 4 mars, pour être exact.

— Mais oui, bien sûr, je le connais.

— Tous les Américains le connaissent, je pense », dit Mr Taylor.

Et aussitôt, allégrement, mon père se mit à chanter la chanson assez fort pour que toute la cafétéria l'entende : « À travers les sycomores on voit luire les chandelles...

— Bravo, s'écria notre guide, admiratif, très bien. » Et, subjuguée par la virtuosité de baryton de mon père, cette petite encyclopédie compassée se fendit d'un sourire.

« Mon mari a une très belle voix, dit ma mère, qui avait séché ses larmes.

— Il faut le reconnaître », dit Mr Taylor.

Et s'il n'y eut pas d'applaudissements, sinon de la part de Wilbur, derrière son comptoir, nous nous levâmes d'un bond pour ne pas abuser de notre petit triomphe, et partîmes avant que l'homme à la moustache présidentielle ne pique une crise.

3

Juin - décembre 1941

Dans les pas des chrétiens

Le 22 juin 1941, Hitler rompit sans préavis le pacte de non-agression signé deux ans plus tôt avec Staline, quelques jours avant qu'ils envahissent la Pologne de concert. Ayant soumis l'Europe continentale, le Führer s'enhardissait à attaquer l'immense étendue terrestre entre la Pologne et le Pacifique ; il lançait un assaut massif contre l'Est et les troupes de Staline. Depuis la Maison-Blanche, ce soir-là, le président Lindbergh s'adressa à la nation pour commenter l'ampleur que venait de prendre la guerre de Hitler. Mon père lui-même fut surpris de l'entendre faire l'éloge direct du Führer : « Par ce geste, déclarait-il en effet, Adolf Hitler vient de s'établir comme le rempart mondial le plus sûr contre la contagion du communisme avec tous ses maux. Et il ne faut pas non plus minimiser l'effort du Japon impérial. Malgré leur volonté de moderniser la Chine féodale et corrompue de Tchang Kaï-chek, les Japonais n'en sont pas moins attachés à éradiquer la minorité communiste fanatique de la Chine, qui se propose de faire main basse sur cet immense pays pour le transformer, comme les bolcheviks l'ont fait de la Rus-

sie, en un vaste camp de prisonniers. Mais ce soir, c'est
à Hitler que le monde entier doit sa gratitude, puisqu'il
vient de frapper l'Union soviétique. Si l'armée allemande sort victorieuse de son combat contre le bolchevisme soviétique, comme il y a tout lieu de le croire,
l'Amérique n'aura plus à craindre qu'un État communiste vorace n'impose son pernicieux système au reste
du monde. J'espère seulement que les internationalistes
siégeant encore au Congrès reconnaîtront que, si nous
avions laissé entraîner notre pays dans cette guerre
mondiale aux côtés de l'Angleterre et de la France,
notre grande démocratie se trouverait aujourd'hui
alliée au funeste régime soviétique. Ce soir, l'armée
allemande est peut-être bien en train de livrer un combat que les troupes américaines auraient dû engager
si elle ne l'avait pas fait. »

Pour autant, nos troupes étaient parées à toute éventualité, et le demeureraient encore longtemps, le président le rappela à ses concitoyens, puisque le Congrès
avait adopté à sa requête la conscription en temps de
paix, soit vingt-quatre mois de service militaire obligatoire, suivis de huit ans de réserve, ce qui contribuerait
amplement à atteindre ses deux objectifs : « Tenir
l'Amérique à l'écart de toutes les guerres étrangères, et
les guerres étrangères hors de l'Amérique. » « Un destin indépendant pour l'Amérique », telle était la formule que Lindbergh répéta environ quinze fois dans
son discours sur l'état de l'Union, puis une fois de plus
en conclusion de celui du 22 juin au soir. Lorsque je
demandai à mon père ce qu'il fallait comprendre par là
— et depuis que je me plongeais dans les manchettes

des journaux pour ma plus grande inquiétude, je lui demandais de plus en plus souvent de tout m'expliquer —, il fronça les sourcils et répondit : « Ça veut dire que nous tournons le dos à nos amis, et que nous prenons leurs ennemis pour amis. Tu sais ce que ça veut dire, mon fils ? Ça veut dire qu'on est en train de détruire tout ce que l'Amérique représente. »

Sous les auspices du mouvement Des Gens parmi d'Autres, décrit par le Bureau d'assimilation tout nouvellement créé comme un « programme de travail réservé aux garçons des villes désireux de découvrir les modes de vie traditionnels des terroirs », mon frère partit le dernier jour de juin 1941 pour un « apprentissage » d'été auprès d'un planteur de tabac dans le Kentucky. Étant donné que c'était la première fois qu'il quittait la maison, que la famille n'avait jamais autant vécu dans l'incertitude, que mon père émettait les pires doutes sur ce que le Bureau d'assimilation laissait présager pour notre statut de citoyens, étant donné par ailleurs qu'Alvin, désormais engagé dans l'armée canadienne, était devenu une source de souci permanent, Sandy eut droit à des adieux mouillés. S'il avait trouvé la force de résister aux arguments de nos parents contre son projet, et si l'idée de s'inscrire avait germé en lui, il le devait au soutien d'Evelyn, la sœur cadette de notre mère, créature pétulante, et pour lors secrétaire particulière du rabbin Lionel Bengelsdorf, qui venait d'être nommé lui-même par la nouvelle administration premier directeur du Bureau d'assimilation pour l'État du New Jersey. Le propos déclaré du Bureau était de mettre en œuvre des programmes propres à « encourager les minorités religieuses et nationales à s'intégrer davantage à la société américaine ». Mais à dire le vrai, au printemps 1941, la seule minorité faisant l'objet de sa sollicitude semblait bien être la nôtre. Des Gens parmi d'Autres se proposait en somme de soustraire les jeunes Juifs entre douze et dix-huit ans à leur ville et à leur milieu scolaire pour les faire travailler huit semaines comme ouvriers agricoles et journaliers dans des familles de paysans à des centaines de kilomètres de chez eux. Des panneaux faisant la réclame de ce programme d'été s'étalaient sur les tableaux d'affichage du collège de Chancellor Avenue et du lycée de Weequahic Park, tout proche, fréquenté lui aussi par une population presque à cent pour cent juive. Un jour d'avril, un représentant du Bureau d'assimilation du New Jersey était venu parler de la mission du programme aux garçons de plus de douze ans, et le soir même, Sandy était passé à table avec un formulaire à faire signer par les parents.

« Mais est-ce que tu comprends bien le but de la manœuvre ? demanda mon père à Sandy. Est-ce que tu comprends pourquoi Lindbergh veut séparer les garçons comme toi de leur famille et les expédier dans la cambrousse ? Est-ce que tu as une idée de ce qui se cache derrière tout ça ?

— Mais ça n'a rien à voir avec de l'antisémitisme, si c'est ce que tu te figures. Toi, quand tu as une idée dans la tête, tu es incapable de penser à autre chose. C'est une occasion fantastique, voilà tout.

— Une occasion de quoi ?

— De vivre à la ferme. D'aller dans le Kentucky. De dessiner tout ce que je vais voir là-bas, les tracteurs, les granges, les animaux, toutes sortes d'animaux.

— Si tu crois qu'on t'envoie par là-bas pour dessiner des bêtes, lui dit mon père. On t'envoie là-bas pour aller chercher leur pitance. On t'y envoie pour répandre du fumier. Tu seras tellement crevé, à la fin de la journée, que tu tiendras plus sur tes jambes, alors dessiner une bête...

— Et tes mains ? dit ma mère. Il y a des barbelés, dans les fermes, il y a des machines aux lames coupantes. Si tu allais te blesser, qu'est-ce que tu deviendrais ? Tu ne pourrais plus jamais dessiner. Je croyais que tu voulais prendre des cours de dessin au lycée avec Mr Leonard, cet été.

— Mais ça, je peux le faire n'importe quand. Tandis que là, je vais voir l'Amérique. »

Le lendemain soir, ma tante Evelyn venait dîner, invitée par ma mère, pendant que Sandy passait quelques heures chez un ami, où il faisait ses devoirs. De cette façon, il n'assisterait pas au différend qui ne manquerait pas de surgir entre tante Evelyn et mon père au sujet de Gens parmi d'Autres, différend qui démarra d'ailleurs sitôt qu'elle franchit la porte en annonçant qu'elle s'occuperait de l'inscription de Sandy dès que le formulaire lui parviendrait. « Ne va pas nous pistonner, surtout, lui dit mon père sans sourire.

— Tu es en train de me dire que tu ne vas pas le laisser partir ?

— Et pourquoi je devrais le laisser partir ? Pourquoi j'en aurais envie ?

— Mais pourquoi tu ne le laisserais pas, plutôt, sauf à être un de ces Juifs qui ont peur de leur ombre ? »

À table, le débat ne fit que s'envenimer. Mon père soutenait que Des Gens parmi d'Autres n'était que l'amorce d'un projet nourri par Lindbergh pour séparer les enfants juifs de leurs parents et miner la cohésion de la famille juive ; tante Evelyn donnait à entendre sans trop de ménagements que la hantise d'un Juif comme son beau-frère, c'était que ses enfants échappent à son étroitesse d'esprit et à sa peur.

Du côté de mon père, le renégat, c'était Alvin, du côté de ma mère, il y avait Evelyn, personnage de franc-tireuse, institutrice suppléante dans les écoles de l'État. Quelques années plus tôt, elle avait milité pour fonder le syndicat des professeurs de Newark, de tendance gauchiste et majoritairement juif, dont les quelques centaines de membres étaient en compétition avec une association de professeurs apolitique et plus rangée pour négocier des contrats avec la ville. En 1941, Evelyn avait tout juste trente ans. Jusqu'à la mort de ma grand-mère maternelle — d'une crise cardiaque, deux ans plus tôt, après une décennie d'invalidité — c'était elle qui s'en occupait, dans le minuscule appartement qu'elles partageaient sous les combles d'un pavillon à trois logements, dans Dewey Street, non loin de l'école de Hawthorne Avenue où Evelyn faisait le plus souvent ses remplacements. Les jours où il n'y avait pas de voisine pour passer jeter un œil sur grand-mère, ma mère prenait le bus jusqu'à Dewey Street et

s'en occupait pendant qu'Evelyn était au travail. Et
quand Evelyn partait à New York voir une pièce le
samedi soir avec des amis aux goûts intellectuels, soit
mon père partait chercher grand-mère pour qu'elle
passe la soirée avec nous, soit ma mère retournait à
Dewey Street s'occuper d'elle. Il n'était pas rare
qu'Evelyn ne rentre pas de New York, ces soirs-là,
même lorsqu'elle avait projeté d'être de retour avant
minuit ; et alors ma mère était bien forcée de passer la
nuit sans son mari et ses enfants. Et puis il y avait des
après-midi où elle rentrait des heures après la sortie des
cours, parce qu'elle entretenait une longue liaison en
pointillés avec un collègue du nord de Newark, comme
elle farouche syndicaliste, mais, contrairement à elle,
marié, italien, et père de trois enfants.

Ma mère soutenait toujours que, si Evelyn ne s'était
pas retrouvée piégée toutes ces années à jouer les infirmières auprès de leur mère invalide, elle se serait rangée des voitures et mariée après avoir eu son diplôme
d'institutrice, au lieu de tomber à répétition dans des
liaisons « fâcheuses » avec des collègues mariés. Malgré son grand nez, les gens disaient qu'elle « faisait de
l'effet », et il était bien vrai, comme ma mère aimait à
le répéter, que lorsque la minuscule Evelyn entrait dans
une pièce — c'était une brune piquante, avec un corps
parfait quoique miniature, des yeux noirs immenses,
obliques, des yeux de chat ; un rouge à lèvres écarlate,
éblouissant — toutes les têtes se tournaient, celles des
femmes comme celles des hommes. Sa chevelure d'un
noir laqué, tirée en chignon, luisait d'un éclat métallique, elle s'épilait les sourcils comme à la scène et,

pour aller faire ses remplacements, arborait une jupe
aux couleurs vives, avec des escarpins assortis, une
large ceinture blanche, et un corsage pastel un peu
transparent. Mon père trouvait cette toilette déplacée
pour une institutrice, opinion partagée par son directeur
d'école ; mais ma mère qui, à tort ou à raison, se reprochait le fait qu'Evelyn ait « sacrifié sa jeunesse » à soigner leur mère, était incapable de réprouver sa har-
diesse avec trop de sévérité, même lorsqu'elle démissionna de l'enseignement, quitta le syndicat, sans états
d'âme apparents, et renia ses attaches politiques pour
travailler avec le rabbin Bengelsdorf, au Bureau d'assimilation de Lindbergh.

Mes parents mirent plusieurs mois à deviner qu'elle
était la maîtresse du rabbin, et ce depuis qu'il l'avait
rencontrée lors d'une réception suivant son discours au
syndicat des professeurs de Newark, sur « le développement des idéaux américains au sein de l'école » ; et
s'ils finirent tout de même par le comprendre, ce fut
parce que le jour où il quitta le Bureau du New Jersey
pour prendre la direction du QG national, à Washington, Bengelsdorf annonça par voie de presse qu'il se
fiançait, à soixante-trois ans, à son petit boutefeu de
secrétaire de direction, qui en avait trente et un.

En partant se battre contre Hitler, Alvin s'était figuré
que le plus court chemin pour voir le feu serait de se
trouver à bord d'un des destroyers de l'aviation canadienne qui protégeaient les navires marchands ravi-
taillant l'Angleterre. Les journaux annonçaient en effet
régulièrement qu'un ou plusieurs de ces vaisseaux

canadiens avaient été coulés par des sous-marins
allemands dans l'Atlantique Nord, parfois au ras du
continent, jusque dans les eaux territoriales de Terre-
Neuve — grave sujet d'inquiétude pour l'Angleterre,
dont le Canada était devenu quasiment le seul pour-
voyeur en armes, nourriture, médicaments et matériel
depuis que l'administration de Lindbergh avait aboli
la loi d'aide mise en place par le Congrès de Roosevelt.
À Montréal, Alvin rencontra un jeune déserteur américain qui le dissuada d'entrer dans la marine; ceux
qui se trouvaient au cœur de l'action, c'étaient les
commandos canadiens : ils opéraient des raids noc-
turnes sur le continent occupé par les nazis, sabotaient
des infrastructures vitales pour les Allemands, faisaient
sauter des arsenaux, et, de concert avec les commandos
britanniques, et la clandestinité européenne, détrui-
saient les docks et les chantiers navals sur toute la côte
ouest de l'Europe. Lorsqu'il rapporta à Alvin les nombreuses manières de tuer un homme qu'on vous apprenait dans les commandos, Alvin abandonna son plan
original et s'y engagea. Comme le reste des forces
armées canadiennes, les commandos recrutaient
volontiers des citoyens américains qualifiés; de sorte
qu'après seize semaines de classes, Alvin se vit assigner une unité active, et qu'il prit le bateau à destination d'un théâtre d'opérations tenu secret, dans les îles
Britanniques. C'est ainsi que nous eûmes enfin de ses
nouvelles, dans une lettre de cinq mots : « Je vais combattre; à bientôt. »

Quelques jours seulement après le départ de Sandy
pour le Kentucky par le train de nuit, mes parents reçurent

une deuxième lettre, émanant non pas d'Alvin mais du ministère de la Guerre à Ottawa. La lettre avisait les plus proches parents désignés par lui que leur neveu avait été blessé au combat, et effectuait sa convalescence dans un hôpital du Dorset, en Angleterre. Ce soir-là, après la vaisselle, ma mère s'installa à la table de cuisine avec le stylo plume et les cartes-lettres à notre chiffre réservées aux grandes occasions. Mon père assis en face d'elle, je regardai par-dessus son épaule ses cursives se former régulièrement grâce aux techniques d'écriture qu'elle employait comme secrétaire et qu'elle nous avait transmises de bonne heure, à Sandy et à moi : la main s'appuie sur les troisième et quatrième doigts, et l'index est plus proche de la pointe du stylo que le pouce. Elle prononçait chaque phrase à haute voix, pour le cas où mon père aurait voulu y changer ou y ajouter quelque chose.

Très cher Alvin,

Ce matin nous avons reçu une lettre du gouvernement canadien qui nous annonce que tu as été blessé au combat, et que tu es hospitalisé en Angleterre. On ne nous précise rien de plus, sinon une adresse où te joindre.

En ce moment nous sommes réunis autour de la table de cuisine, oncle Herman, Philip et tante Bess. Nous voulons tout savoir sur ta santé. Sandy est parti pour l'été, mais nous allons lui donner de tes nouvelles tout de suite.

Y a-t-il une chance que tu sois ramené au Canada ? S'il en est ainsi, nous viendrons te voir en voiture. D'ici là, nous t'adressons nos meilleures affections, et nous espérons que tu vas nous écrire d'Angleterre. Nous ferons tout ce que tu nous demanderas.

Permets-nous de te répéter que nous t'aimons et que tu nous manques.

À ce message furent apposées nos trois signatures. Il s'écoula près d'un mois avant qu'une réponse nous parvienne.

Chers Monsieur et Madame Roth,

Le caporal Alvin Roth a reçu votre lettre du 5 juillet. Je suis l'infirmière-chef de son unité, et je la lui ai lue plusieurs fois pour être bien sûre qu'il comprenne de qui elle était et ce qu'elle disait.

Pour l'instant, le caporal Roth ne parle pas beaucoup. Il a perdu la jambe gauche, sectionnée au-dessous du genou, et il a été grièvement blessé au pied droit. Ce pied droit guérit, et la blessure ne devrait laisser aucune séquelle. Quand l'état de sa jambe gauche le permettra, on l'appareillera, et il apprendra à marcher avec une prothèse.

C'est un moment difficile pour le caporal Roth, mais je tiens à vous assurer qu'avec le temps il devrait reprendre la vie civile sans séquelle physique significative. L'hôpital où nous nous trouvons n'accueille que les amputés et les brûlés; j'ai donc vu beaucoup d'hommes traverser les mêmes épreuves que le caporal Roth, mais la plupart s'en sortent, et je crois fermement qu'il en ira de même pour lui.

Salutations,

Lt A. F. Cooper.

Une fois par semaine, Sandy nous écrivait qu'il allait bien, il nous racontait comme il faisait chaud dans le Kentucky, et terminait par une phrase sur la vie aux champs. « Il y a des mûres en quantité industrielle », « Les mouches exaspèrent les bouvillons », « Aujourd'hui on coupe la luzerne », ou encore « L'étêtage a commencé », phrase énigmatique s'il en était. Puis, au-dessous de sa signature, histoire de prouver à son père qu'il lui restait assez de force vitale pour se consacrer à l'art, même après avoir travaillé aux champs toute la journée, il dessinait un cochon (« Ce porc pèse plus de trois cents livres », précisait-il), un chien (« Suzie, la chienne d'Orin, qui a pour spécialité de faire peur aux serpents »), un agneau (« Mr Mawhinney a emmené trente agneaux au parc à bestiaux, aujourd'hui »), ou encore une grange (« On vient juste de repeindre cette grange à la créosote. Pouah, ça pue »). En général, le dessin tenait bien plus de place que le texte et, au grand chagrin de ma mère, les questions qu'elle avait posées dans sa propre lettre hebdomadaire — mon frère avait-il besoin de linge, de médicaments, d'argent ? — restaient le plus souvent sans réponses. Je savais bien que ma mère aimait ses deux fils avec une égale ferveur, mais il fallut que Sandy parte dans le Kentucky pour que je découvre à quel point son affection pour lui était différente de celle qu'elle avait pour son petit frère. Si elle n'allait pas sombrer dans le désespoir parce qu'on la séparait huit semaines d'un fils qui avait déjà treize ans, tout l'été il émana d'elle comme un sentiment d'abandon, qui passait dans certains gestes, certaines expressions de son visage, surtout à table, lorsque la quatrième chaise restait vide, soir après soir.

Lorsque nous allâmes chercher Sandy à la gare de Penn Station, le samedi de la fin août où il rentra à Newark, tante Evelyn était avec nous. Elle était bien la dernière personne que mon père aurait voulu voir là, mais de même qu'il avait, à son corps défendant, fini par laisser Sandy s'inscrire auprès Des Gens parmi d'Autres à ce travail d'été dans le Kentucky, il avait cédé à l'influence de sa belle-sœur sur son fils pour éviter de compliquer une situation dont le danger à terme n'était pas encore flagrant.

À la gare, tante Evelyn fut la première à reconnaître Sandy lorsqu'il descendit du train : à travailler aux champs sous le soleil d'été, ses cheveux bruns avaient éclairci ; il avait pris cinq kilos et, comme il avait également pris cinq centimètres, ses pantalons étaient loin de toucher la pointe de ses chaussures : en somme, j'avais l'impression de le voir déguisé.

« Salut, le fermier, cria ma tante Evelyn, on est par là », et Sandy vint vers nous, en balançant ses valises de chaque côté, avec cette nouvelle démarche des grands espaces, assortie à son nouveau physique.

« Bienvenue chez toi, étranger », dit ma mère, et, avec une fraîcheur de jeune fille, elle lui passa joyeusement les bras autour du cou en lui murmurant à l'oreille : « Comme il est beau mon fils... ! — M'man, arrête ton cinéma... », maugréa l'intéressé, ce qui eut le don de faire rire tout le monde. Chacun l'embrassa, et là, sur le quai du train dans lequel il avait parcouru onze cents kilomètres, il fit saillir ses biceps pour que je les tâte. En voiture, lorsqu'il se mit à répondre à nos questions, nous découvrîmes à quel point sa voix avait mué, et nous y entendîmes pour la première fois le nasillement traînant de la campagne.

Tante Evelyn triomphait. Sandy parlait de la dernière tâche qu'on lui avait confiée : il était parti avec Orin, l'un des fils Mawhinney, glaner les feuilles de tabac cassées pendant la récolte. C'étaient en général les plus basses de la plante, on les appelait les « volantes », or il se trouvait qu'elles fournissaient un tabac supérieur, qui atteignait les prix les plus hauts sur le marché. Seulement les hommes qui récoltaient une surface de douze hectares ne pouvaient guère se préoccuper de récupérer les feuilles tombées : il leur fallait couper trois mille plants de tabac par jour s'ils voulaient tout rentrer dans la grange à fermenter en deux semaines. « Oh la la, qu'est-ce que c'est qu'un plant, mon chéri ? » demanda ma tante, à quoi mon frère se fit un plaisir de donner une explication des plus longuettes. Et qu'est-ce que c'est que la grange à fermenter, l'étêtage, l'ébouturage, le traitement contre les vers ; et plus tante Evelyn l'assaillait de questions, plus Sandy parlait avec autorité, de sorte que, même une fois arrivés à Summit Avenue, au moment où mon père rentrait la voiture au garage, il dissertait encore sur la culture du tabac. À croire que, sitôt dans la cour, nous allions nous précipiter pour préparer le carré d'herbes folles à côté des poubelles en vue de la première récolte de tabac *white burley* jamais faite à Newark. « C'est le *burley* adouci qui donne leur goût aux Lucky Strike », dit-il. Moi, pendant ce temps, je mourais d'envie de tâter ses

biceps, qui ne me paraissaient pas moins extraordinaires que son accent régional, s'il s'agissait bien de
cela — mais, quelque nom qu'on donnât à cette mou-
ture d'anglais, ce n'était pas celui que parlaient les
natifs du New Jersey.

Tante Evelyn triomphait, mais mon père était pétri-
fié. Il n'ouvrit guère la bouche, et ce soir-là au dîner, il
écouta d'un air particulièrement morose Sandy expliquer quel idéal Mr Mawhinney représentait pour lui.
D'abord, il était diplômé du Collège agricole de l'Université du Kentucky (mon père, comme la plupart des
enfants des taudis de Newark nés avant la Première
Guerre mondiale, n'avait pas dépassé la classe de quatrième). Il était propriétaire non pas d'une exploitation
mais de trois ; il louait les deux plus petites à des fermiers, et cette terre était dans sa famille pratiquement
depuis l'époque de Daniel Boone (mon père, lui, ne
possédait rien de plus considérable qu'une voiture
vieille de six ans). Il savait seller un cheval, conduire
un tracteur, manœuvrer une batteuse, passer la machine
à engrais, labourer un champ aussi bien avec une paire
de mules qu'avec une paire de bœufs ; il savait alterner
les cultures, diriger une équipe de saisonniers, qu'ils
soient blancs ou noirs ; il savait réparer les outils, aigui-
ser le soc des charrues, la lame des faux, monter des
barrières, poser des barbelés, élever des poulets, laver
les moutons dans un bain contre les parasites, décorner
le bétail, tuer les cochons, fumer le bacon, confire le
jambon ; il faisait pousser les pastèques les plus sucrées
et les plus juteuses que Sandy ait jamais mangées. En
cultivant le tabac, le maïs et les patates, il arrivait à

vivre de la terre, et puis, au repas dominical, où ce fermier d'un mètre quatre-vingt-huit pour près de cent vingt kilos consommait à lui tout seul plus de poulet frit en sauce à la crème que toute la tablée, il ne mangeait que des produits maison alors que tout ce que mon père savait faire, c'était caser des assurances. Il allait sans dire que Mr Mawhinney était chrétien, membre de longue date de cette formidable majorité qui avait fait la guerre d'Indépendance, fondé la nation, conquis la nature, subjugué l'Indien, asservi le Noir, émancipé le Noir, ségrégé le Noir, l'un de ces millions de bons chrétiens vertueux et travailleurs, qui avaient colonisé l'Amérique, labouré ses champs, édifié ses villes, gouverné les États, siégé au Congrès, occupé la Maison-Blanche, amassé la richesse, acquis la terre, qui détenaient les aciéries, les clubs de football, les voies ferrées, les banques, maîtres et gardiens de la langue elle-même, l'un de ces protestants d'origine anglo-saxonne et nordique, au-dessus de tout soupçon, qui dirigeaient l'Amérique et la dirigeraient toujours — généraux, dignitaires, magnats, nababs, des hommes qui édictaient les lois, fixaient les règles et rappelaient tout le monde à l'ordre quand ça leur chantait — tandis que mon père, bien sûr, n'était qu'un Juif.

Sandy n'apprit le sort d'Alvin qu'après le départ de tante Evelyn. Mon père était à la table de cuisine, il avait ouvert ses livres de comptes pour préparer sa tournée du soir ; ma mère était au sous-sol avec Sandy ; elle triait son linge pour décider ce qu'il fallait repriser et ce qu'il fallait jeter avant de laver le reste tout de suite. Ma mère faisait toujours ce qu'il y avait à faire sur-le-champ, et elle avait résolu de s'occuper de ce linge avant d'aller se coucher. J'étais en bas avec eux, incapable de quitter mon frère des yeux. Depuis toujours, il savait ce que je ne savais pas, et il était rentré du Kentucky plus savant encore.

« Il faut que je te parle d'Alvin, commença ma mère. Je n'ai rien voulu te dire par lettre pour... pour t'éviter un choc, mon chéri. » À ce moment-là, certaine de rester maîtresse d'elle-même, elle dit à voix basse : « Alvin a été blessé, il est hospitalisé en Angleterre, en convalescence. »

Abasourdi, Sandy demanda : « Qui l'a blessé ? », comme si elle lui rapportait un accident survenu dans le voisinage — et non pas dans une Europe occupée par les nazis où les gens étaient blessés, mutilés, tués en permanence.

« Nous n'avons aucun détail, mais ça n'est pas une blessure légère. Il faut que je t'apprenne quelque chose de très triste, Sanford », et, malgré ses efforts pour soutenir le moral de tout le monde, ce fut d'une voix tremblante qu'elle annonça : « Alvin a perdu une jambe.

— Une jambe ? » Bien qu'il y ait beaucoup de mots plus abstraits que le mot jambe, mon frère mit un moment à comprendre.

« Oui, d'après la lettre d'une de ses infirmières, sa jambe a été sectionnée sous le genou. » Et, comme si la chose était de nature à le consoler un peu, elle ajouta : « La lettre est en haut, si tu veux la lire.

— Mais comment il va faire pour marcher ?

— On va lui poser une jambe artificielle.

— Mais je comprends pas qui l'a blessé. Comment ça lui est arrivé ?

— Comme ils étaient partis se battre contre les Allemands, ça doit être un Allemand. »

Sans bien admettre encore cette nouvelle qui faisait son chemin en lui, Sandy demanda : « Quelle jambe c'est ? »

Aussi tendrement que possible, elle répéta : « La gauche.

— Toute la jambe ? La jambe entière ?

— Non, non, non, mon chéri, je viens de te le dire, sous le genou », rectifia-t-elle aussitôt, rassurante.

Là-dessus, Sandy se mit à pleurer. Il avait tellement forci des épaules, de la poitrine et des poignets depuis le printemps, ses bras, hier gros comme des allumettes, avaient pris une telle puissance virile, je fus tellement saisi de voir des larmes rouler sur son visage tanné par le soleil, que je me mis à pleurer aussi.

« Chéri, c'est terrible, mais Alvin n'est pas mort. Il est vivant, et à présent, au moins, il est à l'abri de la guerre.

— Quoi ? explosa Sandy. Tu entends ce que tu viens de me dire ?

— Comment ça ?

— Tu t'es entendue ? Tu viens de me dire, il est à l'abri de la guerre.

— Mais c'est vrai, tout à fait vrai. Et comme ça, il va rentrer et il ne risquera plus rien.

— Mais qu'est-ce qu'il est allé faire dans cette guerre, m'man ?

— Il y est allé à cause...

— À cause de papa !

— Ah non, chéri, ça c'est faux », et elle porta la main à sa bouche comme si elle venait de prononcer elle-même ces mots impardonnables. « Ça, c'est pas vrai du tout. Alvin est parti au Canada sans rien nous dire. Il a fugué un vendredi soir. Tu te rappelles comme ça a été épouvantable. Personne ne voulait qu'Alvin parte à la guerre. Il y est allé tout seul, de son plein gré.

— Mais papa voudrait que tout le pays parte en guerre, non ? C'est bien pour ça qu'il a voté Roosevelt.

— Un ton plus bas, je te prie.

— Tu commences par me dire que Dieu merci, Alvin est à l'abri de la guerre.

— Moins fort, je te dis. » La tension de cette journée eut raison d'elle, elle se fâcha, et, à ce garçon qui lui avait tant manqué tout l'été, elle lança, cinglante : « Tu ne sais pas de quoi tu parles.

— Mais tu veux même pas m'écouter, hurla-t-il. Si on n'avait pas le président Lindbergh... »

Encore ce nom ! j'aurais préféré entendre la détonation d'une bombe plutôt que ce nom qui nous tourmentait tous. À ce moment-là on vit paraître mon père en haut de l'escalier de la cave, dans la pénombre du palier. Sans doute valait-il mieux que, d'où nous étions, près du grand évier de la buanderie, nous ne voyions que son pantalon et ses chaussures.

« Il prend mal ce qui arrive à Alvin », cria ma mère pour expliquer les éclats de voix. « J'ai eu tort, dit-elle à Sandy. Je n'aurais pas dû te l'annoncer ce soir. À ton âge, ça n'est pas facile de rentrer chez soi après une expérience aussi formidable, ça n'est jamais facile de passer d'un endroit à un autre... et d'ailleurs tu es fatigué. » Là-dessus, cédant elle-même à son émotion, elle conclut : « Allez, les garçons, montez vous coucher tous les deux, à présent, il faut que je fasse ma lessive. »

Nous montâmes donc l'escalier, et découvrîmes fort heureusement que notre père avait disparu ; il avait pris sa voiture pour aller faire ses relevés du soir.

Au lit, une heure plus tard. Tout est éteint dans la maison. Nous parlons tout bas.

C'est vrai, tu t'es bien amusé ?

C'était formidable.

Qu'est-ce que ça avait de si formidable ?

Vivre à la ferme, c'est formidable. On se lève tôt le matin, on est dehors toute la journée, et puis il y a toutes les bêtes. J'ai dessiné des tas de bêtes, je te ferai voir mes dessins. On mangeait de la glace tous les soirs. C'est Mrs Mawhinney qui la fait. Il y a du lait frais là-bas.

Le lait, c'est toujours frais.

Non, on le tire de la vache, là-bas. Il est encore tiède. On le mettait sur le feu et on le faisait bouillir, et puis on enlevait la peau et on le buvait comme ça.

Ça rend pas malade ?

Non, puisqu'on le fait bouillir.

Mais tu le bois pas au sortir des pis de la vache ?

J'ai essayé une fois, mais c'est pas très bon. C'est très crémeux.

T'as trait une vache?

Orin m'a montré comment on fait. C'est dur. Lui, il le faisait gicler et les chats l'entouraient pour essayer d'en avoir.

Tu avais des copains?

Eh ben, Orin est mon meilleur copain.

Orin Mawhinney?

Ouais. Il a mon âge. Il va à l'école, là-bas. Il travaille à la ferme. Il se lève à quatre heures, le matin. Il a des tâches à faire. C'est pas comme nous. Il va au collège en bus. Il en a pour trois quarts d'heure, et puis il rentre le soir, il fait d'autres tâches, et puis il se met à ses devoirs, et il se couche. Le lendemain matin, il se lève à quatre heures. C'est dur d'être fils de fermier.

Mais ils sont riches, non?

Encore assez, oui.

Pourquoi tu parles comme ça, maintenant?

J'ai pas le droit? Ils parlent comme ça, dans le Kentucky. Si tu entendais Mrs Mawhinney. Elle, elle est de Géorgie. Tous les matins, elle fait des crêpes pour le petit déjeuner. Avec du bacon. Mr Mawhinney fume son bacon lui-même. Dans le fumoir. Il sait le faire.

T'as mangé du bacon tous les matins?

Tous les matins. C'est fameux. Et le dimanche, quand on se levait, on avait des crêpes et des œufs au bacon. Les œufs viennent de leurs poules ; le jaune est presque rouge tellement ils sont frais. On va les chercher au poulailler, on les rapporte à la maison et on les mange tout de suite.

T'as mangé du jambon ?

Il y en avait une ou deux fois par semaine, au dîner. Mr Mawhinney le fait lui-même. Il suit la recette de sa famille. Il dit que si un jambon n'est pas accroché à vieillir depuis un an, il y touche pas.

T'as mangé de la saucisse ?

Ouais. Il en fait aussi. Ils font la chair dans un moulin. Des fois, on en avait à la place du bacon. C'est bon. Et les côtes de porc, c'est bon aussi. C'est fameux. Je vois pas pourquoi on en mange pas, nous autres.

Parce que ça vient du porc.

Et alors ? Pourquoi tu crois qu'ils élèvent des porcs, les fermiers ? Pour qu'on les regarde ? C'est comme tout le reste, quand t'en manges, c'est rudement bon.

Tu vas continuer à en manger ?

Et comment !

Mais il a fait très chaud, quand même, non ?

La journée, oui. Mais on rentrait à midi, et on mangeait des sandwiches à la tomate avec de la mayonnaise. En buvant de la citronnade, plein de citronnade.

On se reposait à la maison, et puis on retournait aux champs faire ce qu'on avait à faire. Désherber. On désherbait tout l'après-midi. Le maïs, le tabac. On avait un potager, moi et Orin, et on le désherbait aussi. On travaillait avec les saisonniers, et puis il y avait des Noirs, des journaliers. Et puis il a un fermier noir, qui s'appelle Randolph et qui était ouvrier agricole dans le temps. Mr Mawhinney dit que c'est un fermier de première.

Tu comprends quand ils parlent, les Noirs ?

Sûr.

Tu peux m'en imiter un ?

Ils disent bac pour tabac. Ils disent j'déclare, ceci, cela. Mais dans l'ensemble ils causent pas beaucoup. Ils travaillent, surtout. Au moment où on tue les cochons, Mr Mawhinney fait venir Clete et le Vieux Henry, c'est eux qui vident les boyaux. C'est deux Noirs, ils sont frères. Ils prennent les intestins et ils les font frire. Des andouillettes, ça s'appelle.

T'en mangerais ?

Est-ce que j'ai une tête de Noir ? Mr Mawhinney dit que les Noirs commencent à quitter la ferme parce qu'ils croient qu'ils gagneront plus à la ville. Des fois, le Vieux Henry se faisait arrêter le samedi soir. Parce qu'il avait bu. C'est Mr Mawhinney qui paie l'amende pour le sortir, vu qu'il a besoin de lui le lundi.

Ils ont des souliers ?

Certains. Les gosses sont pieds nus. Les Mawhinney leur donnent les vêtements qu'ils veulent plus. Mais ils sont heureux.

Ils ont parlé d'antisémitisme?

Ils en ont même pas idée, Philip. J'étais le premier Juif qu'ils voyaient, ils me l'ont dit. Mais ils ont jamais rien dit de méchant. C'est le Kentucky, les gens sont vraiment gentils.

Alors tu es content d'être rentré?

Comme ça. Je sais pas trop.

Tu retournes là-bas l'an prochain?

Et comment.

Et si papa et maman veulent pas t'autoriser?

J'irai quand même.

Comme s'il fallait y voir la conséquence directe du fait que Sandy avait mangé du bacon, du jambon, des côtes de porc et de la saucisse, notre vie connaissait des mutations irrésistibles. Le rabbin Bengelsdorf venait dîner, amené par tante Evelyn.

« Pourquoi chez nous? » demanda mon père à ma mère. On avait fini de dîner; Sandy était sur son lit, en train d'écrire à Orin Mawhinney, et moi j'étais avec mes parents dans le séjour, bien décidé à voir comment mon père allait réagir devant ce chambardement général.

« C'est ma sœur, dit ma mère avec une pointe

d'agressivité, il est son patron, je ne peux pas lui refuser ça.

— Mais moi je peux.

— Tu n'en feras rien.

— Alors tu serais gentille de me réexpliquer ce qui nous vaut un tel honneur. Il n'a rien de plus pressé à faire que de venir nous voir, ce grand ponte ?

— Evelyn veut qu'il fasse la connaissance de ton fils.

— Ça ne tient pas debout. Ta sœur a toujours eu des idées saugrenues. Mon fils est en quatrième au collège de Chancellor Avenue. Il a passé son été à arracher des mauvaises herbes. Ça ne tient pas debout, tout ça.

— Herman, ils vont venir jeudi soir, et on va les accueillir chaleureusement. Tu as le droit de le détester, cet homme-là, mais c'est quelqu'un.

— Je le sais bien, répondit mon père avec humeur. Justement. »

Désormais, il ne déambulait jamais dans la maison sans son exemplaire de *PM,* soit roulé comme une arme avec laquelle partir au front si besoin était, soit ouvert à une page où il voulait lire quelque chose à ma mère. Ce soir-là, il n'arrivait pas à comprendre pourquoi les Allemands continuaient d'avancer si aisément en Russie ; alors, dans un froissement de journal exaspéré, il s'exclama tout à coup : « Mais qu'est-ce qu'ils ont, ces Russes, à refuser le combat ? Ils ont des avions, qu'est-ce qu'ils attendent pour s'en servir ? Pourquoi personne se bat, là-bas ? Hitler marche sur un pays, il passe la frontière, il entre comme dans du beurre, et crac, c'est gagné. L'Angleterre est le seul pays d'Europe à tenir tête à ce chien ! Il pilonne les villes anglaises toutes les nuits, mais elles remontent au créneau avec la RAF. Heureusement qu'il y a les hommes de la RAF !

— Quand est-ce que Hitler va envahir l'Angleterre ? demandai-je. Pourquoi il n'envahit pas l'Angleterre tout de suite ?

— Ça fait partie des accords qu'il a passés avec Lindbergh en Islande. Lindbergh se veut le sauveur de l'humanité, m'expliqua mon père. Il veut négocier l'armistice. Alors une fois que Hitler aura pris la Russie, qu'il aura pris le Moyen-Orient, et qu'il aura pris tout ce qui lui chantera, Lindbergh réclamera une conférence de paix bidon — une qui puisse plaire à l'Allemagne. Les Allemands iront. Le prix à payer pour faire la paix dans le monde et pour que les Allemands n'envahissent pas l'Angleterre, ce sera d'installer un gouvernement fasciste anglais en Angleterre, un Premier ministre fasciste au 10 Downing Street. Les Anglais refuseront, et là, Hitler les envahira, cette fois avec le consentement de notre président qui aurait tant préféré la paix.

— C'est ce que dit Walter Winchell ? demandai-je, jugeant cette explication trop subtile pour qu'il l'ait trouvée tout seul.

— C'est moi qui le dis », répliqua-t-il. Sans doute était-ce vrai : la pression des événements accélérait l'éducation de tout le monde, y compris la mienne. « Mais Dieu merci, il nous reste Walter Winchell. Nous serions perdus sans lui. Il est le dernier qui ose encore élever la voix contre ces sales chiens, à la radio. C'est dégoûtant, c'est pire que dégoûtant. Lentement mais sûrement, ça ne dérange plus personne, en Amérique, que Lindbergh lèche les bottes de Hitler.

— Et les démocrates ?

— Ne me parle pas des démocrates, mon fils. Je suis bien assez en colère comme ça. »

Le jeudi soir, ma mère me demanda de l'aider à mettre le couvert dans la salle à manger, puis elle m'envoya dans ma chambre passer mes beaux habits. Tante Evelyn et le rabbin Bengelsdorf arrivaient à sept heures. En temps ordinaire, nous aurions dîné à la cuisine et d'ailleurs terminé depuis trois quarts d'heure, mais le rabbin ne pouvait pas arriver plus tôt, étant donné toutes ses obligations. Cet homme était le traître même que mon père, d'ordinaire pourtant respectueux du clergé juif, avait accusé de prononcer un discours « imbécile et mensonger » pour soutenir Lindbergh à Madison Square Garden, le « Juif bidon » qui, selon Alvin, avait cashérisé Lindbergh auprès des goyim et par là même assuré la défaite de Roosevelt. Il était donc déconcertant de voir à quel point nous nous mettions en frais pour le recevoir. On m'avait d'ores et déjà averti de ne pas me servir des serviettes propres dans la salle de bains, et de ne pas m'approcher du fauteuil de mon père, qui serait réservé au rabbin avant de passer à table.

La soirée commença guindée dans le séjour, où mon père offrit au rabbin un cocktail, ou, s'il préférait, un trait de schnaps, offres que Bengelsdorf déclina toutes deux, au profit d'un verre d'eau du robinet. « L'eau de Newark est la meilleure du monde », dit-il comme il disait tout le reste, avec une componction extrême. Il reçut aimablement le breuvage que ma mère lui tendait sur un dessous de verre (je la revoyais en octobre dernier s'enfuir pour ne pas l'entendre faire l'éloge de Lindbergh à la radio). « Vous avez une maison fort agréable, lui dit-il. Une place pour chaque chose, et chaque chose à sa place. On sent un amour de l'ordre que je partage. Je vois que vous avez un faible pour le vert.

— Le vert forêt », dit ma mère. Elle essayait de sourire et d'être aimable, mais elle avait encore du mal à parler et ne parvenait pas à regarder dans sa direction.

« Vous avez tout lieu d'être fière de votre jolie maison. Je suis honoré d'y être reçu. »

Le rabbin était vraiment grand ; on aurait dit que Lindbergh l'avait fait faire sur mesure : maigre et chauve, avec son costume trois-pièces sombre, ses chaussures noires étincelantes, et sa façon de se tenir très droit, qui à elle seule semblait exprimer son allégeance aux idéaux les plus nobles de l'humanité. À cause de son mélodieux accent du Sud, entendu à la radio, je m'étais représenté un homme beaucoup moins austère. Mais ses lorgnons suffisaient à vous intimider, un peu parce que c'étaient des pince-nez ovales comme des yeux de chouette, pareils à ceux de Roosevelt, et aussi parce qu'ils lui permettaient de vous examiner comme à la loupe : nul doute qu'il valait mieux l'avoir avec soi que contre soi. Il parlait cependant avec chaleur, gentiment, presque sur le ton de la confidence. Je m'attendais à chaque instant à l'entendre nous manifester du dédain ou de l'arrogance, mais il ne fit que parler avec cet accent — fort différent de celui de

Sandy — et si bas que, par moments, il fallait retenir son souffle pour mesurer toute son érudition.

« C'est donc vous, le jeune homme qui a fait notre fierté ? dit-il à Sandy.

— C'est moi Sandy, monsieur », répondit mon frère en rougissant jusqu'aux oreilles.

Je trouvai sa repartie brillante : un autre garçon aussi glorieux n'aurait peut-être pas répondu aussi vite sans se départir d'une modestie de rigueur. Décidément, rien ne pouvait entamer l'assurance de Sandy, surtout depuis qu'il avait ses muscles, ses cheveux décolorés par le soleil, et qu'il avait ingurgité des quantités de porc sans demander la permission de personne.

« Alors, comment était-ce, de travailler aux champs, sous le soleil brûlant du Kentucky ? » Le rabbin grasseyait ses r et prononçait le nom de cet État comme il s'écrivait et non pas « kin » comme Sandy à présent.

« J'ai beaucoup appris, monsieur. J'ai beaucoup appris sur mon pays. »

Tante Evelyn approuvait visiblement ; c'était la moindre des choses puisque la veille, au téléphone, elle avait fourni à mon frère la réponse à cette question précise. Elle qui avait toujours besoin de se sentir en position de force par rapport à mon père se délectait particulièrement à infléchir, à son nez et à sa barbe, l'existence de son fils aîné.

« Vous étiez chez un planteur de tabac, m'a dit votre tante Evelyn.

— Oui, monsieur, du tabac *white burley*.

— Saviez-vous, Sandy, que le tabac était le fonde-

ment économique de la première colonie anglaise en
Amérique, à Jamestown, en Virginie ?

— Non, je ne savais pas », avoua mon frère, mais il
ajouta : « Je n'en suis pas surpris, d'ailleurs. » En un
éclair, le pire était passé.

« Les pionniers de Jamestown connurent bien des
malheurs, mais ce qui leur épargna la famine, et permit
à la communauté de survivre, ce fut la culture du tabac.
Il ne faut pas l'oublier. Sans tabac, le premier gouvernement représentatif du Nouveau Monde ne se serait
jamais réuni comme il l'a fait à Jamestown, en 1619,
sans tabac, la communauté se serait défaite, la coloni-
sation de la Virginie aurait échoué, et les Premières
Familles de l'État, qui tiraient leur richesse de leurs
plantations, n'auraient jamais acquis leur suprématie.
Et si l'on se souvient que les hommes d'État virginiens,
qui furent les pères fondateurs de notre pays, descen-
daient de ces Premières Familles, on apprécie l'importance vitale de la culture du tabac dans l'histoire de
notre république.

— C'est vrai, dit Sandy.

— Je suis moi-même né dans le Sud, reprit le rabbin, quatorze ans après la tragédie de la guerre de
Sécession. Jeune homme, mon père s'était battu pour
les États du Sud. Son propre père était arrivé d'Allemagne pour s'établir en Caroline du Sud en 1850. Il
était colporteur. Il avait une longue barbe, il possédait
une charrette à cheval et vendait aux Noirs comme aux
Blancs. Vous avez entendu parler de Judah Benjamin ?

— Non, monsieur », répondit mon frère, qui se
reprit aussitôt : « Puis-je vous demander qui il était ?

— Eh bien c'était un Juif, et dans le gouvernement confédéré, il se trouvait immédiatement au-dessous de Jefferson Davis. C'était un avocat juif dont Davis avait fait son procureur général, son ministre de la Guerre, et son secrétaire d'État. Avant la Sécession, il avait siégé au Sénat, où il était l'un des deux sénateurs de Caroline du Sud. La cause qui a poussé le Sud à la guerre n'était ni légitime ni légale à mes yeux, mais j'ai toujours eu la plus grande estime pour Judah Benjamin. Les Juifs étaient une rareté, en Amérique, à cette époque-là, au Nord comme au Sud, d'ailleurs, mais n'allez pas en déduire qu'on n'avait pas maille à partir avec l'antisémitisme. Et pourtant Judah Benjamin est arrivé quasiment au pinacle de la réussite politique dans le gouvernement confédéré. Une fois la guerre perdue, il est parti à l'étranger où il a fait une brillante carrière d'avocat en Angleterre. »

À ce moment-là, ma mère se retira à la cuisine, soi-disant pour veiller au dîner, et tante Evelyn dit à Sandy : « C'est peut-être le moment que tu montres au rabbin les dessins que tu as faits à la ferme. »

Sandy se leva pour apporter jusqu'au fauteuil du rabbin les différents carnets de croquis qu'il tenait sur ses genoux depuis que nous étions réunis dans le séjour.

Le rabbin en prit un et se mit à en tourner les pages, lentement.

« Commente un peu chaque dessin, suggéra tante Evelyn.

— Voilà la grange, dit Sandy. C'est là qu'on pend le tabac pour le faire sécher après la récolte.

— Mais oui, c'est bien une grange, et magnifiquement dessinée, j'aime beaucoup les jeux de l'ombre et de la lumière. Vous avez beaucoup de talent, Sanford.

— Ça, c'est un plant de tabac sur sa tige, voilà à quoi ça ressemble. Voyez, la feuille est triangulaire. C'est une grande feuille. Celle-ci a encore sa fleur, au sommet. C'est avant l'étêtage.

— Et ce plant de tabac avec le sachet au bout, dit le rabbin en tournant la page, c'est quelque chose que je n'ai jamais vu.

— C'est pour recueillir la graine. La plante est reproductrice. On couvre la fleur d'un sachet en papier qu'on resserre à la base, comme ça elle ne bouge pas.

— Très très bien, dit le rabbin. Il n'est pas facile de dessiner une plante avec justesse tout en conservant au croquis sa valeur artistique. Vous avez ombré le dessous des feuilles, bravo, excellent !

— Ça, bien sûr, c'est une charrue, dit Sandy, et ça un sarcloir, un sarcloir à main. Ça sert à désherber. Mais on peut aussi le faire à mains nues.

— Et vous avez beaucoup désherbé ? demanda le rabbin avec malice.

— Oh misère ! » s'exclama Sandy. Le rabbin sourit. Il n'avait plus rien d'inquiétant, à présent. « Et ça, c'est la chienne, poursuivit Sandy. C'est la chienne d'Orin. Elle dort. Et ça c'est un des Noirs, le Vieux Henry, et là c'est ses mains. Je leur trouvais du caractère.

— Et celui-ci, qui est-ce ?

— C'est son frère, il s'appelle Clete.

— J'aime la façon dont vous l'avez rendu. Comme il a l'air las, à traîner la jambe, de cette façon. Je les connais bien, ces Noirs, j'ai grandi avec eux et je les respecte. Et ça, qu'est-ce que ça peut bien être, avec ce pulvérisateur ?

— Il y a un homme à l'intérieur. C'est pour traiter les plants contre les vers du tabac. L'homme se couvre de la tête aux pieds, avec des gros gants et des vêtements épais boutonnés jusqu'en haut pour ne pas se brûler. Quand l'insecticide sort du pulvérisateur, il risque de se brûler avec. La poudre est verte. Quand on a fini, les vêtements en sont tout couverts. J'ai essayé de rendre l'aspect de cette poussière, de dessiner plus clair là où elle se dépose, mais je ne trouve pas que ce soit bien ressorti.

— Mais bien sûr, il est difficile de dessiner la poussière », dit le rabbin, qui se mit à avancer un peu plus vite sur les dernières pages et referma le carnet. « Le Kentucky aura été une expérience profitable pour vous, n'est-ce pas, jeune homme ?

— J'ai adoré », répondit Sandy, et mon père, silencieux et figé sur le canapé puisqu'il avait cédé son fauteuil favori au rabbin, se leva en disant : « Il faut que j'aille aider Bess », comme il aurait déclaré : « Je vais me défenestrer. »

« Les Juifs d'Amérique, nous dit le rabbin au cours du dîner, ne ressemblent à aucune autre communauté juive dans l'histoire du monde. Ils ont eu les plus magnifiques ouvertures jamais accordées à notre peuple dans les temps modernes. Les Juifs d'Amérique peuvent participer intégralement à la vie civique de leur pays. Ils ne sont plus obligés de résider à l'écart comme des parias ; tout ce qu'on leur demande, c'est le courage de votre fils Sandy qui a fait un saut dans l'inconnu en solitaire lorsqu'il a travaillé pour l'été comme ouvrier agricole dans le Kentucky. Pour moi, Sandy et les autres jeunes Juifs du programme Des Gens parmi d'Autres devraient servir de modèle non seulement aux enfants juifs qui grandissent ici, mais aux Juifs adultes. Et ce rêve n'est pas seulement le mien. C'est aussi celui du président Lindbergh. »

Notre épreuve venait de prendre la pire tournure possible. Je n'avais pas oublié comment mon père avait tenu tête au directeur de l'hôtel et au policier brutal de Washington. Alors, à entendre prononcer le nom de Lindbergh avec déférence sous son propre toit, je crus qu'il allait enfin tenir tête à Bengelsdorf.

Mais un rabbin reste un rabbin, et mon père se tint coi.

Ma mère et tante Evelyn servirent le dîner, trois plats suivis d'un gâteau marbré cuit au four l'après-midi même. Nous dînâmes dans la « belle » vaisselle, avec l'argenterie ; et dans la salle à manger où se trouvaient notre plus beau tapis, nos beaux meubles et nos belles nappes, et où nous ne mangions que dans les grandes occasions. De mon côté de la table, on voyait la galerie des morts familiaux dont la photo était disposée sur le buffet qui nous servait d'autel des ancêtres. Il y avait là dans leur cadre deux grands-pères, notre grand-mère maternelle, une tante maternelle et deux oncles, dont l'oncle Jack, père d'Alvin et frère aîné chéri de mon père. Le nom de Lindbergh invoqué par le rabbin Bengelsdorf me laissait en proie à une confusion plus grande encore qu'à l'ordinaire. Certes, un rabbin restait un rabbin, mais pendant ce temps, Alvin était dans un hôpital militaire de Montréal, où il apprenait à marcher avec une jambe artificielle parce qu'il avait perdu la sienne en se battant contre Hitler. Or dans ma maison, où j'étais censé porter n'importe quels vêtements sauf mes beaux habits, justement, il avait fallu que je mette ma seule cravate et ma seule veste pour impressionner ce rabbin qui avait aidé à élire le président ami avec Hitler. Comment ne pas être au comble du désarroi quand notre disgrâce et notre gloire se confondaient? Quelque chose d'essentiel venait d'être détruit, de disparaître, voilà qu'on nous contraignait à devenir autre chose que ces Américains que nous étions : et pourtant, aux lueurs du lustre en verre taillé, parmi les lourdes pièces du mobilier de la salle à manger, nous étions en train de manger le rôti de ma mère avec le premier visiteur célèbre que nous ayons jamais reçu.

Comme pour m'égarer davantage et me faire payer mes pensées, le rabbin Bengelsdorf se mit tout à coup à parler d'Alvin, dont il avait appris le sort par notre tante. « J'ai appris avec chagrin le malheur qui s'est abattu sur votre famille. Je suis de tout cœur avec vous. Evelyn me dit que votre neveu va sortir de l'hôpital et finir sa convalescence chez vous. Je suis sûr que vous comprenez quels tourments psychiques une blessure comme celle-ci peut causer à un sujet dans la fleur de sa jeunesse. Il vous faudra tout l'amour et toute la patience dont vous êtes capables pour l'amener à reprendre une vie utile. Son histoire est particulièrement tragique, parce qu'il n'y avait aucune nécessité qu'il passe au Canada s'engager dans les forces armées.

Alvin Roth est né citoyen américain, et les États-Unis n'ont nulle intention d'entrer en guerre avec qui que ce soit ; notre patrie n'exige pas de ses fils qu'ils lui sacrifient leur vie ou leurs membres. Certains se sont donné beaucoup de mal pour qu'il en soit ainsi. J'ai personnellement encouru une hostilité considérable de la part de divers membres de la communauté juive pour avoir soutenu la campagne de Lindbergh lors des élections. Mais ce qui m'a animé, c'est l'horreur de la guerre. Il est déjà assez terrible que le jeune Alvin ait perdu sa jambe au cours d'une bataille sur le continent européen qui n'a rien à voir avec la sécurité ou le bien-être des Américains... »

Il poursuivit, reprenant plus ou moins ses arguments en faveur de la neutralité américaine tels qu'il les avait énoncés à Madison Square Garden. Mais moi je ne pensais plus qu'à Alvin. Il allait venir habiter avec nous ? Je regardai ma mère. Elle ne nous en avait rien dit. Quand arriverait-il ? Où coucherait-il ? Il était déjà pénible de ne pas vivre dans un pays normal, comme l'avait dit ma mère à Washington ; désormais, nous ne vivrions plus jamais dans une maison normale. Une vie de souffrance accrue s'esquissait autour de moi et j'avais envie de hurler : « Non ! Alvin ne peut pas rester ici ! Il n'a plus qu'une jambe ! »

Dans mon extrême contrariété, je mis un moment à m'apercevoir qu'à la salle à manger, la phase de courtoisie touchait à sa fin, et que mon père n'allait plus se laisser mettre sur la touche. D'une façon ou d'une autre, il avait fini par surmonter les obstacles que représentaient pour lui les titres de Bengelsdorf et ses propres handicaps. Il avait cessé de se laisser intimider par la majesté rabbinique, et, sensible à l'urgence du désastre à venir, exaspéré en outre par la condescendance du personnage, il était en train de dire ses quatre vérités au rabbin, malgré ses pince-nez et tout et tout.

« Hitler, lui disait-il, n'est pas une affaire ordinaire, rabbin ! Ce fou n'est pas en train de faire la guerre comme il y a mille ans. Il livre une guerre comme on n'en a jamais vu sur la planète. Il a conquis l'Europe, il est en guerre contre la Russie. Toutes les nuits, il pulvérise Londres sous ses bombes et tue des centaines de civils britanniques innocents. C'est le pire antisémite de toute l'histoire. Et pourtant son excellent ami, notre président, le croit sur parole lorsqu'il dit qu'ils ont "passé un accord". Mais Hitler avait passé un accord avec les Russes. L'a-t-il respecté ? Il en avait passé un avec Chamberlain. L'a-t-il respecté ? Le but de Hitler, c'est de conquérir le monde, et ça inclut les États-Unis. Et puisque partout où il va il fusille les Juifs, un beau jour il viendra tuer les Juifs ici. Et qu'est-ce qu'il fera, notre président ? Vous croyez qu'il nous protégera ? Qu'il nous défendra ? Notre président ne lèvera pas le petit doigt. Le voilà, l'accord qu'ils ont conclu en Islande, et tout adulte qui croit autre chose ne jouit plus de ses facultés mentales. »

Sans témoigner d'impatience, le rabbin Bengelsdorf écouta mon père avec respect, comme s'il était en partie d'accord avec son discours. Seul Sandy semblait avoir du mal à garder pour lui ce qu'il pensait, et lorsque mon père parla avec dédain de « notre président Lindbergh », il se tourna vers moi avec une mimique indiquant bien qu'il avait pris ses distances avec la sphère familiale par le simple fait de s'être, en Américain ordinaire, accommodé de la nouvelle administration. Ma mère était assise à la droite de mon père, et quand il eut fini, elle lui saisit la main sans qu'on puisse déterminer au juste si c'était pour lui manifester sa fierté ou lui intimer de se taire. Quant à tante Evelyn, qui modelait en tout point son attitude sur celle du rabbin, elle masquait ses sentiments sous une aimable indulgence devant la légèreté de ce beau-frère qui, avec son petit vocabulaire minable, osait tenir tête à un érudit maîtrisant dix langues.

Au lieu de réagir sur-le-champ, Bengelsdorf ménagea ses effets et, après une pause, glissa sobrement cette repartie : « Pas plus tard qu'hier matin, j'étais à la Maison-Blanche où je m'entretenais avec le président » — là, il but une gorgée de son verre d'eau pour nous permettre de retrouver nos esprits, puis il poursuivit : « Je le félicitais d'être en bonne voie d'apaiser les soupçons nés chez les Juifs depuis ses voyages en Allemagne dans les années trente, du temps où il prenait secrètement la mesure de l'aviation allemande pour le compte des États-Unis. Je lui ai appris que nombre de mes fidèles ayant voté Roosevelt étaient aujourd'hui ses ardents partisans, parce qu'ils lui savent gré d'avoir établi notre neutralité et d'avoir épargné au pays les affres d'une nouvelle Grande Guerre. Je lui ai dit que des programmes comme Des Gens parmi d'Autres étaient en passe de convaincre les Juifs d'Amérique qu'il était tout sauf leur ennemi. Il est vrai qu'avant de devenir président, il a pu tenir des propos fondés sur

des clichés antisémites, mais c'était par ignorance et il
le reconnaît aujourd'hui. J'ai le plaisir de vous dire
qu'il ne m'a pas fallu plus de deux ou trois entretiens
pour venir à bout de ses préjugés et l'amener à appré-
cier les multiples facettes de la vie juive en Amérique.
Nous n'avons pas affaire à un mauvais homme, tant
s'en faut. C'est quelqu'un d'une intelligence naturelle
remarquable, et d'une grande probité, dont on célèbre à
juste titre le courage, et qui souhaite désormais s'assurer mon aide pour raser les barrières d'ignorance qui
séparent encore Juifs et chrétiens, chrétiens et Juifs.
Parce que de l'ignorance, il y en a aussi chez les Juifs,
hélas, dont beaucoup s'obstinent à voir en Lindbergh
un Hitler américain tout en sachant fort bien qu'il a été
élu démocratiquement et équitablement, par une victoire écrasante, et qu'il ne manifeste aucune tendance
à l'autoritarisme. Il ne glorifie pas l'État au détriment
de l'individu, il encourage au contraire l'entreprise
individuelle, ainsi qu'un libéralisme affranchi des ingé-
rences du gouvernement fédéral. Où voit-on l'étatisme,
la brutalité fascistes ? Les chemises brunes et la police
secrète ? Quand avez-vous observé la moindre manifestation d'antisémitisme fasciste de la part de notre
gouvernement ? Ce que Hitler a perpétré à l'encontre
des Juifs allemands par les lois de Nuremberg, en 1935,
est l'antithèse absolue de ce que le président Lindbergh
a entrepris de faire en faveur des Juifs américains lorsqu'il a institué le Bureau d'assimilation. Les lois de
Nuremberg ont privé les Juifs de leurs droits civiques,
elles ont tout fait pour les exclure de la citoyenneté,
alors que moi, j'ai encouragé le président à lancer des

programmes qui invitent les Juifs à s'impliquer autant qu'ils le souhaitent dans la vie du pays, vie dont, vous me l'accorderez sûrement, il nous est tout aussi loisible qu'à d'autres de jouir. »

Jamais à notre table, ni sans doute dans le voisinage, on n'avait entendu un tel déluge de propos informés ; et lorsque le rabbin conclut sur le ton de la gentillesse, voire de la confidence : « Dites-moi, Herman, est-ce que mes explications apaisent un peu vos inquiétudes ? », nous fûmes sidérés d'entendre mon père répondre tout uniment : « Non, non. Loin de là. » Puis, sans se soucier, par cet affront, non seulement de déplaire au rabbin mais d'insulter sa dignité et de déchaîner sa vindicte, il ajouta : « Quand j'entends quelqu'un comme vous parler de cette façon, franchement, je suis encore plus inquiet. »

Le lendemain soir, tante Evelyn nous téléphona pour nous apprendre avec jubilation que, sur les cent garçons du New Jersey partis dans l'Ouest sous l'égide des Gens parmi d'Autres cet été-là, Sandy avait été sélectionné comme « sergent recruteur ». C'est en vétéran qu'il irait vanter les nombreux mérites du programme du BA aux jeunes Juifs susceptibles d'en bénéficier ainsi qu'à leurs familles, et qu'il les encouragerait à s'inscrire. Telle fut la revanche du rabbin. Le fils aîné de notre père était désormais membre émérite de la nouvelle administration.

Peu de temps après que mon frère se fut mis à passer ses après-midi en ville à l'agence du BA dirigée par ma tante Evelyn, ma mère revêtit sa toilette la plus chic, tailleur couture gris avec un filet pâle qu'elle arborait pour présider les réunions des parents d'élèves ou lorsqu'elle était scrutatrice dans le sous-sol de l'école au moment des élections, et elle s'en alla chercher du travail. Le soir même, à table, elle nous annonça qu'on venait de l'engager au rayon confection pour dames de chez Hahne, un grand magasin en ville. On l'avait embauchée comme auxiliaire dans la perspective des fêtes, six jours par semaine plus les mercredis soir, mais avec son expérience de secrétaire, elle espérait bien qu'un poste administratif se libérerait dans les semaines à venir et qu'on la garderait comme titulaire après Noël. Elle nous expliqua, à Sandy et à moi, que son salaire contribuerait à payer le surcroît de dépenses occasionné par le retour d'Alvin, mais sa véritable intention, connue de son seul mari, était de déposer l'argent par correspondance dans une banque de Montréal, pour le cas où il nous faudrait fuir au Canada et repartir de zéro.

Ma mère était absente, mon frère était absent, Alvin ne tarderait pas à rentrer. Mon père était allé le voir à l'hôpital militaire de Montréal. Un vendredi matin, des heures avant notre lever, ma mère lui avait préparé son petit déjeuner ; elle avait rempli sa bouteille thermos et emballé ses repas : trois sachets de papier marqués au crayon noir de mon frère — DM pour le déjeuner de midi, G pour goûter et D pour dîner ; sur quoi il s'était mis en route vers la frontière, à cinq cents kilomètres au nord. Comme son patron ne pouvait lui accorder que son vendredi, il lui avait fallu rouler toute la journée pour voir Alvin le samedi, puis toute la journée du dimanche pour être à sa réunion du personnel le lundi matin. Il creva une fois à l'aller, et deux fois au retour, de sorte que, pour ne pas arriver en retard à sa réunion, il dut aller directement au bureau, sans passer nous voir. Lorsque nous le retrouvâmes au dîner, cela faisait vingt-quatre heures qu'il n'avait pas dormi, et plus longtemps encore qu'il ne s'était lavé convenablement. Alvin avait l'air d'un cadavre, nous dit-il, il ne pesait plus que quarante-cinq kilos. À ces mots, je me demandai combien pouvait peser la jambe dont on l'avait amputé, et ce soir-là, sans succès, je tentai de peser ma propre jambe sur la balance de la salle de bains. « Il a perdu l'appétit, dit mon père, dès qu'on lui met un plateau sur les genoux il le repousse. Ce garçon, qui était pourtant un dur, n'a plus envie de vivre ; il n'a plus envie de rien, sinon de rester là, émacié, avec ce visage terrible, sinistre. Je lui ai dit : "Alvin, je t'ai vu naître. Tu es un battant, tu ne renonces pas. Tu as la force de ton père. Ton père savait encaisser les pires coups sans se laisser abattre. Ta mère aussi, je lui ai dit. Quand ton père est mort, il a fallu qu'elle prenne le dessus, cette femme. Elle n'avait pas le choix, avec toi." Mais je ne sais pas ce qu'il en aura retenu. Quelque chose, j'espère, dit-il, l'émotion lui voilant la voix, parce que, quand j'étais là-bas, avec tous ces jeunes invalides cloués au lit autour de moi, quand j'étais assis auprès de son lit, dans cet hôpital... » Il ne put continuer. C'était la première fois que je voyais mon père pleurer. C'est un tournant, dans une enfance, le jour où les larmes de quelqu'un d'autre vous paraissent plus insupportables que les vôtres.

« Tu tombes de fatigue », dit ma mère. Elle se leva et, pour tenter de l'apaiser, vint lui caresser la tête. « Quand tu auras fini de manger, tu vas prendre une douche et te coucher tout de suite. »

Renversant la nuque pour l'appuyer dans sa main, mon père se mit à sangloter sans retenue. « Ils ont fait sauter sa jambe ! » lui dit-il, sur quoi ma mère nous fit signe, à Sandy et à moi, de la laisser le consoler toute seule.

Une nouvelle vie commençait pour moi. J'avais vu mon père s'effondrer, je ne pourrais plus jamais revenir à la même enfance. Ma mère au foyer passait désormais ses journées à travailler chez Hahne, mon frère partait en service commandé travailler pour Lindbergh après l'école, et mon père, qui n'avait pas hésité à sermonner les apprentis antisémites de bistrot à Washington, pleurait la bouche grande ouverte, comme un bébé qu'on abandonne, comme un adulte qu'on torture, parce qu'il n'avait pas le pouvoir de faire échec à l'imprévu. Or, l'élection de Lindbergh avait pour moi levé tout doute sur ce chapitre : la révélation de l'imprévu, tout était là. Retourné comme un gant, l'imprévu était ce que nous, les écoliers, étudiions sous le nom d'« histoire », cette histoire bénigne, où tout ce qui était inattendu en son temps devenait inévitable dans la chronologie de la page. La terreur de l'imprévu, voilà ce qu'occulte la science de l'histoire, qui fait d'un désastre une épopée.

Livré à moi-même au retour de l'école, je me mis à passer tout mon temps avec Earl Axman, mon mentor

philatéliste. Et, cette fois, je ne me contentai plus de
regarder sa collection à la loupe, ni l'époustouflante
variété des sous-vêtements de sa mère. Mes devoirs
achevés en un tournemain, ma seule tâche domestique
étant de mettre le couvert, j'avais désormais tout loisir
de faire des bêtises. Et puisque, apparemment, la mère
d'Earl passait ses après-midi chez l'esthéticienne ou à
écumer les boutiques de New York, Earl avait lui-
même toute latitude pour trouver des bêtises à proposer.
Il avait presque deux ans de plus que moi, et du fait que
ses parents hollywoodiens étaient divorcés, ou du
simple fait qu'ils étaient hollywoodiens, l'envie d'être
un enfant modèle ne semblait jamais l'avoir effleuré.
Ces derniers temps, de plus en plus agacé pour ma part
à l'idée d'en être un, je m'étais mis à marmonner dans
mon lit : « Viens, on va faire des grosses bêtises », proposition par laquelle Earl me titillait ou me découra-
geait quand il se lassait de ce que nous étions en train
de faire. Tôt ou tard, le goût de l'aventure m'aurait
rattrapé, mais, désillusionné de voir que ma famille
m'échappait, à l'instar de mon pays, j'étais prêt à
découvrir les libertés que peut prendre un gamin issu
d'un foyer exemplaire lorsqu'il renonce à plaire à tout
le monde par sa pureté juvénile pour goûter le plaisir
coupable de faire ses coups en douce.

Le vice dans lequel je tombai avec Earl était de
suivre les gens. Depuis plusieurs mois, il s'y adonnait
une ou deux fois par semaine : après l'école, il partait
en ville tout seul et traînait aux arrêts d'autobus pour
repérer les hommes rentrant au bercail leur journée
finie. Lorsque celui qu'il avait choisi prenait le bus, il

montait à sa suite et faisait discrètement le trajet avec
lui jusqu'à son arrêt; il descendait alors sur ses talons
et le suivait jusqu'à son domicile à distance respectueuse. « Pourquoi? demandai-je. — Pour voir où ils
habitent. — Et voilà? C'est tout? — C'est déjà beaucoup. Je vais partout. Il m'arrive même de quitter
Newark. Je vais où je veux. Les gens habitent partout.
— Mais comment tu fais pour rentrer chez toi avant ta
mère? — C'est ça l'enjeu. D'aller aussi loin que possible tout en étant rentré avant elle. » L'argent des trajets, il me l'avoua sans détour, était volé dans les sacs
maternels. Avec la même délectation que s'il avait
percé le coffre de Fort Knox, il ouvrit un tiroir de la
chambre où toutes sortes de sacs étaient empilés au
hasard. Le week-end, qu'il passait chez son père à
New York, il faisait les poches des costumes accrochés
dans la penderie. Quand quatre ou cinq musiciens de
l'orchestre Casa Loma venaient jouer au poker le
dimanche, il empilait obligeamment leurs manteaux
sur le lit, leur faisait également les poches et cachait la
monnaie dans une chaussette sale, au fond de sa valise.
Ensuite il retournait nonchalamment dans le séjour,
où il suivait les parties tout l'après-midi, en écoutant
les musiciens raconter des anecdotes amusantes sur
l'époque où ils jouaient au Paramount, à l'Essex House
et au Casino Glen Island. En 1941, l'orchestre rentrait
tout juste d'Hollywood où il avait tourné un film, si
bien qu'entre deux donnes, on parlait des vedettes et de
leur caractère; science d'initiés qu'Earl me transmettait
et que je répétais à Sandy, lequel disait immanquablement : « C'est des conneries », en m'avertissant qu'il ne

fallait pas traîner avec Earl Axman. « Ton ami en sait trop pour un gosse de son âge. — Il a une collection de timbres formidable ! — Ouais, et il a une mère qui va avec n'importe qui. Elle sort avec des hommes qui n'ont même pas son âge. — Comment tu le sais ? — Tout le monde le sait, sur Summit Avenue. — Pas moi. — Mouais, c'est peut-être pas la seule chose que tu saches pas. » Et moi, fort satisfait de ma petite personne, je pensai : « Il y a peut-être une bricole que tu sais pas, toi non plus », sans pouvoir m'empêcher de me demander avec inquiétude si la mère de mon meilleur ami n'était pas ce que les plus grands appelaient « une pute ».

Je pris beaucoup plus facilement que je ne l'aurais cru l'habitude de voler mon père et ma mère, et celle de suivre les gens, même si, les premières fois, le simple fait de me trouver en ville sans surveillance à trois heures et demie de l'après-midi me sidérait. Parfois nous allions jusqu'à Penn Station pour trouver quelqu'un, parfois jusqu'au carrefour de Broad Street et Market Street ; d'autres fois nous remontions Market Street jusqu'au tribunal pour guetter notre proie à l'arrêt d'autobus. Nous ne suivions jamais les femmes. Aucun intérêt, avait décrété Earl. Nous ne suivions jamais un homme que nous pensions juif. Ceux-là ne nous intéressaient pas non plus. Notre curiosité portait sur les chrétiens adultes qui travaillaient toute la journée à Newark. Où allaient-ils quand ils rentraient chez eux ?

Mon appréhension était à son comble lorsque nous montions dans le bus et payions. L'argent du trajet était volé, nous n'étions pas censés nous trouver là, et nous n'avions pas la moindre idée d'où nous allions. Le temps que nous arrivions à une destination quelconque, j'étais trop dépassé par mes émotions pour comprendre le nom du quartier qu'Earl me chuchotait à l'oreille. J'étais perdu, j'étais un enfant perdu, voilà le jeu auquel je jouais : Qu'est-ce que je vais manger ? Où est-ce que je vais coucher ? Est-ce que les chiens vont m'attaquer ? Est-ce qu'on va m'arrêter, me mettre en prison ? Est-ce qu'un chrétien va me recueillir et m'adopter ? Ou est-ce que je vais finir par me faire kidnapper comme le fils Lindbergh ? Je me figurais perdu dans une région loin-taine, inconnue de moi, ou encore j'imaginais qu'avec la complicité de Lindbergh, Hitler avait envahi les États-Unis, et qu'Earl et moi étions en train de fuir les nazis.

Tandis que je jouais à me faire peur, subrepticement nous bifurquions, nous traversions des rues, tapis der-rière les arbres pour ne pas nous faire voir, jusqu'au moment suprême où celui que nous suivions arrivait chez lui, ouvrait la porte et entrait. Alors, sans trop nous approcher, nous regardions cette maison dont la porte venait de se refermer. Earl disait : « Elle est vraiment grande, cette pelouse », ou bien : « L'été est fini, pour-quoi ils ont pas démonté leurs moustiquaires ? », ou encore : « T'as vu, dans le garage ? C'est la nouvelle Pontiac. » Et puis comme, malgré tout son voyeurisme juif, Earl Axman ne serait pas allé jusqu'à se faufiler sous les fenêtres pour regarder dans la maison, il nous ramenait au bus, lequel nous rapatriait à Penn Station. Souvent, à cette heure où tout le monde quittait son bureau, nous étions les seuls passagers du bus qui retournait en ville, si bien qu'on aurait dit que le conducteur était notre chauffeur, et cet autobus municipal notre limousine personnelle, à nous les deux garçons les plus audacieux au monde. Earl était un enfant de dix ans fort bien nourri, la peau blanche, déjà un peu empâté, joufflu comme un bambin, avec de longs cils noirs et des crans noirs serrés, parfumés à la brillantine de son père. Si le bus était vide, il s'étendait sur la longue banquette du fond dans une posture de pacha parfaitement assortie à son humeur arrogante, et moi, assis bien droit à ses côtés, tout freluquet, j'arborais le sourire mi-émerveillé mi-penaud du petit acolyte.

Une fois à Penn Station, nous prenions le 14 pour rentrer chez nous, ce qui faisait notre quatrième trajet de l'après-midi. Le soir à table, je me disais : « J'ai suivi un chrétien sans que personne le sache. J'aurais pu me faire kidnapper sans que personne le sache... Avec l'argent qu'on avait à nous deux, si on avait voulu... » Je faillis même me trahir plusieurs fois devant le regard aigu de ma mère parce que, tout comme Earl, j'avais le genou qui tressautait quand je mijotais quelque chose. Et soir après soir, je m'endormais dans l'enchantement du magnifique but tout neuf que j'avais trouvé à ma vie de gosse de huit ans : y échapper. Lorsque, dans ma classe, j'entendais par la fenêtre ouverte un autobus remonter Chancellor Avenue, je n'avais qu'une envie, être à bord ; le monde extérieur s'était réduit à un autobus, tout comme il se réduit pour le gosse du Dakota du Sud à un poney, un poney qui l'emporte aux limites de la fugue permise.

Je me fis apprenti menteur et voleur auprès d'Earl fin octobre, et, sans que s'émousse notre sentiment de vivre une aventure exceptionnelle, nos virées secrètes se poursuivirent aux premiers froids de novembre, puis encore en décembre, lorsque les décorations de Noël firent leur apparition en ville, et qu'à tous les arrêts d'autobus ou presque, nous eûmes l'embarras du choix pour trouver un homme à suivre. Les sapins de Noël s'achetaient sur les trottoirs, chose que je n'avais jamais vue, et les jeunes garçons qui les vendaient un dollar pièce avaient l'air de victimes de la crise ou de petits durs, frais émoulus d'une maison de redressement. Cet argent qui changeait de main au vu et au su de tous me parut tout d'abord trahir une transaction illégale, et pourtant, personne ne semblait se soucier d'agir sous le manteau. Des flics il y en avait à profusion, arpentant chacun son secteur, matraque au côté avec leur grand pardessus bleu, mais ils avaient l'air réjouis et au diapason du moment, au diapason de Noël. Dès le lendemain de Thanksgiving, on avait subi des bourrasques de blizzard deux fois par semaine, si bien que de chaque côté des rues fraîchement déneigées s'amoncelaient des congères crasseuses déjà hautes comme des voitures.

Sans s'empêtrer dans la cohue des fins d'après-midi, les vendeurs dégageaient un arbre de ses frères, l'emportaient un peu à l'écart sur le trottoir bondé et le mettaient debout sur son tronc scié pour que le client juge de sa hauteur. Je m'étonnais de voir ces arbres élevés par un pépiniériste à des kilomètres de là s'entasser le long des grilles des plus anciennes églises de la cité, ou devant la façade imposante des banques et des compagnies d'assurances ; je m'étonnais tout autant de sentir dans ces rues du centre-ville leur parfum astringent et agreste. Dans notre quartier à nous, on ne vendait pas de sapins, il n'y aurait eu personne pour en acheter, de sorte que si le mois de décembre avait une odeur, c'était celle d'un détritus exhumé d'une poubelle retournée par un chat de gouttière feulant dans une cour, celle du dîner en train de chauffer dans un appartement dont on avait entrouvert la fenêtre de cuisine embuée, celle des vapeurs toxiques de charbon que recrachaient les cheminées d'usine, des seaux de cendres qu'on remontait de la cave pour les jeter sur les plaques de verglas du trottoir. Comparées aux fragrances du printemps humide dans le nord de l'État, à celles de l'été paludéen, de l'automne capricieux, les odeurs de l'hiver au froid piquant passaient presque inaperçues. C'est du moins ce que j'avais toujours cru, jusqu'au jour où je me rendis en ville avec Earl, reniflai l'air du temps et découvris que, outre tout le reste, décembre était bien différent pour les chrétiens. Entre les milliers d'ampoules qui chamarraient le centre-ville, les chanteurs de cantiques, l'orchestre de l'Armée du Salut qui s'en donnait à cœur joie et les pères Noël hilares à tous les coins de rue, c'était le mois de l'année où le cœur de mon pays natal leur appartenait sans partage, merveilleusement. Dans Military Park, il y avait un sapin de Noël de douze mètres de haut, tout décoré, et sur la façade des bureaux de la municipalité s'en étalait un autre éclairé par des projecteurs, géant métallique de vingt-cinq mètres de haut selon le *Newark News*, quand je ne mesurais moi-même qu'un mètre trente-cinq.

Je fis mon dernier voyage avec Earl quelques jours avant les vacances de Noël, un après-midi où nous suivîmes dans l'autobus de Linden un homme qui portait dans chaque main des cabas des grands magasins aux couleurs de la saison, rouge et vert, tout débordants de cadeaux. Dix jours plus tard, Mrs Axman sombrait dans une dépression nerveuse ; une ambulance l'emmenait en pleine nuit, et peu après, pour le 1er de l'an, le père d'Earl venait l'escamoter corps et biens — collection de timbres incluse. Plus tard dans le mois de janvier, on vit paraître un camion de déménagement qui emporta sous mes yeux tout le mobilier, y compris la commode aux sous-vêtements. Et sur Summit Avenue, on ne revit jamais les Axman.

Du fait que le crépuscule d'hiver tombait si tôt, suivre les gens jusque chez eux comblait davantage encore notre petite vanité : nous avions l'impression de nous livrer à notre activité bien après minuit, alors que les autres gosses dormaient depuis des heures. L'homme aux cabas chargés resta dans l'autobus après Hillside, s'engagea dans Elizabeth et descendit juste après le grand cimetière, non loin du coin où ma mère avait grandi, au-dessus de l'épicerie paternelle. Nous descendîmes assez discrètement derrière lui, nous confondant avec les centaines d'écoliers du coin, dans le camouflage d'hiver anonyme qu'offraient le caban à capuche, les grosses mitaines de laine, les pantalons de velours côtelé informes rentrés dans des galoches de caoutchouc mal ajustées, les lacets sautant la moitié de leurs crochets infernaux. Mais, soit que les ombres qui s'épaississaient ne nous aient pas cachés aussi bien que nous nous le figurions, soit que notre agilité furtive allât en s'émoussant avec le temps, notre filature fut moins subreptice qu'à l'accoutumée, et c'est ainsi que fut compromis l'« invincible duo » — comme disait Earl avec gloriole — de pisteurs de chrétiens que nous étions devenus.

Il y avait deux longues portions de rues à parcourir, toutes deux bordées de majestueuses demeures de brique, illuminées de guirlandes de Noël, qu'Earl me définit tout bas comme des « maisons de millionnaires ». Ensuite, deux autres pâtés de maisons plus modestes, en bois, comme nous en trouvions par centaines dans les rues de nos virées, chacune avec sa couronne de Noël sur la porte. Dans ce deuxième ensemble, l'homme tourna sur un étroit chemin de brique longeant une maison rectangulaire aux tuiles de bois, joliment perchée sur son socle de neige telle la décoration comestible sur un gâteau glacé. Au rez-de-chaussée comme à l'étage, de petites lampes luisaient, et par une des fenêtres proches de l'entrée on voyait clignoter le sapin. Tandis que l'homme posait ses sacs pour sortir sa clef, nous nous approchâmes de la pelouse blanche ondulante, jusqu'à apercevoir les ornements du sapin par la fenêtre.

« Regarde, me dit Earl, t'as vu, là-haut ? Tout en haut, tu vois, c'est Jésus.

— Non, c'est un ange.

— Eh ben alors, c'est quoi, Jésus ?

— Moi, je croyais que c'était leur dieu.

— Eh bien il est chef des anges, aussi. Là, regarde. »

Telle fut donc l'apothéose de notre quête : Jésus-Christ, qui, dans leur raisonnement, était tout, et qui, dans le mien, était la source de tous nos emmerdements, puisque, sans lui, il n'y aurait pas de chrétiens, et que sans chrétiens il n'y aurait pas d'antisémitisme, et que, sans antisémitisme, il n'y aurait pas de Hitler, sans Hitler Lindbergh ne serait pas président, et que si Lindbergh n'était pas président...

Tout à coup, parvenu dans l'embrasure de sa porte avec ses cabas, l'homme que nous avions suivi fit volte-face et, comme on soufflerait une rondelle de fumée, nous susurra : « Les garçons... »

Nous fûmes si décontenancés de nous être fait repérer que je faillis m'avancer sur l'allée qui menait à la maison, et, comme l'enfant modèle que j'étais encore deux mois plus tôt, décharger ma conscience en lui disant mon nom. Mais le bras d'Earl me retint.

« Ne vous cachez pas, les garçons, c'est pas la peine. »

« Et maintenant, qu'est-ce qu'on fait ? chuchotai-je à Earl.

— Chut ! »

« Je sais que vous êtes là, les garçons. Allez, il commence à faire terriblement noir, nous dit-il aimablement. Vous n'êtes pas morts de froid, là dehors ? Vous n'avez pas envie d'une bonne tasse de cacao ? Entrez, entrez vite, avant qu'il se mette à neiger. Il y a du cacao, j'ai du gâteau à la cannelle, du gâteau au sésame, et des petits bonshommes en pain d'épices ; j'ai des petits biscuits de toutes les couleurs, des guimauves ; il y a des guimauves, les gars, des guimauves dans le buffet ; on pourra les faire rôtir dans la cheminée. »

Quand je me tournai de nouveau vers Earl pour savoir que faire, il avait déjà repris le chemin de Newark. « Décampe, me cria-t-il par-dessus son épaule. Fous le camp, Phil, c'est un pédé. »

4

Janvier - février 1942

Le moignon

Alvin fut renvoyé dans ses foyers en janvier 1942, dès qu'il eut abandonné son fauteuil roulant, puis ses béquilles, à l'issue d'une longue rééducation à l'hôpital où les infirmières de l'armée canadienne lui avaient appris à marcher tout seul sur sa jambe artificielle. Le gouvernement canadien lui verserait une pension d'invalidité de cent vingt-cinq dollars par mois, soit un peu plus de la moitié de ce que mon père gagnait à la Metropolitan, plus trois cents dollars de prime de démobilisation. Invalide de guerre, il pourrait bénéficier d'autres avantages s'il choisissait de rester au Canada, où les anciens combattants d'origine étrangère se voyaient attribuer la nationalité dès leur retour à la vie civile, s'ils le souhaitaient. Eh ben, il avait qu'à devenir canadien, disait mon oncle Monty. Puisqu'il peut pas blairer l'Amérique, fallait qu'il y reste, là-haut, au moins, il aurait palpé.

Monty était le plus arrogant de mes oncles, le plus riche aussi, ceci expliquant peut-être cela. Il avait fait fortune en vendant des fruits et légumes en gros au marché de Miller Street, le long des voies ferrées.

C'était le père d'Alvin, l'oncle Jack, qui avait démarré l'affaire et y avait fait entrer Monty ; à sa mort, Monty y avait entraîné Herbie, le benjamin, et quand il avait voulu y associer mon père — mes parents, jeunes mariés, étaient sans le sou — celui-ci avait décliné, ayant été suffisamment bousculé par son frère dans leur jeune temps. Mon père n'avait à lui envier ni sa prodigieuse énergie ni sa remarquable endurance face aux épreuves en tout genre mais, les frictions de leur prime jeunesse le lui avaient démontré, il ne faisait pas le poids contre ce pionnier qui avait tenu le pari d'offrir à la ville de Newark des tomates en plein hiver : il les avait achetées par charretées à Cuba, encore vertes, et les avait fait mûrir dans les salles au parquet grinçant de son entrepôt en étage, sur Miller Street, chauffées tout spécialement. Une fois à point, il les conditionnait par petites boîtes de quatre et les vendait à prix d'or, ce qui lui avait valu le surnom de Roi de la Tomate.

Alors que nous demeurions locataires d'un quatre-pièces en étage à Newark, les oncles grossistes en fruits et légumes s'installaient dans le secteur juif de Maplewood, banlieue où chacun d'entre eux s'était offert une grande maison coloniale blanche à volets, avec une pelouse verte devant et une Cadillac étincelante au garage. Qu'il faille s'en réjouir ou s'en affliger, mon père était étranger à l'égocentrisme exacerbé d'un Abe Steinheim, d'un Monty ou d'un rabbin Bengelsdorf, Juifs d'un dynamisme spectaculaire, fils d'immigrés au statut précaire et par conséquent enclins à exploiter à fond le champ d'action que leur ouvrait leur condition

d'Américains. Mon père, lui, n'avait pas le moindre
désir de suprématie, et s'il était mû par la fierté personnelle, si son alliage de force morale et de combativité
était comme le leur trempé dans des griefs liés à ses
origines de gosse miséreux traité de youpin par ses
petits camarades, faire quelque chose de sa vie lui suffisait, sans pour autant décrocher la lune ou démolir son
entourage. Mon père était un lutteur-né, mais qui avait
la fibre protectrice ; infliger des pertes à son ennemi
ne le réjouissait pas comme son frère aîné (sans parler
de tous les autres *machers*, hommes d'affaires brutaux). Il y avait ceux qui commandaient et ceux qui
obéissaient, et, en général, les patrons n'étaient pas
patrons pour rien ; ils n'étaient pas non plus à leur
compte pour rien, qu'ils soient dans le bâtiment ou dans
les fruits et légumes, le rabbinat ou le racket. C'était
tout ce à quoi ils pouvaient prétendre sans qu'on leur
mette des bâtons dans les roues, et, selon eux, sans
qu'on les humilie, entre autres la hiérarchie protestante,
qui bridait quatre-vingt-dix-neuf pour cent des Juifs
employés par les corporations dominantes sans qu'ils
s'en plaignent.

« Si Jack était encore de ce monde, le gosse n'aurait
jamais passé la porte. Tu n'aurais jamais dû le laisser
partir, Herm. Il fiche le camp au Canada pour devenir
un héros, et voilà où ça le mène, il revient patte en
moins pour le restant de ses jours. » On était dimanche,
et Alvin rentrerait le samedi suivant ; l'oncle Monty, qui
avait troqué sa tenue de marché, coupe-vent couvert de
taches, vieux pantalon boueux et casquette de tissu
infecte, contre des vêtements propres, était adossé à

l'évier de la cuisine, cigarette au bec. Ma mère n'était pas là. Elle s'était éclipsée selon sa coutume quand l'oncle Monty arrivait ; mais moi, j'étais petit, et il ne m'aurait pas fasciné davantage s'il avait vraiment été un gorille, nom que ma mère lui donnait hors de sa présence quand sa grossièreté l'exaspérait trop.

« Alvin ne supporte pas votre président, répliqua mon père, voilà pourquoi il est parti au Canada. Toi non plus, tu ne le supportais pas, ce type, il n'y a pas si longtemps. Et à présent tu fais ami ami avec cet antisémite. Vous tous, les Juifs riches, vous me dites, la Crise est finie, la Bourse grimpe, les bénéfices augmentent, les affaires explosent, et tout ça non pas grâce à Roosevelt, mais grâce à qui ? et pourquoi ? Parce qu'on a la paix de Lindbergh au lieu de la guerre de Roosevelt. Alors que demande le peuple ? Qu'est-ce qu'il y a d'autre que le fric, pour des gens comme vous ?

— Je croirais entendre Alvin, Herman. Tu parles comme un gamin. Qu'est-ce qui compte en dehors du fric ? Tes deux fils comptent. Tu veux qu'un jour Sandy rentre dans le même état qu'Alvin ? Tu veux que Phil », il se tourna vers la table où j'étais assis, « te revienne dans le même état ? Nous, on est en dehors de la guerre, et on va rester en dehors. Lindbergh m'a pas fait de tort, que je sache. » Je crus que mon père allait répondre : Tu perds rien pour attendre, mais, sans doute parce que j'étais là, et que j'avais bien assez peur comme ça, il se tut.

Dès que Monty fut parti, mon père me dit : « Ton oncle n'a pas deux sous de jugeote. Rentrer dans le même état qu'Alvin, ça ne risque pas de vous arriver.

— Mais si Roosevelt redevient président, il pourrait
bien y avoir la guerre, dis-je. — Oui et non, répondit
mon père, personne ne peut le prédire. — Mais s'il y
avait la guerre et si Sandy était assez vieux pour partir,
il serait mobilisé, et s'il partait se battre, ce qui est
arrivé à Alvin pourrait lui arriver, à lui aussi. — Mon
fils, tout peut toujours arriver à tout le monde, mais
en général, ça n'arrive pas. » Sauf quand ça arrive, me
dis-je sans oser l'exprimer, parce que mon père était
déjà contrarié par mes questions, et ne saurait peut-
être même pas répondre si je le pressais davantage.
Et comme l'oncle Monty lui avait dit exactement la
même chose que le rabbin Bengelsdorf, et que mon
frère me le disait aussi en secret, je commençai à me
demander s'il savait bien de quoi il parlait.

Lindbergh était en fonctions depuis près d'un an
lorsque Alvin rentra de Montréal par le train de nuit ;
une infirmière de la Croix-Rouge canadienne l'escor-
tait ; il était parti sur deux jambes, il lui en manquait
la moitié d'une. Nous allâmes l'attendre à Penn Station
en voiture, comme nous l'avions fait l'été précédent
pour Sandy. Mais, cette fois, Sandy nous accompagnait. Quelques semaines auparavant, pour préserver
la bonne entente familiale, on m'avait autorisé à me
rendre avec lui et tante Evelyn dans une synagogue du
New Brunswick, à plus de cinquante kilomètres de
Newark. Assis parmi les fidèles, je l'avais entendu
faire le récit de ses aventures dans le Kentucky et montrer ses dessins pour les impressionner et les engager à
inscrire leurs enfants à l'opération Des Gens parmi

d'Autres. Mes parents m'avaient clairement signifié
que je n'étais pas censé raconter à Alvin le rôle de
Sandy dans cette opération ; ils se chargeraient de tout
lui expliquer, mais il faudrait d'abord qu'il s'habitue
à vivre à la maison et qu'il puisse comprendre les
changements survenus en Amérique depuis son départ.
Il ne s'agissait pas de lui cacher quoi que ce soit ou de
lui mentir, mais de le protéger de tout ce qui pourrait
retarder sa guérison.

Ce matin-là, le train de Montréal avait du retard, et
pour tuer le temps — mais aussi parce qu'il ne parvenait pas une minute à oublier la situation politique —
mon père acheta le *Daily News*. Assis sur un banc de
la gare, il parcourut ce tabloïd new-yorkais de droite, ce
torchon, comme il disait, tandis que nous faisions les
cent pas sur le quai, attendant avec anxiété cette nouvelle phase de nos vies. Lorsque les haut-parleurs
annoncèrent que le train aurait encore plus de retard
que prévu, ma mère nous prit par le bras, mon frère
et moi, et nous retournâmes nous asseoir sur le banc
pour attendre en chœur. Entre-temps, mon père avait lu
sa dose du *Daily News* et l'avait balancé dans une corbeille. Dans une maison où on avait du mal à joindre les
deux bouts, je fus aussi perplexe de le voir jeter son
journal quelques minutes après l'avoir acheté que je
l'avais été de le voir le lire. « Ils sont pas croyables,
ces gens, dit-il, ce chien de fasciste est toujours leur
héros. » Ce qu'il ne disait pas, c'est qu'en respectant sa
promesse de tenir l'Amérique en dehors de la guerre
mondiale, le chien de fasciste en question était désor-

mais le héros de presque toute la presse du pays, à l'exception de *PM*.

« Eh bien, voilà votre cousin, dit ma mère comme le train entrait enfin en gare.

— Qu'est-ce qu'on fait ? » lui demandai-je. Elle donna le signal de se lever et nous nous dirigeâmes tous quatre vers la bordure du quai.

« Dites-lui bonjour. C'est Alvin, souhaitez-lui la bienvenue.

— Et sa jambe, alors ? chuchotai-je.

— Eh bien quoi, sa jambe, mon chéri ? »

Je haussai les épaules.

Mon père me prit par les épaules. « N'aie pas peur, me dit-il. N'aie pas peur d'Alvin, et n'aie pas peur de sa jambe. Montre-lui que tu es grand, maintenant. »

Ce fut Sandy qui s'échappa et courut en tête vers la voiture arrêtée quelque trente mètres plus loin. Alvin arrivait, poussé dans son fauteuil roulant par une infirmière en uniforme de la Croix-Rouge et celui qui déboulait sur lui en criant son nom était le seul d'entre nous à avoir changé de bord. Je ne savais plus que penser de mon frère, mais il faut bien dire que je ne savais plus que penser de moi-même, tant je m'appliquais à ne pas trahir les secrets d'autrui, à réprimer mes craintes et à garder foi en mon père, en les démocrates et en FDR, ou en quiconque m'empêcherait de me rallier au reste du pays dans son culte du président Lindbergh.

« Tu es là ! s'écria Sandy, tu es rentré ! » C'est alors que je vis mon frère, costaud à quatorze ans comme un gars de vingt, tomber à genoux sur le ciment du quai pour mieux se pendre au cou d'Alvin. Ma mère se mit à pleurer, et mon père me prit promptement par la main, soit pour m'empêcher de m'effondrer aussi, soit pour contenir le chaos de ses propres émotions.

Je me dis que mon tour était sans doute venu de m'élancer vers Alvin ; je me détachai de mes parents, me dirigeai vers le fauteuil roulant et là, imitant Sandy, je me jetai au cou de mon cousin, où je découvris son odeur fétide. Je crus d'abord qu'elle provenait de sa jambe, mais il avait mauvaise haleine. Je retins mon souffle, fermai les yeux et ne relâchai mon étreinte que lorsque je sentis Alvin se pencher en avant pour serrer la main de mon père. Je remarquai les béquilles de bois fixées par une courroie au flanc du fauteuil roulant, et pour la première fois j'osai le regarder en face. Je ne l'avais jamais vu aussi décharné, ni aussi anéanti. On ne lisait aucune peur dans ses yeux, cependant il n'y avait pas trace de larmes non plus, et ils considéraient mon père avec férocité : on aurait dit qu'en l'occurrence c'était le tuteur qui, par son geste impardonnable, avait estropié son protégé.

« Herman, dit-il, mais ce fut tout.

— Tu es là, dit mon père, tu es rentré. On t'emmène à la maison. »

Puis ma mère se pencha pour l'embrasser.

« Tante Bess. »

La jambe de pantalon gauche pendait à partir du genou, image assez familière pour les adultes, mais qui me fit sursauter, même si je connaissais déjà un amputé des deux jambes, dont le corps commençait au bassin, un moignon humain, en somme. Je l'avais vu mendier sur le trottoir devant le bureau de mon père, en ville,

mais effaré par cette monstruosité colossale, je n'avais
pas eu à y réfléchir outre mesure, d'autant que celui-
là ne risquait pas de venir habiter chez nous. Il vivait
d'aumônes et ramassait les meilleures pendant la saison de base-ball : en fin d'après-midi, quand tous les
hommes quittaient leur bureau, il débitait les scores du
jour de sa voix grave de comédien, une voix incongrue,
et tout le monde jetait une ou deux pièces dans le seau
à linge qui lui tenait lieu de sébile. Il se déplaçait et,
selon toute apparence, vivait sur une petite plate-forme
en contreplaqué à laquelle on avait adapté des roulettes.
Si je me rappelle ses gants de travail, de gros gants
usés par les intempéries qu'il portait en toute saison
pour protéger ses mains qui lui permettaient de se
déplacer, je suis incapable de décrire le reste de sa
tenue : outre que j'aurais eu honte de le dévisager, la
terreur d'en voir trop m'avait toujours empêché de le
regarder assez longtemps pour remarquer ce qu'il
portait. Qu'il puisse s'habiller me paraissait tenir du
miracle, tout comme le fait qu'il puisse uriner ou défé-
quer — et a fortiori se rappeler le score des matchs de
base-ball... Chaque fois que je venais dans les bureaux
vides de la compagnie d'assurances, le samedi matin,
essentiellement pour le plaisir de pivoter dans le fauteuil à vis pendant que mon père s'occupait du courrier
de la semaine, lui et le moignon humain se saluaient
d'un signe de tête amical. C'est alors que je découvris
que l'injustice grotesque faite à cet homme réduit à sa
moitié antérieure, phénomène assez incompréhensible
en soi, était advenue, comble d'absurdité, à quelqu'un
qui s'appelait Robert, nom banal s'il en fut, nom mas-

culin de six lettres comme le mien. « Ça va, P'tit
Robert ? demandait mon père quand nous entrions tous
deux dans l'immeuble. — Ça va, Herman ? » répondait
Petit Robert. Je finis par demander : « Il a pas de nom
de famille ? — Et toi, tu en as un ? me demanda mon
père. — Oui. — Eh bien, lui aussi. — Et lequel ? Il
s'appelle Petit Robert comment ? » Mon père réfléchit
un instant, puis me répondit en riant : « À vrai dire, mon
fils, je n'en sais rien. »

Depuis que j'avais appris qu'Alvin allait rentrer terminer sa convalescence chez nous, chaque fois que,
tout crispé dans mon lit, j'essayais de me forcer à
dormir, je ne pouvais m'empêcher de me représenter
Robert sur sa plate-forme avec ses gants de travail ;
d'abord mes timbres, qui s'étaient couverts de croix
gammées, puis Petit Robert, le moignon vivant.

« Je pensais te voir marcher sur la jambe qu'ils t'ont
donnée, entendis-je mon père dire à Alvin. Je croyais
qu'ils ne pouvaient pas te rendre à la vie civile autrement. »

Sans daigner le regarder, Alvin répondit sèchement :
« Le moignon s'est ouvert.

— Qu'est-ce que ça veut dire ? dit mon père.

— C'est rien, t'inquiète pas.

— Il a des bagages ? » demanda mon père à l'infirmière.

Sans la laisser répondre, Alvin lança : « Et comment ! Où tu crois qu'elle est, ma jambe ? »

Sandy et moi fûmes envoyés à la consigne dans le
hall principal avec Alvin et l'infirmière, tandis que mon

père fonçait récupérer la voiture au parking de Raymond Boulevard, en compagnie de ma mère, qui lui emboîta le pas à la dernière minute, sans doute pour parler de l'état psychique d'Alvin, dont ils avaient sous-estimé la gravité. Sur le quai, l'infirmière appela un porteur, qui se joignit à elle pour aider Alvin à se lever, après quoi le porteur s'occupa du fauteuil, tandis que l'infirmière restait aux côtés du mutilé qui sautilla jusqu'à l'escalator. Alors elle reprit son rôle de bouclier humain, et il sautilla derrière elle, se tenant à la rampe dans la descente. Sandy et moi nous étions placés derrière lui, enfin à l'abri de son haleine infecte ; Sandy se raidissait d'instinct pour le rattraper s'il venait à perdre l'équilibre. Le porteur descendait par l'escalier parallèle, fauteuil à l'envers sur la tête, béquilles arrimées, et il nous avait devancés au niveau principal pour nous accueillir lorsque Alvin sauta à terre, nous deux à sa suite. L'homme remit le fauteuil à l'endroit sur le sol et le maintint solidement pour qu'Alvin puisse y reprendre place, mais celui-ci pivota sur son pied unique et s'éloigna à vive allure, plantant là sans un au revoir ni un merci son infirmière, qui le regarda traverser la salle de marbre pour se diriger vers la consigne.

« Il ne risque pas de tomber ? demanda Sandy à l'infirmière. Qu'est-ce qu'il va vite ! Il va pas glisser et se casser la figure ?

— Lui ? répondit l'infirmière. Une vraie sauterelle. Il peut faire du chemin, comme ça, ce jeune homme. Il va pas tomber. Il est champion. Il aurait bien mieux aimé faire la route à cloche-pied plutôt que de me voir l'accompagner en train. » Là-dessus, elle nous confia à nous, les enfants protégés, qui ne savions rien de l'amertume du deuil : « J'en ai déjà vu, des révoltés. J'ai vu la colère de ceux qui ont perdu tous leurs membres, mais j'en ai jamais vu d'aussi révoltés que lui.

— Révoltés contre quoi ? » demanda Sandy, anxieux.

C'était une femme vigoureuse, avec des yeux gris sévères, et les cheveux courts comme un soldat sous son béret gris de la Croix-Rouge, mais sur un ton d'une douceur toute maternelle, avec une délicatesse qui fut une des surprises de cette journée, elle expliqua, comme si Sandy faisait lui-même partie de ses pupilles : « Contre ce qui fâche les gens, le tour que prennent les choses. »

Ma mère et moi dûmes rentrer à la maison en bus, parce qu'il n'y avait pas assez de place dans la petite Studebaker familiale. Le fauteuil roulant d'Alvin, vieux modèle malcommode qui ne se pliait pas, tint dans la malle arrière, dont il fallut tout de même attacher la porte avec une grosse ficelle. Son sac de matelot en toile, qui contenait entre autres sa jambe artificielle, était tellement bourré que Sandy fut incapable de le soulever, même avec mon aide. Nous dûmes le traîner à travers toute la salle et le sortir dans la rue, où mon père prit la direction des opérations. À eux deux, Sandy et lui le posèrent à plat sur le siège arrière. Sandy dut faire la route perché dessus, presque courbé en deux, béquilles sur les genoux. L'embout en caoutchouc des béquilles dépassait par la vitre arrière et mon

père y avait attaché son mouchoir pour que les autres
automobilistes ne nous serrent pas de trop près. Il avait
pris le volant, Alvin à côté de lui, et je me préparais
sans enthousiasme à me glisser entre eux à droite du
levier de vitesse lorsque ma mère déclara vouloir que
je l'accompagne en autobus. Je compris par la suite
qu'elle avait voulu m'épargner le spectacle prolongé de
ce malheur.

« C'est normal, me dit-elle pendant que nous
bifurquions vers le souterrain où l'on faisait la queue à
l'arrêt du 14. C'est tout à fait naturel d'être bouleversé.
Nous le sommes tous. »

Je niai être moins bouleversé qu'elle, mais je me
surpris à chercher des yeux un homme à suivre devant
cet arrêt d'autobus. Il y avait facilement une douzaine
de lignes qui partaient du terminus de Penn Station, et
au moment où nous arrivions sur le bord du trottoir
pour guetter notre 14, il se trouva qu'un autobus Vails-
burg à destination du nord de Newark était en train de
prendre des passagers. Je repérai la proie idéale, un
homme d'affaires avec une serviette qui ne me sembla
pas juif, à cette réserve près que je n'avais qu'une
notion rudimentaire des caractéristiques révélatrices si
finement maîtrisées par Earl. Mais je ne pus que le
suivre d'un regard de regret ; le bus referma sa porte
sur lui et démarra sans que je puisse l'épier depuis un
siège voisin.

Une fois que nous fûmes en tête à tête dans notre
autobus, ma mère me demanda : « Dis-moi ce qui te
tracasse. »

Je ne répondis pas, et elle se mit à m'expliquer le

comportement d'Alvin à la gare. « Alvin a honte. Il a honte qu'on l'ait vu en fauteuil roulant. Quand il est parti, il était fort et indépendant, et maintenant, il a envie de se cacher, il a envie de hurler, de donner des coups, et c'est terrible pour lui. Et c'est terrible aussi pour un enfant comme toi de voir ton grand cousin dans cet état. Mais tout va changer. Dès qu'il comprendra qu'il n'a pas à avoir honte de son aspect ni de ce qui lui est arrivé, il va reprendre le poids qu'il a perdu, et il commencera à aller où il voudra avec sa jambe artificielle. Alors il redeviendra tout à fait comme avant son départ... Ça te fait du bien, ce que je te dis ? Ça te rassure ?

— J'ai pas besoin d'être rassuré », prétendis-je. Mais ce que j'avais envie de demander, c'était : « Son moignon, qu'est-ce que ça veut dire, qu'il s'est ouvert ? Il va falloir que je le regarde ? Il va falloir que je le touche, un jour ? On va le lui réparer ? »

Deux samedis plus tôt, j'étais descendu à la cave avec ma mère pour l'aider à vider les cartons de vêtements d'Alvin, récupérés par mon père dans sa chambre de Wright Street après qu'il s'était engagé dans l'armée canadienne. Tout ce qui était lavable, ma mère le récura sur la planche, dans la double cuve, avec un bac pour savonner et un bac pour rincer ; ensuite elle passa les vêtements un par un dans l'essoreuse dont je tournais la manivelle pour exprimer l'eau de rinçage. Je détestais cette essoreuse ; les vêtements ressortaient aplatis d'entre ses deux rouleaux, on aurait dit qu'un camion leur était passé dessus ; chaque fois que je descendais à la cave, j'avais peur de tourner le dos à l'engin. Ce jour-là, je me blindai pour faire tomber dans le panier à linge tous les vêtements humides et difformes, défigurés par leur passage dans l'essoreuse, pour que ma mère les mette à sécher sur la corde, côté cour. Elle se penchait par la fenêtre pour étendre la lessive et je lui tendais les pinces à linge. Et ce soir-là, dans la cuisine, lorsqu'elle repassa les chemises et les pyjamas que je venais de l'aider à rentrer, je m'assis à la table de cuisine pour plier les sous-vêtements d'Alvin, et roulai même ses paires de chaussettes en boule, résolu à arrondir les angles en étant un enfant modèle, surpassant de loin Sandy, me surpassant moi-même.

Le lendemain, après l'école, il me fallut deux voyages pour porter les vêtements d'Alvin encore en bon état chez le tailleur du coin de la rue, où nous donnions notre linge à nettoyer. Un peu plus tard dans la semaine j'allai les chercher, et une fois à la maison je plaçai tout, pardessus, costume, veste sport, ainsi que deux pantalons, sur des cintres en bois dans la moitié de ma penderie que je lui réservais ; je rangeai le reste de ses affaires propres dans les deux tiroirs du haut de la commode qui revenaient auparavant à Sandy. Alvin allait dormir dans notre chambre pour accéder plus facilement à la salle de bains et aux toilettes ; Sandy s'était déjà préparé à émigrer dans la véranda, sur le devant de l'appartement, en disposant ses propres affaires dans le buffet de la salle à manger à côté des nappes et des serviettes. Un soir, quelques jours avant le retour prévu d'Alvin, je cirai ses chaussures marron et ses chaussures noires, en évitant de me demander s'il était encore bien nécessaire d'en cirer quatre. Faire

briller ses souliers, aller chercher ses vêtements en bon
état, remplir soigneusement ses tiroirs de linge tout
propre, tous ces gestes n'étaient qu'une prière, une
prière improvisée aux divinités tutélaires de la maison,
pour qu'elles protègent notre humble quatre-pièces de
la jambe manquante et de sa fureur vengeresse.

D'après ce que je voyais par la vitre du bus, j'essayais d'évaluer combien de temps il nous restait pour
atteindre Summit Avenue, et pour que mon destin soit
scellé. Nous étions sur Clinton Avenue et venions de
laisser derrière nous l'hôtel Riviera, où, je me le rappelai chaque fois, mon père et ma mère avaient passé leur
nuit de noces. Nous avions quitté le centre-ville, nous
nous trouvions à mi-chemin de chez nous, et droit
devant nous se dressait la synagogue B'nai Abraham,
grande forteresse ovale édifiée pour le bénéfice des
Juifs riches de la ville, qui m'était tout aussi étrangère
que le Vatican.

« Je pourrais prendre ton lit, si c'est ce qui te tracasse, me dit ma mère. Provisoirement, le temps que
chacun se réhabitue aux autres, je coucherais dans
ton lit à côté d'Alvin, et toi tu irais coucher dans le
grand lit avec papa. Ce serait mieux ? »

Je dis que j'aimais mieux dormir tout seul dans
mon lit.

« Alors Sandy pourrait reprendre son lit, Alvin coucherait dans le tien, et c'est toi qui coucherais dans
le canapé de la véranda à la place de Sandy. Tu ne te
sentirais pas trop isolé sur le devant de la maison ? Tu
préférerais cette solution ? »

Est-ce que je préférerais cette solution ? Elle m'emballerait ! Mais comment concevoir que Sandy, qui travaillait désormais pour Lindbergh, partage la chambre de quelqu'un qui avait perdu une jambe en partant en guerre contre les amis nazis de ce dernier ?

· Nous quittions Clinton Avenue pour nous engager sur Clinton Place ; c'était le carrefour résidentiel familier où, avant que Sandy ne m'abandonne pour tante Evelyn les samedis après-midi, nous avions coutume de débarquer quand nous allions voir les doubles séances au Roosevelt, dont la marquise aux lettres noires n'était qu'à une rue de là. Bientôt, l'autobus voguerait entre les rues étroites et les pavillons à deux logements et demi, des rues qui ressemblaient beaucoup à la nôtre, mais dont la rive bordée de perrons de brique rouge ne m'inspirait aucune des émotions fondamentales de l'enfance que faisait naître la nôtre, puis ce serait le dernier grand tournant sur Chancellor Avenue. Alors on amorcerait la pente laborieuse, on dépasserait les pilastres élégamment cannelés du nouveau lycée si chic, puis le pavois vigoureux de mon école, et on arriverait au sommet de la colline où notre maîtresse de cours élémentaire nous avait appris que vivait jadis une bande d'Indiens Lenni Lenape, dans un village minuscule où ils faisaient la cuisine sur des pierres chaudes et des dessins sur leurs marmites. Nous atteindrions alors notre destination, l'arrêt du haut de Summit Avenue, presque en face des plateaux de chocolats tout frais exposés à profusion dans la vitrine aux rideaux de dentelle de la confiserie Anna Mae, qui avait succédé aux tipis des Indiens, et dont l'affriolante odeur de miel embaumait l'air, à moins de deux minutes de chez nous.

En d'autres termes, le temps imparti pour répondre oui à la véranda était compté et il s'amenuisait au fil des cinémas, des confiseries et des perrons, et moi, je ne savais dire que non, non, non, je suis très bien où je suis, de sorte que ma mère ne trouva plus rien d'apaisant à me proposer et, malgré elle, sombra dans un silence de mort, sans se cacher, comme si les événements de la matinée avaient fini par la travailler comme ils me travaillaient. En attendant, ne sachant pas combien de temps je réussirais à cacher que je détestais Alvin avec son membre en moins, sa jambe de pantalon vide, son odeur fétide, son fauteuil roulant, ses béquilles et sa façon de ne pas nous regarder quand il nous parlait, je me mis à imaginer que je suivais un passager du bus qui ne paraisse pas juif. Et du même coup, en me rapportant à tous les critères qu'Earl m'avait révélés, je m'aperçus que ma mère avait le type juif. Ses cheveux, son nez, ses yeux — ma mère avait un type juif incontestable. Mais alors, moi aussi, sans doute, qui lui ressemblais tellement. Je le découvrais.

Si Alvin puait tant, c'est qu'il avait les dents gâtées. « Quand on a des problèmes, on perd ses dents », nous avait expliqué le docteur Lieberfarb après avoir fait le tour de ses mâchoires avec un petit miroir et répété « Tstt, tstt » dix-neuf fois. L'après-midi même, il empoignait sa roulette. Il entreprit tous ces soins gratuitement, parce que Alvin s'était engagé pour combattre les fascistes, et parce que, contrairement aux

« Juifs riches », qui, au grand étonnement de mon père, se croyaient en sécurité dans l'Amérique de Lindbergh, il ne se faisait pour sa part aucune illusion sur les intentions à notre encontre « des nombreux Hitler » de ce monde. Dix-neuf dents en or, rien que ça, mais c'était son gage de solidarité envers mon père, ma mère, moi, et les démocrates, contre l'oncle Monty, la tante Evelyn, Sandy et tous les républicains qui en ce moment avaient la cote d'amour auprès de leurs concitoyens. Dix-neuf dents en or, ça prendrait du temps, surtout pour un dentiste qui avait eu son diplôme au cours du soir tout en faisant le docker sur le port de Newark pendant la journée, et qui n'avait jamais eu la main particulièrement légère. Lieberfarb mania sa roulette pendant des mois. Mais au bout de quelques semaines, il avait retiré assez de parties gâtées pour qu'il ne soit plus aussi éprouvant de dormir plus ou moins à proximité de la bouche d'Alvin. Restait la question du moignon. Quand on dit qu'il s'est « ouvert », cela signifie que l'extrémité se crevasse et s'infecte ; des ecchymoses, des plaies, des œdèmes surviennent et on ne supporte plus la prothèse ; il faut donc y renoncer et marcher avec des béquilles, le temps que le moignon cicatrise et supporte de nouveau d'appuyer sur la jambe artificielle sans s'écorcher. C'était cette jambe la coupable. « Elle n'est plus adaptée », disaient les médecins à Alvin, mais elle ne l'avait jamais été, expliquait-il, le prothésiste n'ayant pas pris les mesures correctement au départ.

« Combien de temps ça va mettre pour cicatriser ? » demandai-je à mon cousin la nuit où il finit par m'expliquer ce que « s'ouvrir » voulait dire. Tout le monde dormait depuis des heures, Sandy sur le devant de la maison, mes parents dans leur chambre et Alvin et moi dans la mienne, lorsque mon cousin s'était mis à crier « Danse ! Danse ! » et, réveillé en sursaut, s'était dressé dans son lit avec un hoquet effrayant. En allumant la lampe de chevet, je vis qu'il était en nage ; je me levai et, bien qu'en sueur moi-même, j'ouvris la porte de la chambre et traversai à pas de loup le petit vestibule du fond, non pas pour aller avertir mes parents dans leur chambre, mais pour chercher une serviette à Alvin dans la salle de bains. Il s'en épongea le visage et le cou, puis il retira sa veste de pyjama pour s'essuyer la poitrine et les aisselles. Je vis enfin ce qu'il était advenu du haut de son corps depuis l'explosion qui avait mutilé le bas. Pas de blessure, de couture, de cicatrice abominable, mais pas de force non plus ; il n'avait que la peau sur les os, une peau pâle de garçon maladif.

C'était notre quatrième nuit. Les trois premières, Alvin avait pris soin de se mettre en pyjama dans la salle de bains, et de revenir en sautillant ranger ses affaires dans le placard ; et comme le matin il se changeait de nouveau dans la salle de bains, je n'avais pas encore été obligé de voir le moignon, et je pouvais faire comme s'il n'existait pas. La nuit, je me tournais vers le mur et, épuisé par les soucis du jour, je sombrais tout de suite pour dormir jusqu'au petit matin, où j'apercevais Alvin se lever, aller dans la salle de bains et revenir se coucher. Comme il faisait tout cela sans allumer la lumière, j'avais toujours peur qu'il se cogne à un obstacle quelconque et s'écroule par terre. Chaque fois qu'il remuait, la nuit, j'avais envie de m'enfuir, et pas seulement à cause du moignon. Lors de cette quatrième nuit, quand il eut fini de s'éponger avec la serviette, étendu sur le lit torse nu, il releva sa jambe de pyjama gauche pour regarder le moignon. Je voulus y voir un bon signe : il commençait à surmonter son agitation fébrile, en ma présence du moins. Mais je ne voulais toujours pas regarder de son côté. Je le fis tout de même, paré au choc comme un soldat dans mon lit. La portion de chair, longue d'une quinzaine de centimètres au-dessous de son genou, ressemblait au museau allongé d'un animal sans visage, sur lequel Sandy aurait pu dessiner en quelques coups de crayon bien placés des yeux, un nez, une bouche, des dents et des oreilles pour lui donner l'aspect d'un rat. Ce que je vis répondait au terme « moignon » ; c'était le vestige émoussé d'un membre entier, hier à sa place, aujourd'hui disparu. Si l'on ne savait pas à quoi ressemblait une jambe, on pouvait croire celle-là normale, étant donné la façon dont la peau sans pores s'arrondissait doucement au bout abrégé comme si c'était l'œuvre de la nature, et non le résultat d'une série d'amputations médicales éprouvantes.

« C'est cicatrisé ? lui demandai-je.

— Pas encore.

— Combien de temps ça va prendre ?

— Toute la vie. »

Je restai sonné. Alors ça n'a pas de fin ! pensai-je.

« C'est exaspérant, expliqua-t-il. Tu te sers de la jambe qu'on t'a fabriquée, et le moignon s'écorche. Tu te sers des béquilles et il enfle. Quoi que tu fasses, il se détériore. Va me chercher mon bandage dans la commode. »

Je fis ce qu'il me disait. Il allait falloir que je manipule la bande de contention beige dont il enveloppait son moignon pour l'empêcher d'enfler pendant qu'il ne portait pas sa jambe artificielle. Les bandes — il y en avait deux — étaient enroulées dans un coin du tiroir à côté de ses chaussettes. Larges de sept ou huit centimètres, elles tenaient avec une grosse épingle de sûreté. J'avais envie de plonger la main dans ce tiroir à peu près autant que de descendre à la cave la glisser entre les rouleaux de l'essoreuse, mais je m'exécutai, et quand je vins lui remettre les bandes à son chevet, une dans chaque poing fermé, il me dit « Gentil petit », et parvint à me faire rire en me caressant la tête comme à un chien.

Malgré ma peur de voir la suite, je m'assis sur mon lit à regarder.

« On serre la jambe dans une bande pour l'empêcher de gonfler. » D'une main, il tenait le moignon, et de l'autre il ouvrit l'épingle de sûreté et se mit à le bander en croisant le rouleau sur sa jambe, puis en remontant sur la rotule et une dizaine de centimètres plus haut. « On bande la jambe pour l'empêcher de gonfler, répéta-t-il d'une voix lasse avec une patience exagérée, mais il ne faut pas bander la plaie parce que ça l'empêcherait de cicatriser. Alors on alterne, de quoi devenir dingue. » Quand il eut fini de dérouler la bande dont il assura la tenue en refermant l'épingle de sûreté, il me fit voir le résultat : « Il faut bander serré, tu vois ? » Il renouvela l'opération avec la deuxième bande. Lorsqu'il en eut fini, le moignon m'évoqua de nouveau une petite bête, mais qu'il faudrait museler avec le plus grand soin pour l'empêcher de planter ses dents acérées dans la main de celui qui l'avait capturée.

« Comment on apprend à le faire ? demandai-je.

— Ça s'apprend pas, on la place, et voilà. Sauf que, annonça-t-il tout à coup, c'est trop serré, cette vacherie, bon Dieu ! Peut-être que ça s'apprend, en fait. Merde, putain ! C'est toujours trop serré ou pas assez. Ça te rend dingue, cette saloperie. » Il retira l'épingle de sûreté qui fixait la deuxième bande et défit les deux pour recommencer. « Tu vois tes progrès », dit-il en luttant contre l'écœurement qui lui venait devant la vanité de *tout* ; puis il reprit son bandage qui, comme la cicatrisation, semblait devoir s'éterniser entre les murs de notre chambre.

Le lendemain, après l'école, je rentrai sans traîner en chemin. J'étais sûr de trouver la maison vide : Alvin était chez le dentiste, Sandy accompagnait tante Evelyn quelque part, ayant au mépris de toute logique décidé d'aider Lindbergh à parvenir à ses fins, et mes parents ne rentreraient pas du travail avant l'heure du dîner. Alvin avait décidé de laisser le moignon cicatriser à l'air libre dans la journée et de le bander la nuit pour l'empêcher d'enfler ; je trouvai donc immédiatement les deux bandes dans le coin du tiroir de la commode où il les avait rangées le matin même. Je m'assis sur le bord de mon lit, retroussai la jambe gauche de mon pantalon, et, effaré de découvrir que ce qui restait de la jambe d'Alvin n'était guère plus gros que la mienne, entrepris de me bander. Toute la journée, à l'école, j'avais répété dans ma tête la manipulation observée pendant la nuit. Mais à trois heures vingt, je venais de commencer à enrouler la bande autour d'un moignon imaginaire lorsque, contre ma chair, au-dessous du genou, je sentis quelque chose qui se révéla être une croûte détachée du bout infecté du moignon. Cette croûte avait dû tomber pendant la nuit sans qu'Alvin s'en aperçoive ou sans qu'il en fasse cas, et elle me collait à la peau. C'en était trop ! Pris de nausées je bondis hors de ma chambre, dégringolai l'escalier de service jusqu'à la cave, et parvins à me placer au-dessus du double évier quelques secondes avant de vomir pour de bon.

Me retrouver tout seul dans cette caverne humide représentait une épreuve en toutes circonstances, l'essoreuse n'en étant pas la seule cause. Avec la frise de moisissure le long de ses murs chaulés en lambeaux — taches qui passaient par tout le spectre excrémentiel, boursouflures suintantes comme celles d'un cadavre —, la cave était un royaume fantomatique, qui s'étendait sous la totalité du bâtiment et ne tirait aucune clarté de la douzaine de meurtrières noires de crasse donnant sur les allées de ciment et le jardin aux herbes folles, devant la maison. Sur le sol de béton, au fond d'une concavité centrale, se trouvaient plusieurs bouches d'évacuation grosses comme des soucoupes, avec, fixé à chacune, un lourd disque noir percé de trous concentriques de la taille d'une pièce de monnaie. Je n'avais pas de mal à les imaginer laisser filtrer des créatures nébuleuses issues des entrailles de la terre pour envahir ma vie en volutes maléfiques. Ce qui manquait, dans la cave, ce n'était pas seulement une fenêtre ensoleillée, c'était toute trace d'assurance humaine. Lorsque à mes débuts au lycée je me mis à étudier la mythologie grecque et romaine, et à découvrir dans mon manuel Hadès, Cerbère et le Styx, c'était toujours à notre cave que je pensais. Une ampoule de trente watts pendait au-dessus de l'évier où j'avais vomi, une deuxième à proximité des chaudières à charbon — incandescentes profilant leur masse, Pluton tricéphale de notre propre Tartare — et deux autres, presque toujours grillées, suspendues à un fil électrique à l'intérieur de chacun des box.

Comment accepter que m'incombe un jour la responsabilité hivernale de descendre bourrer la chaudière familiale au saut du lit, puis de la mettre à couver en me couchant, et, une fois par jour, d'emporter un seau de cendres froides jusqu'à la poubelle prévue à cet effet au fond de la cour ? Sandy était désormais assez fort pour soulager mon père de ces tâches, et dans quelques années, quand il partirait comme tous les Américains de dix-huit ans accomplir ses deux ans de service militaire, dans la nouvelle armée citoyenne du président Lindbergh, il me faudrait prendre la relève, et ce jusqu'à ce que j'atteigne moi-même l'âge de la conscription. Pour l'enfant de neuf ans que j'étais, imaginer un avenir où je ferais marcher la chaudière tout seul à la cave représentait une idée aussi perturbante que celle d'être obligé de mourir, idée qui commençait d'ailleurs à me tourmenter chaque nuit dans mon lit.

Mais j'avais surtout peur de la cave à cause de ceux qui étaient déjà morts : mes deux grands-pères, ma grand-mère maternelle et les parents d'Alvin, feu mon oncle et ma tante. Leurs corps avaient beau être enterrés à la sortie de la Route 1, à la frontière entre Elizabeth et Newark, pour surveiller nos affaires et nous tenir à l'œil, leurs fantômes résidaient deux étages au-dessous de notre appartement. Je n'avais que peu ou pas de souvenirs d'eux, sinon de ma grand-mère morte quand j'avais six ans ; pourtant, chaque fois que je descendais tout seul à la cave, je prenais soin de les avertir un par un de ma venue, les priant de rester à distance et de ne pas me sauter à la gorge. À mon âge, Sandy se blindait contre sa propre peur en dégringolant l'escalier quatre à quatre et en vociférant : « Je sais que vous êtes là, les méchants, j'ai mon flingue ! » mais moi je descendais en chuchotant : « Pardon pour tout ce que j'ai pu faire de mal. »

Il y avait l'essoreuse, les bouches d'évacuation, les morts, ces morts dont les fantômes m'avaient observé, jugé et condamné pendant que je vomissais dans le double évier où ma mère et moi avions fait la lessive d'Alvin ; il y avait les chats errants qui se coulaient dans la cave sitôt qu'on laissait la porte de derrière entrouverte et feulaient, tapis dans le noir, et puis il y avait la toux douloureuse de notre voisin du dessous, Mr Wishnow, une toux qui résonnait dans la cave comme si les crocs d'une scie passe-partout étaient en train de lui déchirer les entrailles. Comme mon père, Mr Wishnow était agent d'assurances à la Metropolitan, mais depuis un an, il était en congé maladie, son cancer de la bouche et de la gorge le clouant chez lui où il passait ses journées à écouter des feuilletons radiophoniques, quand il ne dormait pas ou n'était pas en proie à ses quintes. Avec la bénédiction de l'agence locale, sa femme avait pris le relais, elle était désormais la première femme agent d'assurances sur le secteur de Newark, de sorte qu'elle rentrait à présent aussi tard que mon père, qui ressortait fréquemment après dîner pour percevoir ses mensualités et partait prospecter sa clientèle presque tous les samedis et dimanches puisque c'étaient les seuls moments où espérer trouver au bercail celui qui faisait bouillir la marmite, prêt à écouter son laïus. Avant de travailler comme vendeuse chez Hahne, ma mère passait une ou deux fois par jour à l'appartement du dessous pour s'enquérir de la santé de Mr Wishnow ; à présent, quand Mrs Wishnow téléphonait qu'elle ne rentrerait pas à temps pour faire un vrai dîner, ma mère voyait un peu plus grand dans la préparation du sien. Pour avoir la permission de nous mettre à table, Sandy et moi devions d'abord descendre porter chacun une assiette chaude sur un plateau — un pour Mr Wishnow et un pour Seldon, le fils unique des Wishnow. Ce dernier nous ouvrait la porte ; nous traversions le vestibule, gagnions la cuisine et en faisant bien attention de ne rien renverser, nous posions les plateaux sur la table, où Mr Wishnow attendait déjà, serviette en papier glissée dans l'encolure de son pyjama, mais visiblement pas en état de manger tout seul, malgré sa mine affreusement dénutrie. « Ça va, les garçons ? nous demandait-il du filet de voix éraillé qui lui restait. Tu as pas une blague pour moi, Phillie ? Ça me ferait pas de mal », reconnaissait-il, mais sans amertume ni chagrin, en manifestant seulement la jovialité défensive feutrée de celui qui s'accroche encore à la vie sans qu'on sache pourquoi. Seldon avait dû lui dire que je faisais rire les autres à l'école, et il me réclamait cette histoire drôle pour me taquiner alors que sa seule proximité m'ôtait la parole. Car le sachant mourant, et pis encore résigné à mourir, je pouvais tout au plus m'interdire de lire dans ses yeux, évidence macabre, la souffrance physique qu'il lui fallait endurer pour descendre dans le monde des spectres, rejoindre les autres morts, à la cave. Parfois, lorsque Mr Wishnow avait besoin de renouveler ses médicaments, Seldon montait d'un bond me demander de l'accompagner à la pharmacie. Comme je savais par mes parents qu'il était condamné, et que Seldon se comportait au contraire comme s'il n'en savait rien, il ne me serait pas venu à l'idée de refuser, même si je n'aimais guère la compagnie d'un être aussi manifestement en manque d'amitié. Seldon vivait sous la botte d'une solitude flagrante, riche d'un chagrin immérité, et se donnait beaucoup de mal pour avoir le sourire en permanence. Il faisait partie de ces petits garçons maigrichons au doux visage chlorotique qui vous mettent mal à l'aise parce qu'ils tapent dans un ballon comme des filles. Mais c'était l'élève le plus intelligent de la classe, et le prodige de toute l'école en arithmétique. Curieusement, au gymnase aussi, il n'avait pas son pareil pour grimper et descendre des agrès qui pendaient au plafond élevé, agilité aérienne qu'un de nos professeurs jugeait intimement liée à la dextérité hors pair qui lui permettait de jongler avec les nombres. C'était déjà un petit champion aux échecs, que son père lui avait appris, et chaque fois que je l'accompagnais à la pharmacie, je savais qu'il me faudrait finir devant l'échiquier, dans le séjour sombre de ses parents ; il y faisait sombre car on économisait l'électricité, mais aussi parce qu'on tirait les rideaux pour empêcher les voisins à la curiosité morbide de regarder Seldon se rapprocher chaque jour davantage de l'état d'orphelin. Sans se laisser décourager par ma résistance, Seldon le Solitaire, comme le surnommait Earl Axman (la dépression nerveuse subite de sa mère avait constitué une saisissante catastrophe parentale d'un autre ordre), tentait de m'enseigner pour la énième fois comment déplacer les pièces et jouer la partie tandis que derrière la porte de la chambre du fond, son père toussait si souvent et si fort qu'on l'aurait cru démultiplié en quatre, cinq, six pères enfermés là à tousser leur dernière quinte.

Il me fallut moins d'une semaine pour bander le moignon à la place d'Alvin, et je m'étais si bien entraîné sur ma propre jambe — sans plus jamais vomir — qu'il n'eut pas à se plaindre une seule fois que le bandage était trop lâche ou trop serré. Je le bandais tous les soirs pour prévenir le retour de l'enflure, même lorsque, le moignon cicatrisé, il marcha régulièrement sur sa jambe artificielle. Tout le temps que prit la cicatrisation, la jambe artificielle resta rangée au fond de la penderie, largement dérobée aux regards par les souliers, sur le sol, et les pantalons accrochés à la tringle. Il fallait quand même y mettre du sien pour ne pas la voir, mais j'étais bien résolu à fermer les yeux, et ne sus pas en quoi elle était faite jusqu'au jour où Alvin la sortit pour la mettre. Malgré sa ressemblance hallucinante avec l'extrémité d'un vrai membre inférieur, elle était affreuse en tout point, mais d'une horreur admirable, à commencer par ce qu'Alvin appelait le harnais, ce corset de cuisse en cuir sombre qui se laçait devant et montait jusque sous la fesse pour descendre jusqu'à la rotule, rattaché à la prothèse par des articulations d'acier de part et d'autre du genou. Le moignon, sur lequel on glissait une longue chaussette de laine blanche, venait se loger confortablement dans une cavité capitonnée, ménagée au bout de la prothèse, elle-même en bois creux avec des trous d'aération, et non pas, ainsi que je me l'étais figuré, en caoutchouc noir comme une matraque de bande dessinée. À l'extrémité de la jambe, le pied artificiel ne se pliait que de quelques degrés, et reposait sur une plante-semelle en éponge. Il était assujetti avec soin à la jambe, toutes vis invisibles, et s'il avait davantage l'air d'une forme pour les chaussures que d'un pied vivant, avec cinq orteils séparés, une fois qu'Alvin avait enfilé chaussettes et chaussures, ces chaussettes lavées par ma mère, ces chaussures cirées par moi, on aurait bien cru qu'il avait ses deux pieds.

Le jour où il remit sa jambe artificielle, Alvin s'exerça dans l'allée du jardin, en faisant des navettes entre le garage et l'extrémité de la haie chétive qui entourait notre minuscule carré de verdure, mais sans un pas de plus pour ne pas risquer d'être vu par un passant. Le lendemain, il s'exerça tout seul le matin, mais lorsque je rentrai de l'école, il m'entraîna dehors faire une deuxième séance. Cette fois il ne se contenta pas de

s'appliquer à marcher, mais s'efforça de faire aussi
comme si la santé de son moignon et l'adaptation de sa
prothèse — ainsi que son long avenir d'unijambiste —
ne lui minaient pas le moral. La semaine suivante, il
mettait sa jambe toute la journée à la maison, et la
semaine d'après, il m'intimait : « Va chercher le ballon
de foot. » Sauf que nous n'avions pas de ballon de football américain ; ça coûtait cher, comme des crampons
ou du rembourrage d'épaule ; il fallait être un « gosse
de riche » pour en avoir. Et je ne pouvais pas en sortir
un de la cour de l'école, où on ne me le prêterait que
pour jouer sur place. Alors, moi qui n'avais jamais rien
volé d'autre qu'un peu de monnaie dans la poche de
mes parents, voici ce que je fis sans l'ombre d'une hési-
tation : je descendis Keer Avenue nonchalamment,
pour atteindre les pavillons individuels avec leurs
pelouses devant et derrière la maison, je quadrillai
toutes les allées jusqu'à ce que je découvre ce que je
cherchais : un ballon de foot à voler, un Wilson en cuir
véritable, avec des lacets de cuir usés et une vessie
gonflable, qu'un enfant nanti avait laissé sans surveillance. Je le glissai sous mon bras et décampai ; je
fonçai jusqu'en haut de Summit Avenue à toute allure,
comme si je faisais une percée pour l'équipe de Notre
Dame.

Cet après-midi-là, nous nous fîmes des passes dans
l'allée pendant une heure ou presque, et le soir, quand
nous examinâmes le moignon après avoir fermé la
porte, nous ne vîmes aucun signe de crevasse alors
qu'en m'envoyant des spirales parfaites de gaucher,
Alvin avait dû faire porter presque tout son poids sur sa

jambe artificielle. « Je n'avais pas le choix, Votre Honneur », telle aurait été ma défense si on m'avait pris en flagrant délit ce jour-là sur Keer Avenue. « Mon cousin Alvin voulait un ballon de foot. Il a perdu sa jambe en se battant contre Hitler, et maintenant il est à la maison, il voulait un ballon de foot. Que faire ? »

Un mois s'était écoulé depuis l'atroce retour à Penn Station, et sans y prendre plaisir, je n'éprouvais plus vraiment de dégoût, lorsqu'en attrapant mes chaussures le matin j'allais chercher la prothèse d'Alvin au fond du placard et la lui tendais, dans le lit où il était assis en caleçon, attendant son tour de passer à la salle de bains. Il faisait moins triste figure, il reprenait du poids, s'empiffrant entre les repas en pillant le réfrigérateur à deux mains ; ses yeux n'étaient plus aussi exorbités, sa chevelure avait retrouvé son épaisseur, ses ondulations brunes leur éclat lustré. Ainsi, au fil des jours, assis sur son lit, moignon nu, dans sa demi-fragilité, il offrait une image toujours plus vénérable à l'enfant qui le vénérait, tandis que la pitié qu'il lui inspirait encore devenait un peu moins insupportable.

Bientôt Alvin ne se cantonna plus à l'allée du jardin ; n'étant pas obligé de s'appuyer sur des béquilles ou une canne, ce qu'il trouvait humiliant en public, il allait partout sur sa jambe artificielle ; il faisait les courses pour maman, chez le boucher, le boulanger et l'épicier, s'offrant un hot-dog au coin de la rue ; il prenait désormais l'autobus, non seulement pour se rendre chez le dentiste sur Clinton Avenue, mais parfois aussi jusqu'à Market Street, s'acheter une chemise neuve chez Larkey. Même, mais cela je ne le savais pas encore, il s'en

allait sur les terrains de jeux derrière l'école, sa prime
de démobilisation en poche, chercher un partenaire de
poker ou de craps qui traînerait là. Un jour, après
l'école, lui et moi fîmes de la place dans le box pour y
remiser le fauteuil roulant, et le soir même, après
dîner, je livrai à ma mère une idée qui m'était venue à
l'école, puisque en tout lieu et en tout temps je pensais
à Alvin et au moyen de lui faire oublier sa prothèse. Je
dis donc à ma mère : « S'il avait une fermeture éclair
sur le côté de sa jambe de pantalon, tu ne crois pas
que ce serait plus facile pour lui de l'enfiler et de l'enlever sans retirer sa jambe ? » Le lendemain, ma mère
déposait un pantalon militaire d'Alvin chez une couturière du voisinage qui travaillait à l'extérieur, et cette
dernière put en effet ouvrir la couture et fixer une
fermeture éclair qui remontait sur une bonne quinzaine
de centimètres à partir de l'ourlet. Ce soir-là, quand
Alvin enfila son pantalon fermeture ouverte, la jambe
passa sans difficulté sur la prothèse et il n'eut pas à
jurer tout ce qu'il savait pour s'habiller. Une fois
remontée, la fermeture éclair était invisible. « On peut
même pas deviner qu'il y en a une ! » m'écriai-je. Le
lendemain matin, nous mîmes tous ses autres pantalons
dans un sachet en papier pour que ma mère les apporte
chez la couturière. « Qu'est-ce que je ferais sans toi, me
dit Alvin quand nous nous couchâmes cette nuit-là. Je
ne pourrais pas mettre mon pantalon sans toi. » Là-dessus, il me donna pour toujours la médaille canadienne
qu'il avait reçue pour « avoir servi dans des circonstances exceptionnelles ». C'était une médaille ronde en
argent, avec le profil du roi George VI sur une face et

un lion terrassant triomphalement un dragon sur l'autre. Je me mis comme de juste à chérir cette médaille, et à la porter régulièrement, mais en épinglant l'étroit ruban vert à mon tricot de corps pour qu'on ne puisse pas mettre en doute ma loyauté envers les États-Unis. Je ne la laissais dans le tiroir de ma chambre que les jours où nous avions gym et où il fallait nous mettre en T-shirt pour l'entraînement.

Et pendant ce temps, que devenait Sandy ? Trop occupé lui-même, il n'avait pas semblé s'apercevoir tout d'abord du virage à cent quatre-vingts degrés qui m'avait transformé en valet de pied du héros décoré, lequel venait de me décerner une médaille à son tour. Quand il s'en aperçut, il fut malheureux, non pas tant qu'Alvin se soit attaché à moi, chose assez naturelle du fait de notre cohabitation, mais surtout qu'il lui manifeste à lui une indifférence teintée d'hostilité ; mais il était trop tard pour me retirer le formidable rôle de soutien qui m'avait été quasiment imposé, avec ses obligations rebutantes par ailleurs, et qui, à la grande surprise de mon frère, venait de me valoir une reconnaissance aussi sublime, au moment même où ma longue carrière de petit frère était sur le déclin.

Et tout cela sans que je souffle mot de la collusion de Sandy avec notre nouvelle administration haïe, collusion survenue via tante Evelyn et le rabbin Bengelsdorf. Tout le monde, y compris mon frère, évitait de parler du BA et des Gens parmi d'Autres quand Alvin était dans les parages : tant qu'il n'aurait pas compris que la politique isolationniste de Lindbergh commençait à lui valoir le soutien de nombreux Juifs, et qu'un jeune

Juif de l'âge de Sandy pouvait se laisser séduire par l'aventure des Gens parmi d'Autres sans être un monstre de perfidie, nous étions bien convaincus que rien ne pourrait atténuer l'indignation du lindbergophobe le plus intransigeant d'entre nous, celui qui avait le plus payé de sa personne. Pourtant on aurait dit qu'Alvin avait deviné la défection de Sandy, et, fidèle à son caractère, il ne prenait pas la peine de cacher ses sentiments. Moi, je n'avais rien dit, mes parents n'avaient rien dit, et Sandy s'était bien gardé de se trahir dans ses propos ; or, Alvin savait, ou se comportait comme s'il savait que le premier à l'accueillir à la gare était aussi le premier à avoir lié son sort aux fascistes.

Comment savoir ce qu'Alvin allait faire à présent ? Il aurait du mal à trouver du travail car tout le monde n'était pas prêt à engager un homme considéré comme un infirme ou un traître, voire un infirme doublé d'un traître. Pour autant, disaient mes parents, il fallait l'empêcher de se laisser aller à ne rien faire, broyer du noir et s'apitoyer sur son sort le restant de ses jours en vivotant de sa pension. Ma mère aurait voulu que cette pension d'invalidité lui serve à se payer des études à la fac. Elle s'était renseignée, et on lui avait dit que si Alvin passait un an à la Newark Academy pour y obtenir des notes honorables dans les matières où il en avait eu de mauvaises à Weequahic, il était plus que probable qu'il soit admis à l'Université de Newark l'année suivante. Mais mon père le voyait très mal retourner sur les bancs d'une terminale, fût-ce dans une école privée du centre-ville. À l'âge de vingt-deux ans, après tout ce qu'il avait vécu, il lui fallait au plus tôt un métier d'avenir. Il suggérait donc qu'il reprenne contact avec Billy Steinheim, le fils d'Abe avec qui il s'était lié d'amitié du temps qu'il était le chauffeur de ce dernier. Si Billy plaidait sa cause, Abe lui donnerait peut-être une deuxième chance ; on lui trouverait peut-être une place dans la société, un emploi modeste, mais où il pourrait se racheter aux yeux d'Abe Steinheim. Au besoin, à la rigueur, il pourrait aussi démarrer avec l'oncle Monty qui était déjà revenu à de meilleurs sentiments, et offrait à son neveu un emploi dans le marché des primeurs. Cela s'était passé au cours de la période difficile suivant son retour, où le moignon était gravement infecté et où il restait au lit le plus clair de son temps sans même permettre qu'on relève les stores de notre chambre, de peur d'entrapercevoir ce petit monde où il évoluait naguère entier. Le jour où mon père et Sandy l'avaient ramené de la gare, sur le chemin du retour, il avait fermé les yeux dès que son lycée était apparu pour ne pas se remémorer les innombrables fois où il en était sorti en trombe à la fin des cours, exempt de tortures physiques, en pleine possession de ses moyens.

L'après-midi précédant la visite de l'oncle Monty, j'étais rentré de l'école un peu en retard — c'était mon tour de nettoyer les tableaux noirs — pour découvrir qu'Alvin avait disparu. Il n'était pas dans son lit, ni dans la salle de bains ni nulle part ailleurs dans la maison ; je me précipitai donc dans le jardin, puis, perplexe, revins dans la maison où, au pied de l'escalier, j'entendis comme des gémissements étouffés provenant d'en dessous — c'étaient donc les fantômes, les

fantômes dolents du père et de la mère d'Alvin ! Je descendis précautionneusement l'escalier de la cave pour
tâcher de les voir puisque je les entendais, mais alors,
face au mur qui donnait sur rue, ce fut Alvin que j'aperçus. Il épiait par les fentes de verre ouvrant au niveau
de Summit Avenue, en peignoir de bain, une main en
appui sur l'étroite corniche pour ne pas perdre l'équilibre, l'autre invisible, s'affairant à quelque chose que
j'étais trop jeune pour deviner. Par un petit rond
ménagé dans la crasse de la vitre, il regardait les collé-
giennes de Weequahic prendre notre rue pour rentrer
chez elles, sur Keer Avenue. Placé comme il était, il ne
devait guère voir que leurs jambes filant le long de
notre haie, mais ce spectacle devait lui suffire puisqu'il
le faisait gémir — d'angoisse, pensai-je, lui qui était
privé d'une des siennes. Je battis en retraite, remontai
l'escalier sans bruit, et, sortant par la porte de derrière,
j'allai m'accroupir au fond du garage en mijotant de
fuguer à New York pour vivre avec Earl Axman.
Lorsque le jour baissa, comme j'avais des devoirs, je
me résolus à rentrer dans la maison et je m'arrêtai un
instant au-dessus de la cave pour voir si Alvin y était
toujours. Il n'y était plus, et je m'aventurai à descendre
l'escalier, dépassant à toutes jambes l'essoreuse et les
bouches d'évacuation. Une fois devant le soupirail, sur
la pointe des pieds, car je voulais me rendre compte de
ce qu'il voyait dans la rue, je découvris que le mur
chaulé sous la fenêtre était luisant, poisseux, plein de
glaire. Ignorant tout de la masturbation et à plus forte
raison de l'éjaculation, je crus que c'était du pus. Je
crus que c'était de la bile. Je ne sus que croire, sinon

qu'il y avait là quelque chose de terrible. Cette sécré-
tion encore mystérieuse, j'y vis un liquide pourrissant
dans le corps de l'homme, et qui lui giclait par la
bouche quand le chagrin le dévorait trop.

L'après-midi où l'oncle Monty passa voir Alvin, il se
rendait en ville, dans Miller Street où, depuis l'âge de
quatorze ans, il travaillait toute la nuit au marché. Il y
arrivait à cinq heures de l'après-midi pour ne rentrer
chez lui qu'à neuf heures le lendemain matin, prendre
son repas principal et dormir toute la journée. Telle était
la vie de notre plus riche parent ; Linda et Annette, ses
deux filles, étaient mieux loties. Un peu plus âgées que
Sandy, cruellement timides comme toutes les filles
habituées à prendre des gants avec un père tyrannique,
elles étaient vêtues comme des princesses et allaient au
lycée de Columbia, dans la banlieue résidentielle de
Maplewood, en compagnie d'autres jeunes filles
juives, tout aussi somptueusement vêtues et dont les
pères possédaient comme Monty une Cadillac pour leur
usage personnel et une autre voiture au garage pour
l'agrément de leur femme et de leurs enfants adultes.
Ma grand-mère, qui vivait sous leur toit, était également pourvue de nombreuses toilettes, toutes offertes
par son fils qui avait le mieux réussi et qu'elle ne
portait que pour les grandes fêtes religieuses et lorsque
Monty l'obligeait à s'habiller pour aller au restaurant
en famille, le dimanche. Les restaurants n'étant jamais
assez casher pour la satisfaire, elle se contentait d'un
menu de forçat — du pain et de l'eau — et d'ailleurs
n'avait aucune notion de la façon de se comporter sur

place. Un jour, voyant un jeune serveur retourner à la cuisine avec une pile d'assiettes vertigineuse, elle s'était levée pour l'aider. L'oncle Monty s'était écrié : « Mais non, m'man ! *Loz im tsu ru*, fiche-lui la paix à ce gamin ! », mais elle lui avait donné une tape sur la main, et il avait dû la ramener à table en la tirant par la manche de sa ridicule robe à paillettes. Une Noire qu'on appelait « la petite » venait en bus depuis Newark faire le ménage deux jours par semaine. Cela n'empêchait pas ma grand-mère de se mettre à quatre pattes pour nettoyer le parterre de la cuisine et de la salle de bains quand personne ne la voyait, et de faire sa lessive elle-même sur la planche à laver, malgré la présence d'une Bendix flambant neuve à quatre-vingt-dix-neuf dollars dans la buanderie du sous-sol. Ma tante Tillie, la femme de Monty, se plaignait à longueur de temps que son mari ne rentre jamais coucher chez lui le soir au lieu d'y passer ses journées à dormir, mais les autres membres de la famille jugeaient qu'elle aurait dû s'en estimer bien plus heureuse encore que de posséder une Oldsmobile toute neuve.

Ce jour de janvier, à quatre heures de l'après-midi, Alvin était au lit en pyjama lorsque Monty passa le voir et osa lui poser la question dont aucun d'entre nous ne connaissait au juste la réponse : « Comment tu t'es débrouillé pour perdre ta jambe ? » Alvin s'étant montré fort peu sociable quand j'étais rentré de l'école, et ayant répondu à toutes mes propositions pour l'égayer par un grognement écœuré, je ne m'attendais guère à voir le moins aimable de nos parents obtenir de lui une réponse quelconque.

Mais la présence intimidante de l'oncle Monty, avec son éternelle cigarette au bec, était si forte qu'Alvin lui-même, en ces premiers temps, n'eut pas le front de lui dire de fermer sa gueule et de se casser. Cet après-midi-là, il ne fut pas en mesure de retrouver l'assurance agressive qui lui avait permis cette traversée miracle de Penn Station à cloche-pied le jour où il était rentré au bercail amputé. Grande question.

« En France, répondit-il évasivement.

— C'est le pire pays au monde », commenta l'oncle Monty avec un aplomb sans faille. L'été 1918, à l'âge de vingt et un ans, il s'y était battu lui-même contre les Allemands, à la seconde bataille sanglante de la Marne, puis dans les forêts d'Argonne lorsque les Alliés avaient fait une percée dans le front ouest des Allemands : autant dire qu'il savait tout sur la France.

« Je te demande pas où, je te demande comment, reprit-il.

— Comment, répéta Alvin.

— Allez, crache le morceau, mon petit, ça te soulagera. »

Sur ce qui pouvait soulager Alvin, on n'avait rien à lui apprendre non plus.

« Où tu étais, quand tu as été touché ? Et ne viens pas me raconter que tu étais où il fallait pas. Toute ta vie tu t'es trouvé où il fallait pas.

— On attendait que le bateau nous dégage. »

Là-dessus, Alvin ferma les yeux comme s'il souhaitait ne jamais les rouvrir, mais au lieu de s'en tenir là — je faisais des prières pour qu'il n'en dise pas plus — il ajouta brusquement : « J'ai tiré sur un Allemand.

— Et alors ? demanda Monty.

— Il a passé la nuit à hurler.

— Et alors ? Et alors ? Il a hurlé toute la nuit, et après ?

— Alors, vers l'aube, juste avant que le bateau arrive, j'ai rampé jusqu'à l'endroit où il était, à une cinquantaine de mètres. Il était déjà mort, à ce moment-là. Mais j'ai rampé pour me trouver au-dessus de lui et je lui ai mis deux balles dans la tête, à ce fils de pute, et puis je lui ai craché dessus. C'est à cette seconde même qu'on m'a envoyé la grenade. Je l'ai prise dans les deux jambes. J'ai eu un pied cassé et retourné, mais celui-là, ils ont pu me le sauver. Ils m'ont opéré et ils me l'ont sauvé. On m'a mis un plâtre, on l'a redressé. Mais l'autre avait sauté. En baissant les yeux j'ai vu que j'avais un pied à l'envers, et une jambe pendante. Ma jambe gauche s'était pratiquement amputée toute seule. »

Et voilà toute l'histoire, sans rapport avec les faits d'armes que j'avais inconsidérément imaginés.

« Tout seul comme ça dans un no man's land, lui dit l'oncle Monty, si ça se trouve, t'as été blessé par un des tiens. Il faisait pas encore jour, dans la pénombre, un gars a entendu une détonation, il a paniqué, et, bingo, il a dégoupillé la grenade. »

Alvin accueillit cette hypothèse sans commentaire.

Tout autre homme aurait compris, et s'en serait tenu là, ne serait-ce qu'à voir les gouttes de sueur au front d'Alvin et au creux de sa gorge, et à noter qu'il refusait d'ouvrir les yeux. Mais pas mon oncle : il comprenait fort bien, mais il insista, impitoyable : « Et comment ça se fait qu'on t'a pas laissé sur place ? Après ton tour de force, comment ça se fait qu'on t'a pas laissé crever là ?

— Il y avait de la boue partout, répondit vaguement Alvin. C'était tout boueux. C'est tout ce que je me rappelle, cette boue.

— Et qui t'a sauvé, espèce de désaxé ?

— Ils m'ont emmené. Je devais être dans le cirage. Ils sont venus me chercher.

— Mais qu'est-ce que tu as dans le ciboulot, Alvin, je me demande, ça m'échappe. Il crache. Il crache, et voilà comment il perd une jambe.

— Il y a des choses qu'on fait sans savoir pourquoi. » C'était moi qui venais de parler. Qu'est-ce que j'en savais ? Mais je dis à mon oncle : « On les fait, oncle Monty. C'est plus fort que nous.

— C'est plus fort que nous quand on est des désaxés professionnels, Phillie. » Puis s'adressant de nouveau à Alvin : « Bon, et maintenant ? Tu vas rester couché à vivre de ta pension d'invalidité ? Tu vas vivre du jeu, comme un tricheur professionnel ? Ou bien tu vas avoir l'obligeance d'envisager de subvenir à tes besoins comme nous autres pauvres pommes ? Il y a du boulot pour toi au marché quand tu sortiras du lit. Tu commenceras au bas de l'échelle, à laver les sols au jet, à calibrer les tomates, tu commenceras au bas de l'échelle avec les manutentionnaires et les *schleppers* qui tirent les chariots, mais tu as un boulot si tu veux travailler pour moi, et tu toucheras ta paie toutes les semaines. Tu as beau avoir mis la moitié de la recette dans ta poche à la station Esso, je te soutiendrai quand même parce que tu es le fils de Jack, et que je ferais n'importe quoi pour mon frère Jack. Je serais pas où j'en suis sans lui. C'est lui qui m'a appris le commerce des fruits et légumes, et puis il est mort. Tout comme Steinheim voulait t'apprendre le bâtiment. Mais personne arrive à t'apprendre quoi que ce soit, espèce de désaxé. Il faut qu'il balance les clefs à la figure de Steinheim. Steinheim est pas un homme à sa mesure. Il n'y a que Hitler qui soit à la mesure d'Alvin Roth. »

Dans un tiroir de cuisine, avec les dessous de plat et le thermomètre du four, ma mère rangeait une longue aiguille rigide et du fil fort pour brider la dinde de Thanksgiving une fois farcie. L'essoreuse mise à part, c'était le seul instrument de torture que nous possédions à ma connaissance. J'avais fort envie d'aller le chercher pour clouer le bec à mon oncle.

Sur le seuil de la chambre, en partant au marché, Monty se retourna pour récapituler. Les brutes adorent récapituler. Rien ne vaut le sermon récapitulatif, depuis que le fouet est tombé en désuétude. « Tes potes ont tout risqué pour sauver ta peau. Ils sont sortis sous le feu pour te traîner, non ? Et pour quoi faire ? Pour que tu puisses passer le restant de tes jours à jouer au craps avec Margulis ? Pour que tu joues au poker à sept cartes dans la cour de l'école ? Pour que tu voles Simkowitz comme au coin d'un bois quand tu pompes de l'essence ? T'en rates pas une. T'es pas foutu de faire quoi que ce soit proprement. Même flinguer un Allemand, tu le fais pas proprement. Et pourquoi ? Pourquoi tu jettes les clefs à la figure des gens ? Pourquoi tu craches ? Il est mort, le mec, faut que tu lui craches dessus ? Pourquoi ? Parce qu'on t'a pas servi la vie sur un plateau d'argent, comme à tous les autres Roth ? Si c'était pas pour Jack, Alvin, je gaspillerais pas ma salive. T'as jamais rien gagné de ta vie, soyons clair. Rien. Ça fait vingt-deux ans que t'es un désastre. Je fais ça pour ton père, mon petit, pas pour toi. Je le fais pour ta grand-mère. "Aide le petit", elle me dit, alors voilà, je t'aide. Le jour où t'auras décidé comment faire fortune, amène-toi sur ton pilon, et on causera. »

Alvin ne pleura pas, ne jura pas, ne hurla pas, même après que Monty fut sorti par la porte de derrière pour prendre sa voiture, et qu'il lui fut loisible de lâcher la bride à ses pensées assassines. Il était trop dans son délire pour rugir, ce jour-là, ou même pour s'effondrer. Je fus le seul à m'effondrer, parce qu'il refusait d'ouvrir les yeux pour me regarder, malgré mes supplications. Je fus le seul à m'effondrer, plus tard, isolé dans l'unique coin de la maison où je savais pouvoir me couper des vivants, et de tout ce qu'ils font parce que c'est plus fort qu'eux.

5

Mars - juin 1942

Jamais encore

Voici comment Alvin prit Sandy en grippe.

Avant de le laisser tout seul, le premier lundi matin suivant son retour, ma mère avait fait promettre à Alvin de prendre ses béquilles pour se déplacer dans la maison jusqu'à ce que l'un d'entre nous soit là pour aller lui chercher ce dont il avait besoin. Mais Alvin détestait tellement ses béquilles qu'il refusait, même tout seul, de s'en remettre à la stabilité qu'elles offraient. Le soir, une fois couchés lumières éteintes, il me faisait rire en m'expliquant pourquoi l'usage n'en était pas aussi simple que ma mère se le figurait : « Quand tu vas aux W.-C., elles arrêtent pas de tomber, elles font du boucan, elles font un putain de raffut. Tu vas aux W.-C., t'as tes béquilles, tu essaies de sortir ta bite, mais tu peux pas l'attraper parce que tes béquilles te gênent, faut que tu les lâches. Mais alors, tu te retrouves sur une patte, c'est pas formidable. Tu penches d'un côté ou de l'autre, tu en fous partout. Ton père me dit de pisser assis. Tu sais ce que je lui réponds, moi ? "Après toi, Herman." Vacherie de béquilles, faut tenir sur une patte, faut sortir sa bite, bon Dieu, c'est déjà pas facile de pisser... » Moi, j'avais le fou rire, non seulement parce que ce qu'il racontait était particulièrement drôle, chuchoté dans l'obscurité, mais aussi parce que c'était la première fois qu'un homme me faisait ces confidences, en prononçant des mots défendus et en débitant si librement et si ouvertement ces plaisanteries scatologiques. « Écoute, p'tiot, faut voir les choses en face, pisser c'est moins facile qu'on croit. »

C'est ainsi que le premier lundi matin qu'il passa tout seul, à l'époque où l'amputation lui semblait encore une perte incommensurable, un handicap et une torture à vie, il fit une chute dont personne d'autre que moi ne sut rien dans la famille. Il se trouvait debout, en appui contre l'évier de la cuisine où il était allé chercher un verre d'eau sans l'aide de ses béquilles. Lorsqu'il se retourna pour gagner la chambre, il oublia, pour toutes les raisons possibles, qu'il ne lui restait plus qu'une jambe, et au lieu de sautiller, il fit comme tout le monde dans la maison, il marcha — et s'affala bien entendu. La douleur qui fusa au bout de son moignon fut pire que celle dans la portion absente de sa jambe. « Cette douleur, m'expliqua-t-il la première fois qu'elle le terrassa dans le lit auprès de moi, cette douleur qui te tient et qui te lâche plus alors que tu as perdu le membre qui la cause. » Puis, quand il sentit le moment venu de me rassurer par une réflexion cocasse : « Tu as mal là où il te reste, et mal là où ça te manque. Je sais pas qui a trouvé ça. »

L'hôpital anglais donnait de la morphine aux amputés pour calmer la douleur. « Tu en réclames tout le temps, me dit Alvin, et on t'en donne chaque fois. Tu appuies sur un bouton pour appeler l'infirmière, et dès

qu'elle arrive tu lui dis "morphine, morphine", et après
tu pars dans les vapes. — Tu as eu très mal à l'hôpital ?
— C'était pas une partie de plaisir, p'tiot. — C'est la
fois où tu as eu le plus mal de ta vie ? — La fois où j'ai
eu le plus mal de ma vie, c'est quand mon père a
refermé la portière de la voiture sur mon doigt, j'avais
six ans. » Il se mit à rire, et je l'imitai. « Quand il m'a
vu gueuler comme un putois, moi le petit morveux haut
comme trois pommes, mon père m'a dit : "Arrête de
pleurer, ça sert à rien." » En riant toujours doucement,
Alvin ajouta : « Et j'ai sans doute trouvé ça pire que la
douleur. En plus, c'est mon dernier souvenir de lui. Un
peu plus tard dans l'après-midi, il s'est écroulé mort. »
    Alvin se tordait de douleur sur le linoléum de la cui-
sine, sans pouvoir appeler au secours, et encore moins
réclamer de la morphine ; tout le monde était, qui au
travail, qui à l'école. Au bout d'un moment, il lui fallut
bien traverser la cuisine et le vestibule pour se traîner
jusqu'à son lit. Et une fois là, comme il s'apprêtait à se
soulever en prenant appui sur ses bras, il aperçut le carton de Sandy. Sandy y rangeait encore ses grands dessins au crayon ou au fusain entre deux feuilles de papier
calque, pour les emporter avec lui quand il devait les
montrer ici ou là. Le carton était trop grand pour trouver sa place dans la véranda, et il l'avait laissé dans
notre chambre. Mû par la simple curiosité, Alvin alla
chercher le carton sous le lit, mais incapable sur le
moment de déterminer à quoi il servait, et aussi parce
qu'il n'avait qu'une envie, se retrouver sous les couvertures, il était sur le point de l'oublier lorsqu'il aperçut le ruban qui le fermait. La vie ne valait rien, vivre

était un supplice, sa chute dans la cuisine, accident dû à l'étourderie, l'avait laissé tremblant de douleur, et, simplement parce que c'était une tâche physique encore à sa portée, il tripota si bien le ruban qu'il finit par le défaire.

À l'intérieur, il découvrit les trois portraits de Lindbergh en aviateur soi-disant détruits deux ans plus tôt, ainsi que ceux qu'il avait faits à l'instigation de tante Evelyn quand Lindbergh avait été élu président. Ceux-là, je ne les avais vus que quand tante Evelyn m'avait emmené à New Brunswick entendre Sandy faire son speech de sergent recruteur pour Des Gens parmi d'Autres dans le sous-sol d'une synagogue. « Ceci montre le président Lindbergh en train de signer la loi sur le service militaire obligatoire pour tous, qui vise à assurer la paix aux États-Unis en enseignant à notre jeunesse les techniques nécessaires pour protéger et défendre la nation. Celui-là montre le président à une table de dessinateur, où il ajoute des aménagements aéronautiques au dessin du dernier-né de nos bombardiers. Et là, j'ai représenté le président en train de se détendre à la Maison-Blanche, avec le chien de la famille. »

Ces portraits de Lindbergh présentés en préambule au discours de Sandy à New Brunswick, Alvin les examina l'un après l'autre sur le parterre de la chambre. Puis, malgré la pulsion destructrice que lui inspirait l'habileté minutieuse déployée pour atteindre cette magnifique ressemblance, il les remit entre leurs feuilles de calque et fourra le carton à sa place sous le lit.

Dès qu'il fut en mesure de circuler dans le quartier, Alvin eut d'autres indices que les dessins de Sandy pour comprendre que, pendant qu'il faisait des raids sur les dépôts de munitions en France, le successeur républicain de Roosevelt avait gagné sinon la confiance totale des Juifs, du moins leur aval temporaire, et ce y compris parmi nos voisins qui lui vouaient au départ la même haine farouche que mon père. Walter Winchell s'obstinait à attaquer le président dans ses émissions du dimanche soir, et chacun allumait dûment son poste prêt à prendre au sérieux ses interprétations alarmistes de la politique présidentielle ; mais ne voyant aucune de leurs craintes se matérialiser depuis la prise de fonctions, nos voisins furent bientôt plus disposés à croire les assurances optimistes du rabbin Bengelsdorf que les noires prophéties de Walter Winchell. Au reste, un peu partout dans le pays, les notables juifs commençaient à reconnaître publiquement que, loin de les avoir trahis en soutenant la candidature de Lindy en 1940, ce Lionel Bengelsdorf de Newark avait eu la clairvoyance de comprendre où allait la nation. Il avait été élevé à la dignité de directeur du Bureau de l'assimilation, où il était le premier conseiller aux Affaires juives, parce qu'il avait su gagner la confiance de Lindbergh en lui apportant un soutien précoce. Et si l'antisémitisme du président avait été neutralisé jusqu'à un certain point, voire, ô merveille, s'il avait été éradiqué, les Juifs attribuaient volontiers le miracle à l'influence du vénérable rabbin, ce rabbin même qui allait bientôt devenir, autre miracle, notre oncle par alliance, à Sandy et à moi.

Un jour, début mars, je m'aventurai de mon propre chef jusqu'à l'impasse, derrière la cour de récréation, où Alvin avait coutume de jouer au craps et au stud poker l'après-midi, lorsqu'il ne faisait pas trop froid et qu'il ne pleuvait pas. À présent, je ne le trouvais que rarement chez nous en rentrant de l'école, et s'il se débrouillait le plus souvent pour passer à table à cinq heures et demie, sitôt après le dessert, il filait au kiosque à hot-dogs de la rue à côté, retrouver ses vieux camarades de classe, dont quelques-uns, comme lui pompistes chez Simkowitz à la station Esso, s'étaient fait virer en même temps que lui pour avoir volé leur patron. La nuit, quand il rentrait, je dormais déjà ; il fallait qu'il retire sa jambe et se mette à sautiller pour que j'ouvre un œil et balbutie son nom avant de me rendormir. Sept semaines après qu'il eut élu domicile dans le lit à côté du mien, j'avais cessé de lui être indispensable. Moi qui m'étais vu ravir mon frère aîné par un vedettariat où tante Evelyn jouait les imprésarios, voilà que je me trouvais brusquement dépossédé de ce fascinant substitut. Le paria américain mutilé et souffrant qui avait pris plus d'importance à mes yeux qu'aucun homme, y compris mon père, l'homme dont j'avais adopté les querelles passionnées, pour l'avenir duquel je m'inquiétais au lieu d'écouter mes professeurs en classe, cet homme s'était repris d'amitié pour les vauriens qui l'avaient aidé à tourner au petit délinquant lorsqu'il avait seize ans. Dans la bataille, outre sa jambe, il semblait avoir perdu tout bon principe inculqué par mes parents du temps qu'il était leur pupille. Il ne s'intéressait même plus à la lutte contre le

fascisme, que, deux ans plus tôt, personne n'avait pu le
dissuader de rallier. Au vrai, s'il décampait sur sa jambe
artificielle, soir après soir, c'était surtout pour ne pas
avoir à rester dans le séjour, où mon père lisait à haute
voix les reportages de guerre dans le journal.

Il n'y avait pas une campagne contre les puissances
de l'Axe qui n'angoissât mon père, surtout quand les
choses allaient mal pour l'Union soviétique et la
Grande-Bretagne, et que l'une comme l'autre avaient
un besoin criant des armes américaines sur lesquelles
Lindbergh et le Congrès républicain avaient mis l'embargo. Maîtrisant désormais la terminologie d'un véritable stratège de guerre, il démontrait la nécessité pour
les Anglais, les Australiens et les Hollandais d'arrêter
les Japonais qui fondaient sur le Sud-Est asiatique avec
la cruauté vertueuse de ceux qui se croient d'une race
supérieure et menaçaient de pousser vers l'Inde à
l'ouest et la Nouvelle-Zélande et l'Australie au sud.
Les premiers mois de 1942, les nouvelles de la guerre
dans le Pacifique qu'il nous lisait étaient toujours mauvaises : les Japonais faisaient une percée victorieuse
en Birmanie, ils prenaient la Malaisie, ils bombardaient
la Nouvelle-Guinée ; après des attaques meurtrières par
mer et par air, des dizaines de milliers de soldats britanniques et hollandais avaient été capturés, Singapour
était tombé, puis Bornéo, Sumatra et Java. Mais le tour
que prenait la campagne de Russie alarmait mon père
encore davantage. L'année précédente, on avait bien
cru que les Allemands allaient prendre toutes les villes
clefs de l'ouest de l'Union soviétique (dont Kiev, que
mes grands-parents maternels avaient quittée pour émi-

grer en Amérique autour de 1890), et les noms de villes russes pourtant de moindre importance, comme Petrozavodsk, Novgorod, Dniepropetrovsk et Taganrog m'étaient devenus aussi familiers que les capitales des quarante-huit États. L'hiver 1941-1942, les Russes avaient contre-attaqué avec l'énergie du désespoir pour briser l'étau de Léningrad, Moscou et Stalingrad, mais en mars, les Allemands avaient serré les rangs après leur débâcle hivernale, et, comme le montrait le mouvement de troupes illustré dans le *Newark News*, ils prenaient des forces en prévision d'une offensive de printemps à l'assaut du Caucase. Ce qui rendait si terrible la perspective d'un effondrement russe, nous expliquait mon père, c'était qu'alors la machine de guerre allemande paraîtrait invincible aux yeux du monde. Toutes les ressources naturelles de l'Union soviétique tomberaient aux mains des Allemands, et le peuple russe sous la coupe du Troisième Reich. Le pire pour nous, c'était qu'avec cette poussée orientale de l'Allemagne des millions de Juifs russes seraient sous la botte d'une armée d'occupation en tout point équipée pour mettre en œuvre la mission dont Hitler se jugeait investi : délivrer l'humanité des griffes des Juifs.

Selon mon père, le militarisme antidémocratique et brutal se préparait à triompher un peu partout dans le monde ; le massacre de toute la judéité russe, dont certains parents éloignés de ma mère, pouvait survenir d'un instant à l'autre, et Alvin s'en fichait pas mal. Il ne se laissait plus accabler par aucune autre souffrance que la sienne.

Je trouvai Alvin en appui sur le genou de sa jambe valide, dés en main, un tas de billets à côté de lui, avec un éclat de béton déchiqueté posé dessus pour ne pas qu'ils s'envolent. Prothèse tendue devant lui, on aurait dit un danseur russe accroupi pour exécuter une de ces folles gigues slaves. Six autres joueurs faisaient un cercle étroit autour de lui : trois encore dans la course, serrant dans leurs doigts le pognon qui leur restait, deux à sec, se contentant de regarder — il me semblait vaguement reconnaître en eux des rebuts du lycée de Weequahic âgés aujourd'hui d'une vingtaine d'années. Le sixième, un gars aux longues jambes, penché au-dessus de lui, était son « partenaire », je le compris, Shushy Margulis, un type maigre et noueux, à la démarche coulée, portant des costumes zazous, l'ami du temps de la station-service que mon père détestait le plus. On l'avait surnommé le Roi du Flipper parce qu'il avait un oncle racketteur, dont il était très fier et qui, lui, régnait effectivement sur les flippers ainsi que sur toutes sortes d'autres machines à sous illégales à Philadelphie, et puis aussi parce qu'il passait son temps à faire des scores sur les flippers chez les confiseurs voisins, secouant la machine, la bousculant, l'insultant, la chahutant jusqu'à ce que la partie se termine par le tilt coloré ou l'éjection du joueur par le marchand. Shushy était le petit facétieux qui amusait la galerie en balançant des allumettes enflammées dans la fente des boîtes aux lettres vertes en face de l'école ; à la suite d'un pari, il avait un jour avalé une mante religieuse vivante, et au cours de sa brève carrière sur les bancs de l'école, histoire de faire rire les badauds devant le kiosque à hot-dogs, il traversait Chancellor Avenue main tendue pour arrêter les voitures, en boitant très bas, de manière tragique, lui qui se portait comme un charme. À l'époque du craps, il avait la trentaine et habitait encore Wainwright Street sous les combles d'un petit pavillon à côté de la synagogue, avec sa mère, couturière, la « pauvre Mrs Margulis », comme tout le monde disait avec commisération — c'était chez elle que ma mère avait apporté les pantalons d'Alvin pour y faire mettre des fermetures éclair —, la pauvre non seulement parce que son veuvage l'obligeait à trimer à la pièce pour un fabricant de Down Neck qui lui donnait un salaire de misère, mais aussi parce que son truand de fils n'avait jamais exercé d'autre boulot que celui de coursier pour un bookmaker devant l'académie de billard au coin de leur rue, et un peu au-dessous de l'orphelinat catholique, sur Lyons Avenue.

Cet orphelinat faisait partie du domaine de l'église paroissiale Saint Peter, enclave incongrue de trois pâtés de maisons au cœur même de notre quartier obstinément sourd au Messie. L'édifice lui-même était surmonté d'un beffroi élevé, et d'un clocher plus haut encore, avec, à sa pointe, une croix qui s'élevait, divine, au-dessus des fils télégraphiques. C'était l'édifice le plus haut du quartier; pour en trouver d'autres, il fallait faire plus de quinze cents mètres sur Lyons Avenue, jusqu'au Beth Israel, l'hôpital où j'étais né comme tous les garçons de ma connaissance, et où, à l'âge de huit jours, j'avais été rituellement circoncis dans le sanctuaire. À côté du beffroi se dressaient deux

clochers plus petits, que je n'avais pas envie de regarder de près parce que des visages de saints chrétiens y
étaient sculptés dans la pierre, disait-on, et parce que
les hauts vitraux étroits racontaient une histoire que je
ne tenais pas à connaître. À côté de l'église, il y avait
un petit presbytère ; comme presque tout ce que ce territoire étranger abritait entre ses grilles de fer forgé, il
avait été construit pendant la seconde moitié du siècle
précédent, quelques décennies avant que la première
de nos maisons ne sorte de terre et que la bordure ouest
du quartier de Weequahic ne devienne l'horizon juif
de Newark. Derrière l'église, un collège accueillait
les orphelins, au nombre d'une centaine, ainsi que
quelques rejetons de familles catholiques du coin,
moins nombreux. École comme orphelinat étaient tenus
par un ordre monastique, des religieuses allemandes,
m'avait-on dit. Les enfants juifs, même élevés comme
moi dans un foyer libéral, traversaient généralement la
rue lorsqu'elles arrivaient dans le frou-frou de leurs
robes de sorcières, et l'histoire familiale rapportait que
mon frère, tout petit, assis sur le perron un après-midi,
en avait aperçu deux qui débouchaient de Chancellor
Avenue et avait appelé ma mère tout excité en lui
criant : « Viens voir, m'man, les folles sœurs. »

Il y avait un couvent à côté de l'orphelinat, l'un
comme l'autre simples édifices de brique rouge ; à
la fin d'un jour d'été, il n'était pas rare d'apercevoir les
orphelins assis sur la rampe à incendie. Garçons et
filles, de six à quatorze ans, des petits Blancs. Je n'ai
pas souvenir de les avoir jamais vus en groupe ailleurs ;
il est évident qu'ils ne couraient pas les rues comme

nous, en toute liberté. Si je les avais rencontrés en horde, ils m'auraient tout autant déconfit que l'apparition inquiétante des bonnes sœurs, au premier chef parce que c'étaient des orphelins, mais aussi parce qu'on les disait « abandonnés » et « indigents ».

Derrière l'internat, fait unique en son genre dans le quartier, et d'ailleurs dans n'importe quelle ville industrielle comptant près d'un demi-million d'habitants, il y avait une exploitation de primeurs du genre de celles qui avaient fait du New Jersey « le jardin des USA », à l'époque où de petites exploitations familiales à modeste rendement émaillaient encore les zones rurales peu peuplées des confins de l'État. Les récoltes de Saint Peter nourrissaient les orphelins et la petite douzaine de religieuses, le vieux monsignor qui dirigeait l'ensemble et le jeune prêtre qui l'assistait. Avec l'aide des orphelins, la terre était cultivée par un fermier qui vivait sur place, un Allemand nommé Thimmes, à moins que ma mémoire ne me trahisse et que ce ne soit le nom du vieux monsignor, qui coiffait le tout depuis bien des années.

Dans notre école publique, le bruit courait que les religieuses faisant la classe aux orphelins avaient coutume de donner des coups de règle de bois sur les doigts des plus bêtes, et qu'en cas d'incartade inadmissible, on faisait venir l'assistant du monsignor pour fesser le coupable avec le fouet même qui servait au fermier pour faire avancer son attelage de chevaux à l'échine creuse qui tirait la charrue pour les semailles du printemps. Ces deux chevaux, nous les connaissions et les reconnaissions tous parce qu'il leur arrivait parfois de quitter la ferme de concert pour se promener dans la petite prairie boisée à la limite sud du domaine, et venir pointer leur tête curieuse par-dessus la claie qui donnait sur Goldsmith Avenue où la partie de craps sur laquelle j'étais tombé se déroulait en ce moment.

Il y avait une clôture grillagée d'environ deux mètres de haut au fond du terrain de jeux, côté Goldsmith Avenue, et un enclos de fil de fer côté bois, de sorte que, comme on n'avait encore construit aucune maison alentour, et que la circulation des piétons et des autos se réduisait à peu de chose, la poignée de traîne-savates du voisinage trouvait là un asile discret et quasi sylvestre pour s'adonner à ses plaisirs en toute impunité. Je ne m'étais jamais autant approché de leurs louches assemblées que le jour où, au cours d'une partie de ballon, il m'avait fallu récupérer une balle qui avait roulé jusque sous la palissade où ils se mussaient, pour s'invectiver mutuellement et réserver aux dés leurs paroles mielleuses.

Au demeurant, je n'étais pas un petit hypocrite ennemi des parties de craps, et j'avais supplié Alvin de m'apprendre à jouer un après-midi qu'il prenait encore ses béquilles et que ma mère m'avait donné pour mission de l'accompagner à son rendez-vous chez le dentiste pour l'assister en glissant la monnaie du bus dans la fente, et en tenant ses béquilles pendant qu'il sortirait du bus à cloche-pied par la porte arrière. Cette nuit-là, une fois la maisonnée endormie et la lampe éteinte sur le chevet entre nous, il m'avait regardé en souriant dans le rayon de ma lampe de poche chuchoter aux dés :

« Petits dés, faites-moi gagner » et faire rouler trois
sept de suite, sans un bruit, sur mes draps. Pourtant, à le
voir à présent dans les griffes de ses inférieurs, à me
rappeler ce que ma famille avait supporté pour qu'il ne
prenne pas exemple sur Shushy, toutes les obscé-
nités apprises en partageant ma chambre avec lui me
revinrent comme un flot immonde. Je l'insultai au nom
de mon père, de ma mère, et encore plus de mon frère
ostracisé. Était-ce pour en arriver là que nous avions
accepté son hostilité coupable à l'égard de Sandy ?
Était-ce pour en arriver là qu'il avait fichu le camp
au front ? Je me disais : « Ta médaille de merde, tu peux
la reprendre et te la carrer où je pense, patte folle. » Si
seulement il avait perdu jusqu'au dernier sou de sa
pension d'invalidité, ça lui aurait peut-être servi de
leçon, mais voilà, il gagnait sans désemparer, et mettait
la même opiniâtreté à faire rouler dans la fange son
auréole de héros. Bien qu'il ait déjà ratissé une grosse
liasse de billets, il tendit les dés à mes lèvres et, prenant
une voix rocailleuse pour amuser la galerie, me recom-
manda : « Souffle dessus, petiot. » Je soufflai, il lança
et gagna une fois de plus. « Six et un, ça fait combien ?
demanda-t-il. — Sept, répondis-je, obéissant, sept à la
dure. »

Shushy tendit la main pour me la passer dans les cheveux et se mit à m'appeler la mascotte d'Alvin, comme
si le mot pouvait recouvrir ce que j'avais décidé d'être
pour lui depuis qu'il était revenu chez nous, comme si
un mot aussi creux et infantile pouvait expliquer que je
portais la médaille de saint George épinglée sur mon
maillot de corps. Shushy était vêtu d'un costume croisé

en gabardine couleur chocolat, très épaulé, avec un pantalon cigarette et des revers extravagants — sa tenue favorite lorsqu'il sortait ambiancer dans le quartier en claquant dans ses doigts, et que, selon la formule de ma mère, il « gâchait sa vie » pendant que dans leur mansarde sa mère s'usait les yeux à ourler des robes pour honorer leurs factures.

Ayant raté son coup, Alvin rassembla tous ses gains et fourra la liasse dans sa poche avec ostentation, lui, l'homme qui avait fait sauter la banque derrière le lycée. Puis, en s'accrochant à la clôture, il se dressa sur ses pieds. Je savais bien, et pas seulement à voir sa grimace de douleur quand il se mit à boitiller pour se dégourdir les jambes, qu'un gros furoncle lui était venu sur le moignon la nuit précédente, et qu'il n'était pas en très grande forme ce jour-là. Mais il refusait désormais qu'on le voie avec ses béquilles, sinon en famille, et avant de sortir s'acoquiner avec Shushy, pour passer encore un jour à renier avec cynisme tous les idéaux qui avaient fait de lui un infirme, il s'était harnaché à son pilon au mépris de la douleur.

« Putain de prothésiste, fut sa seule plainte pendant qu'il se levait en prenant appui sur mon épaule.

— Je peux rentrer, maintenant ? lui demandai-je tout bas.

— Ben tiens ! » Là-dessus il sortit deux billets de dix dollars de sa poche (la moitié de la paie hebdomadaire de mon père) et les aplatit contre la paume de ma main. Jamais l'argent ne m'avait paru aussi vivant.

Au lieu de couper par le terrain de jeux, je pris le chemin des écoliers pour rentrer, et descendis Goldsmith Avenue vers Hobson Street dans l'idée de regarder de près les chevaux de l'orphelinat. Je n'avais jamais osé tendre la main pour les toucher, et jusqu'à ce jour je ne leur avais jamais parlé comme les autres gosses qui, par dérision, appelaient ces deux bêtes maculées de boue et bavant leur salive gluante « Omaha » et « La flèche », noms des deux champions du Kentucky Derby à l'époque.

Je m'arrêtai à une distance respectueuse de l'endroit où leurs yeux à fleur de tête brillant d'une lueur sombre, ils surveillaient, impassibles entre leurs longs cils, le no man's land qui séparait la forteresse de Saint Peter de la Juiverie hors les murs. La chaîne était défaite et pendait à la claie. Il m'aurait suffi de pousser le loquet pour l'ouvrir toute grande, et libérer les chevaux qui s'enfuiraient au galop. La tentation était forte — à la mesure de ma vindicte.

« Enfoiré de Lindbergh, dis-je aux chevaux, enfoiré de Lindbergh, salaud de nazi ! », sur quoi je détalai, de peur que si j'ouvrais effectivement la porte toute grande, ils ne me tirent dans l'orphelinat entre leurs longues dents au lieu de s'échapper. Enfilant Hobson Street, je longeai à la course les pavillons à quatre logements qui tenaient tout le pâté de maisons, puis je tournai sur Chancellor Avenue : là des ménagères que je reconnaissais entraient et sortaient de l'épicerie, de la boulangerie, de la boucherie, là des garçons plus grands que moi que je connaissais par leur nom passaient en bicyclette, le fils du tailleur portait sur chaque épaule un chargement de vêtements frais nettoyés qu'il allait livrer, et des chansons italiennes s'échappaient de la boutique du cordonnier, sa radio branchée comme toujours sur WEVD — EVD en hommage à Eugene V. Debs, le socialiste persécuté, là j'étais à l'abri d'Alvin, de Shushy, des chevaux, des orphelins, des prêtres, des nonnes et du fouet de l'école paroissiale.

Lorsque je pris la rue en pente qui menait chez moi, un homme vêtu avec soin d'un costume d'homme d'affaires m'emboîta le pas. Il était trop tôt pour que les employés du quartier rentrent dîner, je compris donc qu'il fallait se méfier.

« Monsieur Philip, s'enquit-il avec un large sourire, ça t'arrive d'écouter *Gangbusters* à la radio, jeune homme ? Sur J. Edgar Hoover et le FBI ?

— Oui.

— Bon, eh bien moi je travaille pour Mr Hoover, c'est mon patron. Je suis agent du FBI. Tiens, dit-il en tirant de la poche intérieure de sa veste un portefeuille qu'il ouvrit pour me faire voir son insigne. Si tu veux bien, j'aimerais te poser quelques petites questions.

— Je veux bien, mais je rentre chez moi. Il faut que je rentre. »

Aussitôt, je pensai aux deux billets de dix dollars. S'il me fouillait, s'il avait un mandat pour le faire, n'allait-il pas découvrir ce magot et tenir pour certain que je l'avais volé ? Tout le monde ne l'aurait-il pas cru ? Dix minutes plus tôt encore, j'étais dans la rue sans un sou vaillant, comme je l'avais toujours été. Mes cinq cents d'argent de poche par semaine, je les glissais au fond d'un bocal à confiture dans le couvercle duquel

Sandy avait ménagé une fente avec l'ouvre-boîte de
son couteau de scout. Et voilà que je me baladais les
poches pleines comme un braqueur de banque.

« N'aie pas peur, calme-toi, jeune homme. Tu as
suivi *Gangbusters*. On est de votre côté. On vous protège. Je veux juste te poser quelques questions sur
ton cousin Alvin. Comment va-t-il ?

— Il va bien.

— Comment ça va, sa jambe ?

— Bien.

— Il arrive à peu près à marcher ?

— Oui.

— C'était pas lui que j'ai vu là-bas d'où tu viens ?
C'était pas lui derrière le terrain de jeux ? Sur le trottoir,
c'était pas Alvin avec Shushy Margulis ? »

Je ne répondis pas, si bien qu'il poursuivit : « Il
n'y a pas de mal à jouer au craps, ça n'est pas un
délit. Ça fait partie des plaisirs des grandes personnes. Il a dû beaucoup y jouer, à l'hôpital militaire de
Montréal. »

Comme je ne répondais toujours rien, il demanda :
« Ils parlent de quoi, les gars ?

— De rien.

— Ils passent l'après-midi là-bas, et ils parlent de
rien ?

— Ils disaient seulement combien ils perdaient.

— C'est tout ? Ils ne disaient rien du président ? Tu
sais qui c'est le président, hein ?

— Charles A. Lindbergh.

— Alors, ils ne disaient rien du président Lindbergh, jeune homme ?

— Rien que j'aie entendu », répondis-je en toute honnêteté.

Mais lui, n'aurait-il pas pu surprendre ce que j'avais dit aux chevaux ? Impossible, et pourtant, à présent, j'étais persuadé qu'il connaissait tous mes faits et gestes depuis qu'Alvin était revenu chez nous et m'avait donné sa médaille. À coup sûr, il savait que je la portais. Sinon, pourquoi m'aurait-il ainsi regardé des pieds à la tête ?

« Est-ce qu'ils ont parlé du Canada ? De partir au Canada ?

— Non, monsieur.

— Appelle-moi Don, tu veux ? Et moi je t'appellerai Phil. Tu sais ce que c'est qu'un fasciste, hein, Phil ?

— Je crois.

— Est-ce qu'ils ont traité quelqu'un de fasciste, que tu te souviennes ?

— Non.

— Ne réponds pas tout de suite, ne te précipite pas pour répondre. Prends tout ton temps. Essaie de te souvenir, c'est important. Ils ont traité quelqu'un de fasciste ? Ils ont parlé de Hitler ? Tu sais qui est Hitler ?

— Tout le monde le sait.

— C'est un méchant homme, hein ?

— Oui.

— Il est contre les Juifs, hein ?

— Oui.

— Qui d'autre est contre les Juifs ?

— Le Bund.

— Et encore ? »

Je me gardai bien de nommer Henry Ford, America

First, les démocrates du Sud, les républicains isolationnistes, et encore moins Lindbergh. Ces dernières
années, à ce qu'on disait chez moi, la liste d'Américains de premier plan qui haïssaient les Juifs était bien
plus longue encore, sans compter les Américains ordinaires, par dizaines de milliers, par millions peut-être,
tels les buveurs de bière dont nous n'avions pas voulu
pour voisins à Union ou l'homme à la moustache qui
nous avait insultés à la cafétéria près de la gare à
Washington, ou le propriétaire de l'hôtel. « Ne parle
pas », me dis-je, comme si un gamin de neuf ans très
protégé fréquentait des délinquants et avait quelque
chose à cacher. Mais sans doute me figurais-je déjà
que j'étais un petit délinquant, du seul fait d'être juif.

    « Et qui d'autre? répéta-t-il. Mr Hoover veut le
savoir. Ne me cache rien, Phil.

    — Je ne cache rien, maintins-je.

    — Comment va ta tante Evelyn?

    — Elle va très bien.

    — Elle va se marier. Elle va se marier, c'est bien
ça? Tu peux au moins me répondre là-dessus.

    — Oui.

    — Et tu sais qui elle épouse?

    — Oui.

    — Tu es un garçon intelligent. Je pense que tu
en sais plus long que tu ne le dis, beaucoup plus long.
Mais tu es trop malin pour parler, c'est ça?

    — Elle épouse le rabbin Bengelsdorf, qui dirige le
Bureau d'assimilation. »

    Ma phrase le fit rire. « C'est bon, me dit-il, tu peux

rentrer, allez, rentre manger tes *matzot*. C'est pas ça
qui te rend si intelligent ? De manger des *matzot* ? »

Nous étions au carrefour de Chancellor et Summit
Avenue et je voyais le perron de chez nous au bout du
pâté de maisons. « Au revoir ! » criai-je, et sans attendre
que le feu passe au rouge, je rentrai en courant, avant
de tomber dans son piège si je n'y étais déjà tombé.

Je trouvai trois voitures de police garées devant chez
nous et l'allée de notre jardin obstruée par une ambulance, avec deux flics qui parlaient sur le perron, et un
troisième montant la garde à la porte de derrière. Les
femmes de la rue, encore en tablier pour la plupart,
étaient sorties sur le pas de leur porte pour essayer de
comprendre ce qui se passait, et les gosses s'étaient
blottis sur le trottoir d'en face, d'où ils guignaient flics
et ambulance entre les voitures en stationnement.
Jamais encore, dans mon souvenir, je ne les avais vus
rassemblés en silence de cette façon, avec une telle
expression d'appréhension.

Notre voisin du dessous, Mr Wishnow, était mort. Il
s'était suicidé. Voilà pourquoi cette scène, que je n'aurais jamais cru voir, était en train de se dérouler à ma
porte. Lui qui ne pesait plus que trente-cinq kilos avait
trouvé la force de s'étrangler : il s'était assis sur une
chaise de cuisine dans la penderie, il avait passé une
embrasse des rideaux du salon sur la tringle de bois,
puis il se l'était enroulée autour du cou, et s'était préci-
pité en avant. Lorsque Seldon, au retour de l'école,
avait voulu ranger son manteau, il avait découvert son
père en pyjama, face contre terre parmi les caoutchoucs

et les galoches de la penderie. À cette nouvelle, ma première idée fut que je n'aurais plus à avoir peur d'entendre les quintes de toux de ce mourant chaque fois
que je descendrais à la cave, ou depuis mon lit quand
je cherchais le sommeil. Mais, je le compris aussitôt,
Mr Wishnow allait désormais entrer dans le cercle
des fantômes qui peuplaient déjà la cave, et puisque la
nouvelle de sa mort m'avait soulagé, il s'acharnerait à
me hanter jusqu'à la fin de mes jours.

Ne sachant trop que faire, j'allai m'accroupir pour
me cacher entre les voitures avec les autres gamins dont
pas un ne mesurait mieux que moi l'ampleur du cataclysme qui s'abattait sur les Wishnow. Ce fut cependant
à partir de ce qui se chuchotait là que je reconstituai
les circonstances de la mort, et appris que Seldon et sa
mère étaient dans la maison avec l'équipe médicale. Et
avec le cadavre. Le cadavre, c'est ce que les enfants
voulaient voir. Moi, j'attendis avec eux, ne tenant pas
à entrer par la porte de derrière au moment où on des-
cendrait Mr Wishnow, et n'ayant pas davantage envie
de me retrouver tout seul chez moi à attendre le retour
de ma mère, de mon père ou de Sandy. Quant à Alvin,
j'aurais voulu ne jamais le revoir, et que personne ne
me pose plus jamais de questions sur lui.

La femme qui sortit de la maison avec les infirmiers
n'était pas Mrs Wishnow mais ma mère. Je ne voyais
pas pourquoi elle était rentrée du travail, jusqu'au
moment où je commençai à me dire que ce père dont on
emportait le cadavre était le mien. Mais oui, bien sûr,
c'était mon père à moi qui s'était suicidé. Il ne supportait plus Lindbergh, ni ce qu'il laissait les nazis faire

aux Juifs russes et ce qu'il venait de faire à notre famille ici même, alors il s'était pendu — et dans notre placard à nous.

Je n'avais pas des centaines de souvenirs de lui, à cette époque, je n'en avais qu'un, et il ne me semblait nullement assez important pour être celui que ma mémoire doive retenir. Le dernier souvenir qu'Alvin avait de son père c'était l'instant où il avait refermé la portière de la voiture sur le doigt de son petit garçon ; moi, je revoyais le mien saluer le cul-de-jatte qui mendiait devant son bureau jour après jour d'un « comment ça va, P'tit Robert », à quoi l'autre répondait : « Ça va, Herman ? »

Je me glissai entre les voitures en stationnement et traversai la rue comme une flèche.

Quand je vis que le drap qui recouvrait le corps et le visage de mon père l'empêchait forcément de respirer, je me mis à pleurer.

« Non, non, non, chéri, il ne faut pas avoir peur », me dit ma mère. Elle m'entoura la tête de ses bras, m'attira contre elle et répéta : « Il ne faut pas avoir peur. Il était malade, il avait mal, et il est mort. Il n'a plus mal à présent.

— Il était dans la penderie.

— Mais non, il était dans son lit. Il est mort dans son lit. Il était malade, très très malade, tu le savais bien. C'était pour ça qu'il toussait tout le temps. »

À ce moment-là, les portes de l'ambulance s'ouvrirent toutes grandes pour recevoir le brancard. Les infirmiers le firent entrer avec précaution, et refermèrent les portes sur eux. Dans la rue, ma mère, debout à mes côté, ma main dans la sienne, était d'un calme qui me sidérait. Ce fut seulement lorsque je tentai de me dégager pour poursuivre l'ambulance en criant : « Il peut plus respirer ! » qu'elle comprit ce qui me torturait.

« C'est Mr Wishnow qui est mort, c'est Mr Wishnow ! » Elle me secoua sans brutalité pour me faire entendre raison. « C'est le père de Seldon, mon chéri. Il est mort de sa maladie cet après-midi. »

Je n'arrivais pas à savoir si elle mentait pour m'épargner la crise de nerfs, ou si elle disait la vérité merveilleuse.

« Seldon l'a trouvé dans la penderie ?

— Mais non, je te l'ai dit, Seldon a trouvé son père dans son lit. Sa mère n'était pas chez lui, alors il a appelé la police, et moi je suis venue parce que Mrs Wishnow m'a téléphoné au magasin pour me demander de l'assister. Tu comprends ? Papa est au travail. Papa travaille. Oh, mon Dieu, qu'est-ce que tu t'es imaginé ? Papa va rentrer dîner très bientôt. Sandy aussi. Il n'y a rien à craindre. Tout le monde va rentrer, tout le monde sera là, on va manger, et tout ira bien », dit-elle, rassurante.

Sauf que rien n'allait « bien ». L'agent du FBI qui m'avait cuisiné sur Alvin dans Chancellor Avenue s'était arrêté auparavant chez Hahne pour interroger ma mère, et à l'agence Metropolitan de Newark pour interroger mon père ; dès que Sandy avait quitté le bureau de tante Evelyn pour rentrer, il était monté dans le même bus que lui et s'était assis sur le siège voisin pour lui faire subir un interrogatoire, à lui aussi. Ce soir-là,

Alvin n'était pas à table avec nous pour l'apprendre. Il avait téléphoné pour dire à ma mère de ne rien lui garder. Apparemment, quand il faisait un malheur au poker ou au craps, il emmenait Shushy manger des grillades en ville au Hickory Grill. Mon père appelait Shushy « le malfrat associé ». Quant à Alvin, il le traita ce soir-là d'ingrat, d'imbécile, d'irresponsable, d'ignorant et d'incorrigible.

« Et amer, avec ça, dit tristement ma mère, si amer, à cause de sa jambe.

— Eh bien moi, j'en ai archimarre de sa jambe, dit mon père. Il est parti à la guerre. Qui lui a dit d'y aller ? Pas moi. Ni toi. Ni Abe Steinheim. Il voulait l'envoyer à la fac, Abe Steinheim. Il est parti à la guerre de son propre chef, et il a de la chance de pas y avoir laissé sa peau, il a de la chance de n'y avoir laissé que sa jambe. Ça suffit, Bess, je n'en veux plus de ce garçon. Voilà que le FBI interroge mes enfants, maintenant ? C'est déjà malheureux qu'ils nous harcèlent, toi et moi, et dans mon bureau encore, devant mon patron ! Non, il faut en finir, et en finir tout de suite. Nous sommes un foyer, nous sommes une famille. Puisqu'il mange en ville avec Shushy, il n'a qu'à aller vivre avec lui.

— Si seulement il voulait faire des études, dit ma mère, si seulement il voulait faire un métier...

— Il en a un, rétorqua mon père, traîne-savates. »

Le dîner fini, ma mère prépara un repas pour Seldon et Mrs Wishnow, et mon père l'aida à porter les plats au premier ; ils nous laissaient la vaisselle, à Sandy et à moi. Nous nous mîmes au travail comme presque tous les soirs, mais je fus incapable de tenir ma langue. Je racontai à mon frère la partie de craps, je lui parlai de l'agent du FBI et je lui parlai de Mr Wishnow : « Il est pas mort dans son lit. Maman dit pas la vérité. Il s'est suicidé, seulement elle veut pas le dire. Seldon l'a trouvé dans la penderie en rentrant de l'école. Il s'est pendu. C'est pour ça que la police est venue.

— Il avait la figure violette ? demanda mon frère.

— Il avait un drap sur lui, peut-être, je sais pas, je veux même pas le savoir. C'était déjà atroce de le voir bouger quand ils ont secoué la civière pour la monter dans l'ambulance. » Mais je n'osai pas dire tout haut que j'avais cru que c'était mon père, sur le brancard, de peur que la chose ne se produise vraiment. Le fait que mon père était vivant, et même bien vivant puisque furieux contre Alvin qu'il menaçait de mettre à la porte, ne changeait absolument rien à ma façon de penser.

« Comment tu sais qu'il était dans la penderie ? me demanda Sandy.

— C'est ce que disaient tous les autres garçons.

— Et toi tu les crois ? » Sa célébrité était en train de faire de Sandy un jeune homme très dur, dont l'incroyable confiance en soi frôlait de plus en plus la morgue quand il parlait de moi ou de mes copains.

« Sinon, pourquoi il y avait tous ces flics ? Parce qu'il est mort ? Mais des gens il en meurt tout le temps, dis-je tout en essayant de ne pas le croire. Il s'est tué, il avait pas le choix.

— Et c'est un délit, de se tuer ? me demanda mon frère. Qu'est-ce qu'ils allaient faire, le mettre en prison pour suicide ? »

Je ne savais pas. Je ne savais plus quelle était la loi, ni ce qui pourrait être légal ou illégal. Apparemment je ne savais même plus si mon propre père, qui venait de descendre avec ma mère, était vraiment vivant, ou s'il faisait seulement semblant, ou encore si l'ambulance vue était en train de le véhiculer, mort. Je ne savais plus rien. Je ne savais plus pourquoi Alvin était un mauvais garçon, au lieu d'en être un bon. Je ne savais plus si j'avais rêvé qu'un agent du FBI m'avait questionné dans Chancellor Avenue. Ça devait être un rêve mais, d'un autre côté, impossible puisque tous les autres disaient avoir été questionnés, eux aussi. À moins que ça ne fasse partie du rêve. La tête me tournait, je crus que j'allais m'évanouir. Je n'avais encore jamais vu personne s'évanouir, sauf au cinéma, et je ne m'étais encore jamais évanoui moi-même. Jamais non plus je n'avais regardé ma maison depuis le trottoir d'en face en regrettant que ce soit la mienne. Jamais je n'avais eu vingt dollars en poche. Jamais je n'avais connu quelqu'un dont le père s'était pendu dans le placard. Jamais encore je n'avais été obligé de grandir à ce rythme.

Jamais encore, le grand refrain de l'année 1942.

« Appelle maman, ça vaudra mieux, dis-je à mon frère. Appelle maman et dis-lui de rentrer tout de suite ! » Mais avant même que Sandy soit parvenu à la porte de service pour foncer chez les Wishnow, je me mis à vomir dans le torchon à vaisselle que j'avais gardé en main, et lorsque je m'écroulai, ce fut parce que ma jambe venait d'être emportée et que mon sang giclait partout.

Je gardai le lit six jours, avec une forte fièvre. J'étais

si faible et si prostré que le médecin de famille passait tous les soirs surveiller l'évolution de mon état, dans cette maladie infantile banale, qu'on appelle pourquoi-c'est-plus-comme-avant.

Le lendemain fut pour moi le dimanche suivant. L'après-midi touchait à sa fin et l'oncle Monty était en visite. Alvin était là, lui aussi, et si j'en croyais ce qui se disait à la cuisine comme je l'entendais de mon lit, il était resté introuvable depuis qu'il avait quitté la partie de craps les poches pleines de billets de cinq, dix et vingt dollars, le vendredi où Mr Wishnow s'était suicidé. Mais depuis le dîner de vendredi, j'étais parti moi-même, avec les chevaux et leurs sabots, prisonnier d'un kaléidoscope d'hallucinations où je voyais les bêtes de somme de l'orphelinat me poursuivre jusqu'aux confins du monde.

Or l'oncle Monty était de nouveau là, de nouveau il s'en prenait à Alvin en des termes que je n'aurais pas cru pouvoir être prononcés sous notre toit en présence de ma mère. Mais enfin, il savait le faire plier par des voies que mon père ne se serait jamais permises.

À la nuit, après que les vociférations eurent fait place aux lamentations sur la perte de l'oncle Jack, et que la voix de stentor de Monty se fut éraillée, Alvin accepta l'emploi au marché des primeurs qu'il avait refusé d'envisager la première fois que Monty le lui avait proposé. Dans le même désarroi que le jour où il était arrivé à Penn Station, après sa mutilation, aux mains de sa monumentale infirmière canadienne, dans le même abattement que lorsqu'il refusait de nous

regarder en face depuis son fauteuil roulant, il consen-
tit à résilier toute association avec Shushy, à renoncer
aux jeux d'argent dans les rues du voisinage. Lui qui
détestait s'abaisser tout autant que pleurer sidéra l'assistance : il éclata en sanglots de remords, supplia
qu'on lui pardonne, jura de ne plus se conduire comme
une brute envers mon frère, comme un ingrat envers
mes père et mère, de ne plus exercer sur moi de mauvaise influence, et de nous traiter tous avec la reconnaissance qui nous était due. L'oncle Monty l'avertit
que s'il manquait à sa parole, et continuait au contraire
de saboter le foyer de Herman, les Roth le renieraient
tout à fait.

Si les apparences portent à croire qu'il engagea tous
ses efforts dans ce premier emploi de bourrin, il ne tint
pas assez longtemps pour dépasser le statut de balayeur
manutentionnaire : il était là depuis guère plus d'une
semaine lorsque le FBI vint s'enquérir de lui, le même
agent, avec les mêmes questions menaçantes à force
d'être inoffensives qu'il nous avait posées à ma famille
et à moi, à ceci près qu'il insinua en outre aux autres
travailleurs qu'Alvin était un traître revendiqué, qui
tramait avec d'autres mécontents anti-américains d'as-
sassiner le président Lindbergh. Ces accusations étaient
ridicules, et pourtant, Alvin avait eu beau se montrer
exemplaire toute la semaine, et avoir juré ses grands
dieux de le rester, il fut mis à la porte sur-le-champ.
Comme il sortait, les nervis l'avertirent de ne jamais
remettre les pieds dans le voisinage du marché.
Lorsque mon père appela son frère au téléphone pour
exiger des explications, Monty répondit qu'il n'avait

pas eu le choix : c'étaient les sbires de Longy qui avaient exigé qu'il se débarrasse d'Alvin. À cette époque Longy Zwillman, élevé comme mon père et ses frères, tous fils d'immigrants, dans les vieux taudis juifs, régnait en potentat impitoyable sur le racket de Newark, et sur toute activité allant des paris au sabotage des grèves, en passant par les transports en camion refilés à des marchands comme Belmont Roth. Et comme les Fédéraux étaient bien les dernières personnes qu'il voulait voir fourrer leur nez dans ses affaires, Alvin perdit son emploi, quitta la maison, et la ville dans les vingt-quatre heures. Cette fois, il ne passa pas la frontière pour rallier Montréal et les commandos canadiens, il traversa le Delaware et gagna Philadelphie, où l'attendait un emploi chez l'oncle de Shushy, le roi des machines à sous, racketteur plus indulgent envers les traîtres, il faut croire, que son inégalable homologue du nord du New Jersey.

Au printemps 1942, pour fêter le succès des accords d'Islande, le président Lindbergh et madame donnèrent un dîner officiel à la Maison-Blanche en l'honneur de Joachim von Ribbentrop, ministre des Affaires étrangères. Ce dernier, c'était bien connu, avait vanté les mérites de Lindbergh auprès de ses collègues nazis, le présentant comme candidat idéal à la présidence des États-Unis, bien avant que les républicains ne l'enrôlent lors de leur convention de 1940. Pendant toute la durée des rencontres d'Islande, von Ribbentrop était aux côtés de Hitler à la table des négociations ; il fut aussi le premier leader nazi à être invité en Amé-

rique par un membre du gouvernement ou un orga-
nisme depuis que les fascistes avaient pris le pouvoir,
dix ans auparavant. Sitôt que la nouvelle du dîner avec
Ribbentrop fut rendue publique, il y eut un tollé dans la
presse libérale ; des meetings et des manifestations
furent organisés dans tout le pays pour protester contre
l'initiative de la Maison-Blanche. Pour la première fois
depuis qu'il avait quitté les affaires, l'ancien président
Roosevelt sortit de sa retraite, et depuis sa propriété de
Hyde Park, il adressa un bref discours à la nation, pres-
sant le président Lindbergh de revenir sur son invitation
« en pensant à tous les Américains épris de liberté, et en
particulier aux dizaines de milliers d'Américains d'ascendance européenne, qui voient le pays de leurs
ancêtres écrasé sous le joug nazi ».

Roosevelt fut promptement attaqué par le vice-président Wheeler pour son « ingérence politicienne » dans
la politique étrangère du président en fonctions : son
cynisme s'aggravait d'une totale irresponsabilité quand
il préconisait les mêmes stratégies dangereuses qui
avaient failli entraîner l'Amérique dans une guerre
sanglante en Europe du temps que les démocrates du
New Deal étaient au pouvoir. Wheeler lui-même était
un démocrate ; il avait exercé trois mandats dans le
Montana. Il était le premier et d'ailleurs le seul membre
de l'opposition à figurer sur le ticket du candidat à la
présidence depuis que Lincoln avait choisi Andrew
Johnson pour coéquipier, avant son second mandat, en
1864. Au début de sa carrière politique, il était même
tellement à gauche qu'il avait servi de porte-parole aux
leaders syndicaux gauchistes de Butte, il était alors

l'ennemi des Cuivres Anaconda — société minière qui régnait sur le Montana un peu comme sur un magasin d'entreprise. Partisan de FDR dès la première heure, son nom avait circulé comme candidat à la vice-présidence en 1932. Il avait commencé à bifurquer en 1924, pour faire équipe avec le sénateur réformiste du Wisconsin, Robert La Follette, sur le « ticket » présidentiel du Parti progressiste, soutenu par les syndicats ; après quoi, abandonnant La Follette et ses partisans dans la gauche américaine non communiste, il avait rejoint Lindbergh et les isolationnistes de droite pour contribuer à fonder America First. Il s'était mis à attaquer Roosevelt dans des diatribes antiguerre si extrêmes que ce dernier les avait dénoncées comme « les contrevérités les plus ignobles, les plus antipatriotiques jamais prononcées dans la vie publique » à sa génération. Wheeler avait été choisi comme colistier de Lindbergh en partie parce que, vers la fin des années trente, dans le Montana, sa machine de guerre avait aidé à faire élire des républicains au Congrès, mais aussi et surtout pour persuader le peuple américain de la force d'un soutien bipartisan à l'isolationnisme. En sa personne, le ticket comptait un candidat combatif, ressemblant fort peu à Lindbergh lui-même, qui aurait pour tâche d'attaquer son propre parti et de le traîner dans la boue chaque fois que l'occasion s'en présenterait — ce qu'il fit lors de la conférence de presse donnée dans son bureau vice-présidentiel, en prédisant que si la rhétorique belliqueuse irresponsable de Roosevelt à Hyde Park donnait le ton de la campagne démocrate à l'horizon des élections, ils se préparaient des revers électo-

raux plus cuisants encore que lors du raz de marée républicain de 1940.

Le week-end suivant, le Bund germano-américain
remplit quasiment Madison Square Garden : une foule
de vingt-cinq mille personnes vint soutenir le président Lindbergh dans son invitation au ministre des
Affaires étrangères allemand, et dénoncer les démocrates comme des va-t-en-guerre opiniâtres. Sous le
second mandat de Roosevelt, le FBI et les commissions
d'enquête parlementaires avaient neutralisé l'organisation, en la stigmatisant comme un front nazi, et en
inculpant ses hauts responsables. Mais sous Lindbergh,
le gouvernement s'étant abstenu de les harceler ou de
les intimider, les membres du Bund avaient repris du
poil de la bête et se présentaient désormais non plus
seulement comme des patriotes américains d'origine
allemande opposés à l'intervention américaine dans
des guerres étrangères, mais comme de farouches
ennemis de l'Union soviétique. La profonde fraternité
fasciste qui cimentait le Bund était désormais occultée
par des déclarations patriotiques tonitruantes sur le
péril d'une révolution communiste mondiale.

Organisation anticommuniste plutôt que pronazie,
le Bund n'avait rien perdu de son antisémitisme ; ses
tracts mettaient sur le même plan bolchevisme et
judaïsme, et ressassaient l'équation Juifs = partisans de
la guerre — au nombre desquels le ministre des
Finances Morgenthau et le financier Bernard Baruch,
qui avaient été les hommes de confiance de Roosevelt ;
bien entendu, fidèle aux propos énoncés dans la déclaration officielle de sa fondation, en 1936, l'organisation

affirmait « combattre la folie de la main de Moscou, la menace d'un monde rouge, et ses porteurs de bacille juifs » ; elle voulait « des États-Unis libres, dirigés par des non-Juifs ». Cependant, en 1942, à Madison Square Garden, les drapeaux nazis avaient disparu, ainsi que les brassards à croix gammée, les saluts hitlériens, les uniformes de SS, et la photo géante du Führer qu'on avait vue s'étaler lors du premier meeting, le 20 février 1939, événement présenté par le Bund comme « une simple parade pour l'anniversaire de George Washington ». Elles avaient disparu, les bannières qui proclamaient « Réveille-toi, Amérique ! Écrase les communistes juifs ! », ceux qui écrivaient les discours avaient cessé d'appeler Franklin D. Roosevelt Franklin D. Rosenfeld ; on ne voyait plus les gros boutons blancs distribués aux membres du Bund pour mettre à leur revers, les boutons blancs portant en lettres noires :

GARDONS L'AMÉRIQUE
EN DEHORS DE
LA GUERRE JUIVE

Pendant ce temps, Walter Winchell continuait d'appeler les bundistes « bandits », et Dorothy Thompson, journaliste de premier plan et femme de l'écrivain Sinclair Lewis, expulsée du rallye de 1939 pour avoir exercé ce qu'elle appelait son « droit constitutionnel de rire des propos grotesques énoncés dans une salle publique » (elle était sortie en criant « Bundaises foutaises, c'est *Mein Kampf* mot pour mot »), continuait de dénoncer leur propagande sans rien rabattre de sa verve. Dans l'émission du samedi soir qui avait suivi le meeting, Walter Winchell avait affirmé avec son aplomb coutumier que l'hostilité croissante envers le dîner donné pour von Ribbentrop marquait la fin de la lune de miel entre l'Amérique et Charles Lindbergh. « C'est la bourde présidentielle du siècle, disait-il, la bourde entre les bourdes, les hommes de main réactionnaires de notre président fascistophile la paieront de leur vie politique lors des élections de novembre. »

La Maison-Blanche, accoutumée à la déification quasi universelle de Lindbergh, sembla paralysée par le désaveu radical que l'opposition était en train de mobiliser si rapidement contre lui. Tandis que l'administration cherchait à prendre ses distances vis-à-vis du meeting du Bund à New York, les démocrates, bien résolus à ce que sa réputation ignominieuse rejaillisse sur Lindbergh, organisèrent leur propre meeting à Madison Square Garden. Dans des discours virulents, les orateurs dénoncèrent les uns après les autres les « Bundistes de Lindbergh », et puis, à la stupéfaction ravie de l'auditoire, on vit paraître à la tribune FDR lui-même. L'ovation de dix minutes que cette venue déclencha aurait duré plus longtemps encore si l'ancien président, forçant sa voix pour couvrir la clameur, n'avait lancé : « Chers compatriotes, chers compatriotes, j'ai quelque chose à dire à Mr Lindbergh et à Mr Hitler. Les circonstances m'obligent à déclarer sans équivoque que les maîtres du destin de l'Amérique c'est nous, et pas eux. » À ces mots si vibrants, empreints d'une telle force dramatique, chacun dans la foule (et dans notre séjour, et dans les séjours de toute la rue) se laissa emporter par la joyeuse illusion que la rédemption du pays était imminente.

« La seule chose dont il nous faille avoir peur, dit FDR à l'assistance en reprenant les cinq mots d'ouverture les plus célèbres d'un discours inaugural, c'est que Charles A. Lindbergh cède obséquieusement à ses amis nazis, et qu'il courtise sans vergogne, lui le président de la plus grande démocratie du monde, un despote coupable de crimes et d'actes de barbarie, un tyran cruel et sanguinaire, unique en son genre dans les annales de la malfaisance humaine. Mais nous, Américains, n'accepterons pas une Amérique dominée par Hitler. Nous, Américains, n'accepterons pas un monde dominé par Hitler. Aujourd'hui, toute la terre des hommes se divise entre servitude humaine et liberté. Nous... choisissons... la liberté ! Nous n'accepterons qu'une Amérique vouée à la liberté. S'il existe un complot ourdi ici même par les forces antidémocratiques qui rêvent d'une Amérique sur le modèle fasciste à la Quisling, ou par des nations étrangères avides de pouvoir et de suprématie, un complot pour réprimer le grand élan de liberté garantie par la Charte des Droits, ce document fondateur, un complot enfin pour mettre la démocratie américaine sous une règle despotique comme celle qui asservit les peuples conquis d'Europe — que ceux qui osent secrètement conspirer contre notre liberté comprennent bien que jamais nous, Américains, quelle que soit la menace, quel que soit le danger, ne renoncerons aux garanties de liberté posées en principe par nos ancêtres dans la Constitution des États-Unis. »

La riposte de Lindbergh vint quelques jours plus tard : il endossa son costume d'Aigle Solitaire, et un beau matin, de bonne heure, il décolla de Washington dans son Lockheed Interceptor bimoteur pour regarder les Américains au fond des yeux et leur assurer que toutes les décisions qu'il prenait avaient pour seul but d'accroître leur sécurité et garantir leur bien-être. À la moindre menace de crise, sa démarche était la même ; il survolait tout le pays pour atterrir dans les villes, cette fois-là jusqu'à quatre ou cinq par jour grâce à la vitesse phénoménale de l'Interceptor. Partout où son appareil se posait, une forêt de micros radiophoniques l'attendait, ainsi que les gros bonnets du coin, les correspondants de la presse nationale, la presse locale, et des milliers de simples citoyens massés pour apercevoir leur jeune président dans son célèbre blouson d'aviateur et son casque en cuir. Et à chaque escale, il faisait savoir qu'il voyageait sans escorte, sans la protection des services secrets ou de l'armée de l'air, tant il se sentait en sécurité dans l'espace aérien, et dans tout le pays à présent que son administration, en un peu plus d'un an, avait dissipé toute menace de guerre. Il rappelait à ses auditoires que depuis sa prise de fonctions il n'avait pas risqué la vie d'un seul jeune Américain, et qu'il en serait de même tant qu'il resterait aux commandes. Les Américains l'avaient mis à leur tête en toute confiance, et toutes les promesses qu'il leur avait faites, il les avait tenues.

Il n'en disait pas plus, ce n'était pas nécessaire.

Jamais il ne prononça le nom de von Ribbentrop ou celui de FDR, et il ne fit pas davantage allusion au Bund germano-américain ni aux accords d'Islande. Il n'eut pas un mot pour soutenir les nazis, ni pour dévoiler ce qui le rapprochait de leur chef et de ses buts, pas un mot même pour se féliciter que l'armée allemande soit en train de se remettre après ses pertes de l'hiver, et que, sur le front russe, les soviets soient repoussés de plus en plus loin vers l'est où les attendait leur défaite finale. Mais enfin, nul n'ignorait en Amérique l'inébranlable conviction du président, partagée par l'aile droite majoritaire dans son parti, à savoir que la meilleure protection contre l'expansion communiste en Europe, en Asie, au Moyen-Orient, et jusque dans notre hémisphère, c'était l'anéantissement de l'Union soviétique de Staline par la force militaire du Troisième Reich.

Fidèle à sa manière sympathique, avare de paroles, sans emphase, Lindbergh disait aux foules des aérodromes et aux auditeurs de la radio qui il était et ce qu'il avait fait ; et quand le moment était venu de reprendre son avion vers une nouvelle escale, s'il avait annoncé qu'à la suite du dîner de von Ribbentrop à la Maison-Blanche la Première Dame avait invité Hitler et sa compagne à fêter le week-end du 4 Juillet dans la chambre de Lincoln, il aurait encore été acclamé par ses compatriotes comme le sauveur de la démocratie.

Shepsie Tirschwell, l'ami d'enfance de mon père, faisait partie des monteurs-projectionnistes du News-reel, sur Broad Street, et ce depuis qu'avait ouvert, en

1935, ce cinéma qui était le seul en ville à ne diffuser
que des actualités. La séance durait une heure, se com-
posant de reportages, de brèves et d'une rubrique dite
« La Marche du Temps »; il y en avait tous les jours,
depuis le matin de bonne heure jusqu'à minuit. Tous les
jeudis, Mr Tirschwell et ses trois collègues sélection-
naient des reportages parmi les kilomètres de pellicule
fournis par les grandes compagnies comme Pathé et
Paramount et ils les montaient pour donner les dernières nouvelles, moyennant quoi des habitués comme
mon père, qui travaillait sur Clinton Street, à quelques
rues seulement, se tenaient au courant de l'actualité
nationale et des événements majeurs dans le monde,
ainsi que des instants les plus palpitants dans les matchs
de championnat, images qu'en cette ère de la radio, on
ne pouvait voir qu'au cinéma. Mon père tâchait de
trouver une heure par semaine pour voir une séance
complète, après quoi il nous racontait à table les faits
et les têtes qu'il avait vus : Tojo, Pétain, Batista, De
Valera, Arias, Quezón, Camacho, Litvinov, Joukov,
Hull, Welles, Harriman, Dies, Heydrich, Blum, Quisling, Gandhi, Rommel, Mountbatten, le roi George, La
Guardia, Franco, le pape Pie XII. Encore n'était-ce
qu'une liste abrégée de l'incroyable distribution de personnages à la une d'une actualité dont mon père nous
disait que nous nous souviendrions un jour pour la
transmettre à nos propres enfants, parce qu'elle serait
passée dans l'histoire.

« Car qu'est-ce que c'est que l'histoire ? nous
demandait-il le soir de façon toute rhétorique lorsqu'il
était d'humeur expansive et cultivait la veine péda-

gogique. L'histoire, c'est tout ce qui arrive partout. Ici
même à Newark ; dans Summit Avenue ; dans cette
maison, à un homme ordinaire — ça aussi ce sera de
l'histoire, un jour. »

Les week-ends où Mr Tirschwell travaillait, mon
père nous emmenait Sandy et moi compléter notre
éducation au Newsreel. Mr Tirschwell nous laissait des
invitations au guichet, et chaque fois que mon père
nous conduisait à la cabine, après la séance, il nous
donnait les mêmes leçons d'instruction civique. En
démocratie, le devoir majeur du citoyen est de se tenir
au courant de l'actualité, et on n'est jamais trop jeune
pour se tenir informé des nouvelles du moment. Nous
nous approchions du projecteur, dont il nous nommait
chaque pièce, et puis nous regardions les photos enca-
drées sur les murs, qui avaient été prises lors de la
soirée d'ouverture du cinéma en grande pompe, où le
premier et d'ailleurs le seul maire juif de Newark,
Meyer Ellenstein, avait coupé le ruban du hall et
accueilli les hôtes célèbres, au nombre desquels figu-
raient, nous disait-il en désignant leur photo, l'ancien
ambassadeur des États-Unis en Espagne et le fondateur
du grand magasin Bamberger.

Ce qui me plaisait le plus, au cinéma Newsreel,
c'était qu'on avait prévu des rangées de sièges assez
espacées pour que même un adulte ne soit pas obligé de
se lever s'il fallait livrer passage aux nouveaux arri-
vants, et puis on disait que la cabine de projection était
insonorisée, et que les dessins du tapis du hall représentaient des bobines de pellicule sur lesquelles on
marchait à l'entrée et à la sortie. Pour me rappeler autre

chose que la voix épique du présentateur Lowell Thomas, qui annonçait la plupart des nouvelles politiques,
ou l'enthousiasme de Bill Stern, commentateur sportif,
il faut que je revienne sur cette série de samedis de
1942, où j'avais neuf ans et Sandy quatorze et où mon
père nous avait emmenés voir tout spécialement le
meeting du Bund une semaine et FDR s'adressant au
meeting anti-von Ribbentrop la suivante. Le meeting
du Bund, je ne l'ai pas oublié, à cause de la haine que
m'inspiraient les bundistes scandant debout le nom de
von Ribbentrop comme s'il était président des États-
Unis ; et le discours de FDR je m'en souviens encore
parce que lorsqu'il proclama : « La seule chose dont il
nous faille avoir peur, c'est que Charles A. Lindbergh
cède obséquieusement à ses amis nazis », une moitié du
public se mit à siffler et à huer, tandis que l'autre, dont
mon père, applaudissait à tout rompre, et que je me
demandai si une guerre n'allait pas éclater ici même sur
Broad Street, en plein jour, et si, lorsque nous quitte-
rions cette salle obscure, nous allions trouver le centre-
ville réduit à des décombres, des ruines fumantes et des
incendies épars.

Sandy eut bien du mal à assister jusqu'au bout à ces
deux séances du Newsreel. L'ayant pressenti, il avait
d'ailleurs refusé l'invitation de mon père et ne nous
avait accompagnés que contraint et forcé. Au printemps
1942, quelques mois seulement avant d'entrer au lycée,
c'était un grand beau garçon mince, à la mise soignée
et aux cheveux bien peignés, qui, assis ou debout, se
tenait droit comme un cadet de West Point. Son expérience de porte-parole de premier plan pour Des Gens

parmi d'Autres lui avait conféré en outre un air d'autorité qu'on rencontre rarement chez quelqu'un d'aussi
jeune. Cet ascendant sur les adultes, cette audience
déférente auprès des jeunes du voisinage qui voyaient
en lui un modèle et rêvaient d'être retenus par le Bureau
d'assimilation pour un programme d'été avaient pris
mes parents par surprise; leur fils aîné leur paraissait
désormais plus intimidant que du temps où on le considérait comme un garçon affable et somme toute banal à
l'exception de ce don qu'il avait pour croquer les portraits. Moi, je l'avais toujours trouvé puissant, du fait
qu'il était mon aîné, et à présent il me semblait plus
puissant que jamais. Je l'admirais volontiers, même si
je m'étais détourné de lui depuis qu'Alvin m'avait
fait observer son opportunisme — et d'ailleurs cet
opportunisme, si Alvin ne se trompait pas dans son
choix de terme, s'il s'agissait bien de cela, pouvait passer pour un atout de plus, indice d'une maturité posée
et lucide, qui épousait sciemment les voies du monde.

S'il va de soi que le concept d'opportunisme
ne m'était guère familier à l'âge de neuf ans, Alvin
m'avait fait comprendre sans équivoque toute l'infamie
qui s'y attachait par le dégoût avec lequel il en stigma-
tisait mon frère, et le développement qu'il avait donné
au terme. Il sortait tout juste de l'hôpital, à l'époque, et
il était bien trop malheureux pour se contenir.

« C'est un rien du tout, ton frère, me dit-il un soir,
depuis son lit. C'est un moins que rien. » Sur quoi il
l'avait traité d'opportuniste.

« Ah bon? Pourquoi?

— Parce que les gens le sont, d'une manière géné-

rale, ils tirent la couverture à eux, et les autres peuvent
bien aller se faire pendre. Sandy est un enfoiré d'opportuniste. Et ta salope de tante, aux nichons comme
des obus, aussi. Et le grand rabbin itou. Tante Bess et
oncle Herman, c'est des gens honnêtes. Mais Sandy...
aller se vendre à ces salopards comme ça, à son âge,
avec son talent.... C'est vraiment un parfait abruti, ton
frère. »

Se vendre. Ce langage aussi m'était inconnu, mais je
le comprenais désormais aussi bien que le mot « opportuniste ».

« Il a fait quelques dessins, c'est tout », dis-je.

Mais Alvin n'était pas d'humeur à me permettre de
minimiser leur existence, d'autant qu'il était au courant
de l'affiliation de Sandy au programme de Lindbergh,
Des Gens parmi d'Autres. Je n'avais pas eu le courage
de lui demander comment il avait découvert ce que
j'avais résolu de ne jamais lui dire ; après avoir trouvé
les dessins par hasard sous le lit, il fallait croire qu'il
avait fouillé dans les tiroirs du buffet de la salle à
manger, où Sandy rangeait ses cahiers et son papier à
lettres, et qu'il y avait rassemblé des preuves assez
accablantes pour haïr mon frère jusqu'à la mort.

« Ça ne veut pas dire ce que tu crois », lui dis-je, tout
en pensant aussitôt : Qu'est-ce que ça pourrait bien
vouloir dire d'autre ? « Il le fait pour nous protéger,
pour qu'on n'ait pas d'ennuis.

— À cause de moi.

— Mais non !

— Mais c'est bien ce qu'il t'a dit. Pour que la

famille n'ait pas d'ennuis à cause d'Alvin. Voilà comment il justifie ses activités de merde.

— Et pourquoi tu veux qu'il fasse ça, sinon ? » lui
dis-je avec une innocence et une rouerie tout enfan-
tines, et sans savoir comment me sortir d'un conflit que
je venais d'envenimer en prenant bêtement la défense
de mon frère par un mensonge. « Où est le mal, s'il le
fait pour nous ?

— Je te crois pas, champion », se contenta-t-il de
répondre.

Conscient de ne pas faire le poids contre lui, je
renonçai à croire moi-même à ce que je disais. Si seulement Sandy m'avait avoué qu'il menait en effet une
double vie ! Si seulement c'était là sa façon de gérer
une situation épouvantable, s'il se déguisait en féal de
Lindbergh pour nous protéger ! Mais je l'avais vu chapitrer l'assistance dans les sous-sols de la synagogue, à
New Brunswick ; je savais qu'il était convaincu de ce
qu'il disait, et qu'il se délectait de l'attention qu'on lui
portait. Mon frère s'était découvert une envergure hors
du commun, et dans ces occasions où il vantait publiquement (en des termes écrits par tante Evelyn) les
bienfaits et l'enrichissement de huit semaines passées
comme ouvrier agricole juif au cœur du pays des gentils, dans ces occasions où il faisait ce que, il faut bien
l'avouer, je n'aurais pas détesté faire moi-même,
quelque chose de considéré comme normal et patriotique dans toute l'Amérique, et aberrant et délirant uniquement sous son toit — Sandy s'amusait comme un
petit fou.

Et puis l'histoire fit une nouvelle irruption fracassante dans notre vie, sous la forme d'une invitation adressée par le président Lindbergh et madame au rabbin Lionel Bengelsdorf et mademoiselle Evelyn Finkel, invitation au dîner officiel en l'honneur du ministre allemand des Affaires étrangères, le samedi 4 avril 1942. Avec son circuit des trente villes en solitaire, Lindbergh avait assis sa réputation d'homme du peuple au parler vrai et au réalisme pragmatique au-delà même de ce qu'elle était avant que Walter Winchell traite le dîner pour von Ribbentrop de « bourde du siècle ». Bientôt, les éditoriaux d'une presse nationale largement républicaine se mirent à ironiser avec délectation : la bourde du siècle, c'étaient FDR et les démocrates qui l'avaient commise en s'ingéniant à faire passer pour une sinistre conspiration un simple dîner cordial, donné à la Maison-Blanche pour un dignitaire étranger.

Tout abasourdis qu'ils aient pu être par la nouvelle de cette invitation, mes parents n'y pouvaient pas grand-chose. Quelques mois plus tôt, ils avaient confié à tante Evelyn leur déception à la voir compter parmi la poignée de Juifs fourvoyés qui s'étaient faits les valets du pouvoir en place. Il ne servait donc plus à rien de remettre en question son vague lien administratif avec le président des États-Unis. D'ailleurs, elle n'était pas mue par une conviction idéologique, comme on avait lieu de le croire du temps qu'elle était syndicaliste, ni même par une vulgaire ambition politique, ils le savaient bien. Elle, elle nageait dans le bonheur parce que le rabbin Bengelsdorf l'avait arrachée à sa vie d'institutrice suppléante et à sa mansarde de Dewey Street pour la transporter miraculeusement à la cour telle Cendrillon. Mais tout de même, lorsqu'elle téléphona un beau soir en annonçant à ma mère que le rabbin et elle s'étaient arrangés pour que mon frère les accompagne, aucun d'entre nous ne la prit au sérieux. On avait déjà du mal à se faire à l'idée qu'elle soit passée du jour au lendemain de notre petit milieu à la Marche du Siècle, et à présent il fallait que Sandy l'imite ? N'était-il pas assez saugrenu qu'il ait prononcé ce prêche en faveur de Lindbergh dans les soussols de la synagogue ? Non, c'était impensable, affirma mon père, entendant par là que c'était inacceptable ; saugrenu, certes, mais infâme, aussi. « Ça prouve seulement que ta tante est cinglée », dit-il à mon frère.

Peut-être l'était-elle en effet, peut-être qu'une notion exagérée de sa toute nouvelle importance lui portait au cerveau. Sinon, où aurait-elle trouvé l'audace de solliciter une invitation à une réception aussi grandiose pour son neveu de quatorze ans ? Sinon, comment aurait-elle obtenu du rabbin Bengelsdorf qu'il adresse à la Maison-Blanche une requête aussi extravagante ? Il fallait bien qu'elle ait insisté avec l'opiniâtreté intransigeante d'une fofolle nombriliste en pleine ascension sociale. Au téléphone, mon père tâcha de lui parler avec le plus grand calme. « Assez de ces niaiseries, Evelyn, nous ne sommes pas des gens importants. Fiche-nous la paix, s'il te plaît. Les gens ordinaires ont déjà bien assez de tracas comme ça. » Mais ma tante s'était donné pour mission de libérer un neveu exceptionnel de sa vie étriquée chez un beau-frère ignare et obscur, pour qu'il joue un rôle capital dans le monde, comme elle. Elle fut inébranlable. Il fallait absolument que Sandy assiste à ce dîner pour démontrer le succès de l'opération Des Gens parmi d'Autres ; c'était sa place en tant que représentant national du programme, et ce père qui en était resté au temps du ghetto ne saurait arrêter son fils, ni l'arrêter elle-même. Elle prit sa voiture et un quart d'heure plus tard, ce fut l'affrontement.

Après avoir raccroché, mon père ne cacha pas son ulcération et il se mit à hausser le ton à la manière de l'oncle Monty. « En Allemagne, Hitler a au moins la décence d'interdire le parti nazi aux Juifs. Entre ça, les brassards et les camps de concentration, on comprend au moins que les sales Juifs ne sont pas les bienvenus. Mais ici, les nazis prétendent ouvrir leur porte aux Juifs ! Et pourquoi ? Pour les endormir. Pour les endormir avec ce rêve grotesque qu'en Amérique tout baigne dans l'huile. Mais alors là, alors là ! cria-t-il, les inviter à serrer la main sanglante d'un criminel nazi ! Incroyable ! Leurs mensonges et leurs manigances sont sans répit. Ils trouvent le meilleur garçon du monde, le plus doué, le plus travailleur, le plus adulte... Non ! Ils se sont assez moqués de nous en le manipulant comme ils le font ! Il n'ira nulle part ! Ils m'ont déjà volé mon pays, ils ne vont pas me voler mon fils !

— Mais personne ne se moque de personne, cria Sandy, c'est une occasion très opportune ! » Surtout pour un opportuniste, complétai-je en mon for intérieur.

« Calme-toi », dit mon père. Et, mieux que la colère, cette fermeté tranquille fit comprendre à Sandy qu'il était sur le point de vivre le pire quart d'heure de sa vie.

Tante Evelyn frappait à la porte de service et ma mère se leva pour ouvrir. « Mais qu'est-ce qui lui prend à cette femme ? lança mon père dans son dos, je lui ai dit de nous ficher la paix et la voilà qui rapplique, cette folle ! »

Ma mère n'était nullement en désaccord avec lui sur le chapitre, mais elle lui jeta tout de même un regard implorant dans l'espoir de l'amener à un peu de mansuétude envers tante Evelyn, même si la bêtise irresponsable avec laquelle elle exploitait le zèle de Sandy n'en méritait guère.

Tante Evelyn fut stupéfaite, ou affecta de l'être, en découvrant l'incapacité de mes parents à comprendre tout l'intérêt, pour un garçon de l'âge de Sandy, d'être invité à la Maison-Blanche, l'incidence qu'aurait ce dîner sur son avenir... « La Maison-Blanche ne m'impressionne pas, cria mon père en donnant du poing sur la table pour la faire taire quand elle eut prononcé ces deux mots pour la quinzième fois. Moi, tout ce qui m'impressionne, c'est celui qui y vit. Or celui qui y vit en ce moment est un nazi. — Mais non, soutint Evelyn. — Tu vas peut-être me dire que Herr von Ribbentrop n'est pas un nazi, lui non plus ? » Pour toute réponse, ma tante traita mon père de trouillard, de provincial, d'inculte et de borné, à quoi il rétorqua en lui disant qu'elle n'était qu'une parvenue écervelée et crédule. De part et d'autre de la table de cuisine, la dispute s'envenima, chaque adversaire aiguillonnant l'autre d'insultes cuisantes jusqu'à ce qu'une phrase de ma tante, relativement anodine, en somme, sur les ficelles que le rabbin Bengelsdorf avait dû tirer pour Sandy fût la goutte d'eau qui fit déborder le vase : mon père se leva de table et lui dit de vider les lieux. Il sortit de la cuisine et passa dans le vestibule du fond, où il ouvrit la porte qui donnait sur la cage d'escalier, en lui lançant : « Va-t'en, sors d'ici, et n'y remets jamais les pieds. Je ne veux plus jamais te revoir dans cette maison. »

Elle n'y crut pas davantage que nous tous. Moi, je pris la chose pour une plaisanterie, une phrase sortie d'un film avec Abbott et Costello. Sors d'ici, Costello. Si tu dois continuer à te conduire aussi mal, va-t'en de cette maison et n'y reviens jamais.

Ma mère quitta à son tour cette table où trois adultes avaient pris le thé, et elle suivit mon père dans le vestibule.

« Bess, cette femme est une sotte, lui dit-il, une sotte infantile qui ne comprend rien à rien, une sotte dangereuse.

— Ferme cette porte, s'il te plaît, lui dit ma mère.

— Evelyn, lança-t-il, sors d'ici tout de suite, va-t'en.

— Ne fais pas ça, chuchota ma mère.

— J'attends que ta sœur sorte de chez moi.

— De chez nous », corrigea ma mère, puis elle retourna à la cuisine. « Ev, rentre chez toi, ça va se calmer, tout ça », dit-elle à voix basse. Tante Evelyn était affalée sur la table, tête cachée dans ses mains. Ma mère la prit par le bras et la mit debout, puis elle la raccompagna jusqu'à la porte de service et sortit avec elle ; on aurait dit que notre tante si affirmée, si pétulante, venait d'être touchée par une balle et qu'on l'emportait moribonde. Puis nous entendîmes mon père claquer la porte.

« Cette femme croit qu'elle va au bal, nous expliqua-t-il à Sandy et à moi lorsque nous entrâmes dans le vestibule pour évaluer les conséquences du carnage. Elle croit que c'est un jeu. Vous êtes allés au cinéma Newsreel, je vous y ai emmenés. Vous savez ce que vous y avez vu.

— Oui », dis-je. Il me semblait qu'il me fallait dire quelque chose puisque mon frère refusait de parler. Il avait supporté stoïquement l'ostracisme dont Alvin l'avait frappé, il avait supporté stoïquement les séances au Newsreel et en ce moment même il supportait stoïquement le bannissement de sa tante favorite : à quatorze ans, déjà, il ne déparait pas notre collection de fortes têtes familiales, et il était bien résolu à faire face à tout.

« Eh bien, dit mon père, ce n'est pas un jeu, c'est une lutte. Ne l'oubliez pas, c'est une lutte. »

Je dis oui de nouveau.

« Dans le monde extérieur... », mais il s'interrompit.

Ma mère n'était pas revenue. J'avais neuf ans, et je me dis qu'elle ne reviendrait jamais. Et il est bien possible que mon père, avec ses quarante et un ans, ait pensé la même chose. Cet homme que les épreuves avaient libéré de bien des alarmes n'était pas exempt d'anxiété à l'idée de perdre sa précieuse femme. Désormais, aucun d'entre nous ne se croyait à l'abri des catastrophes, et il regarda ses enfants comme s'ils avaient été dépossédés de leur mère avec la même soudaineté qu'Earl Axman de la sienne la nuit de sa dépression nerveuse. Lorsqu'il passa au salon pour jeter un coup d'œil par la fenêtre, Sandy et moi lui emboîtâmes le pas. La voiture de tante Evelyn n'était plus garée devant chez nous ; ma mère n'était plus sur le trottoir, ni dans l'allée du jardin ni même sur le trottoir d'en face, et mon père ne la trouva pas davantage à la cave lorsqu'il s'y précipita en criant son nom. Elle n'était pas non plus avec Seldon et sa mère, en train de dîner à la cuisine lorsque mon père frappa et qu'on nous ouvrit la porte.

« Vous avez vu Bess ? » dit mon père à Mrs Wishnow.

Mrs Wishnow était une grande femme gauche et un peu hommasse, qui marchait les poings serrés. Chose incroyable, au temps où mon père l'avait connue, avec sa famille, dans le Troisième District, avant la guerre de 14-18, il paraît que c'était une jeune fille rieuse et insouciante. À présent qu'elle était à la fois mère et chef de famille, mes parents louaient en permanence le mal qu'elle se donnait sans compter pour Seldon. Sa vie à elle était assurément un combat, il suffisait de regarder ses poings.

« Qu'est-ce qui se passe ? lui demanda-t-elle.

— Bess n'est pas chez vous ? »

Seldon se leva de table pour nous dire bonjour. Depuis le suicide de son père, mon aversion à son égard s'était aggravée, et à la fin des cours je me cachais derrière l'école quand je savais qu'il allait m'attendre à la sortie pour faire le chemin avec moi. Nous n'habitions qu'à une rue de l'école, et pourtant, le matin, je descendais l'escalier à pas de loup avec un quart d'heure d'avance pour partir sans qu'il s'en aperçoive.

Mais en fin d'après-midi, je tombais immanquablement sur lui, même si je me trouvais à l'autre bout de Chancellor Avenue. Dès que j'allais faire une commission, il était sur mes talons, comme par hasard. Et chaque fois qu'il montait pour tenter de m'apprendre à jouer aux échecs, je faisais la sourde oreille et n'ouvrais pas la porte. Lorsque ma mère était à la maison, elle tentait de me persuader de jouer avec lui en me rappelant ce que je voulais justement oublier : « Son père était un joueur d'échecs extraordinaire. Il y a des années, il a été champion du centre sportif. Il a appris à Seldon, et maintenant Seldon n'a plus personne pour jouer avec lui, alors il voudrait bien jouer avec toi. » Je lui répondais que je n'aimais pas ce jeu, que je n'y comprenais rien, que je ne savais pas y jouer, mais au bout d'un moment je n'avais plus le choix et Seldon arrivait avec l'échiquier et les pièces ; je m'installais avec lui à la table de cuisine, et il se mettait aussitôt en devoir de me rappeler que c'était son père qui avait fabriqué l'échiquier et trouvé les pièces. « Il est allé à New York, il savait exactement où se rendre et il a trouvé les pièces parfaites — elles sont belles, hein ? Elles sont en bois spécial. Et puis il a fabriqué l'échiquier. Il a trouvé le bois et il l'a découpé — tu vois les différentes couleurs ? » Pour l'empêcher de discourir sans cesse sur ce père terrifiant dans la mort, je ne trouvais rien de mieux que de le bombarder des dernières histoires de chiottes entendues à l'école.

Lorsque nous remontâmes chez nous, je compris que mon père allait épouser Mrs Wishnow : un soir, bientôt, nous transporterions tous trois nos affaires par l'es-

calier de service; nous nous installerions avec elle et
Seldon et, sur le chemin de l'école ainsi qu'au retour, il
n'y aurait plus moyen de l'éviter, lui et son besoin permanent de réconfort; une fois rentré, il me faudrait
poser mon manteau là où le père de Seldon s'était
pendu. Sandy coucherait dans la véranda des Wishnow
comme il l'avait fait dans la nôtre du temps qu'Alvin
était chez nous, et moi je coucherais dans la chambre du
fond, à côté de Seldon, pendant que mon père dormirait
là où le père de Seldon avait dormi, aux côtés de la
mère de Seldon, avec ses poings serrés.

L'envie me prit d'aller jusqu'au coin de la rue pour
attraper un bus et disparaître. J'avais gardé les vingt
dollars d'Alvin cachés au bout d'une chaussure, dans le
fond de la penderie. Avec cet argent, je prendrais un
bus, je descendrais à Penn Station, et j'achèterais un
aller simple pour Philadelphie, où je retrouverais Alvin.
Je ne reviendrais jamais vivre avec les miens. Je reste-
rais avec lui, et je soignerais son moignon.

Ma mère nous téléphona dès qu'elle eut mis tante
Evelyn au lit. Le rabbin Bengelsdorf se trouvait à
Washington, mais Evelyn lui avait parlé au téléphone,
après quoi elle lui avait passé ma mère. Il lui avait
assuré qu'il savait mieux que son crétin de mari ce qui
était dans l'intérêt des Juifs et ce qui ne l'était pas. La
façon dont Herman venait de traiter Evelyn ne s'ou-
blierait pas de sitôt, surtout après le mal qu'il s'était
personnellement donné pour ce neveu, à la demande
d'Evelyn. Le rabbin dit à ma mère pour conclure que,
l'heure venue, il prendrait les mesures adéquates.

Vers dix heures, mon père partit chercher ma mère.

Sandy et moi étions déjà en pyjama lorsqu'elle entra dans notre chambre, s'assit sur mon lit et me prit la main. Je ne l'avais jamais vue aussi fatiguée — non pas épuisée comme Mrs Wishnow, certes, mais tout de même bien loin de la mère inlassable, contente de son sort et bien dans sa peau qu'elle était à l'époque où ses soucis se ramenaient à joindre les deux bouts avec les cinquante dollars net que son mari rapportait toutes les semaines. Un travail en ville, une maison à tenir, une sœur ouragan, un mari inébranlable, un fils de quatorze ans trop têtu, un autre de neuf trop anxieux — ce flot de soucis conjugués, avec toute l'énergie qu'ils absorbaient, n'aurait pas suffi à avoir raison d'une femme aussi pleine de ressources qu'elle — seulement, en plus, il y avait Lindbergh.

« Qu'est-ce qu'on fait, Sandy ? lui demanda-t-elle. Tu veux que je t'explique pourquoi papa ne tient pas à ce que tu y ailles ? Tu veux qu'on en parle calmement tous les deux ? Il va bien falloir qu'on en discute, toi et moi, en tête à tête. Parfois papa sort de ses gonds, mais pas moi, tu le sais. Tu peux me faire confiance, je t'écouterai. Mais il faut qu'on prenne du recul sur ce qui se passe. Parce que c'est vrai que tu ne gagnerais peut-être rien à te mouiller davantage dans cette affaire. Tante Evelyn a peut-être eu tort. C'est une exaltée, chéri. Elle l'a toujours été. Dès qu'il se passe quelque chose qui sort de l'ordinaire, elle perd tout sens critique. Papa pense que... Je continue, mon chéri, ou tu veux dormir ?

— Fais comme tu veux, dit Sandy sans émotion.

— Continue », dis-je.

Ma mère me sourit. « Pourquoi ? Qu'est-ce que tu veux savoir, toi ?

— Pourquoi tout le monde crie.

— Parce que tout le monde voit les choses différemment. »

Puis elle ajouta en me donnant un baiser : « Les idées se bousculent dans la tête de tout le monde. » Mais quand elle se pencha sur le lit de Sandy pour l'embrasser, il enfonça le visage dans son oreiller.

D'ordinaire, mon père partait travailler avant notre réveil, et ma mère se levait tôt pour prendre son petit déjeuner avec lui, préparer nos sandwiches du midi, les envelopper dans du papier sulfurisé et les mettre au réfrigérateur ; ensuite elle partait au travail elle-même, non sans s'être assurée que nous étions prêts pour l'école. Le lendemain, pourtant, mon père ne partit pas avant d'avoir clairement expliqué à Sandy pourquoi il n'irait pas à la Maison-Blanche, et pourquoi il ne devait plus participer à aucun des programmes parrainés par le BA.

« Ces amis de von Ribbentrop ne sont pas tes amis, lui dit-il. Toutes les ignominies que Hitler a réussi à faire à l'Europe, tous les mensonges infects qu'il a racontés aux autres pays sont sortis de la bouche de von Ribbentrop. Un jour, tu apprendras ce qui s'est passé à Munich, tu étudieras comment von Ribbentrop a piégé Chamberlain pour lui faire signer un accord qui ne vaut même pas les deux sous de papier sur lequel il est écrit. Tu n'as qu'à lire ce qu'on dit de lui dans *PM*. Tu n'as qu'à écouter ce qu'en dit Winchell — il l'appelle von Ribbensnob. Tu sais ce qu'il faisait dans la vie, avant la guerre ? Il vendait du champagne. C'est un marchand de vin, Sandy. Un imposteur, un ploutocrate, un voleur, un imposteur. Même sa particule est bidon. Mais toi tu ne sais rien de tout ça. Tu ne sais rien de von Ribbentrop, rien de Goering, tu ne sais rien de Goebbels, de Himmler et de Hess. Moi si, par contre. Tu as déjà entendu parler du château en Autriche où Herr von Ribbentrop régale ses pairs, les criminels nazis ? Tu sais comment il l'a acquis, ce château ? Il l'a volé. L'aristocrate qui en était propriétaire, Himmler l'a jeté dans un camp de concentration, et maintenant, le château appartient à ce marchand de vin. Est-ce que tu sais où est Dantzig, Sandy ? Est-ce que tu sais ce qui s'est passé, là-bas ? Est-ce que tu sais ce que c'est que le Traité de Versailles ? Et *Mein Kampf*, ça te dit quelque chose ? Demande à Mr von Ribbentrop, il va t'en parler, lui. Et moi aussi je vais t'en parler, mais pas du point de vue nazi. Je me tiens au courant, je lis, et je sais qui sont ces assassins, fils. Et je t'interdis formellement de les approcher.

— Ça, je te le pardonnerai jamais, répondit Sandy.

— Oh que si, intervint ma mère. Un jour tu comprendras que papa ne veut que ton bien. Il a raison, mon chéri, crois-moi. Tu n'as rien à faire avec ces gens, ils se servent de toi, c'est tout.

— Tante Evelyn ? Tante Evelyn se sert de moi ? Elle me fait inviter à la Maison-Blanche, et c'est ça se servir de moi ?

— Oui, dit ma mère avec tristesse.

— Non ! c'est pas vrai. Désolé, mais je peux pas laisser tomber tante Evelyn.

— C'est ta tante Evelyn qui nous a laissés tomber, reprit mon père. Des Gens parmi d'Autres ! ajouta-t-il avec mépris. Le seul but de ce prétendu Des Gens parmi d'Autres, c'est de dresser les enfants juifs contre leurs parents pour en faire une cinquième colonne.

— Quelle connerie ! s'exclama Sandy.

— Arrête, arrête immédiatement, dit ma mère. Tu te rends compte qu'on est la seule famille du coin à traverser ce genre de conflit ? Toutes les autres ont le bon sens de continuer à vivre comme avant l'élection en oubliant qui est le président. Et nous aussi, du reste. Il s'est passé des choses regrettables, mais à présent c'est fini. Alvin est parti, tante Evelyn est partie, tout va rentrer dans l'ordre.

— Et quand est-ce qu'on part au Canada, alors, avec votre délire de persécution ?

— N'imite pas ton idiote de tante, lui répondit mon père, index tendu vers lui. Et ne nous réponds plus jamais comme ça.

— Tu n'es qu'un dictateur, lui lança Sandy, un dictateur pire que Hitler. »

Mes parents, élevés l'un comme l'autre par des pères de la vieille Europe qui n'hésitaient pas à dresser leurs enfants par les moyens de coercition traditionnels, n'auraient jamais levé la main sur Sandy et moi, et d'ailleurs ils étaient hostiles aux châtiments corporels en général. Par conséquent, après s'être fait traiter de dictateur pire que Hitler par son fils, mon père tourna les talons, écœuré, et partit au travail pour toute

réponse. Mais sitôt qu'il eut passé la porte, à ma stupéfaction, ma mère gifla Sandy à toute volée. « Tu
comprends le service qu'il vient de te rendre, ton père ?
lui hurla-t-elle. Tu comprends pas le tort que tu allais te
faire ? Finis ton déjeuner et file à l'école. Et tu as intérêt à rentrer après. Ton père a dicté la loi, tu ferais bien
d'obéir. »

Il s'était laissé gifler sans tressaillir, mais à présent,
paré à résister, il voulut magnifier son héroïsme en lui
affirmant avec effronterie : « J'irai à la Maison-Blanche
avec tante Evelyn, que ça vous plaise ou pas, à vous, les
Juifs du ghetto. »

Et comme si cette matinée n'était pas assez abominable, comme si un tel chaos n'était pas assez choquant
sous notre toit, elle lui fit payer au plus juste son défi
filial en lui allongeant une deuxième gifle, et, cette fois,
il éclata en sanglots. Dans le cas contraire, notre pru-
dente mère aurait levé sa main si tendre, si gentille et si
maternelle pour le frapper une troisième, une quatrième, une cinquième fois. « Elle ne sait plus ce qu'elle
fait, pensai-je, c'est devenu une autre femme, ils sont
tous méconnaissables. » Je pris mes affaires et filai par
la porte de derrière, et au bout de l'allée du garage,
comme si la journée n'était pas assez sinistre, je vis Seldon qui m'attendait sur le perron pour m'accompagner
à l'école.

Au retour du bureau, une quinzaine de jours plus
tard, mon père fit une halte au Newsreel pour attraper
au vol les actualités qui couvraient le dîner von Ribbentrop. Or, en montant voir son vieil ami Shepsie Tir-

schwell dans la cabine de projection après la séance, il apprit qu'il se préparait à partir pour Winnipeg le 1ᵉʳ juin avec sa femme, ses trois enfants, sa mère et les parents de sa femme, qui étaient âgés. Des représentants de la petite communauté juive de Winnipeg l'avaient aidé à trouver un emploi de projectionniste sur place ; ils avaient repéré des appartements pour toute la famille dans un quartier juif modeste très semblable au nôtre. Les Canadiens lui avaient également procuré un prêt à taux avantageux pour payer le voyage et l'aider à entretenir ses beaux-parents le temps que Mrs Tirschwell trouve du travail. Il confia à mon père qu'il quittait la mort dans l'âme sa ville natale, ses vieux amis qui lui étaient si chers, et que, bien sûr, il regrettait son poste unique en son genre au cinéma le plus important de Newark. Tout cela était une grande perte, un grand sacrifice, mais depuis quelques années, le film des actualités brut et non expurgé qu'il voyait se dérouler au fil des reportages à travers le monde l'avait convaincu qu'il existait une face cachée du pacte conclu en Islande par Lindbergh et Hitler en 1941 : une fois que Hitler aurait vaincu l'URSS, envahi et conquis l'Angleterre (entre-temps le Japon aurait vaincu la Chine, l'Inde et l'Australie pour achever l'instauration d'un Ordre Nouveau dans tout l'Extrême-Orient), le président de l'Amérique pourrait établir chez lui le Nouvel Ordre fasciste, dictature totalitaire sur le modèle hitlérien. Le terrain serait ainsi préparé pour le dernier grand combat sur notre continent, et l'Allemagne envahirait, conquerrait, nazifierait l'Amérique du Sud. Dans deux ans, lorsque la croix gammée flotte-

rait sur les maisons du Parlement à Londres, et le Soleil
Levant sur Sydney, Delhi et Pékin, lorsque Lindbergh
aurait été élu à la présidence pour un second mandat de
quatre ans, les frontières entre les États-Unis et le
Canada seraient fermées, les relations diplomatiques
entre les deux pays rompues, et, pour attirer l'attention
des Américains sur le grave danger interne qui exigeait
de rogner leurs droits constitutionnels, on lancerait
une attaque massive contre les quatre millions et demi
de Juifs d'Amérique.

Après la visite à Washington de Mr von Ribbentrop
— et le triomphe qu'elle représentait pour les plus
dangereux partisans américains de Lindbergh —,
c'était ce que Mr Tirschwell voyait venir ; cette hypothèse était tellement plus pessimiste que toutes les prédictions de mon père qu'il préféra ne pas nous la répéter, ni même mentionner le départ imminent des
Tirschwell quand il revint dîner ce soir-là, persuadé que
la nouvelle m'affolerait, qu'elle exaspérerait Sandy et
que ma mère se mettrait à hurler qu'il fallait émigrer
tout de suite. Depuis la prise de fonctions de Lindbergh,
un an et demi plus tôt, on estimait à deux ou trois cents
seulement le nombre de familles juives ayant élu domicile de façon définitive au Canada, havre de paix. Les
Tirschwell étaient les premiers fugitifs que ma famille
connût à titre personnel ; leur décision avait ébranlé
mon père.

Et puis il y avait eu le choc de voir sur la pellicule le
nazi von Ribbentrop et sa femme chaleureusement
accueillis à la Maison-Blanche par le président Lindbergh et madame. Et le choc de voir tous les hôtes de

marque descendre de leurs limousines un sourire impa-
tient aux lèvres à la perspective de ce dîner suivi d'un
bal en présence de Mr von Ribbentrop — invités parmi
lesquels se trouvaient, manifestement tout aussi
enchantés que les autres par cet événement infâme, le
rabbin Lionel Bengelsdorf et miss Evelyn Finkel.
« Incroyable, dit mon père, elle avait un sourire jusqu'aux oreilles, quant au futur, on aurait dit que le dîner
était donné pour lui. J'aurais voulu que vous le voyiez
faire des petits saluts de la tête à tout le monde comme
s'il avait la moindre importance ! — Mais pourquoi tu
es allé voir ça, lui dit ma mère, ça ne pouvait que te
retourner, forcément. — J'y suis allé parce que tous
les jours je me pose la même question : Des choses
pareilles, se produire en Amérique ? Comment est-ce
possible ? Comment des gens pareils peuvent-ils diriger
notre pays ? Si je ne le voyais pas de mes propres yeux,
je croirais avoir des hallucinations. »

Nous venions tout juste de passer à table, et pourtant
Sandy posa ses couverts, et en marmonnant : « Il se
passe rien en Amérique, absolument rien », il se leva,
pas pour la première fois d'ailleurs, depuis le matin
où ma mère l'avait giflé. Pendant les repas, désormais,
dès la moindre allusion à l'actualité, il se levait sans
s'expliquer ni s'excuser, et disparaissait dans notre
chambre en fermant la porte derrière lui. Au début, ma
mère le suivit, elle entra lui parler, le prier de se
remettre à table, mais il restait à son bureau, taillant
un de ses fusains, ou bien gribouillant sur son carnet
jusqu'à ce qu'elle le laisse tranquille. Il ne voulait
même pas me parler lorsque, la solitude me pesant

trop, je lui demandais combien de temps il allait faire ça. Je commençais à me poser cette question : n'allait-il pas prendre ses cliques et ses claques et partir, non pas chez tante Evelyn, mais chez les Mawhinney, dans leur ferme du Kentucky ? Il changerait de nom et se ferait appeler Sandy Mawhinney, et nous ne le reverrions plus jamais, pas davantage qu'Alvin. Pas la peine de le kidnapper, lui, il s'était kidnappé tout seul, livré aux chrétiens, pour ne plus rien avoir à faire avec les Juifs. Pas la peine de le kidnapper, Lindbergh l'avait déjà ravi, avec tous les autres.

Son attitude me perturbait tellement que, le soir, je me mis à faire mes devoirs à la cuisine pour éviter son regard. C'est ainsi que je surpris mon père — dans le séjour avec ma mère, il lisait le journal tandis que Sandy s'enfermait avec mépris au fond de l'appartement — en train de rappeler à ma mère que les dissensions que nous vivions étaient précisément celles que les antisémites de Lindbergh espéraient déclencher entre les parents juifs et leurs enfants par des programmes comme Des Gens parmi d'Autres. Mais que l'avoir compris ne faisait que renforcer sa décision de ne pas suivre l'exemple de Shepsie Tirschwell et de ne pas partir.

« Mais qu'est-ce que tu me racontes, dit ma mère, tu es en train de me dire que les Tirschwell partent au Canada ? — En juin, oui. — Mais pourquoi ? Pourquoi en juin ? Qu'est-ce qui va se passer en juin ? Quand est-ce que tu l'as appris ? Pourquoi tu n'as rien dit ? — Parce que je savais que ça te contrarierait. — C'est bien certain, et à juste titre, non ? Mais enfin, Herman, pourquoi donc partent-ils en juin ? » À présent, elle exigeait de le savoir. « Parce que, selon Shepsie, l'heure est venue. N'en parlons plus, dit mon père à voix basse. Le petit est dans la cuisine, il a assez peur comme ça. Si Shepsie pense que l'heure est venue, ça le regarde, je lui souhaite bonne chance. Il visionne les actualités à longueur de journée, les actualités c'est sa vie, or les actualités sont terribles, et ça lui porte au cerveau, voilà pourquoi il a pris cette décision. — Il a pris cette décision parce qu'il est bien informé, souligna ma mère. — Moi aussi, je suis bien informé, répondit vivement mon père. Je ne suis pas moins bien informé que lui. Ma conclusion est différente, c'est tout. Tu ne comprends donc pas que ces salauds d'antisémites veulent qu'on se sauve, justement ? Ils veulent nous pousser à bout pour qu'on parte pour de bon. Après quoi les goyim auront ce pays formidable pour eux tout seuls. Eh bien, moi, j'ai une meilleure idée. Ils n'ont qu'à partir eux-mêmes, ils n'ont qu'à y aller, tous tant qu'ils sont, vivre chez leur Führer dans l'Allemagne nazie ! comme ça, c'est nous qui aurons un pays formidable. Écoute, Shepsie peut bien faire ce qu'il juge bon, nous on bouge pas. Il y a encore une Cour suprême, dans ce pays, et grâce à Franklin Roosevelt, elle est libérale, et elle est là pour veiller sur nos droits. Il y a le juge Douglas, il y a le juge Frankfurter, il y a le juge Murphy et le juge Black, et ils sont là pour faire appliquer les lois. Il y a encore des types bien, dans ce pays. Il y a Roosevelt, il y a Ickes, il y a le maire La Guardia. En novembre, on aura des élections au Congrès. On a encore des urnes, les gens votent sans qu'on ait besoin de leur dire ce qu'ils ont à faire.— Et pour quoi ils vont voter ? » demanda ma mère, à quoi elle répondit aussitôt elle-même : « Les Américains vont voter, et les républicains en sortiront encore plus forts. — Chut ! Baisse un peu la voix, je te prie. En novembre, on verra bien les résultats des élections, et il sera toujours temps de se décider. — Et s'il n'est plus temps ? — Il sera temps. Je t'en prie, Bess, ça peut pas recommencer comme ça tous les soirs. » C'est ainsi qu'il eut le dernier mot, mais il est probable que la seule chose qui réduisit ma mère au silence fut de me savoir en train de faire mes devoirs dans la cuisine.

Le lendemain, au sortir de l'école, je descendis Chancellor Avenue, longeai Clinton Place, dépassai le lycée — si loin, je ne risquais guère d'être reconnu — et j'attendis un bus qui me mène en ville, au Newsreel. J'avais vérifié les horaires la veille. Il y avait une séance qui débutait à quatre heures moins cinq ; si j'attrapais le bus 14 à cinq heures en face du cinéma sur Broad Street, cela me donnerait tout le temps de rentrer chez moi avant le dîner, voire plus tôt, selon que la soirée von Ribbentrop passerait en début ou en fin de programme. D'une façon ou d'une autre, je voulais absolument voir tante Evelyn à la Maison-Blanche, car, loin d'être effaré et indigné par son geste comme mes parents, le simple fait d'être convié là-bas me semblait un destin plus extraordinaire que tout ce qui pouvait arriver à ma famille, si l'on excepte le destin d'Alvin.

UN GROS BONNET NAZI À LA MAISON-BLANCHE, proclamait la banderole de chaque côté de la marquise triangulaire du cinéma. Seul, sans mon frère, Earl Axman ou l'un de mes parents, ce fut avec le frisson de la délinquance que je grimpai les marches jusqu'à la guérite et demandai un billet.

« Un enfant sans accompagnateur ? Pas question, me dit la dame du guichet.

— Je suis orphelin, lui dis-je. Je viens de l'orphelinat de Lyons Avenue. La sœur m'envoie faire un compte rendu sur le président Lindbergh.

— Qu'est-ce que tu as fait de son autorisation écrite ? »

Je m'en étais fabriqué une dans le bus, avec le plus grand soin, sur une feuille vierge de mon cahier, et je la lui tendis par le guichet. J'avais pris pour modèle les autorisations que ma mère me faisait pour les excursions de l'école, à ceci près que j'avais signé sœur Mary Catherine, de l'orphelinat Saint Peter. La dame le regarda sans le lire et me fit signe de lui passer mon argent. Je lui donnai l'un des billets de dix dollars d'Alvin — une somme astronomique pour un gosse de mon âge, et a fortiori pour un orphelin de Saint Peter, mais elle avait du travail, elle me rendit neuf dollars cinquante et me passa mon billet sans plus faire d'histoires. Toutefois, elle ne me rendit pas mon mot. « J'en ai besoin, lui dis-je. — Allez, petit », dit-elle avec impatience en me faisant signe de laisser la place à ceux qui faisaient la queue pour la séance suivante.

À l'instant où j'entrai dans la salle, les lumières s'éteignirent, une musique martiale retentit, et le film commença. On aurait pu croire que tous les hommes de Newark — la clientèle féminine était très restreinte — voulaient apercevoir l'hôte inattendu de la Maison-

Blanche ; la salle était comble pour cette dernière matinée du vendredi ; je ne pus trouver un siège vacant que
dans les derniers rangs du balcon ; ceux qui arriveraient
après moi n'auraient plus qu'à rester debout derrière le
dernier rang d'orchestre. J'étais grisé, non seulement
parce que je venais de jouer un tour dont on ne m'aurait
pas cru capable, mais aussi parce que, nimbé dans la
fumée de centaines de cigarettes et l'odeur dispen-
dieuse des cigares à cinq cents, je m'abandonnais à la
magie du folklore masculin, gamin jouant à l'homme
parmi les hommes.

Les Britanniques atterrissent à Madagascar pour
prendre la base navale française. Pierre Laval, chef du
gouvernement de Vichy, dénonce cet acte d'agression.

La RAF bombarde Stuttgart pour la troisième nuit
consécutive.

Les avions de guerre britanniques s'engagent dans
une bataille aérienne féroce au-dessus de Malte.

L'armée allemande repart à l'attaque des troupes
russes dans la péninsule de Kertch.

Mandalay tombe aux mains de l'armée nipponne en
Birmanie.

L'armée nipponne tente une nouvelle percée dans la
jungle de Nouvelle-Guinée.

Les troupes japonaises de Birmanie marchent sur
la province du Yunnan.

La guérilla chinoise lance un raid sur la ville de
Canton, tuant cinq cents soldats japonais.

Une multitude de casques, d'uniformes, d'armes,
d'immeubles, de ports, de plages, la flore, la faune, des
visages d'hommes de toutes les races, mais partout le

même enfer, le mal absolu et son cortège d'horreurs, qui n'épargnaient qu'une seule grande nation, les États-Unis. Image sur image de misère sans fin : l'explosion des mortiers, les fantassins pliés en deux, en train de courir ; les fusiliers marins, armes tendues au-dessus de leurs têtes, se vautrant dans l'eau pour atteindre la grève, les avions larguant des bombes, les avions explosant, s'écrasant en vrille, les fosses communes, les aumôniers à genoux, les croix improvisées, les naufrages, la mer en flammes, les marins qui se noient, les ponts qui s'effondrent, le bombardement des réservoirs, les hôpitaux visés coupés en deux, les colonnes de fumée s'élevant des citernes de pétrole bombardées, les prisonniers parqués dans une mer de boue, les brancards emportant des hommes-troncs, les civils passés au fil de la baïonnette, les bébés morts, les corps décapités dans leurs bulles de sang...

Et puis la Maison-Blanche. Crépuscule de printemps. Les ombres s'allongent sur l'immense pelouse. Les bosquets fleurissent ; les arbres sont en fleurs. Des limousines conduites par des chauffeurs en livrée, dont tout le monde sort en tenue de soirée. Là-bas, dans le hall de marbre, derrière les portiques ouverts, un ensemble à cordes joue le grand succès de l'an dernier, « Intermezzo », orchestration grand public d'un thème du *Tristan et Isolde* de Wagner. Des sourires aimables, des rires feutrés. La svelte silhouette de notre beau président bien-aimé. À ses côtés, la poétesse de talent, l'intrépide aviatrice, femme du meilleur monde et mère de leur enfant assassiné. L'invité d'honneur, disert, chevelure argentée ; l'épouse nazie, élégante dans sa

longue robe de satin. Des paroles de bienvenue, des
traits d'esprit et le sémillant émissaire du Vieux
Monde, rompu à l'histrionisme de la cour du roi, res-
plendissant dans sa tenue de soirée, qui baise avec
grâce la main de la Première Dame.

Sans la Croix de fer, décernée par le Führer à son
ministre des Affaires étrangères, et qui orne sa poche
déjà égayée par le mouchoir de soie artistement froissé,
on trouverait en cet imposteur le fleuron de la civilisation le plus convaincant que puisse produire la four-
berie humaine.

Et puis là ! Tante Evelyn et le rabbin Bengelsdorf
passent devant les fusiliers marins postés à l'entrée, ils
franchissent la porte, ils disparaissent.

Ils n'avaient pas dû rester trois secondes à l'écran, et
pourtant le reste de l'actualité nationale ainsi que le
journal des sports qui clôturait la séance me furent
incompréhensibles ; j'espérais seulement que le film
passe à l'envers pour me remontrer l'instant où ma
tante apparaissait, brillant de tout l'éclat des bijoux
ayant appartenu à feu la femme du rabbin. Parmi les
nombreuses invraisemblances dont les caméras affir-
maient l'irréfutable réalité, le triomphe scandaleux de
tante Evelyn était bien pour moi la plus problématique.

Quand les lumières se rallumèrent, à la fin de la séance,
un ouvreur en uniforme se tenait dans l'allée ; il me désigna de sa lampe électrique : « Toi, viens avec moi. »

Il me pilota dans la foule qui se déversait vers le hall
d'entrée, et me fit passer une porte qu'il déverrouilla ;
elle menait à un étroit escalier que je reconnus comme
celui par lequel nous étions passés Sandy et moi pour

voir les rallyes von Ribbentrop à Madison Square
Garden. « Quel âge as-tu ? me demanda l'ouvreur.

— Seize ans.

— Elle est bien bonne ! Continue comme ça, mon
p'tit gars, aggrave ton cas.

— Il faut que je rentre chez moi, lui dis-je, je vais
rater mon bus.

— Tu vas rater pire que ça. »

Il frappa énergiquement à la fameuse porte isolante
de la cabine de projection du Newsreel et Mr Tirschwell nous fit entrer.

Il tenait à la main le billet de sœur Mary Catherine.

« Je me vois dans l'obligation de montrer ceci à tes
parents, me dit-il.

— C'était pour rire.

— Ton père va venir te chercher, j'ai téléphoné à
son bureau pour lui dire que tu es là.

— Merci, dis-je, avec la plus grande politesse qu'on
m'ait enseignée.

— Assieds-toi, je te prie.

— Mais c'était pour rire », répétai-je.

Mr Tirschwell préparait les bobines de la séance suivante. En jetant un coup d'œil autour de moi, je vis
qu'on avait retiré du mur de nombreuses photos dédi-
cacées par des clients célèbres ; ainsi, Mr Tirschwell
avait commencé à rassembler les souvenirs qu'il
emporterait à Winnipeg. Je compris de même que la
gravité de sa décision était peut-être sa seule raison de
me traiter avec une telle sévérité. Pour autant, il me
paraissait être le type d'adulte rigoriste que son sens
des responsabilités pousse souvent à s'occuper de ce
qui ne le regarde pas. À le voir et à l'entendre, on n'au-

rait guère deviné qu'il avait grandi dans un immeuble de rapport, avec mon père. Tel mon père, mais en plus discret, assurément moins haut en couleur, plus imbu de soi, c'était un enfant des taudis peu instruit, qui s'était élevé au-dessus de la pauvreté de ses parents immigrants presque exclusivement parce qu'il était travailleur dans l'âme, toujours sur la brèche. Ces hommes-là ne pouvaient compter que sur leur ardeur. Ce que leurs supérieurs non juifs appelaient du culot n'était le plus souvent pas autre chose que cette ardeur chevillée au corps.

« Si je sors, lui dis-je, j'ai encore le temps de prendre le bus qui me ramènera chez moi pour le dîner.

— Tu es prié de rester où tu es.

— Mais qu'est-ce que j'ai fait? Je voulais voir ma tante. C'est pas juste, dis-je dangereusement au bord des larmes. Je voulais voir ma tante à la Maison-Blanche, c'est tout.

— Ta tante », dit-il en serrant les dents pour ne rien ajouter.

Curieusement, ce fut son dédain à l'égard de ma tante qui fit jaillir mes larmes. Il en perdit patience. « Tu souffres, persifla-t-il. Et de quoi donc? As-tu idée de ce que les gens endurent, de par le monde? N'as-tu rien compris à ce que tu viens de voir? J'espère seulement que l'avenir t'épargnera de meilleures raisons de pleurer. J'espère de tout mon cœur que dans les jours à venir, ta famille et toi... » Il s'interrompit brusquement, pris au dépourvu par une bouffée d'émotion irrationnelle, navrante à ses yeux, surtout à l'égard d'un enfant insignifiant. Je comprenais bien qu'il n'avait rien contre moi, mais son agressivité n'en était pas plus supportable pour autant.

« Qu'est-ce qui va se passer, en juin ? » lui demandai-je. C'était la question sans réponse que j'avais entendu ma mère poser à mon père la veille au soir.

Mr Tirschwell continua de scruter mon visage comme pour sonder mon manque d'intelligence. « Ressaisis-toi, me dit-il enfin, tiens, sèche-toi les yeux. » Il me tendait un mouchoir.

Je fis ce qu'il me disait, mais je répétai : « Qu'est-ce qui va se passer ? Pourquoi vous partez au Canada ? » Aussitôt, toute exaspération disparut de sa voix, et elle fit place à quelque chose de plus fort et de plus doux, qui était son intelligence à lui.

« J'y ai trouvé un nouvel emploi », me dit-il.

L'idée qu'il m'épargnait me terrifia, et de nouveau je fondis en larmes.

Mon père arriva une vingtaine de minutes plus tard. Mr Tirschwell lui tendit le billet que j'avais écrit pour pouvoir m'introduire dans le cinéma, mais sans prendre le temps de le lire, il me saisit par le coude pour me faire sortir dans la rue avec lui. Et c'est là qu'il me frappa. D'abord ma mère frappe mon frère, et puis mon père lit les mots de sœur Mary Catherine, et pour la première fois de ma vie, il m'en allonge une, vlan, en pleine figure. Moi, déjà sous pression, et loin d'être aussi stoïque que Sandy, je m'effondre sans pouvoir me retenir à côté du guichet, au vu et au su de tous ces non-Juifs qui rentrent chez eux d'un bon pas pour passer un week-end de printemps insouciant dans l'Amérique en paix de Lindbergh, forteresse autonome, séparée des zones de guerre par toute la largeur des océans, cette Amérique où personne n'est en danger sauf nous.

6

Mai - juin 1942

Chez eux

Le 22 mai 1942

Cher Monsieur Roth,

Conformément à la loi de peuplement Homestead 42, et pour répondre à une demande conjointe du Bureau d'assimilation et du ministère de l'Intérieur, notre société offre des possibilités de relocalisation à ses employés chevronnés qui, comme vous-même, ont été retenus pour participer à la nouvelle initiative audacieuse du BA dans tout le pays.

Il y a quatre-vingts ans tout juste, le Congrès votait la loi de peuplement de 1862. Cette célèbre mesure, unique au monde, consistait à offrir pour presque rien 65 hectares de terrain public vacant aux fermiers qui relèveraient le défi en s'installant dans les nouveaux territoires de l'Ouest. Rien de comparable n'a été entrepris depuis pour ouvrir aux Américains aventureux la perspective exaltante d'élargir leur horizon tout en donnant des forces nouvelles à leur pays.

La Metropolitan Life est fière de figurer dans le tout premier groupe d'entreprises et d'organismes finan-

ciers américains de premier plan à participer au nouveau programme de peuplement, programme qui don-
nera aux familles américaines émergentes une occasion
unique de partir s'enraciner aux frais de l'État dans une
région enthousiasmante de l'Amérique jusque-là inaccessible pour elles. La loi vous ouvrira un milieu sti-
mulant, baigné dans les traditions les plus vénérables
de notre pays, où parents et enfants pourront enrichir
leur américanité au fil des générations.

Dès réception de cette annonce, vous êtes prié de
contacter au plus tôt Mr Wilfred Kurth, représentant du
programme auprès de notre bureau de Madison Avenue. Il répondra personnellement à toutes vos questions, et son équipe se fera un plaisir de vous assister
dans toute la mesure de ses moyens.

Félicitations à vous et votre famille qui avez été retenus entre de nombreux candidats méritants de la
Metropolitan Life pour figurer parmi nos premiers
pionniers de la loi de 1942.

Sincères salutations,

Homer L. Kasson
Sous-directeur du personnel

Mon père mit plusieurs jours à trouver le cran nécessaire pour montrer la lettre de sa société à ma mère et
nous assener la nouvelle qu'à compter du 1er septembre,
il serait transféré de son agence de Newark à Danville
dans le Kentucky, où s'ouvrait un nouveau bureau. Sur
une carte du Kentucky que contenait la pochette four-
nie par Mr Kurth, il nous fit voir Danville. Ensuite, il
nous lut à haute voix une page de la brochure éditée par

la Chambre de commerce et qui s'intitulait « L'État de l'herbe bleue » : « Danville, chef-lieu du comté rural de Boyle, se trouve dans la belle campagne du Kentucky, à quelque cent kilomètres au sud de Lexington ; c'est la plus grande ville de l'État après Louisville. » Il se mit à feuilleter la brochure pour y trouver d'autres détails encore plus palpitants qui puissent contrebalancer un peu l'absurdité de cette péripétie. « C'est Daniel Boone qui a aidé à défricher la Route sauvage, ce qui a permis l'établissement du Kentucky... En 1792, le Kentucky est devenu le premier État à l'ouest des Appalaches qui ait demandé son rattachement à l'Union... En 1940, le Kentucky comptait 2 845 627 habitants. Danville en compte, voilà, c'est là, Danville en compte 6 700.

— Dont combien de Juifs ? demanda ma mère. Et combien dans tout l'État ?

— Tu le sais très bien, Bess, il y en a très peu. Tout ce que je peux te dire, c'est qu'on aurait pu tomber plus mal. On aurait pu être envoyés dans le Montana, comme les Geller, dans le Kansas, comme les Schwartz, ou dans l'Oklahoma comme les Brody. Sur les sept qui partent, dans mon agence, c'est quand même moi le mieux loti, crois-moi. Le Kentucky est une belle région, avec un bon climat. Ce n'est pas la fin du monde. Au bout du compte, on y vivra exactement comme ici, voire mieux, dans la mesure où tout est moins cher et où le climat est particulièrement agréable. Les garçons auront l'école, moi j'aurai mon boulot, et toi tu auras ta maison. Il n'est pas exclu qu'on puisse s'acheter une maison à nous où les garçons auront chacun leur chambre, et un bout de jardin pour jouer.

— Faire ça aux gens, quel culot ! s'exclama ma mère. Je suis sous le choc, Herman. On a nos parents, ici, on a nos amis de toujours. Les enfants y ont leurs copains. On a vécu dans la paix et l'harmonie. On est à côté du meilleur collège de Newark, à deux pas du meilleur lycée du New Jersey. Nos fils ont grandi en milieu juif. Ils vont en classe avec d'autres enfants juifs. Il n'y a pas de frictions entre eux, pas d'insultes, pas de bagarres. Ils ne se sont jamais sentis exclus ou isolés comme moi quand j'étais enfant. Je n'en reviens pas que ta compagnie puisse te faire ça, à toi. Après tout ce que tu as trimé, les heures supplémentaires, les efforts, voilà comment on te remercie, dit-elle avec ressentiment.

— Les enfants, reprit mon père, demandez-moi tout ce que vous voulez savoir. Maman a raison, c'est une grande surprise, et nous sommes tous un peu abasourdis. Alors n'hésitez pas à me poser les questions qui vous viennent. Je ne veux pas que vous soyez dans la confusion. »

Mais Sandy n'était nullement dans la confusion, et il ne semblait pas davantage abasourdi. Il était même enchanté, et cachait mal sa jubilation — car lui savait fort bien trouver Danville sur la carte, en l'occurrence à une vingtaine de kilomètres des plantations de tabac des Mawhinney. Il n'est pas impossible qu'il ait su bien avant nous que nous nous installerions là. Mon père et ma mère ne l'avaient peut-être pas dit, mais justement, à cause de tous ces non-dits, même moi j'étais assez grand pour comprendre que si mon père figurait parmi les sept Juifs « colons » la chose ne devait rien au hasard, pas plus que sa mutation à la nouvelle agence de Danville. Le jour où il avait chassé notre tante Evelyn par la petite porte en lui interdisant de revenir, notre sort avait été scellé.

C'était après dîner, et nous nous trouvions dans le séjour. Serein, inébranlé, Sandy faisait un dessin, et il n'avait pas de questions à poser. Moi, le nez contre la moustiquaire de la fenêtre ouverte, je regardais dehors. Je n'avais pas non plus de questions à poser, de sorte que mon père, perdu dans d'amères pensées, conscient de sa défaite, se mit à arpenter la pièce, pendant que ma mère, assise sur le canapé, maugréait, refusant de se résigner au sort qui nous attendait. Sur le théâtre de cet affrontement, dans le combat contre cet Inconnu, ils avaient échangé leurs rôles depuis l'incident du hall de l'hôtel à Washington. Je mesurais la gravité de la situation, le degré de confusion atteint, et je compris que les catastrophes frappent toujours sans prévenir.

Depuis trois heures de l'après-midi, il avait plu des trombes d'eau ; et puis, tout à coup, une fois retombé le vent qui poussait l'averse, un soleil aveuglant était sorti, comme si les pendules s'étaient emballées, et que là-bas dans l'Ouest, demain matin commençait aujourd'hui, à six heures du soir. Comment se faisait-il qu'une humble rue comme la nôtre me plonge dans un tel enchantement simplement parce qu'elle scintillait de gouttes de pluie ? Comment se faisait-il que les trottoirs impraticables avec leurs lagons jonchés de feuilles et leurs petits carrés d'herbe gorgés d'eau tombée des gouttières exhalent un parfum qui m'enivre comme si j'étais né dans une forêt tropicale ? Dans l'éclat d'après l'orage, Summit Avenue luisait de vie, tel un animal de compagnie qui m'aurait appartenu, un petit animal soyeux et palpitant, rincé par les rideaux de pluie et allongé de tout son long, béat, dans la lumière.

Rien ne pourrait me forcer à partir.

« Et avec qui vont jouer les garçons ? demanda ma mère.

— Les enfants ne manquent pas, dans le Kentucky, lui assura mon père.

— Et moi, à qui je vais parler ? Qui je vais trouver, là-bas, pour remplacer mes amies de toujours ?

— Les femmes ne manquent pas non plus.

— Des non-Juives ! » Le mépris n'était pas la ressource ordinaire de ma mère, mais elle était si désorientée, elle se sentait si menacée que j'entendis du mépris dans sa voix. « De bonnes chrétiennes qui vont se mettre en quatre pour que je me sente chez moi ! Ils n'ont pas le droit de faire ça, s'écria-t-elle.

— Bess, je t'en prie. C'est ça, travailler pour une grosse société. Les grosses sociétés mutent les gens quand ça leur chante. Et alors il faut plier bagage et obtempérer.

— C'est du gouvernement que je te parle. Le gouvernement n'a pas le droit de faire ça. On ne peut pas forcer les gens à plier bagage. Je n'ai jamais vu ça dans aucune constitution.

— Personne ne nous oblige.

— Alors pourquoi on y va ? demanda-t-elle. Bien sûr que si, on nous oblige. C'est illégal. On ne peut pas obliger les Juifs à vivre où on veut simplement parce qu'ils sont juifs. On ne peut pas prendre une ville et en faire ce qu'on veut, se débarrasser de Newark telle qu'elle est, avec les Juifs qui y vivent comme tout le monde. Mais enfin, en quoi ça les regarde ? C'est interdit par la loi. Tout le monde sait bien que c'est illégal.

— Ben voyons, dit Sandy sans même lever le nez de son dessin, on n'a qu'à poursuivre les États-Unis.

— On pourrait, lui dis-je, par la Cour suprême.

— Ne fais pas attention à lui, dit ma mère. Tant que ton frère n'apprendra pas la politesse, on continue à faire comme s'il n'était pas là. »

Là-dessus, Sandy se leva et emporta ses affaires de dessin dans notre chambre. Quant à moi, incapable de supporter plus longtemps le spectacle d'un père sans défense et d'une mère dans l'angoisse, je déverrouillai la porte de devant, descendis l'escalier quatre à quatre et m'en allai retrouver les autres gamins dans la rue. Le dîner fini, ils étaient déjà en train de lancer les bâtons d'esquimaux dans le caniveau pour les regarder cascader par-dessus la bouche de fer au fond de l'égout gargouillant, dans le flot de détritus naturels que l'orage avait fait tomber des acacias, tourbillon de papiers de bonbons, de scarabées, de capsules de bouteille, de vers de terre, de mégots, avec en plus — mystère insondable et pourtant prévisible — une capote mucilagineuse par-ci par-là. Tout le monde s'accordait un dernier petit plaisir avant d'aller se coucher, tous ceux qui pouvaient encore s'en accorder un, n'ayant pas de père travaillant pour une des corporations engagées dans le programme de peuplement. Leur père à eux travaillait à son compte ou avec un associé, frère ou parent par alliance ; ils n'étaient donc obligés d'aller nulle part. Mais moi non plus, je n'irais nulle part. Il n'était pas question que l'État me chasse d'une rue dont les égouts mêmes charriaient l'élixir de la vie.

Alvin vivait du racket à Philadelphie, Sandy vivait en exil sous notre toit ; l'autorité protectrice de mon père venait d'être radicalement compromise, sinon anéantie. Deux ans auparavant, pour protéger le choix de vie qui était le nôtre, il avait trouvé la force de prendre sa voiture, de se rendre à la direction affronter son patron en refusant la promotion qui aurait accéléré sa carrière et augmenté son salaire, à condition d'emménager dans un New Jersey largement bundiste. Aujourd'hui, il n'avait plus le courage de contester un déracinement potentiellement aussi périlleux car il était arrivé à la conclusion que la lutte était vaine, et qu'il n'avait plus prise sur notre destin. Chose assez scandaleuse, mon père avait été réduit à l'impuissance parce que sa société venait de faire bien docilement allégeance à l'État. Il ne restait plus personne pour nous protéger, à part moi.

Le lendemain, après la classe, je repris le chemin du centre-ville en douce, mais cette fois par le bus numéro 7, dont l'itinéraire passait à plus d'un kilomètre de Summit Avenue, de l'autre côté du domaine de l'orphelinat, là où l'église Saint Peter dominait Lyons Avenue, et où, à l'ombre de son clocher surmonté d'une croix, je risquais moins encore d'être repéré par un voisin, un camarade de classe ou un ami de la famille que le jour où je m'étais aventuré à longer le lycée et Clinton Place pour prendre le 14.

J'attendis le bus devant l'église, en compagnie de deux religieuses disparaissant sous l'étoffe lourde et grossière de ces volumineux habits noirs que je n'avais jamais eu l'occasion d'étudier d'aussi près. À cette époque, une robe de nonne tombait jusqu'aux pieds, et ce détail — ainsi que l'arceau de tissu empesé, d'un blanc étincelant, qui encadrait sévèrement leurs visages en leur interdisant toute vision latérale, guimpe rigide enserrant le crâne, les oreilles, le menton et la nuque, et elle-même assujettie à un sous-voile blanc — faisait des religieuses en costume traditionnel les créatures à l'aspect le plus moyenâgeux qu'il m'ait été donné de voir, plus déconcertantes encore que les prêtres aux lugubres allures de croque-morts. En l'absence de poches et de boutons, on ne pouvait pas deviner comment s'agrafait cette armure multicouches, comment on la retirait, à supposer qu'on la retirât, d'autant que, double touche finale, il y avait la grande croix de métal au bout d'un long sautoir d'énormes perles luisantes comme des agates accroché à une ceinture de cuir noir, et, fixé à la guimpe, un vaste voile noir qui s'élargissait dans le dos et retombait jusqu'à la taille. À part la toute petite zone dégagée du visage banal, sans fard, dans son cadre, rien de doux, rien de flou nulle part.

Ces deux religieuses comptaient sans doute parmi celles qui réglaient la vie des orphelins et enseignaient à l'école de la paroisse. Ni l'une ni l'autre ne faisait attention à moi et, sans la compagnie d'un petit facétieux comme Earl Axman, je n'osais les regarder qu'à la dérobée. Pourtant, tout en contemplant sagement le bout de mes chaussures, je n'étais pas assez raisonnable pour

brider mon imagination, et je ne cessais de me perdre en
conjectures sur les mystères de leur corps féminin dans
ses fonctions les plus humbles, toutes conjectures au
caractère passablement salace. Malgré la gravité de ma
mission secrète, cet après-midi-là, malgré ses enjeux,
j'étais incapable de me trouver à proximité d'une nonne,
et a fortiori de deux, sans me vautrer dans des pensées
plutôt crapuleuses de petit Juif.

Les deux religieuses prirent les sièges situés immédiatement derrière le chauffeur, et, bien que la plupart
aient été vides, je m'assis de l'autre côté du couloir central, sur le siège le plus proche du tourniquet et de
l'urne à monnaie. Je n'avais pas l'intention de m'y installer au départ, je ne comprenais pas pourquoi je
l'avais fait, mais au lieu de changer de place pour me
préserver de ma propre curiosité débridée, j'ouvris mon
cahier en feignant de faire mes devoirs. J'espérais tout
en le redoutant les entendre parler catholique. Hélas,
elles se taisaient, elles priaient sans doute, phénomène
d'autant plus fascinant qu'il survenait dans l'autobus.

Cinq minutes avant d'arriver au centre-ville, on
entendit tinter leurs rosaires : elles se levaient pour
descendre au vaste carrefour de la Grand-Rue et de
Clinton Avenue. D'un côté de cette intersection se trouvait l'esplanade d'un concessionnaire de voitures, et de
l'autre l'hôtel Riviera. Comme elles passaient devant
moi pour descendre, la plus grande des deux nonnes
me jeta un regard, et, avec une vague tristesse dans sa
voix douce, peut-être à l'idée que le Messie était passé
sans que je le sache, elle dit à sa compagne : « Quel
mignon petit garçon, propre comme un sou neuf ! »

Si elle avait lu dans mes pensées ! Qui sait, d'ailleurs...

Quelques minutes plus tard, avant que le bus ne quitte Broad Street pour s'engager dans Raymond Boulevard pour son dernier arrêt avant Penn Station, je descendis à mon tour et me mis à courir vers l'immeuble du Bureau fédéral sur Washington Street, où travaillait ma tante Evelyn. Dans le hall d'entrée, le liftier me signala que le Bureau de l'assimilation se trouvait au dernier étage, et une fois arrivé, je demandai Evelyn Finkel. « Toi, tu es le frère de Sandy, annonça la réceptionniste. On te prendrait pour son petit jumeau, ajouta-t-elle avec enthousiasme. — Sandy a cinq ans de plus que moi, lui dis-je. — Sandy est un garçon formidable, formidable ! Tout le monde adorait le voir ici. » Elle appela le bureau de tante Evelyn. « Votre neveu Philip est là, mademoiselle. » Quelques secondes plus tard, tante Evelyn m'emportait comme un ouragan devant une demi-douzaine d'hommes et de femmes tapant sur leurs machines à écrire, pour m'entraîner dans son bureau, en face de la bibliothèque municipale et du musée de Newark. Elle m'embrassait, elle me serrait dans ses bras, me répétait combien je lui avais manqué, de sorte que malgré mes appréhensions (à commencer par celle que mes parents n'apprennent que j'étais allé voir une tante avec qui nous étions brouillés) je fis ce que je m'étais promis : je lui confiai que je m'étais rendu tout seul en secret au Newsreel pour la voir à la Maison-Blanche. Assis dans un fauteuil à côté de son bureau, bureau facilement deux fois plus grand que celui de mon père à deux pas, sur Clinton Street, je

lui demandai de me raconter son dîner avec le président
Lindbergh et madame. Elle entreprit de me répondre en
détail, et, chose absurde, avec le désir de m'impressionner, moi l'enfant déjà terrassé par l'ampleur de sa
trahison. J'eus du mal à croire que je la dupais si facilement sur la vraie raison de ma visite.

Derrière son bureau, sur un immense tableau d'affichage en liège, il y avait deux grandes cartes avec des
forêts d'épingles à tête de couleur. La plus grande des
deux représentait les quarante-huit États, et la plus
petite était celle du New Jersey. À l'école on nous montrait que sa longue frontière fluviale avec la Pennsylvanie voisine présentait une ressemblance extraordinaire avec un profil de chef indien : le front vers Phil-
lipsburg, les narines à Stockton, et le menton puis le
cou aux abords de Trenton. Tout l'est surpeuplé de
l'État — Jersey City, Newark, Passaic et Paterson —
qui s'étendait au nord jusqu'à la rectiligne frontière
avec les comtés méridionaux de l'État de New York,
figurait l'arrière de la coiffure du chef. C'est ainsi que
je voyais le New Jersey à l'époque, et c'est encore ainsi
que je le vois. Outre ses cinq sens, un enfant de mon
milieu en avait un sixième, de ce temps-là, le sens de
la géographie, sens aigu du lieu où il vivait et de son
environnement humain et physique.

Sur le vaste bureau de tante Evelyn, à côté de
photos de feu ma grand-mère et du rabbin Bengelsdorf,
dans des cadres distincts, il y avait une grande photo
dédicacée du président Lindbergh et de madame, réunis
dans le Bureau ovale, et une autre, plus petite, de tante
Evelyn en robe du soir, en train de serrer la main du pré-

sident. « C'est le cortège des invités, m'expliqua-t-elle. Pour aller dans la salle du banquet, les invités passent un par un devant le président et la Première Dame, ainsi que leur invité d'honneur. On est présenté, on vous prend en photo et la Maison-Blanche vous envoie le cliché.

— Le président t'a dit quelque chose ?

— Il a dit : "Je suis ravi de vous recevoir."

— Et tu as eu le droit de lui répondre ?

— J'ai dit : "Je suis très honorée, monsieur le Président." »

Elle ne faisait pas mystère de l'importance que cet échange avait pu avoir pour elle, et peut-être pour le président des États-Unis. Elle n'avait rien perdu de l'enthousiasme qui lui gagnait les cœurs, même si, avec la confusion qui régnait chez nous, le revers diabolique de cet enthousiasme ne pouvait pas m'échapper. Jamais de ma vie je n'avais aussi sévèrement jugé un adulte — pas même mes parents, ni Alvin ou l'oncle Monty. Et je n'avais jamais aussi bien compris à quel point la vanité éhontée des imbéciles peut faire le malheur d'autrui.

« Tu as rencontré Mr von Ribbentrop ? »

Avec une timidité de jeune fille, elle me répondit : « J'ai dansé avec lui.

— Où ça ?

— Après dîner, il y a eu un bal sous un grand chapiteau, dans les jardins de la Maison-Blanche. La nuit était belle, il y avait un orchestre, on dansait, et Lionel et moi avons été présentés au ministre des Affaires étrangères et à son épouse. On s'est mis à parler, et puis il s'est incliné devant moi, comme ça, et il m'a invitée à danser. Il a la réputation d'être un excellent danseur, et il l'est, c'est vrai — un vrai magicien des parquets. Et puis il parle un anglais irréprochable. Il a étudié à l'université de Londres et il a vécu quatre ans au Canada quand il était jeune homme. Il dit que c'est la grande aventure de sa jeunesse. Je l'ai trouvé absolument charmant et très intelligent.

— Qu'est-ce qu'il t'a dit ? demandai-je.

— Oh, on a parlé du président, de notre vie, on a parlé de tout. Tu sais qu'il joue du violon. Il est comme Lionel ; c'est un homme du monde qui peut parler de tout avec pertinence. Tiens, regarde, mon chéri, regarde ce que je portais ce soir-là. Tu vois mon sac ? C'est de la maille d'or. Et tu vois les scarabées ? de l'émail, de l'or et des turquoises.

— Pourquoi ça s'appelle des scarabées ?

— Parce que ce sont des pierres que l'on taille en forme de scarabées. Ce bijou a été fabriqué ici à Newark par la famille de la première femme de Mr Bengelsdorf. Leur orfèvrerie était célèbre dans le monde entier. Ils fabriquaient des joyaux pour toutes les cours d'Europe et pour les plus grandes fortunes d'Amérique. Regarde ma bague de fiançailles, poursuivit-elle en me mettant sa petite main parfumée sous le nez, si près que tel un chien j'eus envie de la lécher. Tu vois cette pierre, c'est une émeraude, mon petit chéri adoré.

— Une vraie ?

— Une vraie ! Et sur la photo, là, c'est un bracelet en or avec des saphirs et des perles. Des vrais ! » Là-dessus elle m'embrassa de nouveau. « Le ministre des

Affaires étrangères m'a dit qu'il n'en avait jamais vu de plus beau. Et qu'est-ce que je porte, autour du cou ?

— Un collier ?

— Un feston.

— Qu'est-ce que c'est ?

— Une chaîne de fleurs, une guirlande de fleurs. Tu connais le mot festival, le mot festivités, et puis bien sûr tu connais le mot festin. Eh bien, ils sont tous de la même famille. Et puis regarde les deux broches, tu les vois ? Ce sont des saphirs, mon chéri, des saphirs du Montana, sertis d'or. Et tu vois qui les porte ? Qui c'est ça ? C'est tante Evelyn, Evelyn Finkel de Dewey Street ! À la Maison-Blanche ! Incroyable, non ?

— Incroyable, sûrement...

— Oh, mon trésor ! dit-elle en m'attirant contre elle et en me couvrant le visage de baisers. Moi aussi, j'ai du mal à y croire. Je suis si contente que tu sois venu me voir ! Tu m'as tellement manqué ! » Tout en disant cela, elle me caressait comme pour découvrir si j'avais les poches pleines de denrées volées. Il me fallut bien des années avant de comprendre que l'agilité de ses mains baladeuses n'était peut-être pas sans rapport avec le changement de condition dont un homme de la stature de Lionel Bengelsdorf était l'artisan. Car tout brillant, tout érudit qu'il fût, supérieur au reste du monde jusque dans son égocentrisme, tante Evelyn n'avait sûrement pas de mal à le manipuler.

Le nimbe de béatitude qui m'enveloppa me demeura opaque à l'époque, bien sûr. Partout sous mes mains, je trouvais la douceur de son corps ; où que je tourne le visage, son parfum capiteux ; où que mon regard se

pose, ses vêtements, volutes printanières si impal-
pables, si opalescentes, qu'elles ne cachaient même pas
le fourreau de sa combinaison. Et puis les yeux d'un
autre être humain comme je ne les avais jamais vus. Je
n'avais pas atteint l'âge du désir, et puis il va de soi que
j'étais aveuglé par le mot « tante ». J'en étais encore à
voir une énigme agaçante dans le raidissement aléatoire
de ma petite pousse de pénis. Niché dans les courbes
voluptueuses de la cadette de ma mère, avec ses trente
et un ans, petite Poucette pétillante, en rien effarou-
chée, et dont les formes évoquaient les collines et les
pommes, je connus une extase sur laquelle je n'aurais
su mettre un nom, un moment de frénésie aveugle, rien
de plus, comme si un timbre inestimable à cause de
ses défauts d'impression s'était trouvé par hasard
affranchir une lettre ordinaire déposée dans notre boîte
de Summit Avenue par le facteur.

« Tante Evelyn ?

— Oui, mon chéri.

— Tu savais qu'on part dans le Kentucky ?

— Non, non.

— Je veux pas y aller, tante Evelyn, je veux rester
à mon école. »

Elle se détacha brusquement de moi, sans jouer
plus longtemps les dulcinées, et me demanda : « Qui
t'envoie, Philip ?

— Moi ? Personne.

— Qui t'envoie ici ? dis-moi la vérité.

— Personne, c'est la vérité. »

Elle retourna s'asseoir à son bureau, avec une
expression telle que je dus me galvaniser pour ne pas

prendre mes jambes à mon cou. Mais je voulais trop ce
que je voulais pour m'enfuir.

« Tu n'as rien à craindre du Kentucky, me dit-elle.

— C'est pas que j'aie peur, c'est juste que je veux
pas être obligé d'y aller. »

Jusque dans son silence, il y avait une étreinte à quoi
rien n'échappait, et si j'avais été en train de lui mentir,
cette étreinte m'aurait extorqué les aveux désirés. La
malheureuse ne savait pas vivre autrement que sous
tension.

« Est-ce que Seldon et sa mère ne pourraient pas y
aller à notre place ?

— Qui est Seldon ?

— Le petit du dessous. Il a perdu son père, sa mère
travaille pour la Metropolitan, à présent. Comment ça
se fait qu'on parte et pas eux ?

— Ça ne serait pas ton père qui t'aurait dit de venir,
mon petit ?

— Non, non, personne ne sait même que je suis
là. »

Je voyais bien qu'elle ne me croyait toujours pas ;
son aversion à l'égard de mon père lui était trop précieuse pour céder devant l'évidence.

« Est-ce que Seldon voudrait partir avec toi dans le
Kentucky ? me demanda-t-elle.

— Je ne lui ai pas posé la question, je n'en sais rien.
Je me disais simplement que j'allais te demander s'ils
pouvaient partir à notre place.

— Mon cher enfant, tu vois cette carte du New Jersey ? Tu vois ces épingles plantées dedans ? Chacune
représente une famille choisie pour la réimplantation.

Maintenant regarde la carte des États-Unis, tu vois les épingles, là ? Elles représentent la relocalisation de chaque famille du New Jersey. Ces attributions exigent la coopération de tas de gens, ici même, au bureau central de Washington, et dans l'État où va s'installer chaque famille. Les sociétés les plus grandes et les plus influentes du New Jersey mutent leurs employés en partenariat avec la loi de peuplement, ce qui fait que tout ça exige un travail en amont bien au-delà de ce que tu imagines. Et bien sûr, aucune décision n'est prise isolément par tel ou tel. Mais même si c'était le cas, que la décision me revienne, et que je puisse te laisser à proximité de ton école et de tes amis, je persisterais à penser qu'un garçon comme toi a tout à gagner en ne restant pas un petit Juif prisonnier du ghetto parce que ses parents lui ont fait trop peur pour qu'il en sorte. Regarde ce que ta famille a fait à Sandy. Tu l'as vu, ton frère, le soir où je t'ai emmené dans le New Brunswick. Tu l'as vu s'adresser à tous ces gens, leur raconter son aventure à la plantation de tabac. Tu t'en souviens, de cette soirée ? Tu n'étais pas fier de lui ?

— Si.

— Et tu as eu l'impression que ce serait effrayant de vivre dans le Kentucky ? Est-ce que Sandy t'a paru avoir peur un seul instant ?

— Non. »

À ce moment-là, ayant été prendre quelque chose dans son bureau, elle revint s'approcher de moi. Avec ses traits saillants et son lourd maquillage, sa jolie frimousse me parut soudain absurde : elle portait écrite la rapacité pathologique dans laquelle, selon ma mère, son émotive cadette avait sombré. Certes, un enfant élevé à la cour de Louis XIV n'aurait jamais été aussi impressionné par les ambitions et les satisfactions d'une tante comme celle-ci ; et l'avancement mondain d'un homme de Dieu comme le rabbin Bengelsdorf n'aurait pas non plus paru scandaleux à mes parents s'ils avaient eux-mêmes grandi à la cour, marquis et marquise. Mais quant à chercher du réconfort, autant valait à tout prendre s'adresser aux bonnes sœurs de Lyons Street qu'à une femme comme elle, vautrée dans les innombrables compromissions banales et mesquines de ceux qui jouent des coudes pour obtenir le plus petit avancement.

« Du courage, mon chéri. Il faut que tu sois courageux. Tu veux rester assis sur ton perron de Summit Avenue toute ta vie, ou tu veux découvrir le monde comme Sandy, et montrer aux autres que tu les vaux bien ? Et si j'avais eu peur d'aller à la Maison-Blanche, moi, parce que des gens comme ton père disent du mal du président et le traitent de tous les noms ? Si j'avais eu peur de rencontrer le ministre des Affaires étrangères parce qu'on le traite de tous les noms, lui aussi ? Tu ne peux pas passer ta vie à avoir peur de tout ce que tu ne connais pas, comme tes parents. Promets-moi que tu ne le feras pas.

— Je te le promets.

— Tiens, dit-elle, j'ai quelque chose de bon pour toi. » Elle me tendit l'un des deux petits paquets de carton qu'elle tenait à la main. « Je te l'ai pris à la Maison-Blanche. Je t'adore mon poussin, je veux te le donner.

— Qu'est-ce que c'est ?

— Un chocolat pour après-dîner. Un chocolat enve-
loppé dans un papier d'or. Et tu sais ce qui est gravé
sur le chocolat lui-même ? Le sceau présidentiel. Tiens,
voilà pour toi. Et si je te donne celui de Sandy, tu le lui
porteras de ma part ?

— D'acc.

— C'est ce qu'on te met sur la table à la fin du
repas, à la Maison-Blanche, des chocolats sur un plat
d'argent. Dès que je les ai vus, j'ai pensé aux deux garçons que je voudrais le plus rendre heureux. »

Je me levai, serrant les chocolats dans ma main, et
tante Evelyn, un bras autour de mon épaule, me fit
passer de nouveau devant les gens qui travaillaient pour
elle, et m'accompagna dans le couloir où elle appela
l'ascenseur.

« Comment s'appelle Seldon, de son nom de
famille ?

— Wishnow.

— Et c'est ton meilleur ami ? »

Comment lui dire que je ne pouvais pas le sentir ?
Je finis par mentir : « Oui. » Et comme ma tante m'aimait en effet, qu'elle ne mentait pas, elle, en disant
qu'elle voulait faire mon bonheur, quelques jours plus
tard, alors que je m'étais déjà débarrassé des chocolats
en les balançant par-dessus la palissade de l'orphelinat
à un moment où personne ne me regardait, Mrs Wishnow reçut une lettre de la Metropolitan l'informant
qu'elle et sa famille avaient aussi la chance insigne
d'avoir été choisies pour s'installer dans le Kentucky.

Un dimanche après-midi, fin mai, une cellule de crise fut convoquée dans notre séjour pour les agents d'assurances juifs que la Metropolitan mutait comme mon père sous les auspices de la loi de peuplement. Ils vinrent accompagnés de leurs seules épouses, s'étant accordés sur l'idée qu'il vaudrait mieux laisser les enfants à la maison. En début d'après-midi, Sandy et moi, rejoints par Seldon, avions disposé les sièges pour la réunion, dont une paire de pliants montée de chez les Wishnow. Ensuite Mrs Wishnow nous conduisit tous trois au cinéma Mayfair, où nous pourrions attraper une séance de deux films, après quoi, la réunion finie, mon père viendrait nous récupérer.

Les autres invités étaient Shepsie et Estelle Tirschwell, qui n'étaient plus qu'à quelques jours de leur départ en famille pour Winnipeg, ainsi que Monroe Silverman, lointain cousin qui venait d'ouvrir un cabinet d'avocats à Irvington, juste au-dessus de la chemiserie tenue par le second frère de mon père, Lenny, qui nous fournissait, Sandy et moi, en habits neufs pour l'école « à prix coûtant ». Lorsque, la semaine précédente, pendant la réunion préparatoire tenue à la cuisine, ma mère avait proposé, par respect tenace pour toutes les valeurs inculquées, d'inviter aussi Hyman Resnick, le rabbin du quartier, cette proposition n'avait pas déchaîné l'enthousiasme ; si bien qu'après avoir été discutée quelques instants par égard pour elle, la motion avait été rejetée (non sans que mon père ait glissé par pure diplomatie sa petite phrase de rigueur sur le rabbin Resnick : « Je l'aime bien, cet homme, j'aime bien sa femme ; je ne doute pas une seconde qu'il fasse un excellent travail, mais enfin, il faut bien reconnaître que c'est pas une lumière »). Car même si, pour le plus grand bonheur d'un jeune enfant, ces amis intimes de nos parents s'exprimaient avec une diversité aussi réjouissante que celle des personnages du Fred Allen Show, même si chacun avait une physionomie aussi particulière que les personnages des bandes dessinées dans le journal du soir — je vous parle d'un temps reculé où les espiègleries de l'évolution étaient encore flagrantes, et où les adultes étaient encore loin de songer sérieusement à rajeunir leur visage et leur corps —, au fond, c'étaient des gens fort semblables. Ils élevaient leurs enfants, ils géraient leur budget, ils s'occupaient de leurs vieux parents, et ils étaient tous pareillement attachés à leur modeste toit. Ils avaient la même opinion sur la plupart des grandes questions d'actualité, et d'ailleurs votaient pareil. Le rabbin Resnick, à la tête d'une synagogue de brique jaune sans prétention, au bout du quartier, voyait ses ouailles arriver sur leur trente et un pendant trois jours lors des grandes fêtes religieuses, pour Rosh Ha-Shana et Yom Kippour, et rarement le reste du temps, sinon, en cas de nécessité pour réciter les prières quotidiennes du deuil. Il fallait bien un rabbin pour officier aux mariages et aux enterrements, faire faire leur bar-mitsva à leurs fils, visiter les malades à l'hôpital et consoler les endeuillés à la shiva. Hormis cela, il ne jouait pas un rôle significatif dans leur vie quotidienne, et aucun d'entre eux, y compris ma respectueuse mère, ne l'aurait d'ailleurs souhaité — et pas simplement parce que Resnick n'était pas une lumière.

Leur judéité ne leur venait pas du rabbinat, ni de la synagogue ni de leurs rares pratiques religieuses formelles, même si, avec les années, surtout par égard pour les parents encore en vie qui venaient leur rendre visite et manger chez eux une fois par semaine, plusieurs foyers, dont le nôtre, observaient la cashrout. Leur judéité ne leur venait pas d'en haut. Certes, le vendredi soir, au coucher du soleil, quand ma mère allumait les chandelles du shabbat (rituellement, de façon touchante, avec toute la délicatesse de geste dont elle s'était imprégnée enfant en voyant faire sa propre mère), elle invoquait le Tout-Puissant par son nom hébreu, mais le reste du temps, personne ne parlait jamais d'« Adonaï ». Ces Juifs-là n'avaient pas besoin de grands termes de référence, ni de profession de foi ni de credo doctrinaire pour se savoir juifs ; et ils n'avaient assurément pas besoin d'une langue à part — ils en avaient déjà une, leur vernaculaire natal, qu'ils maniaient sans effort, et, à une table de jeu comme pour faire l'article d'une transaction quelconque, avec toute la facilité de la population indigène. Leur judéité n'était pas une infortune ou une misère dont ils s'affligeaient, et pas davantage une prouesse dont ils tiraient fierté. Leur être leur collait à la peau sans qu'il leur vienne à l'idée de s'en débarrasser. Leur judéité était tissée dans leur fibre, comme leur américanité. Elle était ce qu'elle était, ils l'avaient dans le sang, et ils ne manifestèrent jamais le moindre désir d'y changer quoi que ce soit, ou de la nier, quelles qu'en soient les conséquences.

Je connaissais ces gens depuis toujours. Les

femmes, amies intimes, pouvaient compter les unes sur
les autres : elles échangeaient des confidences, tro-
quaient des recettes de cuisine, compatissaient au téléphone, se gardaient les enfants et fêtaient régulièrement
leurs anniversaires en parcourant la vingtaine de kilomètres qui nous séparaient de Manhattan pour voir un
spectacle à Broadway. Les hommes, outre qu'ils travaillaient depuis des années à la même agence, se
retrouvaient pour jouer à la pinochle les deux soirs
par mois où les femmes jouaient au mah-jong ; de
temps en temps, le dimanche matin, certains se ren-
daient en groupe au vieux hammam de Mercer Street,
leurs jeunes fils dans leur sillage — puisqu'il se trouvait qu'ils avaient tous des fils, dont les âges s'éche-
lonnaient entre celui de Sandy et le mien. Pour le
Memorial Day, le 4 Juillet et la fête du Travail à la
fin de l'été, les familles organisaient généralement
un pique-nique à une quinzaine de kilomètres de chez
nous, dans la bucolique réserve de South Mountain.
Les pères y lançaient le fer à cheval avec leurs fils,
chacun choisissait son camp pour les parties de soft-
ball, et on écoutait des matches de football américain
lourdement parasités sur le poste à transistors de l'un
ou de l'autre, summum de la magie technologique à
l'époque. Nous, les garçons, n'étions pas forcément les
meilleurs amis du monde, mais nous nous sentions
liés par l'appartenance commune de nos pères. De nous
tous, Seldon était le moins robuste, celui qui avait le
moins d'assurance, et — hélas pour lui — celui qui
avait le moins de chance. Or c'était précisément à son
sort que je venais de lier le mien, et ce jusqu'à la fin de

mon enfance sinon jusqu'à la fin de mes jours. Il s'était
mis à me coller aux basques avec plus d'opiniâtreté
depuis que sa mère et lui avaient appris leur relocalisation, et je ne pouvais pas m'empêcher de penser que,
dans la mesure où nous serions les deux seuls Juifs de
l'école primaire à Danville, tout le monde, les non-Juifs
de la ville comme nos propres parents, me tiendrait
pour son allié naturel et son plus proche camarade. Son
omniprésence n'était peut-être pas la pire menace qui
me guettait dans le Kentucky, mais pour l'imagination
d'un gamin de neuf ans, c'était une épreuve insupportable qui précipitait l'heure de la révolte.

Mais sous quelle forme ? Je ne le savais pas encore.
Jusque-là, je n'éprouvais que l'ébullition annonciatrice
de la mutinerie, et ma seule démarche avait été de déni-
cher une petite valise en carton tachée d'eau, oubliée
sous les bagages utilisables dans notre box, au sous-
sol ; après l'avoir débarrassée de ses moisissures à l'intérieur et à l'extérieur, j'y avais caché tous les vêtements que je subtilisais un par un dans la chambre de
Seldon chaque fois que ma mère me contraignait à
subir mon heure de leçon d'échecs à mon corps défendant. J'y aurais bien dissimulé mes propres vêtements,
mais je savais que ma mère aurait découvert ceux qui
manquaient, et qu'à brève échéance il me faudrait
m'expliquer. À présent encore, elle faisait sa lessive le
week-end et rangeait ensuite les habits propres ainsi
que ceux qui rentraient du nettoyage et qu'il me revenait d'aller chercher chez le teinturier le samedi ; elle
portait donc affiché dans un coin de sa tête un inven-
taire complet de la garde-robe de sa maisonnée, jusqu'à

la dernière paire de chaussettes. Par ailleurs, voler des vêtements à Seldon était un jeu d'enfant et, compte tenu qu'il s'accrochait à moi comme à un alter ego, j'y trouvais une irrésistible revanche. Il n'était pas très difficile de sortir de l'appartement sous-vêtements et chaussettes pour leur faire gagner la cave et la valise, cachés sous ma chemise. Voler et dissimuler un pantalon, un T-shirt ou une paire de chaussures posait plus de problèmes ; mais sachez seulement que Seldon était un enfant assez facile à distraire pour accomplir ce larcin à son insu, pendant un temps du moins.

Une fois rassemblées toutes les affaires lui appartenant que je jugeais nécessaires, j'aurais été en peine de dire ce que je voulais en faire. Nous étions à peu près de la même taille, et l'après-midi où j'osai me cacher dans le box, pour mettre ses vêtements à la place des miens, je me bornai à rester là en chuchotant tout bas : « Bonjour, je m'appelle Seldon Wishnow. » Je me fis l'effet d'être une bête curieuse, et pas seulement parce que Seldon en était devenu une à mes yeux ; mais parce que toutes mes transgressions furtives à travers Newark — dont le clou était cette mascarade dans l'obscurité de la cave — soulignaient que j'étais devenu un énergumène bien pire moi-même. Un énergumène doté d'un trousseau.

Les dix-neuf dollars cinquante qui me restaient sur les vingt donnés par Alvin passèrent de même dans cette valise, sous les vêtements. Puis je remis prestement mes propres habits, et fourrai la valise en carton sous la pile des autres bagages ; après quoi, de peur que le fantôme courroucé du père de Seldon ne vienne m'étrangler avec une corde de bourreau, je me ruai dehors par l'allée du garage. Les jours suivants, je réussis à oublier ce que j'avais caché, et l'usage encore indéterminé que je comptais en faire. Il me fut même possible de mettre cette dernière frasque au nombre des choses aussi anodines et banales que de suivre les chrétiens avec Earl, jusqu'au soir où ma mère dut foncer à l'étage au-dessous pour tenir la main de Mrs Wishnow, lui servir une tasse de thé et la mettre au lit : la pauvre mère surmenée était au fond du désarroi : son fils perdait mystérieusement ses vêtements.

Pendant ce temps, Seldon se trouvait chez nous, où on l'avait envoyé faire ses devoirs avec moi. Il était passablement égaré lui-même. « Je les ai pas perdus, me dit-il entre ses sanglots, comment j'aurais perdu une paire de chaussures ? Comment j'aurais perdu mon pantalon ?

— Elle s'en remettra, dis-je.

— Non, non. Pas elle. Elle se remet jamais de rien. Tu vas nous envoyer à l'hospice, elle me dit. Pour elle, tout est la goutte d'eau qui fait déborder le vase.

— Tu les as peut-être oubliés en gym.

— Comment veux-tu ? Comment je serais sorti du cours sans me rhabiller ?

— Il faut bien que tu les aies oubliés quelque part, Seldon. Réfléchis. »

Le lendemain matin, avant que je parte pour l'école et ma mère pour son travail, elle me suggéra de faire don à Seldon d'une de mes tenues pour remplacer ses vêtements disparus. « Il y a cette chemise que tu ne mets jamais, celle d'oncle Lenny, que tu trouves trop

verte, et puis le pantalon de Sandy qui n'a jamais été
tout à fait à ta taille, celui en velours côtelé marron, je
suis sûre qu'il irait très bien à Seldon. Mrs Wishnow
est dans tous ses états, et ce serait tellement gentil de ta
part.

— Et mon slip, non ? Tu veux pas que je lui donne
mon slip, pendant que tu y es ? Je l'enlève tout de suite,
m'man ?

— Ce n'est pas la peine, dit-elle avec un sourire
pour apaiser mon irritation. Je te parle de la chemise
verte et du pantalon en velours marron, et puis peut-être
d'une de tes vieilles ceintures que tu ne mets plus. Tu
es entièrement libre, mais ça arrangerait tellement
Mrs Wishnow, et pour Seldon, ce serait le Pérou. Il te
vénère, tu le sais bien. »

Je pensai aussitôt : elle sait ; elle sait ce que j'ai fait ;
elle sait tout.

« Mais j'ai pas envie qu'il se balade avec mes
vêtements, dis-je. J'ai pas envie qu'il raconte à tous les
gens du Kentucky : "Regardez, j'ai mis les habits de
Roth."

— Si tu attendais qu'on soit dans le Kentucky pour
t'en inquiéter ?

— Mais il va les mettre à l'école ici, m'man.

— Enfin, qu'est-ce qui t'arrive ? répondit-elle.
Qu'est-ce qui te prend ? Tu deviens...

— Toi aussi », criai-je, et je m'enfuis à l'école avec
mes affaires. Quand je rentrai déjeuner à midi, je tirai
de la penderie de notre chambre la chemise verte détes-
tée, et le pantalon marron qui ne m'était jamais bien
allé. Je les apportai à Seldon, qui se trouvait dans sa

cuisine en train de manger le sandwich préparé par sa mère, et de jouer aux échecs tout seul.

« Tiens, lui dis-je en jetant les vêtements sur la table, je te les donne. » À quoi j'ajoutai, avec l'effet que cela aurait sur la réorientation de nos deux vies : « Mais arrête de me suivre partout. »

Quand Seldon, Sandy et moi rentrâmes du cinéma, il restait des sandwiches de charcuterie casher pour notre dîner. Les adultes, qui avaient mangé dans le séjour leur réunion finie, étaient rentrés chez eux, à l'exception de Mrs Wishnow, assise à la table de la cuisine, les poings serrés, toujours en lutte, toujours aux prises, bon an mal an, avec tout ce qui menaçait de les anéantir, elle et son fils sans père. Elle écoutait avec nous la comédie du dimanche soir à la radio, et tandis que nous mangions, couvait Seldon du même regard qu'une bête son petit quand elle sent rôder une menace insidieuse. Elle avait lavé et essuyé les assiettes, qu'elle avait ensuite rangées dans le buffet, tandis que ma mère passait le balai mécanique sur le tapis du séjour ; mon père avait pour sa part ramassé et sorti les poubelles, et rapporté les deux sièges pliants des Wishnow au fond de la penderie où Mr Wishnow s'était suicidé. La maison empestait encore le tabac froid, bien qu'on ait ouvert toutes les fenêtres, jeté les cendres et les mégots dans les toilettes et lavé les cendriers pour les replacer dans la partie bar du buffet — d'où l'on n'avait pas tiré une seule bouteille de l'après-midi puisque aucun invité n'en avait demandé une goutte, tant cette industrieuse première génération née en Amérique pratiquait une tempérance spontanée.

Pour l'instant, nos vies étaient intactes, nos foyers en ordre, et le confort des rituels ordinaires aurait presque suffi à préserver cette illusion qu'ont les enfants en temps de paix, illusion d'un présent éternel, sans prédateur. Nous avions la radio, qui passait nos émissions favorites, nous avions des sandwiches dégoulinant de corned-beef pour notre souper, avec un onctueux gâteau au café comme dessert, nous avions la perspective d'une semaine de classe dont la routine reprendrait le lendemain, et nous avions deux films à digérer. Mais nous n'avions pas la moindre idée de ce que nos parents avaient décidé quant à l'avenir — nous n'aurions pas su dire si Shepsie Tirschwell les avait convaincus d'émigrer au Canada, si le cousin Monroe avait mis au point une chicane légale leur permettant de contester le plan de réimplantation sans que tout le monde se fasse virer, ou encore si, après avoir analysé les tenants et aboutissants de ce déplacement prescrit par l'État avec toute l'équanimité en leur pouvoir, force leur avait été de constater qu'ils n'avaient plus la jouissance de leurs droits civiques. Voilà pourquoi notre petit monde familier ne nous offrait pas l'ordinaire abondance de biens dominicale.

En attaquant avidement son sandwich, Seldon s'était mis de la moutarde sur tout le visage, et je fus surpris de voir sa mère tendre la main pour l'essuyer avec une serviette en papier. Qu'il la laisse faire me surprit plus encore ; je me dis : « C'est parce qu'il n'a pas de père. » Et si j'avais tendance à expliquer ainsi tout ce qui le concernait, pour une fois, j'avais peut-être raison. Je me dis : « Voilà comment ce sera, dans le Kentucky. » La famille Roth contre le reste du monde, Seldon et sa mère ayant leur couvert chez nous.

À neuf heures se fit entendre la voix de la contestation agressive, notre Walter Winchell. Depuis plusieurs dimanches tout le monde s'attendait qu'il s'en prenne à la loi de peuplement de 42, et comme rien ne venait, mon père tenta d'évacuer son agitation en lui écrivant puisqu'il le tenait, Roosevelt mis à part, comme le dernier espoir de l'Amérique : « C'est un test, monsieur Winchell ; c'est comme ça que Hitler s'y est pris. Les criminels nazis commencent petit, et si ça passe, si personne de votre trempe ne pousse un cri d'alarme... » Mais il ne poursuivit jamais la liste des horreurs qui s'ensuivrait car ma mère était certaine que la lettre atterrirait dans les bureaux du FBI. « La lettre tu vas l'adresser à Walter Winchell, raisonnait-elle, mais elle ne lui parviendra jamais. La poste l'expédiera au FBI où elle ira dans un dossier marqué Roth, Herman, juste à côté de celui qui existe déjà au nom de Roth, Alvin. »

Mon père défendit son point de vue : « Penses-tu, pas la poste d'État ! » Mais ma mère le dépouilla de ses dernières certitudes avec son bon sens coutumier : « Tu prédis toi-même à Winchell que rien n'arrêtera ces gens quand ils comprendront qu'ils ont les coudées franches. Et tu me dis qu'ils ne peuvent pas faire la loi dans notre poste ? Que quelqu'un d'autre écrive à Winchell. Nos enfants ont déjà subi un interrogatoire du FBI. Nous sommes déjà dans le collimateur du FBI à

cause d'Alvin. — Mais c'est justement pour ça que je
lui écris, objecta mon père. Que veux-tu que je fasse
d'autre? Qu'est-ce que je peux faire de plus? Dis-
le-moi, si tu le sais. Il faut que je reste là sur ma chaise,
à attendre le pire? » Elle vit dans son désarroi une
brèche par laquelle s'introduire, et, sans brutalité
mais par désespoir, elle s'y engouffra et ajouta à son
humiliation : « Tu ne vois pas Shepsie rester sur sa
chaise et écrire des lettres en attendant que le pire se
produise, dit-elle. — Non! Tu ne vas pas revenir à la
charge avec le Canada! » s'exclama-t-il, comme si ce
nom était celui de la maladie qui nous minait tous
insidieusement. « Je ne veux pas en entendre parler,
poursuivit-il avec fermeté. Ce n'est pas une solution.
— C'est la seule solution, plaida-t-elle. — Je refuse
de m'enfuir! cria-t-il soudain, faisant sursauter tout
le monde. Nous sommes chez nous, ici. — Non, dit ma
mère tristement. Plus maintenant. Nous sommes chez
Lindbergh, chez les goyim, nous sommes chez eux. »
Sa voix se brisa et les mots choquants, l'immédiateté
cauchemardesque de cette réalité impitoyable for-
cèrent mon père à se voir avec une clarté mortifiante :
un homme dévoué aux siens, doté d'une énergie de
titan, dans la force de l'âge, en pleine santé, lucide,
indomptable et pourtant pas plus capable de protéger
sa famille que Mr Wishnow pendu mort dans le
placard.

Sandy, ulcéré d'avoir été lésé, floué de sa jeune
importance, jugeait nos parents aussi bêtes l'un que
l'autre; quand nous étions tout seuls, il n'hésitait pas
à leur appliquer le vocabulaire de tante Evelyn. « C'est

des Juifs du ghetto, me disait-il, des Juifs du ghetto apeurés, paranoïaques. » À la maison, il tournait en dérision tout ce qu'ils disaient, et moi avec dès qu'il me voyait perplexe devant son amertume. Peut-être tirait-il quelque plaisir de cette ironie ; peut-être que même dans des circonstances normales notre mère et notre père auraient dû prendre leur parti du mépris et des sarcasmes de cet adolescent en crise, mais en 1942 s'ajoutait à leur exaspération l'incertitude sur la menace qui couvait, et qui ne l'empêcherait pas de les rabaisser effrontément.

« C'est quoi, "paranoïaque" ?

— C'est quelqu'un qui a peur de son ombre, quelqu'un qui pense que le monde entier est contre lui. Quelqu'un qui pense que le Kentucky c'est en Allemagne et que le président des États-Unis c'est un SS. Ces gens-là, me dit-il en imitant la mauvaise foi de notre tante quand elle cherchait à se démarquer avec dédain de la racaille juive, tu leur offres de payer leur déménagement, tu leur offres d'ouvrir les portes à deux battants pour leurs enfants... tu sais ce que ça veut dire, paranoïaque ? Ça veut dire fou. Ils sont cinglés tous les deux, ils sont fêlés. Et tu sais ce qui les a rendus fous ? »

La réponse était « Lindbergh », mais je n'osai pas le dire.

« Quoi ?

— C'est de vivre comme une bande d'émigrants dans leur foutu ghetto. Tu sais comment tante Evelyn et le rabbin Bengelsdorf appellent ça ?

— Appellent quoi ?

— Leur façon de vivre. Ils appellent ça : Garder foi en la certitude du labeur juif.

— Mais qu'est-ce que ça veut dire ? Je comprends pas. Traduis, s'il te plaît. C'est quoi, le labeur ?

— Le labeur ? C'est ce que vous les Juifs vous appelez *tsuris*. »

Les Wishnow étaient redescendus chez eux, Sandy s'était installé à la cuisine pour faire ses devoirs, et mes parents venaient de prendre l'émission de Walter Winchell dans la pièce du devant ; moi, j'étais au lit lumière éteinte. J'avais eu plus que ma dose de ces propos affolés sur Lindbergh, von Ribbentrop ou Danville, Kentucky, et je ne voulais pas penser à mon avenir avec Seldon. Tout ce que je voulais, c'était sombrer dans l'oubli du sommeil et me réveiller ailleurs le lendemain. Mais dans la tiédeur de la nuit, toutes fenêtres ouvertes, sur le coup de neuf heures je fus assailli de presque toute part par le célèbre indicatif radio de Winchell : un émetteur qui crachait en morse, langage que Sandy m'avait appris, des points et des traits d'ailleurs vides de sens. Et puis, tandis que le crépitement décroissait, la voix incendiaire de Winchell lui-même claqua comme une détonation dans toutes les maisons du quartier. Son « Salut à l'Amérique... » fut suivi par la cataracte corrosive des mots tant attendus. Enfin, Winchell brandissait son fouet rédempteur, ça changeait tout. En temps normal, mes parents avaient le pouvoir de remettre les choses en perspective, et d'expliquer l'inconnu de manière assez convaincante pour rationaliser l'existence, et les choses étaient bien différentes. Mais dans ce *hic et nunc* à devenir fou, Winchell était devenu un dieu absolu pour moi aussi, de loin plus important qu'Adonaï.

« Salut à l'Amérique, dans ses foyers et sur les mers. À l'heure où nous mettons sous presse ! Communiqué ! Pour la plus grande joie de Joe Goebbels face de rat et de son patron, le boucher de Berlin, les Juifs américains sont désormais officiellement dans le collimateur des fascistes de Lindbergh. Le voile pudique qu'on jette sur la première phase de ces persécutions des Juifs au pays de la liberté, c'est le "Homestead 42" ; la loi de peuplement de 42 est perpétrée avec la complicité des barons voyous les plus respectables aux États-Unis. Mais qu'on se rassure, ils seront récompensés sous forme d'abattements fiscaux révélateurs par les hommes de main républicains de Lindbergh dans le prochain Congrès pro-fric.

« Pour preuve, le vice-président Wheeler et le ministre de l'Intérieur Henry Ford n'ont pas encore décidé, nos croix gommeux, si le peuplement doit se terminer dans des camps de concentration façon Buchenwald. J'ai dit "si" ? Pardon, en bon allemand ça se dit "quand".

« Scoop : Deux cent vingt-cinq familles juives ont déjà reçu ordre de vider les villes du Nord-Est, pour être expédiées à des milliers de kilomètres de leurs familles et de leurs amis. Cette première fournée est restée sur une échelle stratégiquement réduite, pour ne pas attirer l'attention ordinaire de la nation. Pourquoi ? Parce qu'elle marque le commencement de la fin pour quatre millions et demi de citoyens américains d'ascendance juive. Les Juifs seront éparpillés aux quatre coins des États-Unis, là où prospèrent l'America First et ses partisans hitlériens. Là-bas, les soi-disant patriotes et les soi-disant chrétiens, fossoyeurs droitistes de la démocratie, pourront se retourner du jour au lendemain contre les familles juives isolées.

« À qui le tour, l'Amérique, à présent que le pays n'est plus régi par les droits de l'homme et que la haine raciale mène le jeu? De... mandez le programme des pogroms Wheeler-Ford pour des persécutions financées par l'État! Sera-ce le tour des Noirs, ces éternels souffre-douleur? Des Italiens, ces bourreaux de travail? Du dernier des Mohicans? Lequel d'entre nous est devenu indésirable dans l'Amérique aryenne d'Adolf Lindbergh?

« Exclusif! Le reporter qui vous parle a appris que la loi de peuplement de 42 était déjà en projet le 20 janvier 1941, jour où le Nouvel Ordre fasciste américain a installé sa pègre à la Maison-Blanche; il était dans la corbeille lors des accords entre le Führer américain et son complice, le criminel nazi.

« Exclusif! Le reporter qui vous parle a appris que les Aryens de Lindbergh ont dû s'engager à la relocalisation progressive des Juifs américains, suivie à terme de leur emprisonnement généralisé pour que Hitler accepte d'épargner aux îles Britanniques une invasion armée massive par la Manche. Les deux führers bien-aimés sont convenus en Islande que massacrer des Aryens bon teint aux yeux bleus ne se défendait qu'en cas de nécessité absolue. Mais nécessité absolue il y aura pour Hitler, si le parti britannique fasciste d'Os-

wald Mosley ne réussit pas à prendre les commandes
du 10 Downing Street d'ici 1944. Car c'est alors que la
race supérieure se propose d'asservir sous le joug
nazi quelque trois cents millions de Russes, et de faire
flotter la croix gammée sur le Kremlin.

« Et combien de temps le peuple américain caution-
nera-t-il cette trahison de son président élu ? Combien
de temps les Américains continueront-ils de dormir
pendant que la cinquième colonne fasciste de la droite
républicaine qui défile sous la croix et la bannière met
la constitution en pièces ? Restez avec moi, Walter
Winchell, votre correspondant à New York, je vous
réserve mon prochain tir de mortier sur les mensonges
perfides de Lindbergh. Dans un instant, mon instan-
tané ! »

Aussitôt, tandis que la voix apaisante du présentateur Ben Grauer se mettait à vanter les mérites d'une
lotion pour les mains produite par le sponsor de l'émission, la sonnerie du téléphone retentit dans le couloir
devant ma chambre, alors qu'il ne sonnait jamais après
neuf heures du soir, et Sandy sortit de ses gonds.
S'adressant à la radio, mais avec une telle passion qu'il
fit aussitôt jaillir mon père de son fauteuil, il se mit
à hurler : « Sale menteur ! Enfoiré de menteur !

— Non mais, dit mon père en faisant irruption dans
la cuisine. Je t'interdis d'employer des mots pareils.
Pas sous mon toit. Ça suffit !

— Mais comment tu peux écouter cette merde ?
Quels camps de concentration ? Il y en a pas ! Un tissu
de mensonges — rien que des conneries pour faire de
l'audience auprès de vous autres. Tout le pays sait bien

que Winchell est un bouffon — il y a que vous autres
qui le sachiez pas !

— Comment ça, vous autres ?

— Moi j'ai vécu dans le Kentucky ! Le Kentucky
fait partie des quarante-huit États. Il y a là-bas des êtres
humains qui vivent comme partout ailleurs ! C'est pas
un camp de concentration ! Il gagne des millions, ce
type, à vendre sa lotion de merde, et vous autres, vous
le croyez.

— Je t'ai déjà dit que je ne voulais plus t'entendre
prononcer certains mots orduriers, et maintenant je
t'avertis, mon fils, tu répètes une seule fois "vous
autres" et tu prends la porte. Si tu préfères t'installer
dans le Kentucky, moi je te conduis à Penn Station et
tu prends le premier train pour y aller. Parce que je
sais très bien ce que tu veux dire quand tu dis "vous
autres", et toi aussi, et tout le monde le sait. Je ne veux
plus t'entendre prononcer ces deux mots dans cette
maison.

— N'empêche qu'à mon avis Walter Winchell
raconte des... âneries.

— Très bien, c'est ton avis, et tu as le droit d'en
avoir un. Mais d'autres Américains pensent autrement.
Il se trouve que des millions d'entre eux écoutent
Walter Winchell tous les dimanches soir, et que, parmi
eux, il n'y a pas que des "vous autres", comme vous
dites, toi et ta géniale tante. Son émission est toujours
l'une des plus cotées sur les ondes. Franklin Roosevelt
lui a confié des choses qu'il n'aurait jamais confiées
à un autre journaliste. Et puis, écoute-moi, à présent,
tu veux ? On parle de faits.

— Mais je peux pas t'écouter. Comment veux-tu que je t'écoute quand tu parles de "millions de gens". Il y a des millions d'imbéciles ! »

Pendant ce temps, ma mère avait répondu au téléphone dans le couloir, et de mon lit, je l'entendais, elle aussi. Oui, disait-elle, bien sûr qu'ils écoutaient Winchell. Oui, c'était abominable, pire encore qu'ils auraient cru, mais enfin, au moins, c'était dit, à présent. Oui, Herman allait rappeler dès que l'émission serait terminée.

Quatre fois de suite elle tint ces propos, mais lorsque le téléphone sonna une cinquième fois, elle ne se précipita pas pour répondre, même s'il s'agissait sûrement d'un autre de leurs amis ébranlé par le feu roulant des révélations de Winchell ; elle ne répondit pas parce que, les réclames finies, mon père et elle étaient revenus devant le poste de radio du séjour. Sandy était maintenant dans la chambre, et moi je faisais semblant de dormir pendant qu'il se préparait pour la nuit à la lueur de la veilleuse, petite loupiote avec un interrupteur au bout du fil, qu'il avait fabriquée de toutes pièces au cours de travaux manuels du temps qu'il n'était qu'un gamin doué pour les arts, passionné par ce qu'il pouvait faire de ses dix doigts habiles, dans une ignorance bienheureuse des querelles idéologiques.

Notre téléphone n'avait jamais fonctionné en permanence si tard le soir depuis la mort de ma grand-mère, deux ans auparavant. Il était presque onze heures lorsque mon père eut rappelé tout le monde. Une heure plus tard, mes parents quittaient la cuisine après s'être

entretenus à mi-voix, et ils allaient se coucher. Il me fallut attendre encore deux heures pour m'assurer qu'ils
dormaient profondément et que, dans le lit voisin du
mien, mon frère avait cessé de lancer au plafond des
regards courroucés et dormait lui aussi ; je pus donc me
lever en toute sécurité sans être découvert, gagner la
porte de service, la déverrouiller et me glisser dehors
pour descendre l'escalier à pas de loup jusqu'à la cave,
et, dans le noir, traverser pieds nus le sol humide pour
atteindre notre box.

Mon geste n'avait rien d'impulsif ou d'hystérique ;
ma décision n'avait rien de mélodramatique, ni même
de téméraire, à mon sens. Par la suite, certains dirent
qu'ils étaient loin de se douter que sous mon vernis
d'obéissance et mes bonnes manières, je pouvais être
un enfant aussi irresponsable, aussi rêveur. Mais il ne
s'agissait pas là d'un rêve creux, je ne jouais pas à faire
semblant, et je ne faisais pas de bêtises pour le plaisir.
Il est vrai que les bêtises faites avec Earl Axman
m'avaient assez bien préparé, mais leur propos était
tout différent. Je n'avais certes pas le sentiment d'être
en train de basculer dans la folie, pas même au moment
où, dans l'obscurité du box, je retirais mon pyjama pour
enfiler le pantalon de Seldon, repoussant mentalement
le fantôme de son père, résistant à la terreur que m'inspirait le fauteuil roulant vide d'Alvin. Je n'étais pas mû
par autre chose que le désir de résister au désastre que
notre famille et nos amis ne pouvaient plus éviter et qui
leur serait peut-être fatal. Mes parents déclarèrent par
la suite que je ne savais pas ce que je faisais et mon
équipée fut officiellement mise sur le compte d'une

crise de « somnambulisme ». Mais j'étais bien réveillé, et mes mobiles m'étaient parfaitement connus. La seule inconnue, c'était le succès de mon entreprise. L'un de mes professeurs me crut victime de la folie des grandeurs, parce qu'on étudiait à l'école le système ferroviaire clandestin, réseau de résistance mis en place pendant la guerre de Sécession pour aider les esclaves à prendre les chemins du Nord et de la liberté. Mais pas du tout. Moi je n'étais pas comme Sandy, chez qui les circonstances avaient fait naître le désir d'être un garçon majuscule, chevauchant la vague de l'histoire. Moi je n'avais que faire de l'histoire, au contraire. Je voulais être un garçon aussi minuscule que possible. Je voulais être un orphelin.

Il n'y eut qu'une seule chose que je ne pus me résoudre à abandonner : mon album de timbres. Si j'avais pu être sûr qu'il serait préservé intact après mon départ, peut-être qu'au dernier moment je ne me serais pas arrêté pour ouvrir le tiroir de ma commode et, aussi silencieusement que possible, l'extraire d'entre mes slips et mes chaussettes. Mais je ne supportais pas l'idée qu'il soit disloqué, jeté ou, pis encore, donné tel quel à un autre garçon. Je le pris donc sous mon bras, avec le coupe-papier acheté à Mount Vernon, dont le bec en forme de baïonnette me servait à ouvrir soigneusement les seules lettres qui m'étaient adressées outre les cartes d'anniversaire, à savoir les paquets de timbres à l'essai régulièrement envoyés du Boston 17, dans le Massachusetts, par la plus grande fabrique de timbres au monde, H. E. Harris et Cie.

Je ne me rappelle rien entre le moment où j'ai quitté
la maison comme un voleur pour prendre la direction
de l'orphelinat dans la rue déserte, et celui où je me suis
réveillé, le lendemain matin, pour voir à mon chevet
mes parents qui faisaient une tête lugubre, et m'entendre dire par un médecin fort occupé à extraire de
mon nez une sorte de tube, que je me trouvais hospitalisé au Beth Israel et que, même si j'avais sans doute
une affreuse migraine, tout allait s'arranger. En effet
j'avais un mal de tête atroce, mais il ne provenait pas
d'un caillot de sang qui aurait appuyé sur le cerveau
— éventualité redoutée quand on m'avait découvert
ensanglanté et inconscient — ni d'une lésion cérébrale.
La radiographie avait exclu toute fracture du crâne, et
l'examen neurologique n'avait révélé aucune lésion
nerveuse. À part une écorchure de huit centimètres, qui
me valait dix-huit points de suture à retirer la semaine
suivante, et le fait que je n'avais aucun souvenir du
coup lui-même, je n'avais rien de grave. Une concus-
sion classique, dit le médecin, telle était la cause de la
douleur, comme de l'amnésie. Je ne me rappellerais
sans doute jamais le coup de pied du cheval, ni comment la chose s'était produite. Mais d'après le médecin,
c'était non moins classique. À cela près, ma mémoire
était intacte. Heureusement. Le médecin répéta le
mot plusieurs fois, et dans ma tête douloureuse, j'entendis « piteusement ».

On me garda en observation toute la journée et la
nuit suivante, en me réveillant à peu près toutes les
heures pour s'assurer que je ne sombrais pas de nouveau dans l'inconscience ; le lendemain matin, je fus

libéré avec pour consigne de ne pas abuser des activités
physiques pendant une ou deux semaines. Comme ma
mère avait pris un congé pour rester auprès de moi, ce
fut elle qui me ramena à la maison en autobus. Ma
migraine ne cessa guère dix jours durant, sans qu'on y
puisse grand-chose, si bien que je n'allai pas à l'école ;
cela mis à part, on disait que je m'en sortais bien, et que
je le devais d'abord à Seldon, qui avait vu de loin
presque tout ce que je n'arrivais pas à me rappeler. S'il
ne s'était pas levé en catimini pour me suivre quand il
m'avait entendu descendre l'escalier de service ; s'il
n'avait pas, dans l'obscurité, longé Summit Avenue sur
mes talons, traversé le terrain de gym du lycée jusqu'à
Goldsmith Avenue, pénétré dans l'orphelinat par le
portail ouvert, s'il n'était pas entré dans le bois, je
serais resté sur le carreau à me vider de mon sang, dans
ses vêtements. Il était rentré en courant jusque chez
nous, il avait réveillé mes parents, qui avaient aussitôt
appelé des secours par l'opératrice, il était monté en
voiture avec eux pour les mener là où j'étais. Il n'était
pas loin de trois heures du matin, il faisait noir. Age-
nouillée auprès de moi sur le sol humide, ma mère
tamponnait ma blessure avec une serviette apportée
pour étancher le sang tandis que mon père me couvrait
d'une vieille couverture de pique-nique qu'on laissait
dans la malle arrière, pour ne pas que je me refroi-
disse en attendant l'arrivée de l'ambulance. C'étaient
mes parents qui avaient organisé mon sauvetage, mais
c'était Seldon qui m'avait sauvé la vie.

On supposa que j'avais effarouché les chevaux en
trébuchant au hasard dans le noir à l'endroit où les bois

s'éclaircissaient pour faire place aux champs cultivés ; lorsque j'avais fait demi-tour pour leur échapper, et revenir dans la rue par le bois, l'un des deux avait rué, je m'étais pris les pieds, j'étais tombé, et l'autre cheval, dans sa fuite, m'avait donné un coup de sabot sur le haut du crâne. Pendant des semaines, Seldon me raconta fébrilement, ainsi qu'à toute l'école, tous les détails de la fugue nocturne censée me conduire chez les nonnes sous l'identité d'un enfant sans famille — les morceaux de bravoure de son récit étant la mésaventure avec les chevaux de trait, et le fait que, en pleine nuit, pieds nus, vêtu de son seul pyjama, il avait deux fois traversé les quinze cents mètres de terrain rugueux entre les bois et notre maison.

Contrairement à sa mère et à mes parents, il découvrait avec ravissement que ce n'était pas lui qui perdait mystérieusement ses vêtements, mais moi qui les volais en prévision de mon échappée. Ce détail rocambolesque dota sa propre existence d'une valeur inédite, insoupçonnée de lui-même. À raconter cette histoire avec tout le prestige du sauveur et du conjuré dans le secret, à montrer à qui voulait les voir ses plantes de pieds écorchées, Seldon semblait avoir enfin acquis une manière d'importance à ses propres yeux ; il était devenu un risque-tout capable de forcer l'attention d'un héros pour la première fois de sa vie. Moi, au contraire, j'étais au supplice, non seulement à cause de la honte, plus cuisante et plus tenace que la migraine, mais aussi parce que mon album de timbres, mon plus grand trésor, sans lequel je ne pouvais vivre, avait disparu. J'avais oublié l'avoir emporté avec moi jusqu'au lendemain de mon retour. Le matin, en me levant pour m'habiller, je découvris qu'il n'était plus entre mes slips et mes chaussettes. Or, précisément, si je l'y rangeais, c'était pour le voir en m'habillant. Et la première chose que je découvris le premier matin de mon retour, ce fut que mon bien le plus précieux avait disparu. Il avait disparu, cet objet irremplaçable. C'était — et ce n'était pas du tout — comme de perdre une jambe.

« M'man, hurlai-je, m'man il est arrivé un malheur !

— Qu'est-ce qui se passe, cria ma mère en accourant de la cuisine. Qu'est-ce qu'il y a ? »

Elle avait cru, bien sûr, que mes points de suture s'étaient mis à saigner, ou que j'allais m'évanouir, ou que ma migraine devenait insupportable.

« Mes timbres ! » Je ne parvins pas à en dire plus, mais elle imagina le reste.

Elle se mit en devoir de les chercher. Toute seule, elle alla jusqu'au bois de l'orphelinat, et fouilla la portion de terrain où l'on m'avait découvert ; mais elle ne trouva l'album nulle part, elle ne put récupérer un seul timbre.

« Tu es sûr que tu les avais ? me demanda-t-elle en rentrant.

— Oui, oui. Ils y sont ! Ils y sont forcément ! Je peux pas les avoir perdus !

— Mais j'ai cherché tant et plus. J'ai cherché partout.

— Qui pourrait bien les avoir pris ? Où ils peuvent bien être ? Ils sont à moi ! Il faut qu'on les retrouve ! C'est mes timbres ! »

Je fus inconsolable. J'imaginais une horde d'orphelins les apercevant dans le bois et les déchirant de leurs mains crasseuses. Je les voyais arracher les timbres pour les manger; les piétiner, les jeter par poignées dans la cuvette de leurs abominables cabinets. Ils le détestaient, cet album, parce qu'il n'était pas à eux — ils le détestaient parce qu'ils n'avaient rien à eux.

À ma demande, ma mère ne dit rien à mon père ni à mon frère de ce qu'il était advenu de mes timbres, ni de l'argent découvert dans les poches de Seldon. « Quand on t'a trouvé, il y avait dix-neuf dollars cinquante, je ne sais pas d'où ils viennent et je ne veux pas le savoir. Le chapitre est clos, n'en parlons plus. Je t'ai ouvert un compte à la caisse d'épargne Howard et je les ai déposés pour ton avenir. » Elle me tendit un petit carnet portant mon nom inscrit dessus avec un unique cachet noir, « $ 19.50 », en première page des dépôts. « Merci », dis-je. C'est alors qu'elle émit sur son fils cadet le jugement qu'elle emporta sans doute dans la tombe : « Quel drôle d'enfant tu es... J'étais loin de me douter... j'étais loin du compte. » Puis elle me tendit le coupe-papier en forme de mousquet acheté à Mount Vernon. La crosse était éraflée et sale, et la baïonnette un peu déformée. Elle l'avait trouvé l'après-midi où, à mon insu, elle était retournée passer au peigne fin le sous-bois de l'orphelinat pour y débusquer la moindre trace de cette collection de timbres volatilisée.

7

Juin - octobre 1942

Les émeutes Winchell

À la veille de découvrir la disparition de mes timbres, j'appris que mon père avait décidé de quitter son emploi. Le mardi matin, quelques minutes après mon retour de l'hôpital, il arriva chez nous et remonta l'allée du garage dans le camion à claire-voie de l'oncle Monty, qu'il gara derrière la voiture de Mrs Wishnow ; il venait d'achever sa première nuit de travail au marché de Miller Street. Désormais, du lundi au vendredi, il rentrait à neuf-dix heures du matin, faisait sa toilette, prenait son repas le plus copieux, et se couchait. À onze heures il dormait, et quand je rentrais de l'école, je devais faire bien attention à ne pas claquer la porte pour ne pas le réveiller. Un peu avant cinq heures de l'après-midi il se levait et s'en allait, car dès six ou sept heures du soir, les fermiers commençaient à arriver au marché avec leurs produits, et ensuite, de dix heures du soir jusqu'à quatre heures du matin, les détaillants venaient à tout moment acheter la marchandise, ainsi que les restaurateurs, les hôteliers et les derniers colporteurs en voiture à cheval. Pour tenir toute la nuit, il avait le thermos et les deux sandwiches que ma mère lui préparait.

Le dimanche matin, il allait voir sa mère chez l'oncle Monty, sauf quand ce dernier nous l'amenait, après quoi il passait le reste du dimanche à dormir, et de nouveau, nous devions éviter de faire du bruit pour ne pas le déranger. Cette vie était dure, d'autant qu'il lui arrivait de temps en temps de quitter la ville bien avant l'aube pour aller chez des fermiers des comtés de Passaic et Union, d'où il rapportait lui-même leurs produits, si cela permettait à l'oncle Monty d'avoir de meilleurs prix.

Je voyais que mon père avait la vie difficile car quand il rentrait le matin, il buvait un verre. D'ordinaire, chez nous, une bouteille de Four Roses durait des années. Ma mère, buveuse d'eau pure et dure, ne supportait même pas la vue d'un verre de bière couronné de mousse, alors l'odeur du whisky sec... Quant à mon père, on ne l'avait jamais vu boire un verre sinon pour leurs anniversaires de mariage ou lorsque son patron venait dîner, et qu'il lui servait du Four Roses avec des glaçons. À présent, quand il rentrait du marché, avant même de prendre une douche et de se changer, il se servait du whisky dans un petit verre, renversait la tête en arrière, et le descendait cul sec avec la mine d'un homme qui vient de mordre dans une ampoule électrique. « C'est bon! s'exclamait-il. C'est bon! » Alors, enfin décontracté, il pouvait prendre un repas complet sans risquer l'indigestion.

Moi, j'étais doublement sidéré : par mon père d'abord, dont le standing professionnel était en chute libre (son camion garé dans l'allée, ses galoches à semelles épaisses qui avaient remplacé les souliers

noirs cirés accompagnant naguère son costume cravate
— sans parler du spectacle incongru qu'il offrait en
descendant son whisky et en déjeunant tout seul à dix
heures du matin), mais aussi par mon frère, et sa métamorphose personnelle, non moins inattendue.

Sandy n'était plus en révolte. Il avait cessé d'être
méprisant. Il ne prenait plus ses airs supérieurs. On
aurait dit qu'il avait reçu un coup sur la tête, lui aussi,
mais qu'au lieu de le laisser amnésique, le choc avait
réveillé en lui le garçon tranquille et consciencieux
qui s'épanouissait non plus comme un jeune prodige
en pleine opposition, mais comme un être doué d'une
vie intérieure intense, dont le flux le portait tout au
long de la journée et qui, à mes yeux, faisait sa supériorité authentique sur les garçons de son âge. À moins
que sa passion du vedettariat, et avec elle sa capacité de
conflit, ne se soit éteinte : peut-être n'avait-il jamais
possédé l'égocentrisme nécessaire, et avait-il été secrètement soulagé de ne plus avoir à briller en public. À
moins encore qu'il n'ait jamais vraiment cru en ce qu'il
était censé promulguer. Ou que, pendant que je gisais
inconscient à l'hôpital avec un hématome qui aurait
pu être fatal, mon père ne lui ait fait une leçon qui ait
porté ses fruits. Ou que, dans le sillage de la crise que
j'avais précipitée, Sandy n'ait fait que mettre en réserve
sa nature d'exception derrière le masque du garçon
d'autrefois, par un calcul patient et habile, attendant
son heure puisque personne ne savait au juste ce qui
se tramait pour nous. Toujours était-il que le choc des
circonstances avait pour le moment ramené mon frère
au bercail.

Et puis ma mère était redevenue femme au foyer. Elle était bien loin d'avoir amassé ce qu'elle espérait sur son compte de Montréal mais cela suffirait tout de même à nous faire passer la frontière canadienne et nous permettre de démarrer s'il nous fallait nous enfuir dans l'urgence. Elle avait abandonné son emploi chez Hahne aussi subitement que mon père avait largué la sécurité de son association de douze ans avec la Metropolitan pour faire échec au plan du gouvernement et nous protéger contre le subterfuge antisémite qu'il voyait à l'instar de Winchell dans la loi de peuplement 42. Elle s'occupait donc de nouveau de la maison à plein temps, et de nouveau nous allions la trouver en rentrant de l'école pour déjeuner; en été, pendant les grandes vacances, elle serait là pour nous guider Sandy et moi, pour que nous n'allions pas mal tourner faute de surveillance.

Un père nouvelle formule, un frère qui m'était rendu, une mère retrouvée, dix-huit points de suture noirs agrafés à ma tête, et mon plus grand trésor irrémédiablement perdu, le tout comme par un coup de baguette magique. Une famille tout à la fois déclassée et réenracinée du jour au lendemain, qui n'était plus face à l'alternative exil ou expulsion, mais toujours sur Summit Avenue, son camp retranché, alors que dans trois petits mois Seldon, à qui mon sort était lié plus que jamais, malgré moi, maintenant qu'il racontait à qui voulait l'entendre comment il m'avait empêché de me vider de mon sang dans les vêtements que je lui avais empruntés, Seldon se préparait à partir. Le 1ᵉʳ septembre, il s'en irait avec sa mère vivre dans le Kentucky, où il serait le seul petit Juif de Danville.

Ma crise de « somnambulisme » aurait sans doute causé un scandale plus cuisant encore dans notre voisinage immédiat si Walter Winchell n'avait pas été mis à la porte par la Lotion Jergens quelques heures seulement après son passage sur les ondes, le dimanche soir où j'avais fugué. Car ce fut celle-là, la nouvelle choc qui laissa tout le monde incrédule, et que Winchell n'avait d'ailleurs nulle intention de laisser oublier. Lui, le reporter de radio le plus célèbre en Amérique depuis dix ans, fut remplacé à neuf heures du soir le dimanche suivant par le énième orchestre de danse, enregistré dans le énième restaurant chic sur la terrasse d'un hôtel en plein centre de Manhattan. La firme Jergens reprochait tout d'abord à son chroniqueur d'avoir crié « au feu ! » dans un cinéma bondé : il comptait après tout vingt-cinq millions d'auditeurs dans tout le pays ; elle l'accusait ensuite d'avoir calomnié un président des États-Unis par des allégations perfides « que seul le démagogue le plus éhonté aurait imaginées pour soulever les passions de la populace ».

Le *New York Times* lui-même, journal modéré dont les propriétaires fondateurs étaient juifs — ce qui lui valait la haute estime de mon père — et qui ne se privait pas de critiquer les sympathies de Lindbergh envers l'Allemagne hitlérienne, annonça son soutien total à la mesure prise par la Lotion Jergens dans un éditorial intitulé « La honte de la profession » :

Depuis quelque temps, chez les détracteurs
de Lindbergh, c'est à qui fera les plus abjects
procès d'intention au gouvernement. Dans un
formidable élan de boursouflure, Walter Winchell vient de prendre la tête de la meute. Cumu-
lant scrupules douteux et mauvais goût, son
attaque au vitriol est impardonnable, elle est
contraire à l'éthique. À proférer des accusations
si abracadabrantes qu'elles gagneraient au président la sympathie d'un démocrate de la première heure, ce chroniqueur vient de se déconsi-
dérer irrémédiablement. On reconnaîtra à la
Lotion Jergens le mérite de l'avoir promptement
évincé des ondes. Le journalisme pratiqué par
tous les Winchell du pays est une insulte tant à
nos citoyens éclairés qu'à la déontologie d'un
métier qui exige rigueur, objectivité et sens des
responsabilités, valeurs pour lesquelles Mr Winchell, ses cyniques comparses des tabloïds et
leurs éditeurs cupides ont toujours affiché le plus
grand mépris.

Une nouvelle attaque suivit, lancée au nom de l'administration Lindbergh et présentée par le *Times*
comme la première lettre circonstanciée qu'ait suscitée
son éditorial ; elle émanait d'un lecteur éminent, qui
rendait tout d'abord hommage à l'éditorial et corrobo-
rait sa position en relevant d'autres cas où Winchell
avait violé de façon flagrante le Premier Amendement.
« Le fait qu'il tente d'affoler et d'enflammer ses coreligionnaires n'est pas moins ignoble que son mépris des
normes de décence, que votre journal condamne avec
une telle vigueur. Car enfin, rien n'est plus odieux que

de faire fonds sur les terreurs historiques d'un peuple
persécuté, surtout dans la mesure où la présente administration s'applique par l'action du Bureau d'assimilation à inclure ce groupe même dans une société
ouverte, exempte de toute oppression. Lorsque Walter
Winchell taxe de "stratégie fasciste pour isoler les Juifs
et les exclure de la vie de la nation" un programme
comme la loi de peuplement de 42, dont le propos est
au contraire d'élargir et d'enrichir l'engagement des
Juifs dans un pays dont ils sont fiers d'être les citoyens,
il touche le fond de l'irresponsabilité journalistique, et
ne fait que pratiquer cette technique du Mensonge
Énorme qui constitue aujourd'hui la plus grave menace
contre la liberté démocratique où que ce soit. »

La lettre était signée du rabbin Lionel Bengelsdorf,
directeur du Bureau américain d'assimilation, ministère de l'Intérieur, Washington, D.C.

Winchell répondit dans les colonnes qu'il écrivait
pour le *Daily Mirror*, journal new-yorkais appartenant
à William Randolph Hearst, le plus riche des éditeurs
américains, avec une chaîne de quelque trente journaux
de droite, et une demi-douzaine de magazines populaires aussi bien que des *King Features*, réseau de
grande distribution, où Winchell avait simultanément
une tribune, et ainsi était lu par des millions d'autres
personnes. Hearst ne supportait pas les allégeances
politiques de Winchell, et sa glorification de FDR en
particulier, et il l'aurait volontiers mis à la porte des
années auparavant. Mais les New-Yorkais mêmes dont
le *Mirror* disputait la clientèle au *News* étaient sous
le charme canaille de l'éditorialiste, lui trouvant un

alliage unique de pugnacité farouche et de patriotisme
sirupeux. Selon Winchell, si Hearst finit par le virer, ce
fut moins à cause d'une animosité de longue date entre
eux que sous les pressions de la Maison-Blanche auxquelles même un vieux magnat sans scrupule et puissant comme lui n'avait pas osé résister de peur des
conséquences.

« Les fascistes de Lindbergh », ainsi commençait
avec une effronterie caractéristique l'éditorial impé-
nitent de Winchell publié quelques jours seulement
après qu'il eut perdu son contrat radiophonique. « Les
fascistes de Lindbergh viennent de s'en prendre
ouvertement, en bons nazis qu'ils sont, à la liberté d'expression. Aujourd'hui, c'est Winchell l'ennemi qu'il
faut réduire au silence... Winchell, le va-t-en-guerre, le
menteur, l'alarmiste, le coco, le youpin. Aujourd'hui
votre serviteur, demain tout journaliste qui osera dire la
vérité sur le complot fasciste pour anéantir la démocratie américaine. Les Aryens d'honneur, comme le rabbin
rageur Lionel Bonimenteur et les snobinards-trouillards
de Park Avenue, propriétaires du *New York Times,* ne
sont pas les premiers Quisling juifs ultra-civilisés à
s'aplatir devant leur maître antisémite parce qu'ils sont
bien trop raffinés pour se bagarrer comme Winchell ; ils
ne seront pas les derniers non plus. Les jean-foutre de
chez Jergens ne sont pas davantage la première compagnie sans couilles à faire le jeu de la machine à mentir
dictatoriale qui est en train de démolir le pays... et ils ne
seront pas les derniers non plus. »

Or cet éditorial, qui épinglait ensuite une quinzaine
d'autres ennemis personnels justifiant l'étiquette de

collaborateurs fascistes émérites, devait en fait être son dernier.

Trois jours plus tard, après s'être rendu à Hyde Park pour s'assurer que FDR était toujours résolu à ne pas quitter sa retraite politique pour briguer un troisième mandat, Winchell annonça sa candidature à la présidence des États-Unis lors des prochaines élections. Jusque-là les noms qui avaient circulé étaient ceux de Cordell Hull, secrétaire d'État de Roosevelt ; Henry Wallace, ancien ministre de l'Agriculture, candidat à la vice-présidence sur le ticket de 1940 ; James Farley, directeur général des Postes et premier secrétaire du Parti démocrate ; William Douglas, juge à la Cour suprême ; deux démocrates modérés n'ayant pas participé au New Deal, l'ancien gouverneur de l'Indiana et le sénateur de l'Illinois, Paul V. McNutt et Scott W. Lucas. Selon une information encore au conditionnel, et révélée voire fabriquée par Winchell du temps qu'il gagnait huit cent mille dollars par an à faire circuler des informations encore au conditionnel, la convention pourrait bien se retrouver dans l'impasse vu le peu d'attraits des candidats en lice. Alors, celle qui s'était imposée tant sur le plan politique que diplomatique pendant les deux mandats de son mari, celle qui était restée une figure populaire à qui son mélange de franc-parler et de réserve aristocratique valait une énorme audience dans l'électorat libéral du parti, ainsi que les sarcasmes de nombreux ennemis dans la presse de droite — Eleanor Roosevelt —, paraîtrait dans la salle de la convention comme Lindbergh l'avait fait chez les

républicains en 1940, et serait investie par acclamation.
Mais lorsque Winchell entra dans la course, premier
candidat démocrate presque trente mois avant l'élection de 1944, avant même les législatives intermé-
diaires, immédiatement après le bruit qu'avait fait son
éviction par les gros bras fascistes de la Maison-
Blanche avec leur tactique putschiste (pour reprendre
les termes en lesquels il parla de ses adversaires et de
leurs méthodes en annonçant sa candidature), le chroniqueur mondain devint aussitôt l'homme à abattre, le
seul démocrate dont tout le monde connaissait le nom,
le seul qui ait assez d'audace pour s'acharner sur un
président sortant aussi adulé que Lindy.

Les leaders républicains ne daignèrent pas prendre
Winchell au sérieux ; ils conclurent que l'histrion irrépressible se donnait en spectacle pour pomper des
fonds à une poignée de démocrates aussi riches qu'ir-
réductibles ; à moins qu'il n'ait servi d'éclaireur flam-
boyant à FDR ou même à son ambitieuse épouse, en
suscitant et mesurant tout à la fois ce qu'il pourrait y
avoir d'hostilité latente à Lindbergh dans un pays où les
sondages le disaient toujours soutenu par quelque
quatre-vingts, quatre-vingt-dix pour cent d'électeurs de
tous bords et de toutes catégories — un record. Bref,
Winchell était le candidat des Juifs, et il était lui-même
un Juif des plus mal dégrossis, fort éloigné du cercle
intérieur des Juifs démocrates dignes et bien élevés
comme Bernard Baruch, le riche ami de Roosevelt, ou
Herbert Lehman, banquier et gouverneur de New York,
ou encore Louis Brandeis, juge récemment retraité de
la Cour suprême. Et comme si le fait d'être un Juif parti

de rien, cristallisant en lui à peu près toutes les vulgarités qui leur fermaient le gotha des affaires et la bonne société en général, ne suffisait pas à rendre incongrue sa présence sur la scène politique — sauf à New York et ses circonscriptions densément peuplées de Juifs —, il avait la réputation d'être un mari volage, homme à femmes, porté sur les choristes aux longues jambes ; sa vie nocturne dissipée parmi les célébrités de Hollywood et de Broadway qui buvaient à toute heure du jour et de la nuit au Stork Club lui attirait les foudres de la communauté collet monté. Sa candidature à la présidence était un canular, que les républicains traitèrent comme tel.

Mais cette semaine-là, au lendemain de l'onde de choc créée par le limogeage de Winchell et sa réincarnation instantanée sous la forme d'un candidat à la présidence, le sens à donner aux deux événements alimenta toutes les conversations du quartier. Depuis deux ans les gens vivaient sans jamais savoir s'il fallait croire au pire, l'attention monopolisée par les exigences du quotidien, absorbant comme des éponges les bruits qui couraient sur le sort que le gouvernement leur réservait, sans jamais pouvoir justifier par des faits tangibles leurs alarmes ou leur sang-froid — après tant d'incertitudes, ils étaient mûrs pour se leurrer ; ainsi, le soir, quand les parents rapprochaient leurs chaises longues pour causer dans les allées, le jeu de devinettes qui commençait invariablement pouvait se poursuivre sans désemparer pendant des heures : Qui serait vice-président sur le ticket de Winchell ? Qui nommerait-il à son cabinet ? Qui nommerait-il à la Cour suprême ? Qui se révélerait finalement le plus grand leader, de lui ou de Roosevelt ? On se jetait tête baissée dans mille chimères, et les tout-petits eux-mêmes étaient réceptifs à cet esprit, qui scandaient en sautillant dans les rues : « Oui l'échelle, oui l'échelle, pré-si-dent ! » Bien entendu le fait qu'un Juif ne puisse en aucun cas être élu à la présidence — et encore moins un Juif grande gueule comme Winchell —, même un gosse de mon âge l'avait accepté, tout aussi clairement que si l'interdit figurait en toutes lettres dans la Constitution. Pourtant, cette évidence en béton n'empêcha pas les adultes d'abandonner tout sens commun, et, le temps d'une ou deux soirées, de se voir avec leur progéniture enfants du Paradis.

Le mariage du rabbin Bengelsdorf avec tante Evelyn eut lieu un dimanche, à la mi-juin. Mes parents n'y furent pas invités, ils ne pensaient pas l'être et ne l'auraient pas voulu. Et pourtant il plongea ma mère dans une détresse sans fond. Je l'avais déjà entendue pleurer derrière la porte de sa chambre, même si la chose n'était pas courante, et me dérangeait. Mais au cours de tous les mois où mes parents s'étaient débattus pour évaluer la menace que représentait l'administration Lindbergh et déterminer comment devait réagir une famille juive sans perdre son bon sens, je ne l'avais jamais vue aussi inconsolable. « Il ne manquait vraiment plus que ça, disait-elle à mon père. — Ils se marient, c'est tout, lui répondit-il, ce n'est pas la fin du monde — Je n'arrête pas de penser à mon père. — Ton père est mort, le mien aussi. Ils n'étaient plus tout

jeunes, ils étaient malades, ils sont morts. » On n'aurait
guère pu imaginer plus de compassion dans le ton de
sa voix, mais le chagrin de ma mère était tel que plus
il lui parlait avec douceur, plus elle souffrait. « Et puis
je pense à ma mère, dit-elle. Elle ne saurait plus quoi
penser aujourd'hui. — Chérie, ça pourrait être bien
pire, tu le sais. — Le pire reste à venir, répliqua-t-elle.
— Peut-être pas, peut-être pas. Le vent peut tourner.
Winchell... — Oh, je t'en prie, ça n'est pas Walter Winchell qui va... — Chut ! Le petit... »

C'est ainsi que je compris que Walter Winchell
n'était pas le candidat des Juifs, en fait, mais celui des
enfants des Juifs ; quelque chose à quoi nous raccrocher, de la même façon qu'il n'y avait pas si longtemps
on nous donnait le sein, pas seulement pour nous
nourrir, mais pour apaiser nos angoisses de bébés.

La cérémonie du mariage eut lieu au temple du rabbin, et la réception qui suivit dans la salle de bal de
l'Essex House, l'hôtel le plus luxueux de Newark. La
liste des notables présents, chacun accompagné de son
conjoint, fut publiée dans le *Newark Sunday Call,* à
l'intérieur d'un encadré distinct du reportage lui-même,
juste au-dessous des photos des mariés. C'était une liste
aussi longue qu'impressionnante ; à la lire, j'en arrivai
pour ma part à me demander — et c'est pourquoi j'en
fais état — si mes parents et leurs amis de la Metropolitan n'avaient pas perdu tout sens commun : quel mal
pourrait bien leur advenir d'un programme supervisé
par un astre aussi rayonnant que le rabbin Bengelsdorf ?

Pour commencer, il y avait des Juifs, pléthore de

Juifs, à cette cérémonie ; de la famille, des amis, des ouailles du rabbin lui-même, des admirateurs et des collègues venus de tout le New Jersey, et des quatre coins du pays. Les chrétiens n'y manquaient pas non plus. Et s'il fallait en croire l'article du *Sunday Call* — qui tenait les trois quarts de la rubrique « société » —, parmi les divers invités empêchés, mais qui avaient envoyé leurs vœux de bonheur par la Western Union, il y avait la femme du président, la Première Dame, Anne Morrow Lindbergh, grande amie du rabbin selon le journal, « comme lui native du New Jersey, comme lui poète », avec qui il partageait « nombre d'affinités intellectuelles et culturelles », et qu'il retrouvait fréquemment à la Maison-Blanche pour le thé, où ils discutaient en tête à tête « philosophie, littérature, religion et morale ».

Pour représenter la ville étaient venus les deux Juifs les plus haut placés aux commandes de son administration, Meyer Ellenstein, qui en avait été maire pendant deux mandats, et le directeur de l'État Civil et du Patrimoine Harry S. Reichenstein, ainsi que cinq personnages de la mouvance irlandaise actuellement les plus en vue, le chef de la Sécurité, le percepteur, l'administrateur des Parcs et du Domaine, le directeur des Travaux publics, et le conseiller de l'autorité municipale. Le directeur de la Poste municipale était là, ainsi que le conservateur de la Bibliothèque municipale et le président de son conseil d'administration. Parmi les sommités de l'éducation, le président de l'université de Newark, le président du Newark College of Engineering, le directeur des écoles, le proviseur de Saint

Benedict, et tout un cortège d'éminents hommes de Dieu, tant protestants que catholiques et juifs. Pour représenter la First Baptist Peddie Memorial Church, qui était la plus vaste église noire, était venu le révérend George E. Dawkins ; pour Trinity Cathedral le révérend Arthur Dumper ; pour la Grace Episcopal Church, le révérend Charles L. Gomph ; pour l'église grecque orthodoxe Saint Nicholas de High Street, le révérend George E. Spyridakis et pour la cathédrale Saint Patrick le très illustre révérend John Delaney.

Absent — grand absent selon mes parents, car mentionné nulle part dans l'article —, Joachim Prinz, le rabbin de B'nai Abraham, adversaire du rabbin Bengelsdorf son aîné, et qui était le rabbin le plus en vue de la ville. Avant que le rabbin Bengelsdorf n'ait acquis une stature nationale, le rabbin Prinz jouissait d'une autorité bien supérieure auprès des Juifs de la ville, et dans une communauté plus large, ainsi que parmi les théologiens et les lettrés de toutes les religions, et il était le seul parmi les rabbins conservateurs à la tête des trois congrégations les plus riches de la ville à n'avoir jamais molli dans son opposition à Lindbergh. Les deux autres, Charles I. Hoffman d'Oheb Shalom et Solomon Foster de B'nai Jeshurum, étaient présents à la cérémonie, cependant, et ce fut le rabbin Foster qui officia.

Présents aussi les P-DG des quatre plus grandes banques de Newark, ceux de ses deux plus grandes compagnies d'assurances, celui du plus grand cabinet d'architectes, ainsi que les deux fondateurs du cabinet d'avocats le plus prestigieux, le président du Newark

Athletic Club, le propriétaire des trois plus grands cinémas, le président de la Chambre de commerce, celui de la New Jersey Bell Telephone, les rédacteurs en chef des deux quotidiens, et le président de P. Ballantine, les brasseurs les plus connus de Newark. Le gouvernement du comté d'Essex avait envoyé le président du Bureau des propriétaires fonciers et trois de ses membres, l'appareil judiciaire le vice-chancelier à la cour de Chancellerie, et un juge associé à la cour suprême de l'État. Le parlement du NJ était représenté par le porte-parole de sa majorité et trois ou quatre élus du comté d'Essex, le Sénat par un de ses élus du même comté. Le haut fonctionnaire de l'État était un Juif, l'attorney David T. Wilentz, qui avait requis avec succès pour le ministère public contre Bruno Hauptmann, mais le haut fonctionnaire dont la présence m'impressionna le plus, ce fut Abe J. Greene, juif aussi, mais surtout membre de la Commission de la fédération de boxe du New Jersey. L'un des deux sénateurs de l'État était là, le républicain Warren Barbour, de même que notre député, Robert W. Kean. Du tribunal d'instance nationale pour le district du New Jersey, un juge d'assises, deux juges d'instance et le procureur (dont je reconnus le nom pour l'avoir entendu dans l'émission *Gangbusters*), John J. Quinn.

De nombreux proches collaborateurs du rabbin au BA ainsi que plusieurs hauts fonctionnaires du ministère de l'Intérieur étaient venus de Washington, et si aucun invité ne représentait les échelons les plus hauts du gouvernement fédéral, un personnage de rang aussi élevé que le président se manifesta par un truchement éloquent. La Première Dame avait en effet envoyé un télégramme qui fut lu à haute voix par le rabbin Foster à la réception, lecture à l'issue de laquelle les invités se levèrent spontanément pour applaudir les sentiments exprimés, et s'entendirent demander par le marié de rester debout et de se joindre à lui et son épousée pour chanter l'hymne national.

Le long télégramme fut publié *in extenso* par le *Sunday Call* comme suit :

> Cher rabbin Bengelsdorf, chère Evelyn,
> Mon mari et moi nous joignons à tous pour vous souhaiter de tout cœur nos meilleurs vœux de bonheur.
> Nous avons été ravis de rencontrer Evelyn à la Maison-Blanche lors du dîner officiel donné pour le ministre des Affaires étrangères allemand. C'est une jeune femme énergique qui nous a enchantés, une personne droite et de grande valeur. Il ne m'a pas fallu plus des quelques instants où j'ai bavardé avec elle pour reconnaître la personnalité et l'intellect qui ont fait la conquête d'un homme aussi extraordinaire que Lionel Bengelsdorf.
> Je me rappelle aujourd'hui les vers magnifiquement succincts que ma rencontre avec Evelyn m'a évoqués ce soir-là. Ils sont de la poétesse Elizabeth Barrett Browning, et ce sont eux qui ouvrent son quatorzième « Sonnet portugais ». Ils contiennent toute cette sagesse féminine que j'ai vue émaner des yeux d'Evelyn, ses yeux si noirs, si beaux. « Si vous devez m'aimer,

écrit Mrs Browning, Que ce soit pour rien, Pour l'amour de l'amour... »

Rabbin Bengelsdorf, vous avez été plus qu'un ami pour moi depuis que nous nous sommes rencontrés à la Maison-Blanche après la cérémonie de création du BA ; depuis que vous vous êtes installé à Washington pour prendre la tête du bureau, vous êtes un guide inestimable. Nos conversations passionnantes ainsi que les livres éclairants que vous avez eu la générosité de me donner à lire m'ont beaucoup appris, non seulement sur la foi juive, mais aussi sur les tribulations du peuple juif et les sources de la grande force spirituelle qui leur a permis de survivre depuis trois mille ans. Je me sens enrichie d'avoir découvert grâce à vous combien mon héritage religieux s'enracine dans le vôtre.

Notre plus belle mission, à nous, peuple américain, c'est de vivre unis dans l'harmonie et la fraternité. Je sais par l'excellent travail que vous accomplissez tous deux au BA à quel point vous vous impliquez pour nous aider à atteindre ce précieux but. Parmi toutes les bénédictions que Dieu a fait pleuvoir sur notre nation, il n'en est pas de plus appréciable que d'avoir parmi nous des citoyens comme vous, champions fiers et toniques d'une race indomptable dont les vénérables idées de justice et de liberté nourrissent notre démocratie américaine depuis 1776.

Avec tous mes vœux,

Anne Morrow Lindbergh

La seconde fois que le FBI pénétra dans notre vie, ce fut mon père qui attirait son attention. L'agent qui était passé m'interroger au sujet d'Alvin le jour où Mr Wishnow s'était pendu, et qui avait d'ailleurs interrogé mon frère dans le bus, ma mère à son magasin et mon père à son bureau, reparut sur le marché aux primeurs. Il traîna au bistrot où les hommes allaient dîner et prendre un café en pleine nuit, et comme il l'avait fait pour Alvin alors débutant chez l'oncle Monty, il se mit à poser des questions à la ronde, mais cette fois sur Herman, l'oncle d'Alvin, les discours qu'il tenait sur l'Amérique et notre président. La chose revint aux oreilles de l'oncle Monty par l'un des hommes de main de Longy Zwillman. L'homme lui rapporta les propos de l'agent McCorkle, à savoir qu'après avoir logé et nourri un traître qui s'était battu pour un pays étranger, mon père venait aujourd'hui de quitter un bon emploi à la Metropolitan pour ne pas participer à un programme gouvernemental destiné à faire l'union et la force du peuple américain. L'oncle Monty répondit au gars de Longy que son frère était un pauvre *shnook* sans instruction, qu'il avait une femme et deux gosses à nourrir, et qu'il ne risquait pas de faire grand mal à l'Amérique en traînant des cageots de primeurs six nuits par semaine. Et le gars de Longy l'écouta avec sympathie, conclut l'oncle Monty. Au mépris du protocole pratiqué chez nous d'ordinaire, il nous confia la chose à la cuisine, un samedi après-midi. « Mais le gars me dit quand même : "Faut que ton frère dégage." Alors moi je lui fais : "C'est tout des conneries, ça, tu diras à Longy que ça fait partie des conneries contre les Juifs." Notez bien que le gars est juif, il s'appelle Niggy Apfelbaum, mais autant siffler dans un violon. Il retourne voir Longy, et il lui raconte, Roth veut rien savoir. Et alors qu'est-ce qui se passe ? L'Asperge s'amène en personne, là-bas, dans mon petit bureau de merde, avec son costard en soie fait main. Il est grand, il cause bien, il est sapé comme un milord, on voit d'ici comment il tombe les vedettes de cinéma. Alors je lui dis : "Je me souviens de toi quand on était à l'école, Longy, je voyais déjà que tu irais loin." Et lui il me fait : "Ben moi aussi je me souviens de toi à l'époque, je voyais déjà que tu irais nulle part." On se marre, et je lui dis : "Mon frère a besoin de bosser, Longy. Comment veux-tu que je lui refuse un emploi ? — Et moi, comment j'empêche le FBI de fourrer son nez partout ? — Je le sais bien. Et je me suis débarrassé de mon neveu Alvin, à cause du FBI, non ? Mais mon propre frère, hein, c'est plus la même chose. Écoute, je lui fais, donne-moi vingt-quatre heures, et j'arrange tout. Sinon, si j'y arrive pas, je vire Herman." Alors j'attends la fermeture, le lendemain matin, et je vais chez Sammy Eagle. Assis là au bar, je trouve ce *shmegeggy* d'Irlandais du FBI. "Je vous paie le petit déjeuner", je lui dis, et je lui commande un whisky-bière ; je m'assieds à côté de lui et je lui demande : "Qu'est-ce que vous avez contre les Juifs, McCorkle ? — Rien, qu'il dit. — Alors pourquoi vous êtes après mon frère, comme ça ? Il a rien fait à personne, si ? — Écoutez, si j'avais quelque chose contre les Juifs, est-ce que je viendrais m'asseoir chez Eagle ? Est-ce que Sammy Eagle serait mon ami ?" Et le voilà qui appelle Eagle, au bout du comptoir : "J'ai quelque chose contre les Juifs ? il lui demande. — Pas que je sache, dit Eagle. — Quand ton gamin a fait sa bar-mitsva, je suis pas venu, je lui ai pas offert une épingle de cravate ? — Il la met encore, me dit Eagle. — Vous voyez, dit McCorkle, je fais mon boulot, c'est tout, comme Sammy le sien, et vous le vôtre. — Eh ben mon frère aussi, justement, je lui dis. — Bon, très bien. Alors dites pas que je suis contre les Juifs. — Autant pour moi, je lui dis, je m'excuse", et tout en disant ça je lui glisse l'enveloppe, la petite enveloppe marron, et voilà tout. »

À ce moment-là, mon oncle se tourna vers moi et me dit : « J'ai cru comprendre que tu es un petit voleur de chevaux. Que tu as volé un cheval à l'église. Petit malin, va. Fais-moi voir. » Je me penchai vers lui et lui montrai l'endroit où le sabot du cheval m'avait ouvert la tête. Il se mit à rire en passant légèrement le doigt sur la cicatrice et le carré de peau rasé où les cheveux commençaient tout juste à pousser. « Je te souhaite d'en avoir beaucoup d'autres », me dit-il, et puis, comme je l'avais toujours vu le faire, il me souleva sans ménagement sur l'un de ses genoux, pour que je puisse me mettre... à cheval. « T'es déjà allé à une *bris*, hein ? me demanda-t-il tout en me faisant sauter sur sa cuisse. Tu sais, quand on circoncit le bébé à la *bris*, tu sais ce qu'on fait, hein ? — On coupe le prépuce ? — Et qu'est-ce qu'on en fait de ce petit prépuce ? Une fois qu'on l'a enlevé, qu'est-ce qu'on en fait, tu le sais ? — Non. — Eh bien on le garde, et quand on en a assez, on les envoie au FBI pour en faire des agents. » Je savais bien que je n'étais pas censé rire, et en plus la dernière fois qu'il m'avait raconté cette blague, il avait dit : « On en fait des prêtres », mais je me mis à rire tout de même. « Qu'est-ce qu'il y avait dans l'enveloppe ? lui demandai-je. — Devine, dit-il. — Je sais pas, de l'argent ? — De l'argent, tout juste. Tu es un petit voleur de chevaux bien futé. De la monnaie, qui guérit tous les maux. »

Plus tard seulement, j'appris par mon frère, qui avait surpris une conversation entre mes parents dans leur chambre, que la gratification donnée à McCorkle devait être intégralement remboursée à l'oncle Monty sur la maigre paie de mon père à raison de dix dollars par semaine pendant les six mois suivants. Et mon père n'y pouvait rien. Sur l'aspect harassant du travail, les mortifications attachées au fait de servir son frère, il se bornait à dire : « Il est comme ça depuis l'âge de dix ans, il sera comme ça jusqu'au jour de sa mort. »

Les samedis et dimanches matin mis à part, on ne vit guère mon père cet été-là. Ma mère, en revanche, fut auprès de nous en permanence, et comme Sandy et moi devions rentrer déjeuner puis de nouveau en milieu d'après-midi pour signaler notre présence et venir au rapport, nous ne risquions pas de nous égarer bien loin ; le soir, il nous était interdit de dépasser le terrain de jeu de l'école, à une rue de chez nous. Quant à ma mère, soit elle se surveillait strictement, soit elle avait pris son parti, temporairement du moins, des déconvenues subies, car malgré les coupes claires opérées dans le budget après le sévère manque à gagner de mon père, elle semblait avoir oublié les aberrations auxquelles elle avait dû faire face l'année écoulée. Si elle tenait le coup, c'était largement parce qu'elle avait repris un emploi plus gratifiant que de vendre des robes, travail qu'elle avait fait de bonne grâce, mais qui lui semblait sans intérêt vis-à-vis de ses préoccupations ordinaires. Mais j'avais l'occasion de me rendre compte que ses tracas ne l'avaient pas abandonnée lorsque arrivait une lettre d'Estelle Tirschwell rapportant les progrès de la famille à Winnipeg. Tous les midis je montais le courrier trouvé dans notre boîte aux lettres devant l'entrée, et s'il y avait une enveloppe portant un timbre canadien, ma mère s'asseyait aussitôt à la table de cuisine, tandis que Sandy et moi mangions nos sandwiches, et elle lisait la lettre deux fois, puis elle la pliait pour la ranger dans la poche de son tablier, et la regarder encore une dizaine de fois avant de la passer à mon père quand il partait au marché ; la lettre pour mon père, le timbre canadien oblitéré pour moi, afin de m'aider à commencer une nouvelle collection.

Tout à coup, Sandy se mit à fréquenter les filles de son âge, les adolescentes qu'il connaissait depuis l'école mais n'avait jamais regardées avec une telle convoitise auparavant. Il allait les trouver sur le terrain de jeu, où des activités de plein air étaient organisées toute la journée jusqu'en fin d'après-midi. J'y étais, moi aussi, régulièrement accompagné de Seldon désormais, et j'observais Sandy avec un frisson délicieux, comme si mon propre frère était devenu pickpocket ou baron du bonneteau. Il se posait sur un banc, près de la table de ping-pong où elles avaient tendance à se rassembler, et puis il se mettait à croquer les plus mignonnes au crayon, dans son carnet ; elles voulaient invariablement voir les dessins, de sorte qu'avant la fin de la journée il avait toutes les chances de quitter le terrain de jeu rêveusement, main dans la main avec l'une d'entre elles. Sa propension aux tocades n'étant plus galvanisée par un travail de propagande pour Des Gens parmi d'Autres, ni par la cueillette du tabac pour les Mawhinney, elle prenait ces filles pour objet. Soit l'excitation toute neuve du désir avait transformé son existence avec la même promptitude incroyable que le Kentucky naguère, et à quatorze ans et demi, il était devenu un autre homme dès la première décharge hormonale, soit, comme j'avais tendance à le croire dans ma propension personnelle à le voir omnipotent, lever les filles n'était qu'un divertissement, sa façon d'attendre son heure pour... Avec Sandy, je croyais toujours ne voir que la partie émergée de l'iceberg, alors qu'en fait, malgré son assurance de beau gosse, il ne savait pas mieux que les autres pourquoi il mordait à l'hameçon. Le Juif de Lindbergh, planteur de tabac, découvre les seins, et le voilà aussitôt Un Adolescent parmi d'Autres.

Mes parents mirent cette folie des filles sur le compte du défi, de la révolte ; ils y virent une démonstration d'indépendance propre à compenser son retrait forcé de la cause de Lindbergh, et n'y entendirent guère malice. La mère d'une de ces demoiselles dut en juger autrement, qui téléphona pour leur dire sa façon de penser. Quand mon père rentra du travail, il eut une longue conversation avec ma mère derrière la porte de leur chambre, ensuite de quoi il en eut une autre avec mon frère, derrière la porte de notre chambre, et jusqu'à la fin de la semaine, Sandy fut consigné dans les abords immédiats de la maison. Mais enfin, ils ne pouvaient guère le confiner sur Summit Avenue jusqu'à la fin de l'été ; bientôt il reprit le chemin du terrain de jeu, où il se remit imperturbablement à croquer le portrait des jolies filles ; les privautés qu'elles lui accordaient quand elles partaient se promener avec lui (anodines sans doute, les gosses de troisième étaient fort ignorants des choses du sexe à l'époque), elles ne s'en vantèrent pas une fois rentrées chez elles, de sorte que mes parents ne furent plus assaillis de coups de téléphone vengeurs — ils avaient assez de soucis sans ça.

Seldon. Mon été à moi se nomma Seldon. Le museau de Seldon contre mon visage, comme celui d'un chien. Des gosses que je connaissais depuis toujours me riaient au nez et m'appelaient « Dormeur » ; des gosses marchaient bras tendus bien raides devant eux, d'un pas de zombie, lent et maladroit, censé imiter ma virée jusqu'à l'orphelinat dans mon sommeil, et l'équipe, sur le terrain, scandait « Hue, Jolly Jumper » chaque fois que je prenais la batte dans une partie où l'un d'entre nous choisissait les joueurs.

Cette année-là, pas de grand pique-nique de fin d'été sur South Mountain Reservation, lors de la fête du Travail : en septembre, tous les amis de mes parents employés à la Metropolitan auraient quitté Newark et se seraient installés à travers le pays avec leurs garçons pour ne pas manquer la rentrée scolaire. Au fil de l'été, les uns après les autres vinrent nous faire leurs adieux en famille, les samedis. Ce fut atroce pour mes parents, qui étaient les seuls du groupe de l'agence désignés par la loi de peuplement de 42 à avoir choisi de rester sur place. Ils voyaient donc partir leurs amis les plus chers, et ces chauds samedis après-midi, où les adultes s'embrassaient sur le trottoir la larme à l'œil sous le regard malheureux des enfants — après-midi que nous finissions tous quatre sur le bord du trottoir en faisant au revoir de la main, tandis que ma mère criait derrière la voiture qui démarrait : « Écrivez-nous, surtout » —, furent les moments les plus pénibles que nous ayons connus jusque-là : notre vulnérabilité me sautait aux yeux, et je sentais que la destruction de notre monde était engagée. Je me rendis compte que de tous ces hommes, c'était mon père le plus têtu, qu'il était pieds et poings liés par ses bons instincts et leurs exigences excessives. S'il avait abandonné son travail, ce n'était pas uniquement parce qu'il redoutait ce qui nous attendait dans le cas où nous accepterions comme les autres d'être relocalisés. Qu'on s'en réjouisse ou qu'on s'en afflige, en butte à des forces supérieures qu'il jugeait corrompues il était dans sa nature de ne pas céder ; en l'occurrence, de ne pas fuir au Canada, comme ma mère le pressait de le faire, ou de ne pas s'incliner devant une mesure gouvernementale d'une injustice flagrante selon lui. Il y avait deux types d'hommes forts : les oncle Monty et Abe Steinheim, prêts à tout pour gagner de l'argent, et ceux qui, comme mon père, obéissaient sans états d'âme à l'idée qu'ils se faisaient de l'équité.

« Allez, venez, dit mon père pour essayer de nous remonter le moral le samedi où nous eûmes le sentiment que la dernière des six familles de colons s'était volatilisée pour toujours, venez, les garçons, on va manger des glaces. » Nous descendîmes donc tous quatre Chancellor Avenue jusqu'au drugstore, où le pharmacien était un de ses plus vieux clients, et où, en été, il faisait généralement meilleur que dans la rue, avec les stores qui protégeaient la verrière du soleil, et les pales des trois ventilateurs qui grinçaient légèrement au plafond. Nous nous glissâmes dans un box et commandâmes des sundae. Ma mère ne pouvait se résoudre à manger, malgré les encouragements de mon père, mais elle finit par étancher les larmes qui ruisselaient sur son visage. En somme, ce que réservait l'avenir était aussi impénétrable pour nous que pour nos amis exilés, et nous restâmes là dans la pénombre et la fraîcheur du drugstore, à plonger la cuillère dans notre glace, chacun muet, et épuisé, jusqu'à ce que ma mère lève enfin les yeux de la serviette en papier qu'elle mettait méticuleusement en pièces pour dire avec ce pauvre sourire ironique, qui vient quand on a pleuré toutes les larmes de son corps : « Eh bien, que ça nous plaise ou non, il nous apprend ce que c'est que d'être juifs, Lindbergh », puis elle ajouta : « Nous nous figurons être américains, c'est tout. — Non, répondit mon père, bêtises, ce sont eux qui croient ça. La question ne se pose pas, Bess, ça ne se négocie pas. Ces gens-là refusent de comprendre que je tiens ça pour acquis, bon Dieu ! Autres ? Il ose nous appeler les autres ? Autre lui-même. Lui qui a le plus l'air américain, eh bien c'est celui qui l'est le moins. Cet homme est une erreur. Il ne devrait pas être où il est, il n'est pas à sa place, c'est bien simple. »

Pour moi, la pilule la plus dure à avaler fut le départ de Seldon. Bien entendu, j'étais ravi de le voir partir. Tout l'été j'avais compté les jours. Et pourtant, le jour de son départ, de bonne heure, la dernière semaine d'août, lorsque les Wishnow s'en allèrent avec leurs deux matelas attachés au toit de la voiture (c'étaient mon père et Sandy qui les y avaient hissés et ficelés sous une bâche, la veille) ainsi que des vêtements jusqu'au plafond de la vieille Plymouth sur le siège arrière (des tas de vêtements dont certains m'appartenaient, et que ma mère et moi les avions aidés à ranger dans la voiture), ce fut moi qui, circonstance grotesque, ne pus m'arrêter de pleurer. Je me rappelais l'après-midi où Seldon et moi avions tout juste six ans, et où Mr Wishnow était vivant, et apparemment bien portant, travaillant jour après jour pour la Metropolitan, et où Mrs Wishnow était femme au foyer comme ma mère, absorbée par les besoins quotidiens de sa famille, et me gardant même parfois à mon retour de l'école, quand ma mère partait faire son travail à l'association des parents d'élèves et que Sandy n'était pas là. Je me rappelais les qualités maternelles génériques qu'elle partageait avec ma mère, la chaleur rassurante dans laquelle je me vautrais en toute spontanéité et que je pus éprouver pleinement l'après-midi où je m'enfermai par mégarde dans leur salle de bains. Je me rappelai combien elle avait été gentille avec moi pendant que je tentais à plusieurs reprises mais en vain d'ouvrir la porte, spontanément aimante comme si, indépendamment des différences physiques et psychologiques et du détail de nos situations, les deux mères et leurs deux fils, Seldon et Selma, Bess et Philip, ne faisaient qu'un. Je me rappelais Mrs Wishnow du temps que sa première préoccupation était la même que celle de ma mère, du temps qu'elle faisait simplement partie du matriarcat local dont la tâche essentielle était de former la génération montante à la vie de famille. Je me rappelai Mrs Wishnow avant ses tracas, du temps que ses poings n'étaient pas serrés, ni son visage douloureux.

C'était une petite salle de bains, en tout point semblable à la nôtre ; la porte collée au siège des toilettes, lui-même collé au lavabo, avec une baignoire coincée à côté. Je tirai la porte vers moi, mais elle refusa de s'ouvrir. Chez moi, je me serais contenté de la fermer, mais chez les Wishnow, je l'avais verrouillée — chose que je n'avais jamais faite de ma vie. Je la fermai à clef, je fis pipi, je tirai la chasse et je me lavai les mains en m'essuyant sur la jambe de mon pantalon en velours pour ne pas toucher leur serviette — donc tout allait bien, mais quand je voulus sortir, je ne pus ouvrir le verrou au-dessus de la poignée de porte. J'arrivais à le tourner un peu, mais il coinçait. Je ne donnai pas de coups de poing dans la porte, je n'ébranlai pas la poignée, je continuai de tenter d'ouvrir le verrou aussi calmement que je pouvais. Mais il n'y avait rien à faire, alors je me rassis sur le siège des toilettes en me disant que, peut-être, ça s'arrangerait tout seul. Au bout d'un moment la solitude me pesa, et je me levai pour réessayer. Le verrou était toujours bloqué, et je me mis à frapper légèrement à la porte. Mrs Wishnow arriva et dit : « Oui, le

verrou bloque, quelquefois. Il faut que tu le tournes
comme je te dis. » Elle m'expliqua comment faire, mais
je n'arrivais toujours pas à ouvrir, alors elle me dit très
calmement : « Non, Philip, il faut que tu le tires vers
l'arrière. » J'essayais de faire ce qu'elle me disait, mais
ça ne marchait toujours pas. « Chéri, tu le tournes et tu
le tires en arrière en même temps. — De quel côté, en
arrière ? — En arrière. Vers le mur. — Ah, vers le mur,
d'accord. » Mais je n'y arrivais pas, ni dans un sens ni
dans l'autre. « Ça ne veut pas marcher », dis-je. Je
m'étais mis à transpirer et puis j'entendis Seldon.
« Philip ? C'est Seldon. Pourquoi tu t'es enfermé ? On
n'allait pas rentrer. — J'ai pas dit ça. — Alors pourquoi
tu t'es enfermé ? — Je sais pas. — Tu crois qu'il faut
appeler les pompiers, maman ? Ils peuvent le sortir
par l'échelle. — Mais non, mais non, dit Mrs Wishnow.
— Allez, Philip, c'est pas si dur que ça, dit Seldon.
— Mais si, dis-je, c'est coincé. — Comment il va faire
pour sortir, m'man ? — Seldon, reste tranquille. Philip ?
— Oui. — Ça va ? — Euh, il fait chaud, il commence à
faire chaud. — Bois un verre d'eau fraîche, mon chéri.
Il y a un verre dans l'armoire à pharmacie. Prends un
verre d'eau et bois-le lentement, ça va aller. — D'accord. » Mais le verre avait un dépôt visqueux au
fond, et quand je le sortis de l'armoire, je fis seulement
semblant d'y boire, et bus dans mes mains jointes.
« M'man, dit Seldon, qu'est-ce qu'il arrive pas à faire ?
Qu'est-ce que tu fais de travers, Philip ? — Comment
je le saurais ? » puis j'ajoutai : « Madame Wishnow,
madame Wishnow ? — Oui, mon chéri. — Je commence à avoir trop chaud, je commence à transpirer

pour de bon. — Alors ouvre la petite fenêtre ; ouvre le
vasistas de la douche. Est-ce que tu es assez grand ?
— Je crois, oui. » Je retirai mes chaussures et entrai
dans la douche en chaussettes ; sur la pointe des pieds,
j'atteignis la fenêtre, un vasistas en verre dépoli qui
donnait sur l'allée du garage, mais lorsque je tentai de
l'ouvrir, il était coincé lui aussi. « Ça s'ouvre pas, dis-
je. — Donne un coup de poing dedans, chéri, un petit
coup, au bas du cadre, pas trop fort, je suis sûre qu'il va
s'ouvrir. » Je fis ce qu'elle me disait, mais rien ne bougea. Ma chemise était maintenant trempée de sueur et
je m'arc-boutai pour donner une bonne poussée au
vasistas, mais en me retournant, je dus donner un coup
de coude dans le robinet de la douche, car tout à coup
je sentis de l'eau. « Oh non ! » criai-je. Il me tombait de
l'eau glacée sur la tête et sur le dos de ma chemise. Je
sortis de la douche d'un bond, et me retrouvai sur le
carrelage. « Qu'est-ce qui se passe, chéri ? me demanda
Mrs Wishnow. — La douche s'est mise à couler.
— Comment ? dit Seldon, comment ça se fait ? —
Je sais pas ! — Tu es très mouillé ? me demanda
Mrs Wishnow. — Ben, un peu. — Prends une serviette, prends une serviette dans le placard. Elles sont
dans le placard. » Nous avions le même petit placard
de salle de bains étroit juste au-dessus de celui des
Wishnow, et nous y mettions les serviettes, nous aussi.
Mais lorsque je voulus ouvrir le leur, je n'y arrivai pas :
la porte était coincée, je tirai, mais elle refusa de s'ouvrir. « Qu'est-ce qu'il y a encore, Philip ? — Rien. » Je
ne pouvais pas le lui dire. « Tu as pris une serviette ?
— Oui. — Alors sèche-toi. Et puis ne t'énerve pas. Il

n'y a pas de raison de s'inquiéter. — Je suis calme.
— Assieds-toi, assieds-toi et sèche-toi. » J'étais
trempé, et à présent, le sol était trempé aussi ; je m'assis sur le siège des toilettes et vis ce que c'était qu'une
salle de bains : l'extrémité supérieure d'un égout. Alors
les larmes me montèrent aux yeux. « T'en fais pas, me
cria Seldon à travers la porte, ton père et ta mère
vont pas tarder à rentrer. — Mais comment je vais
sortir ? » Et tout à coup, la porte s'ouvrit ; Seldon
était rentré, avec sa mère derrière lui. « Comment t'as
fait ? lui dis-je. — J'ai ouvert la porte. — Mais
comment ? » Il haussa les épaules : « Je l'ai poussée, je
l'ai juste poussée. Elle était ouverte. » Alors, je me mis
à pleurer comme un veau. Mrs Wishnow me prit dans
ses bras et me dit : « C'est rien, ça arrive ces choses-
là. Ça peut arriver à tout le monde. — C'était ouvert,
m'man. — Chut ! lui dit-elle, chut ! Ça ne fait rien. »
Elle entra dans la salle de bains, ferma l'eau froide, qui
ruisselait toujours dans la baignoire, et, sans la moindre
difficulté, ouvrit la porte du placard, d'où elle sortit une
serviette propre pour m'essuyer les cheveux, le visage,
le cou, tout en me répétant gentiment que ça ne faisait
rien, et que ces choses arrivaient à tout le monde, tout
le temps.

Mais cela, c'était longtemps avant que tout le reste
ne tourne mal.

La campagne des législatives débuta à huit heures
du matin, le mardi suivant la fête du Travail. Walter
Winchell en donna le coup d'envoi en montant sur une
caisse à savon au carrefour de Broadway et de la

42ᵉ Rue, ce fameux carrefour où il avait annoncé son
intention de se présenter à la présidence juché sur la
même authentique caisse à savon en bois. En plein jour,
il était exactement comme sur les photos de presse
prises au studio de la NBC, les dimanches, à neuf
heures du soir : en bras de chemise, manches retrous-
sées, cravate desserrée, portant en arrière du front son
feutre de journaliste coriace. Au bout de quelques
minutes à peine, une demi-douzaine d'agents de la
police montée new-yorkaise étaient sur place pour
détourner la circulation car des flots de travailleurs
accouraient, avides de le voir en chair et en os. Et dès
que le bruit se répandit que l'homme au haut-parleur
n'était pas le énième raseur apocalyptique vaticinant la
destruction prochaine de l'Amérique pécheresse, mais
l'habitué du Stork Club qui, jusqu'à une date récente,
était le journaliste de radio le plus influent et le chroniqueur le plus scandaleux des tabloïds, les badauds ne
se comptèrent plus par centaines mais par milliers
— presque dix mille en tout, selon les journaux —, qui
sortaient du métro et se déversaient des bus, curieux du
franc-tireur et de son outrance.

« Les capons de la radio, leur dit-il, et les mil-
liardaires voyous de la presse téléguidés depuis la
Maison-Blanche par la bande à Lindbergh disent que
Winchell a été viré pour avoir crié "au feu" dans un
cinéma bondé. Mais ça n'est pas "au feu !" que j'ai crié,
New York, c'est "aux Fafs !" », lança Winchell, « et je
le crie encore. Au Fascisme ! Au Fascisme ! Je conti-
nuerai de le crier à toutes les foules d'Américains que
je trouverai jusqu'à ce que les élections chassent de

l'assemblée le parti des traîtres prohitlériens de Herr
Lindbergh. Les hitlériens ont les moyens de me confis-
quer mon micro, et ils ne s'en sont pas privés, vous le
savez. Ils peuvent me prendre ma tribune, et ils ne s'en
sont pas privés, vous le savez. Et quand, Dieu nous en
garde, l'Amérique passera au fascisme, les commandos
de Lindbergh auront les moyens de me boucler dans un
camp de concentration pour me faire taire, et ils ne
s'en priveront pas, vous le savez. Ils pourront même
vous enfermer dans des camps de concentration pour
vous faire taire, vous aussi, j'espère bien que vous
vous en rendez compte à présent. Mais ce que nos hitlériens du cru ne pourront pas nous enlever, ni à vous
ni à moi, c'est notre amour de l'Amérique. Notre amour
de la démocratie, à vous et à moi. Mon amour de la
liberté et le vôtre. Ce qu'ils ne pourront pas nous enlever — sauf si les crédules, les moutons, les peureux
sont assez nigauds pour les reconduire à Washington —
c'est le pouvoir des urnes. Il faut donner un coup d'arrêt au complot des hitlériens contre l'Amérique — et il
faut que ce soit vous qui le donniez. Vous, New York !
par le pouvoir électoral des citoyens de cette grande
ville épris de liberté, le mardi trois novembre mille
neuf cent quarante-deux. »

Ce 8 septembre 1942, toute la journée et une partie
de la soirée, Winchell grimpa sur sa caisse à savon dans
tous les coins de Manhattan, d'abord à Wall Street, où
on l'ignora largement, puis à Little Italy, où il fut hué,
à Greenwich Village, où on se moqua de lui, au quartier
des grossistes en vêtements, où il reçut quelques ova-
tions sporadiques, dans l'Upper East Side où il fut

accueilli en sauveur par les Juifs de Roosevelt, et enfin au nord, dans Harlem. Là, au milieu d'une foule de plusieurs centaines de Noirs venus l'écouter dans le crépuscule au carrefour de Lenox Avenue et de la 125ᵉ Rue, il y eut des rires et quelques rares applaudissements, mais la plupart des auditeurs restèrent sceptiques sans manifestation d'irrespect, comme si pour remonter le courant de leur antipathie un speech d'une tout autre nature eût été nécessaire.

Il fut difficile d'évaluer l'impact de Winchell sur l'électorat, ce jour-là. Selon le *Daily Mirror* de Hearst, qui l'employait naguère, son effort ostensible pour rassembler un soutien local de base et déloger le Parti républicain de tout le Congrès faisait davantage figure de coup publicitaire qu'autre chose — coup publicitaire nombriliste prévisible de la part d'un chroniqueur mondain au chômage qui ne supportait pas d'être écarté des feux de la rampe, d'autant que pas un candidat démocrate à la députation pour Manhattan n'avait choisi de se montrer dans les parages de son porte-voix. S'il y avait des candidats en campagne, ils passaient au large puisque Winchell s'entêtait dans sa bourde politique, en associant le nom d'Adolf Hitler à celui d'un président américain dont le monde entier adulait toujours les hauts faits, dont le Führer lui-même respectait la réussite et en qui une majorité écrasante de ses compatriotes continuait de voir le divin catalyseur de la paix et de la prospérité nationales. Dans un bref éditorial caustique intitulé « Il remet ça ! » le *New York Times* parvint à cette seule conclusion, sur le dernier des « baroufs opportunistes de Winchell » : « Le plus grand talent de Winchell, c'est encore celui avec lequel il se donne en spectacle. »

Il passa une journée complète dans chacune des quatre circonscriptions de la ville, et la semaine suivante, il prit la route du Nord et du Connecticut. Bien que cherchant toujours le candidat démocrate disposé à associer une campagne encore débutante à sa rhétorique incendiaire, Winchell n'hésita pas à installer sa caisse à savon devant les grilles des usines de Bridgeport et à l'entrée des chantiers navals de New London. Il mit son chapeau en arrière, défit sa cravate et cria « Gare au fascisme, gare au fascisme ! » à la face de la foule. Depuis la côte industrielle du Connecticut, il continua vers le nord, et les enclaves ouvrières de Providence, puis il quitta le Rhode Island pour s'engager dans les villes industrielles du sud-est du Massachusetts, où il s'adressa à des groupes minuscules à Fall River, Brockton, et Quincy avec la même ferveur que lors de son premier discours à Times Square. De Quincy il se rendit à Boston, où il comptait passer trois jours, dans Dorchester et la partie sud de Boston, fiefs irlandais, puis à la pointe nord de la ville, italienne. Cependant, le premier après-midi dans l'animation de Perkins Square, au sud de Boston, les quelques contradicteurs qui lui lançaient des quolibets en le narguant comme Juif depuis qu'il avait quitté son New York natal (et avec lui la protection policière garantie par Fiorello La Guardia, maire républicain anti-Lindbergh) se multiplièrent pour former une foule brandissant des pancartes rédigées à la main, assez semblables aux bannières et aux panneaux qui chamarraient les rallyes du Bund à Madison Square Garden. Et au moment où Winchell ouvrit la bouche pour parler, quelqu'un qui tenait une croix enflammée se précipita vers lui pour lui mettre le feu et un fusil tira deux fois en l'air, signal des organisateurs aux émeutiers, ou avertissement à l'« homme marqué » de Jew York, ou les deux. Là, dans ce paysage urbain de brique, avec ses petites boutiques familiales, ses tramways, l'ombre de ses arbres et ses petites maisons, toutes surmontées, à cette époque d'avant la télévision, par une grande cheminée, dans un Boston où la Crise n'en finissait pas de finir, parmi les façades emblématiques de la grand-rue américaine — le marchand de glaces, le coiffeur, la pharmacie — et juste un peu plus haut, devant la silhouette sombre et anguleuse de Saint Augustin, des tueurs armés de matraques foncèrent sur lui en criant : « À mort ! » Deux semaines après ses débuts dans les cinq circonscriptions new-yorkaises, la campagne de Winchell telle qu'il l'avait imaginée démarra. Il avait fini par débusquer toute l'imposture de Lindbergh, l'envers de son personnage à l'affabilité anodine était dévoilé dans toute sa crudité.

Si la police de Boston ne fit rien pour arrêter les émeutiers — la voiture de patrouille arriva une bonne heure après le premier coup de feu pour contrôler les lieux —, les gardes du corps professionnels, en civil et armés, qui encadraient Winchell depuis le début de sa tournée, parvinrent à éteindre les flammes qui consumaient l'une de ses jambes de pantalon, et, après l'avoir dégagé de la foule au prix de quelques coups, à le hisser dans une voiture garée quelques mètres plus loin et à le transporter au Carney Hospital sur Telegraph Hill, où il fut soigné pour des blessures au visage et des brûlures sans gravité.

Le premier à lui rendre visite à l'hôpital ne fut pas Maurice Tobin, le maire, ni son rival malheureux à la mairie, l'ex-gouverneur James M. Curley, autre démocrate partisan de Roosevelt, qui, comme Tobin lui-même, ne voulait pas entendre parler de Winchell. Ce ne fut pas davantage le député local, John W. McCormack, dont le frère surnommé Knocko, barman et truand, régnait sur le quartier avec autant d'autorité que le populaire élu démocrate. À la surprise générale, et à celle de Winchell au tout premier chef, le premier à lui rendre visite fut un patricien républicain rejeton d'une grande famille de Nouvelle-Angleterre, Leverett Saltonstall, qui avait été deux fois gouverneur du Massachusetts. Dès qu'il avait appris que Winchell était hospitalisé, il avait quitté sa résidence officielle pour lui assurer personnellement ses regrets, malgré le mépris dans lequel il le tenait sans aucun doute en privé, et lui promettre d'ouvrir une enquête approfondie sur cette pagaille si bien orchestrée et de toute évidence préméditée qui n'avait pas fait de victimes par chance extrême. Il lui assura de même que la police de l'État allait le protéger, avec la garde nationale s'il le fallait, pendant toute sa campagne dans le Massachusetts. Avant de quitter l'hôpital, le gouverneur vérifia que deux agents armés montaient la garde devant sa porte, à deux mètres de son lit.

Le *Boston Herald* vit dans l'intervention de Saltonstall une manœuvre politique pour donner l'image d'un conservateur courageux, honorable et plein d'équité, propre à remplacer dignement le vice-président démocrate Burton K. Wheeler à la tête de son parti lors du scrutin de 1944. Car si Wheeler avait bien fait son travail pendant la campagne de 1940, beaucoup de républicains voyaient désormais en lui un orateur dont l'imprudence risquait de compromettre les chances de leur président pour un second mandat. Au cours de la conférence de presse donnée à l'hôpital, les photographes virent Winchell arriver en peignoir, le visage disparaissant à moitié sous les pansements et le pied gauche emmailloté dans un bandage. Il remercia le gouverneur Saltonstall de son offre, mais déclina toute assistance dans un message — depuis son agression, il s'exprimait dans un langage plus proche de celui de l'homme d'État que son parler fébrile d'hier — qu'on distribua aux deux douzaines de reporters de la radio et de la presse écrite massés dans sa chambre. Le communiqué commençait en ces termes : « Le jour où un candidat à la présidence des États-Unis aura besoin d'une phalange de policiers et de gardes nationaux pour protéger son droit d'expression, alors, notre grand pays sera passé à la barbarie fasciste. Je refuse de croire que l'intolérance religieuse qui émane de la Maison-Blanche ait déjà si bien corrompu le simple citoyen qu'il ait perdu tout respect pour ses compatriotes appartenant à une autre foi, un autre culte. Je refuse de croire que la haine que ma religion inspire à Adolf Hitler et Charles A. Lindbergh puisse avoir déjà sapé... »

À partir de ce jour-là, des agitateurs antisémites traquèrent Winchell à tous les coins de rue même s'ils le firent sans succès à Boston où Saltonstall, ignorant sa posture grandiloquente, avait enjoint à ses troupes d'assurer l'ordre, par la force s'il le fallait, et de jeter en prison les individus violents, ordre qu'il leur fallut bien exécuter malgré leur peu de bonne volonté. Pendant ce temps, en appui sur une canne à cause de son pied brûlé, le visage et le front disparaissant encore sous les pansements, Winchell eut à ses trousses une foule en colère qui scandait « dehors le youpin » dans toutes les paroisses où il montrait ses stigmates aux fidèles, depuis l'église des Portes du Paradis à Dorchester jusqu'au monastère Saint Gabriel à Brighton. Lorsqu'il quitta le Massachusetts pour pénétrer dans les communautés du nord de l'État de New York, la Pennsylvanie, et tout le Midwest au chauvinisme notoire, pour lesquels la stratégie explosive de Winchell le désignait aux regards, la plupart des autorités locales ne partagèrent pas le souci de l'ordre public qu'avait manifesté Saltonstall, et malgré ses gardes du corps en civil, dont on avait doublé l'effectif, le candidat manquait se faire écharper chaque fois qu'il montait sur sa caisse à savon pour dénoncer le « fasciste de la Maison-Blanche » et accuser sa « haine religieuse » de « faire germer une barbarie nazie sans précédent dans les rues de l'Amérique ».

L'explosion de violence la plus dure et sur la plus grande échelle eut lieu à Detroit où se situait le QG du père Coughlin, dit le Curé de la Radio, avec son Front chrétien judéophobe, et celui du révérend Gerald L.K. Smith, pasteur-tribun connu comme le « doyen des antisémites », qui prêchait que « la morale chrétienne

est le socle même de l'américanité véritable ». Par
ailleurs, Detroit était bien évidemment la patrie de l'industrie automobile américaine, et de Henry Ford, le
vieux ministre de l'Intérieur de Lindbergh, dont le
Dearborn Independent, journal ouvertement antisémite
publié dans les années vingt, s'était fixé pour tâche une
« enquête sur la question juive », que Ford lui-même
finit par rééditer en quatre volumes, soit près d'un
millier de pages sous le titre *The International Jew.* Il y
préconisait, si l'on procédait à des épurations en Amérique, de ne pas épargner « le Juif international et ses
satellites, ennemis avoués de tout ce que les Anglo-
Saxons entendent par la civilisation ».

Comme on pouvait s'y attendre, des organisations
telles que l'American Civil Liberties Union, l'Association pour les droits civiques, et d'éminents journalistes
libéraux dont John Gunther et Dorothy Thompson
furent indignés par les émeutes de Detroit, et déclarèrent publiquement leur écœurement ; de même, de
nombreux Américains conformistes des classes
moyennes, qui, s'ils trouvaient Winchell et sa rhétorique répugnants, et le considéraient comme un tru-
blion, n'en furent pas moins atterrés par les récits des
témoins oculaires : les émeutes qui avaient commencé
dès la première halte de Winchell à Hamtramck, quartier d'habitations essentiellement peuplé d'ouvriers de
l'automobile avec leurs familles et dont on disait qu'il
abritait la plus vaste population polonaise après Var-
sovie, s'étaient propagées avec une rapidité suspecte
jusqu'à la 12ᵉ Rue, Linwood, puis Dexter Boulevard.
Là, dans les quartiers juifs les plus importants de la

ville, les boutiques avaient été pillées, les fenêtres brisées. Les Juifs piégés dehors avaient été agressés et frappés, des croix arrosées de kérosène avaient été enflammées sur les pelouses des belles maisons de Chicago Boulevard aussi bien que devant les modestes pavillons à deux logements des peintres en bâtiment, des plombiers, des bouchers, des boulangers, des brocanteurs, et des épiciers établis sur Webb Street et Tuxedo Street, et dans les petites cours crasseuses des Juifs les plus pauvres sur Pingry Street et Euclid Street. En milieu d'après-midi, quelques instants seulement avant la sortie des écoles, on avait lancé une bombe incendiaire dans le hall d'entrée de la Winterhalter Elementary School, où la moitié des élèves étaient juifs, une autre dans le hall de Central High School, qui comptait quatre-vingt-quinze pour cent de lycéens juifs, une troisième par une fenêtre à l'Institut Sholem Aleichem, organisation culturelle que Coughlin avait absurdement désignée comme communiste, et une quatrième devant une autre de ses cibles « communistes », la Jewish Workers' Alliance. Ensuite vint l'attaque contre les lieux de culte. Non seulement la moitié des quelque trente synagogues de la ville eurent leurs fenêtres brisées et leurs murs souillés, mais au moment où les offices du soir allaient commencer, une explosion partit des marches du prestigieux temple Shaarey Zedek, sur Chicago Boulevard. La détonation endommagea considérablement le chef-d'œuvre exotique de l'architecte Albert Kahn — les trois portes cintrées massives d'inspiration mauresque, qui signalaient sans équivoque à une populace ouvrière un style manifestement étranger à l'Amérique. Cinq passants, dont, fait du hasard, aucun n'était juif, furent blessés par la projection des débris de la façade, mais il n'y eut pas d'autres victimes.

À la tombée de la nuit, plusieurs centaines des trente mille Juifs de la ville s'étaient enfuis, trouvant refuge de l'autre côté du fleuve à Windsor, dans l'Ontario. L'histoire américaine enregistrait le premier pogrom d'envergure, incontestablement calqué sur les « manifestations spontanées » contre les Juifs allemands connues sous le nom de *Kristallnacht*, nuit de cristal, dont les atrocités programmées avaient été perpétrées par les nazis quatre ans auparavant, et justifiées à l'époque par le père Coughlin dans son hebdomadaire *Social Justice,* comme une réaction des Allemands contre le communisme inspiré par les Juifs. La *Kristallnacht* de Detroit fut justifiée de même dans la tribune du *Detroit Times* : c'était un retour de manivelle regrettable, mais inévitable et parfaitement compréhensible après les activités de l'intrus fauteur de troubles, « le démagogue juif » comme le journal l'appelait, qui « depuis le début de sa campagne s'ingénie à enrager les patriotes américains par des propos séditieux et perfides tout juste bons à soulever la racaille ».

La semaine qui suivit l'attaque contre les Juifs de Detroit, en septembre, attaque que ni le gouverneur du Michigan ni le maire de la ville ne s'empressèrent de juguler, les domiciles, les boutiques et les synagogues des quartiers juifs de Cleveland, Cincinnati, Indianapolis et Saint Louis furent victimes de nouvelles flambées de violence, que les ennemis de Winchell attribuèrent à ses apparitions délibérément provocatrices dans ces villes après le cataclysme qu'il avait déclenché à Detroit. Quant à lui, après avoir évité de justesse un pavé lancé d'un toit qui avait brisé la nuque de son plus proche garde du corps à Indianapolis, il les expliquait « par le climat de haine émanant de la Maison-Blanche ».

Notre rue de Newark était à des centaines de kilomètres de Detroit et de Dexter Boulevard ; parmi nous personne n'était jamais allé dans cette ville, et avant septembre 1942, tout ce que les garçons en savaient c'était que le seul joueur de base-ball juif professionnel était Hank Greenberg, première base vedette de l'équipe des Tigers. Puis vinrent les émeutes Winchell, et tout à coup, les enfants eux-mêmes surent réciter le nom des quartiers de Detroit ébranlés par la violence. En répétant comme des perroquets ce que disaient leurs parents, ils se lançaient dans de grandes discussions pour savoir si Walter Winchell était courageux ou fou, s'il se sacrifiait pour la cause ou ne cherchait que son intérêt, et s'il ne faisait pas le jeu de Lindbergh en permettant aux non-Juifs de se dire que les Juifs étaient les artisans de leur propre malheur. Winchell ferait-il mieux de se désister de crainte de déclencher un pogrom à l'échelle du pays, car il permettrait ainsi le retour de relations « normales » entre les Juifs et leurs compatriotes ? À terme, valait-il mieux qu'il continue à tirer de leur inertie les Juifs les plus complaisants, et réveille la conscience des chrétiens en dénonçant la menace antisémite d'un bout à l'autre des États-Unis ? Sur le chemin de l'école, sur le terrain de jeu après la classe, entre deux cours dans les couloirs, on voyait les gosses les plus intelligents face à face, des gosses de l'âge de Sandy et quelques autres pas plus vieux que moi, lancés dans des débats enflammés : quand Walter Winchell quadrillait le pays avec sa caisse à savon pour débusquer les bundistes germano-américains, les partisans de Coughlin, les membres du Ku Klux Klan et les Chemises d'argent, les membres d'America First, la Légion noire et le Parti nazi américain, quand il obligeait ces antisémites organisés et ces milliers de sympathisants de l'ombre à jeter le masque et le président lui-même à se montrer à visage découvert — un chef de l'exécutif et commandant en chef des armées qui ne s'était pas donné la peine de reconnaître qu'on était dans un état d'urgence, et encore moins de faire appel aux troupes fédérales pour empêcher toutes nouvelles émeutes —, était-ce bon ou mauvais pour les Juifs ?

Après Detroit, les Juifs de Newark, soit une cinquantaine de milliers de personnes sur le bon demi-million d'habitants que comptait la ville, se préparèrent à des éruptions de violence graves dans leurs rues, soit à cause d'une visite de Winchell dans le New Jersey quand il reviendrait vers l'est, soit parce que les émeutes éclataient régulièrement dans les villes où, comme à Newark, un quartier essentiellement peuplé de Juifs jouxtait de grandes communautés ouvrières irlandaises, italiennes, allemandes et slaves, qui abritaient déjà bon nombre de nationalistes. On se disait qu'il n'en faudrait pas beaucoup à ces gens pour devenir une populace aveugle et destructrice manipulée par le complot pro-nazi qui avait déjà ourdi avec succès l'émeute de Detroit.

Du jour au lendemain ou presque, le rabbin Joachim Prinz ainsi que cinq autres Juifs de premier plan à Newark, dont Meyer Ellenstein, fondèrent le Comité des citoyens juifs inquiets, dont s'inspirèrent bientôt d'autres associations de citoyens juifs montées pour la circonstance dans d'autres grandes villes, toutes bien résolues à assurer la sécurité de leur communauté en engageant les pouvoirs publics à prévoir des plans spé-cifiques pour parer aux pires éventualités. Le comité de Newark prit d'abord l'initiative d'une réunion à l'hôtel de ville, présidée par le maire Murphy, qui avait mis un terme aux huit ans de gestion d'Ellenstein, avec le chef de la police, des pompiers, et le directeur de la sûreté. Le lendemain, le comité se réunit à Trenton, dans la résidence officielle du gouverneur Charles Edison, avec le préfet de police du New Jersey et le comman-dant de la garde nationale de l'État. Le procureur géné-ral Wilentz, que les membres du comité connaissaient tous les six, était également présent ; selon le commu-niqué de presse, il avait assuré le rabbin Prinz que toute agression contre les Juifs de Newark se verrait pour-suivre avec la pleine rigueur de la loi. Le comité télé-graphia ensuite au rabbin Bengelsdorf pour lui deman-der une entrevue à Washington, mais se vit répondre que le problème relevait d'une juridiction locale et non fédérale : il fallait adresser la demande à la municipa-lité et à l'administration de l'État.

Les partisans du rabbin Bengelsdorf le louèrent de s'être tenu à l'écart de la sordide affaire Winchell tout en demandant de façon aussi discrète que pressante, lors de conversations privées avec Mrs Lindbergh à la Maison-Blanche, qu'on vienne en aide aux Juifs innocents du pays, tragiquement pénalisés par la conduite inique du candidat renégat, un provocateur affolant cyniquement des citoyens américains qui n'avaient nul besoin de se sentir assiégés pour s'accrocher à leurs angoisses les plus anciennes et les plus invalidantes. Issus des couches supérieures de la société juive allemande hautement assimilée, les partisans de Bengelsdorf constituaient une clique influente. Nombre d'entre eux étaient nés dans l'opulence, et faisaient partie de la première génération de Juifs à fréquenter les lycées de l'élite, et les universités de l'Ivy League, où, ne représentant qu'un nombre infime, ils avaient pu se mêler aux non-Juifs, et plus tard s'associer à eux dans leurs entreprises politiques, communales et financières, avec l'illusion d'en être parfois acceptés sur un pied d'égalité. Pour ces Juifs favorisés, il n'y avait rien de louche dans les programmes mis au point par le bureau du rabbin Bengelsdorf pour aider leurs coreligionnaires plus pauvres et moins cultivés à vivre en harmonie plus étroite avec les chrétiens du pays. Ils déploraient particulièrement que des Juifs dans notre genre continuent de se terrer entre eux dans des villes comme Newark, et cultivent une xénophobie née de pressions historiques aujourd'hui révolues. Leur prééminence financière et professionnelle les portait à croire que si ceux qui ne jouissaient pas de leur prestige étaient tenus à l'écart, leur propre tendance à rester entre eux les y condamnait davantage qu'une quelconque mise à l'index pratiquée par la majorité chrétienne, et que des quartiers comme le nôtre étaient moins le résultat de la discrimination que son ferment même. Certes, il y avait des poches d'arriération en Amérique, où un antisémitisme virulent continuait d'être la passion la plus obsédante, mais raison de plus pour que le directeur du BA encourage les Juifs marginalisés par la ségrégation à laisser du moins leurs enfants se fondre dans la masse de la population et montrer qu'ils n'avaient rien de commun avec la caricature du Juif colportée par nos ennemis. La raison pour laquelle ces Juifs riches, policés et pleins d'assurance abhorraient Winchell, caricatural lui-même, c'est qu'il aggravait délibérément l'hostilité dont ils pensaient avoir eu raison par leur comportement exemplaire envers leurs collègues et amis chrétiens.

Outre le rabbin Prinz et l'ancien maire Ellenstein, le groupe était constitué de Jenny Danzis, vieille militante pour les droits civiques ayant assuré le succès des programmes d'américanisation destinés aux enfants d'émigrants dans le système scolaire de Newark, qui était aussi l'épouse du chirurgien vedette du Beth Israel; Moses Plaut le P-DG du grand magasin du même nom, fils du fondateur S. Plaut qui avait été dix fois président de l'Association des commerçants de Broad Street; Michael Stavitsky, propriétaire immobilier de premier plan, ancien président de la Newark Conference of Jewish Charities, leader de la communauté; le Dr Eugene Parsonette, directeur du personnel médical du Beth Israel. Quant à Longy Zwillman, le chef de la mafia de Newark, rien d'étonnant à ce qu'on ne lui ait pas proposé de se joindre à ce groupe de sommités juives locales, même si ce crésus avait le bras très long, et s'il était à peine moins anxieux que le rabbin Prinz devant la menace des antisémites qui, sous prétexte d'avoir été provoqués par Walter Winchell, venaient d'enclencher ce que beaucoup considéraient comme la première phase de la résolution de la « question juive », préconisée par Henry Ford.

Ignorant les pouvoirs publics qui avaient promis au rabbin Prinz leur collaboration pleine et entière, Longy entreprit d'assurer en solo la protection des Juifs de la ville, en cas de défaillance des flics de Newark et des gendarmes de l'État, s'ils répondaient aux désordres aussi mollement que la police de Boston et celle de Detroit. Bastos Apfelbaum, frère aîné de Niggy Apfelbaum, proche associé de Longy, et connu en ville comme son bras droit, fut désigné pour étayer le bon travail du Comité des citoyens juifs inquiets en recrutant cette poignée de vauriens juifs sortis du lycée sans diplômes, qu'il entraînerait pour encadrer un corps de volontaires réunis en toute hâte et former ce qu'on appellerait la police juive provisoire. C'étaient des garçons du coin, mais dépourvus des idéaux qu'on nous avait inculqués ; au cours moyen déjà, ils avaient l'aura des sans foi ni loi : ils gonflaient des préservatifs dans les toilettes de l'école, se battaient comme des chiffonniers dans l'autobus 14, se bagarraient jusqu'au sang sur le trottoir à la sortie des cinémas ; c'étaient les gosses que nos parents nous interdisaient de fréquenter du temps de l'école ; aujourd'hui, à l'âge de vingt ans, ils tenaient des loteries, jouaient au billard, faisaient la plonge à la cuisine des traiteurs du quartier. Nous ne les

connaissions guère, en général, sinon par le charme
canaille de leurs surnoms éloquents — Léo Nusbaum le
Lion, Kimmelman la Castagne, le Gros Gerry
Schwartz, Breitbart l'Abruti, Sammy Glick, dit l'As-
sommeur — ainsi que par leur réputation de débiles
légers.

Or voici qu'ils étaient postés à un coin de rue sur
deux, ces petits ratés du système, crachant avec précision dans le caniveau, s'interpellant par des coups de
sifflet, doigts enfoncés dans la bouche. Ils étaient là, les
indifférents, les obtus, les demeurés, les déviants de la
communauté, traînant dans les rues comme des mate-
lots à terre qui cherchent la bagarre. Ils étaient là, les
rares écervelés qu'on nous avait appris à plaindre et à
redouter, les crétins de Cro-Magnon, les roquets har-
gneux, les gros bras arrogants et patibulaires, et ils nous
baratinaient, nous les gosses, sur Chancellor Avenue,
pour nous dire de garder nos battes de baseball à portée
de main, au cas où il nous faudrait descendre dans la
rue, une nuit. Le soir, ils écumaient le gymnase, le
dimanche les terrains de foot, et les magasins pendant
la semaine, kidnappant des hommes valides parmi les
adultes du voisinage, pour pouvoir compter sur une
escouade de trois personnes au moins par pâté de maisons, en cas d'urgence. Ils représentaient la brutalité
odieuse que nos parents croyaient avoir laissée derrière
eux avec la misère de leur enfance dans les taudis du
Troisième District ; or voilà que ces démons jouaient
les anges gardiens, chacun nanti d'un revolver chargé,
noué à son mollet, arme prêtée sur la collection de
Bastos Apfelbaum. Bastos, c'était bien connu, faisait

carrière dans l'intimidation, homme lige de Longy Zwillman : il lui revenait de menacer les gens, de les frapper, de les torturer, voire, malgré le raffinement de sa mise — à l'instar d'un patron qui pesait facilement quinze kilos de moins que lui pour trente centimètres de plus, il ne sortait jamais sans son costume trois pièces orné d'un mouchoir de soie assorti à sa cravate bien plié dans sa poche de poitrine, avec un borsalino de prix élégamment posé sur sa tête, au ras d'un regard inflexible, qui réfléchissait fidèlement, il est vrai, son peu d'indulgence envers la nature humaine —, voire, disais-je, de mettre un terme à leurs jours si tel était le bon plaisir de Longy.

Ce qui valut à la mort de Walter Winchell les honneurs d'une couverture nationale immédiate, ce ne fut pas seulement le fait que sa campagne hétérodoxe avait déclenché les pires émeutes antisémites du siècle en dehors de l'Allemagne nazie, mais que le meurtre d'un simple candidat à la présidence était un événement sans précédent en Amérique. Si les présidents Lincoln et Garfield avaient été abattus pendant la seconde moitié du dix-neuvième siècle et McKinley au début du vingtième, si, en 1933, FDR avait lui-même échappé à la tentative d'assassinat dont Cernak, le maire de Chicago, partisan des démocrates, avait fait les frais à sa place, vingt-six ans s'écoulèrent après l'assassinat de Winchell avant qu'un second candidat à la présidence ne soit victime d'un coup de feu, en la personne du sénateur démocrate de New York, Robert Kennedy, abattu d'une balle dans la tête alors qu'il venait de rem-

porter pour son parti la primaire de Californie, le mardi
4 juin 1968.

Le 5 octobre 1942, j'étais tout seul à la maison après
l'école et j'écoutais la radio dans le séjour pour suivre
les derniers tours de batte du cinquième match des
World Series, la finale de base-ball entre les Cardinals
et les Yankees. À la neuvième manche, au moment où
les Cardinals, qui menaient le championnat par trois
matches à un, montaient à la batte avec un jeu égal de
deux partout, la transmission en direct fut interrompue
par une voix à la diction soignée, légèrement britanni-
sée qui était prisée chez les présentateurs de la radio à
ses débuts : « Nous interrompons ce programme pour
vous donner un bulletin d'information important. Walter Winchell, candidat à la présidence, vient d'être
abattu d'un coup de feu. Nous répétons : Walter Winchell est mort. Il a été assassiné à Louisville, Kentucky,
lors d'un meeting en plein air. C'est tout ce que nous
savons pour l'instant de l'assassinat à Louisville du
candidat démocrate à la présidence, Walter Winchell.
Nous reprenons notre programme. »

Il n'était pas tout à fait cinq heures de l'après-midi.
Mon père venait de partir pour le marché dans le
camion de l'oncle Monty, ma mère était allée dans
Chancellor Street faire une course pour le dîner, quant
à mon frère, fidèle à son obsession du moment, il était
parti en quête d'un coin tranquille où entreprendre une
de ses belles pour qu'elle le laisse toucher ses seins.
J'entendis crier dans la rue, puis un hurlement provenant d'une maison voisine, mais le match avait repris,
et le suspense était insoutenable : Red Ruffing était en

train de lancer en direction de Whitey Kurowski, le jeune troisième base des Cardinals ; le *catcher* des Cardinals, Walter Cooper, était à la première base avec sa sixième frappe en cinq matches, les Cardinals n'avaient plus besoin que de cette victoire pour remporter le Championnat. Rizzuto avait réussi un *home run* pour les Yankees, et Enos Slaughter, au nom prédestiné, lançait pour les Cardinals. Or, comme les petits fans aiment à se le raconter dans leur outrance, je « savais », avant même que Ruffing n'ait lancé sa première batte, que Kurowski allait frapper un second *home run* pour les Cardinals, leur donnant ainsi leur quatrième victoire d'affilée après leur défaite du jour de l'ouverture. J'avais hâte de courir dehors pour crier « Je le savais ! Je l'avais bien dit, Kurowski c'était sûr ! ». Mais lorsque Kurowski réussit le *home run* et que le match fut fini, je me précipitai à la porte et descendis l'allée ventre à terre ; je vis alors deux membres de la police juive, le Gros Gerry et Duke Glick, qui couraient d'un trottoir à l'autre pour cogner aux portes et gueuler dans les entrées : « On a tué Winchell, Winchell est mort ! »

Pendant ce temps, d'autres enfants sortirent de chez eux, surexcités par la finale du Championnat, mais dès qu'ils atteignirent la rue en braillant le nom de Kurowski, le Gros Gerry se mit à leur aboyer : « Allez chercher vos battes, c'est la guerre ! » Et il ne parlait pas de guerre contre l'Allemagne.

Le soir même, dans notre rue, il n'y avait plus une famille juive qui ne soit barricadée à double tour chez elle, sa radio allumée en permanence pour ne pas rater le dernier bulletin, tout le monde au téléphone, se

racontant que Winchell n'avait rien dit d'incendiaire à
la foule de Louisville, qu'il avait même commencé son
discours par ce qui se voulait exclusivement un appel
explicite à la dignité citoyenne. « Salut Louisville, ville
américaine unique en son genre, berceau de la plus
belle race de chevaux du monde, et patrie du premier
juge juif à la Cour suprême des États-Unis... », et pourtant, avant qu'il ait pu prononcer le nom de Louis D.
Brandeis, il avait été abattu de trois balles dans la
nuque. Cinq minutes plus tard, un second communiqué
précisa que le meurtre avait eu lieu à quelques mètres
seulement d'un des plus élégants édifices municipaux de tout l'État du Kentucky, construit pendant la
période néoclassique, le palais de justice Jefferson,
avec son imposante statue de Jefferson dominant la
rue, son escalier monumental qui menait au grandiose
portique à colonnes. Les coups de feu qui avaient
coûté la vie à Winchell semblaient avoir été tirés depuis
l'une des grandes fenêtres du tribunal, qui donnaient
sur rue, austères dans leurs proportions superbes.

Sitôt rentrée des commissions, ma mère lança ses
premiers appels téléphoniques. Moi je m'étais posté
derrière la porte pour lui annoncer la mort de Walter
Winchell dès son arrivée, mais elle savait déjà le peu
qu'on pouvait savoir, d'abord parce que la femme du
boucher avait téléphoné au magasin pour répercuter le
bulletin d'information à son mari au moment même où
il emballait la viande de ma mère, et puis à cause de la
stupéfaction qui se lisait sur le visage des passants, qui
rentraient au pas de course se mettre en sécurité. Dans
l'impossibilité de joindre mon père, dont le camion

n'était pas encore arrivé au marché, elle s'inquiéta
aussi pour mon frère ; il était sur le fil du rasoir une fois
de plus et rentrerait sans doute in extremis pour passer
à table après s'être lavé les mains et frotté le visage
pour enlever les traces de rouge à lèvres. L'un comme
l'autre n'auraient pas pu choisir de pire moment pour
disparaître, mais sans prendre le temps de sortir les
commissions du sachet, ni de faire état de son inquiétude, ma mère me dit : « Va me chercher la carte. Va
chercher ta carte des États-Unis. »

Il y avait une grande carte-dépliant du continent
nord-américain glissée dans une pochette à l'intérieur
du premier volume de l'encyclopédie qui nous avait été
vendue par un voyageur de commerce l'année où
j'étais entré à l'école. Je me précipitai dans la véranda,
où, entre les serre-livres George Washington que mon
père avait achetés à Mount Vernon, se trouvait toute
notre bibliothèque : l'encyclopédie en six volumes, un
exemplaire relié de cuir de la Constitution des États-
Unis offert par la Metropolitan, le dictionnaire Webster,
cadeau de tante Evelyn à Sandy pour son dixième anniversaire. J'ouvris la carte et l'étalai sur la toile cirée de
la table de cuisine ; aussitôt ma mère, armée de la loupe
que mes parents m'avaient offerte pour mon septième
anniversaire avec mon irremplaçable et regretté album
de timbres, chercha Danville, point minuscule dans le
centre nord du Kentucky.

Quelques secondes plus tard, nous étions tous deux
revenus auprès de la table du téléphone, dans le vestibule, au-dessus de laquelle était accrochée une autre
récompense attribuée à mon père, bon vendeur d'assu-

rances, une gravure sur cuivre encadrée de la Déclaration d'indépendance. Dans le comté d'Essex, le service d'appel n'avait que dix ans, et il restait sans doute un tiers des habitants de Newark à ne pas avoir le téléphone ; la plupart de ceux qui l'avaient, comme nous, ne disposaient que d'une ligne groupée ; par conséquent les appels longue distance étaient encore un phénomène hors du commun, non seulement parce qu'ils ne faisaient pas partie du quotidien d'une famille modeste comme la nôtre, mais aussi parce que aucune explication technique, si sommaire fût-elle, n'avait pu l'arracher au royaume de la magie. Ma mère s'adressa à l'opératrice avec toute la précision possible, pour éviter tout malentendu qui nous aurait fait taxer au-delà de la communication elle-même. « Je voudrais passer un appel longue distance, à Danville dans le Kentucky. La personne est Mrs Selma Wishnow, et puis s'il vous plaît, mademoiselle, quand j'arriverai au bout de mes trois minutes, n'oubliez pas de me prévenir. »

Il y eut un long silence, le temps que l'opératrice trouve le numéro dans l'annuaire. Lorsque ma mère entendit enfin la sonnerie, elle me fit signe d'écouter avec elle mais sans rien dire.

« Allô ! » Celui qui répond avec enthousiasme, c'est Seldon.

L'opératrice : « Voici un appel longue distance ; j'ai un appel pour Mrs Selma Wistful.

— Euh..., marmonne Seldon.

— C'est madame Wistful ?

— Allô ? Ma mère n'est pas à la maison pour l'instant. »

L'opératrice : « Je voudrais parler à Mrs Selma Wistful.

— Wishnow, crie ma mère. *Wish-now*.

— Qui c'est? Qui est à l'appareil? » demande Seldon.

L'opératrice : « Mademoiselle, est-ce que votre mère est là?

— Je suis un garçon », dit Seldon. Encore une gifle. Il en pleut. C'est pourtant vrai qu'il a une voix de fille, plus haut perchée que quand il habitait l'appartement du dessous. « Ma mère n'est pas encore rentrée du travail », dit-il.

L'opératrice : « Mrs Wishnow n'est pas chez elle, madame. »

Ma mère me regarde et me dit : « Qu'est-ce qui a bien pu se passer? Le petit est tout seul. Et elle, où est-elle? Il est livré à lui-même. Mademoiselle, je veux bien parler à toute personne présente. »

L'opératrice : « Allez-y, monsieur, parlez.

— Qui est-ce? demande Seldon.

— Seldon, c'est Mrs Roth, de Newark.

— Madame Roth?

— Oui, j'appelle longue distance pour parler à ta mère.

— De Newark?

— Tu sais bien qui je suis.

— Mais on dirait que vous êtes au coin de la rue.

— Je n'y suis pas. Je t'appelle longue distance, Seldon. Dis-moi, où est ta mère?

— Je mange mon goûter. J'attends qu'elle rentre du travail. Je mange des biscuits à la figue. Avec du lait.

— Seldon...

— J'attends qu'elle rentre de son travail. Elle rentre tard. Moi je l'attends. Des fois je goûte.

— Seldon, attends, sois attentif un instant.

— Et puis elle rentre et elle fait à dîner. Mais elle rentre tard tous les soirs. »

Ma mère se retourne vers moi et fait mine de me tendre le combiné : « Parle-lui, toi, il ne m'écoute pas quand je parle.

— De quoi tu veux que je lui parle ? dis-je en éloignant d'un geste l'appareil.

— Philip est là ? demande Seldon.

— Un instant, dit ma mère.

— Philip est là ? répète Seldon.

— Prends l'appareil, s'il te plaît, me dit ma mère.

— Mais qu'est-ce qu'il faut que je lui dise ?

— Prends l'appareil, je te dis », et elle me met le récepteur dans la main tout en me tendant le haut-parleur à tenir de l'autre.

« Allô Seldon ? »

Tout bas, à tout hasard, incrédule, il répond : « Philip ?

— Oui, salut, Seldon !

— Hé, tu sais j'ai pas de copains, à l'école.

— On voudrait parler à ta mère.

— Ma mère est au travail. Elle rentre tard tous les soirs. Moi je suis en train de goûter. Je mange des biscuits à la figue, avec un verre de lait. Ça va être mon anniversaire dans une semaine, et ma mère a dit que je pouvais faire un goûter...

— Seldon, attends...

— Mais j'ai pas de copains.

— Seldon, il faut que je pose une question à ta mère. Attends. » Je pose ma main sur l'appareil et je chuchote à ma mère : « Qu'est-ce que tu veux que je lui dise ?

— Demande-lui s'il sait ce qui s'est passé à Louisville aujourd'hui, chuchote ma mère.

— Seldon, ma mère veut savoir si tu sais ce qui s'est passé à Louisville, aujourd'hui.

— Moi j'habite à Danville, à Danville dans le Kentucky. J'attends que ma maman rentre à la maison. Je mange mon goûter. Il s'est passé quelque chose à Louisville ?

— Attends une minute, Seldon. » À ma mère tout bas : « Alors ?

— Parle-lui, s'il te plaît, continue à lui parler. Et si l'opératrice te prévient que les trois minutes sont écoulées, dis-le-moi.

— Pourquoi tu m'appelles ? Tu vas venir me voir ?

— Non.

— Tu te rappelles quand je t'ai sauvé la vie ?

— Oui. Je me rappelle.

— Hé, quelle heure il est chez vous ? Vous êtes à Summit Avenue ?

— Oui, on te l'a dit.

— On entend bien, hein ? On dirait que vous êtes au coin de la rue. J'aimerais bien que tu puisses venir goûter avec moi, et que tu sois là pour mon anniversaire, la semaine prochaine. J'ai pas de copains à inviter à mon anniversaire. J'ai personne pour jouer aux échecs. Je suis en train de travailler mon ouverture. Tu te rappelles mon ouverture ? J'avance le pion qui est juste devant le roi. Tu te rappelles quand j'essayais de t'apprendre ? J'enlève le pion du roi. Et puis j'enlève le fou, et puis j'avance le cavalier, et puis l'autre cavalier — et tu te rappelles le coup où il n'y a plus de pièces entre le roi et l'une des tours ? Quand je déplace mon roi sur deux cases pour le protéger ?

— Seldon... »

Ma mère me chuchote : « Dis-lui qu'il te manque.

— M'man !

— Dis-le-lui, Philip.

— Tu me manques, Seldon.

— Tu veux venir goûter avec moi, alors ? C'est vrai, on dirait que tu es.... tu es vraiment au coin de la rue ?

— Non, c'est un appel longue distance.

— Quelle heure il est, chez vous ?

— Il est euh... six heures moins dix.

— Ah, ici aussi, il est six heures moins dix. Ma mère devrait être là depuis cinq heures, cinq heures et demie au plus tard. Un soir elle est rentrée à neuf heures !

— Seldon, dis-je, est-ce que tu sais que Walter Winchell a été tué ?

— Qui est-ce ?

— Laisse-moi finir. Il a été tué à Louisville, dans le Kentucky. Dans ton État. Aujourd'hui.

— Je suis désolé de l'apprendre. Qui est-ce ? »

L'opératrice : « Vos trois minutes sont écoulées, monsieur.

— C'est ton oncle ? C'est ton oncle qui venait te voir ? il est mort ?

— Non, non », dis-je, en pensant que là-bas tout seul dans son Kentucky, c'est lui qui parle comme quelqu'un qui aurait reçu un coup sur la tête. Il a l'air sonné. Il a l'air interrompu dans sa croissance. Il a l'air demeuré, lui qui était le gamin le plus doué de la classe.

Ma mère prend l'appareil : « Seldon, c'est Mrs Roth. Je veux que tu écrives quelque chose.

— D'accord. Il faut que j'aille chercher du papier, et un crayon. »

On attend, on attend. « Seldon ? » demande ma mère.

On attend encore.

« Ça y est, dit-il.

— Seldon, écris ce que je vais te dire. Ça coûte beaucoup d'argent.

— Excusez-moi, madame Roth, je trouvais pas de crayon dans cette maison. J'étais à table dans la cuisine, je goûtais.

— Seldon, écris que Mrs Roth...

— Ça y est.

— A appelé de Newark.

— De Newark. Oh la la, j'aimerais bien y être encore à Newark, au-dessous de chez vous. J'ai sauvé la vie de Philip, vous savez.

— Que Mrs Roth a appelé de Newark pour être sûre.

— Une minute, j'écris.

— Pour être sûre que tout va bien.

— Parce que ça pourrait ne pas aller bien ? Enfin, il va bien, Philip ? Vous allez bien, vous ? Mr Roth va bien ?

— Oui, c'est gentil de poser la question, Seldon.

Dis à ta mère que c'est pour ça que j'ai appelé. Il n'y a pas de souci, chez nous.

— Et moi, je devrais m'inquiéter ?

— Non, mange ton goûter...

— J'en ai assez des Fig Newtons, là, mais merci quand même.

— Au revoir, Seldon.

— Mais j'aime bien les biscuits à la figue.

— Au revoir, Seldon.

— Madame Roth ?

— Oui.

— Est-ce que Philip va venir me voir ? La semaine prochaine c'est mon anniversaire et j'ai personne à inviter. J'ai pas de copains à Danville. Les gars de la classe, ils font que m'appeler Bretzeldon. Il faut que je joue aux échecs avec un gamin de six ans. C'est le seul avec qui je peux jouer. Le seul. Je lui ai appris les échecs. Des fois il joue des coups qui sont pas permis. Ou alors il déplace sa reine, il faut que je lui dise de pas le faire. Je gagne tout le temps, mais ça m'amuse pas. Seulement j'ai personne d'autre pour jouer.

— Seldon, c'est dur pour tout le monde. C'est dur pour tout le monde, à présent. Au revoir, Seldon. » Elle reposa le combiné et fondit en larmes.

Quelques jours plus tôt à peine, le 1er octobre, les deux appartements de Summit Avenue libérés en septembre par les « colons de 1942 » — celui du dessous et un autre sur le trottoir d'en face, trois numéros plus bas — avaient vu s'installer des familles italiennes du Premier District. Pour l'essentiel, ces nouveaux logements leur avaient été imposés par décret, avec, pour faire passer la pilule, quinze pour cent de rabais sur le loyer, soit six dollars trente-sept sur leurs quarante-deux dollars cinquante mensuels pendant cinq ans ; la différence serait payée directement au propriétaire par le ministère de l'Intérieur, pendant les trois ans de leur premier bail, puis les deux premières années du renouvellement. Ces dispositions découlaient d'une partie qui n'avait pas été rendue publique du Projet bon voisinage, censé introduire un nombre croissant de résidents non juifs dans des quartiers où les Juifs étaient majoritaires, afin d'« enrichir l'américanité » de toutes les parties en présence. Ce qui se disait chez moi, cependant, et même parfois à l'école, dans la bouche de nos maîtres, c'était que le but inavoué du Projet bon voisinage, comme celui Des Gens parmi d'Autres, était d'affaiblir la solidarité de la structure sociale juive et de réduire toute force électorale que la communauté pourrait avoir dans des scrutins locaux ou nationaux. Si ce déplacement des familles juives au profit de familles non juives suivait la chronologie du plan général du Bureau, une majorité chrétienne pourrait bien s'installer dans une bonne moitié des vingt zones les plus densément peuplées de Juifs dès le commencement du second mandat de Lindbergh ; moyennant quoi la question juive trouverait de toute façon sa résolution.

La famille désignée pour s'installer au-dessous de chez nous, une mère, un père, un fils, une grand-mère, s'appelait Cucuzza. Mon père ayant passé des années à quadriller le Premier District, où les clients dont il collectait les mensualités infimes étaient souvent italiens,

il connaissait déjà les nouveaux locataires ; par conséquent, lorsqu'il rentra du travail le lendemain du jour
où Mr Cucuzza, veilleur de nuit, avait quitté leur
appartement sans eau chaude dans un immeuble de
rapport sur une petite rue proche du cimetière du Saint
Sépulcre, pour emménager ici en camion, mon père
s'arrêta d'abord chez eux pour voir si, sans veston ni
cravate et les mains sales, il serait reconnu par la grand-
mère comme l'agent d'assurances qui avait vendu à son
mari la police ayant permis à la famille de l'enterrer.

L'« autre branche » Cucuzza, des parents des nôtres,
qui eux aussi avaient quitté leur appartement sans eau
chaude pour s'installer trois numéros plus bas, était
une famille bien plus nombreuse, trois fils, une fille,
les parents et un grand-père — des voisins plus déran-
geants, sans doute plus bruyants. Par le grand-père et le
père, ils avaient des accointances avec Ritchie Boiardo,
dit la Botte, truand qui faisait la loi sur les quartiers
italiens de Newark et représentait le seul rival sérieux
au monopole mafieux de Longy. Certes, Tommy, le
père, faisait seulement partie d'une cohorte de sous-
fifres, et, comme son propre père retiré des affaires, il
travaillait de jour comme serveur au restaurant en
vogue de Boiardo, le Vittorio Castle, quand il ne faisait
pas la tournée des tavernes, des coiffeurs, des bordels,
des cours d'écoles et des confiseurs des taudis du Troisième District pour extorquer quelque menue monnaie
aux Noirs qui prenaient quotidiennement, fidèlement,
des billets de loterie. Toute question religieuse mise à
part, les Cucuzza n'étaient guère le genre de voisins
que mes parents auraient voulu nous voir fréquenter,

nous si jeunes et influençables ; et pour nous consoler, le dimanche, au petit déjeuner, mon père nous expliqua que ça aurait été bien pire si nous avions écopé de l'homme de la loterie avec ses trois garçons au lieu du veilleur de nuit avec son fils, Joey, garçon de onze ans qu'on venait d'inscrire à Saint Peter, un bon petit qui était un peu sourd, et qui n'avait pas grand-chose de commun avec ses voyous de cousins. Alors que dans le Premier District les quatre enfants de Tommy Cucuzza allaient à l'école publique, on les avait inscrits à Saint Peter avec Joey plutôt qu'à une école communale comme la nôtre, infestée de petits Juifs à fort QI.

Depuis que mon père avait quitté son travail, quelques heures seulement après l'assassinat de Winchell, et que, au mépris des protestations furieuses de l'oncle Monty, il était rentré passer le reste de cette soirée tendue auprès de sa femme et de ses enfants, nous étions assis tous quatre à la table de cuisine, pendus aux nouvelles de la radio. C'est alors que Mr Cucuzza et son fils Joey prirent l'escalier de service pour nous rendre visite. Ils frappèrent à la porte mais durent attendre sur le palier que mon père soit sûr de leur identité.

Mr Cucuzza était un colosse chauve, pesant plus de cent dix kilos pour un mètre quatre-vingt-cinq ; il avait revêtu son uniforme de veilleur de nuit : chemise bleu foncé, pantalon de même couleur sortant de chez le teinturier, retenu par une large ceinture noire qui servait aussi de support à des kilos de la quincaillerie la plus

impressionnante que j'aie pu voir de près. Il y avait là,
le long de ses poches de pantalon, des trousseaux de
clefs gros comme des grenades à main, une paire de
vraies menottes et un réveil de veilleur de nuit dans son
étui noir, retenu à sa boucle de ceinture étincelante par
une courroie. Au premier coup d'œil, je pris ce réveil
pour une bombe, mais quant à la nature de l'objet qui
dépassait du holster fixé à sa taille, pas d'erreur, c'était
bien un revolver. Une torche électrique oblongue qui
devait jouer les matraques dans une vie parallèle
était fichée dans sa poche de derrière, et sur le haut
de sa manche, un insigne triangulaire blanc à lettres
bleues annonçait « garde spécial ».

Joey était costaud, lui aussi ; il n'avait que deux ans
de plus que moi et pesait déjà le double de mon poids ;
l'équipement qu'il arborait pour sa part m'intriguait
presque autant que celui de son père. Ce qui ressemblait à un chewing-gum mâché, planté dans le creux de
son oreille droite, était un appareil auditif, relié par un
mince fil à un boîtier noir rond à cadran, fixé à sa poche
de poitrine, tandis qu'un autre fil, relié à une pile de
la taille d'un gros briquet, allait plonger dans sa poche
de pantalon. Joey apportait un gâteau, que sa mère
offrait à la mienne.

Joey était venu nous offrir un gâteau, Mr Cucuzza
un revolver. Il en possédait deux, l'un qu'il portait
pour travailler, et l'autre qu'il cachait chez lui. C'était
ce dernier qu'il apportait à mon père.

« C'est très gentil à vous, dit mon père, mais en fait,
je ne sais pas tirer.

— Vous appouié sur la détente. » Mr Cucuzza

parlait d'une voix étonnamment douce pour la montagne d'homme qu'il était, avec une pointe un peu rauque, comme s'il était resté trop longtemps exposé aux intempéries lorsqu'il patrouillait son secteur. Son accent était si mélodieux que quand j'étais tout seul il m'arrivait de l'imiter. Combien de fois m'étais-je amusé à dire à haute voix : « Vous appouié sour la détente ! » À l'exception de la mère, née en Amérique, tous nos Cucuzza avaient une voix un peu bizarre, mais celle de la grand-mère moustachue était la plus bizarre de toutes, plus étrange encore que celle de Joey qui ressemblait pourtant davantage à un écho de voix sans inflexions. Et si sa grand-mère avait une voix singulière, ce n'était pas seulement parce qu'elle ne parlait qu'italien aux autres, dont moi, ou toute seule quand elle balayait l'escalier de service ou qu'elle s'agenouillait à même la terre pour planter ses légumes dans notre jardin grand comme un mouchoir de poche, ou simplement qu'elle marmonnait dans la pénombre du seuil. Sa voix était la plus singulière car c'était une voix d'homme ; physiquement, on aurait dit un minuscule vieillard en robe noire, et elle avait la voix assortie, surtout lorsqu'elle aboyait ses ordres, diktats et injonctions à Joey, qui se gardait bien de désobéir. La part espiègle de celui-ci, cette âme que jamais les nonnes et les prêtres ne virent montrer le bout de l'oreille, était au contraire tout ce à quoi j'avais affaire lorsque nous étions ensemble. On avait du mal à le plaindre pour sa surdité, parce que c'était un garçon joyeux, fringant, doté d'un rire en rafales, un garçon bavard et curieux, d'une crédulité monumentale, à l'esprit vif quoique imprévisible. On avait du mal à le plaindre, et pourtant, en famille, son obéissance si appliquée était un phénomène tout aussi stupéfiant à voir que l'irrespect appliqué d'un Shushy Margulis. On n'aurait pas trouvé de meilleur fils dans toute la communauté italienne de Newark, ce que ma propre mère ne tarda pas à trouver irrésistible : sa dévotion filiale, ses longs cils noirs, le regard implorant qu'il tournait vers les adultes pour qu'on lui dise ce qu'il avait à faire eurent raison de la distance embarrassée qui lui servait de défense constitutive contre les non-Juifs. Mais la grand-mère du Vieux Monde lui donnait, comme à moi, la chair de poule.

« Vous vise, expliqua Mr Cucuzza à mon père en mimant le geste du pouce et de l'index, et vous tire. Vous vise et vous tire, et c'est tout.

— Je n'en ai pas besoin, dit mon père.

— Mais si viennent, comment vous protège ?

— Cucuzza, je suis né dans la ville de Newark en 1901. Toute ma vie j'ai payé mon loyer à temps, j'ai payé mes impôts à temps, j'ai payé mes factures à temps. Je n'ai jamais volé ne serait-ce que dix cents à un employeur, je n'ai jamais tenté de voler le gouvernement. Je crois en mon pays. J'aime mon pays.

— Moi aussi, dit notre massif voisin, dont la large ceinture noire ne m'aurait pas médusé davantage si des têtes réduites y avaient pendu. Moi j'arrivé quand j'avais dix ans. Un pays meilleur il y a pas. On a pas Mussolini, ici.

— Je suis heureux de vous l'entendre dire,

Cucuzza. C'est un drame pour l'Italie, c'est un drame humain pour des gens comme vous.

— Mussolini, Hitler, malade ils me rendent.

— Vous savez ce qui me plaît à moi, Cucuzza ? Les élections. J'adore voter. Depuis que j'ai l'âge, je n'ai jamais raté un seul scrutin. En 1924, j'ai voté contre Mr Coolidge et pour Mr Davis, et c'est Mr Coolidge qui a gagné. On sait ce qu'il a fait pour les pauvres de ce pays. En 1928, j'ai voté contre Mr Hoover pour Mr Smith et c'est Mr Hoover qui a gagné. On sait ce qu'il a fait celui-là aussi pour les pauvres de ce pays. En 1932, j'ai voté contre Mr Hoover pour la deuxième fois et pour Mr Roosevelt pour la première fois, et Dieu merci, c'est Mr Roosevelt qui a gagné, et il a remis l'Amérique sur pied. Il a sorti le pays de la Crise et il a accordé aux gens ce qu'il leur avait promis — une nouvelle donne. En 1936, j'ai voté contre Mr Landon, et pour Mr Roosevelt, et de nouveau, Mr Roosevelt a gagné — deux États, le Maine et le Vermont, c'est tout ce que Mr Landon a pu remporter, même pas le Kansas. Mr Roosevelt a déclenché le plus grand raz de marée jamais connu à la présidentielle, et une fois de plus il tient les promesses faites aux travailleurs pendant sa campagne. Alors qu'est-ce qu'ils font les électeurs, en 1940 ? Ils élisent un fasciste à sa place. Et pas un simple crétin comme Coolidge, pas un imbécile comme Hoover, non, un fasciste patenté, avec une médaille qui le prouve. Ils lui donnent Mr Wheeler pour acolyte, un fasciste, un tribun qui sait soulever la plèbe ; et ils mettent Mr Ford au cabinet, pas un simple fasciste en phase avec Hitler, mais un vrai négrier qui a changé l'ouvrier en machine. Alors ce soir, vous venez me trouver à mon domicile, monsieur, et vous me proposez un revolver. En 1942, en Amérique, un voisin tout juste installé, un homme que je ne connais même pas, est venu chez moi me proposer un revolver pour que je protège ma famille de la racaille antisémite de Mr Lindbergh. Eh bien, ne me prenez pas pour un ingrat, Cucuzza. Je n'oublierai jamais votre sollicitude. Mais je suis un citoyen des États-Unis d'Amérique, ma femme aussi, et mes enfants de même, tout comme l'était — et sa voix se brisa — Walter Winchell... »

Or voilà que passe un bulletin radiophonique sur Walter Winchell, précisément ; « Chut, s'écrie mon père, chut », comme s'il y avait dans la cuisine un autre orateur que lui à parler. Nous tendons tous l'oreille à l'unisson — même Joey semble tendre la sienne — comme des oiseaux migrateurs ou des poissons en bancs.

Le corps de Walter Winchell, abattu au cours d'un meeting politique à Louisville dans le Kentucky par un assassin soupçonné d'appartenir au Parti nazi américain qui travaille en collaboration avec le KKK, sera transporté dans la nuit de Louisville à Pennsylvania Station, à New York. Par ordre du maire Fiorello La Guardia, et sous la protection de la police de New York, le corps sera exposé pour qu'on lui rende hommage dans le hall principal de la gare toute la matinée. Conformément à la coutume juive, les obsèques auront lieu le même jour, à deux heures de l'après-midi au temple Emanu-El, qui est la plus grande synagogue de New York. Un système de retransmission diffusera la cérémonie à l'extérieur pour les fidèles massés sur la Cinquième Avenue, fidèles qu'on attend par dizaines de milliers. Avec le maire La Guardia, prendront la parole le sénateur démocrate James Mead, Herbert Lehman, le gouverneur juif de New York, ainsi que l'ancien président des États-Unis, Franklin D. Roosevelt.

« Ça y est enfin ! s'écrie mon père. Il est de retour, FDR est de retour !

— On a bien besoin de lui, dit Mr Cucuzza.

— Vous comprenez ce qui se passe, les garçons », dit mon père. Et là-dessus, il nous serre contre lui, Sandy et moi : « C'est le commencement de la fin du fascisme en Amérique ! Pas de Mussolini chez nous, Cucuzza. Plus de Mussolini chez nous ! »

8

Octobre 1942

Mauvais jours

Le lendemain soir, on vit arriver Alvin au volant d'une Buick verte toute neuve, avec une fiancée nommée Minna Schapp. Petit, je me laissais toujours piéger par le mot fiancée. Il parait n'importe quelle inconnue d'un attrait particulier, et je finissais par découvrir une fille banale qui, lors des présentations à la famille, avait peur de commettre une gaffe. L'être paré d'un attrait particulier aux yeux d'Alvin, en l'occurrence, n'était nullement la promise, mais le futur beau-père, fin négociateur, prêt à le délivrer du monde des machines à sous — où, assisté par deux gros bras qui soulevaient la marchandise et écartaient les malfaisants, mon cousin était employé à transporter et installer les machines illégales — pour faire de lui un restaurateur chic d'Atlantic City, portant costume sur mesure en soie de Hong Kong et chemise blanche à monogramme ton sur ton. Mr Schapp avait lui-même fait ses débuts dans les années vingt sous le nom de Billy Schapiro des Flippers, petit malfrat associé aux pires voyous, dont l'oncle de Shushy Margulis, des quartiers les plus lépreux dans les rues les plus violentes des zones déshéritées du sud de Philadephie, mais voilà, en 1942, les flippers et autres machines à sous rapportaient plus de quinze mille dollars non déclarés par semaine, et Billy des Flippers s'était réincarné sous l'identité de William F. Schapp II ; ce très honorable membre du Country Club de Green Valley, de la fraternelle organisation juive Brith Achim (le samedi soir, il y emmenait sa dynamique épouse dans ses bijoux gigantesques danser sur la musique de Jackie Jacobs et ses Jolly Jazzers), était également un fidèle de la synagogue de Har Zion, dont les pompes funèbres lui avaient vendu une concession dans un coin magnifiquement paysagé du cimetière attenant. Il était aussi le maharaja d'une demeure de dix-huit pièces dans une banlieue nommée Merion, et l'hiver, vraie revanche du petit pauvre, il partait en villégiature dans une suite au dernier étage que lui réservait à l'année l'Eden Roc de Miami Beach.

Minna avait trente et un ans, soit huit de plus qu'Alvin ; c'était une femme au teint de beurre, avec un air de chien battu, qui, les rares fois où elle s'enhardissait à parler de sa voix de petite fille, articulait chaque mot comme si elle venait tout juste d'apprendre à lire l'heure. Tout en elle trahissait l'enfant de parents autoritaires. Mais outre l'Intercity Carting Company qui servait de couverture à son affaire de machines à sous, son père possédait un restaurant à langoustes grand comme un hangar en face du Steel Pier où, le week-end, la queue des clients faisait deux fois le tour du pâté de maisons. En outre, au début des années trente, quand la Prohibition avait cessé et que ses lucratifs intérêts annexes dans la pègre des bootleggers de Waxey Gor-

don s'étaient taris brusquement, il avait ouvert à Philadelphie l'Original Schapp, un grill populaire fréquenté
par ce qu'on appelait sur place la Pègre juive. Autant
dire que ce père était le plus bel atout de Minna auprès
d'Alvin. « Voilà le contrat, lui avait dit Schapp en lui
tendant l'argent liquide pour acheter la bague de fiançailles de sa fille, Minna veille sur ta jambe, toi tu
veilles sur Minna, et moi je veille sur toi. »

C'est ainsi que mon cousin endossa des costumes sur
mesure et la responsabilité scintillante de conduire à
leur table les hôtes de marque : Frank Hague, le maire
escroc de Jersey City, Gus Lesnevich, champion du
New Jersey pour la catégorie des poids mi-lourds, Moe
Dalitz, le magnat du racket de Cleveland, le Roi Salo-
mon, son homologue à Boston, Mickey Cohen à L.A. et
jusqu'au « Cerveau » lui-même, Meyer Lansky, quand
ils se retrouvaient là pour un congrès mafieux. Et tous
les ans, en septembre, il lui revenait également d'accueillir juste après son triomphal couronnement en
panavision Miss Amérique et toute sa famille éberluée
dans son sillage. Après une avalanche de compliments
pour tous, une fois noués les ridicules bavoirs à langoustes, il se délectait à claquer dans ses doigts
pour signifier au serveur que le dîner était offert par la
maison.

Le futur gendre unijambiste de Billy des Flippers
n'avait pas tardé à se faire un surnom, la Frime, puisque
ainsi l'avait baptisé, comme il le racontait à qui voulait
l'entendre, Allie Stolz, candidat au titre mondial des
poids légers. Alvin était en effet venu de Philadephie
avec Stolz, enfant de Newark comme Gus Lesnevich,

le soir où nous le vîmes arriver chez nous au dîner.
L'année d'avant, au mois de mai, Stolz avait disputé et
perdu un match de quinze rounds contre le tenant du
titre à Madison Square Garden. Cet automne-là, il s'en-
traînait au gymnase Marsillo, sur Market Street, pour le
match de novembre contre Beau Jack, qui, s'il le rem-
portait, lui permettrait d'affronter Tippy Larkin. « Une
fois qu'Allie aura passé l'étape Beau Jack, il n'y aura
plus que Larkin pour le séparer du titre mondial, et
Larkin, il a une mâchoire en verre », résuma Alvin.

Une mâchoire en verre. Du pipeau. Une branlée.
Pourquoi il renaude, lui ? Je vais payer la douloureuse.
Un dur. Alvin possédait un tout nouveau vocabulaire,
ainsi qu'un bagout tout neuf que mes parents trouvaient
manifestement pénible. Pourtant, lorsqu'il déclara sur
un ton adorateur : « Allie c'est un gars qu'a la gâchette
nerveuse côté monnaie », je n'eus de cesse de parler
comme un dur moi-même, en répétant à l'école cette
expression mystifiante, ainsi que le chapelet de mots
d'argot qu'Alvin débitait désormais pour désigner
l'argent.

Minna n'ouvrit pas la bouche au dîner malgré les
tentatives appuyées de ma mère pour la faire sortir de
sa coquille. Moi j'étais perdu de timidité, et mon père
ne pensait qu'à l'attentat de la synagogue de Cincinnati, la veille et au pillage des boutiques juives
dans des villes américaines parfois distantes de deux
fuseaux horaires. C'était le deuxième soir de suite qu'il
faisait faux bond à l'oncle Monty pour ne pas laisser sa
famille toute seule à Summit Avenue, mais l'ire de son
frère était en la circonstance le cadet de ses soucis ; il

passa le dîner à se lever pour aller au salon allumer la radio, guettant les nouvelles des retombées que les obsèques de Winchell pourraient avoir. De son côté Alvin n'avait qu'« Allie » à la bouche, avec sa quête de la couronne de champion du monde, comme si le challenger poids léger natif de Newark représentait pour lui le parangon de la race humaine. Le renoncement aux idéaux qui lui avait coûté une jambe aurait-il pu être plus complet ? Il s'était défaussé de tout ce qui le séparait des aspirations d'un Shushy Margulis ; il s'était défaussé de nous.

En rencontrant Minna, je me demandai si Alvin lui avait même parlé de son amputation. Il ne m'était pas venu à l'esprit que sa personnalité soumise était précisément ce qui faisait d'elle la première et unique femme à qui il pouvait en parler, ni qu'elle était une preuve vivante de ses problèmes avec les femmes. Le moignon d'Alvin fut au contraire son atout maître auprès d'elle, surtout après la mort de Schapp, en 1960, lorsque sa crapule de frère récupéra les machines à sous, tandis qu'Alvin se contentait fort bien des restaurants et de commencer à courir avec les plus belles call-girls des deux États. Chaque fois que son moignon s'écorchait, saignait, s'infectait et le faisait souffrir, en conséquence de ses diverses frasques, Minna accourait et elle l'empêchait de mettre sa prothèse. « Mais bon Dieu, t'en occupe pas, et ça ira très bien ! » lui disait-il, mais sur ce seul chapitre, c'est elle qui avait le dernier mot. « Pas question de faire porter un poids à cette jambe avant qu'elle se rétablisse », affirmait-elle, voulant dire que la jambe artificielle perdait son adhérence,

selon l'expression du prothésiste qu'Alvin m'avait
apprise à l'époque où, moi qui n'avais pas neuf ans,
j'étais sa maternelle Minna. Lorsqu'il prit de l'âge et du
poids, et que son moignon s'écorcha du même coup de
façon chronique, lorsqu'il dut passer des semaines sans
mettre sa prothèse en attendant qu'elle cicatrise, Minna
le conduisit à la plage publique, l'été, et tout habillée
sous un grand parasol, le couva du regard : il passait
des heures à batifoler dans le ressac réparateur, se
balançait avec la vague, faisait la planche en crachant
des geysers salés, et puis, pour semer la panique chez
les touristes de la plage bondée, jaillissait de l'eau en
criant : « Un requin, un requin ! » tout en désignant son
moignon d'un air horrifié.

Alvin vint dîner avec Minna après avoir téléphoné
dans la matinée pour dire à ma mère qu'il serait dans le
New Jersey et voulait passer remercier son oncle et sa
tante de tout ce qu'ils avaient fait pour lui quand il était
rentré des commandos et qu'il avait mené la vie dure
à son entourage. Il avait bien des raisons de leur être
reconnaissant, et voulait faire la paix avec eux ; il voulait voir les garçons et présenter sa fiancée à la famille.
Telles furent les intentions annoncées — en toute sincérité peut-être — avant d'affronter mon père et de se
rappeler ses instincts rédempteurs, d'affronter l'antipathie innée entre eux, antipathie première et liée à l'in-
compatibilité de leurs types humains. C'est pourquoi,
quand j'appris la nouvelle, à mon retour de l'école, je
fouillai dans mon tiroir, y découvris sa médaille, et,
pour la première fois depuis qu'il était parti à Philadelphie, je l'accrochai de nouveau à mon tricot de corps.

Certes, la brebis galeuse avait mal choisi son jour pour se réconcilier avec sa famille. On n'avait pas signalé de violence antisémite à Newark ou dans les autres grandes villes du New Jersey pendant la nuit, mais à cent cinquante kilomètres de Louisville, le long de l'Ohio, la synagogue de Cincinnati avait brûlé de fond en comble après un attentat à la bombe incendiaire et huit autres villes (Saint Louis, Buffalo et Pittsburgh étant les plus grandes) avaient été témoins de bris de vitres ici ou là et du pillage de boutiques tenues par des Juifs. Cela n'était pas fait pour atténuer les craintes que les obsèques de Winchell à New York, de l'autre côté de l'Hudson, avec les manifestations et contre-manifestations qui accompagneraient les étapes du deuil, ne déchaînent une flambée de violence beaucoup plus proche de nous. À l'école, ce matin-là, on avait convoqué toutes affaires cessantes la totalité des élèves, du cours moyen à la quatrième. Accompagné d'un représentant du ministère de l'Éducation, d'un adjoint au maire Murphy ainsi que de l'actuelle présidente de l'Association des parents d'élèves, le principal énonça les mesures prises pour assurer notre sécurité pendant la journée, et il nous proposa dix règles pour nous protéger sur les trajets de chez nous à l'école. S'il ne fut pas question de Bastos Apfelbaum et de sa police juive — ils avaient passé la nuit à patrouiller les rues, et ils étaient encore là à boire du café chaud dans des thermos et manger des *doughnuts* sucrés offerts par la boulangerie Lehrhoff quand nous étions partis pour l'école, Sandy et moi —, l'adjoint au maire nous assura que, « jusqu'à ce qu'on revienne à des conditions normales », un contingent supplémentaire d'agents de police patrouillerait le quartier ; il ne faudrait pas nous inquiéter de trouver un policier en uniforme devant les deux portes de l'école, et un autre dans les couloirs. On remit deux feuilles ronéotypées à chaque élève, l'une portant la liste des règles à observer dans la rue, que nous commenterions avec nos professeurs une fois retournés dans nos classes respectives, et l'autre destinée à nos parents pour les aviser des nouvelles mesures de sécurité. S'ils avaient des questions, ils devraient les adresser à Mrs Sisselman, présidente de l'association locale qui avait succédé à ma mère.

Nous dînâmes à la salle à manger, ce que nous n'avions pas fait depuis que tante Evelyn était venue nous présenter le rabbin Bengelsdorf. Après le coup de fil d'Alvin, ma mère, femme incapable de la moindre rancune comme il avait pu s'en assurer dès qu'elle avait décroché, était sortie faire des commissions pour lui préparer ses plats favoris, et ce malgré l'anxiété qu'elle éprouvait chaque fois qu'elle déverrouillait la porte pour sortir. Les flics de Newark armés qui patrouillaient le secteur ainsi que les équipes qui roulaient dans leurs cars de police ne la rassuraient guère plus que la police juive de Bastos Apfelbaum entrevue furtivement, de sorte que, comme toute personne qui fait ses courses dans une ville en état de siège, elle avait fini par effectuer le trajet de Chancellor Avenue et retour au pas de course pour se ravitailler. À la cuisine, elle se mit à confectionner le gâteau au chocolat à plusieurs couches nappé de chocolat avec des

noix hachées qu'il adorait, et à peler les pommes de
terre et hacher les oignons pour les *latkes* qu'il aurait
engloutis à la douzaine. La maison sentait encore la
pâtisserie, la friture et la grillade lorsque Alvin remonta
l'allée du garage dans sa Buick toute neuve. Là où nous
avions échangé des passes avec le ballon de foot que
j'avais volé, il se gara derrière le pick-up Ford que
Mr Cucuzza prenait pour les petits déménagements
qui arrondissaient ses fins de mois et qui se trouvait
là parce que le veilleur de nuit était de repos, et que
ces jours-là, il dormait douze heures d'affilée.

Alvin, vêtu d'un costume en peau de chagrin gris
perle très rembourré aux épaules, avec des chaussures
bicolores perforées, pointues et ferrés au bout, arrivait
les bras chargés de présents : pour tante Bess un tablier
blanc brodé de roses rouges, pour Sandy un carnet
à dessin, pour moi une casquette des Phillies et pour
oncle Herman, une invitation pour quatre personnes
au restaurant de langoustes d'Atlantic City. Tous ces
cadeaux me rassurèrent : ce n'était pas parce qu'il
s'était enfui à Philadelphie qu'il avait oublié toutes les
bonnes choses trouvées chez nous les années précédant
la perte de sa jambe. Ce soir-là, en tout cas, nous ne faisions sûrement pas l'effet d'une famille divisée et on
n'aurait jamais cru qu'une fois le dîner fini, et Minna
passée à la cuisine pour prendre un cours de *latkes*
avec ma mère, un duel à mort puisse se livrer entre
mon père et Alvin. Si Alvin n'était pas venu avec sa
tenue tapageuse et sa voiture voyante, tout frétillant de
l'appétit carnassier du gymnase Marsillo, exubérant
à la perspective d'acquérir cette richesse inespérée...,

si Winchell n'avait pas été assassiné vingt-quatre heures plus tôt, et si les pires appréhensions suscitées par l'élection de Lindbergh n'avaient pas paru plus près que jamais de se réaliser, alors peut-être que les deux hommes qui marquèrent le plus mon enfance ne seraient pas passés à deux doigts de s'entre-tuer.

Avant ce soir-là, je n'aurais jamais imaginé que mon père était si bien armé pour le massacre, ni qu'il était capable de passer de la raison à la folie en un clin d'œil, atout indispensable pour assouvir une pulsion destructrice. Contrairement à l'oncle Monty, il préférait ne jamais parler des épreuves endurées quand on était un petit Juif des immeubles de rapport de Runyon Street, avant la guerre de Quatorze, et que les Irlandais, armés de bâtons, de pierres et de barres de fer, déferlaient régulièrement par les souterrains du viaduc d'Ironbound pour se venger des déicides du Quartier juif du Troisième District. Et s'il adorait nous emmener à Laurel Garden, Sandy et moi, quand il pouvait se procurer des tickets pour un bon match, il avait horreur de voir deux hommes se battre hors d'un ring. Il avait toujours été athlétique, cela je le savais grâce à une photo de ses dix-huit ans collée dans l'album de famille par ma mère, avec la seule autre photo de son enfance qui nous restait, où on le voyait à six ans avec l'oncle Monty — trois ans et presque cinquante centimètres de plus que lui —, deux petits gosses des rues, figés devant l'objectif avec leurs salopettes usées, leurs chemises sales et leurs casquettes assez en arrière du front pour découvrir leurs cheveux cruellement tondus. Sur la photo sépia de ses dix-huit ans, il est déjà à des années-lumière de l'enfance, et pose bras croisés en maillot de bain au soleil de la plage de Spring Lake, New Jersey, véritable force de la nature, roc inébranlable sur lequel s'appuie une pyramide humaine de six serveurs un peu bravaches, qui profitent de leur après-midi de repos. La photo de 1919 en témoigne, la nature l'avait doté d'une vaste carrure, avec des épaules de portefaix et des bras puissants ; Dieu sait comment il les avait conservés en faisant du porte-à-porte pour la Metropolitan mais, à quarante et un ans, après avoir passé le mois de septembre à tirer de lourds cageots et soulever des sacs de cinquante kilos toutes les nuits, son corps avait sans doute accumulé plus de force explosive que jamais.

Avant ce soir-là, je n'aurais pas davantage pu l'imaginer cogner quelqu'un (et a fortiori laisser sanglant sur le carreau le fils orphelin de son frère aîné adoré) que couché sur ma mère. Les pauvres Juifs venus d'Europe avec des aspirations tenaces à l'américanisation n'avaient pas de tabou plus puissant que celui, non écrit mais omniprésent, de régler les différends par la force. À cette époque, les Juifs avaient souvent tendance à refuser la violence et l'alcool, mais, revers de cette médaille, ils n'avaient pas su inculquer aux jeunes de ma génération la combativité qui était la loi première dans d'autres ethnies, et qui se révélait précieuse quand il devenait impossible d'éviter la violence par la négociation ou en prenant ses jambes à son cou. Parmi les quelques centaines d'élèves de mon école élémentaire entre cinq et quatorze ans que leurs chromosomes ne destinaient pas à être des poids légers de haut niveau

comme Allie Stolz ou de propères racketteurs comme
Longy Zwillman, il est certain qu'il éclatait moins de
bagarres que dans les autres écoles communales du
Newark industriel, où nos règles de conduite n'avaient
pas cours, et où les condisciples extériorisaient leur
agressivité par des moyens que nous ne pouvions nous
permettre spontanément.

Ce fut donc, pour toutes les raisons imaginables, une
nuit dévastatrice. En 1942, je n'étais pas en mesure
d'en déchiffrer les implications effroyables, mais la
seule vue du sang, celui de mon père et celui d'Alvin,
suffit à me sonner. Du sang, il y en avait en effet plein
le tapis simili-persan ; il en dégoulinait des vestiges du
guéridon ; du sang barrait comme un signe le front de
mon père, il en jaillissait du nez de mon cousin — entre
les deux hommes, ce n'était pas tant une bagarre à
coups de poing, une lutte, qu'un choc sourd, avec de
terribles collisions de jointures, des reculades pour
charger comme des êtres hybrides coiffés d'an-
douillers, des créatures droit sorties de la mythologie
pour envahir notre séjour, en train de s'écharper avec
leurs grands bois hérissés de piquants. Dans une maison, d'ordinaire, on a le geste plus mesuré qu'à l'extérieur, on retient son élan, mais là, c'était le contraire,
affreux à voir. Après les émeutes du sud de Boston,
celles de Detroit, l'assassinat de Louisville, la bombe
incendiaire de Cincinnati, le saccage de Saint Louis,
Pittsburgh, Buffalo, Akron, Youngstown, Peoria,
Scranton, Syracuse, ce carnage : dans le séjour banal
d'une famille, où tout le monde s'efforce traditionnel-
lement de résister aux intrusions d'un monde hostile,

les antisémites allaient trouver un allié objectif pour la fameuse solution finale au pire problème de l'Amérique : voilà que nous prenions nos massues dans un délire autodestructeur.

Ce fut Mr Cucuzza qui mit un terme à cette horreur, il fit irruption chez nous en chemise et bonnet de nuit (accoutrement que je n'avais jamais vu sur personne, homme ou enfant, sinon dans les films comiques), pistolet dégainé. Sur le palier inférieur, la grand-mère du Vieux Continent, opportunément costumée en reine des Spectres façon calabraise, poussa un gémissement affolé, tandis que dans notre propre appartement s'élevait un cri à faire dresser les cheveux sur la tête : à l'instant où notre porte de service, fendue, cédait, ma mère découvrit que l'intrus en chemise de nuit était armé. Minna se mit à vomir dans ses mains tout ce qu'elle avait absorbé au dîner, et ne pouvant me retenir, je fis pipi sur moi. Seul Sandy sut trouver les mots qu'il fallait, et le souffle nécessaire pour crier : « Ne tirez pas, c'est Alvin ! » Mais Mr Cucuzza était un gardien professionnel de la propriété privée, entraîné à agir d'abord pour s'intéresser aux subtilités ensuite. Sans prendre le temps de demander : « Et qui est Alvin ? » il bloqua l'assaillant de mon père d'un bras en lui faisant une demi-clef étrangleuse tandis qu'il lui braquait un pistolet sur la tempe de l'autre main.

La prothèse d'Alvin s'était fendue en deux, son moignon était en charpie, il avait un poignet brisé. Mon père avait trois dents de devant cassées, deux côtes fracturées, une longue écorchure sur la pommette qui lui vaudrait presque deux fois plus de points de suture que ma blessure causée par le cheval de l'orphelinat, son cou était tordu si violemment qu'il dut porter une minerve pendant des mois. Quant au guéridon en aca- jou sombre avec son plateau de verre que ma mère avait acheté chez Bam après des années d'économies, et sur lequel, à l'issue d'une heure de lecture, son plaisir du soir, elle reposait avec son ruban marque-page le der- nier roman de Pearl Buck, Fannie Hurst ou Edna Ferber qu'elle empruntait à la minuscule bibliothèque de prêt du drugstore, ses miettes étaient répandues dans toute la pièce, et mon père avait des bris de verre microsco- piques incrustés dans les mains. En plus des taches de sang, le tapis, les murs, les meubles étaient maculés de glaçage au chocolat (ils s'étaient installés dans le séjour pour manger leurs tranches de gâteau en discutant); et puis il y avait l'odeur — une odeur d'abattoir, étouf- fante, à vomir.

C'est si déchirant, la violence, dans une maison; c'est comme de voir des vêtements accrochés dans les arbres après une explosion. On peut se préparer à l'image de la mort, mais pas à celle des vêtements dans l'arbre.

Tout ça parce que mon père n'avait pas compris qu'Alvin était incorrigible malgré les sermons et l'af- fection moralisatrice; tout ça parce qu'il avait commis l'erreur de vouloir le sauver de son destin naturel. Tout ça parce que mon père avait jaugé Alvin du regard, en se rappelant la vie tragiquement fugace de son père, et que, dans son désespoir, il avait secoué la tête triste- ment en lui disant : « Tu as une Buick, un costume de mafieux, la pire racaille pour amis, mais est-ce que tu es au courant, est-ce que ça t'intéresse, est-ce que ça te tracasse, Alvin, ce qui est en train de se passer dans ce pays, ce soir ? Ça t'intéressait pourtant, il y a des années, bon sang. Mais plus maintenant. Maintenant c'est les gros cigares, la bagnole. Mais est-ce que tu as une toute petite idée de ce qui arrive aux Juifs pendant qu'on est assis dans cette pièce ? »

Et Alvin, qui était enfin parvenu à quelque chose dans l'existence, qui n'avait jamais eu de perspectives aussi prometteuses, trouva insupportable que le gardien dont la tutelle avait jadis été tout pour lui, que l'oncle qui, quand personne d'autre ne voulait de lui, l'avait par deux fois recueilli dans son petit appartement douillet de Weequahic dans une famille gentille et tout à son existence anodine, lui dise qu'il n'avait rien fait de sa vie. La voix étranglée par le sentiment du déni de justice, le débit haché sans la moindre césure, il laissa exploser sa vindicte, ses calomnies, ses représailles verbales, et avec un bluff complaisant, il cria à mon père : « Les Juifs ! J'ai foutu ma vie en l'air pour eux ! J'ai perdu ma jambe pour eux, putain ! Je l'ai perdue pour toi, cette jambe, merde ! J'en avais quelque chose à foutre, moi, de Lindbergh ? Mais tu m'envoies me battre contre lui, putain, et moi, comme un petit con, j'y vais. Ben tiens, regarde un peu, tonton désastre, oncle de merde, mate voir, j'ai plus de jambe, putain. »

À ces mots il retroussa quelques centimètres du tissu gris perle qui le vêtait si magnifiquement, pour découvrir qu'il n'avait en effet plus de membre inférieur de chair et de sang, de muscle et d'os. Et puis, insulté, nié, de nouveau réduit à sa déréliction — redevenu gosse des rues —, il ajouta son héroïque touche finale en crachant au visage de mon père. Une famille, aimait dire celui-ci, c'est la paix et la guerre à la fois, mais cette guerre familiale, je ne l'aurais jamais imaginée. Cracher au visage de mon père comme il avait craché au visage du soldat allemand mort !

Si seulement on l'avait laissé continuer sur sa lancée infecte, sans chercher à le réhabiliter, mais non. Et alors la grande menace fut notre perte, l'abomination de la violence entra dans notre demeure, et je vis que l'amertume aveugle l'homme et l'avilit.

Et d'abord pourquoi était-il parti se battre ? Pourquoi était-il parti, pourquoi était-il tombé ? Parce qu'il y avait la guerre, c'était la voie qu'il avait prise — sa rage et sa révolte instinctive s'étaient fait piéger par l'histoire ! Si les temps avaient été autres, si seulement il avait été plus malin. Mais il était comme les pères dont il voulait s'émanciper. La voilà, la tyrannie du problème. Il essayait d'être fidèle à cela même dont il essayait de s'émanciper ; il essayait d'être fidèle et de s'émanciper de ce à quoi il était fidèle. Voilà pourquoi il était parti à la guerre, à l'origine, si je comprenais bien.

Plus tard dans la soirée, deux comparses d'Alvin arrivèrent dans une Cadillac immatriculée en Pennsylvanie, le premier pour conduire Alvin et Minna au cabinet du médecin d'Allie Stolz, sur Elizabeth Street, l'autre pour ramener la Buick à Philadelphie. Puis mon père rentra des urgences du Beth Israel, on avait retiré les éclats de verre de ses mains, recousu son visage, on

lui avait fait une radio du cou et bandé la cage thora-
cique, et à sa sortie, on lui avait remis un paquet de
codéine contre la douleur. Mr Cucuzza, qui l'avait
conduit à l'hôpital dans son pick-up, l'avait ramené
sain et sauf sur le champ de bataille que notre appartement était devenu. C'est alors que des coups de feu
retentirent sur Chancellor Avenue. Des coups de feu,
des cris, des hurlements, des sirènes. Le pogrom avait
commencé, et en quelques secondes, Mr Cucuzza qui
venait de descendre l'escalier le remonta en trombe et
cogna à notre porte cassée pour entrer aussitôt.

Tombant de sommeil, je fus traîné dans le séjour par
mon frère, mais comme mes jambes flageolaient sous
l'effet d'une peur incontrôlable, mon père dut me soulever dans ses bras. Ma mère qui, au lieu d'aller se coucher, d'essayer de dormir, avait enfilé son tablier et ses
gants en caoutchouc, résolue à purger sa maison de sa
crasse avec un seau, un balai et une serpillière, ma mère
méticuleuse qui pleurait sur les ruines de son séjour, fut
conduite à la porte par Mr Cucuzza, et tous les quatre,
nous nous laissâmes pousser à l'étage inférieur, mettre
à couvert dans l'ancien appartement des Wishnow.

Cette fois, quand Mr Cucuzza proposa son revolver
à mon père, celui-ci accepta. Son pauvre corps humain
était couvert de bleus, bandé dans tous les sens, il avait
la bouche pleine de dents cassées, et pourtant, il resta
assis sur le sol avec nous, dans le vestibule aveugle,
considérant avec la plus grande attention l'arme entre
ses mains, comme si on ne lui avait jamais confié d'objet plus précieux depuis qu'il avait pris au bras ses fils
bébés. Ma mère était assise bien droite entre Sandy,

résolument stoïque, et moi, sonné, inerte ; elle nous serrait contre elle par une pression du bras, et faisait de son
mieux pour que sa mince pellicule de courage ne trahisse pas sa terreur devant ses enfants. Pendant ce
temps, l'homme le plus costaud que j'aie vu à l'époque
se déplaçait avec son revolver dans l'obscurité de l'appartement, et passait furtivement de fenêtre en fenêtre
pour s'assurer, veilleur de nuit chevronné à l'œil de
lynx, qu'il ne rôdait personne alentour avec une hache,
un fusil, une corde ou un bidon de kérosène.

Joey, sa mère et sa grand-mère avaient pour
consigne de ne pas bouger de leur lit, mais la vieille
avait du mal à résister à l'attrait de la tourmente et à
l'image de la détresse absolue que nous offrions tous
quatre. Crachant de petites rafales d'italien primitif
sans doute peu aimables pour ses hôtes, elle passait le
nez par l'entrebâillement de la porte de la cuisine, où
elle couchait d'ordinaire tout habillée sur un petit lit
près du poêle, et elle nous fixait dans les rets de sa folie
— car c'était bien une folle — comme une sainte
patronne de l'antisémitisme qui aurait déclenché ce
tumulte en levant son crucifix d'argent.

La fusillade dura moins d'une heure, mais nous ne
remontâmes pas chez nous avant l'aube ; il nous fallut
attendre que Mr Cucuzza s'aventure bravement en
éclaireur jusqu'au point où Chancellor Avenue était
interdite à la circulation, pour apprendre que la
fusillade n'avait pas opposé la police aux antisémites,
mais à la milice juive. Il n'y avait pas eu de pogrom à
Newark, cette nuit-là, mais un simple échange de coups
de feu, insolite en ceci qu'il avait eu lieu assez près

pour être entendu, mais au demeurant guère différent
des incidents susceptibles d'éclater dans n'importe
quelle grande ville à la nuit tombée. Et si trois Juifs
avaient bien été tués — Sammy l'Assommoir, le Gros
Gerry et Bastos lui-même —, ce n'était pas forcément
parce qu'ils étaient juifs (« Ça gâtait rien quand
même », commenta l'oncle Monty) mais parce qu'il
s'agissait du type même de tueurs dont le nouveau
maire voulait purger les rues, au premier chef pour
signifier à Longy Zwillman qu'il n'était plus membre
honoraire du Conseil des commissaires (poste qu'il
avait tenu sous le prédécesseur juif de Murphy, disaient
les ennemis de Meyer Ellenstein). Le chef de la police
ne trompa personne lorsqu'il expliqua au *Newark
Times* qu'un peu avant minuit, les « vigiles à la gâchette
nerveuse » avaient ouvert le feu sur deux policiers en
patrouille, et parmi nos voisins, on n'exprima que peu
de chagrin quant à la façon dont avaient été fauchés
sans cérémonie les trois individus en question, dangereux eux-mêmes, et dont aucun citoyen honorable
n'aurait requis la protection. Certes, il était abominable
que le sang d'individus violents ait maculé le trottoir
emprunté par les enfants du quartier pour aller à
l'école, chaque jour, mais du moins ce sang n'avait-il
pas été versé dans un affrontement avec le KKK, les
Chemises d'argent ou le Bund.

Pas de pogrom, et pourtant, à sept heures du matin,
mon père appelait Winnipeg, et il avouait à Shepsie
Tirschwell qu'on ne pouvait plus vivre dans des
conditions normales à Newark tant les Juifs y étaient
terrorisés et les antisémites enhardis. Heureusement le

rabbin Prinz n'avait pas perdu son prestige influent auprès des pouvoirs en présence, et le pire qui ait été imposé à une famille jusque-là était la relocalisation. Des persécutions caractérisées cautionnées par le gouvernement s'annonçaient-elles inévitablement, personne n'aurait su le dire, mais on les redoutait au point qu'il devenait impossible de préserver son équilibre, même quand on était un type pragmatique ancré dans ses tâches quotidiennes, un individu déterminé à contenir incertitudes, anxiété et colère pour n'obéir qu'aux diktats de la raison.

Oui, reconnut mon père, il s'était trompé et c'étaient Bess et les Tirschwell qui avaient raison ; là-dessus, il s'efforça de se dépêtrer de ses faux pas et de ses erreurs de jugement, dont son invraisemblable explosion de violence qui avait pulvérisé, outre le guéridon du séjour, le rempart de rectitude confinant à la rigidité qu'il avait dressé entre la brutalité de ses débuts dans la vie et les idéaux de sa maturité. « C'est fini, déclarat-il à Shepsie Tirschwell, je ne peux plus vivre sans savoir de quoi demain sera fait », et leur conversation s'engagea sur le terrain de l'émigration, de la marche à suivre, des dispositions à prendre. Quand nous partîmes à l'école, Sandy et moi, le doute n'était plus permis : pour incroyable que ce fût, défaits par des forces hostiles, nous allions fuir, et devenir des étrangers. Je pleurai sur tout le trajet de l'école. Notre incomparable enfance américaine touchait à sa fin, bientôt ma patrie ne serait plus que mon lieu de naissance. En somme, làbas dans son Kentucky, Seldon était mieux loti que moi.

Et puis tout fut fini. Le cauchemar prit fin. Lindbergh disparut, nous étions sains et saufs. Mais jamais
je ne recouvrerais ce sentiment de sécurité inébranlé
qu'un enfant éprouve dans une grande république protectrice, entre des parents farouchement responsables.

EXTRAITS DES ARCHIVES DU NEWSREEL

Mardi 6 octobre 1942

Trente mille personnes défilent dans le grand hall de
Pennsylvania Station pour contempler le cercueil de
Walter Winchell, couvert d'un drapeau. L'affluence
dépasse même les attentes du maire de New York, Fiorello La Guardia, à qui l'on doit la décision de faire de
ces obsèques un jour de deuil municipal en hommage
aux « victimes des violences nazies », avec pour temps
fort une oraison funèbre prononcée par FDR. Devant la
gare, ainsi qu'en bien d'autres points de la ville, des
hommes et des femmes silencieux, vêtus de sombre,
distribuent les badges noirs gros comme des pièces
d'un demi-dollar, qui posent en lettres blanches la
question « Où est Lindbergh ? ». Juste avant midi, le
maire La Guardia arrive aux studios de la radio, où il
retire son Stetson à large bord, clin d'œil à son enfance
en Arizona et à son père chef de clique dans l'armée
américaine, et récite le Notre Père, puis il le remet pour
lire à haute voix, en hébreu, la prière des morts. À midi
pile, par décret municipal, on observe une minute de
silence dans les cinq circonscriptions. La police de
New York est visible partout, essentiellement pour
contrôler les manifestations protestataires mobilisées

par les nombreux groupes d'extrême droite qui ont leur QG dans Yorkville — quartier au peuplement majoritairement germanique, fief du mouvement nazi au nord de la pointe est de Manhattan et au sud de Harlem — qui soutient activement le président et sa politique. À une heure de l'après-midi, une garde d'honneur de motocyclettes pilotées par des policiers arborant un brassard noir se joint au cortège funèbre devant Penn Station, et, le maire en tête dans un side-car, remonte lentement la Huitième Avenue, la 57ᵉ Rue, la Cinquième Avenue, puis enfin la 65ᵉ Rue, jusqu'au temple Emmanu-El. Là, parmi les dignitaires rassemblés par le maire pour remplir le sanctuaire jusqu'à son dernier banc, se trouvent dix membres du cabinet Roosevelt en 1940, quatre juges nommés par lui à la Cour suprême, Philip Murray, le président du CIO, William Green, président de l'AFL, John L. Lewis, président du syndicat des mineurs, Roger Baldwin, de l'Union pour les libertés civiques, ainsi que des gouverneurs, sénateurs et députés démocrates, encore en fonctions ou non, des États de New York, du New Jersey, de la Pennsylvanie et du Connecticut, dont le candidat démocrate à la présidence battu en 1928, anciennement gouverneur de New York, Al Smith. Des haut-parleurs installés la nuit même par des employés municipaux et reliés à des poteaux télégraphiques, des enseignes de barbier et aux linteaux des portes dans toute la ville transmettent le service funèbre aux New-Yorkais massés dans les rues de tous les quartiers de Manhattan, à l'exception de Yorkville, ainsi qu'à des milliers de sympathisants venus de l'extérieur les rejoindre — toute cette Amé-

rique qui écoutait Walter Winchell chaque semaine
depuis qu'il était arrivé sur les ondes, et qui ont fait le
voyage jusqu'à sa ville pour lui rendre hommage. Et
parmi eux, tous ou presque, hommes, femmes et
enfants, portent cet insigne désormais omniprésent de
solidarité et de défi, le badge noir et blanc « Où est
Lindbergh ? ».

Fiorello La Guardia, l'idole aux pieds sur terre des
travailleurs de la ville, l'ancien député plein de panache
qui, pendant cinq mandats, a représenté avec pugnacité un East Harlem surpeuplé d'Italiens et de Juifs
pauvres ; qui, en 1933 déjà, décrivait Hitler comme un
maniaque et un pervers et appelait au boycott des produits allemands ; le porte-parole tenace des syndicats,
des nécessiteux, des chômeurs, qui s'est battu presque
tout seul contre l'inertie des députés républicains de
Hoover la première année noire de la Crise et qui, au
grand désarroi de son propre parti, a réclamé un impôt
qui « ponctionne les riches » ; le républicain libéral
hostile à la machine politique de Tammany' Hall qui a
été pendant trois mandats maire de coalition pour la
ville la plus peuplée du pays, cette métropole où vit
la plus grande concentration de Juifs de l'hémisphère
— La Guardia est seul de son parti à afficher son
mépris pour Lindbergh et le dogme nazi de supériorité
de la race aryenne, dogme dans lequel ce fils d'une
Juive non pratiquante et d'un Italien libre-penseur
arrivé aux États-Unis comme musicien sur un bateau
voit le précepte clef du credo de Lindbergh, et du formidable culte que l'Amérique voue à son président.

La Guardia se tient auprès du cercueil, et il s'adresse

aux dignitaires de sa voix nerveuse et haut perchée, bien connue du public depuis que, pendant une grève des journaux à New York, il a raconté les bandes dessinées à la radio tous les dimanches matin tel un tonton gâteau, patiemment, image après image, bulle après bulle, depuis Dick Tracy jusqu'à Annie l'orpheline, sans sauter aucune des BD.

« Trêve de boniment préliminaire, dit le maire, tout le monde sait bien que Walter n'avait rien d'un être merveilleux. Ce n'était pas l'homme fort, avare de paroles, qui cache ses émotions ; c'était le fouille-merde qui déteste tout ce qui est caché. Il suffit de s'être retrouvé une fois dans son éditorial pour savoir qu'il n'était pas toujours un modèle d'exactitude. Il n'était pas timide, il n'était pas pudique, il n'était pas comme il faut, discret, gentil, etc. Mes amis, si je devais vous faire la liste de tout ce que WW n'était pas, nous en aurions pour jusqu'au prochain kippour. Feu Walter Winchell était hélas un simple spécimen de l'imperfection humaine, aussi crétin que les autres. Lorsqu'il s'est déclaré candidat à la présidence, ses mobiles étaient-ils aussi purs que le savon Cadum ? Les mobiles de Walter Winchell ? Cette candidature saugrenue était-elle exempte de tout délire égocentrique ? Mes amis, seul Charles Lindbergh a des mobiles aussi purs que le savon Cadum quand il se présente à la présidence. Seul Charles Lindbergh est comme il faut, discret, etc. Ah, et puis, exact, aussi, tout à fait exact, lorsque, une ou deux fois par an, il sollicite l'instinct grégaire pour adresser ses dix platitudes favorites à la nation. Seul Charles Lindbergh est un leader désintéressé, un homme fort,

avare de paroles, un saint. Walter, au contraire, c'était
un échotier, Walter, lui, c'était Mr Broadway : féru de
chevaux, couche-tard invétéré, admirateur de Sherman
Billingsley — je me suis même laissé dire qu'il était
porté sur les jolies filles. Et l'abrogation de cette "noble
expérience", comme disait Hoover, l'abrogation de ce
18ᵉ amendement hypocrite, exorbitant, imbécile et
inapplicable n'était pas plus ignoble pour Walter Winchell que pour nous tous à New York. Bref, il lui manquait toutes les vertus sur papier glacé dont fait montre
à longueur de temps notre incorruptible pilote d'essai
niché à la Maison-Blanche.

« Ah oui, encore quelques différences notables entre
Lindy l'infaillible et Walter le faillible. Notre président
est un sympathisant fasciste, voire sans doute un fasciste abouti, et Walter Winchell était l'ennemi des fascistes. Notre président n'aime pas beaucoup les Juifs,
c'est même sans doute un antisémite bon teint alors que
Walter Winchell était juif, et l'ennemi inflexible et fort
en gueule des antisémites. Notre président est un admirateur d'Adolf Hitler, il est sans doute nazi lui-même, et
Walter Winchell était le premier ennemi de Hitler en
Amérique, son pire ennemi. Voilà en quoi notre impar-
fait Walter était incorruptible — il l'était quand il le
fallait. Walter parle trop fort, il parle trop vite, il parle
trop —, oui, mais en comparaison, sa vulgarité a de la
grandeur, et c'est la décence de Lindbergh qui est
hideuse. Walter Winchell était l'ennemi des nazis en
tout lieu, mes amis, y compris quand ils s'appellent
Dies, Bilbo ou Parnell Thomas, et qu'ils servent leur
Führer au Congrès des États-Unis, y compris des hit-

lériens qui écrivent dans le *New York Journal American* et le *New York Daily News*, sans parler de ceux qui reçoivent fastueusement les criminels nazis à la Maison-Blanche aux frais du contribuable. Et c'est justement parce qu'il était l'ennemi de Hitler et parce qu'il était l'ennemi des nazis que Walter Winchell a été abattu d'un coup de feu hier, à l'ombre de la statue de Thomas Jefferson, sur la place la plus jolie et la plus chargée d'histoire du vieux quartier chic de Louisville. Pour avoir dit ce qu'il pensait dans l'État du Kentucky, Walter Winchell a été assassiné par les nazis d'Amérique, qui, grâce au silence de notre président, cet homme fort, avare de paroles et désintéressé, ont désormais la haute main sur notre grand pays. Ça n'arriverait jamais ici ? Mais, mes amis, c'est en train d'arriver ici. Et où est Lindbergh ? *Où est Lindbergh ?* »

Dans les rues, ceux qui se sont massés autour des haut-parleurs reprennent le cri du maire, et bientôt, leur slogan scandé s'en va ricocher comme par magie dans toute la ville « Où est Lind-bergh ? Où-est-Lindbergh ? », tandis qu'à l'intérieur de la synagogue le maire répète encore et encore ces quatre syllabes qui grondent, en donnant furieusement du poing sur le pupitre, non pas comme un orateur qui souligne son propos avec emphase, mais comme un citoyen outragé qui exige la vérité. « Où est Lindbergh ? » Avec cette péroraison menaçante, un La Guardia rouge de colère prépare les fidèles endeuillés à l'apparition suprême de Franklin D. Roosevelt, et celui-ci va sidérer ses plus vieux compagnons de route (Hopkins, Morgenthau, Farley, Berle, Baruch, tous assis tête couverte à

quelques pas du cercueil du candidat martyr, dont ils
n'ont jamais apprécié la mégalomanie singulière même
si leur patron a pu trouver en lui un commode porte-
parole) car il va désigner comme successeur de Walter
Winchell ce politicard potelé, madré, soupe au lait,
cabochard et volontiers méprisant qui mesure bien un
mètre cinquante-cinq et que ses administrés qui lui
sont tout dévoués ont affectueusement surnommé la
Petite Fleur. Depuis la chaire du temple Emmanu-El, le
chef en titre du Parti démocrate déclare en effet son
soutien au maire de New York républicain, candidat
de l'« unité nationale », pour contrer Lindbergh qui va
briguer un second mandat en 1944.

Mercredi 7 octobre 1942

Piloté par le président Lindbergh, le *Spirit of Saint
Louis* quitte Long Island le matin, par la piste même
d'où il décolla lors de sa traversée de l'Atlantique en
solitaire, le 20 mai 1927. Sans escorte de protection,
l'appareil prend de la vitesse dans un ciel d'automne
tout à fait pur, il survole le New Jersey, la Pennsylvanie, l'Ohio, et amorce sa descente sur le Kentucky. Une
heure seulement avant de se poser à l'aéroport commercial de Louisville, au soleil de midi, le président
notifie sa destination à la Maison-Blanche, ce qui laisse
bien peu de battement à Wilson Wyatt, le maire de
Louisville, à la ville et à ses citoyens pour se préparer à
son arrivée. Un mécanicien est posté au sol pour diriger
l'avion, faire la mise au point et ravitailler son vol de
retour.

Sur les 320 000 habitants de Louisville, le tiers au

moins a, selon les estimations de la police, parcouru les huit kilomètres de trajet jusqu'à l'aéroport ; ils sont déjà massés dans les champs et sur les routes lorsque le président se pose et amène en douceur son appareil au pied d'une plate-forme équipée d'un microphone pour lui permettre de s'adresser à cette foule considérable. Lorsque l'immense ovation décroît et qu'il peut se faire entendre, ce n'est pas pour parler de Walter Winchell, ni faire la moindre allusion à son assassinat, deux jours plus tôt, ou encore au discours du maire La Guardia sacré par Franklin Roosevelt comme son successeur dans une synagogue new-yorkaise. C'est inutile. Qu'il voie en La Guardia comme en Winchell de simples éclaireurs pour FDR dans son appétit despotique et sans précédent d'un troisième mandat, que ceux qui sont derrière « la calomnie enragée de notre président par La Guardia » soient ceux-là mêmes qui auraient forcé l'Amérique à la guerre en 1940, tout cela a déjà été expliqué de façon imagée par le vice-président Wheeler dans un discours improvisé la veille au soir à Washington, lors du congrès d'anciens combattants de l'American Legion.

Tout ce que le président dit à la foule, c'est ceci : « Notre pays est en paix. Notre peuple est au travail. Nos enfants sont à l'école. Je suis venu jusqu'à vous pour vous le rappeler. À présent je rentre à Washington pour que ça continue. » Quelques phrases somme toute anodines, mais pour ces dizaines de milliers d'habitants du Kentucky sur qui le pays a les yeux braqués depuis quarante-huit heures, c'est comme s'il annonçait la fin de la misère dans le monde. De nouveau un boucan indescriptible. Le président, fidèle à sa sobriété, fait adieu d'un simple geste de la main, il loge sa longue carcasse dans le cockpit ; sur la piste, un mécanicien souriant fait signe avec sa clef anglaise : toutes les vérifications sont opérées, tout est paré au départ. Le moteur se met à tourner, l'Aigle Solitaire fait un dernier « au revoir » de la main, et le *Spirit of Saint Louis* vrombit et s'arrache d'un bond à la luxuriante nature de l'État de Daniel Boone. Bientôt — souvenir du cascadeur qu'il fut dans son jeune temps, où il passait en rase-mottes sur les villes agricoles de l'Ouest, frôlant le toit des granges, descendant en piqué, grimpant sur l'aile de son appareil —, bientôt, pour la plus grande joie de la foule, Lindy passe à un cheveu des fils télégraphiques bordant la Route 58. Alors, porté par le courant ascendant d'un vent arrière tiède, le petit avion le plus célèbre de l'histoire de l'aviation, équivalent moderne de la *Santa María* de Christophe Colomb, et du *Mayflower* des Pères pèlerins, prend de l'altitude. Il disparaît vers l'est, on ne le reverra jamais.

Jeudi 8 octobre 1942

Les fouilles au sol sur le trajet régulier entre Louisville et Washington n'ont fait apparaître aucune trace d'épave malgré un temps d'automne parfaitement dégagé, qui a permis aux équipes de chercheurs de pénétrer profondément dans les montagnes escarpées de Virginie-Occidentale et de parcourir les champs moissonnés du Maryland, tandis que les pouvoirs publics dépêchaient des patrouilles de police le long des côtes du Maryland et du Delaware pendant toute la journée. L'après-midi l'armée, les gardes-côtes et la marine se sont joints aux recherches, ainsi que des centaines de volontaires, hommes et garçons venus de tous les États à l'est du Mississippi prêter main-forte aux unités de la garde nationale réquisitionnées par les gouverneurs. Mais à Washington, l'heure du dîner venue, ni l'avion ni son épave n'ont été vus, de sorte qu'à huit heures du soir, le cabinet est convoqué pour une cellule de crise à la résidence du vice-président. Burton K. Wheeler y annonce qu'après avoir consulté la Première Dame, et les leaders de la majorité au Sénat, au Congrès et à la Cour suprême, il considère, dans l'intérêt du pays et selon la première partie de l'article II de la Constitution américaine, devoir prendre la charge de président par intérim.

Dans des douzaines de journaux, les manchettes du soir, imprimées en caractères les plus gras et les plus hardis depuis le krach boursier de 1929, annoncent sombrement, pour faire honte à La Guardia : OÙ EST LINDBERGH ?

Vendredi 9 octobre 1942

Lorsque les Américains se réveillent pour commencer leur journée, la loi martiale a été imposée dans tous les États-Unis, tant sur le continent que dans les territoires et les possessions. À midi, Wheeler, président par intérim, se rend au Capitole sous escorte militaire. Lors d'une séance à huis clos du Congrès, il annonce que le FBI a tout lieu de croire à un enlèvement du président, qui serait détenu par un groupe inconnu, quelque part en Amérique du Nord. Toutes les mesures seront prises pour obtenir sa libération et traîner les auteurs du crime devant la justice, promet le président par intérim. Entre-temps, les frontières avec le Canada et le Mexique ont été fermées, les aéroports bloqués. Dans le District de Columbia le maintien de l'ordre sera assuré par les forces armées, et dans le reste du pays par la garde nationale en collaboration avec le FBI et les autorités policières locales.

ENCORE !

Tel est le gros titre lapidaire de tous les journaux de Hearst, illustré par des photos du bébé de Lindbergh photographié vivant pour la dernière fois en 1932, quelques jours seulement avant son enlèvement à l'âge de vingt mois.

Samedi 10 octobre 1942

La radio allemande officielle annonce que l'enlèvement de Charles Lindbergh, trente-troisième président des États-Unis et signataire des historiques accords d'Islande entre le Troisième Reich et son pays, a été perpétré par un complot « d'intérêts juifs ». Des renseignements top secret de la Wehrmacht sont cités, qui corroborent les premiers rapports du ministère des Affaires étrangères : le complot a été orchestré par le va-t-en-guerre Roosevelt, en collusion avec son ministre des Finances juif, Morgenthau, son juge à la Cour suprême juif, Frankfurter, et son banquier d'investissement juif Baruch. Ce complot est financé par des usuriers d'envergure internationale, Warburg et

Rothschild. Les opérations sont menées par l'homme de main de Roosevelt, le gangster La Guardia, bâtard à moitié juif et maire de New York, cette judéopole, ainsi que par le puissant gouverneur juif de l'État, le financier Lehman, le but étant de faire revenir Roosevelt à la Maison-Blanche et de déclencher une guerre totale contre le monde non juif. Selon ces renseignements, transmis au FBI par l'ambassade d'Allemagne à Washington, l'assassinat de Walter Winchell a été planifié et exécuté par la même cabale de Juifs partisans de Roosevelt qui ont comme de juste imputé le crime aux Américains d'ascendance allemande pour pouvoir lancer l'odieuse campagne « Où est Lindbergh? », contraignant du même coup le président à se rendre sur les lieux de l'assassinat pour rassurer les citoyens de Louisville, Kentucky, légitimement inquiets d'éventuelles représailles juives organisées. Selon les rapports de la Wehrmacht, c'est dans le lieu même où le président s'est adressé à la foule qu'un mécanicien soudoyé par le complot juif (désormais introuvable et peut-être assassiné sur ordre de La Guardia) a neutralisé la radio de l'appareil. Le président n'a pas plus tôt décollé pour Washington qu'il perd toute liaison avec le sol et les autres appareils; force lui est donc de capituler lorsque le *Spirit of Saint Louis* est encerclé par des avions de combat britanniques volant très haut, qui l'obligent à dévier de sa course pour atterrir quelques heures plus tard sur une piste secrètement entretenue par des intérêts juifs internationaux du côté canadien de la frontière de l'État de New York, fief de Lehman.

En Amérique, la déclaration allemande pousse le maire La Guardia à répondre aux reporters de l'hôtel de ville qu'un « Américain qui croit à ces mensonges nazis abracadabrants est tombé très bas ». Pour autant, des sources bien informées rapportent que le maire et le gouverneur ont été longuement interrogés par les agents du FBI, et que le ministre de l'Intérieur exige de Mackenzie King, le Premier ministre canadien, qu'il lance des recherches intensives sur le sol de son pays pour retrouver le président Lindbergh et ses ravisseurs. On dit que Wheeler, le président par intérim, examine les documents allemands avec ses collaborateurs à la Maison-Blanche, mais se refuse à tout commentaire tant que les recherches de l'avion présidentiel n'ont pas abouti. Des destroyers de la marine ainsi que des vedettes lance-torpilles des gardes-côtes guettent en ce moment toute trace de crash aérien jusqu'à Cap May dans le New Jersey au nord et Cap Hatteras en Caroline au sud, tandis que dans vingt États des unités de l'armée de terre, les corps de la marine et de la garde nationale continuent de chercher des indices pour retrouver l'appareil disparu.

Selon les unités de la garde nationale qui font appliquer le couvre-feu dans tout le pays, la disparition du président n'aurait déclenché aucun incident violent. Sous la loi martiale, l'Amérique garde son calme, même si le Grand Sorcier du Ku Klux Klan et le chef du Parti nazi ont tous deux appelé le président par intérim à mettre en œuvre des mesures extrêmes pour « protéger l'Amérique d'un coup d'État juif ».

Pendant ce temps, un comité d'ecclésiastiques juifs

menés par le rabbin Stephen Wise de New York envoie
un télégramme à la Première Dame pour témoigner sa
profonde sympathie à sa famille en cette heure
d'épreuve. On a vu le rabbin Lionel Bengelsdorf entrer
à la Maison-Blanche en début de soirée ; il y aurait été
convié par Mrs Lindbergh pour apporter son soutien
spirituel à la famille pendant ce troisième jour d'at-
tente. La plupart des commentateurs voient dans cette
invitation le signe que la Première Dame refuse la
thèse selon laquelle des intérêts juifs seraient derrière
la disparition de son mari.

Dimanche 11 octobre 1942

Dans tout le pays, on prie à la messe pour la famille
Lindbergh. Les trois principales chaînes de radio annu-
lent leurs émissions habituelles pour diffuser les offices
célébrés à la cathédrale de Washington, en présence de
la Première Dame et de ses enfants ; le reste de la journée et les émissions du soir seront réservés en toute
exclusivité à de la musique exaltante. À huit heures du
soir, le président par intérim s'adresse à la nation ; il
assure ses compatriotes qu'il n'a nulle intention de ces-
ser les recherches. À l'invitation du Premier ministre
canadien, ajoute-t-il, les forces de l'ordre américaines
vont aider la police montée canadienne à ratisser un
territoire qui va de la frontière orientale entre les deux
pays aux comtés les plus méridionaux des provinces de
l'est.

Le rabbin Bengelsdorf, qui apparaît désormais
comme le porte-parole officiel de la Première Dame,
s'adresse au groupe de reporters venus nombreux sous

le portique de la Maison-Blanche : Mrs Lindbergh souhaite vivement que les Américains restent sourds aux spéculations de tout gouvernement étranger sur la disparition de son mari. Elle souhaite rappeler au public qu'en 1926, lorsqu'il pilotait l'avion postal sur la ligne Saint Louis-Chicago, le président s'est par deux fois tiré indemne des accidents qui ont anéanti son appareil ; à l'heure actuelle, elle est fermement convaincue que, même s'il y a eu accident, on découvrira que le président a survécu une fois de plus. Les preuves que son mari aurait été kidnappé, preuves avancées par le président par intérim, laissent la première dame sceptique. Quand on demande au rabbin Bengelsdorf pourquoi Mrs Lindbergh ne peut pas s'exprimer elle-même, et pourquoi on empêche la presse de lui poser des questions en direct, il répond : « Souvenez-vous qu'au cours de ses trente-six années d'existence, Mrs Lindbergh a déjà été confrontée aux interrogatoires de la presse en des moments de crise familiale majeure. On pourrait donc penser que les Américains sont tout disposés à accepter les mesures prises par la Première Dame pour se protéger au mieux ainsi que ses enfants, tant que les recherches continuent. » Quand on lui demande s'il y a un quelconque fondement aux rumeurs selon lesquelles Mrs Lindbergh est dans un état d'égarement qui l'empêche de prendre toute décision, et que c'est Lionel Bengelsdorf qui doit les prendre pour elle, il réplique : « Il suffit d'avoir observé le comportement de la Première Dame à la cathédrale ce matin pour se rendre compte qu'elle a conservé toutes ses facultés intellectuelles, et que malgré l'ampleur du drame sa raison et son jugement ne sont en aucune façon altérés. »

Malgré les assurances du rabbin, des rumeurs circulent sur les ondes : selon une personne haut placée au gouvernement — on murmure qu'il s'agit du ministre Ford — la Première Dame serait tombée sous la coupe du « rabbin Raspoutine », son porte-parole juif, dont on compare l'influence à celle du moine paysan sibérien fou qui contrôlait insidieusement la pensée du tzar et de la tzarine, maître véritable du palais impérial à la veille de la Révolution russe, dont le règne dément n'avait pris fin qu'avec son assassinat par un complot d'aristocrates patriotes.

Lundi 12 octobre 1942

À Londres, les journaux du matin annoncent que les Renseignements britanniques ont transmis au FBI des communications allemandes codées prouvant formellement que le président Lindbergh est vivant et qu'il se trouve à Berlin. Si l'on en croit les services secrets britanniques, le 7 octobre, selon un plan conçu de longue date par le maréchal Goering, le président des États-Unis a réussi à précipiter le *Spirit of Saint Louis* dans l'Atlantique en un point déterminé à l'avance, environ quatre cents kilomètres à l'est de Washington. Après un échange de signes de reconnaissance, un sous-marin allemand et son équipage l'ont transféré sur un vaisseau de guerre allemand qui l'attendait au large du Portugal pour le conduire à Kotor, port du Monténégro sur l'Adriatique occupé par les Italiens. L'épave de l'appareil présidentiel a été remorquée et hissée à bord d'un cargo militaire allemand, où on l'a démontée, enfermée dans des caisses et transportée dans un entrepôt de la

Gestapo à Brême. Quant au président lui-même, un appareil camouflé de la Luftwaffe est venu le chercher à Kotor pour l'emmener en Allemagne avec le maréchal Goering ; dès son arrivée à la base aérienne, il a été conduit à la cachette de Hitler à Berchtesgaden pour y conférer avec lui.

Des groupes de résistance serbes en Yougoslavie confirment les rapports des services secrets britanniques sur la base d'informations fournies par des sources internes au gouvernement du général Milan Nedić (mis en place par les Allemands à Belgrade) dont le ministre de l'Intérieur a dirigé l'opération navale au port de Kotor.

À New York, le maire La Guardia déclare aux journalistes : « S'il s'avère que notre président a fui volontairement en Allemagne nazie, s'il s'avère que depuis qu'il a prêté serment il travaille comme agent nazi à la Maison-Blanche, s'il s'avère que notre politique intérieure comme notre politique étrangère ont été dictées au président par le régime nazi qui tient aujourd'hui toute l'Europe sous sa botte, les mots me manquent pour décrire une trahison dont la noirceur est sans égale dans toute l'histoire de l'humanité. »

Malgré la loi martiale et le couvre-feu dans tout le pays, malgré la présence de troupes de la garde nationale armées jusqu'aux dents qui patrouillent les rues de toutes les grandes villes américaines, au coucher du soleil, des émeutes antisémites éclatent en Alabama, dans l'Illinois, l'Indiana, l'Iowa, le Kentucky, le Missouri, l'Ohio, la Caroline du Sud, le Tennessee, la Caroline du Nord et la Virginie et elles se poursuivent toute la nuit jusqu'au petit matin. Il faudra attendre à peu près huit heures pour que les troupes fédérales expédiées en renfort à la garde nationale par Wheeler viennent à bout des troubles et maîtrisent les incendies les plus violents allumés par les émeutiers. On déplorera alors 122 victimes parmi les citoyens américains.

Mardi 13 octobre 1942

À midi, lors d'un discours radiodiffusé, le président par intérim Wheeler impute les émeutes au « gouvernement britannique et à ses partisans américains bellicistes ».

« Après avoir répandu perfidement les accusations les plus ignobles qu'on puisse imaginer contre un patriote de la stature de Charles Lindbergh, ces gens pouvaient-ils n'avoir pas prévu la réaction d'une nation déjà endeuillée par la disparition de son chef bien-aimé? Pour promouvoir leurs intérêts économiques et raciaux, ils n'ont pas hésité à éprouver de façon extrême la conscience d'une nation au cœur blessé. Comment s'étonneraient-ils des conséquences? Je peux vous assurer que l'ordre a été rétabli dans nos cités ravagées du Sud et du Midwest, mais à quel prix pour notre sérénité nationale? »

Une déclaration de la femme du président sera ultérieurement diffusée par le rabbin Bengelsdorf. La Première Dame conseille une fois de plus à ses concitoyens d'ignorer les hypothèses invérifiables sur la disparition de son mari qui émaneraient de capitales étrangères, et elle réclame au gouvernement des États-Unis l'arrêt immédiat des recherches de l'appareil entreprises depuis une semaine. Elle tient à rappeler au pays la fin tragique d'Amelia Earhart, la plus grande aviatrice de tous les temps, qui, sur les traces du président Lindbergh, avait réussi sa très annoncée traversée de l'Atlantique en solitaire en 1932, pour disparaître sans laisser de traces en 1937 lors d'une traversée du Pacifique. « La Première Dame, elle-même aviatrice chevronnée, dit le rabbin à la presse, en conclut qu'un malheur analogue a sans doute frappé le président. La vie n'est pas sans risques et l'aviation a certes les siens propres, surtout pour des pilotes comme Amelia Earhart et Charles Lindbergh dont l'audace et le courage en solitaires ont permis l'avènement de l'ère aéronautique dans laquelle nous vivons aujourd'hui. »

Les journalistes qui souhaitent rencontrer la Première Dame sont une fois de plus poliment éconduits par son porte-parole officiel, ce qui amène le secrétaire Ford à exiger l'arrestation du rabbin Raspoutine.

Mercredi 14 octobre 1942

En fin d'après-midi, le maire La Guardia convoque une conférence de presse pour attirer l'attention sur « trois manifestations du délire caractérisé qui menace la santé mentale de la nation ».

D'abord, à la une du *Chicago Tribune*, un article daté de Berlin rapporte que le fils du président et de Mrs Lindbergh, aujourd'hui âgé de douze ans — cet enfant qu'on croyait avoir été kidnappé puis assassiné dans le New Jersey en 1932 —, a retrouvé son père à la résidence de Berchtesgaden après avoir été sauvé par les nazis. Ceux-ci l'auraient tiré d'un cachot de Cracovie en Pologne où il était tenu captif dans le ghetto juif depuis sa disparition et où, chaque année, on lui ponctionnait du sang pour la préparation rituelle des *matzot* de la Pâque.

Deuxième indice de démence, les parlementaires républicains ont déposé un projet de loi appelant à déclarer la guerre au Canada dans l'hypothèse où le Premier ministre King ne parviendrait pas à révéler dans les quarante-huit heures où se trouve le président disparu.

Enfin, les forces de l'ordre du Sud et du Midwest rapportent que les « prétendues émeutes antisémites » du 12 octobre ont été fomentées par des éléments locaux juifs, œuvrant à l'intérieur d'une vaste conspiration juive pour saper le moral du pays. « Sur les 122 personnes tuées au cours des émeutes, 97 ont déjà été identifiées comme des "provocateurs juifs" attachés à détourner les soupçons du groupe même des fauteurs de troubles qui tente de prendre le contrôle du gouvernement fédéral. »

« Il y a bien un complot, en effet, conclut le maire La Guardia, et je vais me faire un plaisir de vous nommer les forces qui l'animent : ce sont l'hystérie, l'ignorance, la malveillance, la bêtise, la haine et la peur. Notre pays offre aujourd'hui un spectacle répugnant ! Le mensonge, la cruauté et la folie sont partout, et dans la coulisse, la force brute guette le moment de nous achever. Il nous faut aujourd'hui lire dans le *Chicago Tribune* que depuis toutes ces années d'habiles boulangers juifs se servent du sang du petit Lindbergh kidnappé pour faire leurs galettes de la Pâque en Pologne — et ce conte est tout aussi délirant aujourd'hui que quand il est sorti du cerveau malade des antisémites il y a cinq cents ans. Le Führer doit se délecter à empoisonner notre pays avec ces aberrations sinistres. Des intérêts juifs, des éléments juifs, des usuriers juifs! Des représailles juives! Des complots juifs! Une guerre déclarée par les Juifs au reste du monde! Dire que l'Amérique se laisse subjuguer par ces balivernes! Qu'on s'est emparé de la conscience de la plus grande nation de la planète sans le moindre mot de vrai! Ah, le plaisir que nous devons faire à l'homme le plus malfaisant du monde! »

Jeudi 15 octobre 1942

Peu avant l'aube, le rabbin Lionel Bengelsdorf est emmené en garde à vue par le FBI qui le soupçonne de faire partie des « chefs de file du complot juif contre l'Amérique ». Au même moment, la Première Dame, que l'on dit victime d'un « effondrement nerveux », est transférée en ambulance à l'hôpital militaire Walter Reed. Au cours de cette ronde matinale d'autres arrestations, celle du gouverneur Lehman, de Bernard Baruch, du juge Frankfurter et de son protégé David Lilienthal, administrateur de Roosevelt, celles des conseillers du New Deal Adolf Berle et Sam Rosenman, des leaders syndicaux David Dubinsky et Sidney Hillman, de l'économiste Isador Lubin, des journalistes de gauche I.F. Stone et James Wechsler, et du socialiste Louis Waldman. D'autres arrestations seraient imminentes, sans que le FBI ait révélé si l'un ou la totalité des suspects seront inculpés pour avoir enlevé le président.

Des unités de fantassins et de blindés entrent dans

New York pour aider la garde nationale à juguler les flambées de violences de rue contre le gouvernement. À Chicago, Philadelphie et Boston, des appels à manifester contre le FBI malgré la loi martiale se soldent par quelques blessures sans gravité, mais la police annonce s'être livrée à des centaines d'arrestations.

Au Congrès, des ténors républicains rendent hommage au FBI pour avoir déjoué le complot. À New York, le maire La Guardia donne une conférence de presse aux côtés d'Eleanor Roosevelt et de Roger Baldwin de l'Union américaine pour les libertés civiques. Ils exigent la libération immédiate du gouverneur Lehman ainsi que celle de ses prétendus conjurés. Cela vaut à La Guardia d'être arrêté dans sa résidence officielle.

Voulant s'adresser à un meeting de protestation d'urgence réuni par un comité de citoyens new-yorkais, l'ancien président Roosevelt quitte sa demeure de Hyde Park et se rend à New York. Il est promptement mis sous la garde de la police « pour assurer sa protection ». L'armée américaine ferme toutes les stations de radio et les sièges de journaux new-yorkais ; en ville le couvre-feu nocturne dû à la loi martiale sera appliqué vingt-quatre heures sur vingt-quatre jusqu'à nouvel ordre. Les blindés bouclent les ponts et les tunnels qui mènent à la ville.

À Buffalo, le maire annonce qu'il se dispose à distribuer des masques à gaz à ses administrés, et à Rochester, ville voisine, le maire lance un programme d'abris antiaériens « pour protéger ses résidents d'une éventuelle attaque surprise du Canada ». On a échangé des tirs d'armes légères à la frontière du Maine et du

New Brunswick, non loin de la résidence secondaire de
Roosevelt, sur l'île Campobello, dans la baie de Fundy,
annonce la radiodiffusion canadienne. Depuis Londres,
le Premier ministre Churchill avertit que l'Allemagne
se prépare à envahir le Mexique, censément pour protéger le flanc sud-ouest de l'Amérique puisque celle-ci
entreprend d'arracher le contrôle du Canada à l'Angleterre. « Il ne s'agit plus aujourd'hui que la grande
démocratie américaine nous prête main-forte par des
mesures militaires. L'heure est venue que les citoyens
américains prennent des mesures civiques pour leur
propre salut. Il n'y a pas deux drames historiques distincts, celui de l'Amérique et celui de la Grande-Bretagne, tel ne fut jamais le cas. Il n'y a qu'une seule et
même épreuve ; aujourd'hui comme hier nous y faisons
face ensemble. »

Vendredi 16 octobre 1942

Dès neuf heures du matin, un émetteur radio dissimulé quelque part dans la capitale diffuse la voix de la
Première Dame. Avec l'aide de partisans restés loyaux
à Lindbergh au sein des services secrets, elle a réussi à
s'échapper de l'hôpital Walter Reed où sous couvert
d'être soignée par des psychiatres de l'armée pour
troubles mentaux elle était retenue prisonnière dans une
camisole de force depuis près de vingt-quatre heures.
Elle s'exprime agréablement et les mots qu'elle pro-
nonce sont exempts de toute amertume ou d'arrogance
vertueuse ; on entend la voix égale d'une femme parfaitement respectable qui a été élevée à traiter par le
mépris le chagrin et la déception sans jamais perdre sa

retenue. Elle n'a rien d'un cyclone et pourtant son entreprise est extraordinaire, et elle ne laisse paraître aucune peur.

« Mes chers concitoyens, on ne saurait permettre aux forces de l'ordre de sombrer dans l'illégalité. Au nom de mon mari, je demande à toutes les unités de la garde nationale de déposer les armes et de se disperser, et à nos gardes de retourner à la vie civile. Je demande à tous les membres des forces armées de quitter nos villes et de se regrouper dans leurs bases sous le commandement de leurs officiers supérieurs autorisés. Je demande au FBI de libérer tous ceux qui ont été arrêtés pour conspiration contre mon mari et de leur restituer immédiatement l'intégralité de leurs droits civiques. Je demande aux forces de l'ordre de tout le pays de faire de même pour ceux qui sont détenus dans les prisons des divers États. Il n'existe pas la moindre preuve qu'un seul détenu soit de près ou de loin responsable du sort de mon mari et de son appareil, le mercredi 7 octobre ou plus tard. Je demande à la police de New York d'évacuer le siège des journaux, des magazines et les stations de radio illégalement occupés, pour que ces services reprennent leur activité normale, telle que la garantit le premier amendement de la Constitution. Je demande au Congrès de mettre en œuvre une procédure pour démettre de ses fonctions l'actuel président par intérim, et nommer à sa place un nouveau président selon la loi de 1886 sur la succession présidentielle en cas de vacance de la vice-présidence. La loi de 1886 précise également que, dans les circonstances décrites, le Congrès décidera s'il faut procéder à des élections présidentielles extraordinaires. Je demande donc au Congrès d'autoriser une élection présidentielle qui coïncide avec l'élection législative prévue pour le premier lundi suivant le premier mardi de novembre. »

La Première Dame répète ce communiqué matinal toutes les demi-heures jusqu'en milieu de journée, et à midi elle annonce que pour braver le président par intérim, qu'elle accuse nommément de l'avoir fait illégalement enlever et séquestrer, elle retourne s'installer à la Maison-Blanche avec ses enfants. Paraphrasant délibérément le texte le plus vénéré de la démocratie américaine, elle déclare en guise de péroraison : « Je ne me laisserai pas intimider par les représentants illégaux d'une administration séditieuse, et je ne leur céderai pas. Tout ce que je demande au peuple américain, c'est qu'il suive mon exemple et qu'il refuse de subir ou de soutenir des positions gouvernementales indéfendables. La présente administration ne s'est illustrée que par ses violations et ses usurpations, dont le propos commun et immédiat est d'instaurer une tyrannie absolue sur nos États. Ce gouvernement a fait la sourde oreille à la voix de la justice, et il nous a imposé une juridiction impossible à cautionner. En conséquence, pour défendre les droits inaliénables établis en 1776 par Jefferson de la Virginie, Franklin de la Pennsylvanie et Adams de la baie du Massachusetts, en vertu de l'autorité du même bon peuple américain, et prenant le même juge suprême à témoin de la rectitude de nos intentions, moi, Anne Morrow Lindbergh, native de l'État du New Jersey, résidant dans le district de Columbia, épouse du trente-troisième président des États-Unis, je déclare que cet épisode d'usurpation scandaleuse est arrivé à son terme. Le complot de nos ennemis a échoué. La justice et la liberté sont rétablies et ceux qui ont violé la Constitution des États-Unis vont avoir affaire à la branche judiciaire du gouvernement, selon les modalités strictement prévues par la loi du pays. »

« Notre Dame de la Maison-Blanche », comme l'a baptisée Harold Ickes avec une pointe d'agacement, retourne à sa résidence officielle en début de soirée. De là, forte de son aura de mère de l'enfant martyr et de veuve courageuse du dieu volatilisé, elle engage le prompt démantèlement par le Congrès et les cours de justice de l'administration Wheeler anticonstitutionnelle, qui pendant ses huit jours d'exercice s'est rendue coupable d'une forfaiture bien plus grave que l'administration républicaine de Warren Harding vingt ans plus tôt.

Le rétablissement de procédures démocratiques en bonne et due forme entrepris par Mrs Lindbergh trouve son aboutissement deux semaines et demie plus tard, le mardi 3 novembre 1942 : c'est un raz de marée démocrate aux deux chambres et une victoire écrasante pour Franklin Delano Roosevelt, qui entame un troisième mandat présidentiel.

Le mois suivant, après la traumatisante attaque surprise de Pearl Harbor par les Japonais, et la déclaration de guerre de l'Allemagne et de l'Italie quatre jours plus tard, l'Amérique entre dans le conflit mondial qui a débuté en Europe quelque trois ans auparavant avec l'invasion de la Pologne, et qui s'est étendu depuis aux deux tiers de la population mondiale. Discrédités par leur collusion avec le président par intérim, et démoralisés par leur colossale défaite électorale, les rares républicains qui restent au Congrès font allégeance au président démocrate et avalisent son combat ultime contre les puissances de l'Axe. Les deux chambres approuvent à l'unanimité absolue l'entrée en guerre des États-Unis, et le lendemain, le président Roosevelt adopte la proclamation 2568 qui « accorde sa grâce à Burton Wheeler » ; en voici un extrait :

> En conséquence de certains actes commis avant d'avoir été démis de ses fonctions de président par intérim, Burton K. Wheeler est passible de poursuites pour haute trahison envers les États-Unis. Pour épargner au pays l'épreuve d'un tel procès contre son ancien président par intérim et pour nous protéger de ce spectacle déstabilisant en temps de guerre, moi, Franklin Delano Roosevelt, en vertu du pouvoir de grâce qui m'est conféré par l'article II section 2 de la Constitution, ai accordé et par la présente proclamation accorde une amnistie pleine et entière à Burton Wheeler pour tout délit qu'il ait commis ou ait pu commettre contre les États-Unis, ou dont il ait pu se rendre complice pendant la période du 8 au 16 octobre 1942.

Comme chacun sait, on n'eut aucune nouvelle du président Lindbergh qui demeura introuvable, ce qui n'empêcha pas les contes de circuler pendant toute la guerre et la décennie qui suivit, de même que des rumeurs sur d'autres personnalités de premier plan disparues au cours de cette période tourmentée : ainsi Martin Bormann, secrétaire particulier de Hitler, dont on supposait qu'il avait échappé aux Alliés en se réfugiant dans l'Argentine de Juan Perón, mais qui avait plus probablement péri dans les derniers jours nazis de Berlin, ainsi Raoul Wallenberg, diplomate suédois qui avait sauvé de l'extermination vingt mille Juifs hongrois en leur distribuant des passeports suisses mais qui disparut lui-même, sans doute dans une geôle soviétique quand les Russes occupèrent Budapest en 1945. Dans le cercle de plus en plus restreint de ceux qui s'intéressaient en historiens au complot Lindbergh, des indices et des repérages continuèrent de paraître de temps à autre au fil de bulletins spéculant sur la fin mystérieuse du trente-troisième président des États-Unis.

L'histoire la plus élaborée, la plus incroyable, mais pas la moins convaincante pour autant, fut d'abord révélée à notre famille par tante Evelyn, après l'arrestation du rabbin Bengelsdorf. Elle la tenait d'Anne Morrow Lindbergh en personne qui en aurait confié les détails au rabbin quelques jours seulement avant d'être arrachée à la Maison-Blanche contre son gré et séquestrée dans l'aile psychiatrique de l'hôpital Walter Reed.

Mrs Lindbergh, racontait le rabbin, faisait remonter toute l'histoire à l'enlèvement en 1932 de son fils Charles, enlèvement secrètement commandité par le parti nazi peu avant que Hitler ne prenne le pouvoir. S'il faut en croire le récit de la première dame transmis par le rabbin, Bruno Hauptmann aurait laissé l'enfant à la garde d'un de ses amis demeurant non loin de chez

lui dans le Bronx, et comme lui immigré d'origine allemande, qui n'était autre qu'un espion à la solde des
nazis ; quelques heures seulement après avoir été volé
dans son berceau à Hopewell, New Jersey, et transporté
le long d'une échelle de fortune dans les bras de Hauptmann, Charles Jr avait déjà quitté le pays clandestine-
ment et faisait route vers l'Allemagne. Le corps découvert et identifié comme le sien dix semaines plus tard
était celui d'un autre enfant, désigné par les nazis pour
être assassiné en raison de sa ressemblance avec le petit
Lindbergh ; ce corps avait été placé déjà en voie de
décomposition dans les bois proches de leur demeure
pour garantir l'inculpation et l'exécution de Hauptmann, et tenir secrètes les circonstances véritables du
kidnapping, connues des seuls Lindbergh. Le couple
avait en effet été rapidement informé par un espion nazi
stationné à New York comme correspondant étranger
de l'arrivée de Charles sur le sol allemand. L'enfant
était sain et sauf, on leur assura qu'il en serait pris le
plus grand soin et qu'il serait confié à une équipe triée
sur le volet de médecins, d'infirmières, d'enseignants
et de militaires nazis, égards largement mérités pour le
premier-né du plus grand aviateur du monde, à condition toutefois que les Lindbergh se montrent pleinement coopératifs.

Avec cette épée de Damoclès au-dessus de leur tête,
les dix années qui suivirent, les Lindbergh et leur fils
kidnappé virent leur destin — et avec le temps celui des
États-Unis — reposer entre les mains d'Adolf Hitler.
Grâce à l'habileté et à l'efficacité de ses agents à New
York et Washington (ainsi qu'à Paris et à Londres après

que le couple célèbre « se fut enfui » à l'étranger pour obéir aux ordres et se fut expatrié en Europe où Lindbergh se mit à rendre des visites régulières à l'Allemagne nazie et à louer les réussites de sa machine militaire), les nazis commencèrent à exploiter la renommée de Lindbergh au profit du Troisième Reich et aux dépens de l'Amérique, dictant au couple sa résidence, le choix de ses amis, et, surtout, les opinions à exprimer dans les déclarations publiques et les écrits à caractère officiel. En 1938, pour récompenser Lindbergh d'avoir accepté de bonne grâce une médaille prestigieuse offerte par Hermann Goering lors d'un dîner en son honneur, et suite à de nombreuses lettres de supplication secrètement adressées par Anne Morrow au Führer lui-même, les Lindbergh reçurent enfin l'autorisation de rendre visite à leur enfant. C'était alors un beau petit garçon blond de huit ans, élevé en jeunesse hitlérienne modèle depuis son arrivée sur le sol allemand. Le cadet germanophone ne se douta pas, et on se garda de le lui dire, que les célèbres Américains auxquels on venait de les présenter après la parade, lui et ses camarades de l'académie militaire d'élite, étaient son père et sa mère. On ne permit pas aux Lindbergh de lui parler ou d'être photographiés avec lui. Cette visite survenait à point nommé car Anne Lindbergh en était arrivée à la conclusion que l'enlèvement par les nazis n'était qu'un canular d'une cruauté inqualifiable, et qu'il était grand temps pour elle et son mari de s'affranchir de la tutelle d'Adolf Hitler. Mais en la circonstance, après avoir vu Charles vivant pour la première fois depuis sa disparition en 1932, ils quittèrent l'Allemagne irréversiblement inféodés au pire ennemi de leur pays.

Ils reçurent ordre de mettre un terme à leur expatriation et de rentrer en Amérique où le colonel Lindbergh commencerait par épouser la cause d'America First. On lui fournissait des discours en anglais où il dénoncerait les Britanniques, Roosevelt, les Juifs, et défendrait la neutralité américaine face au conflit européen ; des instructions détaillées précisaient où et quand prononcer ces discours et jusqu'à la tenue à arborer lors de chaque apparition publique. Tous les stratagèmes conçus à Berlin, Lindbergh les exécuta avec le perfectionnisme maniaque qui caractérisait ses entreprises aéronautiques, jusqu'à la nuit où il arriva dans son costume d'aviateur à la Convention républicaine et accepta l'investiture en des termes rédigés par Joseph Goebbels, ministre nazi de la Propagande. Les nazis orchestrèrent toutes les manœuvres de la campagne électorale qui suivit, et dès que Lindbergh eut battu Franklin Delano Roosevelt, ce fut Hitler qui prit la relève. Au cours de réunions hebdomadaires avec Goering, son successeur désigné qui dirigeait l'économie allemande, et Heinrich Himmler, ministre de l'Intérieur et chef de la Gestapo, aux bons soins de laquelle avait été remis Charles Lindbergh Jr, le Führer entreprit de mettre sur pied une politique étrangère américaine qui serve au mieux les objectifs de l'Allemagne dans la guerre, ainsi que son dessein impérial.

Bientôt, Himmler se mit à intervenir directement dans la politique intérieure en faisant pression sur le président Lindbergh, surnommé par dérision dans les

carnets du chef de la Gestapo « notre Gauleiter américain », pour qu'il prenne des mesures répressives
contre les quatre millions et demi de Juifs américains.
C'est alors, selon Mrs Lindbergh, que le président se
mit à faire de la résistance, passive pour commencer.
Tout d'abord, il ordonna l'établissement du Bureau
d'assimilation, avec des programmes alibis, comme
Des Gens parmi d'Autres et la loi de peuplement de 42,
qu'il jugeait assez négligeables pour ne pas léser
sérieusement les Juifs tout en répondant en apparence
à l'injonction himmlérienne d'« entamer le processus
de marginalisation systématique débouchant à court
terme sur la confiscation de toutes les fortunes juives,
et la disparition totale de la population juive, corps et
biens ».

Heinrich Himmler n'était guère homme à se laisser
berner par un subterfuge aussi transparent, ni à prendre
la peine de masquer sa déception lorsque Lindbergh osa
se justifier (par l'entremise de von Ribbentrop que
Himmler lui avait dépêché sous couvert de visite fes-
tive officielle pour l'aider à formuler des mesures anti-
juives plus radicales) en expliquant au commandant en
chef des camps de concentration que des garanties ins-
crites dans la Constitution américaine, ainsi que des
traditions démocratiques fort anciennes, prévenaient
l'exécution rapide et efficace d'une solution finale au
problème juif, contrairement à ce qui se passait en
Europe où l'antisémitisme avait des racines millénaires
dans le peuple, et où la règle nazie était absolue. Pendant le dîner officiel donné en l'honneur de von Ribbentrop, Lindbergh fut pris à part par son hôte distin-

gué, qui lui tendit un câble, décodé quelques instants
plus tôt à l'ambassade d'Allemagne et qui constituait
toute la réponse de Himmler : « Pensez à l'enfant avant
de répondre avec une telle niaiserie. Pensez à ce brave
petit Charles, remarquable cadet allemand, qui malgré
ses douze ans sait bien mieux que son célèbre père tout
le cas que notre Führer fait des garanties constitution-
nelles et des traditions démocratiques, surtout lorsqu'elles protègent des parasites. »

Le savon passé par Himmler à celui qu'il décrivait
dans ses carnets intimes comme l'Aigle Solitaire au
cœur de poulet marqua le commencement de sa disgrâce comme valet du Troisième Reich. En battant
Roosevelt et les interventionnistes antinazis de son
parti, il avait donné à l'Allemagne le temps d'étouffer
une résistance soviétique beaucoup plus coriace que
prévu, sans devoir affronter de surcroît la puissance
économique et militaire américaine. Qui plus est, alors
que l'industrie et les institutions scientifiques allemandes étaient déjà en train de mettre au point une
bombe atomique d'une puissance sans précédent, avec
fusée capable de lui faire traverser l'Atlantique, sa présidence leur avait donné deux ans de plus pour achever
les préparatifs d'un combat apocalyptique contre les
États-Unis, dont l'issue devait, selon la vision de Hitler,
déterminer le cours de la civilisation occidentale et les
progrès de l'humanité pour le millénaire à venir. Si
Himmler et son haut commandement avaient véritable-
ment trouvé en Lindbergh le judéophobe visionnaire
que certains rapports des services secrets leur avaient
fait espérer au lieu d'« un antisémite de salon », comme

il le disait avec dédain, alors peut-être on lui aurait permis d'achever son mandat et d'en exercer un second avant de se retirer au profit de Henry Ford, sur lequel Hitler avait déjà arrêté son choix pour lui succéder malgré son âge avancé. Hitler aurait certes préféré s'appuyer sur un président américain au palmarès irréprochable pour mettre en œuvre la solution finale au problème juif en Amérique, ce qui l'aurait dispensé de recourir plus tard à des ressources humaines et logistiques allemandes pour le faire. Alors Berlin n'aurait pas jugé nécessaire d'escamoter l'appareil de Lindbergh le mercredi 7 octobre 1942 ; et le président Wheeler n'aurait pas pris les commandes le lendemain soir, où, à la divine surprise de ceux qui jusque-là n'avaient vu en lui qu'un bouffon, il révéla en quelques jours l'étoffe d'un leader authentique, capable de mettre spontanément en œuvre les mesures mêmes que von Ribbentrop avait suggérées à Lindbergh et que, pensait Himmler, ce héros américain n'était pas parvenu à exécuter en raison des objections morales puériles de sa femme.

Dans l'heure qui suivit la disparition de Lindbergh, Mrs Lindbergh apprit par l'ambassade d'Allemagne que le sort de son enfant était désormais entre ses seules mains. Si elle s'avisait de faire autre chose que quitter la Maison-Blanche et se retirer en silence de la vie publique, le jeune Charles serait enlevé à son école militaire et expédié sur le front russe pour l'offensive contre Stalingrad en novembre et il y resterait mobilisé comme plus jeune fantassin du Troisième Reich jusqu'à ce qu'il tombe vaillamment au champ d'honneur pour la plus grande gloire du peuple allemand.

Telle fut en substance l'histoire confiée à ma mère par tante Evelyn lorsqu'elle parut chez nous quelques heures après que le rabbin Bengelsdorf quitta leur hôtel de Washington menottes aux mains entre des agents du FBI. Détails à l'appui, c'est le récit qui figure dans *Ma vie sous Lindbergh*, apologie de cinq cent cinquante pages publiée comme un journal d'initié immédiatement après la guerre par le rabbin Bengelsdorf, et stigmatisé aussitôt par un porte-parole de la famille Lindbergh comme « une abominable calomnie sans fondement aucun, dictée par la rancune et la cupidité, alimentée par la folie des grandeurs et inventée à des fins bassement mercantiles, qui ne mérite même pas une réponse de la part de Mrs Lindbergh ». Lorsque ma mère entendit l'histoire pour la première fois, elle y vit une preuve flagrante que, traumatisée par l'arrestation du rabbin Bengelsdorf sous ses yeux, sa sœur avait momentanément perdu la tête.

Vendredi 16 octobre, le lendemain de la visite impromptue de tante Evelyn, Mrs Lindbergh s'exprima sur les ondes depuis un point de Washington tenu secret, avant de regagner la Maison-Blanche. Forte de son autorité d'épouse du trente-troisième président des États-Unis, elle déclara « révolue l'ère d'usurpation inique amenée par le président par intérim et son administration ». Son courage valut-il une fin tragique à son fils enlevé ? Ce dernier avait-il d'ailleurs eu le loisir de grandir pour connaître le terrible sort que lui réservait

Himmler, ou même subir l'enfance d'un pupille privilégié et otage précieux de l'État allemand? Hitler, Himmler et Goering jouèrent-ils jamais un rôle déterminant dans l'ascension politique de Lindbergh sous la bannière d'America First ou dans l'élaboration de la politique américaine pendant ses vingt-deux mois à la présidence? Furent-ils les artisans de sa mystérieuse disparition? Autant de questions controversées depuis plus d'un demi-siècle, encore que la controverse soit aujourd'hui bien plus restreinte et bien moins virulente qu'en 1946. Cette année-là, malgré Westbrook Pegler, doyen des journalistes d'extrême droite hostile à Roosevelt, qui traita le récit de « journal délirant d'un mythomane patenté », *Ma vie sous Lindbergh,* du rabbin Bengelsdorf, demeura près de huit mois en tête des best-sellers avec deux biographies de FDR, lequel était mort en exercice l'année précédente, à quelques semaines de la reddition inconditionnelle de l'Allemagne nazie aux Alliés, qui mit un terme à la Seconde Guerre mondiale en Europe.

9

Octobre 1942

La peur perpétuelle

L'appel de Seldon nous trouva déjà couchés, ma mère, Sandy et moi. Nous étions le lundi 12 octobre ; au dîner, la radio avait évoqué les émeutes qui avaient éclaté dans le Midwest et le Sud suite à la nouvelle des services secrets britanniques selon laquelle Lindbergh avait délibérément coulé son avion à quelque cinq cents kilomètres des côtes, où il avait été aussitôt récupéré par la marine et l'aviation nazies et acheminé jusqu'à un lieu de rendez-vous secret avec Hitler. Le détail de ces émeutes attendrait les journaux du lendemain, mais ce soir-là à table, ma mère avait bien vite deviné à qui les émeutiers s'en étaient pris et pourquoi. La frontière avec le Canada était fermée depuis trois jours, et même pour moi qui ne supportais pas l'idée de quitter l'Amérique, il devenait clair que mon père avait commis son erreur la plus grave en refusant d'écouter ma mère et de nous faire sortir du pays des mois auparavant. Il avait désormais repris son travail de nuit au marché ; tous les jours ma mère sortait faire les commissions — un après-midi, en veine de bravoure, elle était allée jusqu'à l'école, assister à une réunion pour désigner les éventuels scrutateurs de novembre ; Sandy et moi partions aux cours tous les matins avec nos camarades. Pourtant lorsque l'administration Wheeler entama sa deuxième semaine, la peur était partout malgré Mrs Lindbergh qui objurguait les Américains d'ignorer purement et simplement toute rumeur émanant de l'étranger sur l'endroit où se trouvait son mari, malgré l'ascendant d'une figure désormais médiatisée comme celle du rabbin Bengelsdorf, à présent notre parent par alliance, notre oncle, qui avait dîné à notre table mais qui ne pouvait rien pour nous, et n'aurait d'ailleurs pas levé le petit doigt en notre faveur étant donné le mépris mutuel que mon père et lui se portaient. La peur était partout, elle se lisait partout, dans le regard de nos protecteurs surtout, cette expression que l'on prend à l'instant même où l'on s'aperçoit qu'on vient de fermer une porte dont on n'a pas la clef. C'était la première fois qu'on voyait les adultes désemparés, tous en proie aux mêmes pensées. Les plus forts s'attachaient à garder leur sang-froid, et à rester crédibles en nous disant que nos alarmes touchaient à leur fin, que la vie allait reprendre son cours normal, mais dès qu'ils allumaient la radio, ils étaient effarés par la rapidité avec laquelle les événements terribles se succédaient.

Et puis, le 12 au soir, alors que nous étions couchés sans trouver le sommeil, le téléphone sonna. C'était Seldon qui appelait en PCV du Kentucky. Il était dix heures, et sa mère n'était toujours pas rentrée. Comme il savait notre numéro par cœur, et n'avait personne d'autre à appeler, il avait tourné la manivelle du téléphone, obtenu l'opératrice, et, à toute vitesse, il avait articulé tous les mots indispensables avant de ne plus être en mesure de parler : « Appel en PCV, s'il vous plaît. Newark, New Jersey, 81 Summit Avenue, Waverley 3-4827. Je m'appelle Seldon Wishnow et je voudrais parler en direct avec Mr ou Mrs Roth. Ou Philip, ou Sandy. N'importe, mademoiselle. Ma mère n'est pas rentrée. J'ai dix ans. Je n'ai pas mangé et elle n'est pas là. Je vous en prie, mademoiselle, Waverley 3- 4827. Je prends n'importe qui à ce numéro ! »

Ce matin-là, Mrs Wishnow s'était rendue en voiture à son agence de Louisville, la Metroplitan exigeant qu'elle fasse un rapport à son directeur de district. Or Louisville se trouvait à plus de cent cinquante kilomètres de Danville, et les routes étaient si mauvaises que le seul aller-retour allait lui prendre presque toute la journée. Pourquoi le chef de district ne pouvait-il lui dire ce qu'il avait à lui dire par courrier ou par téléphone, on ne le comprit jamais. On ne lui demanda d'ailleurs jamais d'explications. La théorie de mon père, c'était que la compagnie se proposait de la mettre à la porte ce jour-là : elle aurait remis son registre avec la liste des mensualités perçues, et ils l'auraient remerciée ; elle se serait retrouvée au chômage au bout de six semaines d'exercice, à un millier de kilomètres de chez elle. Elle n'avait pratiquement décroché aucun contrat lors de ces premières semaines au fin fond des campagnes du comté de Boyle, non pas faute de travail acharné, mais parce qu'il n'y avait pas de potentiel sur place. De fait, tous les transferts de personnel opérés par la Metropolitan sous les auspices de la loi de peuplement de 42 tournaient au désastre pour les agents issus du district de Newark. Dans ces États reculés et à peine peuplés où ils avaient été relocalisés avec leurs familles, aucun ne serait capable de gagner le quart des commissions qu'ils avaient l'habitude de toucher dans le New Jersey urbanisé. En ce sens, et ne serait-ce que pour cette raison, mon père avait fait preuve d'une prescience extraordinaire en quittant son emploi pour travailler chez l'oncle Monty. Il avait été moins clairvoyant quand il s'était agi de nous faire passer la frontière canadienne avant sa fermeture et l'imposition de la loi martiale.

« Si elle était vivante..., dit Seldon à ma mère après qu'elle eut accepté l'appel en PCV, si elle était vivante... » Au début, il ne pouvait pas en dire davantage parce qu'il pleurait, et ces quatre mots eux-mêmes étaient tout juste distincts.

« Seldon, ça suffit. Tu te fais du mal. Tu te rends malade d'angoisse. Bien sûr qu'elle est vivante, ta mère. Elle a été retardée, c'est tout.

— Mais si elle était vivante, elle téléphonerait !

— Voyons, Seldon, et si elle est prise dans la circulation ? Si elle est tombée en panne et qu'elle attend qu'on répare la voiture ? Ça n'est pas déjà arrivé, ça ? Rappelle-toi le soir où elle avait crevé et où tu es monté chez nous. Ça n'est sans doute rien de pire qu'une crevaison, alors calme-toi, mon chéri, s'il te plaît. Il faut que tu arrêtes de pleurer. Ta mère va très bien. Ça ne te fait que du mal de dire ça, et puis ce n'est pas vrai. Alors, s'il te plaît, fais un effort tout de suite, calme-toi.

— Mais elle est morte, madame Roth ! Comme mon père ! Maintenant mes parents sont morts tous les deux ! » Il disait juste, bien sûr. Il ne savait rien des émeutes là-bas, à Louisville, et pas grand-chose de ce qui se passait dans le reste de l'Amérique. Comme il n'y avait plus de place dans la vie de Mrs Wishnow pour autre chose que son fils et son travail, on ne trouvait jamais un journal chez eux à Danville ; quand ils passaient à table, ils ne mettaient pas la radio comme nous à Newark. Elle était sans doute trop épuisée pour pouvoir l'écouter, trop anesthésiée pour enregistrer d'autres malheurs que les siens.

Mais Seldon avait vu juste : Mrs Wishnow était bien morte, même s'il fallut attendre le lendemain pour le savoir, car alors on découvrit ses restes carbonisés dans un fossé d'irrigation le long d'un champ de pommes de terre, dans les plaines du sud de Louisville. Selon toute apparence, elle avait été frappée et dépouillée, et on avait mis le feu à sa voiture pendant les premières minutes de cette nuit de violence, qui avait débordé les rues du centre-ville avec leurs boutiques tenues par des Juifs, et les rues résidentielles qu'ils étaient une poignée à habiter. Les hommes du Ku Klux Klan savaient bien qu'une fois les torches allumées et les croix enflammées, la vermine essaierait de sortir ; ils l'attendaient donc de pied ferme non seulement sur la grande voie menant vers l'Ohio mais sur toutes les petites routes de campagne vers le Sud, où Mrs Wishnow avait payé de sa vie la diffamation de Lindbergh par feu Walter Winchell d'abord et à présent par la machine de propagande pilotée par les Juifs du roi George VI et du Premier ministre Churchill.

« Il faut que tu manges quelque chose, Seldon, dit

ma mère. Ça t'aidera à te calmer. Va te chercher quelque chose au réfrigérateur.

— J'ai mangé les biscuits aux figues. Il n'en reste plus.

— Je veux dire un vrai repas, Seldon. Ta mère ne va pas tarder, mais d'ici là tu ne vas pas attendre qu'elle te donne à manger. Il faut que tu te nourrisses, et pas de biscuits. Pose le téléphone, va voir dans le réfrigérateur et reviens me dire ce que tu pourrais manger.

— Mais la communication va vous coûter cher.

— Fais ce que je te dis, Seldon. »

Et ma mère nous dit, à Sandy et à moi blottis autour d'elle dans le vestibule : « Elle est très en retard et il n'a pas mangé ; il est tout seul, elle n'a pas téléphoné, il est affolé, le pauvre, et mort de faim. »

« Madame Roth ?

— Oui, Seldon.

— Il y a du fromage en pot, mais il est un peu vieux. Il a plus l'air très bon.

— Qu'est-ce qu'il y a d'autre ?

— Des betteraves, dans un bol ; c'est des restes ; elles sont froides.

— Et quoi encore ?

— Une minute, je retourne regarder. »

Cette fois, lorsque Seldon posa l'appareil ma mère dit à mon frère : « Il faut combien de temps de chez les Mawhinney à Danville ?

— À peu près vingt minutes, en camion.

— Dans ma commode, dans le tiroir du haut, dans mon porte-monnaie, tu vas trouver leur numéro. Il est

écrit sur un bout de papier dans mon petit porte-
monnaie marron. Va me le chercher s'il te plaît. »

« Madame Roth ? dit Seldon.

— Oui, je suis là.

— Il y a du beurre.

— C'est tout ? Il y a du lait ? Du jus de fruits ?

— Mais c'est pour le petit déjeuner, c'est pas pour
le dîner.

— Il y a des Rice Krispies, Seldon ? Des corn
flakes ?

— Bien sûr.

— Alors prends les céréales que tu préfères.

— Les Rice Krispies.

— Prends des Rice Krispies, sors le lait et le jus de
fruits, je veux que tu te fasses un petit déjeuner.

— Maintenant ?

— Fais ce que je te dis, s'il te plaît. Je veux que tu
prennes un petit déjeuner.

— Philip est là ?

— Oui, mais je ne peux pas te le passer. Il faut que
tu manges d'abord. Je vais te rappeler dans une demi-
heure, quand tu auras mangé. Il est dix heures dix,
Seldon.

— Il est dix heures dix à Newark ?

— À Newark comme à Danville. Il est exactement
la même heure. Je vais te rappeler à onze heures moins
le quart.

— Et je pourrai parler à Philip ?

— Oui, mais je veux que tu te mettes à table avec
tout ce qu'il te faut d'abord. Tu vas prendre une fourchette et une cuillère, une serviette et un couteau. Tu

vas manger lentement, et dans une assiette, et un bol. Il y a du pain ?

— Une ou deux tranches. Et il est rassis.

— Tu as un grille-pain ?

— Bien sûr, on l'avait emporté dans la voiture. Vous vous rappelez le matin où on a tous chargé la voiture ?

— Écoute-moi bien, Seldon, concentre-toi. Tu vas te faire des tartines grillées en plus des céréales. Et tu mettras du beurre. Beurre tes tartines. Verse-toi un grand verre de lait. Je veux que tu manges un bon petit déjeuner. Et puis quand ta mère rentrera, je veux qu'elle nous appelle tout de suite. Au besoin en PCV. Dis-lui de ne pas s'inquiéter pour le tarif. C'est important pour nous de savoir qu'elle est rentrée. Mais de toute façon je te rappelle dans une demi-heure, alors ne bouge pas.

— Il fait nuit. Où vous voulez que j'aille ?

— Mange ton petit déjeuner, Seldon.

— D'accord.

— Au revoir. Au revoir et à tout de suite. Je te rappelle à onze heures moins le quart. Ne bouge pas. »

Elle téléphona ensuite aux Mawhinney. Mon frère lui tendit le bout de papier qui portait leur numéro et elle demanda à l'opératrice de le lui composer. Lorsqu'elle eut quelqu'un au bout du fil, elle s'enquit : « C'est bien madame Mawhinney ? Je suis Mrs Roth, la maman de Sandy Roth. Je vous appelle de Newark, New Jersey, madame Mawhinney. Excusez-moi si je vous réveille, mais nous avons besoin de votre aide pour un petit garçon qui est tout seul à Danville. Comment ? Oui, bien sûr, oui. »

Elle nous expliqua : « Elle part chercher son mari.

— Noon, gémit mon frère.

— Sanford, ce n'est pas le moment. Si tu crois que ça m'amuse. Je sais très bien que je ne connais pas ces gens, je comprends bien qu'ils ne sont pas comme nous. Je sais que les fermiers se couchent tôt et se lèvent de même et qu'ils travaillent très dur. Mais tu peux me dire comment faire autrement ? Il va devenir fou ce petit, s'il reste tout seul plus longtemps. Il ne sait pas où est sa mère. Il faut qu'il ait quelqu'un auprès de lui. Il a déjà subi trop de chocs pour un enfant de son âge. Il a perdu son père. Voilà que sa mère disparaît. Tu peux comprendre ce que ça signifie, non ?

— Bien sûr ! s'écria mon frère avec indignation. Bien sûr que je comprends !

— Très bien. Alors tu comprends qu'il faut que quelqu'un aille le chercher. Quelqu'un... » À ce moment-là Mr Mawhinney prit l'appareil, ma mère lui expliqua pourquoi elle l'appelait et il accepta aussitôt de faire tout ce qu'elle demandait. Après avoir raccroché, elle déclara : « Au moins il reste encore des gens bien, dans ce pays. Il reste encore un peu de décence.

— Je te l'avais bien dit », chuchota mon frère.

Jamais elle ne me semblerait plus remarquable que cette nuit-là, et pas seulement à cause de la générosité avec laquelle elle donnait et recevait ces appels téléphoniques avec le Kentucky. Non, il y avait davantage, bien davantage. D'abord, il y avait eu Alvin, qui avait sauté à la gorge de mon père la semaine précédente. Puis la réaction explosive de mon père. Notre séjour mis à sac. Mon père qui se retrouvait avec des dents et des côtes cassées, des points de suture au visage et une minerve. La fusillade de Chancellor Avenue, dont nous étions certains sur le moment qu'il s'agissait d'un pogrom. Les sirènes, toute la nuit. Les cris et les hurlements dans les rues, toute la nuit. Les heures passées tapis dans le vestibule des Cucuzza, le pistolet chargé sur les genoux de mon père, et celui au poing de Mr Cucuzza — événements ne remontant qu'à la semaine dernière. Mais il y avait aussi le mois dernier, l'année dernière, celle d'avant, il y avait eu tous ces chocs, ces insultes, ces surprises visant à débiliter et terroriser les Juifs, sans pourtant parvenir à briser la force de ma mère. Avant de l'entendre dire à Seldon, quelque mille kilomètres au bout du fil, de se faire à manger, de se mettre à table et de se restaurer, avant de l'entendre appeler les Mawhinney, ces non-Juifs chrétiens pratiquants qu'elle n'avait jamais vus, pour les convaincre de sauver Seldon de la folie, avant de l'entendre parler à Mr Mawhinney pour lui dire que s'il arrivait quelque chose de grave à Mrs Wishnow ils n'auraient pas Seldon à charge, parce que mon père était prêt à descendre dans le Kentucky en voiture pour le ramener à Newark — proposition qu'elle faisait sans qu'on puisse dire jusqu'où au juste les Wheeler et les Ford permettraient d'aller à la populace américaine —, je n'avais rien compris à l'histoire de sa vie ces dernières années. Jusqu'à cet appel affolé de Seldon, je n'avais jamais fait la somme de ce que la présidence Lindbergh avait coûté à mon père et ma mère. Avant cet instant, je n'avais pas su évaluer son montant.

Lorsque ma mère rappela Seldon, à onze heures

moins le quart, elle lui détailla le plan défini avec les Mawhinney. Il fallait qu'il mette sa brosse à dents, son pyjama, son slip et une paire de chaussettes propres dans un sachet en papier ; qu'il passe son plus gros pull et son manteau le plus chaud avec sa casquette en flanelle ; il allait attendre que Mr Mawhinney vienne le chercher dans son camion. Mr Mawhinney était un monsieur très gentil, un monsieur gentil, généreux, avec une femme et quatre enfants adorables que Sandy connaissait pour avoir passé un été dans leur ferme.

« Alors c'est qu'elle est morte ! » hurla Seldon.

Non, non, non, bien sûr que non. Sa mère allait venir le chercher chez les Mawhinney le lendemain matin, et elle le conduirait directement à l'école. Mr et Mrs Mawhinney feraient le nécessaire, il ne devait s'inquiéter de rien. Mais en attendant, il lui fallait accomplir un certain nombre de tâches : de sa plus belle écriture, il devait adresser un message à sa mère et le lui laisser sur la table de cuisine pour lui dire qu'il partait passer la nuit chez les Mawhinney, dont il lui donnait le numéro de téléphone, en précisant d'appeler aussi Mrs Roth à Newark en PCV dès qu'elle rentrerait. Ensuite, il s'installerait dans le séjour jusqu'à ce qu'il entende le klaxon de Mr Mawhinney devant la maison ; alors, il éteindrait toutes les lampes...

Elle l'accompagna dans toutes les étapes de son départ, et puis, malgré la note de téléphone astronomique, elle demeura au bout du fil avec lui jusqu'à ce qu'il ait suivi ses instructions et soit venu le lui confirmer ; même alors, elle ne raccrocha pas, et elle ne cessa de le rassurer à tous égards que lorsqu'il cria :

« C'est lui, madame Roth ! Je l'entends klaxonner ! » À quoi elle répondit : « Bon, très bien, mais du calme, du calme, Seldon. Prends ton sac, éteins la lumière, n'oublie pas de fermer la porte à clef en sortant, et demain, dès qu'il fera clair, tu verras arriver ta mère. Allez, bonne chance, mon chéri, ne cours pas, et, Seldon, Seldon ? Raccroche... » Cela, il omit de le faire, et pressé qu'il était de quitter cette maison effrayante, esseulée, orpheline, il laissa pendre le combiné. Quelle importance, d'ailleurs ? La maison aurait pu brûler de fond en comble, puisqu'il ne devait jamais y remettre les pieds.

Le dimanche 18 octobre, il revint sur Summit Avenue. Mon père, accompagné de Sandy, était parti le chercher dans le Kentucky. Le cercueil qui contenait la dépouille de Mrs Wishnow les suivait par train. Je savais que l'incendie de sa voiture l'avait rendue méconnaissable, mais je ne cessais de me la figurer dans son cercueil, poings encore serrés. Ou alors je me voyais enfermé dans leur salle de bains, tandis que de l'autre côté de la cloison, elle m'expliquait comment ouvrir la porte. Quelle patience elle avait eue ! Tout à fait comme ma mère ! Et voilà qu'elle était dans son cercueil, et c'était moi qui l'y avais mise.

Je n'avais pas pu chasser cette idée le soir où ma mère, tel un officier au feu, avait engagé Seldon à se faire à dîner, et à se préparer à partir pour se remettre entre les mains de Mr Mawhinney. C'est ma faute. Impossible de voir les choses autrement, ni ce soir-là ni aujourd'hui. C'est moi qui leur ai fait ça, à Seldon et à elle. Le rabbin Bengelsdorf avait ses torts, tante Evelyn

les siens, mais en l'occurrence c'était moi qui avais tout
mis en route — ces calamités étaient de mon seul fait.

Le jeudi 15 octobre, jour où le putsch Wheeler attei-
gnit les sommets de l'illégalité, notre téléphone sonna
à six heures moins le quart du matin. Ma mère crut que
c'était mon père et Sandy qui appelaient pour annoncer
qu'un malheur était arrivé dans le Kentucky, ou pire
encore, qu'on l'appelait à leur sujet. Mais pour l'heure,
les mauvaises nouvelles venaient de ma tante.
Quelques minutes plus tôt, des agents du FBI avaient
frappé à la porte de la chambre d'hôtel occupée par le
rabbin Bengelsdorf à Washington, et sans attendre de
réponse, le passe-partout du gérant leur avait livré passage. Après avoir présenté un mandat d'arrêt contre le
rabbin, et attendu en silence qu'il s'habille, ils l'avaient
entraîné dehors menottes aux poignets, sans un mot
d'explication à tante Evelyn. Dès que celle-ci les avait
vus disparaître dans une voiture banalisée, elle avait
appelé ma mère au secours. Le moment était mal choisi
pour que celle-ci me laisse à la garde d'une tierce personne et entreprenne cinq heures de train à seule fin de
secourir une sœur avec qui elle était brouillée depuis
plusieurs mois. Cent vingt-deux Juifs avaient été assas-
sinés trois jours plus tôt, parmi lesquels, nous venions
de l'apprendre, Mrs Wishnow ; mon père et Sandy
n'étaient toujours pas rentrés de leur périlleux périple
pour récupérer Seldon ; nul ne savait ce qui nous guettait tous sur Summit Avenue. La fusillade avec la police
qui s'était soldée par la mort de trois tueurs était le pire
incident à Newark jusque-là, mais le fait qu'il se soit
produit au coin de Chancellor Avenue avait donné à

tous les riverains le sentiment qu'une barrière protectrice autour de leur famille venait de tomber. Non pas la barrière du ghetto, qui n'avait certes protégé personne de la peur ni des maux de l'exclusion, ni celle censée les exclure ou les emprisonner, mais un rempart d'assurances légales entre eux et les délires du ghetto, précisément.

Cet après-midi-là, à cinq heures, tante Evelyn parut à notre porte, plus égarée encore qu'au téléphone immédiatement après l'arrestation du rabbin Bengelsdorf. À Washington, personne ne pouvait ou ne voulait lui dire où son mari était détenu, ni même s'il était toujours vivant. Lorsqu'elle avait appris l'arrestation de figures qu'on aurait crues aussi intouchables que le maire La Guardia, le gouverneur Lehman, ou le juge Frankfurter, elle avait cédé à la panique et pris le train. N'osant pas retourner toute seule à la demeure du rabbin sur Elizabeth Avenue, craignant, si elle téléphonait avant de venir, que ma mère ne lui dise de rester chez elle, elle avait pris un taxi à son arrivée à Penn Station et nous suppliait de la laisser entrer. Deux heures plus tôt seulement, un bulletin choc était passé sur les ondes : au moment où le président Roosevelt faisait son entrée à New York pour assister à un meeting de protestation à Madison Square Garden, il avait été « retenu » par la police new-yorkaise. C'était d'ailleurs cette nouvelle qui avait poussé ma mère à sortir me chercher à la fin des cours, pour la première fois depuis que j'étais entré au jardin d'enfants, en 1938. Jusquelà, comme tous les autres riverains, elle avait suivi volontiers les instructions du rabbin Prinz, disant que la communauté devait continuer à vivre normalement en laissant le souci de sa sécurité à son comité. Mais cet après-midi-là, elle avait jugé que la sagacité du rabbin était dépassée par les événements, et, en compagnie d'une centaine d'autres mères arrivées à la même conclusion, elle était venue récupérer son enfant quand la cloche avait sonné la sortie des cours et que les portes de l'école avaient déversé leur flot de gamins.

« Ils sont à mes trousses, Bess, il faut que je me cache, il faut que tu me caches ! »

Pour le cas où notre monde n'aurait pas été assez chamboulé en huit jours, voilà que paraissait ma tante, vibrante et hautaine, épouse, ou peut-être bien veuve, du plus important personnage qu'il nous ait été donné de rencontrer, cette minuscule tante Evelyne, sans fard, le cheveu en bataille, ogresse tout à coup, enlaidie et fragilisée par le désastre autant que par son propre histrionisme. Et face à elle ma mère, lui barrant l'entrée, courroucée au-delà de tout ce que j'aurais pu imaginer. Je ne l'avais jamais vue dans une telle fureur, et c'était aussi la première fois que je l'entendais dire un gros mot, jusque-là je ne savais même pas si elle en connaissait.

« T'as qu'à aller te cacher chez von Ribbentrop ! Pourquoi tu vas pas trouver ton copain Ribbentrop, il va te protéger, lui ! Espèce d'idiote ! Et ma famille, alors ? Tu crois pas qu'on a peur, nous aussi ? Tu crois pas qu'on est en danger aussi ? Petite égoïste, petite garce ! On a tous peur ! Pars, Evelyn, va-t'en ! Sors de cette maison !

— Mais on va m'arrêter ! On va me torturer, Bessie, parce que je sais la vérité !

— Tu peux pas rester ici, pas question ! Tu as une maison, de l'argent, des domestiques, tu as tout ce qu'il te faut pour te protéger. Nous, on a rien, on a rien de tout ça. Pars, Evelyn, Va-t'en. Va-t'en d'ici ! »

Chose sidérante, ma tante se tourna vers moi pour plaider sa cause : « Mon chéri, mon poussin... !

— Tu n'as pas honte ! » cria ma mère en lui claquant la porte au nez, moyennant quoi elle faillit coincer la main que ma tante avait tendue vers la mienne dans son désarroi.

Aussitôt elle me serra dans ses bras, si fort que je sentis son cœur battre contre mon front.

« Comment elle va faire pour rentrer ?

— Elle prendra le bus. Ça n'est pas notre affaire. Elle prendra le bus, comme tout le monde.

— Mais qu'est-ce qu'elle voulait dire par "la vérité", m'man ?

— Rien, n'y pense plus. Ta tante, on n'en a plus rien à faire. »

Une fois dans la cuisine, elle enfouit sa tête dans ses mains et fut secouée par les sanglots. Le devoir qu'elle se faisait d'épargner ses enfants, la force avec laquelle elle cachait farouchement ses faiblesses pour garder la situation en main étaient en train de céder.

« Selma Wishnow morte, comment est-ce possible ? se demandait-elle. Comment est-ce qu'on a pu arrêter le président Roosevelt ? Comment est-ce possible, tout ça ?

— C'est parce que Lindbergh a disparu, dis-je.

— C'est parce qu'il est apparu, oui! Tout a commencé quand il est apparu, ce crétin de goy avec son avion débile. Oh, j'aurais jamais dû les laisser partir chercher Seldon! Où est-il ton frère? Et ton père, où est-il? » Où donc est cette existence ordonnée, semblait-elle demander, cette vie si pleine de sens, où est la grande, la merveilleuse entreprise consistant à vivre ensemble, tous les quatre? « On ne sait même pas où ils sont, dit-elle avec un tel accent de désarroi qu'on l'aurait crue perdue elle-même. Les envoyer comme ça sur les routes, mais où avais-je la tête! Les laisser partir quand tout le pays, quand... »

Elle se retint d'en dire davantage, mais le cours de ses pensées était assez clair : quand les goyim tuent les Juifs en pleine rue.

Je ne pus que la regarder pleurer toutes les larmes de son corps, jusqu'à l'épuisement, sur quoi l'idée que je me faisais d'elle changea du tout au tout : ma mère était un être humain comme moi. Cette révélation fut un choc, et j'étais trop jeune pour comprendre que c'était là le lien le plus fort de tous.

« Comment j'ai pu la mettre à la porte? Oh, mon chéri, qu'est-ce que... qu'est-ce qu'elle aurait dit, grand-mère... »

Comme on pouvait s'y attendre, sa détresse prenait la forme du remords et elle battait sa coulpe impitoyablement, comme si, en des temps si troublés, il y avait de bons choix et des mauvais qu'une autre aurait vus avec plus de discernement, comme si devant un tel dilemme, tout le monde ne risquait pas en permanence de se laisser guider par la bêtise. Elle se reprochait des erreurs de jugement bien naturelles en l'absence d'explication logique aux événements, et d'ailleurs dictées par des émotions dont la sincérité ne faisait aucun doute. Le plus grave, c'est qu'elle était profondément convaincue d'avoir commis une bourde catastrophique, alors que si elle avait suivi son instinct elle aurait eu lieu de s'en mordre les doigts tout autant. L'enfant qui la regardait en proie à cette confusion des plus angoissantes concluait qu'on ne pouvait prendre aucune bonne décision sans en prendre en même temps une mauvaise, si mauvaise, d'ailleurs, surtout dans le désordre ambiant, si lourde de conséquences, qu'il valait peut-être mieux se contenter de voir venir, sauf que ne rien faire, c'était encore faire quelque chose, et même beaucoup dans ces circonstances, sauf que même pour une mère qui menait ses journées arc-boutée à contre-courant dans les turbulences de la vie, il n'existait pas de bon système pour gérer un chaos aussi délétère.

Devant le tour pris par les événements de la journée (qui dénotaient une intolérance despotique et une perfidie dépassant de loin même celles qui avaient amené le vote des lois antisédition de 1798, ce que Jefferson appelait le « règne des sorcières » fédéraliste) on convoqua des réunions d'urgence aux quatre écoles du coin, où étaient inscrits presque tous les écoliers juifs du primaire à Newark. Chacune d'entre elles serait présidée par un membre du Comité des citoyens juifs inquiets. Un camion sonorisé avait circulé dans le voisinage en fin d'après-midi pour demander à tout le

monde de se passer le mot. Les parents étaient invités à
amener leurs enfants s'ils préféraient ne pas les laisser
tout seuls, et on leur assurait que le maire Murphy
avait promis au rabbin Prinz une mobilisation policière
complète dans le District Sud : la protection des forces
de police irait jusqu'à Frelinghuysen Avenue à l'est
et Springfield Avenue au nord. Toute la police montée
disponible, soit deux escadrons de douze éléments
répartis en quatre secteurs, devait être appelée à seule
fin de patrouiller l'ouest du quartier de Weequahic côté
Irvington — où, la nuit précédente, un débit de boissons tenu par un Juif avait été incendié de fond en
comble après avoir été saccagé et pillé — ainsi que les
rues du sud côté Union County, la ville de Hillside
(renommée selon moi pour la grande usine Bristol-
Myers située le long de la Route 22, qui fabriquait le
dentifrice Ipana dont nous nous servions) où, la veille,
on avait cassé les carreaux de la synagogue — et celle
d'Elizabeth (ville d'adoption des parents de ma mère
immigrants au tournant du siècle, et, détail intrigant
pour un enfant de neuf ans, siège de la fabrique de
bretzels du New Jersey, qui employait, disait-on, les
sourds-muets de l'État à tortiller les bretzels), où des
tombes avaient été profanées dans le cimetière de B'nai
Jeshurun, à quelques rues du golf de Weequahic.

Un peu avant six heures et demie, ma mère descendit promptement assister à la réunion de crise de
mon école, sur Chancellor Avenue. Moi, je restai à la
maison, avec pour consigne de répondre au téléphone
et d'accepter un appel en PCV si mon père essayait de
nous joindre en route. Les Cucuzza avaient promis à

ma mère de veiller sur moi jusqu'à son retour, et de fait, elle n'eut pas plus tôt descendu l'escalier que Joey le monta quatre à quatre, dépêché par sa mère pour me tenir compagnie en attendant — en vain, on le verrait — l'appel longue distance m'informant que mon père et mon frère allaient bien tous deux, et qu'ils arriveraient bientôt avec Seldon. Comme l'armée avait réquisitionné les équipements téléphoniques Bell depuis la loi martiale, les services longue distance encore ouverts aux civils étaient saturés, et nous étions sans nouvelles de mon père depuis quarante-huit heures.

La frontière Newark-Hillside ne passait qu'à deux cents mètres de chez nous, et cette nuit-là il me fut possible, même fenêtres fermées, de trouver une manière de réconfort dans le martèlement des chevaux de la police qui paradaient sur Keer Avenue, au coin de la rue. Et lorsque j'ouvris toute grande la fenêtre de ma chambre, et me penchai au-dessus de l'allée en tendant l'oreille, je pus les entendre faiblement se diriger d'un pas de promenade là où Summit Avenue venait mourir dans Liberty Avenue. Cette dernière traversait Hillside pour rejoindre la Route 22, qui continuait jusqu'à Union, et de là filait en direction du Sud, dans le vaste inconnu chrétien de ces villes aux noms authentiquement anglo-saxons : Kenilworth, Middlesex et Scotch Plains.

Ce n'était pas encore les faubourgs de Louisville, certes, mais je n'étais jamais allé aussi loin à l'ouest. Et si trois comtés du New Jersey nous séparaient de la frontière est de la Pennsylvanie, en cette nuit du 15 octobre, je pus me faire peur avec cette vision cau-

chemardesque d'une Amérique antisémite qui viendrait
gronder furieusement vers l'est par le pipeline de la
Route 22, pour jaillir dans Liberty Avenue, et de là se
déverser tout droit sur Summit Avenue, léchant les
marches de notre escalier de service comme un raz de
marée s'il n'avait pas été vigoureusement endigué par
les croupes luisantes des chevaux bais de la police de
Newark, puissants coursiers splendides que notre
illustre rabbin Prinz au noble patronyme avait fait
surgir comme par enchantement au bout de la rue.

Naturellement Joey n'entendait quasiment rien de
ce qui se passait dehors. Il se mit donc à courir d'une
pièce à l'autre aux deux bouts de l'appartement pour
apercevoir l'anatomie d'une de ces bêtes, spécimens
d'une race aux membres plus longilignes, aux poitrails
plus musclés mais plus minces, aux crânes allongés
bien plus fins que le cheval de trait balourd de l'orphelinat qui m'avait fracassé la tête, curieux d'apercevoir
aussi les flics en uniforme, sanglés dans leurs tuniques
croisées à double boutonnage de cuivre étincelant,
pistolet à la hanche dans son étui.

Quelques années plus tôt, mon père nous avait
emmenés, Sandy et moi, lancer le fer à cheval sur l'aire
des expositions dans le parc de Weequahic. Un agent de
la police montée avait traversé le parc à bride abattue
pour rattraper un voleur qui venait d'arracher le sac
d'une dame — on se serait cru à la cour du roi Arthur.
Je mis plusieurs jours à revenir de mon admiration
grisée devant le panache de la scène. La police montée
recrutait les plus agiles et les plus athlétiques des
agents, et pour un jeune enfant, il était fascinant d'en

voir passer un dans la rue, majestueux et nonchalant,
s'arrêter pour rédiger un procès-verbal et se pencher
très bas sur sa selle pour le glisser sous l'essuie-glace
de la voiture mal garée, expression physique s'il en fut
jamais d'une superbe condescendance envers l'ère de
la machine. Au fameux carrefour des Quatre Coins, il y
avait des gardes en faction aux points cardinaux, et le
samedi, on emmenait souvent les gamins voir les chevaux, caresser leur museau sans nez, leur donner des
morceaux de sucre, apprendre que chaque policier à
cheval en valait quatre à pied, et poser bien sûr les questions classiques : « Comment il s'appelle ? » « C'est un
vrai ? » « En quoi il est, son sabot ? » Parfois, on voyait
un cheval attaché le long d'une rue animée du centre-
ville, tranquille comme baptiste sous la selle bleu et
blanc ornée de l'insigne *NP*, un hongre d'un mètre
quatre-vingts au garrot pesant une demi-tonne, une
longue cravache menaçante accrochée à son flanc,
l'air aussi blasé qu'une vedette de cinéma dans toute
sa splendeur, tandis que le policier qui venait de mettre
pied à terre demeurait à proximité dans ses jodhpurs
indigo, ses bottes cavalières noires, son holster de
cuir pornographique dont la forme évoquait à s'y
méprendre celle des organes mâles tumescents, indifférent au danger dans le tintamarre des klaxons des voitures, des camions et des bus, régulant d'un enchaîne-
ment de gestes vifs la circulation de la ville pour lui
rendre toute sa fluidité. C'étaient des flics aux mille
talents ; ils savaient même, pour le plus grand chagrin
de mon père, fendre une foule de manifestants au galop
en envoyant voltiger les piquets de grève. Voir si près

de moi ces héros pleins de panache m'aida à calmer mes nerfs et à me blinder contre la catastrophe à venir.

Dans le salon, Joey retira son sonotone pour me le donner, me le fourrer dans les mains au complet, Dieu sait pourquoi, oreillette, micro dans son étui noir, piles et fils. Je ne savais pas ce qui pouvait lui faire penser que j'en avais envie, ce soir-là surtout, mais je me retrouvai avec tout l'appareillage entre les mains, et il me parut plus horrible encore, si la chose est possible, que quand il le portait. Je ne comprenais pas s'il voulait que je lui pose des questions dessus, que je l'admire, que j'essaie de le démonter pour le réparer. En fait, il avait envie que je le passe à mon oreille.

« Vas-y, mets-le, me dit-il de sa voix de crécelle.

— Pourquoi ? lui criai-je, il va pas m'aller.

— Y va à personne. Mets-le.

— Je sais pas le mettre », dis-je aussi fort que je pus. Alors il accrocha le micro à mon revers, glissa les piles dans la poche de mon pantalon, et, après avoir vérifié les fils, me laissa insérer l'oreillette tout seul. Je dus fermer les yeux et me dire que nous étions sur une plage, que c'était un coquillage pour me faire écouter la rumeur de la mer..., il me fallut réprimer une nausée en le tortillant au fond de mon oreille, encore tout chaud et tout visqueux d'avoir quitté la sienne.

« Bon, et maintenant, alors ? »

Il se pencha vers moi ; et, avec une joie mauvaise, comme si j'étais l'Ennemi public numéro un et qu'il appuyait sur le bouton de la chaise électrique, il tourna le curseur du cadran.

« Je n'entends rien, lui dis-je.

— Attends que je mette le volume.

— Ça va me rendre sourd, de porter ce machin ? »
Je me voyais déjà sourd-muet, coincé à Elizabeth pour
le restant de mes jours, à tortiller les bretzels de l'usine
du New Jersey.

Ma question, posée sérieusement, le fit rire de bon
cœur.

« Attends, dis-je, je veux pas. C'est pas le moment.
Il se passe des tas de trucs dehors, et pas des trucs sympathiques, tu sais. »

Mais il était oublieux de ces trucs pas sympathiques,
soit parce qu'il était catholique et qu'il n'avait pas de
souci à se faire, soit tout simplement parce qu'il était
Joey l'irrépressible.

« Tu sais ce qu'il m'a dit, l'escroc qui nous l'a
vendu ? Il était même pas docteur. Ça l'a pas empêché
de me faire passer son test à la manque. Le voilà qui
sort sa montre de sa poche et qui me la met contre
l'oreille en me disant : "Tu l'entends faire tic-tac,
Joey ?" J'entends un petit peu. Et puis il commence à
reculer, et il me dit : "Et maintenant, tu l'entends,
Joey ?" Moi je l'entends pas. J'entends que dalle, alors
il écrit des chiffres sur un bout de papier. Puis il
prend deux pièces de cinquante cents dans sa poche et
il fait pareil : "T'entends les pièces tinter, Joey ?", et
puis il s'éloigne, je le vois les choquer mais j'entends
plus rien. "Pareil", je lui dis, et il écrit encore. Après il
regarde ce qu'il a écrit, il se concentre, quoi, et puis il
sort cette merde en fer-blanc d'un tiroir, il me la met,
avec toutes ses pièces, et il dit à mon père : "Votre petit,
il va entendre l'herbe pousser tellement il est bon, ce

modèle-là." » Là-dessus Joey se mit à tourner le
curseur jusqu'à ce que j'entende le bruit d'un robinet
dans une baignoire, et la baignoire c'était moi. Ensuite
il le fit tourner vigoureusement — et ce fut un coup de
tonnerre.

« Arrête, ça suffit », criai-je. Mais il faisait des bonds
joyeux autour de moi, si bien que je portai la main à
mon oreille et en arrachai la prothèse, distrait un instant
à l'idée que non seulement La Guardia venait d'être
arrêté, ainsi que le président Roosevelt, et le rabbin
Bengelsdorf lui-même, mais que le nouveau voisin du
dessous ne serait pas plus de la tarte que son prédécesseur, et c'est alors que je résolus de fuguer à nouveau.
J'étais encore trop novice dans le commerce des
hommes pour savoir qu'à la longue personne n'est de la
tarte, et que moi-même je n'étais pas de la tarte. J'avais
commencé par trouver Seldon insupportable, et maintenant c'était Joey que je ne supportais plus, ce fut à
ce moment-là que je décidai de les fuir, l'un comme
l'autre. Je m'enfuirais avant l'arrivée de Seldon, avant
la charge des antisémites, avant le retour du corps de
Mrs Wishnow et l'enterrement auquel il me faudrait
assister. Sous la protection de la police montée, je
m'enfuirais cette nuit même, loin de tout ce que j'avais
aux trousses, de tout ce qui me haïssait, et qui voulait
ma peau. Je m'enfuirais loin de tout ce que j'avais fait,
et de tout ce que je n'avais pas fait, et je repartirais de
zéro sous l'identité d'un parfait inconnu. Je compris
tout à coup où m'enfuir — à Elizabeth, à la fabrique
de bretzels. Je leur écrirais sur un papier que j'étais
un petit sourd-muet. Ils m'emploieraient à faire des

bretzels ; je n'ouvrirais pas la bouche, je ferais semblant de ne pas entendre, et personne ne me découvrirait jamais.

« T'es au courant, pour le petit qui a bu le sang du cheval ? me dit Joey.

— Le sang de quel cheval ?

— Celui de Saint Peter. Le petit, il est rentré une nuit à la ferme, et il a bu le sang du cheval ; ils le recherchent.

— Qui ça, ils ?

— Les gars, Nick, les gars de là-bas. Les grands.

— Qui c'est, Nick ?

— Un des orphelins. Il a dix-huit ans. Le petit qui a fait ça, c'est un Juif, comme toi. Ils en sont sûrs, qu'il est juif, et ils vont le trouver.

— Comment ça se fait qu'il ait bu le sang du cheval ?

— Les Juifs ils boivent du sang.

— Mais qu'est-ce que tu racontes ? J'en bois pas, moi, du sang. Sandy en boit pas. Mes parents non plus. Je connais personne qui en boive.

— Ce petit, il en boit.

— Ah ouais, et comment il s'appelle ?

— Nick en sait rien pour le moment. Mais ils le cherchent, et ils vont l'avoir, t'en fais pas.

— Et alors, qu'est-ce qu'ils vont lui faire, Joey ? Ils vont boire son sang à lui ? Les Juifs ne boivent pas le sang. Faut être fou pour dire ça. » Je lui rendis son sonotone, en me disant que je pouvais désormais ajouter Nick à la liste de tout ce qu'il me fallait fuir. Quant à Joey, il se mit à courir d'une fenêtre à l'autre pour

apercevoir les chevaux, tant et si bien que ne supportant
plus d'être privé d'un spectacle comparable, pensait-il,
au grand cirque équestre de Buffalo Bill s'il était passé
en ville et avait dressé son grand chapiteau sous nos
fenêtres, il prit la porte et disparut ; je ne le revis pas
de la nuit. On racontait que la police montée possédait
un cheval qui chiquait du tabac comme son cavalier, et
qui savait faire des additions en frappant du sabot droit.
Joey prétendit plus tard l'avoir vu dans le quartier, ce
cheval nommé Ned, qui appartenait au poste huit, et qui
laissait les enfants se pendre à sa queue sans ruer. Peut-
être le rencontra-t-il en effet, ce mythique Ned, peut-
être alors son escapade en valut-elle la peine. Toujours
est-il que pour m'avoir abandonné sans retour ce soir-
là, pour avoir cédé à son goût de l'aventure au lieu
d'obéir à sa mère, il fut sévèrement puni par son père
lorsque ce dernier rentra du travail le lendemain matin,
et cingla cruellement sa croupe de poney avec la lanière
noire de son réveil de veilleur.

Joey disparu, je fermai la porte à double tour derrière
lui. J'aurais volontiers allumé la radio pour me distraire
de mes angoisses, mais j'avais peur qu'un nouveau bulletin ne vienne interrompre les programmes habituels,
et m'apprendre dans ma solitude des nouvelles encore
plus affreuses que celles qui nous étaient parvenues
toute la journée. Avant peu, je me remis à rêver de
m'enfuir à la fabrique de bretzels. J'avais lu un article
sur elle dans le *Sunday Call*, l'année d'avant, et je
l'avais découpé pour en faire un compte rendu à l'école
sur l'industrie dans le New Jersey. Cet article rapportait
les propos de Mr Kuenze, le propriétaire, selon lequel,

contrairement à une idée reçue dans le monde entier, il
ne fallait pas des années pour apprendre à faire les bretzels. « Moi, s'ils sont capables d'apprendre, je leur
montre du jour au lendemain », disait-il. L'essentiel de
l'article roulait sur la dose de sel, sujet controversé.
Selon Mr Kuenze, les grains de sel extérieurs étaient
superflus, et il n'en mettait que pour des raisons
« commerciales ». Ce qui comptait, c'était de saler la
pâte, et il était le seul à le faire dans tout l'État. L'article
précisait que Mr Kuenze avait une centaine d'ouvriers,
dont de nombreux sourds-muets, mais aussi « des
garçons et des filles qui venaient travailler après les
cours ».

Je savais quel bus prendre pour me rendre à la
fabrique, puisque c'était celui que nous avions pris,
Earl et moi, l'après-midi où nous avions suivi jusqu'à
Elizabeth le chrétien que mon ami avait identifié in
extremis comme un pédé. Il ne me restait plus qu'à
prier le bon Dieu que ce pédé ne prenne pas le même
bus que moi, mais si jamais c'était le cas je n'aurais
qu'à descendre et attendre le suivant. Ce qu'il me faudrait, c'était un billet, et pas un billet de sœur Mary
Catherine, mais celui d'un sourd-muet. « Cher monsieur Kuenze, j'ai entendu parler de vous dans le *Sunday Call*. Je voudrais apprendre à fabriquer les bretzels.
Je suis sûr que je peux apprendre du jour au lendemain.
Je suis sourd-muet ; je suis orphelin. Voulez-vous me
donner un emploi ? » Et je signai « Seldon Wishnow »,
incapable de trouver un autre nom quand ma vie en
aurait dépendu.

Il me fallait un billet rédigé, et il me fallait des

vêtements. Il fallait que je fasse bonne impression à
Mr Kuenze ; je ne pouvais pas arriver les mains dans
les poches. Et puis cette fois il me fallait un plan, un
plan à long terme, comme aurait dit mon père. Il me
vint sans tarder : j'allais économiser une partie suffisante de l'argent que je gagnerais à la fabrique de bretzels et puis j'achèterais un aller simple pour Omaha,
dans le Nebraska, où le père Flanagan dirigeait le Village des Garçons. Comme tout le monde en Amérique,
j'avais découvert le Village des Garçons et le père
Flanagan par le film avec Spencer Tracy, *Des hommes
sont nés*. L'acteur avait reçu un oscar pour son inter-
prétation du célèbre prêtre et il en avait fait don au vrai
Village des Garçons. J'avais cinq ans quand j'avais vu
le film au Roosevelt avec Sandy, un samedi en matinée.
Le père Flanagan ramassait les gamins des rues, certains d'entre eux déjà voleurs et petits gangsters, et il
les ramenait à sa ferme, où ils étaient nourris, blanchis
et instruits ; où ils jouaient au base-ball, chantaient
dans la chorale et apprenaient à être de bons citoyens.
Le père Flanagan leur tenait lieu de père à tous, sans
distinction de race ou de confession. La plupart d'entre
eux étaient catholiques, certains protestants, mais il y
avait aussi quelques petits Juifs nécessiteux, cela je le
savais par mes parents, qui comme des milliers d'autres
familles américaines avaient regardé le film la larme
à l'œil et faisaient depuis un don annuel autant qu'œ-
cuménique au Village des Garçons. Du reste je ne me
présenterais pas comme Juif en arrivant à Omaha. Je
dirais — m'exprimant enfin à voix haute — que je ne
savais pas qui j'étais ni d'où je venais. Que je n'étais

rien ni personne, et surtout pas responsable de la mort de Mrs Wishnow qui laissait son fils orphelin. Que ma famille l'élève désormais comme son propre fils. Qu'il prenne mon lit, qu'il prenne mon frère, qu'il prenne mon avenir. Moi j'allais faire ma vie avec le père Flanagan dans le Nebraska, qui était encore plus loin de Newark que le Kentucky.

Tout à coup, un autre nom me vint à l'esprit ; je réécrivis le billet, et signai Philip Flanagan. Puis je me dirigeai vers la cave pour prendre la valise en carton où j'avais caché les vêtements de Seldon lors de ma première fugue. Cette fois, j'allais y mettre mes propres affaires, et dans ma poche, j'emporterais le mousquet d'étain miniature acheté à Mount Vernon, et qui me servait à ouvrir les enveloppes de timbres au temps où je possédais encore une collection digne de ce nom et recevais du courrier. La baïonnette ne mesurait pas trois centimètres de long, mais puisque je quittais la maison pour de bon, il me faudrait de quoi me défendre, et ce coupe-papier était tout ce que je possédais à cet égard.

Quelques minutes plus tard, je descendais l'escalier muni d'une torche électrique, et pour que mes jambes ne flageolent pas je me dis que c'était bien la dernière fois que j'allais affronter l'essoreuse, les chats de gouttière, les égouts, ou les morts. Ou encore ce mur humide et infect donnant sur la rue, contre lequel Alvin l'unijambiste avait jadis fait gicler son chagrin.

Il ne faisait pas encore assez froid pour brûler du charbon, et quand, au pied de l'escalier, je braquai ma torche sur la masse cendreuse des chaudières éteintes, elles m'évoquèrent ces mausolées prétentieux que

choisissent, vanité des vanités, ceux qui détiennent le
pouvoir de l'argent. Je restai là, dans l'espoir que le
fantôme du père de Seldon soit parti dans le Kentucky,
en se glissant à l'insu de tous dans la malle arrière de
mon père, peut-être, pour aller chercher sa défunte.
Mais je comprenais bien qu'il n'en était rien, que sa
besogne de fantôme me concernait personnellement,
que son cœur de spectre frémissait de malédictions à
moi seul réservées. « Je ne voulais pas qu'ils déména-
gent, chuchotai-je. C'est une erreur. Ce n'est pas ma
faute. Je ne voulais pas que ça retombe sur Seldon. »

Je m'attendais, certes, au silence qu'opposaient
inévitablement à mes plaidoyers ces morts impi-
toyables ; et voilà que j'entendis mon nom prononcé en
réponse — et par une femme, encore ! D'outre-chau-
dières, une femme gémissait mon nom ! Elle n'était
pas morte depuis plus de quelques heures que, déjà,
elle venait me hanter pour le restant de mes jours !

« Je sais la vérité », dit-elle, et alors, surgissant
comme la pythie de Delphes de notre box, je vis ma
tante. « Ils sont à mes trousses, Philip, dit-elle. Je
connais la vérité, alors ils vont me tuer. »

Elle avait envie d'aller aux toilettes ; il fallait absolument qu'elle mange — comment aurais-je pu refuser
de la laisser satisfaire ces besoins ? Je fus donc bien
obligé de l'emmener en haut avec moi. Je lui coupai
une tranche dans le demi-pain qui restait du dîner, je la
beurrai, je lui versai un verre de lait. Après être passée
aux toilettes — j'avais baissé les stores de la cuisine
pour qu'on ne la voie pas d'en face — elle revint et elle

engloutit avidement tout ce que je lui présentais. Elle avait pris son manteau et son sac sur ses genoux, et gardait son chapeau sur la tête ; j'espérais donc qu'elle allait partir sitôt après manger, ce qui me permettrait de redescendre prendre la valise et la remplir, pour me sauver avant le retour de ma mère. Mais sa collation terminée, elle devint volubile, ne cessant de répéter qu'elle savait la vérité, et qu'ils allaient la tuer. Ils avaient appelé la police montée pour trouver sa cachette, m'apprit-elle.

Dans la pause qui accueillit cette remarque stupéfiante — et en la circonstance, où les événements se succédaient dans une logique imprévisible, je fus assez enfant pour la croire à moitié —, nous suivîmes le déplacement audible d'un cheval isolé, caracolant vers Chancellor Avenue. « Ils savent que je suis ici, poursuivit-elle.

— Mais non, tante Evelyn, dis-je, sans la moindre conviction. Même moi je ne savais pas que tu étais là.

— Pourquoi es-tu venu me chercher, alors ?

— Je ne suis pas venu te chercher. J'étais descendu prendre autre chose. La police est dehors », poursuivis-je, convaincu de mentir délibérément mais avec l'accent de la sincérité, « la police est dehors à cause de l'antisémitisme. Elle patrouille les rues pour nous protéger. »

Il lui vint un de ces sourires qu'on réserve aux âmes crédules. « Elle est bien bonne, Philip », me dit-elle.

À présent, rien de ce que je savais ne coïncidait avec ce que nous disions. L'ombre de sa folie était passée sur moi mais je ne comprenais pas encore que quand elle s'était cachée dans le box, ou peut-être même plus tôt, au moment où elle avait vu le FBI emmener le rabbin menottes aux poignets, elle avait perdu la tête pour de bon. À moins que son naufrage ne remonte au soir où elle avait dansé avec von Ribbentrop à la Maison-Blanche. Cette dernière théorie serait celle de mon père : il pensait que longtemps avant l'arrestation de Bengelsdorf, à l'époque où l'indécence de son ascension dans la faveur présidentielle sidérait tout Newark, elle avait cédé à la crédulité qui avait transformé tout le pays en asile de fous : ce culte de Lindbergh et de sa conception du monde.

« Tu veux t'allonger un peu, lui demandai-je en redoutant qu'elle n'accepte. Tu as besoin de te reposer ? Tu veux que j'appelle le médecin ? »

Elle serra ma main si fort que ses ongles rentrèrent dans ma chair : « Philip, mon chéri, je sais tout.

— Tu sais ce qui est arrivé au président Lindbergh, c'est ça ?

— Où est ta mère ?

— À mon école, il y a réunion.

— Tu vas m'apporter à manger et de l'eau, mon trésor.

— Ah bon ? Bien sûr. Mais où ?

— À la cave. Je ne peux pas boire dans l'évier de la buanderie. On va me trouver.

— Il ne faut pas, dis-je en pensant aussitôt à la grand-mère de Joey qui suintait la folie furieuse par tous les pores de sa peau, elle aussi. Je t'apporte tout ça. » Mais cette promesse m'empêchait de m'enfuir.

« Tu n'aurais pas une pomme, par hasard ? » demanda tante Evelyn.

J'ouvris le réfrigérateur. « Non, pas de pomme. On n'en a plus. Ma mère n'a pas pu faire beaucoup de commissions. Mais il y a une poire, tante Evelyn, tu la veux ?

— Oui, avec une autre tranche de pain. Coupe-m'en une autre. »

Sa voix changeait sans cesse. À présent, on aurait dit que nous faisions d'innocents préparatifs de pique-nique à la fortune du pot pour aller au parc de Wee-quahic, manger sous un arbre au bord du lac, et que les événements du jour étaient pour nous comme pour le reste de l'Amérique, comme pour les chrétiens, une contrariété mineure, tout au plus. Et puisqu'il y avait plus de trente millions de familles chrétiennes en Amérique, contre un million de familles juives, pourquoi s'en faire ?

Je coupai une seconde tranche de pain pour la lui apporter à la cave, et la tartinai copieusement de beurre. Si on me demandait des comptes sur le pain qui manquait, je dirais que c'était Joey qui l'avait mangé, avec la poire, avant de courir voir les chevaux.

À son retour, lorsque ma mère découvrit que mon père n'avait pas appelé, elle fut incapable de me cacher sa réaction. Elle regarda la pendule de cuisine d'un air désespéré, en pensant peut-être à notre emploi du temps ordinaire à pareille heure : c'était le moment de se coucher ; quand les enfants se seraient lavé la figure et les dents ils auraient accompli une journée de tâches à leur portée, pour la satisfaction de tous. C'était ça, pour nous, neuf heures du soir — du moins c'est ce que nous avait amenés à croire cette immuable illusion de réalité, si parfaitement convaincante, et qui n'était finalement qu'une imposture.

Et le train-train quotidien de l'école — était-ce une imposture, aussi, un subterfuge habile pour nous bercer d'attentes raisonnables, faire naître en nous une confiance absurde? « Pourquoi on n'a pas école? » demandai-je lorsqu'elle m'annonça que les classes vaqueraient le lendemain. « Parce que », me répondit ma mère en employant les formules incolores soufflées aux parents pour dire la vérité aux enfants sans les effrayer indûment, « la situation s'est dégradée. — Quelle situation? — La nôtre. — Pourquoi, qu'est-ce qui s'est passé, encore? — Il ne s'est rien passé, mais il vaut mieux que vous restiez à la maison demain, vous, les enfants. Où est Joey? Où il est, ton ami? — Il a mangé un bout de pain, il a pris la poire et puis il est parti. Il a pris la poire dans le frigo, et puis il est sorti en courant. Il est parti voir les chevaux. — Et tu es sûr que personne n'a téléphoné? » demanda-t-elle, trop épuisée pour en vouloir à Joey de l'avoir laissée tomber en pareille circonstance. « Je veux savoir pourquoi il n'y aura pas école, m'man. — Il faut vraiment que tu le saches ce soir? — Oui, pourquoi je pourrais pas aller à l'école? — Eh bien... c'est parce qu'il risque d'y avoir... la guerre avec le Canada. — Avec le Canada? Quand? — Personne n'en sait rien. Mais il vaut mieux que vous restiez à la maison en attendant les événements. — Mais pourquoi on ferait la guerre au Canada? — Philip, je t'en prie, j'ai ma dose pour aujourd'hui. Je t'ai dit tout ce que je sais. Tu as insisté, je t'ai tout dit. À présent, il ne reste plus qu'à attendre. Il faut qu'on attende les événements, comme tout le monde. » Et puis, comme si le fait d'ignorer où se trouvaient mon père et mon frère lâchait la bride aux pires imaginations, à savoir que nous n'étions plus à présent qu'une veuve et son fils, tout comme les Wishnow, elle déclara, se raccrochant désespérément au vieux protocole en vigueur à neuf heures du soir : « Je veux que tu fasses ta toilette et que tu ailles au lit. »

Au lit, comme si ce lieu chaud et douillet existait encore, et ne s'était pas changé en couveuse de toutes les angoisses.

La guerre avec le Canada représentait bien moins une énigme pour moi que ce dont tante Evelyn pourrait se servir en guise de vase de nuit. Si j'avais bien compris, les États-Unis entraient enfin dans la guerre mondiale, non pas aux côtés de l'Angleterre et des colonies britanniques, que tout le monde pensait nous voir soutenir du temps que FDR était président, mais du côté de Hitler et de ses alliés, l'Italie et le Japon. En outre, depuis deux jours pleins nous étions sans nouvelles de mon père et de mon frère, et jusqu'à preuve du contraire, ils pouvaient très bien avoir été affreusement massacrés tout comme la mère de Seldon par des émeutiers antisémites ; en plus, il n'y aurait pas d'école demain, ce qui me laissait à penser qu'il pourrait fort bien ne plus jamais y avoir d'école, si le président Wheeler se proposait de nous infliger les lois que les nazis avaient imposées aux enfants juifs en Allemagne, comme nous le savions. Un séisme politique d'une magnitude inimaginable était en train de transformer une société libre en État policier, mais un enfant reste un enfant, et la seule idée que je ressassais dans mon lit, c'était que quand ma tante serait prise d'un besoin naturel, elle devrait se soulager sur le sol de notre box. Tel était l'aléa qui me tracassait, qui me pesait comme la matérialisation de tout le reste, qui éclipsait tout le reste. C'était le souci le plus dérisoire, et voilà qu'il prenait une importance tellement primordiale que, vers minuit, j'allai à pas de loup dans la salle de bains, y trouvai au fond du placard de toilette le bassin que nous avions acheté pour toute urgence d'Alvin à son retour du Canada. J'étais déjà devant la porte de service, prêt à le descendre à tante Evelyn lorsque je me heurtai à ma mère en chemise de nuit, découvrant effarée ce petit garçon égaré par la tournure des événements.

Quelques minutes plus tard, tante Evelyn remontait chez nous conduite par ma mère. Je vous passe l'émotion que la scène causa au foyer des Cucuzza, et la réaction hostile de leur inquiétante grand-mère devant ma redoutable tante : il est bien connu que les moments les plus douloureux ont leur pointe de cocasserie. On m'envoya coucher dans le lit de mes parents, ma mère et tante Evelyn prirent ma chambre, où une nouvelle épreuve attendait ma mère : empêcher sa sœur de se lever du lit de Sandy pour filer dans la cuisine en douce ouvrir le gaz et nous tuer tous.

Ce voyage de deux mille kilomètres aller et retour fut pour Sandy l'aventure de sa vie. Pour mon père, ce fut plus funeste. Son Guadalcanal, sa bataille des Ardennes, sans doute. Âgé de quarante et un ans, il échappa à la conscription lorsque la politique de Lindbergh discréditée, Wheeler tombé en disgrâce et Roosevelt de retour à la Maison-Blanche, l'Amérique entra enfin en guerre contre les puissances de l'Axe en décembre suivant. Cette équipée fut donc sa plus proche expérience de la peur, de l'épuisement et de la souffrance physique du soldat au front. Le cou pris dans sa minerve d'acier, avec deux côtes fracturées, le visage couturé, des dents cassées plein la bouche, transportant le pistolet prêté par M. Cucuzza dans sa boîte à gants pour se défendre contre les individus qui avaient déjà assassiné cent vingt-deux Juifs dans les régions mêmes vers lesquelles il se dirigeait, il parcourut les mille kilomètres qui le séparaient du Kentucky sans jamais s'arrêter sinon pour prendre de l'essence et aller aux toilettes. Et après avoir dormi cinq heures chez les Mawhinney, mangé un morceau, il reprit la route en sens inverse, affligé cette fois d'une infection qui couvait tout le long de ses points de suture, avec sur le siège arrière Seldon, l'intestin ravagé, brûlant de fièvre, hallucinant la présence de sa mère et prêt à s'en remettre à la magie pour la faire revenir.

Ils n'avaient mis que vingt-quatre heures à l'aller, ils en mirent le triple au retour tant il leur fallut s'arrêter pour laisser Seldon vomir, ou poser culotte dans le fossé. Circonstance aggravante, dans un rayon de trente kilomètres autour de Charleston, en Virginie, où ils se perdirent et tournèrent en rond désespérément au lieu de continuer vers le nord-est et le Maryland, la voiture tomba en panne six fois en l'espace d'un peu plus d'une journée. Une fois au beau milieu de la voie ferrée, des poteaux électriques et des vastes convoyeurs d'Alloy, village de deux cents habitants où d'énormes tas de minerai et de silicate entouraient les bâtiments de l'usine électrométallurgique ; une deuxième dans le village voisin de Boomer, où les flammes des hauts-fourneaux montaient si haut que mon père tout seul dans une rue sans lampadaires après le coucher du soleil put lire (de travers, il est vrai) sa carte routière à leur incandescence ; une troisième à Belle, autre minuscule hameau infernal où les fumerolles ammoniaquées de l'usine Du Pont faillirent les asphyxier sitôt qu'ils sortirent de la voiture pour soulever le capot et chercher l'origine de la panne ; de nouveau dans le sud de Charleston, ville « monstre » pour Seldon à cause des vapeurs fuligineuses qui nimbaient les zones de fret et d'entrepôts, et les longs toits sombres des usines noires de suie ; deux fois aux abords de Charleston, capitale de l'État. Là, vers minuit, pour appeler la dépanneuse, mon père dut franchir une voie ferrée à pied et descendre une décharge jusqu'à un pont sur un fleuve avec des péniches de charbon, des dragueurs, des remorqueurs ; il cherchait un boui-boui nanti d'un téléphone à pièces, ayant laissé les deux garçons tout seuls dans la voiture, sur la route qui longeait le fleuve, en face de la zone chaotique de l'usine — bicoques, baraques, cabanes en tôle, bennes de charbon, grues, palans, tourelles au squelette d'acier, fours électriques, forges rugissantes, cuves trapues, hautes barrières anticycloniques —, usine qui, à en croire les panneaux larges comme des réclames, était la plus grande fabrique de haches, hachettes et faucilles du monde.

Cette usine hérissée de lames acérées porta un coup fatal à l'équilibre déjà chancelant de Seldon. Au matin, il hurlait que les Indiens allaient le scalper. Curieusement, d'ailleurs, il avait mis le doigt sur quelque chose. Il n'était pas nécessaire de délirer en effet pour faire le rapprochement avec les colons blancs des commencements, qui avaient passé la barrière des Appalaches et s'étaient répandus, flot indésiré, sur les terrains de chasse favoris des Delaware et des Algonquins ; à ceci près qu'au lieu des étrangers au faciès bizarre, dont la rapacité choquait les autochtones, il y avait là des Juifs, étrangers au faciès bizarre certes, mais dont la seule provocation était de se trouver sur les lieux. Et cette fois, ceux qui défendaient bec et ongles leur terre et leur mode de vie contre l'invasion et la destruction, ce n'étaient pas des Indiens conduits par le grand Tecumseh, mais des chrétiens américains, au-dessus de tout soupçon, aiguillonnés par le président des États-Unis par intérim.

On était en effet le 15 octobre, et ce jeudi-là, le maire La Guardia fut arrêté à New York, la Première Dame internée à Walter Reed, FDR « retenu » avec « ses » Juifs accusés d'avoir organisé le kidnapping de Lindbergh *père* ; ce jeudi-là le rabbin Bengelsdorf fut arrêté à Washington, et tante Evelyn s'effondra dans le box de notre cave. Ce jour-là toujours, mon père et Sandy ratissèrent les montagnes de Virginie pour trouver le seul médecin en titre du comté (le barbier en titre avait déjà proposé ses services) et lui demander de

donner un calmant à Seldon. L'homme qu'ils déni-
chèrent dans la campagne, sur un petit chemin de terre,
avait passé soixante-dix ans et il puait le whiskey.
C'était un bon vieux toubib, gentil et encore vert, qui
dirigeait un dispensaire rural dans une petite maison de
bois devant laquelle les patients attendaient leur tour
— Sandy me confia par la suite n'avoir jamais vu
pareille horde de loqueteux chez les Blancs. Le délire
de Seldon était essentiellement causé par la déshy-
dratation, conclut le médecin. Il lui enjoignit de passer
une heure à boire des louches d'eau du puits, situé
derrière la maison, près du lit de la rivière. Il draina
aussi le pus de la blessure faciale de mon père pour prévenir tout empoisonnement du sang qui, à cette époque
où les antibiotiques étaient une nouveauté qu'on ne
trouvait pas partout, risquait d'atteindre tout son orga-
nisme et de le tuer avant qu'il n'arrive chez lui. Le
vieux fit montre de moins de talent pour recoudre la
blessure qu'il n'en avait eu pour diagnostiquer le début
de septicémie : pour le restant de ses jours on aurait
dit que mon père avait reçu une estafilade lors d'un
duel d'étudiants à Heidelberg. Par la suite, j'y vis, plutôt qu'un signe des aléas du voyage, la marque de son
stoïcisme dément. Lorsqu'il arriva enfin à Newark,
vidé par la fièvre et les frissons, ainsi que par une toux
catarrheuse, aussi alarmante que celle de Mr Wishnow,
Mr Cucuzza n'eut plus qu'à le ramasser dans notre cuisine, où il venait de s'évanouir à table, pour l'emmener
une fois de plus au Beth Israel, où il faillit bien mourir
d'une pneumonie. Mais rien n'aurait pu l'arrêter avant
d'avoir sauvé Seldon. Mon père était un sauveteur, et

les orphelins sa spécialité. Il y avait un exil plus atroce que de s'installer à Union ou de partir pour le Kentucky, et c'était de perdre ses parents, de se retrouver orphelin. On voyait bien ce qu'il était advenu d'Alvin. Ce qui était arrivé à sa belle-sœur à la mort de grand-mère. Personne ne devrait être privé de ses père et mère. Sans père et mère, on était accessible à la manipulation, aux influences ; on était déraciné, vulnérable à tout.

Pendant ce temps, Sandy était perché sur la grille devant le dispensaire et il crayonnait les patients, dont une fille de treize ans nommée Cecile. En ce temps-là mon frère, adolescent précoce, changeait trois fois de personnage en l'espace de vingt-quatre mois, en ce temps-là, malgré toute son équanimité, il pouvait donner l'impression de n'arriver à rien malgré son excellence. Mes parents n'avaient pas apprécié qu'il aille travailler pour Lindbergh et devienne le petit orateur prodige de tante Evelyn, expert ès culture du tabac, ils n'avaient pas aimé qu'il quitte Lindbergh pour les filles du jour au lendemain, et devienne le plus jeune Don Juan du voisinage. À présent, il s'était porté volontaire pour guider mon père sur un quart de continent jusqu'à la ferme des Mawhinney dans l'espoir de recouvrer par ce fait d'armes son prestige de fils aîné, et de rentrer dans le giron familial auquel il avait été arraché. Il faillit pourtant se laisser détourner de sa noble cause par un divertissement anodin à ses yeux puisque à visée artistique : faire le portrait de la petite Cecile, jeune fille nubile. Lorsque mon père, un pansement couvrant sa joue, sortit du cabinet du médecin et le trouva ainsi occupé sur le perron, il le prit par la ceinture de son pantalon sans lui laisser le temps de ranger son carnet, pour l'entraîner jusqu'à la route où la voiture était garée. « Mais ça va pas, non, lui chuchotat-t-il en le foudroyant du regard par-dessus sa minerve, tu es pas fou, de faire son portrait ? — Juste son visage », dit Sandy pour se justifier, tout en serrant son carnet contre son cœur (il mentait). « Je m'en fous pas mal. Tu as jamais entendu parler de Leo Frank ? Tu as jamais entendu parler du Juif qui s'est fait lyncher en Géorgie à cause de cette petite ouvrière d'usine ? Ne fais surtout pas son portrait, bon sang ! Ces gens-là, ils aiment pas qu'on les dessine, tu le vois pas, ça ? Arrête de les dessiner. Tous. On est venus jusqu'au Kentucky pour récupérer ce gamin parce qu'ils ont brûlé sa mère dans sa voiture. Alors pour l'amour du ciel, range tes affaires de dessin, et ne dessine plus les filles, jamais. »

Quand ils regagnèrent enfin la route, ils étaient loin de se douter que Philadelphie, où mon père comptait arriver à l'aube du 17, était occupée par des chars et des troupes de l'armée ; mon père ne savait pas davantage que l'oncle Monty, indifférent aux supplications de ma mère, et insensible à toute épreuve dont il n'était pas la victime, l'avait viré pour ne pas être venu travailler depuis deux semaines. Mon père avait choisi la résistance, le rabbin Bengelsdorf la collaboration, mais l'oncle Monty ne roulait que pour lui.

Pour arriver chez les Mawhinney dans le comté de Boyle, il leur avait fallu décrire une diagonale. Du New Jersey jusqu'à Camden, ils avaient traversé le Delaware jusqu'à Philadelphie, s'étaient dirigés vers le sud pour gagner Baltimore, ils avaient traversé tout l'ouest de la Virginie pour entrer dans le Kentucky jusqu'à ce que, au bout de cent cinquante kilomètres environ, ils atteignent Lexington, puis, près d'une ville nommée Versailles, reprennent vers le sud pour arriver dans les molles collines du comté de Boyle. Ma mère suivait leur périple dans mon encyclopédie, grâce à la carte-dépliant des quarante-huit États et des dix provinces canadiennes qu'elle étalait sur la table de la salle à manger quand elle sentait monter l'angoisse. Pendant ce temps, en chemin, armé d'une torche électrique à la tombée du jour, Sandy se repérait sur une carte de chez Esso, ouvrant l'œil sur les individus suspects, surtout quand ils traversaient un village sinistre réduit à une seule rue, qui ne figurait même pas sur la carte. Outre les six pannes de la voiture, mon frère Sandy dénombra six occasions au cours desquelles mon père lui avait demandé d'ouvrir la boîte à gants et de lui passer le second pistolet de Mr Cucuzza pour le tenir sur ses genoux tout en conduisant — parce qu'il trouvait une mine patibulaire au camion déglingué qui les suivait, ou aux pick-up garés en vrac devant un pub local, ou encore au jeune pompiste en bleu de chauffe qui leur avait fait le plein et vérifié le pare-brise, et qui avait craché par terre en empochant leur argent — et chaque fois, mon frère avait eu l'impression, au ton de sa voix, que cet homme qui n'avait jamais tiré un coup de feu de sa vie n'hésiterait pas, au besoin, à « appouier sur la détente ».

Une fois rentré, Sandy dessina de mémoire le chef-d'œuvre de sa jeunesse. C'était l'historique illustré de

leur grande descente dans l'impitoyable univers américain. Il reconnut avoir eu peur presque tout le temps :
quand ils traversaient des villes où ils étaient certains
que les hommes du Ku Klux Klan guettaient tout Juif
assez téméraire pour s'aventurer là ; mais aussi quand
ils laissaient derrière eux ces cités funestes, quand ils
avaient dépassé les panneaux délavés, les stations-ser-
vice minuscules et les dernières baraques où vivaient
les plus pauvres, dans leurs hardes élimées — des
masures de bois décrépites qu'il restituait avec minutie,
et que soutenaient à leurs quatre coins des piles de
pierre branlantes, avec des trous en guise de fenêtres,
une cheminée rudimentaire qui s'écroulait à un bout,
et sur le toit battu par les intempéries, quelques pierres
retenant les tuiles de bois disjointes —, pour arriver
enfin jusqu'à ces zones que mon père appelait la
brousse. Il avait eu peur, disait-il, quand ils filaient,
laissant derrière eux des vaches, des chevaux, des
granges, des silos, sans la moindre voiture à l'horizon,
il avait eu peur dans les virages en épingle à cheveux de
la montagne, sans un accotement ou une rambarde,
peur quand la route se faisait piste de gravier et que la
forêt se refermait sur eux comme jadis sur les explora-
teurs Lewis et Clark. Il avait d'autant plus peur que
notre voiture ne possédait pas la radio, et qu'ils ne
savaient pas si les massacres de Juifs avaient cessé ou
s'ils allaient se jeter dans la rage meurtrière qui lançait
le pays contre les gens comme nous.

Apparemment le seul interlude qui n'ait pas inquiété
mon frère, alors qu'il avait atterré mon père, c'était le
moment où il avait fait le portrait de la petite monta-

gnarde devant chez le docteur, manifestement émous-
tillé par son physique. Elle se trouvait être exactement
du même âge que la « petite ouvrière », comme le pays
l'avait baptisée, assassinée à Atlanta une trentaine
d'années plus tôt par son contremaître juif, homme
marié de vingt-neuf ans, nommé Leo Frank. La célèbre
affaire Mary Phagan, retrouvée morte étranglée par une
corde dans le sous-sol de la fabrique de crayons le jour
où elle était passée prendre l'enveloppe de sa paie dans
le bureau de Frank, avait fait la une de tous les journaux, du nord au sud. Et à cette époque-là, mon père,
garçon de douze ans impressionnable, qui venait de
quitter l'école pour faire vivre sa famille, travaillait
dans une usine de chapeaux d'East Orange ; l'affaire ne
lui avait rien laissé ignorer des calomnies ordinaires
qui le liaient inextricablement à ceux qui avaient cru-
cifié le Christ. Une fois Frank reconnu coupable (sur
des preuves indirectes aujourd'hui largement sujettes à
caution), un de ses codétenus était devenu un héros
local en lui tranchant la gorge, ce dont il avait réchappé
de justesse. Un mois plus tard, une horde de respectables citoyens bien décidés à le lyncher avaient achevé
la besogne : ils l'avaient kidnappé dans sa cellule, et,
pour la plus grande satisfaction des collègues de mon
père à l'usine, ils avaient pendu ce « sodomite » à un
arbre de Marietta en Géorgie, patrie de sa victime, histoire d'ôter toute envie aux libertins juifs de s'approcher du Sud et de leurs femmes.

Bien entendu, l'affaire Frank ne fut qu'un des
aspects de tout un historique alimentant chez mon
père le sentiment que les campagnes de l'ouest de la

Virginie étaient dangereuses, cet après-midi du 15 octobre 1942. Ce sentiment remontait bien plus loin.

C'est ainsi que Seldon vint vivre chez nous. Une fois qu'ils furent rentrés du Kentucky sains et saufs, Sandy s'installa dans la véranda, et Seldon reprit le lit qu'Alvin puis tante Evelyn avaient laissé — ce lit jumeau du mien, réservé aux éclopés de l'Amérique de Lindbergh, aux victimes de sa malfaisance. Cette fois, je n'avais plus de moignon à soigner. Le moignon, c'était l'enfant lui-même ; et jusqu'au jour où il partit vivre chez une tante maternelle et son mari, à Brooklyn, dix mois plus tard, c'est moi qui fus la prothèse.

Post-scriptum

Note au lecteur
Chronologie véritable des personnages principaux
Autres personnages historiques figurant dans le livre
Documents annexes

Note au lecteur

Le complot contre l'Amérique est une œuvre de fiction. Ce post-scriptum est une référence adressée au lecteur curieux de savoir où s'arrête l'histoire et où intervient l'imagination. Les faits présentés ci-dessous sont tirés des sources suivantes : *Senator Burton K. Wheeler and United States Foreign Relations*, John Thomas Anderson (thèse soutenue à l'université de Virginie, en 1982) ; *Henry Ford and the Jews : The Mass Production of Hate*, Neil Baldwin, 2001 ; *Lindbergh*, A. Scott Berg, 1998 ; Centre de ressources biographiques du *Newark Evening News* et du *Newark Star-Ledger* ; *When Boxing was a Jewish Sport*, Allen Bodner, 1997 ; *The Columbia Encyclopedia*, dirigée par Wilima Bridgwater et Seymour Kurtz, 1963 ; *Roosevelt : The Soldier of Freedom*, 1970, et *The Lion and the Fox*, 1984, James MacGregor Burns ; *America First : The Battle Against Intervention, 1940-1941*, Wayne S. Cole, 1953 ; *The Nazi Movement in the United States, 1924-1941*, Sander A. Diamond, 1974 ; *The Facts on File Encyclopedia of the Twentieth Century*, dirigé par John Drexel, 1991 ; *The International Jew : The World's Foremost Problem*, vol. III, *Jewish Influences in American Life, 1920-1922*, Henry Ford ; *Winchell : Gossip, Power, and the Culture of Celebrity*, Neal Gabler, 1994 ; *Contemporary Authors*, Gale Group Publishing, vol 182, 2000 ; *American National Biography*, dirigé par John A. Garraty et Mark C. Carnes, 1999 ; *Anne Morrow Lindbergh : Her Life*, Susan

Hertog, 1999; *Great Issues in American History : From Reconstruction to the Present Day, 1864-1981*, dirigé par Richard Hofstadter et Beatrice K. Hofstadter, vol. III, 1982; *Dictionary of American Biography*, suppléments 3 à 9, 1974-1994, dirigé par Joseph G. E. Hopkins; « The Decline and Fall of Burton K. Wheeler », article de Joseph K. Howard pour *Harper's Magazine*, mars 1947; *The Secret Diary of Harold L. Ickes, 1939-1941*, Harold L. Ickes, 1974; *Fiorello H. La Guardia and the Making of Modern New York*, Thomas Kessner, 1989; *Winchell : His Life and Times*, Herman Klurfeld, 1976; *The Wave of the Future : A Confession of Faith*, Anne Morrow Lindbergh, 1940; *The Jew Accused : Three Anti-Semitic Affairs (Dreyfus, Beilis, Frank), 1894-1915*, Albert S. Lindemann, 1991; *La Guardia : A Fighter Against His Times, 1882-1933*, Arthur Mann, 1959; *The Growth of the American Republic*, vol. 2, Samuel Eliot Morison et Henry Steele Commager, 1962; *Current Biography YearBook, 1988*, dirigé par Charles Moritz, 1988; *Mavericks : The Lives and Battles of Montana's Political Legends*, John Morrison et Catherine Wright Morrison, 1997; *Random House Dictionary of the English Language*, 1983; *The Coming of the New Deal, 1933-1935*, 1958, et *The Politics of Upheaval, 1935-1936*, 1960 (vol. 2 et 3 de *The Age of Roosevelt*), Arthur M. Schlesinger, Jr.; *A Dictionary of Twentieth-Century History, 1914-1990*, Peter Teed, 1992; *Britannica Book of the Year Omnibus, 1937-1942*, et *Britannica Book of the Year, 1943*, dirigé par Walter Yust; *Nothing to Fear : The Selected Addresses of Franklin D. Roosevelt, 1932-1945*, dirigé par Ben D. Zevin, 1961.

Chronologie véritable
des personnages principaux

FRANKLIN DELANO ROOSEVELT
1882-1945

NOVEMBRE 1920. Après avoir été sous-secrétaire d'État au ministère de la Marine sous Wilson, Roosevelt se présente comme vice-président sur le « ticket » démocrate avec James M. Cox, gouverneur de l'Ohio ; les démocrates essuient une défaite cuisante à Harding.

AOÛT 1921. Il contracte la poliomyélite, qui le laissera gravement handicapé pour le restant de ses jours.

NOVEMBRE 1928. Élu démocrate pour le premier de ses deux mandats de gouverneur de New York tandis que le « ticket » national, conduit par l'ancien gouverneur Alfred E. Smith, perd contre Herbert Hoover. Gouverneur, Roosevelt va s'affirmer comme libéral et progressiste, plaidant l'intervention de l'État pour assister les victimes de la Crise, avec création de l'assurance chômage ; il se déclare adversaire de la Prohibition. Après une victoire écrasante en 1930, il va devenir le candidat démocrate le mieux placé dans la course à la présidence.

JUILLET - NOVEMBRE 1932. Choisi comme candidat à la présidence lors de la convention démocrate en juillet, il bat Hoover en novembre, avec 57,4 % des voix ; les démocrates s'imposent massivement dans les deux Chambres.

MARS 1933. Investi dans ses fonctions le 4 mars ; alors que la Crise paralyse le pays, il proclame dans son discours inaugural : « La seule chose dont il nous faille avoir peur c'est la peur. » Il propose sans tarder le New Deal, une nouvelle législation pour l'agriculture, l'industrie, le travail, les affaires, ainsi que des programmes d'aide aux détenteurs d'hypothèques et aux chômeurs. Son gouvernement se compose de Harold L. Ickes, à l'Intérieur, Henry Wallace à l'Agriculture, Frances Perkins — première femme à accéder à une fonction ministérielle — au Travail, Henry Morgenthau Jr aux Finances — le 17 novembre 1933, il remplace William Wodin, malade, et sera le deuxième Juif à occuper ces fonctions. Roosevelt inaugure les brefs entretiens radiophoniques depuis la Maison-Blanche, dits entretiens « au coin du feu » ; il convoque les journalistes à des conférences de presse.

NOVEMBRE 1933 - DÉCEMBRE 1934. Il reconnaît l'Union soviétique, et entreprend bientôt de reconstruire la flotte américaine, en partie au vu des activités japonaises en Extrême-Orient. Dès 1934, l'électorat noir a abandonné le Parti républicain de Lincoln pour le Parti démocrate de Roosevelt qui a su prendre des mesures d'assistance aux défavorisés.

1935. Grand élan de réformes, connues sous le nom de Second New Deal, Nouvelle Donne bis, lois sur l'assistance sociale, le travail, création du WPA (Works Progress Administration, qui emploie deux millions de travailleurs par mois). Quelques mesures favorables à la neutralité se dessinent face à la situation instable en Europe.

NOVEMBRE 1936. Bat le gouverneur républicain du Kansas, Alfred M. Landon, en remportant tous les États à l'exception du Maine et du Vermont ; les démocrates accroissent leur hégémonie au Congrès. Il déclare dans son discours de politique générale : « Le défi qui s'impose à notre démocratie, c'est celui-ci : les mal-logés, les mal-vêtus et les mal-nourris représentent un tiers de la nation. » En 1937, l'économie est en voie de rétablissement, mais une nouvelle crise survient, ce qui, s'ajoutant à l'agitation syndicale, amène la victoire des républicains au Congrès en 1938.

SEPTEMBRE - NOVEMBRE 1938. Redoutant les intentions de Hitler en Europe, il lui demande d'accepter un accord avec la Tchécoslovaquie. Le 30 septembre, à la conférence de Munich, la Grande-Bretagne et la France capitulent devant les exigences allemandes sur les Sudètes et le démembrement de la Tchécoslovaquie ; les troupes allemandes, menées par Hitler, y entrent en octobre, et cinq mois plus tard, conquièrent tout le pays, accordant son indépendance à la Slovaquie, qui devient une république fasciste soutenue par l'Allemagne. En novembre, Roosevelt ordonne une augmentation énorme de la production d'avions de combat.

AVRIL 1939. Demande à Hitler et Mussolini de s'engager à ne pas attaquer les pays d'Europe les plus faibles pendant une période de dix ans ; depuis le Reichstag Hitler lui répond par un discours plein de morgue, où il s'enorgueillit de la puissance militaire de l'Allemagne.

AOÛT - SEPTEMBRE 1939. Envoie un télégramme à Hitler pour lui demander de négocier avec la Pologne leur litige territorial ; Hitler répond en envahissant ce pays le 1er septembre. L'Angleterre et la France déclarent la guerre à Hitler. La Seconde Guerre mondiale commence.

SEPTEMBRE 1939. La guerre en Europe pousse Roosevelt à aménager le Neutrality Act pour permettre à la Grande-Bretagne et à la France de se fournir en armes. Tandis que Hitler envahit le Danemark, la Norvège, la Belgique, les Pays-Bas, le Luxembourg et la France pendant le premier semestre 1940, Roosevelt augmente de façon significative la production d'armes aux USA.

MAI 1940. Roosevelt met en place le conseil de la Défense nationale, et plus tard le Bureau de la production, pour préparer l'industrie et les forces armées à une guerre éventuelle.

SEPTEMBRE 1940. Le Japon, en guerre avec la Chine, et qui a déjà envahi l'Indochine française (après avoir envahi la Corée en 1910 et la Mandchourie en 1931), signe la Triple Alliance avec l'Italie et l'Allemagne, à Berlin. À la demande pressante de Roosevelt, le Congrès adopte la loi sur la circonscription en temps de paix, la première de toute l'histoire des États-Unis, loi qui requiert de tous les hommes entre vingt et trente-cinq ans de s'inscrire au tirage au sort, et qui rend ainsi possible la conscription de 800 000 appelés.

NOVEMBRE 1940. Traité de « Va-t-en-guerre » par les républicains, il fait campagne comme ennemi déclaré de Hitler et du fascisme et s'engage à tout mettre en œuvre pour tenir l'Amérique à l'écart de la guerre en Europe. Il remporte un troisième mandat, fait sans précédent, par 449 voix contre 82 et bat le républicain Wendell L. Willkie dans une élection où les questions de défense nationale et les relations avec la guerre ont occupé le devant de la scène. Willkie ne remporte que le Maine, le Vermont et le Midwest, qui est isolationniste.

JANVIER - MARS 1941. Prend ses fonctions le 20 janvier. En mars, le Congrès adopte le Lend-Lease, qui autorise le président à « vendre, transférer, prêter et prêter à bail » des armements, des vivres et des services aux pays dont il estime la défense vitale pour celle des États-Unis.

AVRIL - JUIN 1941. L'armée allemande envahit la Yougoslavie puis la Grèce et Hitler rompt le pacte de non-agression en envahissant la Russie. En avril, les États-Unis prennent le Groenland sous leur protection ; en juin, Roosevelt autorise l'atterrissage des forces américaines en Islande, et il étend le Lend-Lease à la Russie.

AOÛT 1941. Roosevelt et Churchill se rencontrent en mer pour établir une Charte atlantique de principes communs, qui contient une déclaration d'objectifs pour la paix en huit points.

SEPTEMBRE 1941. Il annonce que la marine a pour ordre de détruire tout sous-marin italien ou allemand qui menacerait la sécurité des États-Unis en entrant sur leurs eaux territoriales ; il demande au Japon d'évacuer la Chine et l'Indochine, mais le général Tojo, Premier ministre, refuse.

OCTOBRE 1941. Demande au Congrès d'assouplir le Neutrality Act pour armer les navires marchands et leur permettre ainsi d'entrer dans la zone des combats.

NOVEMBRE 1941. Une puissance de frappe japonaise considérable se masse dans le Pacifique alors que les négociations avec les États-Unis sur les questions militaires et économiques semblent se poursuivre avec l'arrivée des émissaires japonais pour des « pourparlers de paix ».

DÉCEMBRE 1941. Le Japon lance une attaque surprise sur les possessions américaines dans le Pacifique et les possessions anglaises en Extrême-Orient; après une adresse d'urgence au président, le Congrès déclare la guerre au Japon à l'unanimité le lendemain. Le 11 décembre, l'Allemagne et l'Italie déclarent la guerre aux États-Unis. Le Congrès leur déclare aussitôt la guerre à son tour. (Nombre de victimes US lors de l'attaque de Pearl Harbor, 2 403 morts parmi les marins, soldats, fusiliers marins, et les civils; 1 178 blessés.)

1942. L'effort de guerre mobilise presque toute l'attention du président. Lors de son message annuel au Congrès, il met l'accent sur l'accroissement de la production de guerre, et il déclare : « Nos objectifs sont clairs — écraser le militarisme qu'imposent les seigneurs de la guerre aux peuples asservis. » Il propose un budget record de 58 927 000 000 dollars pour les dépenses militaires. Avec Churchill, il annonce la création d'un commandement militaire uni en Asie du Sud-Est. La conférence de juin avec Churchill sur la stratégie se solde par l'invasion de l'Afrique du Nord française par les troupes alliées, sous le commandement du général Dwight D. Einsenhower (l'armée allemande sera chassée d'Afrique du Nord sept mois plus tard); le président assure la France, le Portugal et l'Espagne que les Alliés n'ont aucune prétention sur leur territoire. En juin, le président demande au Congrès de reconnaître l'état de guerre contre les régimes fascistes roumain, bulgare et hongrois, alliés aux puissances de l'Axe. En juillet, il nomme une Commission pour juger huit saboteurs nazis arrêtés par des agents du FBI après avoir accosté aux États-Unis depuis un sous-marin ennemi; à la suite de ce procès tenu secret, deux sont emprisonnés et six exécutés à Washington. En septembre, Wendell Willkie, émissaire du président, est reçu par Staline à Moscou; il y préconise un second front en Europe de l'Ouest. En octobre, le président passe secrètement en revue les ateliers de production; il annonce que les objectifs sont tenus. Il demande au Congrès d'étendre la conscription aux jeunes gens âgés de dix-huit et dix-neuf ans.

JANVIER 1943 - AOÛT 1945. La guerre en Europe, et avec elle le massacre des Juifs et leur expropriation, dure jusqu'en 1945. En avril, Mussolini est exécuté par des partisans italiens, et l'Italie se rend. L'Allemagne se rend sans condi-

tion le 7 mai, une semaine après le suicide d'Adolf Hitler
dans son bunker de Berlin, et moins d'un mois après la
mort subite du président Roosevelt, à la suite d'une hémor-
ragie cérébrale, au cours de la première année de son quatrième mandat. (C'est le président Harry Truman qui lui a
succédé.) Mettant un terme à la guerre en Extrême-Orient, le
Japon se rend sans condition, le 14 août. La Seconde Guerre
mondiale est finie.

CHARLES A. LINDBERGH
1902-1974

MAI 1927. Charles A. Lindbergh, vingt-cinq ans, natif du
Minnesota, cascadeur du ciel et pilote postal, rallie New York
à Paris par un vol sans escale de trente-trois heures et demie
à bord du *Spirit of Saint Louis*. Cette traversée de l'Atlantique en solitaire fait de lui une vedette mondiale. Le président Coolidge lui remet la Distinguished Flying Cross en
le nommant colonel de l'armée de l'air, réserviste.

MAI 1929. Lindbergh épouse Anne Morrow, vingt-trois ans,
fille de l'ambassadeur des États-Unis au Mexique.

JUIN 1930. Naissance de Charles Jr au foyer des Lindbergh,
dans le New Jersey.

MARS - MAI 1932. Charles Jr est enlevé dans la propriété
de deux cents hectares à l'écart des routes que possèdent
les Lindbergh dans le comté rural de Hopewell, New Jersey.
Quelques semaines plus tard, le corps en décomposition du
bébé est retrouvé par hasard, dans un bois voisin.

SEPTEMBRE 1934 - MARS 1935. Bruno H. Hauptmann, pauvre
immigrant allemand, charpentier de son état et ancien détenu,
est arrêté à New York, dans le Bronx, pour l'enlèvement
et le meurtre du bébé des Lindbergh. Après un procès de
six semaines, à Flemington dans le New Jersey, « procès
du siècle », selon la presse, Hauptmann est reconnu coupable
et exécuté sur la chaise électrique en avril 1936.

AVRIL 1935. Anne Morrow Lindbergh publie son premier

livre, *North to the Orient*, récit de ses aventures aériennes avec Lindbergh en 1931 ; le livre bat des records de vente et reçoit le National Booksellers Award, prix des libraires qui récompense le meilleur ouvrage non romanesque de l'année.

DÉCEMBRE 1935 - DÉCEMBRE 1936. Pour retrouver un peu d'intimité, les Lindbergh quittent les États-Unis avec leurs deux enfants en bas âge. Jusqu'à leur retour, en 1939, ils résident essentiellement dans un petit village du Kent, en Angleterre. Sollicité par l'armée américaine, Lindbergh se rend en Allemagne pour évaluer l'avance de l'aviation nazie ; au cours des trois années qui suivent, il multiplie ses visites. En 1936, il assiste aux jeux Olympiques de Berlin, en présence de Hitler, et évoquera ce dernier en ces termes dans une lettre à un ami : « C'est sans aucun doute un grand homme, et je suis convaincu qu'il a fait beaucoup pour le peuple allemand. » Anne Morrow Lindbergh accompagne son mari en Allemagne ; elle critiquera par la suite « cette idée strictement puritaine qui a cours chez nous, selon laquelle les dictatures sont forcément condamnables, mauvaises, instables, et qu'il ne peut en sortir aucun bien — idée à laquelle s'ajoute notre vision caricaturale de Hitler comme d'un clown, et aussi, naturellement, une très forte propagande hostile dans la presse juive ».

OCTOBRE 1938. À l'ambassade américaine à Berlin et sur ordre du Führer, Hermann Goering, maréchal de l'armée de l'air, décore Lindbergh de la Croix de l'Aigle allemand, médaille d'or à quatre petites croix gammées, qu'on décerne aux étrangers pour services rendus au Reich. Anne Morrow Lindbergh publie *Listen ! The Wind*, deuxième récit de ses aventures d'aviatrice, grand succès de librairie malgré l'impopularité croissante de son mari auprès des antifascistes américains, et le fait que certains libraires juifs refusent de commercialiser le livre.

AVRIL 1939. Après l'invasion de la Tchécoslovaquie, Lindbergh écrit dans son journal : « Même si je réprouve bien des choses que l'Allemagne a pu faire, je suis convaincu qu'elle a poursuivi la seule politique cohérente en Europe ces dernières années. » À la demande du chef de l'aviation, le général « Hap » Arnold, et avec l'approbation du président Roosevelt, qui cependant ne l'aime pas et ne lui fait pas confiance, Lindbergh garde ses fonctions de colonel dans l'armée de l'air.

SEPTEMBRE 1939. Dans des entrées de son journal qui suivent l'invasion de la Pologne par l'Allemagne, le 1ᵉʳ septembre, Lindbergh note : « Nous devons nous protéger des attaques des armées étrangères, et de la dilution par les races étrangères... ainsi que de l'infiltration d'un sang inférieur. L'aviation est l'un de ces biens précieux qui permettent à la race blanche de survivre dans une mer menaçante de Jaune, de Noir et de Foncé. » Un peu plus tôt dans l'année, il rapporte après une conversation avec un membre influent du Republican National Committee et un journaliste conservateur, Fulton Lewis Jr : « Nous nous inquiétons des effets de l'influence juive dans notre presse, notre radio et notre cinéma. C'est bien dommage, parce que quelques Juifs intéressants sont, selon moi, un atout pour n'importe quel pays. » Dans une entrée d'avril 1939 (retirée de la publication de 1970) il confie à ce même journal : « Il n'y a que trop de Juifs à New York dans l'état actuel des choses. En petit nombre, ils donnent de la force et du caractère à un pays, mais quand ils sont trop nombreux, ils engendrent le chaos ; or il nous en arrive trop. » En avril 1940, sur CBS, il déclare : « Le seul facteur qui nous pousse à entrer dans le conflit c'est que des éléments puissants en Amérique souhaitent que nous nous y engagions. Ils ne représentent qu'une petite minorité d'Américains, mais ils contrôlent les rouages de l'influence et de la propagande. Ils ne manquent pas une occasion de nous pousser au bord du gouffre. » Lorsque William E. Borah, sénateur républicain de l'Ohio, l'encourage à briguer la présidence des États-Unis, il répond qu'il préfère prendre des positions politiques à titre privé.

OCTOBRE 1940. Au printemps l'organisation America First est fondée à la Faculté de droit de Yale pour s'opposer à la politique interventionniste de FDR et promouvoir l'isolationnisme pour l'Amérique; en octobre, devant une assemblée de trois mille personnes, Lindbergh préconise que l'Amérique « reconnaisse les nouvelles puissances en Europe ». Anne Morrow Lindbergh publie son troisième livre, *The Wave of the Future*, court pamphlet anti-interventionniste dont le sous-titre est « A Confession of Faith ». L'ouvrage suscite une controverse considérable et se hisse aussitôt au sommet des ventes d'essais, malgré la dénonciation de Harold Ickes, ministre de l'Intérieur, qui y voit « la bible du nazi américain ».

AVRIL - AOÛT 1941. S'adresse à dix mille personnes lors d'un meeting d'America First à Chicago, puis à dix mille autres dans les mêmes circonstances à New York; cela lui vaut d'être stigmatisé par Ickes, son ennemi juré, comme « premier compagnon de route des nazis aux États-Unis ». Il écrit alors au président Roosevelt pour se plaindre des attaques d'Ickes, en particulier au sujet de la médaille allemande dont il est décoré. « Si Mr Lindbergh s'offusque lorsqu'on le nomme, fort pertinemment, Chevalier de l'Aigle allemand, il n'a qu'à renvoyer cette médaille de la honte, pour qu'on n'en parle plus. » (Lindbergh a déjà refusé de rendre cette médaille sous prétexte que ce serait « un affront inutile » aux chefs nazis.) Le président ayant publiquement mis en doute sa loyauté, Lindbergh remet sa démission de son poste de colonel au ministre de la Guerre. Ickes observe que si Lindbergh a été prompt à renoncer à son poste dans l'armée, il demeure inébranlable lorsqu'il s'agit de rendre la médaille décernée par l'Allemagne nazie. En mai, avec Burton K. Wheeler, sénateur du Montana, assis à la tribune aux côtés d'Anne Morrow Lindbergh, il s'adresse à vingt-cinq mille partisans d'America First lors d'un meeting à Madison Square Garden; il est accueilli aux cris de « Lindbergh président », et son discours est ovationné pendant quatre minutes. Au cours du printemps et de l'été, il parcourt le pays pour s'adresser à de vastes publics et se déclare contre l'intervention américaine dans le conflit en Europe.

SEPTEMBRE - DÉCEMBRE 1941. Le 11 septembre, à Des Moines, lors d'un meeting d'America First, il pose la célèbre question dans un discours radiodiffusé : « Qui sont les agitateurs bellicistes ? » Huit mille personnes l'acclament lorsqu'il nomme la « race juive » au compte de ceux qui poussent avec le plus de force et d'efficacité l'Amérique à la guerre, « pour des raisons qui ne sont pas américaines ». « Nous ne pouvons pas leur en vouloir de veiller sur leurs intérêts tels qu'ils les conçoivent, ajoute-t-il, mais nous devons veiller aux nôtres, nous aussi. Nous ne pouvons pas laisser les passions naturelles et les préjugés d'autres peuples mener notre pays à la ruine. » Le lendemain, le discours de Des Moines est la cible d'attaques démocrates et républicaines tout à la fois, mais Gerald P. Nye, sénateur du Dakota du Nord et farouche partisan d'America First, prend la défense de Lindbergh et réitère l'accusation portée contre les Juifs ; d'autres en font autant. Après l'attaque de Pearl Harbor, la déclaration de guerre au Japon, à l'Allemagne et à l'Italie, Lindbergh annule le discours qu'il devait prononcer le 10 décembre lors d'un meeting d'America First à Boston. Ses dirigeants mettent un terme aux activités d'America First ; l'organisation se dissout.

JANVIER - DÉCEMBRE 1942. Se rend à Washington pour demander sa réintégration dans l'aviation, mais des membres clefs du gouvernement Roosevelt y sont farouchement opposés, ainsi qu'une grande partie de la presse, et Roosevelt refuse. Plusieurs tentatives pour trouver un poste dans l'industrie aéronautique se soldent aussi par des échecs, malgré les fructueux partenariats précédents, à la fin des années vingt et au début des années trente, avec la Transcontinental Air Transport (dite ligne Lindbergh) et avec la Pan American, où il exerçait de lucratives fonctions de consultant. Au printemps il trouve enfin du travail, avec l'approbation du gouvernement, comme consultant pour le programme de développement des bombardiers chez Ford, à Willow Run, tout près de Detroit ; la famille s'installe à la périphérie de la ville. (L'après-midi de septembre où Roo-

sevelt vient passer en revue les ateliers de production de
guerre, Lindbergh s'arrange pour être ailleurs.) Il participe
à des expériences au laboratoire aéromédical de la clinique
Mayo pour réduire les dangers physiques des vols en haute
altitude; puis il s'associe en qualité de pilote d'essai à des
expériences sur l'équipement en oxygène à haute altitude.

DÉCEMBRE 1942 - JUILLET 1943. Prend une part active dans
la formation des pilotes du Corsair, appareil de combat
aéro-marin dont il aide le développement pour United
Aircraft, dans le Connecticut.

AOÛT 1943. Anne Morrow Lindbergh, mère de quatre
enfants, publie *The Steep Ascent*, court roman sur une dangereuse aventure aéronautique; elle essuie son premier échec
commercial, largement causé par l'hostilité des critiques
et des lecteurs à l'égard des prises de position politiques du
couple avant la guerre.

JANVIER - SEPTEMBRE 1944. Après une mission en Floride,
où il a essayé divers avions de guerre, dont le bombardier
B 29 de Boeing, Lindbergh est autorisé par le gouvernement
à se rendre dans le Pacifique sud pour y étudier les Corsairs
en action; là, il se met à suivre des missions de combat et de
bombardement contre des cibles japonaises depuis une base
située en Nouvelle-Guinée, comme observateur tout d'abord,
puis bientôt comme participant enthousiaste, et avec un
grand succès. Après avoir accompli cinquante missions, et
abattu un avion de combat japonais, il revient en Amérique
en septembre pour reprendre ses fonctions auprès du programme militaire d'United Aircraft. La famille quitte le
Michigan pour s'installer à Westport, dans le Connecticut.

FIORELLO H. LA GUARDIA

1882-1947

NOVEMBRE 1922. Après avoir exercé plusieurs mandats
de député pour le Lower East Side de Manhattan immédiatement avant et après la Première Guerre mondiale, La Guar-

dia retourne au Congrès, où il représente pendant cinq mandats la circonscription italienne et juive d'East Harlem.
Il prend la tête de l'opposition au président Hoover sur la
mesure de taxation des ventes et dénonce son échec à soulager la misère due à la Crise. Se déclare adversaire de la
Prohibition.

NOVEMBRE 1924. Lors des élections présidentielles,
il soutient avec véhémence Robert M. La Follette, candidat
progressiste, plutôt que le président Coolidge, républicain.

JANVIER 1931. Franklin Roosevelt, alors gouverneur de
New York, appelle une conférence de tous les gouverneurs
pour réfléchir au problème du chômage engendré par la
Crise. La Guardia lui rend hommage pour avoir diligenté
l'enquête qui a permis la législation sur le travail et le chômage, législation qu'il avait lui-même tenté sans succès de
faire adopter par le président Hoover.

1932. Républicain franc-tireur, ayant perdu son siège
aux dernières élections, il est pourtant choisi par Roosevelt
pour présenter la législation du New Deal au Congrès sortant,
lui-même en sursis après la victoire écrasante des démocrates, en 1932.

NOVEMBRE 1933. Se présentant comme adversaire de l'appareil Tammany, il est élu maire de New York sous l'étiquette
républicain de coalition (coalition à laquelle se joindra plus
tard l'American Labor Party) pour le premier de trois mandats consécutifs ; il s'applique à faire redémarrer l'économie
en commanditant des travaux publics et en accroissant les
services publics. Dénonce le fascisme et les nazis américains ; en réponse aux nazis qui l'appellent le « maire juif
de New York », il déclare : « Je n'aurais pas cru avoir assez
de sang juif dans les veines pour m'en prévaloir un jour. »

SEPTEMBRE 1937. Après le démembrement de la Tchécoslovaquie par Hitler, La Guardia attaque les républicains
isolationnistes et prend le parti de FDR dans la controverse
de plus en plus âpre sur l'intervention.

SEPTEMBRE 1940. Le bruit court que Wendell Willkie envisage de l'inscrire comme vice-président sur son « ticket »,

mais, comme en 1924, La Guardia abandonne les républicains. Il fonde les indépendants pour Roosevelt en compagnie du sénateur George Norris, et fait ouvertement campagne pour un troisième mandat du président sortant.

AOÛT - NOVEMBRE 1940. Les menaces de guerre se précisent. Roosevelt, qui aimerait lui proposer le ministère de la Guerre, choisit cependant le républicain Henry Stimson ; La Guardia est nommé président de la délégation américaine au US Canadian Defense Board.

AVRIL 1941. Il accepte à titre gracieux un poste de directeur de la défense civile auprès de Roosevelt, tout en conservant ses fonctions de maire de New York.

FÉVRIER - AVRIL 1943. Prie instamment Roosevelt de le rendre à la vie militaire en qualité de brigadier général, mais le président, qui n'a pas pu lui offrir un poste au gouvernement, ou l'envisager comme colistier, refuse, conseillé en cela par ses intimes, qui trouvent La Guardia trop provocateur ; déçu, le maire réendosse son « uniforme de balayeur ».

AOÛT 1943. Les conflits raciaux qui, en ces temps de guerre, ont déjà ravagé Beaumont, Mobile, Los Angeles et Detroit, où l'on a compté trente-quatre morts au cours des émeutes du 21 juin, éclatent aussi à Harlem. À l'issue de trois jours de vandalisme, de pillage et d'effusion de sang, les leaders noirs rendent hommage à l'énergie et l'humanité avec lesquelles La Guardia a réagi aux émeutes qui ont fait 6 morts, 185 blessés, et 5 millions de dollars de dégâts matériels.

MAI 1945. Un mois après la mort de Roosevelt, La Guardia annonce qu'il ne briguera pas de quatrième mandat. Détail resté dans les mémoires, avant de se retirer des affaires, il va lire à la radio les bandes dessinées aux enfants de New York pendant une grève des journaux. Après avoir quitté ses fonctions, il accepte de diriger l'UNRRA (United Nations Relief and Rehabilitation Administration).

WALTER WINCHELL
1897-1972

1924. Ancien acteur de vaudeville, Walter Winchell est engagé par le *New York Evening Graphic* et se fait rapidement un nom comme reporter et chroniqueur de Broadway.

JUIN 1929. Il entre au *New York Daily Mirror* de William Randolph Hearst, où il restera éditorialiste plus de trente ans. Les King Features de Hearst publient ses articles dans tout le pays ; ils finiront par paraître dans plus de deux mille journaux. Inventeur du potin mondain moderne, il prend naturellement ses habitudes au Stork Club, rendez-vous nocturne des célébrités à New York.

MAI 1930. Fait ses débuts à la radio comme chroniqueur mondain de Broadway, puis s'assure une immense popularité avec l'émission *Lucky Strike Dance Hour*, et, dès décembre 1932, l'émission du dimanche soir à neuf heures parrainée par la Lotion Jergens sur NBC Blue Network. Ce quart d'heure hebdomadaire de potins et d'actualités lui vaut le record de l'audience radiophonique ; son choix osé d'ouverture « Salut à l'Amérique, dans ses foyers et sur les mers » va passer dans la conversation courante.

MARS 1932. Entreprend de couvrir l'enlèvement du fils Lindbergh, aidé dans sa démarche par les renseignements de J. Edgar Hoover, directeur du FBI ; continue de couvrir l'affaire jusqu'à l'arrestation de Bruno Hauptmann en 1934 et son procès en 1935.

FÉVRIER 1933. Quasiment seul parmi les commentateurs publics et les Juifs de premier plan, il entreprend d'attaquer publiquement Hitler et les nazis américains, dont Fritz Kuhn, le leader du Bund ; il poursuit ses attaques dans la presse écrite comme dans la presse parlée jusqu'à ce qu'éclate la Seconde Guerre mondiale. Il forge des néologismes comme « razis » et « saigneurs de la svastika » pour tourner en dérision le mouvement nazi.

JANVIER - MARS 1935. J. Edgar Hoover rend hommage à son travail pendant le procès Hauptmann. Par la suite les deux hommes échangent des informations sur les nazis américains, informations qui paraissent dans les éditoriaux de Winchell.

1937. Le soutien qu'il a apporté à Roosevelt et au New Deal dans ses articles lui vaut une invitation à la Maison-Blanche en mai, ainsi que des rapports réguliers avec le président. En revanche, le conflit qui l'oppose à Hearst quant à ce soutien public s'envenime. Winchell se lie d'amitié avec son voisin, le gangster Frank Costello.

1940. En comptant ses lecteurs et ses auditeurs, le public de Winchell s'élève à cinquante millions d'Américains, soit le tiers de la population, et ses 800 000 dollars annuels le placent parmi les plus gros salaires du pays. Ses diatribes contre les activités pronazies montent en puissance dans ses éditoriaux comme « Les colonnes de Winchell défient la Cinquième colonne ». Il se fait le partisan fervent de FDR pour un troisième mandat inédit dans l'histoire américaine ; Hearst ayant censuré sa critique de Willkie dans le *Daily Mirror*, il reprend ses attaques contre le candidat républicain sous un pseudonyme pour le jóurnal *PM*.

AVRIL - MAI 1941. Il s'en prend à Lindbergh pour ses déclarations isolationnistes et pro-allemandes ; il met en garde le ministre des Affaires étrangères von Ribbentrop : l'Amérique est prête à se battre ; cette attitude lui vaut les foudres du sénateur Burton K. Wheeler qui l'accuse de « pousser le peuple américain à la guerre par son blitzkrieg verbal ».

SEPTEMBRE 1941. Après le discours de Des Moines, où Lindbergh a accusé les Juifs de pousser l'Amérique à la guerre, Winchell écrit que « l'auréole de Lindbergh est en train de se changer en cravate de chanvre ». Il multiplie les attaques contre lui et contre ceux qu'il considère comme pronazis, les sénateurs Wheeler, Nye, Rankin entre autres.

DÉCEMBRE 1941 - FÉVRIER 1972. Une fois l'Amérique entrée dans le conflit, Winchell consacre essentiellement

ses émissions et ses colonnes à l'actualité de la Seconde
Guerre mondiale ; capitaine de corvette réserviste dans la
marine, il réclame un poste à FDR, et est effectivement
appelé en novembre 1942. La fin de la guerre le voit passer
à l'extrême droite, anticommuniste, farouche adversaire
de l'Union soviétique et partisan du sénateur McCarthy. Il
sombre dans une obscurité quasi totale vers le milieu des
années cinquante. À sa mort, en 1972, sa fille est seule à
suivre le convoi funèbre.

BURTON K. WHEELER

1882-1975

NOVEMBRE 1920 - NOVEMBRE 1922. Pour avoir défié le géant
Anaconda, société d'exploitation minière du cuivre, en sa
qualité de législateur de l'État du Montana, et s'être opposé
aux violations des droits de l'homme commises pendant le
Red Scare qui a suivi la guerre, Wheeler est sévèrement battu
lorsqu'il brigue le mandat de gouverneur aux élections de
1920. En 1922, cependant, il est élu au Sénat sous l'étiquette
démocrate pour le premier de quatre mandats, grâce au
soutien du monde paysan et du monde ouvrier. Avec les
années, il transforme le gouvernement de l'État en machine
bipartisane dont il garde les commandes.

FÉVRIER - NOVEMBRE 1924. Il est désigné pour diriger
l'enquête du Sénat sur le scandale des pots-de-vin du Teapot
Dome, qui débouche sur la démission de Harry M. Dou-
gherty, attorney général du président Coolidge, et l'humiliation de son cabinet. Il abandonne les démocrates — et le
« ticket » piloté par John W. Davis — pour se présenter
comme vice-président sur le « ticket » progressiste avec
La Follette, sénateur du Wisconsin. Coolidge bat à plate
couture démocrates et progressistes, mais ces derniers
rassemblent tout de même six millions de voix dans le
pays, et près de quarante pour cent des suffrages dans le
Montana.

1932-1937. En prévision de la convention démocrate, Wheeler visite seize États pour promouvoir l'investiture de Roosevelt. Bien qu'il soit la première figure nationale à soutenir un candidat démocrate et globalement favorable à la réforme sociale du New Deal, il s'oppose violemment au président en 1937 sur sa proposition de loi visant à élargir la Cour suprême et la « bourrer » de partisans du New Deal. Meneur de l'opposition à cette loi controversée, il en obtient le rejet, ce qui creuse le différend entre lui et le président.

1938. Sa machine parvient à saper la candidature de son rival démocrate le député Jerry O'Connell, et elle favorise l'élection de Jacob Thorkelson, républicain d'extrême droite, stigmatisé par Walter Winchell comme « le porte-parole des nazis au Congrès ». Thorkelson traite Winchell de « diffamateur juif » et le traîne devant les tribunaux pour l'avoir mentionné dans sa série d'articles du magazine *Liberty* intitulée « Les Américains dont on se passerait volontiers ». Dans ses commentaires sur les activités des démocrates de Wheeler, le député O'Connell le décrit comme le « Benedict Arnold de son parti, traître à son président ».

1940-1941. Des démocrates influents du Montana forment un club pour soutenir sa candidature à la présidence des États-Unis. Dans l'État qu'il représente et ailleurs, on le considère comme un redoutable candidat à l'investiture jusqu'à ce que Roosevelt annonce qu'il briguera un troisième mandat. Alors, au Sénat, Wheeler va s'aligner le plus souvent avec les républicains et les démocrates du Sud contre l'aile libérale et rooseveltienne du Parti démocrate. Il se déclare à cor et à cri contre l'intervention dans le conflit en Europe. En juin 1940, il menace de « planter là » le parti s'il doit devenir « le parti de la guerre ». Ce même mois, il rencontre Lindbergh et un groupe de sénateurs isolationnistes pour mettre au point un plan susceptible de contrecarrer l'« agitation et la propagande bellicistes ». Dans les débats au Sénat, il défend Lindbergh d'être pronazi, et quelques mois plus tard, lorsque Roosevelt compare publiquement ce dernier

aux « copperheads » de la guerre de Sécession, nordistes qui
sympathisaient avec les sudistes, il juge cette remarque
« choquante, atterrante pour tout Américain sain d'esprit ».
Sur une station de radio NBC, il propose un plan de paix en
huit points pour négocier avec Hitler, ce qui lui vaut un télégramme de félicitations de la part de Lindbergh. Il rencontre
des étudiants de Yale pour créer l'organisation America
First, où il jouera un rôle de conseiller officieux ; il va devenir, ainsi que Charles A. Lindbergh, l'orateur le plus populaire lors des meetings de l'AF. Il prend fait et cause contre
la conscription en temps de paix proposée par Roosevelt, la
dénonçant comme « un pas vers le totalitarisme ». Dans
les débats du Sénat, il s'oppose de même au Lend-Lease
en ces termes : « Si le peuple américain veut un régime totalitaire, s'il veut la guerre, alors il faut faire passer le projet
comme un rouleau compresseur sur le Congrès, le président
Roosevelt en a l'habitude. » Cette loi, soutient-il, « écraserait
un Américain sur quatre ». Roosevelt rétorque que c'est la
« contre-vérité la plus scélérate, la plus contraire au patriotisme jamais énoncée publiquement à [sa] génération ».
Wheeler révèle publiquement — et prématurément — que les
États-Unis envoient des troupes en Islande. La Maison-
Blanche ainsi que Churchill l'accusent de mettre des vies
en danger en Grande-Bretagne comme aux États-Unis. Il
sera accusé de compromettre le secret défense lorsque, en
novembre 1941, il transmet au *Chicago Tribune* isolationniste des documents du ministère de la Guerre révélant la
stratégie des États-Unis en cas de conflit.

DÉCEMBRE 1941 - DÉCEMBRE 1946. Après Pearl Harbor,
il soutient l'effort de guerre, non sans faire observer que
l'alliance avec l'Union soviétique favorise la survie du
régime communiste. En 1944, arguant que les « communistes
noyautent Missouri Valley Authority », il prend parti pour
les libéraux et s'allie avec la Montana Power Company et
l'Anaconda Copper Company pour les aider à battre leur
homologue de la Missouri Valley au profit de la TVA (Tennessee Valley Authority). Il perd ainsi ce qui lui restait de

soutien démocrate dans le Montana, et il est battu en 1946 lors de la campagne pour les primaires sénatoriales par Leif Erickson, jeune libéral du Montana.

ANNÉES 50. Il pratique le droit à Washington D.C., et se rallie idéologiquement et politiquement au sénateur Joseph McCarthy.

HENRY FORD
1863-1947

1903-1905. La première automobile Ford, modèle A, deux cylindres et huit chevaux, dessinée par Henry Ford et fabriquée dans son usine nouvellement labellisée, paraît en 1903. Elle est vendue au prix de 850 $, des modèles plus chers sortiront au cours des années suivantes.

1908. Destiné à l'Amérique rurale, le modèle T fait son apparition et sera jusqu'en 1927 le seul modèle fabriqué par la société. Ford est désormais le plus grand fabricant automobile, il a réalisé son projet de « construire une voiture pour les foules ».

1910-1916. Avec ses associés dans l'automobile il établit un procédé industriel de fabrication séquentielle, et une division du travail qui aboutit à la chaîne de montage fonctionnant en permanence ; cette invention, considérée comme l'avancée la plus décisive depuis la Révolution industrielle, débouche sur la production de masse du modèle T. En 1914, Ford annonce la « journée à cinq dollars » pour huit heures de travail ; son offre ne concerne en fait qu'une partie de ses ouvriers, mais elle lui vaudra des éloges et une image d'homme d'affaires éclairé, à défaut de celle d'un brillant sujet. Il explique en effet : « Je n'aime pas lire, les livres me brouillent la tête. L'histoire, c'est surtout un tissu d'âneries. »

1916-1919. Son nom est avancé pour l'investiture à la convention républicaine, et il remporte vingt-deux voix au premier tour. Il est parvenu à régner en maître sur toutes les entreprises Ford. En 1916, la compagnie produit deux mille voitures par jour, ce qui porte sa fabrication totale à un million de modèles T. Au moment où la Première Guerre mondiale éclate, Ford se fait militant pacifiste, ennemi déclaré des spéculations sur la guerre. Lors d'une réunion avec ses cadres, il annonce : « Je sais qui est cause de la guerre. Ce sont les banquiers judéo-allemands. J'en ai la preuve, je vous parle de faits. Ce sont les banquiers judéo-allemands qui ont causé la guerre. » Quand l'Amérique entre dans le conflit, il s'engage à opérer sans la moindre marge bénéficiaire, engagement qu'il oublie d'ailleurs. À la demande du président Wilson, il se présente aux élections sénatoriales sous l'étiquette démocrate — bien qu'il ait toujours été considéré comme républicain — et il est battu lors d'un scrutin serré. Il attribue sa défaite à des « intérêts » de Wall Street et « aux Juifs ».

1920. En mai, le *Dearborn Independent*, qu'il a racheté en 1918, publie le premier de quatre-vingt-onze articles détaillés que Ford consacre à dénoncer « le Juif international : problème mondial »; les numéros suivants publieront en feuilleton les *Protocoles des Sages de Sion*, censés révéler la stratégie des Juifs pour dominer le monde, document fabriqué de toutes pièces qu'il fait passer pour authentique. Deux ans après la première parution du journal, le tirage atteint près de 300 000 exemplaires. On force la main aux concessionnaires Ford pour qu'ils s'y abonnent comme à un produit dérivé; les articles, violemment antisémites, sont réunis dans une édition en quatre volumes : *The International Jew : A World Foremost Problem*.

LES ANNÉES 20. En 1921, Ford produit sa cinq millionième voiture; plus de la moitié des autos vendues en Amérique sont des modèles T. Ford installe une énorme usine à River Rouge, et une ville industrielle à Dearborn. Il achète des forêts, des mines de fer et de charbon pour procurer des matières premières à ses usines. Il diversifie sa gamme de voitures. Parue en 1922, son autobiographie (*My Life and Work*) connaît un gros succès de librairie; son nom et sa légende sont désormais connus dans le monde entier. Des sondages le donnent au coude à coude avec le président Harding pour la popularité, et on parle de lui comme d'un candidat possible à la présidence pour les républicains. À l'automne 1922, il envisage en effet de se présenter. En 1923, Hitler déclare dans une interview : « Nous considérons Heinrich Ford comme le chef de file du parti fasciste qui se développe en Amérique. » Vers le milieu des années vingt, il est poursuivi en justice par un avocat de Chicago pour diffamation ; l'affaire se règle hors des prétoires. En 1927, il se rétracte et cesse d'attaquer les Juifs ; il accepte de mettre un terme à ses publications antisémites ; il ferme le *Dearborn Independent*, entreprise déficitaire qui lui a coûté pas loin de cinq millions de dollars. Lorsque Lindbergh vient à Detroit à bord du *Spirit of Saint Louis*, en août 1927, il rencontre Ford sur son aéroport privé et l'emmène faire son baptême de l'air dans son célèbre avion. Lindbergh parvient à l'intéresser à l'industrie aéronautique. Les deux hommes se rencontrent bien des fois, et en 1940, au cours d'une interview à Detroit, Ford explique : « Quand Charles vient ici, on ne parle que des Juifs. »

1931-1937. La concurrence de Chevrolet et Plymouth ainsi que l'impact de la Crise causent de lourdes pertes à la compagnie, malgré l'innovation représentée par le moteur de la Ford V-8. À l'usine de River Rouge, les relations avec les travailleurs sont mauvaises en raison des cadences, de la précarité de l'emploi et de l'espionnage industriel. Les efforts de United Auto Workers pour syndiquer les travailleurs de Ford ainsi que ceux de General Motors et Chrysler se sont heurtés à la violence et à l'intimidation de la part de Ford. Cette politique est condamnée par le National Labor Relations Board, qui la considère comme la pire dans toute l'industrie automobile.

1938. En juillet, lors d'un dîner où participent quinze cents citoyens éminents de Detroit pour son soixante-quinzième anniversaire, Ford accepte la Croix pour Services rendus à l'Aigle allemand décernée par le gouvernement nazi de

Hitler — celle-là même que recevra Lindbergh en octobre, lors d'une cérémonie en Allemagne. Le ministre de l'Intérieur Ickes déclarera lors d'un meeting de la Cleveland Zionist Society à Detroit, en décembre : « Henry Ford et Charles A. Linbergh sont les deux seuls citoyens libres d'un pays libre à avoir obséquieusement accepté ce gage de distinction méprisante à une époque où celui qui le leur décerne tient pour perdue toute journée qui ne lui a pas permis de commettre un nouveau crime contre l'humanité. » Première embolie.

1939-1940. Lorsque la Seconde Guerre mondiale éclate, il se joint à son ami Lindbergh pour soutenir l'isolationnisme et America First. Peu après sa nomination au comité exécutif, Lessing J. Rosenwald, directeur juif de Sears, Roebuck & Cie, démissionne à cause de la réputation d'antisémitisme de Ford. Pendant une période, il rencontre régulièrement le père Coughlin, dont Roosevelt et Ickes croient qu'il finance secrètement les activités. Il accorde du reste son soutien financier au démagogue antisémite Gerald L.K. Smith pour son émission de radio hebdomadaire et ses dépenses personnelles. Quelques années plus tard, Smith réimprime l'*International Jew*, de Ford, dans une nouvelle édition; il maintient jusque dans les années soixante que « Ford n'a jamais changé d'avis sur les Juifs ».

1941-1947. Seconde embolie. La compagnie s'oriente vers la production d'armement à mesure que la guerre approche; pendant la guerre, Ford fabrique le bombardier B-24 dans son énorme usine de Williow Run, où il engage Lindbergh comme consultant. Malade, Ford ne peut plus assurer la direction de sa compagnie, et il démissionne en 1945. Il meurt en avril 1947; cent mille personnes défilent devant sa dépouille. Sa vaste fortune en actions va essentiellement à la Fondation Ford, qui sera bientôt la fondation privée la plus riche du monde.

Autres personnages historiques
figurant dans le livre

BERNARD BARUCH (1870-1965). Financier ; conseiller auprès du gouvernement. Directeur du War Industries Board sous Woodrow Wilson, il mobilisa les ressources industrielles de la nation pour la Première Guerre mondiale. Introduit dans le cercle de la Maison-Blanche sous les présidences de Roosevelt. Nommé par Truman représentant américain à l'ONU pour le Comité sur l'énergie atomique en 1946.

RUGGIERO BOIARDO, dit LA BOTTE (1890-1984). Figure du milieu à Newark et rival local de Longy Zwillman le racketteur ; son influence s'exerça surtout dans le Premier District, quartier italien où il possédait un restaurant très prisé.

LOUIS D. BRANDEIS (1856-1941). Né à Louisville, Kentucky, de parents juifs immigrés originaires de Prague et cultivés. Attorney à Boston, pour le ministère public et les syndicats. Compta parmi les fondateurs du mouvement sioniste en Amérique. Nommé magistrat à la Cour suprême, par le président Wilson au terme cependant d'une âpre controverse de quatre mois au Conseil de la magistrature du Sénat et dans tout le pays, controverse qu'il attribua au fait d'être le premier Juif à accéder à cette charge. Servit vingt-trois ans, jusqu'en 1939.

CHARLES COUGHLIN (1891-1979). Prêtre catholique, curé du Sanctuaire de la Petite Fleur à Royal Oak, Michigan. Considérait Roosevelt comme un communiste ; fervent admirateur de Lindbergh. Au cours des années trente, il répandait des idées farouchement antisémites au cours d'une émission hebdomadaire diffusée dans tout le pays, ainsi que dans son périodique, *Social Justice*, qui fut interdit de transmission postale pendant la guerre pour violation des lois contre l'espionnage et cessa de paraître en 1942.

AMELIA EARHART (1897-1937). Rallia Terre-Neuve à l'Irlande
en quatorze heures et cinquante-six minutes durant l'année
1932, établissant ainsi un record de traversée de l'Atlantique ;
première femme à avoir traversé en solitaire l'Atlantique,
ainsi que le Pacifique depuis Honolulu jusqu'en Californie.
Son avion se perdit dans le Pacifique en 1937 alors qu'elle
tentait de faire le tour du monde avec Frederick J. Noonan,
son navigateur.

MEYER ELLENSTEIN (1885-1963). Après avoir été dentiste puis
avocat, il fut élu maire de Newark en 1933 par ses pairs
du conseil municipal. Il fut le premier et d'ailleurs le seul
maire juif de la ville, où il exerça deux mandats, de 1933 à
1941.

EDWARD FLANAGAN (1886-1948). Émigra d'Irlande aux États-
Unis en 1904 et entra au séminaire. Ordonné prêtre en 1912.
En 1917, pour assister les garçons sans famille de toutes
races et de toutes religions, il fonda le Father Flanagan's
Home for Boys à Omaha. Devint une figure nationale en
1938 avec le film à succès sur le Village des Garçons, où
Spencer Tracy tenait la vedette dans son personnage.

LEO FRANK (1884-1915). Directeur de l'usine de crayons
d'Atlanta ; convaincu du meurtre de Mary Phagan, ouvrière
de treize ans, le 26 avril 1913. Poignardé dans sa cellule, puis
par la suite traîné hors de sa prison par un groupe de citoyens
et lynché en août 1915. On s'accorde à dire que l'antisémitisme avait eu sa part dans cette inculpation douteuse.

FELIX FRANKFURTER (1882-1965). Magistrat à la Cour suprême
de 1939 à 1962, nommé par Roosevelt.

JOSEPH GOEBBELS (1897-1945). Membre du Parti nazi dès la
première heure, ministre de la Propagande auprès de Hitler
en 1933 ; pape de la culture, il était responsable de la
presse écrite, de la radio, du cinéma, du théâtre ainsi que

des spectacles publics, défilés et grands meetings. Parmi les comparses de Hitler les plus fidèles et les plus brutaux. En avril 1945, lorsque, l'Allemagne détruite, les Russes entrèrent dans Berlin, lui et sa femme tuèrent leurs six jeunes enfants et se suicidèrent ensemble.

HERMANN GOERING (1893-1946). Fondateur et premier chef de la Gestapo ; responsable de la création de l'aviation allemande. Désigné comme son successeur par Hitler en 1940, il fut pourtant évincé par lui vers la fin de la guerre. Jugé pour crimes de guerre à Nuremberg, et condamné à mort, il se suicida deux heures avant son exécution.

HENRY, dit HANK, GREENBERG (1911-1986). Joueur de première base célèbre pour son punch chez les Tigers de Detroit dans les années trente et quarante ; marqua seulement deux home runs de moins que le détenteur du record Babe Ruth, en 1938. Héros des fans de base-ball juifs, il fut l'un des deux seuls joueurs juifs à entrer au Hall of Fame pour ce sport.

WILLIAM RANDOLPH HEARST (1863-1951). Éditeur américain, considéré comme le plus grand propagateur du journalisme « jaune », à sensation et chauvin, s'adressant au grand public ; son empire de presse fut florissant jusque dans les années trente. D'abord aligné sur les démocrates, il évolua ensuite de plus en plus à droite, ennemi juré de FDR.

HEINRICH HIMMLER (1900-1945). Chef nazi, commandant des SS qui contrôlaient les camps de concentration ; chef de la Gestapo ; chargé des programmes de « purification » raciale, bras droit de Hitler. S'empoisonna après sa capture par les Anglais en mai 1945.

JOHN EDGAR HOOVER (1895-1972). Directeur du FBI (à l'origine Bureau of Investigation, sous la responsabilité du ministère de la Justice), de 1924 à 1972.

HAROLD L. ICKES (1874-1952). Républicain progressiste devenu démocrate ; fut treize ans ministre de l'Intérieur sous Roosevelt, second record de longévité dans un gouvernement de ce dernier. Fervent défenseur de l'environnement ; ennemi actif du fascisme.

FRITZ KUHN (1886-1951). Ancien combattant de la Première Guerre mondiale né en Allemagne ; émigré aux États-Unis en 1927 ; membre du Bund il se considérait en 1938 comme le Führer américain, ayant fait du Bund germano-américain le groupe nazi le plus puissant, le plus actif et le plus riche du pays, avec vingt-cinq mille adhérents. Convaincu de détournement de fonds en 1939, dénaturalisé en 1943, déporté en Allemagne en 1945. En 1948, il fut reconnu coupable par une cour de dénazification allemande d'avoir tenté de transplanter le nazisme en Amérique et d'avoir entretenu des liens étroits avec Hitler ; condamné à dix ans de travaux forcés.

HERBERT H. LEHMAN (1878-1963). Associé dans la Lehman Brothers, banque fondée par sa famille. Vice-gouverneur de New York sous le gouvernorat de Roosevelt, lui succéda au poste de gouverneur, de 1932 à 1942. Partisan du New Deal, farouchement interventionniste. Sénateur démocrate de New York de 1949 à 1957 ; opposant acharné de la première heure au sénateur McCarthy.

JOHN L. LEWIS (1880-1969). Leader syndicaliste. Président du Syndicat des mineurs (United Mine Workers) en 1935, il rompit avec l'AFL, Fédération syndicale américaine, pour former le nouveau Comité des syndicats de l'industrie (CIO), qui devint Congrès des syndicats de l'industrie en 1938. Partisan de Roosevelt à l'origine, il soutint pourtant le républicain Willkie aux élections de 1940, et démissionna de son poste de président après sa défaite. Pendant la guerre les grèves de mineurs accrurent la tension entre Lewis et le gouvernement.

ANNE SPENCER MORROW LINDBERGH (1906-2001). Écrivaine et aviatrice américaine. Née à Englewood, New Jersey, d'une famille riche et privilégiée; son père, Dwight Morrow, était actionnaire de la société d'investissements J.-P. Morgan and Co; il fut ambassadeur au Mexique sous la présidence de Hoover, puis sénateur républicain pour le New Jersey; sa mère, Elizabeth Reeve Cutter Morrow, écrivaine et éducatrice, fut brièvement chancelière de Smith College, où Anne passa sa licence de lettres en 1928. Présentée à Charles Lindbergh l'année précédente, alors qu'elle rendait visite aux siens à l'ambassade. Pour les détails de sa vie après cette rencontre, voir Chronologie véritable, Charles A. Lindbergh.

HENRY MORGENTHAU JR (1891-1967). Secrétaire du Trésor, nommé par Roosevelt, de 1934 à 1945.

VINCENT MURPHY (1888-1976). Successeur de Meyer Ellenstein à la mairie de Newark de 1941 à 1949. Candidat des démocrates pour le gouvernorat du New Jersey en 1943 et figure dominante du monde syndicaliste après son élection de 1933 au poste de secrétaire trésorier de la Federation of Labor du New Jersey.

GERALD P. NYE (1892-1971). Farouche isolationniste. Sénateur républicain du Dakota du Nord de 1925 à 1945.

WESTBROOKE PEGLER (1894-1969). Journaliste d'extrême droite dont l'éditorial « Le point de vue de Pegler » parut dans les journaux de Hearst entre 1944 et 1962. Reçut le prix Pulitzer en 1941 pour sa dénonciation du racket des syndicats. Féroce détracteur des Roosevelt et du New Deal, selon lui d'inspiration communiste, il était ouvertement hostile aux Juifs. Proche partisan et ami du sénateur McCarthy, et conseiller de son comité d'enquête.

JOACHIM PRINZ (1902-1988). Rabbin, écrivain et militant pour les droits civiques ; eut la responsabilité du temple B'nai Abraham, à Newark, de 1939 à 1977.

JOACHIM VON RIBBENTROP (1893-1946). Conseiller principal de Hitler pour la politique étrangère en 1933 ; ministre des Affaires étrangères de 1938 à 1945. Signa en 1939 le pacte de non-agression avec son homologue soviétique Molotov, pacte qui prévoyait une clause secrète de partition de la Pologne, et qui ouvrit la voie à la Seconde Guerre mondiale. Reconnu coupable de crimes de guerre à Nuremberg, il fut le premier des nazis à être pendu le 16 octobre 1946.

ELEANOR ROOSEVELT (1884-1962). Nièce de Theodore Roosevelt, et épouse de son lointain cousin FDR, à qui elle donna une fille et cinq fils. Première dame, elle fit des discours en faveur de causes sociales progressistes, des conférences sur le statut des minorités, des défavorisés, des femmes ; elle s'exprima contre le fascisme, écrivit des éditoriaux quotidiens dans soixante journaux, et pendant la Seconde Guerre mondiale fut coprésidente du Bureau de la défense civile. Déléguée des Nations unies nommée par le président Truman, elle soutint la fondation d'un État juif, et, en 1952 comme en 1956, fit campagne pour Adlai Stevenson. Reconduite à son poste de déléguée par le président Kennedy, elle s'opposa à son invasion de la baie des Cochons.

LEVERETT SALTONSTALL (1892-1979). Descendant de Sir Richard Saltonstall, l'un des membres originaux de la Massachusetts Bay Company arrivés en Amérique en 1630. Gouverneur républicain du Massachusetts de 1939 à 1944, et sénateur républicain de 1944 à 1967.

GERALD L.K. SMITH (1898-1976). Ministre et orateur célèbre, il s'allia d'abord à Huey Long, puis au père Coughlin et à Henry Ford, qu'il soutint tous deux par haine farouche des

Juifs. Son magazine antisémite *The Cross and The Flag* (*La Croix et la Bannière*) leur faisait porter la responsabilité de la Crise et de la Seconde Guerre mondiale. En 1942, il réussit à obtenir 100 000 voix dans l'État du Michigan comme candidat républicain au Sénat. Il soutenait que Roosevelt était juif, que *Les Protocoles des Sages de Sion* était un document authentique. Après la guerre, il nia l'existence de l'Holocauste.

ALLIE STOLZ (1918-2000). Poids léger du Newark juif. Remporta 73 combats sur 85, perdit deux titres au cours des années quarante ; la première fois après quinze rounds controversés contre le champion Sammy Angott, la deuxième, qui le conduisit à raccrocher les gants, par K.-O. au treizième round face au champion Bob Montgomery.

DOROTHY THOMPSON (1893-1961). Journaliste, militante, éditorialiste pour 170 journaux pendant les années trente. Ennemie de la première heure du nazisme et de Hitler, farouchement opposée à la politique de Lindbergh. Elle épousa le romancier Sinclair Lewis en 1928 pour divorcer de lui en 1942. Hostile au sionisme, elle soutint la cause palestinienne dans les années quarante et cinquante.

DAVID T. WILENTZ (1894-1988). Attorney général du New Jersey de 1934 à 1944 ; son réquisitoire dans le kidnapping du bébé Lindbergh amena la condamnation à mort et l'exécution de Bruno Hauptmann. Par la suite, il joua un rôle influent auprès des démocrates du New Jersey, et fut le conseiller de trois gouverneurs démocrates de l'État.

ABNER « LONGY » ZWILLMAN (1904-1959). Né à Newark, ce bootlegger de la Prohibition fut le chef du Milieu depuis les années vingt jusqu'aux années quarante. Membre du « Grand Sextuor » des racketteurs de la côte Est avec Lucky Luciano, Meyer Lansky et Frank Costello. Ses diverses activités criminelles furent dénoncées par le Senate Crime

Committee au cours d'audiences télévisées en 1951. Il se suicida huit ans plus tard.

Documents annexes

Discours de Charles Lindbergh, « Qui sont les fauteurs de guerre ? », prononcé lors du meeting d'America First à Des Moines, le 11 septembre 1941, et publié in extenso *dans le* Des Moines Register *du 12 septembre 1941.*

Voilà deux ans aujourd'hui que la dernière guerre en Europe a débuté. Et depuis ce jour de septembre 1939 jusqu'à maintenant, la pression pour forcer les États-Unis à entrer dans le conflit n'a fait que croître.

Cette pression est le fait d'intérêts étrangers, et d'une petite minorité de notre propre peuple, mais elle s'est révélée si efficace que, aujourd'hui, le pays est au bord de la guerre.

Au point où nous en sommes, alors que la guerre entre dans son troisième hiver, il nous paraît opportun de passer en revue les circonstances qui nous ont mis dans cette situation. Car pourquoi sommes-nous au bord de la guerre ? Était-il nécessaire que nous nous y engagions si profondément ? Qui faut-il incriminer pour avoir changé notre politique de neutralité et d'indépendance en engagement inextricable dans les affaires européennes ?

Je suis convaincu pour ma part qu'il n'y a pas de meilleur argument contre notre intervention dans le conflit qu'une étude des causes et des développements de la guerre actuelle. J'ai souvent dit que si les Américains étaient en mesure d'analyser les faits réels et les problèmes on ne risquerait pas de s'engager dans le conflit.

À présent, permettez-moi de vous faire remarquer la différence fondamentale entre les groupes partisans de la guerre étrangère, et ceux qui croient en une destinée indépendante de l'Amérique.

Si vous voulez bien remonter le fil du temps, vous découvrirez que ceux qui s'opposent à l'intervention se sont sans arrêt efforcés de clarifier les faits et les problèmes, tandis que les interventionnistes se sont ingéniés à cacher les faits et confondre les problèmes.

Nous vous demandons de relire ce que nous avons dit le mois dernier, l'année dernière, et même dès avant le début de la guerre. Nous sommes dans la transparence et nous en sommes fiers.

Nous ne vous avons pas bernés par des subterfuges ni de la propagande. Nous n'avons pas pris des mesures expéditives pour mener les Américains là où ils ne veulent pas aller.

Ce que nous avons dit avant les élections, nous le redisons et le répétons. Et nous ne vous dirons pas demain qu'il n'y avait là qu'une rhétorique de campagne. Avez-vous déjà entendu un interventionniste, ou un agent britannique, ou encore un membre du gouvernement à Washington vous demander de vous pencher de nouveau sur ce qu'ils ont dit avant le début du conflit ? Leurs prétendus défenseurs de la démocratie sont-ils prêts à soumettre notre entrée dans la guerre à un référendum ? Trouvez-vous ici chez vous ces croisés de la liberté de parole étrangère, ces partisans d'une suppression de la censure ?

Le subterfuge et la propagande qui ont cours chez nous sautent aux yeux. Ce soir, je me propose de commencer à voir au travers pour découvrir la vérité toute nue qui se cache derrière.

Quand cette guerre a commencé en Europe, il était clair que le peuple américain était massivement opposé à y entrer. Comment en aurait-il été autrement ? Nous avions la meilleure position défensive au monde, nous avions une tradition d'indépendance vis-à-vis de l'Europe, et notre unique participation à une guerre en Europe avait laissé les problèmes en l'état sur place, et des dettes impayées pour nous.

Lorsque la France et l'Angleterre ont déclaré la guerre à l'Allemagne, en 1939, des sondages ont montré que moins de dix pour cent de la population américaine était favorable à ce que nous les suivions.

Toutefois, il existe, ici comme à l'étranger, divers groupes dont les intérêts et les croyances appelaient l'engagement des États-Unis dans la guerre. Je me propose ici de vous en désigner trois, pour souligner leurs méthodes. Ce faisant, il me faudra parler avec la plus grande franchise, car pour contrer leurs tentatives, nous devons savoir exactement qui ils sont.

Les trois principaux groupes qui poussent le pays à la guerre sont les Anglais, les Juifs et les membres du gouvernement Roosevelt.

Derrière ces trois groupes, mais d'une importance moindre, on trouve un certain nombre de capitalistes, d'anglophiles et d'intellectuels qui se figurent que l'avenir de l'humanité est étroitement conditionné à la domination de l'Empire britannique. Si on leur ajoute les groupes communistes qui étaient encore opposés à notre intervention il y a quelques semaines, je crois que j'aurai nommé les grands fauteurs de guerre de notre pays.

Je ne parle ici que des fauteurs de guerre, et non pas des hommes et des femmes fourvoyés mais sincères, égarés par la désinformation et affolés par la propagande, qui suivent les bellicistes.

Comme je l'ai dit, ces fauteurs de guerre ne comprennent qu'une minorité de la population, mais ils exercent une redoutable influence. Contre la détermination du peuple américain de rester en dehors du conflit, ils ont recouru au pouvoir de leur propagande, de leur argent, de leur clientèle.

Considérons ces groupes un par un.

Les Anglais, tout d'abord. L'Angleterre veut avoir les États-Unis à ses côtés dans cette guerre, c'est aussi évident que compréhensible. L'Angleterre est à cette heure dans une situation désespérée. Sa population n'est pas assez nombreuse, ses armées ne sont pas assez fortes pour envahir le continent et gagner la guerre déclarée à l'Allemagne.

Sa position géographique est telle qu'elle ne peut gagner la guerre par le seul recours à l'aviation, quel que soit le nombre d'avions que nous lui enverrons. Même si l'Amérique entrait dans le conflit, il est improbable que les Alliés puissent envahir l'Europe et défaire les puissances de l'Axe. Une chose est sûre, en revanche, c'est qu'alors l'Angleterre ferait passer une grande partie de la responsabilité de la guerre et de son coût sur nos épaules.

Or, vous le savez tous, les dettes de la dernière guerre européenne ne nous ont toujours pas été payées ; et sauf à être plus avisés dans l'avenir, nous nous retrouverons avec de nouveaux impayés. Si elle ne nourrissait pas l'espoir de nous faire endosser la responsabilité financière et militaire de la guerre, je suis convaincu que l'Angleterre aurait négocié une paix en Europe il y a plusieurs mois, et s'en trouverait bien mieux.

L'Angleterre n'a ménagé et ne ménagera aucun effort pour nous faire entrer dans le conflit. Nous savons qu'elle a dépensé des sommes considérables chez nous lors de la dernière guerre pour nous y faire entrer. Les Anglais ont écrit des livres sur l'usage intelligent qui en a été fait.

Nous savons que l'Angleterre dépense aujourd'hui des sommes considérables pour la propagande en Amérique. Si nous étions anglais nous ferions de même. Mais notre intérêt premier, c'est l'Amérique ; et en tant qu'Américains, il est essentiel que nous soyons conscients des efforts que fait l'Angleterre pour nous attirer dans sa guerre.

Le deuxième des grands groupes dont j'ai parlé, c'est celui des Juifs.

Il n'est pas difficile de comprendre pourquoi les Juifs veulent le renversement de l'Allemagne nazie. Les persécutions qu'ils y ont subies suffiraient à faire naître une inimitié amère chez n'importe quelle race.

Aucun homme doté du sens de la dignité de l'être humain

ne peut approuver les persécutions de la race juive en Allemagne. Mais aucun homme doté d'honnêteté et de clairvoyance ne peut considérer leur politique belliciste ici et maintenant sans en voir les dangers, pour eux comme pour nous. Au lieu de se livrer à cette agitation en faveur de la guerre, les groupes juifs aux États-Unis devraient s'y opposer pied à pied, car ils seront les premières victimes de ses conséquences.

La tolérance est une vertu qui repose sur la paix et la force. L'histoire montre qu'elle ne survit pas à la guerre et à la dévastation. Certains Juifs clairvoyants le comprennent, et sont opposés à une intervention. Mais ce n'est toujours pas le cas de la majorité d'entre eux.

La plus grande menace qu'ils représentent pour notre pays tient à l'étendue de leurs capitaux et de leur influence dans le cinéma, la presse, la radio, et au gouvernement.

Je ne suis pas en train d'attaquer les Juifs ou les Anglais. Ce sont deux races que j'admire, au contraire. Ce que je dis, c'est que leurs chefs, pour des raisons compréhensibles de leur point de vue, mais tout aussi peu recommandables du nôtre, pour des raisons qui ne sont pas américaines, souhaitent nous entraîner dans cette guerre.

On ne saurait leur reprocher de veiller sur ce qu'ils considèrent comme leurs intérêts, mais nous devons aussi veiller sur les nôtres. Nous ne pouvons laisser les passions naturelles et les préjugés d'autres peuples mener notre pays à la ruine.

Le gouvernement Roosevelt est le troisième puissant groupe à entraîner notre pays vers la guerre. Ses membres se sont servis de l'urgence de la guerre pour obtenir un troisième mandat présidentiel — fait unique dans toute notre histoire. Ils se sont servis de la guerre pour ajouter des milliards de dollars à une dette qui était déjà la plus élevée que nous ayons connue. Et ils se sont servis de la guerre pour justifier la restriction des pouvoirs du Congrès. Et la prise de mesures dictatoriales par leur président et ceux qu'il a nommés.

Le pouvoir du gouvernement Roosevelt repose sur le maintien de cette urgence de guerre. Le prestige du gouvernement Roosevelt dépend du succès de la Grande-Bretagne, à qui le président a lié son avenir politique à une époque où la plupart des gens croyaient qu'elle et la France allaient gagner la guerre facilement. Le danger du gouvernement Roosevelt pour nous, c'est ce subterfuge. Tandis que ses membres nous avaient promis la paix, ils nous ont menés à la guerre au mépris de la plate-forme sur laquelle ils avaient été élus.

En désignant ces trois groupes comme fauteurs de guerre, je n'ai considéré que ceux dont le soutien est essentiel au parti de l'intervention. Si un seul des trois — les Anglais, les Juifs, le gouvernement — cessait sa propagande belliciste, je crois qu'il n'y aurait guère de risque que nous entrions dans le conflit.

Car je ne crois pas que deux d'entre eux, quels qu'ils soient, soient assez forts pour entraîner le pays dans la guerre sans le soutien du troisième. Et par rapport à ces trois-là, les autres groupes sont, comme je l'ai dit, de moindre importance.

En 1939, au début des hostilités en Europe, ils ont compris que les Américains ne souhaitaient pas entrer dans le conflit. Ils savaient qu'il serait plus qu'inutile de nous demander une déclaration de guerre à l'époque. Mais ils se sont dit qu'on pourrait nous attirer dans le conflit par une stratégie analogue à celle utilisée lors de la Première Guerre.

Ils ont donc conçu le projet de préparer les États-Unis à la guerre étrangère sous couvert de défense ; ensuite, de nous impliquer dans le conflit petit à petit, sans que nous nous en rendions compte ; puis de créer une série d'incidents qui nous contraignent au conflit proprement dit. Ces stratégies ont bien sûr été couvertes et assistées par la pleine puissance de leur propagande.

Bientôt, la scène de nos théâtres a été occupée par des pièces célébrant la gloire de la guerre. Les actualités cinématographiques ont perdu tout semblant d'objectivité. Les journaux et les magazines se sont mis à perdre des annonceurs s'ils publiaient des articles contre la guerre. Une campagne de dénigrement a été lancée contre ceux qui étaient hostiles à l'intervention. Des mots comme « cinquième colonne », « traître », « nazi », « antisémite » ont sans cesse éclaboussé ceux qui osaient suggérer que l'intérêt des États-Unis n'était peut-être pas d'entrer dans le conflit. Les hommes qui se déclaraient franchement contre la guerre ont perdu leur emploi. Beaucoup d'autres n'ont plus osé s'exprimer.

Bientôt, les salles de conférences ouvertes aux partisans de la guerre ont été fermées à ceux qui s'y opposaient. La psychose a été orchestrée. On nous a dit que l'aviation, qui avait permis à la flotte anglaise de ne pas débarquer sur le continent européen, rendait l'Amérique plus vulnérable que jamais avant l'invasion. La propagande battait son plein.

On n'a eu aucun mal à obtenir des milliards de dollars pour l'armement, sous couvert de défendre l'Amérique. Notre peuple était en effet uni sur le chapitre de la défense. Le Congrès a voté crédit budgétaire sur crédit budgétaire pour produire des armes, des avions et des vaisseaux de guerre, le tout avec l'approbation de la majorité des citoyens. Une proportion importante de ces crédits a servi à construire des armes en Europe, mais cela, nous l'avons appris plus tard. C'était l'étape suivante.

Pour prendre un exemple précis, en 1939, on nous a dit qu'il fallait augmenter notre flotte aérienne pour qu'elle atteigne 5 000 appareils. Le Congrès a voté les mesures nécessaires. Quelques mois plus tard, le gouvernement nous disait qu'il fallait au moins 50 000 avions aux États-Unis si l'on voulait garantir la sécurité du pays. Mais à mesure que les avions sortaient de nos usines ou presque, ils étaient envoyés à l'étranger, alors même que notre aviation a cruellement besoin de matériel neuf. Voilà comment aujourd'hui, deux ans après le début des hostilités, l'armée américaine n'a que quelques centaines de bombardiers et avions de guerre parfaitement modernes — c'est-à-dire moins que ce que l'Allemagne peut produire en un mois.

D'entrée de jeu, notre programme d'armement a été conçu

davantage pour nous entraîner dans le conflit que pour construire une défense adéquate.

Or, tout en nous préparant à une guerre étrangère, je l'ai dit, il était nécessaire de nous y impliquer, ce qui a été accompli sous cette formule désormais célèbre, « des mesures pour ne pas tomber dans la guerre ».

Il suffirait que les États-Unis veuillent bien abroger l'embargo sur les armes et vendre des munitions pour que l'Angleterre et la France gagnent la guerre, nous a-t-on dit. C'est alors que le refrain familier s'est fait entendre, refrain qui a marqué chaque étape de l'escalade vers la guerre depuis des mois : « Le meilleur moyen de défendre l'Amérique et de la tenir hors du conflit, c'est d'aider les Alliés. »

D'abord, nous avons accepté de vendre des armes à l'Europe. Ensuite, nous avons accepté de lui en prêter. Enfin, nous avons accepté de patrouiller l'océan pour son compte, et d'occuper une île d'Europe située dans la zone des conflits. Nous voici aujourd'hui au bord de la guerre.

Les groupes bellicistes ont mené à bien deux des trois étapes de leur plan. Le plus grand programme d'armement de l'histoire est en route.

Nous nous sommes impliqués dans le conflit de pratiquement toutes les manières à l'exception des échanges de coups de feu. Il ne reste plus qu'à créer suffisamment d'incidents ; or vous voyez les premiers se dérouler, selon la stratégie prévue, mais qui n'a jamais été soumise à l'approbation du peuple américain.

Hommes et femmes de l'Iowa, une seule chose sépare encore notre pays de la guerre, et c'est l'opposition croissante du peuple américain. Aujourd'hui, notre démocratie et notre parlement sont à l'épreuve comme jamais. Nous sommes au bord d'une guerre dont les seuls vainqueurs seront le chaos et la prostration.

Nous sommes au bord d'une guerre à laquelle nous ne sommes pas encore préparés, et pour laquelle il n'existe pas de plan assurant la victoire — une guerre qui ne saurait être gagnée sans envoyer nos soldats traverser l'Océan pour débarquer sur des côtes hostiles, contre des armées plus fortes que la nôtre.

Nous sommes au bord de la guerre, mais il n'est pas trop tard encore pour ne pas y entrer. Il n'est pas trop tard pour montrer que ni l'argent, ni la propagande, ni le clientélisme ne sauraient forcer un peuple libre et indépendant à faire la guerre contre son gré. Il n'est pas trop tard pour sauver et conserver le destin indépendant de l'Amérique tel que nos ancêtres l'ont fondé dans ce nouveau monde.

Le poids de l'avenir pèse sur nos seules épaules. L'avenir dépend de notre action, de notre courage, de notre intelligence. Si vous êtes opposés à notre intervention dans le conflit, il est temps de faire entendre votre voix.

Aidez-nous à organiser ces meetings ; écrivez à vos élus à Washington. Je vous le dis, le dernier bastion de la démocratie et du régime parlementaire se trouve à la Chambre des députés et au Sénat.

Là, nous pouvons encore faire connaître notre volonté. Et si nous, peuple d'Amérique, le faisons, l'indépendance et la liberté continueront de vivre parmi nous, et il n'y aura pas de guerre étrangère.

Extrait du Lindbergh *de A. Scott Berg, 1998*

La paix, selon Lindbergh, ne durerait que tant que nous « serions solidaires pour préserver ce bien précieux, l'héritage de notre sang européen, tant que nous nous garderions des attaques des armées étrangères, et de la dilution par des races étrangères ». Il voyait l'aviation comme un « don du ciel aux nations occidentales qui étaient déjà à la pointe de leur ère... un outil fabriqué tout spécialement pour des mains occidentales, un art scientifique que les autres ne font que copier médiocrement, une barrière de plus entre les multitudes asiates et l'héritage grec en Europe — l'un de ces biens précieux qui permettent à la race blanche de survivre dans une mer menaçante de Jaune, de Noir et de Foncé ».

Lindbergh pensait que l'Union soviétique était devenue l'empire le plus maléfique au monde, et que la civilisation occidentale ne survivrait qu'en le repoussant, lui et les puissances asiatiques qui s'étendaient au-delà de ses frontières — « Le Mongol, le Perse et le Maure ». Il écrivait aussi que la survie de l'Occident dépendait de « l'union qui fait la force entre nous ; d'une force trop grande pour que des armées étrangères la défient ; d'un mur occidental de race et d'armes qui puisse faire échec à un Gengis Khan, comme à l'infiltration par un sang étranger... » (p. 394).

DU MÊME AUTEUR

COLLECTION FOLIO

Dernières parutions

4567. J.M.G. Le Clézio — *Ourania.*
4568. Marie Nimier — *Vous dansez?*
4569. Gisèle Pineau — *Fleur de Barbarie.*
4570. Nathalie Rheims — *Le Rêve de Balthus.*
4571. Joy Sorman — *Boys, boys, boys.*
4572. Philippe Videlier — *Nuit turque.*
4573. Jane Austen — *Orgueil et préjugés.*
4574. René Belletto — *Le Revenant.*
4575. Mehdi Charef — *À bras-le-cœur.*
4576. Gérard de Cortanze — *Philippe Sollers. Vérités et légendes*
4577. Leslie Kaplan — *Fever.*
4578. Tomás Eloy Martínez — *Le chanteur de tango.*
4579. Harry Mathews — *Ma vie dans la CIA.*
4580. Vassilis Alexakis — *La langue maternelle.*
4581. Vassilis Alexakis — *Paris-Athènes.*
4582. Marie Darrieussecq — *Le Pays.*
4583. Nicolas Fargues — *J'étais derrière toi.*
4584. Nick Flynn — *Encore une nuit de merde dans cette ville pourrie.*
4585. Valentine Goby — *L'antilope blanche.*
4586. Paula Jacques — *Rachel-Rose et l'officier arabe.*
4587. Pierre Magnan — *Laure du bout du monde.*
4588. Pascal Quignard — *Villa Amalia.*
4589. Jean-Marie Rouart — *Le Scandale.*
4590. Jean Rouaud — *L'imitation du bonheur.*
4591. Pascale Roze — *L'eau rouge.*
4592. François Taillandier — *Option Paradis. La grande intrigue, I.*
4593. François Taillandier — *Telling. La grande intrigue, II.*
4594. Paula Fox — *La légende d'une servante.*
4595. Alessandro Baricco — *Homère, Iliade.*
4596. Michel Embareck — *Le temps des citrons.*
4597. David Shahar — *La moustache du pape et autres nouvelles.*
4598. Mark Twain — *Un majestueux fossile littéraire et autres nouvelles.*

Photocomposition CMB Graphic
Impression Maury-Imprimeur
45300 Malesherbes
le 18 janvier 2008.
Dépôt légal : janvier 2008.
1ᵉʳ dépôt légal dans la collection : octobre 2007.
Numéro d'imprimeur : 135022.

ISBN 978-2-07-033790-3. Imprimé en France.